千山记

肆

石头与水 著

千山我独行　不必相送

U0845374

浙江出版联合集团
浙江文艺出版社

目·录

CONTENTS

目·录

CONTENTS

第四十六章 贪贿事

五皇子不可谓不雷厉风行了，五皇子一行，自闽安城出发，经宁川、剑州、汀州、漳浦，到达泉州城。泉州城与闽安城相邻，其繁华富庶亦不逊于闽安城。五皇子见街道干净，店铺林立，周边百姓的衣裳也都齐整，一张脸仍是端严。当初他们刚到宁川时，所见景象比泉州犹好，后来才知道那是宁川知府特意准备的。街道洗了三天，坑啊坎的都补好了，至于店铺，更令其重新装修门面，连带着出迎百姓的衣裳，也做了特别要求，最次都得是细棉布，要是麻布啥的，出来也得给差役拘起来。这只是宁川知府干的奇葩事之一。另外街上但有乞讨者，一并抓进大牢。还有，面目不雅的，也要抓起来，不令其上街，等等。

五皇子给气得一佛出世二佛升天。

所以，有前面经历，此刻见着泉州的迎驾场景，也就没什么好高兴的了，还不知是真是假呢。

五皇子这两个来月颇得历练，他端严着一张脸，也注意到了周边百姓男女老少都有，街旁的铺子，有些是旧的，有些是新的，不过，做过清洁是一定的。这倒是无妨，倘知道自己来，啥准备没有，五皇子也会觉着受了轻慢。这并不是五皇子虚荣，哪怕到别人家做客，也希望主人家郑重以待吧。何况他并非做客，闽地本就是他的封地，他来自己封地看看，提前通知了州府官员，州府官员自然会有准备。但因五皇子不大喜欢排场，所以，有所准备也不要太过，不然如宁川前知府那等奇葩，五皇子亦是要震怒的。

五皇子一路看过去，倒没觉出不对劲的地方，谢莫如悄悄对他道："殿下太庄严了。"

五皇子看向妻子，他媳妇道："殿下和百姓们打声招呼。"

这个，要怎么打招呼？总不能自我介绍说，我是闽王吧。五皇子的皇室教育委实没有这一块啊，他们家都讲究，他家人一出门，呼啦啦跪一地，然后，他家人就会淡淡地说一句："平身，不必多礼。"

五皇子一时蒙住了，这跟他去看望军烈属也不一样啊。谢莫如忍笑，对孩子们道："外头都是来看咱们的，跟大家招招手。"

三个小家伙原本都在学他们父亲，坐得笔笔直，腆着小胸脯，满满的一脸皇孙相。听到母亲这么说，大郎犹豫地看向父亲；二郎这孩子虽然行动慢，但直觉敏锐，看母亲；三郎最直接，立刻对着车窗摆起手来。闽地百姓哪见过这个啊，要是乡下人，见个县令都不敢抬头的。就是州府里的百姓，知府也不是寻常能见的。见着王爷车驾里有人摆手，顿时就轰动了，就有人问："那是王爷吗？"

还有人说："不是，王爷没这么小，兴许是小王爷！"

三郎小手摆得更来劲了，恨不能立刻告诉外头人，他是三郎呀！待到了知府衙门，三郎小手腕都摇酸了，让他嬷嬷给他揉揉手腕。

大郎说他："叫你摇个没完！"

三郎道："百姓们太热情了呀！"

大郎还是很关心弟弟的，拉起弟弟的小手腕看了半日，道："还好，没肿。"

二郎说："嬷嬷，你去跟厨下说，中午烧个蹄筋给三弟补一补。"

三郎是个挑食的孩子，说："我不喜欢吃羊蹄筋。"

二郎道："那就再加个牛筋煲吧。"好吧，他喜欢吃羊蹄筋，卤着吃，烧着吃，炖着吃，扒着吃，都好吃。只是三弟这个没口福的家伙，竟然不喜欢。

三个小的叽叽咕咕地说话，他们爹接见泉州府大小官员，他们娘在见泉州府大小官员的女眷。谢槿之妻常氏都有些拘谨，下头那些同知太太、通政太太更是不敢轻易说话，还有就是一些士绅家的太太们。

常氏挨个介绍，士绅里头一家就是徐家，谢莫如见到了徐家太太，不过颔首而已。徐太太还说："先时臣妾也去过帝都，只是没福分给娘娘请安。"

谢莫如道："听说你家颇得大皇子府重用，你就是去了帝都，也不好两家皇子府一并串门子的。"

徐太太讪讪，连忙恭谨非常，道："能得娘娘们召见，已是几辈子的福气，哪里敢说串门子。"她家的确巴结上了大皇子，可五皇子分封到闽地，她家也想走一走闽王门路，奈何闽王府的门路实在不大好走。

谢莫如笑："徐魏两家，皆是积善之家，上次海匪围城时，你们出人出力，我都是知道的。"徐太太脸色方略好了些。

说一时话，谢莫如留下常氏说话，将其他人打发下去自便。

常氏命丫鬟叫了儿女出来相见，谢莫如笑："在二老爷那里见了堂弟。"常氏的大儿子去了公婆身边，如今出来相见的是次子、三子以及两个女儿。男孩子们都是读书的，谢莫如随口问了两句经史文章，皆是通的。女孩子就问平日里念什么书，喜欢哪种字体，有什么消遣之类，然后给了颇为丰厚的见面礼。

五皇子一行就住在州府衙门，谢槿是谢莫如的堂叔，虽然现在叔侄身份有别，招待起来到底安心些，不必很战战兢兢。

倒是江行云又收到了厚礼，徐家上门求见，来的不是徐太太，是徐老爷。要是等闲人，一个中老年男人，不好要求见人家未出阁少女的。好在，江行云已经不是少女的年纪了，她现在是青年女子，尽管没有成亲。消息灵通的都知道，江行云是为数不多的能在谢王妃跟前说得上话的人。

徐家不是头一遭对江行云表现出善意，早在五皇子就封闽地时，徐家就托人情见过江行云，甚至想让她在徐家的生意里掺一份子。不必江行云出钱，直接给她占一份子。江行云何等出身，这些事也是见惯的，当初她父亲掌管西宁关十万军队时，西宁关的商贾只恨巴结不上，哪里会吝惜这份子钱。有些妥当的商家，宋家也愿意他们投靠，其实也是按份子钱算，这些商家每年往将军府孝敬，倘有些什么事，将军府关照一二。就是这些把戏。

徐家约莫也是这样投靠大皇子的。

徐老爷见过江行云，此次在闽地相见还是头一遭，恭谨又客气。若头一次见，定想不到此人乃一介商贾，不知道的还以为是文士呢。徐老爷正是着了一袭细棉的玉青色文士长衫，温文儒雅，道："早盼着能与江姑娘在闽地相见，闽地在帝都人看来是荒僻之地，其实乃人杰地灵的好地方。"

江行云道："是啊，与西宁、帝都颇有不同。"

徐老爷呷口茶，道："先时姑娘在西宁颇有生意，如何匆匆就结束了？姑娘是正经经商手段，你突然结束了西宁的生意，我们这些老东西都觉着惋惜。"

江行云道："先时凭着我在西宁生活多年，多去跑两遭罢了。而后分封，毕竟是皇长子的封地，天下之大，何地不可行商？如今在这闽地，背靠大树，岂不更是便宜。"

要是别人嫌西宁为皇长子封地，徐老爷定要劝上一劝的。但对着江行云，徐老爷没劝，反是顺着她的话道："是啊，其实闽地颇有可行商之处，我们徐家在闽地多年，江姑娘相中哪样，不是我老汉吹牛，倒是能给姑娘些意见。"

江行云道："一时哪里想得好，也不急。徐老板只管放心，我断不会与你争利的。"

徐老爷一阵轻笑："我倒乐意姑娘能瞧得上我这点儿小生意，只怕姑娘瞧不上。"

徐家毕竟送了厚礼，江行云道："徐老板素来消息灵通，想也知道王爷这一路何等凌厉。你们徐家是此地大商家，闽地军中粮草多赖你们供应，只是你家一事我多有不解。"

徐老爷忙道："姑娘请说。"

"你家供应永定侯麾下粮草时既得力，粮草亦是上上等，怎么供应当地驻军，就那些猫腻。"江行云道，"这些粮草生意，想来只是你家生意的九牛一毛，可你家干的这事，不是我说，军中之事，你们也忒糊弄了些。”

徐老爷叹：“我的粮草运去时什么样，若到了将士手里还是原样，这事，我定会认下，不喊一声冤。”

江行云生于西宁，性情爽快，道：“你托到我这里，我便将此话替你传了，可到底如何，你最好有真凭实证。”

徐老爷自是有备而来，沉声道：“除非面见殿下，不然，我断不敢拿出实证的！”

江行云挑眉。

江行云不会自己去见五皇子，她命人送走徐老爷，将徐老爷送的东西与传的话都与谢莫如说了。谢莫如道：“行啊，有什么证据，只管让他送过来。”

江行云道：“既涉及闽地驻军，想来不是小事。这一路过来，殿下杀伐决断，心里有鬼的已是惊惶。昭武将军一万驻军，就驻扎在泉州，焉知里头没他的事？哪怕要处置，还是回到闽安城再处置的好。”他们就带了不到五千卫队，江行云是担心谢莫如的安全。

谢莫如轻描淡写道：“你说徐家为何现在才呈上证物？”

“他家自有其打算，只是我们为何要按他们的算计走呢？”徐家自不是突然良心发现要提交物证。

谢莫如道：“早在广威将军处发现军中这些事，殿下就命人八百加急往帝都送了密信。帝都，应当已经知道这事了。大皇子掌兵部这些年，此事，要是大皇子说不知，谁信？陛下是断不会信的！大皇子不会坐以待毙，但此事殿下已有实证，大皇子想干干净净地脱身是难了。既脱不了身，干脆把整个闽地驻军都拖下水，不好吗？”

“想来，这就是大皇子的对策吧！”

徐家出现的时机非常尴尬。

像江行云说的，如果是涉及整个闽地驻军的大事，便是五皇子也不好在此地处置的。不只是法不责众的事，稍有差池，怕会酿出大事件。尤其是五皇子就藩时间尚短，而且，此时并未在闽安城，还把老婆孩子一并带出来了，身边亲卫不到五千。

谢莫如突然道：“昭武将军刘太太没过来？”

江行云道：“说是刘太太得了风寒，年前就病了，至今起不得身。”

谢莫如撑头想了一时：“这对徐家，有什么好处呢？”就是徐家献上证据，他一个商贾之家，再有钱，仍居末流，最容易被牺牲的就是徐家了，这对徐家有什么好处呢？

谢莫如还在思考，江行云道：“这有什么难知晓的，我立刻把姓徐的抓来！”她将门出身，喜欢用武力说话！

江行云匆匆去了，谢莫如吩咐紫藤：“请王爷过来。”

五皇子还在与诸官员说话，他媳妇有请，五皇子就先去见他媳妇了，诸官员坐等。大家不约而同地看向总督大人，唐总督不愧一品大员出身，依旧坐得端直，眼观鼻，鼻观心，心神合一，纹丝不动。真是的，看他有什么用啊，他也不知道五皇子去做甚了啊！但在此地此时，能请动五皇子的也没谁了，这还用看本大人吗？蠢材！

看，人家小苏巡抚就坐得端。

唐总督五十出头的人，称呼未至不惑之年的苏巡抚，自然能唤一声小苏巡抚。殊不知，小苏巡抚心下很有几分不满，觉着，谢王妃以往挺有规矩的人，怎么今儿个这时候就叫殿下走了呢？这场合，可不大合适。可又担心，是不是王妃那里有什么要紧事啊！这么想着，小苏巡抚就坐得更端正了。

五皇子过去，谢莫如就将徐老爷这事说了，五皇子道："他有啥证据，还非要见了我才能拿出来？"徐家奉承大皇子多年，五皇子在帝都就知道。他不是很喜欢徐家，故而徐家要递证据，他登时就有些怀疑。

谢莫如道："这就不知道了，只是我实在看不出此举对徐家有什么好处。"

谢莫如一向心思细致，她想事，必要求通透的。五皇子自觉论智慧不如妻子，但他受的是皇室教育。五皇子冷哼一声，直接道："不管他有什么好处，既敢透这信儿，事就不能是他说了算的！"这时候递证据，早干什么去了！

谢莫如看向五皇子，五皇子不由得一笑，哎呀，他媳妇也能在他面前露出这种迷惑的神色呀。五皇子心下豪情顿生，轻咳一声，面上恢复庄严，拉着他媳妇的手起身，道："你过来，教你一招。"

五皇子就带着谢莫如去了前面议事厅，谢莫如还是第一次这样与五皇子正式见当地官员，她素有气派，倒不觉什么。大家见五皇子带着王妃过来，连忙起身行礼，五皇子摆摆手："坐吧。"

五皇子自己坐正中一张大红锦缎铺就的软榻，软榻下面左右两溜太师椅分坐文武官员。五皇子将榻让出半个，夫妻俩一道坐了，五皇子方道："老唐，你是不是有什么事没与本王说明白！"

唐总督有些蒙，五皇子点名："宋双成，刘昭武，你们军中的事！"

三人屁股刚挨椅子，一点名立刻又站起来了，唐总督疑惑："王爷但有所问，臣无不以实相告！"

五皇子一拍榻椅扶手，添了几分怒色，直接开骂："本王早说过，你们先时军中那点子事，既往不咎！本王这里想保下你们，你们屁股有没有擦干净！"

五皇子这么一点一骂，诸人虽有些惶恐，倒也不由心生几分亲近。这也不奇怪，主要是五皇子说话的口吻，完全是一副自己人的样子。

谢莫如还真有些意外，不知丈夫还有这一手。

五皇子接着就把这些人臭骂了一通，唐总督等人挨了回骂，反是身心舒泰，最后同五皇子说起粮草上的事来。唐总督说来也难哪："地方军的粮草，一向是朝廷拨一半银子，余下一半是从地方截留。朝廷的银子，没有哪一遭是定时拨下来的，就是旨意上说拨银二十万两，到地方能有十五万两就是运道。朝廷对军中口粮有规定，像侯爷他们用的都是当年新米，这也是帝都禁卫军才有的待遇。"说着看一眼永定侯，永定侯并未提出异议，可知唐总督说的是实情。唐总督继续道："二十万两银子只剩十五万两，地方赋税截留也是有限的，殿下也知咱们闽地的税赋，总不能把百姓压得太狠，还有地方上的建设，也不能太省的。不然，穷则更穷，百姓的日子就没法过了。"反正就一个字，难。

五皇子道："我知道户部但有拨银，你们难免要去打点，只是二十万两银子只余十五万两，这也忒狠了吧？"

唐总督使个眼色，想着私下同这位年轻的王爷解释。不料苏巡抚直接道："以前只消千把银子打点户部便好，近来这打点银子节节攀升，也不知是哪儿去了。"

唐总督愁死了，苦口婆心："我的苏巡抚啊，慎言慎言哪。"都知道你爹是首辅，这事传出去，你首辅爹也捞不着好吧。

苏巡抚干脆闭口不说了。

"苏巡抚想说就说，还不叫人说话了！"五皇子颇为不满，道，"本王在礼部，倒未遇着此事。"

唐总督叹："殿下是何身份，如何能有人敢为难殿下？就是上遭陛下拨银，五十万两一分不少地送来，这还是我在闽地任上头一遭。"

五皇子问唐总督几人："你们是不是有什么把柄落在徐家手里？"

一听是徐家之事，唐总督脸色微凛，这会儿也顾不得修饰隐瞒了，道："每次地方上征军粮，都是当季新米征上来，我们为了节省些银子，让徐家调换过陈米。"

昭武将军欲言又止。唐总督眼睑微微下垂，唇角略抿。

这一切，当然逃不过谢莫如的眼睛。谢莫如道："王爷的话，依旧有效。到这个份上，你们要是还瞒着，我也就无话可说了。"

一时间，议事厅寂静得可怕。

唐总督这样的老家伙，都出了一脑门子冷汗。昭武将军亦是脸色泛白，倒是宋双成有些不懂，不着痕迹地看看这个，又望望那个。只是，他觉着不着痕迹，坐在上面的五皇子谢莫如夫妇，有什么看不到。另外，苏巡抚、周按察使也是一派凝重，谢槿眉毛微皱。

议事厅落针可闻，五皇子感觉自己听到了唐总督剧烈的心跳声。当然，这有可能是唐总督坐在他下首，两人离得比较近的原因。或者，是五皇子的幻听。

不知是不是错觉，一阵带着料峭的春风飘飘荡荡地拂过议事厅，无端给这春日带来几分阴寒之气。谢莫如道:“你们若想离开,现在就走吧。”

五皇子瞥他媳妇,难不成他媳妇已猜到是什么事了?

谢莫如淡淡道:“无非是靖江王府的事吧。”

唐总督汗如雨下,五皇子大惊:“你们竟同靖江王有勾结!”

永定侯道:“臣驻扎海沿两年,闽地未有海上私通靖江之事。”

唐总督惨白着脸:“三年前,闽地大旱,我等自靖江买过米粮。”

谢莫如话音一转,道:“这有何妨?靖江王府本就是国朝藩王府,与闽地相邻,自靖江买些粮食也正常。就是吴闽两地,难道没有商事来往?”

唐总督与昭武将军不约而同地松了口气,谢莫如道:“说来我与殿下同靖江王都不是外人,就是来就藩的路上,靖江王还特意命人送了东西。只是如今殿下政务繁忙,无暇拜会。说来吴江之地,盐铁之利不说,土地丰饶,远胜咱们闽地啊。”

一时,李九江进来回禀,徐大掌柜请过来了。

五皇子道:“宣他进来。”

徐老板能混到大皇子跟前,也是有些本事的,消息更是灵通。如今五皇子巡视,一路上,不少官员纷纷落马。徐家能有今日今时之地位,自身也不是多干净。徐老板不是不惊惶,谢莫如以为这主意是大皇子一系的意思,但未尝没有徐家自作聪明之意。

徐家几次想巴结五皇子夫妇未果,不料今日竟是在诸多官员之前召见他,徐老板顿觉不妙。五皇子已问:“听说你有东西呈给本王?”

徐老板原意是私下呈上,可看五皇子这问法,完全不是私下交易的意思啊。徐老板犹豫不决,冷不防对上一双冷森森的眸子,他不由得一个冷战。五皇子道:“你要无话同本王说,那就下去。”

徐老板此时方明白五皇子同有银子就好说话的大皇子完全不同,不敢再磨蹭,连忙自怀中取出一个蓝皮布包,恭恭敬敬地呈上。

徐老板一介商贾是不能到五皇子面前的,他这东西自有内侍用托盘转呈。五皇子还未看那蓝皮布包里的东西,就觉出室内的气氛又一次陷入紧张。五皇子命人生个火盆进来,直接将这蓝布包往火里一投,炭火卷起那蓝布包,立刻露出里面开始毕剥毕剥燃烧的纸页。五皇子淡淡道:“本王说的话,一直有效。这东西,不看也罢。”

唐总督立刻跪倒,激动得老泪纵横,高呼:“殿下如此恩典,臣等焉敢不效死力!”

余人纷纷跪伏。

五皇子懒得听这些废话,只道:“以后,这闽地,要听我的!”

“臣等领命!”

伴随着诸臣的高呼,徐老板的脸惨白到极致。

谢莫如看向五皇子,眼神中闪过一抹微笑。五皇子悄悄捏一下妻子的手:这就是皇权,天下之人,都要听咱们的!如何能被一介商贾牵着鼻子走!

五皇子展现了一回主君风范,收买了一回人心,就与徐老板道:“自此你也轻松了,你也是为了保命,你的忠心,本王知道。去吧!”

徐老板离开时不说失魂丧魄,但那脸色神态委实也不大好。

五皇子道:“行了,中午美餐一顿,明日本王亲去昭武军营。”

自唐总督往下纷纷马屁如潮涌,五皇子也就笑纳了。

待得下午,夫妻俩私下说起话来,五皇子都有几分庆幸,道:“幸而你反应快,我都没想到是靖江事。”

谢莫如道:“靖江王在吴地多年,他要没往闽地渗透经营过,反是蹊跷。”

五皇子道:“此事,还是要告诉父皇一声,不知父皇会不会恼我自作主张。”徐老板献什么证据,五皇子何尝不为难,他倒乐意溯本清源,但若是涉及整个军政系统,为安人心,只得如此罢了。

谢莫如沉默一时道:“有朝一日收服靖江,难道靖江之地的官员便不再用了吗?如今之情势,也只得如此。倒是有一事想跟殿下商量。”

“什么事,你只管说。”

“我看,闽地与吴地商事来往颇多,今日你我所见,怕只是九牛一毛。此事,终要有个说法。以后是改为明面的商贸,还是全面禁止,殿下也得有个主意。”谢莫如道,“若全面禁止与吴地商贸,日后必要森严以对。若是改为明面上正常的贸易往来,商税可得收起来。”

五皇子叹:“此事,我心意未定。”

“那就与唐总督和苏巡抚他们商议一二。”谢莫如道,“还有,今日所有事,必要一五一十地与陛下说明才好。哎,太子殿下要为难了。”谢莫如一叹。

五皇子也不傻,道:“你是说,户部截留?”

“二十万两银子的拨款,户部截下五万两,世所未闻!每年户部往外拨银子几百上千万两,户部要截留多少!这些截留的银子去了哪里!”谢莫如冷声道,“咱们这里都紧成什么样了,就是朝廷,去岁陛下不知怎么挤出这五十万两银子呢。如今殿下就藩,五十万两银子一分不少,若殿下未就藩,这五十万两到闽地能剩四十万两吗?源头水不清,怎么能强求中下游样样清楚明白?咱们才到闽地这些时日,已是不得不与世同浊了。”

五皇子叹:“此话咱们私下说说就罢了,闽地的事,我自会一五一十地回禀父皇。只是,太子一则是君,二则是兄,这是咱们的猜度,密折中是不能写的。”

谢莫如道:“殿下的难处,我岂能不知?我也不是说太子殿下,可此事事涉户部,太子掌政户部多年,未免为难哪。而且,要我说,户部这手伸得也太长了些,终是连累了太子哪。太子不同他人，藩王，不过一地之主，咱们说起来是为陛下为太子守护江山的。说来，这万里江山，终归是陛下是太子的。户部如此，实在打了太子的脸。殿下写封私信，告与太子一声吧。太子失察，受了小人蒙蔽，殿下既知道，不好不给太子提个醒的。”

五皇子也没了写密折的心，将笔一掷，道：“以往在帝都，兄弟间偶尔也有些意气之争，今来闽地，实在叫人灰心。就是父皇那里，我说的虽都是实话，怕父皇也不好受，父皇最看重太子和大哥了。”年前他爹给他银子，把五皇子感动得够呛。

谢莫如劝他道：“既如此，殿下也不要总在折子里写这些公事，写些以往兄弟父子的亲近趣事，岂不好？陛下看了，想到先前父子情分，总能网开一面的。殿下这里，既尽了儿子的孝心，也尽了兄弟的情义。”

五皇子笑：“你说的是。”重执起笔，开始写密折。

谢莫如笑：“孩子们也都认字了，只是写得不大好，也让孩子们给母妃写几句话，到时殿下令人一并捎去。”

“好。”

五皇子很有藩王风范地烧掉了徐家献上的证据，唐总督心下亦觉着五皇子是个有人格魅力，体谅下属，值得追随效力的藩王。所以，唐总督方私下求见，打算给尚年轻的藩王解释一下这牵一发而动全身的政治风云，咱可得谨慎之后再谨慎哪。

唐总督一把年岁，经的事多，说起古来是没完没了。唐总督一直从先帝末年，说到今上执政，说到今上大婚后得了皇子的喜悦：“天大的盛事，陛下命天下免税一年。便是陛下登基，也未有此恩典。老臣老了，孙子也有的人了，因尚算得用，一把老骨头，还能为陛下与王爷尽忠，也是老臣的福分。话说回来，民间有句老话哪，不养儿不知父母恩。做父母的，盼什么？不就盼着一家子和和气气的，儿孙们太太平平的。”

五皇子这要再听不出唐总督是什么意思，那就是脑袋有问题了，他道：“做主的自然是父皇，我也只是把咱们闽地的事同父皇说一说。老唐你自是体谅父皇，可我想着，父皇在帝都，所知所闻都是从咱们的奏章中来。父皇派咱们下来治理一地，要是咱们都碍于情分不同父皇说实话，父皇心里得是什么滋味。就是咱们，不也辜负了父皇的信任。咱们有没有把地方治理好且不说，这世上，能人是尽有的，咱们不一定拔尖，可是，实话得告诉父皇。哪怕父皇觉着咱们不合适，他知道这地方到底是个什么情况，也好安排合适的人。”

顿一顿，五皇子继续道：“我岂能不知老唐你的好意，我也知道我这密折一上就得罪人。只是，我还得照实了写，照实了说。”五皇子有着年轻人的坚持。

唐总督轻声道：“别的事都好说，只是一样，老臣必要劝王爷一句，户部截留之事，难道王爷以为陛下不知吗？”

“自来外地官去户部要银子，都是要在户部打点一二的，这是官场常例，我也知道，父皇怎能不知？但二十万两银子他们扣下五万两，这事不成。不只是说咱们这里不成，就是换别的地方，也不成，没有这样办事的，他们的手也忒黑了。”五皇子不是为自己心疼，他是为自己老穆家的江山心疼。

唐总督想，闽王真是一派赤子之心，更难得的是，一般赤子之心的多是愣头青，闽王却是进退得宜、极有分寸的人。只是，这样有分寸的闽王也难免犯了愣头青一样的毛病，唐总督苦口婆心：“户部不过小人作祟，殿下揭开此事，岂不是要连累到东宫身上？殿下与东宫的情分，可不是寻常人能比的啊！”唐总督苦劝五皇子，五皇子虽好，到底只是一地藩王，现在今上在位，哪怕五皇子说些不恰当的事，也是无妨的。可将来东宫登基，对五皇子，难免心存芥蒂。当然，唐总督苦劝，也有自己不想得罪东宫的意思。毕竟，五皇子不可能空口无凭地去说户部的事，到时肯定要他附折为证的。唐总督能做到总督的高位，不为自己，也得为儿孙们考虑，自然不愿得罪东宫。

五皇子有不同意见，他道：“要是别人，会觉着我冒犯了他，太子绝不会如此的。大人想想，日后太子登基，江山社稷皆是太子的，太子怎能不盼着江山昌隆呢？我与太子兄弟多年，太子为人极好，体恤臣下，故而受了蒙骗。倘有此事，太子定不能容的。”

唐总督急死了，哎哟，这个愣头青！有些话，唐总督是断不好说的，太子当然会顾及江山社稷，可太子这不是还没登基吗！

五皇子道：“老唐你把先时拨银子的事写一写，我一并做密折递上去。你放心吧，这事就父皇看得到。而且，咱们又没什么实际证据，这事涉不到太子。只是户部若真有此事，是断不能再让他们继续的；若无此事，警醒一二也没有不好。我不是为了闽地，我是想着，这天下，除了帝都，都是外地，此风断不能长的。我也不是为了自己，这于我有什么好处呢？只是，既知道，不能做不知道。”

唐总督感叹：“王爷什么都明白，老臣胆小，愧矣。”

“谁都有一家老小，老唐你能与我说这些，胆子已不小了。”五皇子正色，“你是个好官，我知道。”

唐总督在官场磨炼数十年的老心都给五皇子感动了一回，他胆子并不小，只是谨慎惯了，且不谨慎的人，怕也做不到总督之位。但显然唐总督并不欠缺决断，他见劝不动五皇子，便道：“王爷一心为民，老臣愿附骥尾。”

因是二人私下说话，唐总督轻声道：“此事，王爷必要好生与东宫解释一二方好。”

其实五皇子不过自欺欺人，太子掌户部多年，又不痴傻，怎能不知！

只是，五皇子不明白，他与妻子道：“当初分府，我们兄弟都是一样的份例。王府、产业，一样不少的。咱家的日子能过得，太子的日子定也能过得。我实不明白，倘此事与太子相关，太子要这些银子做什么？”五皇子在礼部当差，他要说没拿过礼部一两银子，那也不是。自来冰敬炭敬，也是衙门老例了，他掌礼部，这些孝敬，他不拿，底下人不敢拿。所以，他也拿过，但也仅止于此。

五皇子平日里生活并不奢侈，除了人情往来，自家花用，银子是够用的。天潢贵胄，本就不缺银钱，弄这些银子做什么呢？有什么用呢？

"银子自然有银子的用处，世间之事，大抵是与银钱相关的。"谢莫如悄声道，"其实要我说，户部至此，不一定是太子就希图这些银钱。太子初掌户部，如何才能收拢人心？打个比方，先时户部的油水是一千两，到太子掌管户部，户部当差的油水增至三千两，这就是实实在在的好处了。若如此，谁不念太子的好处呢？"

"怎么能有这般糊涂的事！"五皇子急道，"江山可是祖父辛辛苦苦打下来的！"他们老穆家的！太子这不是纵着旁人挖自家墙脚吗！

谢莫如淡定提醒："彼时太子还不是太子。"不要说太子，谁不需要人支持，穆元帝也要朝臣忠心。

剩下的话，谢莫如不说，五皇子也知道了。太子不是太子时如果用这种法子收拢户部上下人等，也不可能做了太子就改的。相反，开此先例，怕是户部人等以为有太子默许，自会变本加厉。而地方官员，等着户部银钱发放，自然要打点，哪怕打点花销倍增，碍于户部是太子的地盘，也没人愿意得罪现任的储君，将来的皇帝。怕是地方官只当是给太子殿下进贡了呢，当然，户部得的好处，不可能不给东宫进贡。谁会嫌银子多呢？

只是，五皇子仍忍不住一声叹息："我总觉着，朝廷的银子，还是该取之于民，用之于民。前朝覆灭，皆因朝纲败坏。都说前朝末帝如何昏庸，其实说句实在话，他还不算特别昏庸。前朝有此下场，一则朝纲败坏，二则藩镇势力过大，以臣凌主，君权不存。这两者，并不是平民百姓导致的，前朝至此，原因还在于士人。所以我觉着，治国治藩，不仅在于治理百姓，更在于治理士人。尤其是官员，自品性到能为，都要细细斟酌。官员好了，派他们到地方，地方才能好。倘官员先坏了，到地方只知巧取豪夺刮地皮，天下焉能不乱！"

五皇子感叹一回，早早安寝。

五皇子还能睡得着，穆元帝收到他五儿子的密折兼家书，是觉都睡不好了。

五皇子其实写得还是相当委婉的，但再如何委婉，就像他说的，他既知道，不好不跟他皇爹说一声。对于一个帝王，真相较粉饰太平重要千百倍，只要这个帝王不太昏庸。

穆元帝并不是自欺欺人的性子，前些日子他五儿子说，兵部给我们闽地的军械，多有不合格的，还有以旧充新的事。其间夹着闽地将领的密奏陈词，什么军源不足吃空饷，粮草上做手脚的事，都同穆元帝说了。幸而穆元帝有了年岁，人有了年岁，脾气就缓和了。遇着这事，穆元帝虽也免不了气一回，只是，他没声张，先是命人悄悄在兵部查了。穆元帝一查，真一肚子火气。如今南安侯是兵部尚书，当然，他这兵部尚书做的时间还短。因穆元帝自认是绝世好爹，自从儿子们成年，为了历练儿子们，便将儿子分搁在六部历练。这不，大皇子就搁兵部了，就等于给兵部尚书头上再安一顶头上司。

大皇子在兵部的时间比南安侯长，兵部的肥水部门，譬如武选司，专管着武官的选拔、升调、承袭、封赠诸事，一听这职能就知是何等肥水衙门了。还有武库司，掌全国兵籍、军器之事，更是肥得冒油的部门。于是，这俩部门，大皇子都牢牢地捏在自己掌心，不容人染指的。于是，南安侯鲜少管武选司、武库司的事，他管着职方司、车驾司、稽俸厅、会同馆，听着是四样地方，可这四样地方的油水加起来也比不了一个武选司。

要说穆元帝不知道他大儿子紧把兵部要害部门的事，那就是睁眼说瞎话了。穆元帝是做亲爹的，难免有些私心，自然是偏着自己儿子的。穆元帝这心思，不知南安侯晓不晓得，但不论南安侯晓不晓得，反正人家不傻，没跟大皇子争。大皇子愿意怎么着就怎么着吧，反正万里江山是姓穆的，又不姓胡。

人家啥都不争，而且，南安侯是穆元帝嫡亲的表弟，又是难得的明白人，以至于，现在穆元帝真不好让表弟替儿子顶下这兵部的屎盆子。

五皇子很有父子兄弟爱，虽然他觉着他大哥这事办得不对，但考虑到他皇爹他大哥的脸面，五皇子很谨慎地用了密折。这一举，给了他爹充足的调查空间，而且，将事情放在一个可控的范围内，同时也没有让大皇子太过难堪。尽管大皇子被穆元帝私下狂喷了大半个时辰，膝盖都跪肿了，兵部的差使也被夺了，但也得说，这是五皇子手下留情，大皇子方能保全了脸面。

好吧，差使都被夺了，哪怕穆元帝没有明面上发作，但兵部武选司、武库司接连遭到清洗，只要没瞎的，也知道是什么事了。

大皇子更不可能感激他五弟递的是密折，他此时恨不能生吞了五皇子。这该死的老五，原以为他是个好的，谁晓得一到闽地把千百年前的旧事都拿出来咧咧，告黑状！什么东西！太子的狗腿子！

大皇子恨五皇子恨得牙根痒，与对他不离不弃的赵霖道："老五以为自己是什么好的，当初他给父皇修汤泉宫，三个月就用了一百万两银子，我就不信这里头没有猫腻！"

赵霖听得虎躯一震，当然，赵霖生得长身玉立，并非虎躯，但大皇子所言对他的震动实在太大，以至于，赵霖失去了往日的镇定，脱口问："一百万两银子？殿下听谁说的？"

"老五自己说的！"大皇子自觉抓住了五皇子的把柄，道，"我已命人去查了，他又不是用金子修行宫，要说他没从里头贪墨，我再不能信的！"

赵霖此刻的心里感受没人知道，因为他很快恢复镇定，然后告诉大皇子："殿下，请立刻撤回人手。五皇子当初修汤泉宫，只用了一万两银子。殿下莫要给人骗了！您此时若将这子虚乌有之事扣五皇子头上，陛下要做何想！"

"啥！一万两银子！"大皇子吓一跳，脱口道，"那够做什么！"当时汤泉宫破破烂烂的，怎么算一万两银子也不能够的啊！

赵霖镇定无比:“此事臣早打听过,汤泉宫当时只是有些陈旧,就是有宫室要重修,用的也是内务府现有的木石玉料,以及些工匠罢了。当时的确只用了一万两出头的银子,陛下赏赐五皇子与工匠,拢共算起来不过两万两银子。”

大皇子更恨了,磨着牙骂:“老五这狗东西!竟然骗我!”

天地良心,五皇子知道得为自己叫起冤,他当时只是伸了一根手指而已。谁晓得他大哥这般有想象力,以为是一百万两哪!

赵霖沉默地看一眼大皇子发狠,低头端起细腻如玉的白瓷盖碗,娴雅淡然地呷了一口茶。大皇子道:“时雨你别只顾吃茶,倒是给我想个法子才好。”

赵霖道:“殿下如此没有定性,臣便有再好的法子,怕殿下也用不好,不如不说。”

大皇子对赵霖当真信任无比,连忙道:“谁说的!只要你说,我必无有不从!”

赵霖轻轻叹口气,此方放下白瓷盖碗,不高不低的声音中透出一种自信的优雅:“殿下,恕我直言。如今殿下情势不大好,一则兵部之事被陛下知晓,二则太子必不会放过对殿下落井下石的机会。如果殿下不能谨慎以对,后果不堪设想。殿下,您实在太冲动了!”

大皇子颓然:“我总不能坐以待毙。崔家现在也说不上话,现在父皇厌弃了我,我能如何呢?像你说的,太子如今还不知如何说我坏话呢。”

赵霖微微一笑:“殿下这就错了,太子若是聪明就不会这会儿去说殿下的不是,非但不能说,反要劝着陛下才好。您与东宫是亲兄弟,陛下为人父者,如何愿意看到兄弟相争之事!所以我说,殿下不必担心太子那里,太子若对您落井下石,必会引起陛下对太子的不满。如此殿下便可趁此机会,用哀兵之策去陛下面前认错反省,陛下必生怜意。”

“这么说我还有机会!”大皇子头一遭盼着太子赶紧对他落井下石吧!

赵霖轻叹:“太子身边亦有谋士,如何会让太子行此错事。据臣所知,太子这几日在陛下身侧朝夕侍奉,很是为殿下说了几次好话,也坐实了殿下的罪名。”

大皇子的脸色越发消沉,叹:“若换了我,我也不会放过这等良机。”

“殿下不要一味颓丧,请听我为殿下分析。眼下,有三样事,殿下一定要谨记:其一,殿下在府里必要认真反省,吃斋念佛抄经祷诵都行,但一定不要再有多余动作!其二,殿下不可说一句五皇子的不是,更要对太子充满感激!其三,让宫里贵妃娘娘好生照应苏妃娘娘,万不能有半点怠慢!”赵霖沉声道,“这三样,都能让陛下明白,殿下是真心悔过的!”

大皇子并不是宽厚的性子,但脑子也还算明白,虽然恼怒五皇子置他于此境地,也知道赵霖说的是正理。大皇子道:“时雨你既这样说,我照做就是。”

赵霖松口气,道:“殿下先忍下这口气,我们方好图其他。”

大皇子道:“我只是不明白,老五为何要如此害我。以往我们虽有些争执,到底不是大事,他这样害我,除了能讨好东宫外,于他能有什么好处?”

“五皇子不一定是在讨好东宫。”赵霖道,“闽地的局势,定比我们看到的更为严峻。闽地那一摊子事，若不是给五皇子揭开，他们如何敢说兵部的不是？自来军中之事，兵械粮草，最容易做手脚，也最容易出事。殿下如今受陛下责罚，但闽地的事，也绝不是一星半点儿。兵部不干净，殿下猜，户部干不干净？”

大皇子精神一震，赵霖低声道：“户部之事，地方官员诟病已久，闽地偏僻穷困之地，更是户部克扣的重灾区。殿下何须急迫，如今当修身养性才是。”

大皇子低语：“老五是东宫的铁杆狗腿，哪怕东宫不干净，他定会为东宫隐瞒的。”

赵霖一笑：“这就要看咱们的手段了。”

赵霖的手段是，的确会有人惧于东宫身份地位不敢说，闽地的官员不敢说，也要叫五皇子知道。天下乌鸦一般黑，五皇子你要做白鹤，可得一碗水端平哟。

大皇子听赵霖的法子，徐家也正为五皇子清查闽地军政惶恐不安，大皇子就给徐老板指了条“明路”：“五弟最是清明的，本王现在也说不上话，只是五弟不是没良心的人，你将功赎罪，他不会多怪你。”意思是，你自首去吧。

徐家近来靠着大皇子府，生意直接由闽地老家触及西北晋地，颇为顺风顺水，在寻常官员面前也有些体面的。于是，徐族长自首都想来个高姿态，不料五皇子未按套路出牌。

结果还真如赵霖所说，五皇子先把他大哥弄坑里后，太子正满口五皇子的好话，觉着五弟真是好弟弟，正在他皇爹跟前父慈子孝呢，不料，他也跟着掉坑里了。

要说大皇子这个，穆元帝生气归生气，但远不及户部此事给穆元帝的震怒。穆元帝恼怒之下，连苏相都叫来一顿训斥，嗔着苏相身为首辅，对户部之事无所察觉。苏相除了请罪，一句辩白的话都没说，回家连辞官的折子都写好了。

好在，穆元帝没准苏相的辞官折子。

穆元帝震怒，就是和五皇子一样的想头。大皇子以后是一地藩王，有些私心，趁着在帝都挖朝廷墙脚，还可以理解，毕竟，大皇子一直是有些糊涂的。可太子是为什么呀！

穆元帝想不通死了，一国储君，将来万里江山都是你的，你为什么要纵着这些狗东西们克扣朝廷的银子啊！说是克扣地方的，难道给地方的银子不是朝廷的吗？地方上的官员不是你的臣下？地方的百姓不是你的百姓？

哎哟，你还分三六九等，帝都的你一分不少地给，跟你有关系的，在朕这里说得上话的，略略打点也就是了。那些跟你关系不近、在朕这里不大显眼的，你就要拿大头，你这是什么意思？

自来帝王多疑心，穆元帝一疑心，那后果……

不是一般的严重！

对于五皇子接连坑了大皇子与太子的事，消息灵通的都觉着，哎哟，闽王殿下这是怎么了？在闽地吃什么不干净的东西了吧？这是哪儿想不开呀！

五皇子真不是想不开，五皇子是忧国忧民，一颗红心向太阳。

五皇子给他爹的密折，他爹没给别人看，别人只看到大皇子与太子接连掉坑里，所以无法感受到五皇子在密折中的矛盾与艰难。不过，他爹是能感受到的。自来五儿子的密折就不是一般的长，五儿子在密折中还回忆了兄弟少年时的许多趣事，对父子兄弟之情的看重，简直是溢于言表啊！

要不是五皇子在密折中对父子兄弟情的怀念，他爹都不能对东宫如此轻地处置。虽然，东宫的反应与大皇子一样，是绝对不能感谢五皇子的。

东宫受此暗箭，比大皇子还疑惑呢，大皇子先前与五皇子颇有些嫌隙，五皇子趁机坑大皇子一把，这很正常。可是，东宫与五皇子从无嫌隙啊！太子还常在御前为五皇子说好话！如果五皇子坑他的原因是五皇子着人送来的那封狗屁不通的信件的话，太子是绝对不能理解的！

你老五在礼部就干净吗？

这个，五皇子在礼部的确挺干净，不然那年五皇子审科场案早该被人寻错弄下台了！

太子倒没被夺了户部的差使，但他手下自户部尚书到两位侍郎均换了人，这跟夺了他户部的差使有什么差别！太子一想到五皇子就牙根痒！

不得不说，此时此刻，同一境地的大皇子与太子对五皇子的感觉竟然出乎意料地心有灵犀了！

太子实在想不通五皇子为何如此。

倒是宁祭酒给太子讲了个故事，宁祭酒道："前英国公长子方骜年轻时最喜驯养珍禽猛兽，传闻没他驯服不了的东西。有一次，有人献给他一只白额虎，方骜用了三年的时间将此虎驯服，甚为得意，在帝都设一鉴虎宴，邀请帝都各路名流参加。据说此宴赫赫扬扬，广为排场，方骜自以为将猛虎驯服，自要在众人面前展现一番。他将猛虎放出铁笼，不料下一刻就被此虎一口咬掉半个脑袋。当时宴会上伤者数十人，死者连带方骜亦有六人。"

太子沉默未语。

如果不是太子正当恼怒时，宁祭酒这个故事并不恰当。太子不是驯虎人，五皇子也不是虎，人家明明是兄弟关系，但谁晓得太子一下子就想到五皇子之妻谢莫如的身世了呢！

太子出生时，英国公府便已烟消云散，他对英国公不甚了解，但也知道这一家子是想谋反才被他爹干掉的。方家早已是过去，无甚好想的，太子就是寻思着，哪怕五皇子是个好的，有谢莫如这种血统出身的正妻，怕也好不了的！看吧，在帝都时瞧着还样样正常，一去闽地，就跟失心疯一般！

太子犹是不明了，道："孤待五弟至诚至亲，实不明五弟为何如此。"

虽然在宁祭酒看来五皇子就是天生反骨难驯，可太子既这样说了，显然宁祭酒的故事没能说服太子。宁祭酒道："大皇子焉何屡屡与殿下不睦，可是殿下待大皇子有何失礼之处？"

太子冷笑："大哥是我们兄弟之长，有些野心也正常。"

宁祭酒躬身，垂眸道："五皇子纵无野心，殿下不要忘了，谢王妃何许人！"

这话正中太子心事！

太子紧握的左拳内，指甲深深刺入掌心。

大皇子与太子接连遭殃，穆元帝清查六部，诸臣皆小心翼翼。好在，六部之中，刑部和工部都算清明，至于礼部，六皇子掌管时间尚短，中规中矩，倒也可以。

三皇子和四皇子年岁都小于大皇子和太子，五皇子更不必说，也是做弟弟的，一想到做弟弟的都谨慎，这俩做兄长的却如此不争气，穆元帝又是一顿生气。

穆元帝心情不大好，就去苏妃那里溜达一二，主要是这会儿穆元帝觉着五皇子是一心一意的好儿子。五皇子的才干在兄弟中不算一等一的出挑，穆元帝最寄予厚望的是大儿子和二儿子，不料，最令他失望的也是这两个儿子。

五皇子在密折中说："闽地诸事繁冗，千头百绪，儿才干有限，唯将所见所闻一一记录，呈父亲览。父亲谋略胜儿百倍，儿多有不能决，乞父亲指点迷津，殷切所望。"意思是，闽地这里的事儿忒多，儿子也不大干得来，只得请您老人家替我拿个主意了。

说来，五皇子不愧是礼部出身，颇会拍他爹马屁。

穆元帝到淑仁宫时，苏妃正瞧着宫人收拾东西。穆元帝进来了，苏妃起身行一礼，宫人亦皆放下手头的事行礼。穆元帝扶了苏妃，一并在榻上坐了，摆摆手命宫人起来，见苏妃这里正忙活，还道："忙什么呢？"苏妃一向清静。

苏妃挥挥手令宫人们下去了，笑道："是前些日子陛下命人把老五他们的信给妾身送来。臣妾想着，收拾些东西，什么时候陛下命人去闽地，也一并给他们捎带去。"

穆元帝不由笑道："凡事有朕呢，你的东西只管自己收着，朕亏不了他。"

"陛下是做父亲的，臣妾是做母亲的，您的东西再多，臣妾也有臣妾的心意。"苏妃笑接了宫人捧上的茶，道，"陛下尝尝，这是闽地的茶。虽说闽地往年也有茶贡上来，按理都是好的，我也不怎么常吃那儿的茶，如今再尝，倒觉着还好。"

穆元帝吃一回茶，同苏妃闲话。苏妃在宫里也没别的事，无非就是说一说儿子媳妇孙子之类的事，穆元帝刚给老大老二伤了心，如今正觉五皇子贴心，自然爱听这个。五皇子捎回来给苏妃的信，自然也会经穆元帝的手，穆元帝并未拆开来看，所以听苏妃说来也觉有趣。听说大郎几个也写了信，穆元帝道："拿出来给朕看看，他们学写字了？"

苏妃命宫人取出，好厚一刀，但其实是因为字大，所以也没写多少字，纯属浪费纸张。

一看就是初学字的笔迹，穆元帝展开来瞧了，这信到才没几日，折叠得多了，倒有些陈旧感，想来是苏妃时时翻阅所致。穆元帝拍拍苏妃的手，看孙子写的信。

大郎通篇都在写作为哥哥的烦恼，什么二郎就知道吃东西，三郎呢总是挑食，这让大郎这做兄长的有些惆怅。还有就是随父母一并出巡，大郎写道，有一些很穷很穷的百姓，住很破很破的房屋，屋子很小很窄，他们吃的饭也不如自己平日里吃的好吃，原来世上还有这样穷困的人。大郎决定以后把自己的月钱都攒下来，捐给这些穷困的百姓。

真是有爱心的孙子啊。穆元帝心里评价。

二郎的信呢，则是通篇写在某地吃到什么好吃食，以前没吃过，新鲜，写给祖母知道。

穆元帝道："二郎这小子……"小小年纪，就这么贪吃。

苏妃笑："他们兄弟，二郎身子最好，一年到头从不打个喷嚏的。"

穆元帝想到二郎的年岁，道："这也是，小孩子家，能吃就好。"

接着看三郎的信，一本打假大全，三郎绘声绘色，好吧，三郎还没有这么多形容词汇，不过，兄弟当中，三郎也是嘴巴最巧最爱说话的。三郎就说，他们随父亲巡视，各地官员做官的事，什么找许多人穿上军人的衣裳冒充军人，还有老头把白发染黑冒充年轻人。什么明明是一穷地，地方官充富户，把穷人关起来不让上街。再有就是如何被他父王识破的事。三郎还写呢，这些人，又坏又笨，总是说谎，又总结了一回，说谎实在是一件大大的蠢事。当然，三郎也在信里显摆了，他们如何如何受百姓的欢迎。

好在这些事，五皇子在密折中早与他皇爹说了。苏妃道："我收着信还说呢，孩子们这么小，又是大冷的天，巡视怎么还带着孩子们一道。虽知老五媳妇是个稳妥的，我做祖母的，心里也放不下。后来瞧着信倒觉着，带孩子们见见世面是好的。"

穆元帝点点头，道："还是大郎的字比较好。"

"都还小呢，大郎自来稳重，这习字，非得坐得住才成。"苏妃不提扫兴的事，道，"先时他们就藩，别的我倒不担心，就是怕饮食上不适应，如今看二郎的信，闽地倒颇有几样新鲜吃食。"

"闽地临海，海鲜是尽有的。"穆元帝想到把贴心的五儿子分封到这样一个贫瘠刁蛮之地，对苏妃道，"闽地现在，也只有老五这一心做事的人去收拾了。你莫担心，有朕呢，他吃不了亏去。"

苏妃笑："臣妾晓得。"

穆元帝赏赐了苏妃一回，倒是胡太后，听闻是因五皇子之故害得太子受到皇帝儿子的责备，很是刁难了苏妃两遭。赵贵妃听儿媳的劝，没为难苏妃，可心里怎能不恨，故而只做冷眼旁观状。倒是谢贵妃私下委婉同穆元帝说了，穆元帝不知如何同胡太后沟通的，总之胡太后转天就病了。

病就病吧，穆元帝正在气头上，让窦太医去慈恩宫服侍着，别的也没怎么样，与以前慈恩宫但有风吹草动，穆元帝必亲去侍疾，完全是两个极端啊。

胡太后一看皇帝儿子不吃这一套，便与闺女哭诉：“我不过略说几句，你皇兄就这样，必是厌弃了我。”

文康长公主道：“您说，您好好的，朝中的事您懂吗，就去开口。反正，我不懂的事，我也不多管。”

“这，这不是为了太子嘛。”

“太子还不是皇兄的亲儿子，皇兄也是您的亲儿子。您不偏自己儿子反去偏别人儿子，不怨皇兄恼。”

胡太后给闺女气笑：“你这丫头，尽说这刁话。我是担心他们父子真生分了呢。你不知道，你皇兄发了大脾气，叫太子反省哪。”

文康长公主正色道：“朝中的事，自有皇兄做主。太子是皇兄的儿子，皇兄难道不盼着他好？皇兄管教儿子，您要劝也是劝皇兄保重身子，再命人去瞧瞧太子也就是了。”

“我，我也没说什么呀。”

对于她娘的胡搅蛮缠，文康长公主早有经验，问：“那您‘病’什么呀？”

胡太后只得“好”了。

文康长公主还得为她娘去跟她哥说好话：“朝中的事我也不懂，母后那里，皇兄就睁只眼闭只眼吧。母后一向糊里糊涂的，耳根子软，可心是好心。”

亲娘，能怎么着？也只得凑合着过了。

倒是谢贵妃，对苏妃很是照顾，当然，她也不忘叮嘱儿子认真当差的事。谢贵妃道：“你早晚是要就藩的，刑部这些年，又有你外公，我是不担心的。只是眼下太子与大皇子之事，也得更多谨慎方好呢。”

三皇子深以为然。

谢贵妃又道：“你父皇这些日子不痛快，你多去陪着说说话，宽一宽你父皇的心。”

三皇子都应了。

谢贵妃絮絮地与儿子说了许多话，她位分与赵贵妃相同，不过是赵贵妃育有大皇子，谢贵妃略让她一二罢了。要是朝中一直太太平平的，谢贵妃也没什么想头，只是，机会来了，她也不会让儿子错过就是。

五皇子还真有本事，远在蛮地也能将朝局搅得风云震荡。五皇子告大皇子与太子的私状，将来大皇子太子倒灶，五皇子这告状的怕也讨不着好。何况，五皇子毕竟不在帝都。

远了，终是会远的。

这等良机，谢贵妃是绝不会放过的。

倒是近来南安侯的大寿，因朝中不大安稳，南安侯并未大办，只摆几席家宴作罢。四皇子妃四皇子也去了，这是亲闺女亲女婿，自然要去。

前些天兵部这一番闹腾，大皇子都卸了差使，南安侯却毫发无伤。穆元帝彻查六部，工部这样管工程的肥水衙门，也没查出什么大问题，四皇子自然也是安稳的，还得了穆元帝一句“实心任事”的评语。如今，年轻的翁婿二人倒是看对了眼，很是说了些话。

四皇子还想着，要不要早日就藩，同岳父商量了一回。南安侯道：“此事，殿下可与陛下提一提，只是，不一定能成。”

四皇子是想避开帝都的风云，但四皇子愿意就藩，自然有不愿意就藩的。四皇子想一想，轻声叹了口气。

四皇子又同他岳父请教：“闽地形势败坏，我很是担心五弟。”

南安侯道：“闽地啊……”

感叹这半截，南安侯竟是啥都没说，把四皇子给弄得，上不去下不来，也就是自己岳父，四皇子默默忍了。还有，岳父啊，说我五弟呢，可您露出这种怅然远望的神色是怎么一回事啊！

南安侯怅然的事还远，倒是东宫，本就倒了血霉还未回血，谁晓得胡太后这又帮了倒忙。太子不笨，他爹正在气头上，这会儿谁劝也没用，便是有慈恩宫这步棋，太子也不想在他爹气头上用。谁晓得，不知谁撺掇了胡太后，胡太后不出手则已，一出手就坏事。

太子因此又挨了穆元帝一通训斥：“不思悔过，看你祖母疼你，你偏去叫你祖母为你操心，如今你祖母病了，你就是这样孝顺你祖母的！”把胡太后的病安太了脑袋上了！

太子真是痛哭流涕地辩白，穆元帝气头上也没什么好话。

别看穆元帝是以他爹那绝世好爹为目标做父亲的，恐怕他自己也觉着他待儿子的心与他爹待他的心是一样的。当局者迷，这如何能一样？先帝年过不惑，快进坟头时方有穆元帝一子，那真是名副其实的命根子。穆元帝呢，现下有子九人。不论是人还是东西，多了就会贬值，皇帝家的儿子亦是同理。

穆元帝觉着自己远不比父亲命好，父亲有自己这样的儿子不说，还有先太皇太后程氏那样明白的母亲。虽然穆元帝对自己祖母的感情一向比较复杂，但也得承认，他少时颇得皇祖母教诲。虽然当时在皇位的归属上有些犹豫，到底这皇位是自己坐的。到自己老娘这里，以前只觉着老娘偏心眼耳根软，如今看，连体恤自己这个亲儿子的心也没有了。

穆元帝只觉心下发冷。

第四十七章 初练兵

穆元帝难得自怨自艾，好在，他能有今时今日之地位，不说别个，心理素质是一流的。刚收拾好自己的心情，他妹进宫了。

文康长公主眼睛都哭肿了，把穆元帝吓一跳，忙问他妹："这是怎么了？"老娘不体恤他，穆元帝与妹妹一向是极亲近的。

文康长公主哽咽："还不是阿宇那混账小子，离家出走了！我上辈子不知作了什么孽，修来这样不省心的东西！"一面哭一面把李宇的信拿给兄长看。

穆元帝抖开信一看，哎哟，他这热血外甥哟！李宇说了，去闽地打海匪了，叫家里别惦念，他带了银子带了小厮带了长刀骑着骏马，等把海匪打完，就回家。

多么热血多么爱国的一封家书啊！

穆元帝已经过了热血的年纪，不过对外甥这种爱国行为还是很赞赏的，道："阿宇这孩子，虽是好心，只是他哪里经过战事，可与先前在禁卫军的差使不一样的。"穆元帝从不亏待外甥，大外甥招来做了女婿，如今同闺女日子过得和美，外孙都生仨了。三外甥是个好文的，今年春闱，故此，穆元帝还没给他安排差使，若三外甥今科高中，一定给他安排个好差使。至于二外甥，就是李宇了。李宇好舞刀弄棒，穆元帝也是给安排的禁卫军肥缺，穆元帝道："要是嫌禁卫军闷，去兵部也好。"主要是考虑到他妹妇道人家，心疼孩子，穆元帝才这么说。为了宽他妹的心，穆元帝又道："就是去闽地也无妨，有老五照应着，出不了事。"早听说他这二外甥离家出走数遭未果，就是为了去投军。

文康长公主哭了一通，道："我已着家将去找他了，这回也不拦他了，他爱去哪儿就去哪儿。皇兄也不用让老五关照他，一天抽他八回，我看他才知道家的好。"

"你尽管放心吧，阿宇也大了，他实在想去，叫他去见见世面，也没什么不好。"

文康长公主跟他哥打听："海匪厉害不？"

这些事，穆元帝不愿意跟他妹这妇道人家说，安慰道："放心吧，朕给老五去信，不叫阿宇去战场。"

"我都管不了他，倒叫老五去为难，说来老五比阿宇还小一岁。看老五多叫人省心，我怎么修来这等孽障。"

人就怕有同理心哪，穆元帝正为大儿子和太子不争气烦恼，今见妹妹家也有个不省心的儿子。当然，穆元帝是心疼妹妹的，但此时兄妹俩同病相怜，于是，感情更加深厚了。

穆元帝还真写了封信，八百里加急的令人给五儿子送去，让儿子务必安排好李宇，保证李宇安全之类云云。

五皇子收着他爹的急信，以为是啥事，结果一看，李宇表兄千里迢迢来他这里投军了。五皇子当即傻眼，他是个细致人，而且未见着宇表兄，这事并未声张，只同媳妇商量。谢莫如道："先不要声张，宇表兄不是没见过世面的人，到了闽安也能找着咱们府上。到他来了，咱们再妥当安排就是。"

五皇子道："你看这信上，父皇还说，不要让宇表兄涉险。他要不想打仗，早好好地在帝都当差呢。文康姑妈都管不了他，等他来了，不听我的可怎么着？"在五皇子心里，他姑妈也算是有名的厉害人了。想到李宇，不由得烦恼。

谢莫如一挑眉："不听你的？又不是咱们请他来的，他既是来参军打仗的，第一要事就是得服从命令。他不听，立刻捆起来派亲卫送他回帝都！还治不了他！"李宇能离家出走，这性子就不是好驯的，只是若事事哄着他，要他有何用？这时候降伏了他，以后才有用处。若降伏不了，也不必留他，免得反生波澜。

五皇子沉默片刻，点头："实在不成也只得如此了。我琢磨着，还是得把这事跟九江说一声。"

李樵虽是永安侯庶子，也是永安侯府的人，李宇要来的事，不好不与他说的。谢莫如道："这也有理，九江与李世子是极好的，李宇小一些，他们兄弟情也不错。"

李宇此事，夫妻俩就闲话了几句，转而说起搬家的事。巡视回闽地，闽王府已建好了，屋子都用炭火烤过，并不潮湿，这就准备搬家的事了。

搬家什么的，谢莫如是能手，当初从帝都说走就走，也是样样妥当。到了闽安，这么些人安置在总督府，也处处周全。此次搬家，也没什么难的，倒比上遭在总督府安置更加迅速。因为藩王府宽敞，前面属官住的地方、平日藩王理事之所、各属官理事之所，都是按制修建的，清楚明白。

待得正式迁居藩王府，藩王府大办乔居宴。

这也是五皇子一行巡视闽地回闽安城的第一场宴会。

大家的心都搁回了肚子里，且这两月相处，感情也是有了一些的，故而，气氛与五皇子到闽安城的第一次宴会大有不同。

谢莫如在长春宫招待闽地臣子家眷，女人间，无非是说些首饰衣裳、闽地风物，再说一说官学的招生问题。谢莫如笑："官学的屋舍都收拾出来了，就在前头的弘仁院。一会儿咱们去看看。"

唐夫人笑："就是不知什么时候考试？"听说书院也不是啥官宦子弟都收的，还得有入学考试，所以，这些时日适龄的官宦子弟也没过好年，都被家长压在家里温书了。

谢莫如道："五天后。"

"哎哟，这可快了。"接话的是宋太太，宋双成是彻底投诚五皇子了，宋太太又狠狠地巴结了江行云一回，故而此次她仍在谢莫如的邀请名单内。宋太太道："娘娘，我只听说这次是招会念书的孩子们。像我们武门出身，孩子念书是比不得书香人家子弟的，倒是摔摔打打、刀枪剑戟的还成。咱们这书院，只招文官家子弟，不招武官家子弟吗？"

谢莫如笑："这并不是，只是学里考试，分开来考，文试与武试的内容不大相同而已。"

宋太太笑："这可是我们武将家的福音。"

其实开始真的没想到武官家子嗣，还是后来补上的。既是收买人心，不能只照顾文官子弟哪。

大家说笑一回，又去参观了弘仁院。谢莫如的理念非常先进，她介绍了各位先生授课的房屋，然后说："倘有文官家子嗣愿意学些武事的，也可以到武师傅这边听课就读。武官家子嗣也是一样的。"

之后，一行女人又去了安排给武官家子嗣用的校场、学生们可以借阅书籍的文馆、住宿的房舍，以及吃饭的食堂。谢莫如道："孩子们正是长身子的时候，他们与王爷的属官用一个膳厨房。"

于是，大家越发交口相赞。

五皇子一家子乔迁了新居，官学的事也安排好了，募兵的事也在进行中。然后，进了三月还未见到李宇过来，倒是永安侯府的家将先来了，而且带来坏消息：他家二爷不见了。

谢莫如直接道："去募兵那里看看。"这种离家出走的人，就不能按常理来揣测。

五皇子很是担心表兄："宇表兄难不成直接去募兵那里了？"

"这也无妨，九江与永定侯主持募兵之事，他们都认得李宇。"谢莫如吩咐永安侯府的几位家将，"不过，为求稳妥，你们还是过去吧。"

家将们谢过五皇子夫妇，跟着闽王府的侍卫去募兵处打听了。

五皇子搬完家后，主持了官学的开学仪式，就是忙着海民回迁之事了。

五皇子还感叹了一回，道："海民回迁的事也要开始了。"

谢莫如道："王爷为何叹息？"

“哎，再有海匪扰边，百姓岂不无辜？”

“王爷已给过他们选择，是他们不愿内迁。”其实有诸多人愿意留在开荒的地方，开荒的田地是给他们的，而且五年内免赋税。但有人故土难离，也强求不得。谢莫如并不似五皇子这般长吁短叹，也不觉着有什么好惋叹的。

五皇子天生一副忧国忧民的心肠，唉声叹气了一回，见媳妇不再理他，他也就不叹了。其实他也不完全是为了海民回迁的事唉声叹气，五皇子还有发愁的事，道：“咱们闽地与吴地商贸的事，父皇的意思，朝廷不大好表态。”

“总督巡抚他们的意思呢？”

“他们的意思，要稳妥，自然要跟着朝廷走。不过，他们听我的。”

谢莫如想了想：“当其位，谋其政。他们不过地方官，这种事，自然得王爷先表态才行。”

“我先时与九江、扶风商量了，要禁止贸易，不大合适，不如设贸易关卡，如同西宁、南安、北昌的榷场一般，你看如何？”五皇子还是乐于听一听妻子的意见的。

“早该如此了。靖江虽一地藩王，这些年称臣不纳贡，朝廷睁只眼闭只眼，坐大了他，才有今日局面。”谢莫如道，“不过，这些都是小事，殿下现在，将一事做好就成。”

五皇子挑眉，谢莫如道：“国之大事，在祀与戎。这些贸易的事先让臣下去商量出个条陈再说不迟，天下百样事，攸关性命的只有一样。若不能在兵事上与靖江抗衡，商贸之事最终只是空谈。”

五皇子看向谢莫如，谢莫如回望，五皇子道：“那就先调一调兵？”

“早该如此了。”

这也是夫妻俩早商量好的，募兵之事急不得，就是将兵募来了，也得训练呢，眼下先把将领互调一二。原是在泉州城就商量好的，回闽安后又是搬家又是官学的，五皇子不提，谢莫如倒替他着急。

夫妻多年，彼此了解，五皇子知道妻子的耐性，问：“你觉着形势这般不好了？”

谢莫如道：“将心比心，倘我是靖江王，必要试一试殿下的分量。”

这个，五皇子也想到了，只是没有谢莫如看得这样急。五皇子道：“那你说，靖江要从哪里试？”

“这就不晓得了，如果要我说，当仍是沿海。”

“为何不是山匪？”闽地本就与靖江封地相接。

“如果出现山匪，那彼此也就不必再顾什么脸皮了。立刻着大军开进靖江，索性替靖江靖匪！”谢莫如道，“永定侯当初怎么败的，王爷万不可步其后尘。”永定侯一败，还有人捞他。眼下他们已将太子与大皇子得罪透了，他们倘有一败，这些人不会放过落井下石的机会。而且，再进一步也不可能了。

五皇子郑重道："你说的很是。"

将领对调之事，唐总督并没什么意见，五皇子还叫来永定侯一并商量海防之事，反正现在海军没了，就是海沿的防守问题。五皇子先说："再败一次，我等无颜回帝都。"

五皇子这里天天就搞军建了，而且，他想了一招，对闽地上下发了自己的谕令，鼓励百姓以村为单位建设保安队，各村还给发武器。主要是经过五皇子上次去密折给他爹打小报告的事，兵部此次给闽地补充军备那都是挑一流的给，就怕五皇子再找穆元帝告小状。五皇子把军士换下来的刀枪，重命人锻造了，发给各县，让各县按保安队的规模发给各村。

五皇子同时还对全境百姓说了，再有匪类，也不必怕，打死一个赏银五十，打死十个，直接就给官做。就是军中，不分新兵老兵当地兵招募兵，都一样算，按人头行赏。另外，倘有奸细自沿海走私的，抓住之后，所有货物充公。若是当地官差所得，官差得其七，三成交予州府；若是军队所得，亦是一般。

总之，重赏之下必有勇夫，五皇子不惜官不惜财，豁出去了。

谢莫如听说后笑道："这法子倒是好。"

五皇子道："扶风想出来的。"

谢莫如心下一动，道："柳大人有没有练兵的兴致？说来平国公府也是武将起家呢。"

五皇子道："扶风倒是个能任事的，苏巡抚还在我跟前赞过他两遭，只是他身子不好，也没听说过他通兵事。"

"殿下不妨问问他。"

五皇子道："永定侯也还稳妥。"这些日子接触，五皇子对永定侯的才干也是认可的。

谢莫如笑："将才谁还嫌多呢？我看柳大人举止有杀伐气，有为将之才。"还有句话谢莫如没说，柳扶风是追随五皇子之人，而永定侯的政治关系太过复杂，如今永定侯与闽地共荣辱，但以后呢？

五皇子待唐总督苏巡抚等当地官员，还有永定侯一系帝都穆元帝所派将领都很亲切，与自己属官看不出亲疏来，但在心底，五皇子自然也有亲疏远近之分。五皇子道："也好，我问问他，他若有此才干，埋没也可惜。"五皇子的班底本身也少武将。

李九江与永定侯一并主持募兵之事，柳扶风同苏巡抚忙着海民回迁。五皇子问柳扶风可对新军训练有兴趣，柳扶风想了想，道："臣少时受伤，不良于行，更不通武功。"

五皇子道："要推兵法大家，如孙膑如张良，哪个又是武功绝世之人？将领，原就与剑客不同。我只是想着，扶风你有兵家之风，若你有此意，如今正是便宜。"

柳扶风沉吟片刻，五皇子的建议，他倒还真有几分心动。柳扶风思量道："臣也曾读过几本兵书，只是臣到底身体有碍，还得殿下派一名副将辅助。另外，臣现只要一千人，先试试手。只是，臣要的人，想亲去招募。"

“都可。”五皇子笑，“看来扶风你早便心中有数。你这一走，你手上这一摊，嗯，让张长史接手吧。”

柳扶风道：“张大人一向老成持重，苏巡抚是有干才之人，殿下不妨让张大人与苏巡抚多亲近。”

五皇子明白属下的意思，道：“闽地政务，本王还要多倚重苏巡抚。”

五皇子拉着柳扶风问：“扶风，你想招募什么样的人？”

柳扶风能应下五皇子的建议，就不是一时冲动，他道：“打仗不比别的，必得有血性之人方可。倘是老实巴交的窝囊人，做顺民好，打仗断是不成的。但，太过桀骜，不识好歹，不服军令，也不成。”

五皇子爽朗一笑：“随你去选吧。”

柳扶风谦道：“只盼不负王爷所望。”

“我看你成。”

柳扶风笑：“都赖王爷前番巡视，为今朝募兵打下根基。”他虽在闽安，也听说李九江等募兵不算困难。募兵还能募到人，可见闽地民心还在。

五皇子道：“你手上的事先理一理，我同张长史说一声，待你们交接好，再过来，见一见王妃。”

柳扶风便知五皇子突然提及让他领兵一事怕是谢王妃的建议，连忙躬身应了。

谢莫如听说柳扶风要亲自去募兵，她这里亦有所准备，道：“王爷一直担心柳大人的身子，程太医那里，他有个侄儿医道也极通的。只是太医院的名额有限，太医院里有程太医，他这侄儿就一直没进太医院。如今正好来了闽地，让小程大夫在扶风身边吧。”对于有才干的人，谢莫如一向很珍惜。至于柳扶风走前相见之事，谢莫如也没什么可叮嘱他的，只是让他留意身子，不要太过辛苦。

五皇子将身边最得用的李柳二人皆派去募兵，可见对此事的重视。待柳扶风一走，闽王府的武试也要开始了。

五皇子为示郑重，亲自主持。

五皇子知道妻子也有每天早上晨练的习惯，比武时，特意叫了妻子一并观看。谢莫如见就是骑射、比武两项，骑射还能看出好歹，待得比武，谢莫如问江行云：“比你如何？”

江行云摇头，谢莫如心里就有数了。

五皇子老脸一红，觉着有些没面子，道：“要不，江姑娘下场比一比？”

江行云道：“待决出头名吧。”意思是，你手下什么小喵小咪的，本姑娘也不乐意去比。

五皇子觉着自己不该跟妇道人家一般见识，要是别的妇道人家，五皇子不见得介意，毕竟妇道人家嘛，兴许吹牛也说不定。但江行云还真不一定是吹牛，当年江行云一剑砍掉刺客手的事，就在五皇子眼前发生的，五皇子至今想起犹历历在目。

五皇子低声同永定侯问："你看，江姑娘武功如何？"

"江姑娘将门出身，听说武功是极好的。"永定侯打量江行云身旁的青衣侍卫一眼，这是高手。

"崔左打得过她吗？"崔家将门，子弟们都会武，其中佼佼者就是崔左了。

永定侯真叫五皇子给问住了，永定侯悄声："崔左堂堂男子，怎好同江姑娘比武？胜了，胜之不武。"败了，更没脸见人。

五皇子道："江姑娘说你家孩子打她不过。"

永定侯瞥五皇子：王爷，你这是在挑事吗？

谢莫如打个圆场，与五皇子道："咱们这是在挑将领，将领贵在用兵，只要兵用得好，就是不懂武功，也是可以的。如今这也只是大略挑一挑。"

永定侯松口气，幸而谢王妃在场啊。不过，话说回来，倘谢王妃不来，江行云根本不会来，然后，根本不会有这事吧。还有，谢王妃对于藩王府之事是不是参与太多了？

好在，谢王妃母系血统就很有参政议政的传统，永定侯也只是心下一动，并未多想，毕竟眼下只是闽地一地之事。闽王愿意，他一个外臣也不好多言。

这里的比试平平安安结束，前番也过了文试，将武试成绩列出来，五皇子同永定侯商量着打个总分排名，李宇就来了。

李宇出身侯府，这出身在帝都也只是不低，他的特殊性在于，有个不得了的娘。故而，他要求见五皇子，底下人真不敢拦。

好在，李家教养都不错，李宇到藩王府也不乱闯，安静地等人去通报。

五皇子听说李表兄来了，手下一顿，道："请表兄去花厅吃茶，我这就过去。"把武比的总名次亲自抄录了，交给薛长史张贴出去，然后同永定侯道："眼下正是用人的时候，这比一比，也是好给他们授职的意思。原想留侯爷用饭，表兄这里刚到，我先去瞧瞧他，侯爷明儿个过来，咱们商量商量给他们安排职位的事。"

五皇子一向痛快，武比出来，对各人心里有个数，授职之事，五皇子没有半分推托。这里头，崔家人是大头。永定侯笑："李公子这么大老远地来，怕是有事。待闽地大胜，老臣还怕王爷这里没有好酒吃吗。"

二人闲话一二，永定侯并不多留，辞了去。

李宇比五皇子长一岁，个子也较五皇子略高些，李家兄弟相貌都不差，只是，李宇身上少了些李宣的温文雅致，多了些冷峻之气。

五皇子在路上就问了，从哪儿把李表兄找来的。这，带路的管事也不知道啊。

五皇子瞪管事一眼，没用的东西，这都不知道问一问。五皇子到了花厅，立刻换一副笑眯眯的模样:“我盼表兄多日,表兄总算过来了。”好在是找到李宇了,五皇子当真松一口气。五皇子问:“表兄从哪里来?”

“到闽地就听说殿下在募兵,我去了大哥那里。”李宇起身行礼。五皇子忙道:“你我兄弟,不必客套。前些日子收到姑妈的书信,父皇也来了手谕,长辈们都惦记着表兄呢。”

“我要不悄悄出来,哪里出得来。”李宇倒是直接,并无权贵子弟说话的弯弯绕绕,他道,“我听大哥说,殿下这里有武试。”

五皇子道:“刚刚比完,名次也贴出去了。”

李宇万分遗憾。

侍女捧上茶来,五皇子对于李宇要来之事早有准备,此时心下一动,道:“表兄定是有真才实学,方来我这里自荐。且,若不是实心参军,表兄也不能费此周折千里来闽地。不如这样吧,表兄与江姑娘比一场,表兄胜了江姑娘,咱们再说军职的事。不然,军中多险事,我是万不能看表兄涉险的。”

李宇皱眉:“江姑娘?”你叫我跟个姑娘比!

五皇子解释:“表哥别不信,刚武试的头一名,江姑娘都说不如她的。江姑娘的武功,我是亲见过的,的确是一等一的高手。表兄非胜了她,不然我再不能放心的。”

李宇也是自帝都出来的,想了想道:“是不是跟莫如妹妹挺好的,宋家的那位姑娘?”

五皇子微笑颔首。

李宇并非消息不灵通,他在帝都亦听说过江行云的名声,都说江行云武功不错。永定侯是不会做让自家子弟同江行云比武之事的,李宇倒不在乎,他认识的女人都彪悍。而且,谢莫如少时就是一等一的厉害,同谢莫如交好,那定也是个厉害的。女人厉害起来,那是不输男人的。李宇道:“那依殿下看,我们比武安排在何时?”

五皇子道:“表兄刚来,我这里已让王妃备好酒宴,待表兄歇息一日,明日如何?”

李宇也就应了,倒也有风度:“殿下让江姑娘好生准备,她到底是女人,我尽量不伤她。”

五皇子真心建议:“表兄先保重自己。”

李宇暗道,早听说五皇子是个实诚人,这也忒实诚了,也不怕这样说我没面子。

五皇子不怕李宇没面子,要李宇真输给江行云,那才是没面子呢。

总之,五皇子在李宇这里颇具风度。姑舅兄弟二人中午用过膳食,谢莫如也命人收拾出了客院。李宇过去休息,五皇子还得去同他媳妇商量请江行云出手的事。五皇子道:“宇表兄少时可不是这样的脾性,他以往最不拘泥俗礼,如今脾性大改。”

谢莫如倒是相信五皇子的眼光,也是松了口气,道:“那就好,这样倒还可安置。”

五皇子先替李宇说了几句好话,在他看来,李宇的确不错,千里迢迢地跑来参军,而且,还肯讲理,后一条就很难得了。接着,五皇子就把让江行云同李宇比武的事说了。

谢莫如道："你可真有法子。"

"这不是江姑娘武功高嘛，不然，哪里真放心宇表兄去军中呢。"

"你都答应下来了，我问一问行云。"

五皇子道："你说，让宇表兄去哪儿好？他来都来了，断不肯走的。"

谢莫如直接道："柳大人处。"

五皇子挑眉："九江那里，他们毕竟是兄弟……"

"九江只是现在管着募兵，待募兵结束，他就得回闽安负责军需。九江是个周全人，他们又是兄弟，把李宇交到他手里，自然能周全。只是，李宇为人，既不娶妻亦不生子，这么千里迢迢地来了，他是必要去军中的。后勤的事，糊弄不了他。柳大人不是还缺个副手吗？让他先把李宇练一练，倘能历练出来，不是坏事。"接着，谢莫如将话一转，"而且，两人都是生手，反正就一千新兵，随他们折腾去吧。"

五皇子听得直笑："你也促狭起来了。"

对于要跟李宇比武的事，江行云倒是没什么，她就说："刀枪无眼，万一伤了李公子……"

"伤就伤吧，比武嘛，伤了也没法子。"

江行云便心里有数了。

其实，李宇敢来，也是自恃本领。他与江行云的比武，五皇子没在边上看，还遣退了诸人，至于到底是个什么结果，谁胜谁败。反正，江行云是先走出来的。

江行云就说了一句："还成。"

李宇私下同五皇子道："莫如妹妹那么厉害的人，这个江姑娘……啧啧，怪道她俩能说到一处。"

五皇子悄悄打听："你是赢了还是输了？"

李宇唇角抽了抽："反正我来都来了，你总不能叫我回去！"他来就不打算走了。

五皇子心说，我还以为你转性了呢。五皇子道："要不，表兄去九江那里……"

李宇立刻道："朝中还得讲究个避嫌呢，大哥那里，我不好去。你也别糊弄我，我早打听了，大哥虽也在募兵处，可他管的多是后勤军饷之事。"

"那就扶风吧，扶风正在募兵，表兄正好过去，帮帮他的忙。我先丑话说前头，表兄做副手，可得听扶风的吩咐。"

"这你放心，我当差也这些年了，自然明白。"李宇十分利落，"那我明日就动身去柳大人处。"

李宇完全没有半点大少爷的脾气，除了似乎没战胜江行云也要留在军中外，简直是善解人意的好人哪。五皇子都说："宇表兄是明白人哪。"

谢莫如道："既然李宇安置下来了，王爷赶紧写封奏章，同陛下说一声，也叫陛下安心。”

“也是。”

李宇来了又走，关注的人并不多，主要是知道他的人不多。当然，只要知道他的，一般都是有些身份的，如永定侯、唐总督、苏巡抚等。这些老家伙，一向寡言，即使知道也不说什么的，只是心下难免都想，闽王手段当真了不得，竟把文康长公主的儿子弄过来了。

文康长公主的儿子，这就是李宇的政治身份。

不管李宇懂不懂打仗，有这么个人在闽地，以文康长公主那护短的脾气以及在皇室的地位，她儿子过来，对闽地就是大大的利好啊！

大家都不约而同地觉着，闽王的政治手腕还是很不错的呀！

连永定侯在与五皇子商量着安排武试比出的年轻子弟时，都把自家一个叫崔右的子弟安排到了柳扶风那里，与李宇做同事。唐总督默默地把柳扶风的粮草官由一位无名小官换成了自己的侄子唐政，其目的不言而喻。五皇子看他们各自安排，签任命书时道：“自己人，我自然是放心的。还是那句话，差使当好，他们的功劳，没人抢得走。要是在差使上出了岔子，别来我这里说情。”

唐总督笑：“王爷放心，臣等怎敢怠慢差使？他们倘不是那块料，把他们搁过去，倒不是给他们机会，反是害了他们。”

永定侯亦道：“定不辱王爷所命！”

三人一道商量着，把武比出来的十几个年轻人都予了军职，职位不高，但都是实缺。此时闽地不稳，在军中自然风险大，但同样地，倘有运道，收益一样大！

将各军职发下去，五皇子又同两人商量着药草军医之事。五皇子道：“我看军中大夫配置实在不足。”

这事，唐总督和永定侯都发愁。唐总督道：“咱们闽地原就贫瘠些，就几个州府有几个说得过去的大夫，到各县，好一些的县还有药堂，穷些的县连药堂都没有，就更甭提村里了，多是些巫师巫汉或是摇铃串巷的赤脚大夫。各药堂征人，也都是有数的，再怎么也得给药堂留下个坐诊大夫。”

永定侯这里，原本穆元帝派了太医在新军里，上一场大败，太医也英勇就义了。

五皇子道：“训练一些人手如何？”

唐总督与永定侯都给五皇子问住了，还是永定侯道：“王爷，行医都要五年以上的学徒方能跟师父学着看方抓药，至于把脉开方，更得有些年头才成。”

五皇子将手一摆：“我是说，战场上多是外伤，医道精湛的，处理重伤。要是些轻伤，不如让老大夫们配些现成的伤药，单训练一批包扎的人手，战时可做应急用。”

永定侯在军中多年，立刻道：“王爷这法子，倒是可行。找些手巧懂药材的，平日里能帮着处理药物，再让军医教些包扎的本领，练熟了一样用。其实打起仗来，鲜少是疑难杂症，无非就是枪伤箭伤或缺胳膊少腿的事，医道精湛与否不大要紧，会治外伤就成。”

唐总督自然也不笨，道：“还是王爷见识深远。”

五皇子道：“一点子小事，这也是没法子，谁让咱们这里大夫不够，偏生咱们这里也不算战区，没法子请旨调派，先自己想法子吧。”接着又说到药草粮草的事。

总之，五皇子对于后勤是事无巨细的关怀。

五皇子有空还准备去看一看新兵招募情形，但去之前得先同妻子去庙里祭奠一回岳母。闽安城里最有名的寺院就是闽安寺了，五皇子提前打发人过去知会了闽安寺方丈一声，寺里自是求之不得，提前将寺庙打扫干净，还同五皇子府的亲卫商量着做了安保措施。五皇子给那次天祈寺的刺客之事闹出不少的心理阴影，故此，在这上头尤为注意。

谢莫如一向不怎么讲究排场的人，以往祭祀母亲也只是同五皇子两人去，此次却是没拒绝闽安城诰命相随之事，排场相当大。

隔壁靖江王还着人送了奠仪，来的依旧是上遭的钱长史。钱长史奉了奠仪，道：“王爷听世子说王妃每年龙抬头这日都要祭奠魏国夫人，以往离得远不方便致意，如今离得近了，王爷着小臣过来代他致意。”

“多谢你们王爷想着。”谢莫如命人收了奠仪，道，“当年，你们王爷与外祖母辅圣公主多有分歧，恩怨不少，如今还想着念着外祖母的，也就是你们王爷了。”

钱长史躬身一叹，还跟着去祭了祭魏国夫人。

正在募兵筹备粮草药品备战的诸人都有些看不懂了，这是谢王妃要同靖江王重叙亲缘的意思吗！王爷，你是个啥意思啊！

王爷没啥意思，王爷在祭过岳母后就带着王妃去看新兵训练了，当然，也没忘了去当地驻军的军营看看。尤其发军饷的日子，王爷还经常打埋伏，搞个微服私访去看兵士的军饷可发到各人手里。五皇子早有话在先，以后谁敢贪一文军饷，分分钟就是掉脑袋的事！

给五皇子这一整治，军中气象焕然一新。

倒是靖江王听了钱长史的回禀，知道谢莫如说的话，不由得一叹，道：“果然是宁平皇姐的后人哪。”叹完之后就问：“闽地现在招募多少兵马了？还没开始造船吗？”

看吧，人家的传统就是该来往时来往，该相杀时相杀。

魏国夫人祭日时，靖江王打发长史官送了奠仪，待得靖江世子生辰，谢莫如五皇子也打发张长史去送了寿礼。

永定侯同李九江说及此事时，李九江刚刚结束第一期五千募兵，笑道：“靖江王毕竟是世祖皇后亲子，与先帝和辅圣公主都是至亲。王爷王妃自然也不是外人，说来，皇室王妃，就是咱们王妃同靖江王血缘最近了。既到了闽地，离得这样近，自然该多来往。”

这个道理，永定侯自然明白的，他道：“只担心小人多事，恕我直言，闽地离帝都毕竟远些哪。”

李九江云淡风轻地一笑：“这样的话，王妃既然敢说，事先怎会不做些准备呢？”

永定侯心下微凛。李九江这话既然敢说，自然不是在搪塞糊弄或者随口一说，凭永定侯对李九江的了解，他说话从来不轻率。

以永定侯的政治经验，立刻明白，不是五皇子夫妇对穆元帝报备过，就是事先有什么别的准备，总之是不会让穆元帝误会的。

永定侯笑：“这就好。”他现在自然是盼着五皇子夫妇越顺遂越好，只盼着帝都说五皇子坏话的人里头没有大皇子一系的人才好。

但，这话他既然知晓，实在不能确定大皇子会不知道。再加上先前五皇子找穆元帝告状军备之事，直接导致大皇子丢了兵部的差使。这仇结得，凭永定侯对女婿的了解，绝不是一时半会儿能化解的啊。如果此话传回帝都……

李九江似乎看出永定侯笑容下的担忧，微微一笑，端起青瓷盏，浅呷一口。

事实上，有一件事，知道的人不多。

谢莫如与五皇子就藩前，私下见过穆元帝一面。穆元帝与谢莫如，彼此既有血缘又有亲缘，但，两人对彼此的观感委实一般，然而，这并不影响两人政治上的合作。

谢莫如事先打听了一些靖江王同先帝、辅圣公主之间的事，就与穆元帝说了：“当年靖江王自宫内搬到宫外，待世祖皇后过世，辅圣公主打发靖江王就藩，靖江王当恨极了辅圣公主，但如今，最怀念辅圣公主的人想必也是他了。”

穆元帝的脸色就不大好看，五皇子当时还给媳妇使眼色，哎哟，别尽说叫父皇添堵的话啊。谢莫如说完后就道：“这话，我会同靖江王说。我说这话，想必靖江王不会为我保密，我们远在闽地，届时陛下不必听信小人谗言。”

穆元帝尽管脸色不大好，依旧道：“朕并非偏听偏信之人，你们只管放心就藩。”信不过谢莫如，他也信得过自己儿子。而且，穆元帝不相信谢莫如会背弃当朝投靠靖江王，靖江王能给谢莫如的，远不比当朝多。

永定侯自是不知晓这等内情，但在李九江的话语间，这位经验老到的侯爷隐隐察觉了些什么。

太子和大皇子同样不知，可惜的是，没有李九江这样的人来提点他们。此二人相信的是众口铄金，积毁销骨，三人成虎。

好在太子和大皇子这等身份，自不会亲自上阵，但二人在朝中多年，忠心之人也有不少。先是御史台的一位小御史说听此流言，空穴来风，未必无因，不如陛下派钦差问一问闽王，闽王妃可有说此不妥之言。

小御史不值一提，铁御史先斥：“此话不知有何不妥！靖江王本就与先帝、辅圣公主同母所出，如今先帝、辅圣公主仙逝，靖江王身为人弟，难道竟毫不念想兄姐！此乃正经人伦之义，尔等不纠百官之错，不察民风之艰，竟在此挑拨皇家骨肉，是何居心！”

小御史能出来打头阵，也是有所倚仗的，他道：“辅圣之功，天下皆知，陛下更是年年祭祀未少。谢王妃怎能说，还想着念着辅圣公主的，就是靖江王了！这话，臣以为大大不妥！”

铁御史气道：“你从哪儿听来的这话，怎么我一样住在帝都就没听到！你好灵通的消息！”

“老大人不必顾左右而言他，臣为陛下之臣，老大人虽是左都御史，小臣忠心的只是陛下一人。小臣为御史，风闻奏事，乃是小臣本分！”

“放你娘的屁！在此离间皇家骨肉，还是你的本分了！”铁御史非但一张铁面，暴脾气亦是满朝皆知！直接一记老拳把小御史打了个满脸花！

小御史再伶牙俐齿也得下去止血裹伤了，铁御史因御前动手，被罚两个月俸禄。铁御史道：“刚才臣气极，一时失礼。实在没见过这等浑人，闽王闽王妃刚刚就藩，与靖江王封地毗邻，又是多年未见的亲戚，谁还不兴说两句客套话，也被这等小人寻出不是来。难不成叫闽王妃对靖江王长史说，你家王爷与辅圣公主深仇大恨，真真气杀老臣！”

铁御史这一席话倒让穆元帝听笑了，铁御史正色：“还有一事，闽王妃就是闽王妃，口口声声说什么谢王妃，真真小人！当初闽王在帝都时，臣也没听谁说起过谢王妃，都是说五皇子妃，如今闽王这一就藩，就成谢王妃了，哼！当年景帝栗太子、武帝卫太子，皆因母族过于显赫，世人方如此称呼。我看谢大人家不过中等人家，如今就有人称闽王妃为谢王妃，不知是何居心！不然，怎就单单这样称呼闽王妃，而无人称其他王妃？其他王妃母族，并不逊于闽王妃！陛下！闽地刚刚大败，闽王就藩，新政尽出，皆是利军利民之政，难免得罪小人，且闽王离得远了，陛下定要戒备小人挑拨。不然，日后藩王就藩，岂不人人自危！”

铁御史堂堂正正一席话，穆元帝又赏了他半年薪俸，贬了那小御史去。

铁御史心下松口气，他虽是个暴脾气，但能做到左都御史，闺女还被选为皇子妃，自然是个明白人。诸皇子怎么争，不关他的事，他可不能叫人误会了去！

这是铁御史的私心，当然，自公义来讲，铁御史也见不得小人作祟，影响朝政！

在朝廷纷扰之中，闽地迎来了第一场战事！

这是一场不大不小的战事，发生在夜晚，偷袭。

待天将拂晓时，战事便已结束。

五皇子是当天下午接到的战报，那时，他正在与薛长史一道看今科的进士名单。今年是大比之年，闽地是他的封地，再加上五皇子在礼部当差数年，薛长史更是礼部出身，故此，君臣二人对春闱有一种惯性的关注。

因是战报，侍卫验过令牌，直接带了斥候进去通禀。五皇子将进士名单在手下一按，脱口道："快宣！"

斥候一脸灰尘，双手奉上漆封战报。五皇子不必内侍奉上的竹剪，直接一撕就开了。五皇子一目十行地看过，脸色慢慢和缓，将战报递给薛长史，吩咐道："宣唐总督、苏巡抚、张长史、李大人过来。"再命斥候去休息。

永定侯因为在前线训练新兵，故此并不在闽安城。这战报，就是永定侯打发人送来的。

张长史和李九江就在藩王府办公，来得自然快。唐总督和苏巡抚的速度也不慢，五皇子命侍卫将战报交给他们看了。

唐总督道："偏生是新军遇到海匪，幸而柳将军调度有方，李副将和崔副将悍不畏死，这已是难得了。"勉强算是小胜，柳扶风手下人死伤一半，等到了援军。敌方也留下了几百人，退回海上。

五皇子道："你们商量抚恤行赏之事，拟个条陈上来。"余者并未再多吩咐，五皇子便令诸人退下了。对于这场战事，五皇子没发表任何自己的看法。

五皇子心意若何，唐总督有些摸不清了。

抚恤行赏，五皇子已重拟标准，永定侯、柳扶风那里也给出了全部的战亡名单以及军中幸存者的斩首名单，依标准抚恤行赏即可。

唐总督想的是，五皇子是不是对此次战事不大满意或是啥的。但说句实在话，唐总督刚刚看到是柳扶风手下人遭遇海匪，当下心里还紧了一紧，生怕出现什么大的伤亡。现下看来，新军能堪堪拼个平手，也算不错了。

只是，五皇子没啥喜色。

唐总督就琢磨上了，五皇子是个什么意思呢？心下琢磨着，唐总督也不忘正事，与张长史道："还需问殿下一声，既有战事，该回奏陛下的。"

张长史道："是啊。王爷怕是心思都在战事上，一时没顾上。"

唐总督再三向张长史表达了，此次战事新兵出战，有这样的结果绝对是柳将军用兵得宜。给下头人的抚恤赏赐，唐总督不会小气，唐总督担心的是五皇子如何上表朝廷，千万别一冲动说是败仗，那可就是现成给人立了靶子啊！

而且，按军中惯例，这种本就该算作小胜的！

唐总督十分担心五皇子犯了执拗病，所以，在这里先给张长史说一说他对此次战役的认知。张长史是五皇子近臣，这样起码五皇子犯执拗病时，张长史能劝上一劝。

唐总督忧心忡忡，五皇子其实没犯啥病，他只是独坐一时，就找他媳妇说话去了。

谢莫如正在带着孩子们喝下午茶，见五皇子到了，谢莫如起身相迎，孩子们也都见过父亲。五皇子笑眯眯道："吃点心哪。"

大郎道："今儿这桃花糕做得好，父王您尝尝。"捧起桃花糕给他爹吃。

五皇子拿了一块，道："你们吃吧，我同你们母亲有事情说。大郎好生看着弟弟妹妹们。"叮嘱一句，拿着桃花糕就叫着媳妇走了，孩子们自有纪先生照看。

说军国大事，夫妻俩一向是在书房的。

五皇子路上就把桃花糕搁嘴里吃了，到书房喝两口茶，打发了侍女下去，才给妻子看战报。谢莫如看过后道："前番殿下不是说白浪带的兵马凶悍无比，这样看来，昨夜带兵的人该不是白浪。"

"我也这样想。不过，我看，昨天那个也不是好相与的。幸而没出事，扶风初练兵，他那一营都是新手，不说别人，宇表兄有个万一，就不好交代。"五皇子道，"你说也怪，这海匪也忒会挑，怎么就挑到扶风营下？"

"新兵分了五个营，要说柳大人营下也没什么稀奇的，就是柳大人的驻地，永定侯也是给他安排的相对坚固的县城。唯一不同就是柳大人往下，有几个出身好一些罢了。"谢莫如将海防图取出来平铺至紫檀大案间，夫妻俩同看，谢莫如指尖所向，道，"柳大人在青岗镇这里驻兵，青岗镇地势略高，易守难攻，这可不是好进攻的地方。"

谢莫如道："不如再等等，我看这一仗打得不怎么高明。攻也攻的不是地方，倒是给柳大人练练手。"

五皇子来找妻子商议，就是担心这个，道："要不还是把宇表兄叫回来吧，他在外头，我总提心吊胆。"

谢莫如屈指在战报上轻叩两下："上头不是说李宇斩首五人吗，初上战场，战绩已是不错。虽危险些，李宇倒也不是绣花枕头。这次军中行赏，殿下让九江去，他们兄弟之间，有什么话总比外人好说一些。看李宇的意思吧，他若想在军中有所建树，以后这样的事也是寻常了。"又宽五皇子的心："王爷也不必太过担心，如实告知陛下与长公主就好。再者，人该是什么命，都是有定数的。李宇要是命长，怎么着都不会有性命之危。要是命短，喝水也能呛死人。他有父母之人，他的事，自当他家里做主，王爷何须烦恼？"

按下此话题，五皇子低声道："你说，靖江王是不是想掳走宇表兄？"

"两军对垒，若能俘获对方将领，自然是有益战事的。李宇论父系，其实不如扶风更有身份，主要是碍于长公主罢了。靖江王怎么会不想呢？只是他想也白想。我始终觉着，如果他是想俘获李宇，昨日该派出更稳妥的人。"

夫妻俩商量一时，谢莫如道："待吴地有确切消息传过来吧，这一仗打得有些糊涂。"

五皇子深以为然。

不过，五皇子又道："你眼光委实不差，扶风的确有将才。"新兵新将，这一仗能打成这样，五皇子已是满意。因指挥战事的人是柳扶风，五皇子也算给他媳妇报喜了。

"我也只是一说，用不用全在殿下。那些昏庸之主，手下何曾没有能臣，只是不肯用罢了。"谢莫如笑，"殿下用人得宜，当有此福报。"

五皇子也笑了。比起政治老辣的永定侯，他自然是更喜欢柳扶风的。

对于军中封赏，五皇子十分大方，当天底下人拟好封赏条陈，第二日就派李九江过去颁赏。该得银子的得了银子，该升官职的升了官职。

这也是五皇子掌军政大权的好处，三品以下官员升迁由他做主。

李九江先办了事，柳扶风见赏赐抚恤下来得很快，心下亦是欢喜，接了五皇子谕令，便命李宇和崔右下去行赏，将给战亡士兵的抚恤发下去。

吩咐完这一套的事，柳扶风才同李九江坐下闲话。李九江道："再未料到你这里会是第一场战事。"

柳扶风的脸色有些苍白疲倦，三月天犹着夹衣，他倒了两盏茶，道："我倒是料得了，我这里既是新兵，手下人偏又价值高些，要是有人得知海军布防，冲我这里来的机会很大。"

自来打仗，没细作是不可能的。李九江问："查出细作了吗？"

柳扶风摇头："此人知沿海布防，并不知我这里的具体布防，可见应不是我这里的人。"

李九江道："王爷说，首战能有此战绩，已是难得。"

柳扶风颔首，他也是新手，第一场战役亦是紧张，能有此结果，柳扶风不置可否，问："知道昨晚是谁带兵吗？"

"还没有确切消息。你觉着昨夜带兵之人如何？"

"手下兵士颇为彪悍，未能有活口留下，定是一支劲旅无疑。战术上看不出来，并不见如何高明，不似让永定侯败于其手的白浪。"传闻中白浪狡猾如狐，凶残如狼，一战令永定侯倾家荡产。前夜那一战，委实不似出自这传闻中人之手。当然，也有可能是永定侯夸大白浪之能。

二人互换些消息，李九江就说到柳扶风这里兵源补充之事。李九江道："王爷的意思，你此次升职，正好可将新军营并一营到你这里。"

柳扶风想了想："这也可以，我以往未有战绩不能服人，如今倒是无碍了。还有一事，要托九江你同王爷说一声，我这里想再募些兵马。"

"要多少人？"

"如今营中还有六百余人，并一营过来也就一千六百人，再募一千五左右吧。"

两人说完正事，李九江让柳扶风多休息，柳扶风笑："我一夜睡不好，几天都没精神，其实没什么大碍。你难得过来，中午咱们一处吃酒，你也尝尝我这里的风味。”

李九江心里还惦记着李宇，笑：“先前没好问，他没给你添麻烦吧？”

柳扶风不吝赞赏：“颇得用，我想着，再募兵就让李宇负责。”

李九江道：“他到军中时日……”话说一半，李九江没继续说，与柳扶风相视一笑。好吧，柳扶风到军中时日比李宇还短呢。李宇以往好歹在兵部当差好几年呢，李九江改口道：“全凭你吩咐吧，我不通军事，你在这上头比我有眼光。”

柳扶风笑：“军与政没什么差别，无非是调理些可用的手下，在人想不到的地方挖个坑设个套罢了。”

李九江还是过去看了回李宇，李宇由于作战凶猛，胳膊上受了些轻伤，余者未有大碍，精神头不错。说到人生中第一场战事，李宇道：“大丈夫不来战场一遭，白活一回。”

李九江听这话，心说，哦，我们都是白活的，问他道：“王爷要向帝都回禀此事，你有没有家书，一道捎回去。”

李宇已过了年少轻狂的年岁，道：“中午我就写。”还挺客气，“有劳大哥了。”

李九江笑笑：“你注意安危。”

兄弟俩说几句话，中午柳扶风设宴，叫上手下大小将领，招待李九江一回，李九江就快马回了闽安。

这场战事来得有些早，但也相当及时。

五皇子的奏章送到帝都时，闻知此事的铁御史都大大庆幸了一回。幸而他那日公心秉事，不然看五皇子这势头，那日之事虽与他无干，毕竟是御史台的人说五皇子的不是。倘五皇子听人挑拨，说不得还以为是他指使的呢。想到这事，铁御史就来火，管你们谁与五皇子有仇有冤，也不该从御史台下手挑拨，真当他泥捏的不成！

五皇子这封奏章写得非常细致，连带什么人斩首多少人都详细备注，其间就有李宇的功勋。穆元帝大赞外甥：“这孩子，虽生于侯门，却着实悍勇，未有半分权贵子弟的娇气！真是个好孩子！”

五皇子当然也没忘了崔右的功劳，崔右也是身先士卒，斩首三人。五皇子列出崔右家门——永定侯府崔家子弟，穆元帝也说了一句：“嗯，不愧将门子弟。”

至于指挥此战的柳扶风，穆元帝想了想，竟想不起平国公嫡长孙是何模样，道：“柳扶风年岁也不小了，以前未在朝中领差吗？”

这事，郑佳郑内侍是知道的，他道：“听说柳将军少时受伤，不良于行，或者因此未在朝中领差。”

“对对对，朕倒一时忘了。”是的，柳妃在他跟前说过一些，只是彼时穆元帝想的是平国公府将来袭爵之事。如今，穆元帝道：“这孩子倒是个将才。平国公也有些年岁了，他家世子，嗯，是个实诚人。"因人家儿子刚立新功，不好说平世子资质平庸。柳妃毕竟是六皇子亲娘，可想一想前儿被革职的户部柳侍郎也是柳妃的亲弟弟，再想想平国公之妻王氏也是出身卫国公府，还有卫国公府死去的一门老小，穆元帝便道："柳扶风是个难得的，他现在也是从四品了，他媳妇还没诰命，这不大合适。"赏了柳扶风之妻小王氏四品诰命。

五皇子的奏章写得很谦逊，并不如何吹嘘自己手下打胜仗的事，当然，该手下的功劳，五皇子也得为他们争到手。五皇子就说了，因都是新兵，操练的时间短，所以损耗较多，待得军队多练些时日，胜算更大云云。

当然，也不忘提一提闽地大小官员，总之是十分中肯的一封奏章。

穆元帝心下就觉着，还是得派儿子过去，闽地才能安稳呢。

穆元帝命人将李宇的家书给妹妹送去，在妹妹进宫时，又赞了一通外甥如何骁勇之事。文康长公主尽管担心儿子，也识好歹，且在家里丈夫也劝过她。尤其此番儿子非但无事，还立了个小小战功，文康长公主亦觉欣慰，笑道："他就这一点子志向，拦也拦不住，随他去吧。那么些人都在闽地为皇兄打仗，江山到底是咱家的，我也不吝惜这一个儿子。"

穆元帝越发觉着妹妹贴心，兄妹俩又说了许多话，十分欢乐。

人逢喜事本就精神爽，穆元帝正高兴五儿子打了胜仗，后宫也传来喜讯，史美人生下一子。穆元帝更是大喜。

在此情势下，自然没人敢说五皇子的不是了。

倒是太子，因史美人是他献给穆元帝的，史美人生子，穆元帝对太子也稍稍和缓了些。太子趁势极力夸赞五皇子如何周全稳妥如何有治理才能，反正是说了一通五弟弟的好话。穆元帝叹："你总算明白了，这江山以后还不是你的。"

一句话说得太子心惊肉跳，太子忙道："儿子先时……儿子知道错了。"

穆元帝留太子一并用了晚膳，到底是一国储君，穆元帝也不想人猜度自己与东宫的父子关系。用过晚膳，太子又做了深刻反省，父子俩就算和好了。

太子的处境是拨开乌云见了太阳，对于大皇子，这些天真是没一件好事。死对头五皇子打了胜仗，接着太子重得穆元帝青眼的事就够郁闷了，结果，还有他那不开眼的六弟。哎哟，不知怎的就跟太子勾搭到一处去了！

我说六弟你眼瞎是不是，大哥是谁，你还有眼不？

人六弟绝对是有眼的，而且眼力不差，你虽是大哥，可太子是储君哩！

第四十八章 晋商帮

闽地接下来又有几场不大的战役，互有胜负。胜，都是小胜；败，也是小败。主要因闽地是防守战，便是有海匪扰边，把那些匪徒赶回海上便罢。

当然，这仗打得十分不过瘾也是真的。

宋太太去江行云那里说话时都道："有一回，听我们将军说，要是咱们能有几条船，当真能将海匪全歼。"宋双成如今全心全意投靠了五皇子，成了五皇子忠诚的狗腿子。五皇子手下武将稀缺，宋双成这样能认真改过的五皇子也肯接受，命接管了两营新军，还很有运道地捞到了一场战事。宋双成不是没本事的人，打了场不大不小的胜仗，先前的处分就一笔勾销了。宋双成也看出来了，眼下只要有仗打就不愁没有立功的机会，有立功的机会，自然有升职的机会。所以，宋双成心心念念的是能多打几场仗才好。只是，眼下他们多是防守，而且，军中无船，海匪只要往海上一跑，他们就没法子了，十分郁闷，同五皇子提了一次，是不是要建几艘海船，练一练海战啥的。五皇子不置可否。

好在，宋双成关系广，他家祖上据说与江行云祖上是一个老祖宗。当然，不好占江行云的便宜，据说，祖上算下来是兄妹。宋双成很会走夫人关系，让他太太去江行云那里絮叨几次。江行云与谢莫如关系好，众所周知，多少人巴结不上王妃，都是先去江行云那里走关系。宋太太这话，江行云也就同谢莫如提了一句。

时已近腊月，谢莫如着一件玄色貂裘，斜倚着软榻同江行云下棋，听闻此事，思量着落下一子，方道："如今却是不急的，当年永定侯初到闽地练兵，也是这般偶有战事，胜多败少。这种小战事，军中练练手尚可，对大局没什么影响。"

江行云想了想，拈起白子，未看棋枰，而是望向谢莫如："你的意思是，不练海军了？"如今闽地相对来说稳定许多，五皇子已牢牢掌握了闽地军政，要是练海军，起码应该造船了。

"海军的话，天时地利皆不及海匪，哪怕海军能练出来，我们手里也没有能与白浪相媲美的海军将领。”谢莫如一向是由人及事，没有稳妥的人，这事就不能做。

“柳将军如何？”柳扶风颇有为将天分，只要他遇到的战事，从无败绩。这对于宋双成这样为将多年的不稀奇，柳扶风却是初初掌兵，有此手段，已是当之无愧的军中新星。

谢莫如摇头，悄与江行云道：“暂且不练海军之事，是王爷他们商量后议定的，你不要外说去，这几次战役，还没有对上过白浪。”

江行云长眉微皱：“这倒是稀罕。吴地那里难道没有关于白浪的消息？”

谢莫如摇头：“此人神秘至极。”叮嘱江行云：“若再有人与你打听海军的事，也不必一口回绝，似是而非地支吾过去便是。”

江行云是将门出身，自然知道消息的重要性。她心里明白吴地必有朝廷派去的细作，如果连朝廷的人都打听不出白浪的来历，这就很蹊跷了。江行云想了想，道：“你要不急，我有个人可以问问。”

谢莫如问：“什么人？”要是当着别人，谢莫如肯定不会问得这样直接。但她与江行云不同，谢莫如能将军中机密悄然告知江行云，这话，也就没什么不能问的。

江行云道：“晋地银号的少东家，姓徐，就叫徐少东。”

银号什么的，谢莫如倒也知道，只是她家库房结实，有银子直接抬进库房放着就是，用不着银号。就是搬银子，有正规军护送，也不必银号。不过，她也知道银票这种便利的东西，据说只要向银号交纳相应费用，银号开具银票，持有人就能将银子存到银号，然后想取时，凭银票到银号去取银两，不必自身携带过重银两，非常便宜。

江行云先前的生意，就有许多是用银票结算。

谢莫如对银号的了解仅止于此，不过，她相当敏感：“晋地银号在吴中有生意？”倒是江行云家在西宁关多年，西宁关离晋地极近，认识晋商不稀奇。

江行云笑：“有钱能使鬼推磨，钱能通神，何况吴中之地。我问一问他，端看他说不说了。你用银票用得少，官员大户用银票极多的。”

谢莫如道：“银票虽然极便利，但是要控制好。毕竟真金白银是实实在在的，票是纸做的，要金银与所开票额相对应才行，万不能虚开。这样，银票才有信誉，才能值钱。”

“是啊，他们做的就是信誉的买卖。”

谢莫如难得对商贾发表看法。

江行云在招待晋地银号的少东家徐少东时，玩笑般地将这话说了出来。徐少东大为赞叹：“王妃真是一语中的，道破我们这行的天机哪。”

徐少东道：“我们商贾本为末流，不想竟得王妃关注，幸哉幸哉。”

江行云闻言淡淡一笑：“我说这话你别觉着扫面子，娘娘平日里不甚关注商贾事，她根本没用过银票，只是我说起来，她听一听罢了。”

徐少东举起茶盏，笑："那我以茶代酒，谢江姑娘为我们银号的引荐之恩。"

"无功岂可受禄？"江行云道，"我并无能相助你之处，倒是有相求之事。"

徐少东脸色郑重："江姑娘有话只管说，只要我能，必然没有二话！"他这样一口应下，倒不是想追求江行云，徐家虽是巨贾，但还真没胆子肖想江行云。何况，人家徐少东是已婚人士。徐少东只是很敏锐地意识到，一个非常难得的机会来了。这个机会，可能会关系到整个藩地的商机。

江行云道："我想向少东家打听一个人。"

"什么人？"

"白浪。"

徐少东脸色微变，道："你说的是海匪白浪！"

"对。"

徐少东险些给江行云吓去半条命，连连道："江姑娘，我正经商家，怎会认得白浪？"

"又没说你认得他，只是跟你打听打听他罢了。你们行商的人消息广，你这样反应，倒叫我真怀疑你们有什么来往呢。"江行云笑吟吟地来了一句。

徐少东摆手，央求："哎哟，江姑娘，你可别吓我，我胆子小。"

"行了，你们晋商帮的事，我不提你也别当我不晓得。你们要胆子小，就没胆子大的了。"江行云笑，"自我祖父在西宁关的时候，咱们两家就有来往了。如今我家业败落，倒难得你们还肯烧我这冷灶。"徐少东并不是轻闲人，他来闽地不为别的，是给江行云送年礼来的。是故，江行云有此打趣。

徐少东忙道："这就外道了，江姑娘你是何等出身，不弃我等商贾罢了。何况姑娘何等超脱之人，谁敢说你家业败落？"徐少东迅速在肚子里做了番思量，晋商帮在西宁榷场一向是大户，他们的生意也不是一时的。宋家父祖两代大将军，没少拿晋商的孝敬，宋大将军过世后，人走茶凉。那时江行云年岁也小，晋商与宋家的来往算是断了的，不想不过七八年，江行云重回西宁行商，非常了不得地搭上了五皇子府。而且，如今主持西宁榷场的是谁？谢驸马就是谢王妃嫡亲叔叔，江行云在西宁的生意，也没少得谢驸马的照拂。晋商眼睛多亮，立刻就同江行云重新搭上了关系。

这让江行云说起来，宋家与晋商的渊源当真不浅。

徐少东这大过年的还千里迢迢亲自过来给江行云送年礼，一则晋商帮重视闽地市场，二则也是江行云本身的重要性所致了。

叙了回交情渊源，徐少东也有了决断，闽地并非繁庶之地，但五皇子如今在朝中势头极佳，谢家也不是好惹的。虽然五皇子得罪了太子与大皇子，现在看着是冷灶，谁晓得以后呢？这一旦翻了身，以后他的收益也是翻倍的。何况，此事是有助于朝廷靖匪的。

徐少东整理下思绪，并无半句推诿，组织下语言，道："要说白浪，这人出现得有些稀奇。就如江姑娘所说，我们行商的人，走南闯北，认识的人也多些，小道消息，也知道一些。吴地官员，我约莫也认得一些，就是靖江王府的属官，也听说过的。”这句话便可见徐少东的谨慎，吴地官员按理都是朝廷派官，所以他说认得，靖江王府的属官，他便用“听说”二字。能成为晋商少东家的，自然不是等闲。江行云与他们打交道并非一日，只是微笑倾听。徐少东继续道：“我第一次知道白浪此人，是在十几年前了。那时我尚年少，我有一位族叔在吴地做过几十年的掌柜，后来族叔有了年岁，就回了老家养老，他同我说过一些吴地靖海匪之事……”话到此事，徐少东顿了一顿，道，“我就直说了，吴地一直有港口进行海上贸易，这些事，怕是江姑娘也知道的。先时吴地海贸时常出岔子，就说是海匪作祟……”

江行云猛然道：“你是说，白浪并非……”并非靖江王的人，江行云死死地盯着徐少东：“白浪竟真的是海匪……可这事，我如何不知？”

江行云的意思是，朝廷如何不知？

幸而徐少东是机警人，他轻声道：“就是如今，知道的人也不多，十几年前的海匪也不叫白浪。就是十几年前吴地靖海匪，亦未听闻有大胜，而在海上称王的一直是同一支海匪，这支海匪的头领姓段，人称段四海。”

“段四海之名，我倒也听说过。”

徐少东更确定江行云在谢王妃面前不是寻常的体面人，不然，她一介女流如何能知晓段四海之事。徐少东道：“段四海此人，当真是人如其名，为海上一霸。我听说，吴地每笔海上生意都要给段四海一笔保护费，不然，断不能平安离开海域。至于白浪，此人与段四海不同，段四海名声赫赫，凶名在外，白浪却神秘非常，他真正成名自然是上次与永定侯一战，但他十几年前就在海上，这是一定的。这样的人在海上十几年，怎么着也得是一方人物了，但了解他的人并不多，甚至关于他船队的传言也很少。所以我说，这很奇怪。”

江行云轻叩桌案，眼眸轻眯，微微沉吟：“如果海上有白浪，必不能叫段四海一家独大！如果白浪是受人驱使，得是什么样的代价才能驱使得了这种人物呢？”

江行云问：“现在吴中海贸还要向段四海交纳保护费吗？”

徐少东道：“具体的事，怕一时不能给你准信，我得打发人去问问。”

“打听清楚，尽快给我消息吧。”江行云道，“今天这事，少东你暂莫要与他人说。你也晓得，闽王于朝中并非没有对头，你们晋商与我家素有交情，我不想坑你。你的情分我记下，你我都莫张扬。”

晋商为何要烧江行云这冷灶，就是因为江行云实在是个聪明人。且这女人并不以成亲生子为人生目标，正四品亲王侧妃都不在她眼中，那她的人生目标为何，不是很清楚了吗？

徐少东笑：“这是自然，此事我断不会告知第三人。”

江行云并未引荐徐少东见谢莫如或是五皇子，大家彼此都明白，时机未到。

送走徐少东，江行云第二日就去了闽王府同谢莫如说了此事。

谢莫如立刻发现自己钻入了思考的牛角尖，道："你的意思是，白浪根本不是靖江王府的人！"

江行云道："我听徐少东说起来，白浪委实不像靖江王府的人。还是那句话，如果靖江王府有这样的能人，怎么也不能让段四海这般霸道，还给段四海交什么贸易保护费！"

谢莫如沉默地紧了紧身上大氅。如果徐少东的话没错，那么，吴地的情报系统就值得怀疑了。

谢莫如静默片刻，望着江行云微然一笑。江行云初时坚持要去西宁做生意的初衷，原来是意在此处。

江行云回以一笑。

宋家两代人几十载驻守西宁关，产业几何？起码江行云十辈子不愁花用的。她的确不需要去行商赚钱，但，她不能只作为一个孤女存在。宋家的价值，别人不知道，她清楚。

她既然在，家族便不该陨落。

谢莫如不但敏锐地发觉吴地的情报系统可能已经不再准确，她还第一次对商贾另眼相待。谢莫如道："与我说一说晋商的事情吧。"如闽地徐家那样往上巴结寻靠山的事不稀罕，这样的商贾，谢莫如见得多了。能在帝都做生意的商贾，哪个没有后台呢？

不过，谢莫如对于晋地商人很好奇，能开银号的商家，自然不是寻常的商家。尤其，能知晓白浪十几年前就在海上的商家，就更不寻常了。

徐家的消息，是经过岁月积淀的。

江行云道："各地商人有各地商人的特点，往南说，吴地的盐商有名；往北说，最有名的就是晋商了。士农工商，商者最富，但论排名，商为最末。商贾因地位远不比士人，所以行事爱抱团。像晋商，一般说起来都是晋商帮，开银号也不是晋商哪一家哪一族的事，而是整个晋商的生意。世上说哪家哪族，如何久远，商家也有久远的。像晋商帮，他们一样是自前朝过来的，据说当年先帝转战天下时，他们还帮着运过粮草。"

"这不稀奇。"谢莫如道，"商者流通南北，凡货物，都要商贾买卖。给先帝运粮草的，怕还不只他一家。"

"是啊。"江行云见奶子茶煮好，优雅地分出两盏，递给谢莫如一盏浓香的奶子茶。江行云眼神明亮："我要说的事，怕你也想到了。能做票号的生意，自然不能没有靠山。晋商帮也有自己的靠山，早些告老的前礼部尚书王大人，就是晋商的人。后来被贬出帝都任陕甘总督的李总督是我昨儿见的徐少东姨姥家的表舅，而王大人，正是徐少东的亲舅舅。"

谢莫如有些诧异，继而笑道："这些商贾，真有通天之能啊。李相未出帝都前，就是次辅了，都说他会接替苏相。"

"晋商自然也盼着自己人出一位首辅，只是首辅岂是容易做得的？苏相出身徽州苏氏，累世书香之家，亦有家族积累。李相是出师未捷身遭贬，他的道行啊，较苏相还差得远。”江行云打趣一句，正色道，“只有一事，我得先给你提个醒。不管是李相还是王大人，他们都是今上亲政的得利派。徐家在我去西宁关后就重与我有些生意来往，他们晋商财力雄厚，出众的子弟不是念书就是经商，平日里连同乡里有资质的孩子，或是结交或是帮衬，他们同当朝的关系，非同小可。我这里，他们看中的就是我与你的关系，王爷毕竟是一地藩王。其他再多，他们现在怕是要犹豫的。”

谢莫如淡然一笑：“这就是李相逊于苏相的原因了。”

江行云见谢莫如心中有数，也就不再说什么了，端起微烫的奶子茶轻啜一口。

谢莫如自然会将白浪的事告知五皇子，五皇子听了白浪之事后，脸色格外凝重，道：“若此事为真，若此事为真，吴地的人，不是暴露，就是叛变了。”当然，也有可能是靖江王做的幌子，或者段四海本就是靖江王刮海贸地皮的幌子。一时间，五皇子想得颇多。

不过，听五皇子将“若此事为真”连说两遍，就知此事给五皇子造成的冲击了。谢莫如道：“殿下以为如何？”震惊也没用啊，你倒是拿个主意啊。

“谍报重建不是一日之功，何况徐家这样一说，咱们现下先想法子验证徐家所说的事。如果徐家所说是真……”五皇子突然问，“这个晋地徐家同泉州府那个徐家有关系吗？”

谢莫如笑：“虽都姓徐，却是一点儿关系都没有。”

“这个晋地徐家，倒比泉州徐家高明不少。”五皇子评价一回，道，“商贾这般消息灵通，好不好就借一借商贾之力？他们各地都有生意往来，也不显眼，还能打听出消息来。”

谢莫如将晋商帮的事同五皇子说了一回，五皇子倒吸口冷气：“商贾竟有这等势力。”

“我初听时也极为诧异。只是后来一想，不要说商贾有各地商业行会，就是街上拉车抬轿的不是也有车马行吗？再说官员，为什么要论交呢？同僚同乡同科同榜同年同庚，还不是各种套交情。想来无甚差别。”谢莫如道，“晋商帮的势力在这儿，要是得他们相助，咱们自然便宜，可王爷别忘了，陕甘李总督当初是东宫太傅。我看晋商帮不过是碍着行云家原来在西宁关的交情，方同行云说了白浪的事。要让他们为殿下所用，李总督那里岂会舍东宫而就殿下呢？”一句话，晋商帮现在还是太子一党。

谢莫如又道：“且叫我向商贾低头求助，我也低不了这个头！”

这话说得五皇子心有戚戚，他虽是个平易近人的，也没什么架子，但这事同平易近人没啥关系。五皇子毕竟是皇子出身，此时，他跟他媳妇一个心，他也低不了这个头！

而且，这哪里是向商贾低头？这是向东宫低头。要是他有错，去同东宫认个错，这没什么。毕竟，东宫是君，又是兄。可户部之事，他是万不能低这个头的，低了这个头，岂不是说他先时是诬蔑东宫吗！

五皇子干脆先不想这个，他道：“那咱们就想个与海匪联系的法子，什么谍报不谍报的！倘白浪不是靖江所属，而是海匪，无冤无仇，他何必向永定侯下手？这里头，还是有事。还有那姓段的海匪，不就是银子吗？靖江出得起价钱，难不成咱们出不起！”不一定要靖海啊！反正五皇子也没海军，而且，他来就藩的目的从来不是靖海，他是要遏制靖江王府坐大！把海匪摆平，或者只要海匪愿意坐视闽地与靖江相争，他的胜算就大了许多！

五皇子逐渐理顺思绪，道：“晋商帮不是一家一户的事，何况晋地不是咱家封地，咱也管不到他。我想着，商贾非他们一家，只是这商贾的事，要是让咱们府的属官出面就打眼了。不如还是让江姑娘看一看，要是有稳妥可用的，你同江姑娘商量着办这事，咱们王府扶一扶，看能不能扶起一家来为咱们所用。”

一想到吴地可能不中用的谍报系统，五皇子就糟心，道：“要是咱们自己重建谍报，交到别人手里我不放心，且不易让太多人知道，还是就你、我、江姑娘，咱们三人知道就好。”此次要不是江行云打听，五皇子还不知他爹给他的谍报系统是失效的。哎，倒是江行云，颇为得用，而且，与他媳妇交好，又是将门之后，家里世代碧血丹心，再可靠没有的。用人，五皇子还是喜欢用江行云这样的，自祖上就为朝廷效力，彼此也有交情。

谢莫如便应了，道：“只是此事急不得。”

“放心，这点耐心不算什么。其实我倒盼着徐家说的是真的，白浪是海匪才更好，海匪有海匪的利益，如白浪这样的海匪，更不是容易驱使的。但如果别人有法子打动海匪，咱们这里一样能想出法子。”话到最后，五皇子反是喜悦起来。

“是啊。”谢莫如也是一笑，转了话题，“这些还远，先说眼下的事。咱们的年礼也备好了，王爷看看礼单再看看东西，若没什么可添减的，该打发人送到帝都了。”离得远，闽地的境况也不是很好，可三节三寿的礼是再不能省的。世人讲究三节两寿，当然，身份不同，三节两寿的讲究也不同。如读书人讲究三节两寿，那是对先生的，三节指的是端午、中秋、年节，两寿则是孔子与先生的寿辰。官场的三节两寿说的是给上官送礼的规矩。到了五皇子这里，三节也是不变的，三寿则是穆元帝的万寿、胡太后的千秋，以及苏妃的千秋。

所以，即使五皇子远到闽地就藩，一年也要往帝都送六回礼。当然，不只他给别人送，别人也得给他家送。

给苏妃送东西，谢莫如是心甘情愿的，她原还盘算着什么时候接了苏妃过来。只是闽地这般，不要说谢莫如开不了这个口，就是五皇子自己也不放心母亲过来的。

妻子说起年礼，五皇子也挺重视，接了礼单看过，又瞧了东西，笑道：“怎么还有大郎他们预备的东西？”

“陛下与母妃体谅咱们做父母的不愿意与孩子分离，让孩子们同咱们到了藩地，陛下虽然孙子孙女不少，却是谁也替不了谁。母妃更不必说了，就是大郎他们也想祖父祖母。他们也大些了，懂事了，便让他们各自备了一件，还写了信，到时一并带去，是孩子们的心意。”谢莫如笑眯眯道。

五皇子知道他媳妇是全方位无死角地替他在帝都刷好感，捏一捏媳妇的手，道：“你想的比我周全。”

谢莫如笑：“这原就是我分内之事，王爷到这闽地何尝歇过一日，这些家里的事，如何还能让你分心？”

“家有贤妻，如何一样？”五皇子笑眯眯道，“你是知道的，三哥比你大一岁，当初三哥议亲时，母妃成天心神不宁，就是怕你被定给三哥。”

“胡说什么呢。”谢莫如嗔道。

“这可是真的。”五皇子挺认真，道，“谢娘娘在宫里一向能说得上话，你们又是姑侄。后来三哥亲事一定，母妃大松一口气，好几回都说我有福气，如今看来，我的确是有福气的。”说着，五皇子越发欢乐起来。

望着五皇子的笑脸，谢莫如道：“福气也是双方的，我遇着殿下，遇着母妃，也不算没福了。”

五皇子怕他媳妇多想伤感，将话题扯回年礼上，道：“明儿叫张长史护送到帝都吧。”

张长史是最早跟五皇子的，也是个稳妥人，故而一般这样的事，五皇子都是让张长史去做。五皇子忽然又自言自语道：“还是挪到后儿个，扶风他们家都在帝都，约莫各人都有年礼要捎带。我着人问了他们，要是有，只管拿过来，让张长史一并带去帝都。”

谢莫如本就是个细致人，五皇子这样快地想到属下，谢莫如十分喜悦，笑：“王爷说的是。”笼络下属，上马敬下马迎当然是一种法了，但和风细雨，将事做在细致处也是一种高明的低调。

说过年礼，五皇子又道：“你说，这来了一年多，闽地到底如何，其实咱们还没看清楚。治理一地都如此，何况父皇治理一国呢？”

谍报系统可能失效的事，实在给了五皇子太多感慨。

谢莫如道：“这就像诸葛孔明说的，亲贤臣，远小人。此话是极对的，但何为贤臣，何为小人，如何辨识贤臣与小人，就是诸葛也未能细论的。识人辨人，怕是对诸葛都是一辈子的功课，不然因何有马谡失街亭之事？诸葛都如此，如我等凡人，常怀谦逊之心，凡事谨慎，尽心尽力，也就是了。”

五皇子郑重：“是啊，还需更加谨慎才行。”

夫妻俩闲话一时，就到了用晚饭的时辰。五皇子被谢莫如养成的好习惯，吃饭比天大，再怎么忙，一日三餐也得保证。所以，哪怕知道自家谍报系统失灵，五皇子也挺耐心没跳脚。当然，这也是因为跳脚没用。谢莫如命人叫了孩子们过来，一家子欢欢喜喜地用过晚饭不提。

因为给帝都的年礼里也有孩子们自己准备的东西。吃过饭，五皇子挨个表扬了一回，便让高兴的孩子们回去歇了。

这个新年格外与众不同，这是穆元帝帝王生涯中第二个未能团圆的新年。去岁虽然五皇子也不在帝都，但穆元帝心系闽地的烂摊子，反而没这样明显。今年闽地局势逐渐安稳，五儿子打赢了好几场战事，十分争气，再至新年，穆元帝就格外思念五儿子了。

其实，倘诸皇子皆已就藩，穆元帝要思念的儿子太多，估计也不会太拿五皇子当回事。偏生如今诸皇子皆在他眼前，就五皇子一个远在闽地，而且又是这样懂事能干的儿子，于是，五皇子就成了最特别的儿子。

尤其五儿子年礼一到，穆元帝读着五儿子的家书，看着五儿子奉上的年礼，还有小孙子小孙女们孝敬他的东西，会写信的孙子都写了信给祖父，穆元帝看着孙子有些不大齐整的大字和稚气的语言，胸腔里那颗老心啊，当下就软得不得了。

穆元帝亲自将五皇子孝敬胡太后的年礼带了过去。胡太后只是不喜谢莫如，说到孙子重孙子也是极思念的，还道："不是说闽地日子不大好过吗，怎么还弄这些好东西来？老话说得好，在家千日好，出门一时难，有钱叫老五存着过日子吧。"胡太后这一次与皇帝儿子心有灵犀了，觉着五孙子十分不容易，十分心疼五孙子。

穆元帝道："这孩子实诚，自己再怎么艰难，孝敬母后与我的心，是再未变过的。"

"咱家孩子哟，都孝顺。"胡太后对穆元帝道，"皇帝多给老五那里拨些钱，别叫孩子窘迫了，穷家富路嘛。这大老远的，看不见摸不着，孩子不容易。"

穆元帝笑："母后放心，朕再委屈不到他的。"

要大皇子听到这话，非得翻白眼不可，因为他怀疑五皇子这年礼是在闽地刮地皮刮来的。大皇子还说呢："次次来奏折就是哭穷，父皇一年给闽地拨多少银钱，如今兵部户部都拿闽地当祖宗。时雨你没见闽地小官来要钱时那趾高气扬的样，老五可是发了。"

赵霖静听大皇子一番抱怨后，方道："殿下闲的时间够久了，该是重谋差使的时候了。"

"眼下有什么好差使吗？"大皇子早闲得要长毛了。

"听说兵部有一批弓箭年后要送往闽地，殿下不如请旨押送物资。"赵霖道，"陛下不喜殿下，就是因前番兵部差使出了漏子，殿下诚心补过，再与五皇子重修于好。陛下最看重皇子间的兄弟情分，必会喜欢的。"

大皇子一听赵霖让他去给老五送物资，当下有些不悦，但出于对赵霖的信任，大皇子耐心听完，忽而笑了，道："时雨是说，让我借老五在父皇面前表现一二？"

"正是如此。"赵霖笑一笑，端正了神色道，"殿下如果想重新谋回兵部的差使，现在就要一步一个脚印，不要怕低头难堪。殿下身份在此，谁敢小看您呢？您先从小事入手，踏踏实实地办些实事。殿下难道还没看清楚吗？陛下喜欢踏实办事的人。三皇子和四皇子原是不起眼的，前番您与东宫栽了跟头，三皇子和四皇子立刻就显得贤良了，不是吗？"

大皇子忍不住挑剔:“刑部当家的是老三亲外公,老四胆子小,守着工部他也不敢伸手的。”

合着全不好,就他好,就他被夺差使。赵霖不理大皇子的不满,继续自己的话题:“所以,殿下一定不能再出任何岔子! 于殿下而言,无过就是有功。”

因为要借五皇子刷好感,于是在穆元帝又一次说起五皇子如何孝顺如何不容易时,大皇子难得忍着恶心一脸真诚地也跟着赞了他五弟几句,于是,穆元帝觉着大儿子似乎也懂事了一些。

赵霖微笑,如何谋得帝心不是很简单吗? 想陛下之所想,爱陛下之所爱,永远与陛下一个口吻一个立场,陛下怎会不喜欢?

因为皇子中只有五皇子在外,穆元帝格外照顾苏妃,苏妃的份例并没有升迁,但给苏妃的都是一等一的好东西。苏妃也收到儿子的年礼与书信,她一向低调,得了穆元帝的照顾,日子虽好过,依旧谦逊。谢贵妃还同母亲说呢:“苏妃也是难得的。”

谢太太也挺高兴,家里给谢莫如送了年礼,也收到了谢莫如的回信。闽地逐渐安稳,且这一年战事虽未断过,却是胜多败少。谢家的政治地位相当稳固,二孙子和三孙子的亲事都定了,谢太太也算人逢喜事精神爽了。

谢太太还替苏妃多说了一句,道:“苏妃娘娘素来身体娇弱,就得娘娘多照顾了。”

“这不消母亲说,我与苏妃也是姐妹。”谢贵妃笑着打听,“倒是阿芝去了闽地,他年岁也不小了,亲事不好再拖了吧?”

谢太太笑:“同亲家商量了,在帝都代娶,然后送阿芝媳妇去闽地,也叫小两口团聚。”

“这也好。”

谢贵妃又问了问谢芝在闽地的情况,知道谢芝只是做了个七品属官,谢贵妃叹:“阿芝的文章火候也差不离了,庶吉士的官阶最低也是从七品了。”品阶只差半级,但庶吉士可是在翰林院,谢芝如今不过是在藩王府,前程如何能一样? 要谢贵妃说,谢莫如有提拔娘家兄弟的心是好的,只是提拔的不是地方,倒耽搁了谢芝的前程。

早在谢尚书决定让谢芝随谢莫如南下时,谢太太就想通了,笑道:“随他去吧。王妃先时随着王爷就藩,走得匆忙,人手上难免不足,做娘家的不帮衬谁帮衬呢?”

谢贵妃笑:“我也只是一说,莫如既开了口,父亲也不好回绝。”虽然谢莫如这种各房选一位子弟的方法让谢贵妃觉着她的野心有些大了,好在娘家侄子不只谢芝一个,而谢莫如,妻以夫贵,五皇子既已就藩,前程已定,她便是本事通天也就止于此了。

母女俩说了些闲话,年下事多,谢贵妃未留母亲用饭,很厚重地赏赐了,谢太太就告辞出宫。

谢家现在也忙,先时张长史来帝都送年礼,捎带的还有谢莫如给娘家的东西,以及在五皇子麾下任职的各属官给自家的年礼。如永定侯这样的自不消张长史担心，不过是永定侯的家仆与张长史一道，比较方便是真的，其他自有永定侯家的人自己负责。如柳扶风、谢芝、谢云、谢远、薛长史、李宇以及其他属官，本身未带多少人手，多是派一个贴身仆从跟随，其他就得有劳张长史了。

且跟随五皇子的人，因闽地战事多，多有受封赏的，这些人家又收到自家人送回的年礼。想着五皇子远在闽地没法子致意，五皇子亲娘苏妃在深宫少见人，苏妃母族其实没啥人了。于是，大家只得想到五皇子岳家谢尚书府，这是谢王妃的娘家啊。

于是，不说刻意往来，大家见着谢家人也格外亲切了。

谢家二房谢枫苏氏夫妇更不必说，儿子谢云跟着去也学着当差了，还是在前线。当然，前线跟前线也不一样，柳扶风现下在帝都名声颇是响亮，不同于初始的一千兵马，柳扶风麾下兵马增至八千，一年就因战功升至正三品昭勇将军，谢云就是在柳扶风手下任文职。文职安全性高，而且，因主将能干，随着主将升迁，他们这些文职也会跟着升迁。这样的位置，如果谢云不是有个做王妃的堂姐，如何能轮得到他！

原本儿子跟了谢莫如去闽地，苏氏就常到长房伯父家走动，如今过年收到儿子的年礼与信件，来得更加殷勤。难得苏氏一向清淡的人，也是嘴角含笑：“我还说他们兄弟三个在一处也有个照应，眼下各得了差使，倒是没在一处。”

的确是没在一处，谢芝依旧在藩王府，谢云去了军中，谢远则为一地县令，做了父母官。谢太太笑：“好在离得不远。”与谢贵妃对谢莫如的看法不同，谢太太有丈夫点拨着，只看谢莫如对三个娘家兄弟的安排，就知她是何等清楚了。

“是啊。”非得跟着这样的堂姐，孩子们才有前程。

苏氏过来，主要是想着，谢太太有了年岁，尚书府是族长长房，年下祭祖什么的，事务颇多，看有没有要帮忙的地方，她帮着跑跑腿，谢太太也轻松些。也亏得有苏氏，为谢太太分担不少。

谢太太更加盘算着，明年给谢芝娶妻后，接着就给谢兰娶亲，怎么也得有个孙媳妇帮她管家，不然这一府的事务，委实操劳不少。

帝都人忙忙碌碌地准备新年，五皇子这里也颇为繁忙。而且，不同于去岁初来时在总督府颇为仓促的新年，今年五皇子先是亲自主持了官学里文武学生的年终考试，排了名次，给前五名发了奖赏，正式给官学生放了年假。其次，就是各种祭祀活动。

穆元帝正是心疼与思念五儿子的时候，赐下不少祭品以及祭祀礼器。

五皇子先是带着大臣们祭天地，回头再祭自家祖先，然后就是新年的各种宴会。五皇子在前面招待驻地官员与自己府里的属官，谢莫如于长春宫宴请各官员家眷。除了官员，闽王府也会宴请当地有名望的士绅大儒，另外就是年下给官员们的种种赏赐，还有军中所赐，一样都不能少。

而且，今年女眷那里的宴会与以往也有些不同，皆因大郎二郎三郎过年就到了正式读书的年纪，五皇子夫妻二人商量着，得给儿子们找几个伴读。所以，新年宴会，谢莫如让各家眷带着家里年岁相当的孩子们来了。

这对夫妻趁着儿子们入学的机会，再次将闽地高官家的儿子们网罗其中。

忠心是什么?

你我利益一致，自然忠心。

过了上元节，看过灯会，各位小伴读就位，大郎二郎三郎就正式上学了。

头一天上学，五皇子用过早饭特意教导了儿子们几句，无外乎，认真听先生讲课，好好念书的话。因是孩子们念书的日子，几位侧妃也一大早地过来，送儿子们上学。

五皇子叮嘱几句，因是第一天，特意亲自带儿子们过去学堂。侧妃们便留在长春宫陪谢莫如闲话，四郎、五郎、昕姐儿、六郎几个不用上学的也在。昕姐儿与六郎是养在谢莫如这里的，谢莫如对昕姐儿道："去你母亲那里，跟她说说话。"

徐氏见女儿迈着小步子过来，将女儿抱在怀里，笑道："每天都见的。"一面抚弄女儿的脸颊，可见对女儿是极喜爱的。

凌霄一脸淡淡，自进屋起也没正眼看六郎一眼，谢莫如便也没说什么。苏氏笑指了凌霄道："六郎，你母亲在这儿呢。"

凌霄仿佛没听到苏氏的话，根本没有任何反应，更没有给六郎一个眼神。

六郎在孩子里排行最末，如今也才两岁不到，还是懵懂的年岁，咬咬手指，看向凌霄，又看看谢莫如。谢莫如抱了六郎在膝上，摸摸他的小脸，六郎团团的小圆脸对着谢莫如笑，奶声奶气地叫她："母亲。"

谢莫如笑："真乖。"

于氏笑："一转眼孩子们就大了，大郎他们念书，四郎羡慕得不得了，跟我絮叨了好几日。"

四郎有些不好意思，道："我觉着，我也是大人了。"

谢莫如对孩子们都有耐心，笑道："你大哥他们上学了，弟弟妹妹们得有个做哥哥的照看。我看了又看，就得四郎你才行哪。"

四郎立刻觉着自己的人生有了新的意义，昂着小脑袋道："母妃放心吧，我一准儿把弟弟妹妹们看好。"

谢莫如道："那我就把他们托付给四郎啦。"

"嗯！交给我吧！"

谢莫如笑："好啊，那就交给四郎了，你带着弟弟妹妹们跟纪先生去玩吧。"

虽然哥哥们都去念书了，让四郎有些寂寞，但一下子，他成了小团体中的老大，还被母妃委以重任，又让四郎的心里有些美滋滋，于是，就扬着小脑袋，腆着小胸脯，十分昂扬地带着一串弟弟妹妹玩去了。

诸人都有些忍俊不禁。

谢莫如这才说起正事来，谢莫如道："下月就是我母亲的祭日了，我想着，抄些经文供奉，偏生我不信神佛，抄来怕是不灵验。听说苏氏你颇通经文，就替我抄上一些吧。"

苏氏脸上一白，连忙起身道："是。"又问："不知娘娘要抄什么经书，要抄多少？"

"就抄《金刚经》，能抄多少抄多少，也别累了你，倒叫我心疼。"

苏氏柔顺地应了。

略说几句话，谢莫如就打发她们下去了。

苏氏的脸色有些白，徐氏和于氏暗自庆幸自己谨慎没有多嘴。王妃待她们一向和气，各项用度也都是份例内最好的，但王妃可不傻，再说王妃的手段，只看她们几个侧妃现在的处境，还有什么不明白的。苏氏竟然敢在王妃面前挑拨，于氏悄看向凌霄，凌霄还是那副冷冷淡淡的样子。

谢莫如未将苏氏放在心上，但她不会当看不到。此时不警告一二，怕苏氏的心就太大了。

谢莫如打发了侧妃们，就令紫藤去吩咐，单独预备出个小院来给谢芝和吴氏住。谢太太来信里说了，谢芝的年岁，亲事再不能拖，跟吴国公府商量了，在帝都代娶，成亲后就送吴氏过来。谢芝现在级别不高，与人同住一院。吴氏若来了，小夫妻俩得有个单独的院子才成。

再者，二月中是靖江王世子的生辰，也要准备贺礼。

谢莫如这里成天的事情忙不完，五皇子根本不晓得苏氏抄经的事，就是晓得，五皇子估计也没啥反应。本来就是，妻子要管着一府的事，还要操心孩子们，哪里还有空抄经？反正侧室们闲得很，抄一抄也没关系啊。

好吧，这就是五皇子的想法了。

龙抬头那日，五皇子沐浴更衣带着驻地官员、王府属官与妻子去庙里给岳母做法事。靖江王依旧派了长史过来祭奠，谢莫如依旧让钱长史带了给靖江王世子的生辰礼回去。

二月底，谢芝的新婚妻子吴氏被送到闽地来与丈夫团聚。

吴氏来之前还有些忐忑，不知道藩王府是个什么规矩。她是知道丈夫住在藩王府的，也知道因品阶关系，是在藩王府与人同住。吴氏来前，她娘还悄悄给了她银钱，说要是藩王府住着不便宜，待过些日子在不得罪谢王妃的情形下，自己在外头寻处宅子也是一样的。倒是太婆婆与她说，都安排好了。

吴氏出身国公府，嫡亲的姐姐做着太子妃，自然不差银钱。主要是谢莫如名声在外，而且，丈夫毕竟是庶出，好在夫家这一代只有谢王妃一个嫡姐，而未有嫡子，不然，吴国公再不能提起这桩亲事的。因为谢家的情形，吴国公府也看得明白，是不可能有嫡子的，谢芝这庶出的，也就是嫡子的地位了。

就是因谢莫如与谢芝一嫡一庶，吴氏心下也存了三分小心。

倒是来了藩王府，便有侍女引她到了一处小小的两进院落。院子不大，坐北朝南，方位很正，而且是一溜五间正房的院子，很是干净齐整。廊下一株桃花已结了点点粉嫩花苞，进得屋去，家具摆置皆是清一水的黄花梨。能让吴氏这国公府出身的看着雅致，可见屋舍委实不错。吴氏先同侍女道谢："有劳姐姐了。"又请侍女坐了。

"都是奴婢分内之事。"紫藤笑，"娘娘接到家里太太的书信，就命奴婢挑了这处院子。这儿离薛长史的院子不远，出门就是甬道，大爷当差，大少奶奶去娘娘那里说话，都是极便宜的。因知大少奶奶必要带自己的东西来，屋里略收拾了些，大少奶奶瞧着安置吧。"又介绍了屋里的两名侍女："碧桃、春江原是娘娘那里的侍女，娘娘说大少奶奶新来，对藩王府不熟，让她们过来，待大少奶奶熟了，再叫她们回去是一样的。"

吴氏又谢过谢莫如的照应，紫藤说着话，谢芝就来了。紫藤是谢家的丫头，自小就在谢莫如身边服侍，谢芝与紫藤是熟的，笑道："紫藤姐姐来了。"

"知道大爷事忙，我来陪大少奶奶说说话。"紫藤起身见礼。谢芝既来，紫藤就告退了，笑道："娘娘也记挂着大少奶奶这一路辛苦，奴婢先回去同娘娘说一声，娘娘也就放心了。"

谢芝起身相送，道："你跟大姐姐说，我们一会儿过去给大姐姐请安。"

紫藤应一声，恭敬退下。

两人成亲，还是第一次见。

吴氏面上微红，倒是丫鬟有眼力，上了茶就退下了。谢芝年岁长些，妻子年岁小，这一路过来，虽有忠心家仆护送，一个女子，也不容易了。谢芝问："累了吧？"

"倒也还好，大爷今儿还当值的吧？"吴氏也会找话题，总不能夫妻俩干坐着不说话。

谢芝笑："朝廷成亲也得有三天婚假，我早与上峰说过了，就是不知你具体哪天到。要不，我就出去迎你了。"

吴氏听了心下也欢喜，这会儿两人要说有什么深厚感情也不可能，但都是想往一处亲近的。有亲近的心，且性格都不差，待到谢莫如那里时，举止眉目间就很有些意思了。

对于吴氏，谢莫如本就是大姑姐，新婚头一次见面，也要见礼的。待吴氏行过礼，谢莫如给了丰厚的见面礼，又问吴氏路上来的事，走了多少天，路上可还顺遂，和气又亲切。

最后，谢莫如道："这一路车马劳顿，你们先回去歇着，明儿过来，咱们一道吃饭。过几天就是上巳节了，我这里有宴会，你也过来，认识一下闽安的各位夫人太太。"

谢莫如的安排，简直体贴又周到。

吴氏与谢芝回了自家小院都说:"大姐姐给我这样贵重的东西。"这样的一套红宝石赤金头面,吴氏的出身也觉着贵重了。

谢芝笑:"大姐姐给,你只管收着。"谢莫如同谢芝几人的关系都不错,小时候谢芝可能还觉不出来,待大了,谢莫如能给的机会,从来没有吝啬过。至于生母的问题,宁氏被关起来时,谢芝年岁还小,谢尚书和谢太太又不是傻子,自不会留下这等后患,早同他分说明白了。谢芝是男人,也不像谢莫忧那般总与宁家和晋宁侯府来往,倒是觉着自己生母有些对不住嫡姐。毕竟是生母先起了心思,论身份,也是生母不对在先。

谢芝是长孙,被教导得很好。来了闽地,五皇子和谢莫如都肯照应他,他也不是不识好歹。何况,这等出身的子弟,若放着这么个位高权重的长姐不亲近,那就是傻瓜了。谢芝明显不傻,不然,家里不能为他的亲事百般筹划,给他定下国公府出身的妻子。

谢芝二十几岁的人,已经知道体谅人了,何况妻子年岁小。谢芝道:"闽地不比帝都繁华,咱们在一处,我平日里要去当差,搁你一人在家,我也不放心。如今在藩王府,同大姐姐在一起,你闷了只管过去找大姐姐说说话,她是极照应咱们的。"

吴氏笑应了。她大家出身,家族来往什么的,自然不陌生。

小夫妻初见,倒是有许多话说,及至晚上圆了房,不过两三天,愈见亲密。谢芝也是个会做人的,上峰下官都知道他媳妇来了,谢芝还趁休沐时在自己的小院里摆了两席酒。这些事自有吴氏张罗,谢芝出面相请,大家都肯赏光,只是随丈夫前来闽地的妇人不多,且这些太太奶奶们,论出身真比不得吴氏。不过,人家丈夫官职多比谢芝高些,吴氏很是随和,遇着年长的妇人,也很尊重人家,说话也客气。再加上谢芝吴氏小夫妻毕竟是小外戚,能如此做人,颇令人称道。

吴氏来的事,谢莫如也同五皇子提了一句。五皇子道:"是啊,阿芝年岁可不小了呢。"

"说来他这亲事真是颇多曲折。"谢莫如道,"他是长孙,家里期望也高些,原是想着先进学,亲事且不急。二叔成亲也晚,所以阿芝的亲事定得就迟,原是定的现在靖江吴巡抚家的姑娘,可惜那姑娘命薄,地动那年过身了。终归是有婚约的,阿芝为吴巡抚家的姑娘守了一年,后来吴国公见阿芝厚道,两家也有意,就定了现在的亲事。"

谢莫如递了盏茶给丈夫,道:"弟妹年岁小些,千里迢迢地过来,离娘家人就远了。倒是吴巡抚离得近,亲叔父家,原也该多走动的。吴巡抚一地大员,不好来闽地,弟妹是女眷,也不方便去靖江。我想着,让弟妹写封信给吴巡抚,也是告诉他一声,王爷说如何?"

五皇子听到最后,唇角直抽,险些喷了茶。忙咽下嘴里的茶,五皇子笑:"我的王妃呀,有话你就直说。"这弯子绕得哟。

谢莫如拍他一记,也笑了:"我还没说完呢。"

五皇子拱拱手,打趣:"请继续请继续。"

谢莫如笑:"我是想着,一来也是让弟妹同娘家叔叔走动一二,二则倒是有件事同吴巡抚打听。都说靖江王偏爱三子,世子虽早立,却不如三子更受靖江王宠爱。吴巡抚毕竟在靖江也有些年头了,不说旁的事,这些事他也应该知道的吧?"

"你是说挑拨挑拨靖江世子与靖江王的关系?"

"不知是不是真的,要是真的,就让吴巡抚试一试。"谢莫如道,"靖江世子是受朝廷册封的,让他知道,朝廷是支持他的,靖江王再偏爱三子也没用!他受挑拨很好,不受挑拨,也没关系。"

"这倒不错,就是不知吴巡抚乐不乐意。"吴家毕竟是太子妻族。

谢莫如微微一笑:"要说吴家,先帝时就是最忠心的,后来,先帝崩了,他们同辅圣公主关系也不错。至陛下亲政,陛下都乐意同他家做亲家。凡世家大族,关系总是复杂的。殿下别忘了,最先要同我娘家做亲的,可是吴巡抚,只是事出不巧,才换了现下的亲事。其实,说来说去不都是吴家嘛。"

五皇子也就不废话了,道:"谁去送信?"

"让行云去吧,她最知我的心意。"

五皇子想了想:"五月是靖江王的寿辰,再等一等,五月张长史去的时候,让江姑娘跟着一道去。"

谢莫如没什么意见。

五皇子想到一事,与谢莫如道:"对了,大哥要过来给咱们送装备,你叫人收拾出个好院子来,给大哥住。"

"大皇子亲自来?"

五皇子也是无奈:"是啊,刚收到四弟的信。"从袖子里取出给媳妇看。

谢莫如将信看过,一时也无语了。

夫妻二人相视无言,委实想不到,今时今地,他们也成了叫人刷好感的存在了。

吴氏觉着,大姑姐谢王妃完全不似传闻中的那般人品。

当然,吴氏听过许多大姑姐的传说。她年岁小些,懂事时,谢莫如已是帝都知名人物。她定亲时,谢莫如在她太子妃的姐姐嘴里也是"不好惹"的人物之一了。

吴氏来闽地时,姐姐还特意叫她去宫里说了许多私房话,无外乎就是说谢莫如性子不好,让她小心着些。倒是母亲与她说:"闽王就藩,姑爷就跟了去,可见王妃待姑爷的情分了。王妃为人,外头传言颇多,要我说,自己处一处就知道了。那是你正经大姑姐,姑嫂之间,也是一门学问。我也没多余的话嘱咐你,就一句,一家人,得心往一处使,日子才能过好。要是一人一个心,日子是过不齐整的。既嫁了人,出嫁从夫,别惦记娘家,你把日子过好,我跟你父亲就高兴。"

太婆婆也有一番嘱咐，而且，太婆婆的话相当简洁明了："你们有什么事，拿不定主意，只管问你大姐姐。"

待吴氏真来了闽地，与谢莫如相处了些日子，当真觉着传言不真，怎么看，大姑姐都是个极周到的好人。周到自不必说，好也是真的好，颇是指点她来往交际。

万事开头难。吴氏出身好，自身素质也不差，就是初来闽地，人头不熟，有谢莫如指点着，她适应得格外快。眼瞅五月节，谢莫如就同吴氏说了："靖江王的寿辰就在五月，王爷要打发人去靖江送寿礼。我想着，吴巡抚可不正是在靖江当差吗，平日里各有各的差使，咱们虽离得近，却是一个在闽地，一个在靖江，来往不便。这回也巧，你既来了，端午可有给吴巡抚的东西？正好让张长史一并捎带去。"

吴氏也是个机灵人，笑："还是大姐姐想着我，我正有东西想捎给二叔呢。"就是没东西捎带，谢莫如这话都说了，也得准备些东西呢，何况是自己亲叔叔家，吴氏也乐意多走动来往。说到叔叔在靖江王的地盘当差，吴氏还有些担心呢，自从叔叔当了这差，家里无时无刻不在担心叔叔的安危。

吴氏回家准备给叔叔的端午礼，谢莫如又命人请了江行云来说话。

江行云对于去靖江之事颇为向往："听说靖江王年轻时也是难得的美男子。"

谢莫如道："现在估计老得掉渣了。"

江行云直笑。

说到正经事，谢莫如道："让吴巡抚量力而为吧。"

江行云道："我看吴家下注可是分着下的。"家族里有个太子妃，有个驸马，这里又搭上谢家。

谢莫如并不在意，道："以吴国公府的身份，家族结亲自然得门当户对。帝都就这么丁点儿大的地方，权贵也是有数的，无非是东家嫁西家娶，到时候不管怎么着一算，曲曲折折的，原来都是亲戚。"

江行云一想，自来联姻可不就是如此，不由得一乐。

江行云与张长史去靖江王府是在端午前了，因两地离得近，四月底出发也不迟，却在张长史的提议下改为四月中出发。说到这事，五皇子都有点儿面部神经失调，他私下同妻子嘀咕："张长史特意同我说，江姑娘是姑娘家，不好赶急路，要早些出发。"

谢莫如笑："爱美之心，人皆有之。"张长史是有年岁的人了，也并不是轻佻的性子，这些年家里只有一老妻，并无妾室，儿女皆是老妻所出。只是，不论男女，见到漂亮的人，总是会心生好感的。看来，张长史也不例外。

"当时他说这话，可把我酸了一把。"五皇子想想也好笑。

"行云其实不大喜欢坐车，她更爱骑马，倒是张长史的年岁，又是文官，坐车比较好。"

夫妻俩说笑一回，往帝都送端午礼的队伍也已出发。当然，帝都亲戚们给他们送的端午礼也相继到了。这次非常罕见的，戚国公府也令家仆带了端午礼来，较之先前，礼单很有些厚重。戚三郎在军前效力，虽不比柳扶风光芒万丈，如今也是正五品实权军职。他又是谢莫如的妹夫，谢莫如对亲戚一向低调地照应，五皇子对戚三郎的观感也不错，觉着是个实心任事的人。

戚三郎来了军前，戚家这是头一次主动打发人过来送东西。

谢莫如收了端午礼，对戚家管事道："三郎在军前，今儿也晚了，你们在府里安置一夜，明天我派人带你们过去。"

那管事恭恭敬敬地退下了。

谢莫如唤来紫藤问："戚家这次来的都是什么人？"

紫藤一向得力，这会儿也得了信儿，低声禀道："除了这位大管事，还有就是一位姨奶奶，说是送来服侍戚将军的。"

谢莫如听了将礼单往手边的花梨几上一按，没有再说什么。

谢莫如对此事只作不知，她也不想发表什么意见。

只是，如今藩王府除了谢莫如要拜见，谢芝也在藩王府任职呢。谢家与戚家，可是正经姻亲。戚家人既到了闽王府，没有不拜见谢芝的道理。

谢芝一向和气，问了几句路上的事情，又同管事说了几句二姐夫的事，就让管事下去休息了。

谢芝还同妻子说呢："以前也不大见戚家端午给姐夫送东西，这回怎么突然送了端午礼来？"

这原是一句随意的话，吴氏的面色却有些为难，谢芝见吴氏如此神色，问："怎么了？可是有什么事？"

吴氏这才与谢芝说："我听说，戚家管事带了一位姨奶奶过来。"说完，就看着丈夫不说话了。其实，她也不乐意说这事，可既知道了，也不能装不知道。

谢芝脸色一沉，顿生不悦："这是怎么说的？二姐姐在戚家又不是长媳，怕二姐夫在军中无人照料，让二姐姐带着外甥们过来，正好一家子团聚。"把嫡妻搁家里，倒派个什么姨奶奶过来，谢芝又觉着不对，道："二姐同二姐夫成亲这几年，没听说二姐夫有姨奶奶啊。"通房丫头不算，这种没名分，连妾室也算不上。必是正经妾室，才能叫姨奶奶。而且，二姐夫在闽地这一年多了，同二姐姐分隔两地，两人也不能闹什么矛盾。谢芝心下思量，觉着，怕是二姐姐在婆家出了什么事。

吴氏欲言又止："我来前，倒是听说一事，只是不知真假。"

"快说。"

“就是戚国公夫人好几回同我母亲打听我过来与大爷团聚的事，当时看戚国公夫人的样子，似是不放心二姐夫一人在这里似的。我母亲还说呢，要是二姐姐过来，正好一道。后来就没听戚国公府提过了。”吴氏一五一十道。

谢芝头疼。

谢芝道：“还是给家里写封信吧。二姐姐过来多好，大姐姐也在这里，正好团聚。弄这么个妾室来，算是怎么一回事？”

吴氏劝他：“大爷先别急，戚家人正好来了，大爷先想法子打听打听，到底是个什么缘故，再写信不迟。”

“看我，都糊涂了。”谢芝召来贴身小厮去打听这位姨奶奶的来路。

小厮能被派出来在谢芝身边贴身服侍，实在是忠心又机灵，也很得用，很快就打听明白了，谢芝听得都无语。戚国公府的确是不放心儿子，儿子出来不是享福的，那是谋前程来的。戚三郎又是在军前，且有机会，官职升得快，戚家惦记儿子，就寻思着让谢莫忧过来，小夫妻团聚，这样儿子身边也有个服侍的人。

戚家的想法就是这么简单，那时还没姨奶奶呢。

而且，戚家都想好了，让媳妇跟着吴氏一道走，安全上也有保证。谁晓得，这要走了，谢莫忧就病了。戚家也没说啥，等她病好，派家下人送她过来也是一样的。谁晓得还没走，晋宁侯死了，谢莫忧就去吊唁晋宁侯了，这算起来是谢莫忧血缘上的外曾外祖父。这吊唁晋宁侯倒也没事，晋宁侯也是侯爵，他死了，戚家也会命人送奠仪。谢莫忧的错处在，她是同宁太太一道去的，话里话外这是她外曾外祖父。

戚家立刻就重金聘了位良家出身的姨奶奶给儿子送来了。

谢芝听了，险些没背过气去。吴氏忙递凉茶给他，帮他抚胸：“大爷消消气！”

谢芝挥手打发了小厮下去，气得脸都白了，怒道：“二姐好生糊涂！就是去，不同婆家女眷一道，就是同娘家女眷一道，怎么就——”

吴氏也无语了，丈夫是庶出，她早有心理准备，论血亲，应是二姑姐更近些，可这位二姑姐实在是！你去认生母的娘家，私下认也就是了，这样大庭广众，将嫡母置于何地呢？何况，你嫡母可不是能无视的人哪。就算无视嫡母，你也想想你嫡姐呢。有这样的二姑姐，吴氏都跟着头疼。

谢芝再怎么生气，还是给家里写了封信，婚姻不比别的，成亲就是一辈子，二姐还年轻，总是盼着她能过好日子的。

其实谢芝不知道的是，他家小厮去打听，人家戚家人也不傻，故意说出来就是给谢芝知道的。戚家人说得还算客气的，事实上，戚夫人听到这事，当下就问了谢莫忧。谢莫忧自己也晓得不大妥当，便道：“外祖母和舅妈那样说，我也不好当面辩驳。”

戚夫人给谢莫忧这话气得一佛出世二佛升天，直接翻脸了，冷冷道："谁是你外祖母？你外祖母是当今圣上嫡亲的姑妈辅圣公主！"一句话就把谢莫忧说得脸都白了。

谢芝这里给家里写信，想让二姐脑袋放明白些。

第二日戚家人去了军前给自家三爷送姨奶奶。吴氏看丈夫烦恼，就去谢莫如那里说话，想着不晓得大姑姐知不知戚家的事。吴氏并不是想挑拨什么，就是想着察言观色看能不能瞧出些什么。

吴氏去了，正陪着谢莫如说话，紫藤就将拟好的端午赏赐单子捧了上来。谢莫如笑："阿汐过来，帮我看看，这单子可还使得？"

吴氏跟在谢莫如身边参加宴会、茶会、花会以及各种建藏书楼啥的公益活动，但让她看颁赏单子还是头一遭。吴氏有些诧异，面上也不显，笑道："紫藤姐姐拟的单子，再妥当不过的。"一面说着话，吴氏笑着过去，见是给亲戚的端午礼赏赐。谢莫如一向公允，谢云和谢远都是粽子、香料、雄黄酒以及文具，这些，谢芝与他们相同，唯有不同的是，谢芝多了四匹时兴宫缎。吴氏知道这是因自己在这里，所以多四匹宫缎。戚三郎是妹夫，所以只有粽子、香料、雄黄酒，没有文具，只是，戚三郎这里也有两匹细纱，显然，料子是给女人的。

吴氏心下一沉，笑道："我跟着大姐姐长了见识，节下又得这许多东西，倒是没什么可孝敬大姐姐的。"

"你们好生过日子，就是孝敬我了。"谢莫如笑着合上礼单，递给紫藤，吩咐道："按这个预备吧，备好了，待王爷赏赐诸臣时，一并给他们带去。"

紫藤福身应下。

吴氏心事重重地回了自己小院，她寻思着，大姑姐肯定是知道戚家事的，只是没想到，大姑姐出手这样快，直接就赏了戚家那位姨奶奶东西。

吴氏悄将事同丈夫说了，谢芝寻思片刻，道："这事咱们已经尽力了，你也不要在大姐姐面前漏了口风，大姐姐最重规矩，她不提，最好。"要是让谢莫如提起来，那谢莫忧就完了。

吴氏连忙应了，想到谢莫如让她看颁赏单子时的云淡风轻，不由得心惊胆战。

紫藤倒是劝过谢莫如，她跟谢莫如时久，有些话，倒是能说上一二。紫藤道："这样，二姑娘面子上未免难看了。"

谢莫如淡淡："面子？"谢莫忧的面子很要紧吗？不，谢莫忧的价值不在于她的面子，而在于她的联姻，谢莫如自始至终看的都是戚国公府。

从谢莫忧嫁入戚国公府那一日起，她的价值便已实现。从戚三郎随他们到闽地的时候起，就已经是戚国公府同五皇子府的利益共同体了。

至于谢莫忧，谢莫如真没太在意她，自然也没太在意她的面子。

紫藤不敢多言，谢莫如的眼睛望向北方，那是靖江王府的方向。

第四十九章 靖江行

此时，江行云一行也到了靖江王府，靖江王亲自召见。江行云说靖江王昔日有美男子之名，这绝不是虚传，靖江王这等年岁，发若霜雪，仍是长眉笑眼，风度翩翩。靖江王声音清朗，笑道：“我在靖江也听闻过帝都第一美人的名声，如雷贯耳，本王今日得以亲见，幸哉幸哉。”

江行云一笑，抱拳一礼道：“早听家父说过王爷年轻时的风仪，如今一见，也知传言不虚。”

二人不禁相视大笑，仿佛神交已久。

二人说起话来，那更是热络非常，仿佛渊源已久。江行云道：“昔年听家父笑言，先帝时，家祖父为军中有名美男子，到家父时，我原以为以家父相貌，也算有一无二了。不想家父同我说，皆因我未曾见过王爷您呢。”

“如今见了如何?”

“盛名之下无虚士。”

靖江王哈哈大笑。

江行云在靖江可谓如鱼得水啊，尤其她是个好歌舞的，自己家里好几班歌舞伎，调理得那叫一个水灵出挑。

吴地出美人，靖江王设宴请江行云赏看歌舞，江行云颇得其乐，与靖江王有说有笑，还道：“王爷的品位比王妃好。”这王妃，自然说的不是靖江王妃，而是谢莫如。

靖江王笑：“当年，宁平姐姐也不喜歌舞，可见祖孙还是有些像的。”

“歌舞之妙，竟不能赏，真乃人生憾事。”江行云感叹。

“何尝不是啊。”靖江王深有同感。

江行云桃花眼微眯，指节一叩一叩和着音乐的节奏，忽然道："错了。"然后一指左手边的一个乐工，道："错了一个音。"

那乐工登时脸色惨白，江行云五指一挥，做了个极洒脱的手势："继续。"

乐声重新响起。

看到没？人家不是随便听听便罢，人家是真正的行家。

江行云对歌舞颇有心得，尤好琵琶，与靖江王谈起音乐来，两人完全是伯牙遇子期的势头啊。靖江王都说："行云，你该生在吴地啊！"

江行云眉眼一瞥："天地间难道只有吴地有歌舞？吴地歌舞绵软，不若北地壮烈激昂。"

"要说吴地歌舞绵软，那就是行云你不了解吴地歌舞了。"靖江王带江行云欣赏一曲剑舞，一男子随音乐舞剑，身姿挺拔，形容英俊，剑也舞得不错，刚柔并济。

江行云看得津津有味，笑："不错，只是音乐不当用丝竹，该用军鼓。"

靖江王哈哈一笑："行云，你果然是北地生人哪。"

有江行云这光芒万丈的人在此，张长史十分低调地隐形了。

第一日宴饮。

第二日，靖江王请江行云游赏他的藩王府花园，同行的还有靖江王世子与靖江王三子穆三郎。江行云与靖江王并行，她也算见过些世面的，仍觉着靖江王这园子修得不错。江行云道："我家宅子的花园同王爷的花园比，那就是个泥塘坑。"

靖江王笑："看来还能入行云你的眼。"

江行云悄声道："比闽王府的花园也好多了。"

靖江王笑："本王一辈子都在吴地，这园子啊宅子啊，都是要人养的。养得久了，园子也就有了人气有了灵气。何况，本王闲散惯了，闽王闽王妃风华正茂，如何会将心思用在这园宅上。"

江行云不以为然，将手一摊："哪儿啊，他家王府修得急，那会儿正穷，只得简朴了。"

穆三郎道："听闻闽王是陛下爱子，再怎么，地方官员也不敢在藩王府上克扣吧？"

穆三郎就是传闻中最受靖江王宠爱的儿子，他的相貌与靖江王颇为神似，已是而立之年，说一声面若冠玉也不为过。对待美男子，江行云一向比较客气，她道："倒不是谁敢克扣闽王，只是前年永定侯一败倾城，闽王到封地时，百废待兴，哪里还有心思大兴土木，只随便建了建，凑合着住吧。"

靖江王拈须感叹："可见陛下教子有方。"

世子亦道："闽王不愧贤王之名。"

漫步过一丛盛开的蔷薇障，江行云唇角噙着笑，笑道："是啊。"

两人说着说着就说到谢莫如了，靖江王在一处涉江亭里坐了，随从捧上香茶点心，叹息道："真是近乡情更怯。早就知道那孩子，我也常打听她，不知她过得好是不好。知道行云你与她亲近，别人面前问得出，到你跟前反不好开口了。"

"这有什么不好开口的，王妃也时常说起王爷呢。"

"那孩子心里，怕是疑我的。"

江行云并没有坐，仍是长身直立，有些潮湿的夏风拂过她额前刘海，她道："相疑相杀相亲相近，这是本能，王爷因何喟叹？"

靖江王世子与穆三郎听得这话，面色不变，心下却是有些不自在的。唯靖江王一笑："行云你就是太直率。"

"是啊，我优点不多，直率算一个。"江行云转身坐在靖江王身旁了，道，"何况在王爷的地盘，还要九曲十八弯的，岂不是令王爷不快吗？"

靖江又是一笑，道："现在的女孩子都这么厉害？"

"我还不算厉害的。"

"叫你说得，我越发想见一见莫如了。"靖江王口气之亲切，简直像在说自家孙女一般。

"王妃也十分想与王爷一见，只是闽地事务繁杂，一时抽不出空闲。"

靖江王道："我实未料到陛下会将五皇子分封到闽地，闽地地处偏僻不说，地方也贫瘠，便是气候，初来闽地的怕也是住不惯的。"

"这有什么奇怪的？五皇子虽是陛下亲子，却是颇多人不喜王妃。不说别人，就是王爷的亲妹妹宁荣大长公主成天说王妃同辅圣公主一个模子刻出来的，他们能封到好地界才有鬼呢。这要是真像，说说也就说说，明明一点儿不像，大长公主还说个没完。"

这话说得，靖江王都笑了："宁荣一直是这样的性子，她也没讨到便宜就是了。"

"其实宁荣大长公主何必多这个嘴，她不说，朝廷里谁不晓得王妃的出身呢？难得大长公主有这么一门旱涝保收的婆家，又有南安侯这样出众的儿子，陛下怎么都会睁只眼闭只眼的。大长公主倒好，成天就想着怎么叫我们王妃倒霉才好，她图的什么呀？"这事实在做得不聪明，江行云都想不明白。

靖江王也叫江行云给问住了，他也不晓得妹妹图什么，端起茶吃一口，道："女人心，海底针，这一般二般的，不好猜度。"

"以前我还以为是王爷指使的大长公主呢。"江行云这话，险些叫靖江王呛着，靖江王咳了两声，江行云笑，"不过，见着王爷，知道王爷的人品，断不会如此的。"

靖江王气笑："好话赖话都叫你说完了。"

"我是想着，王爷您好生劝一劝大长公主，她都这把年岁了，就是上一代有些不对付，也怪不到王妃这里。再者，大长公主也实在糊涂，我不知她与辅圣公主有什么恩怨，就是想一想，辅圣公主在时她如何，如今又如何，也不该给王妃使绊子。"

江行云说得恳切，靖江王听到最后一句也颇有感触。要说他不恨辅圣公主，那是假话，但辅圣公主执政时，他是什么政治地位，如今又是什么政治地位，靖江王是极明白的。所以，辅圣公主活着，靖江王恨她；辅圣公主死了，靖江王却又怀念她。

这种矛盾的感情，让靖江王说了一句话："当年，陛下亲政后，我命人去帝都，想劝宁平姐姐早些避一避，若她肯听，也不会那样早故去。"

江行云相信这是靖江王的肺腑之言，不论从私心还是政治立场，靖江王都不会愿意辅圣公主早早故去。江行云却是道："将军怎么能离开战场呢？"

靖江王道："你们年轻人，会这么想。但是，如果是血脉相连的亲人，不论怎样的痛苦艰难，你只会想让她活着。"

"也是。"江行云对这话似乎也有别样感慨。这也不奇怪，人家靖江王不过是死了个同母异父的姐姐，其他亲人还有许多，而江行云整个家族就剩她一个了。

江行云道："就像许多人都怕死，其实死才是最容易的，这世上，活着远比死难。"

靖江王道："你这孩子倒是看得透。"

江行云忽而一笑："这倒不是我说的，是王妃说的。魏国夫人的祭日，难得王爷每年都打发人送奠仪。"

"这有什么，魏国是我的外甥女。"靖江王感慨，"宁平姐姐的后人，也就剩莫如了。"

靖江王与江行云并不似政敌，相反，他们有一些相同的爱好，说话较一般人亲近得多，完全没有半点火焰气息。两人有说有笑，不知道的还以为是忘年交呢。

穆三郎笑："江姑娘投父王的缘，不如住到藩王府来。"

江行云不乐意，道："藩王府规矩大，出入麻烦，驿馆就很好，我还想在靖江逛一逛。"

依穆三郎的身份，别人就是回绝他，也得委婉着来啊，江行云却说得直接。穆三郎倒是好涵养，笑："那就随江姑娘了。要是江姑娘需要向导，只管吩咐驿馆官员。"这么短时间的相处，穆三郎就摸到了江行云的脾气，这不是个喜欢别人为她做主的女人。

江行云颔首："好。"

江行云也就打发驿馆官员去吴巡抚那里知会了一声，吴巡抚过来，江行云把吴氏的家书交给吴巡抚，同时把吴氏预备的端午礼也原封不动地交给吴巡抚。吴巡抚谢了江行云的带信之事，道："知道侄女今年正月成亲，我离得远，无旨不能回帝都。如今她来了闽地同侄女婿团聚，这很好。"原本是吴巡抚相中了谢家，不想闺女没福，倒是谢家厚道，谢芝还为女儿守了一年，这样的人家，侄女嫁过去，吴巡抚也是愿意的。

江行云笑："谢大奶奶极好的人，要是帝都别家贵女，听到闽地只以为是蛮夷之地，多是不愿意来的。大奶奶这样的贵女，成亲就过来服侍大爷，真真是贤良淑德，贵府的家教，令人敬佩。"

"江姑娘过奖了。"尽管江行云无官无职，吴巡抚也不是傻瓜，知道江行云与谢莫如交好，这次过来，更有深意，故而颇为客气，吴巡抚道："一则这是为妇的本分，二则，闽地连王爷王妃都来得，吴氏女如何就来不得呢？只是我那侄女年岁尚小，还请王妃多指点她。"

江行云道："王妃同大奶奶是姑嫂，大奶奶过来，倒是能帮着王妃分担一些。王妃组织建藏书楼，或是施粥舍药的事，总要有个臂膀，大奶奶年纪虽轻，做事委实细致，王妃就喜欢这样聪明能干的人。"

吴巡抚又说侄女能帮到王妃实在荣幸，当然，也不忘夸赞王妃的公益事业。

接着，江行云方同吴巡抚说起靖江王世子与穆三郎来，江行云道："今日我同王爷游园，只有世子与三公子相伴，三公子挺受王爷宠爱吧？"

吴巡抚看一眼窗外，江行云原是坐在一张靠墙的香檀木榻上，此时，优雅起身，一掌轻轻地按在这张大榻上，吴巡抚听到"砰"的一声轻响，继而就见木榻顷刻坍塌，转瞬化为齑粉，接着露出一排传音钢管。江行云屈指在钢管上一弹，"嗡"的一道清越声响传出，江行云断喝："滚远些！"

整间屋子，江行云找出六七处窃听设备，然后将房间拆得七零八落，继续同吴巡抚说话。吴巡抚汗都出来了。

江行云微微一笑，拉过一把椅子坐了，继续刚才的话题："吴大人放心说吧。"

吴巡抚拭一拭额角的汗，道："靖江王妃过身得早，三公子的生母邱侧妃极得靖江王心意，三公子也极得宠爱。"

"王妃的意思，如果方便，让靖江世子感受到朝廷的善意吧。他是朝廷亲自册封的世子，靖江世子的位子，是朝廷说了算的。"江行云道，"吴大人也只管放心，您的安危，有我来保证。"

吴巡抚就知道该做什么了。

第二日，江行云就窃听一事当靖江王的面亲自说了。江行云冷声讥诮道："这等不堪使用的人，王爷竟还留着。我倒不怕被人偷听，只是手段不入流，委实扰人心烦。"

靖江王不愧这把年纪，脸皮着实够用，哈哈大笑："好好，待下遭我令他们改造得好些，一定不能让行云你发觉。"他竟然还问："都说好话不背人，行云你跟吴大人说什么悄悄话了，还不许本王知道？"

遇到靖江王这等人物，江行云再怎么怒色也没用，于是，她笑了笑，端起那官窑薄胎瓷盏里的新茶呷了口方道："倒也没说什么，只是听说王爷你宠庶灭嫡。这事，我是无所谓，只是王爷你不晓得，我们王妃最看重嫡庶规矩。王妃让我同吴巡抚说一声，请吴巡抚好生劝一劝王爷，这大事上可不能糊涂。世子是经朝廷册封的，世子的地位，不容动摇。"

靖江王道："你看，你们王妃就是爱操心，还操心到本王这里来了。"靖江王虽未冷脸，但话中的不悦与不满，谁都能听得出。

江行云却是没有半分惧色，道："我们王妃倒不乐意操这份心，她同王爷有什么恩怨呢？王爷您好了，难不成对我们王妃有什么害处？如今闽王海军都不再筹建，难不成王爷觉着我们盼着您倒灶？您可千万别误会，有您老在，以后也没人想着我们王妃是辅圣之后了。"江行云笑眼瞥向靖江王，轻轻地放下茶盏，不客气道，"王爷您保重吧，还嫌我们王妃操心您靖江的事，您老难道没操心过我们闽地的事？怕是帝都的事，您都没少操心吧。"

靖江王微微一笑："是啊，咱们都是爱操心的人。"

两个爱操心的人在一处，更有操不完的心了。

好在彼此脸皮颇厚，就像江行云说的，相杀相疑相近相亲，皇室中人的关系向来复杂。靖江王对闽王一系的感情同样莫测，故而，江行云在靖江王的地盘颇得礼遇。

当然，以江行云的脾气，你敢不礼遇她，她能问到你脸上去。你要没靖江王的地位以及厚脸皮，那就等着吧！

靖江王还尤其问江行云："昔日永定侯练兵，其实颇得其法，只是一时不慎，败于海贼之手。要我说，闽地临海，练一练海军倒是好的。陛下的方略是对的。"

看吧，刚才还说谢莫如操心到他靖江的事，他不也为闽地操心吗。江行云道："闽地无海军将领，海贼猖獗，永定侯一败倾城，哪里还经得起再败？"

靖江王道："到底得有个法子，不然总是骚扰海境，也不是常法。"

江行云道："如今在海边的百姓迁得七七八八了，倒不怕海贼来。"

靖江王大为佩服："昔年永定侯就想令沿海百姓内迁，只是百姓们难舍家园，到底未能成功。闽王不凡哪。"这事办得漂亮。

"海匪时常上岸侵扰，闽王给他们山地开荒，开出的山地是自己的，十年内免税，他们就愿意了。如今沿海都搬得差不离了，就是海贼们再来，无非就是吃些海沙子。"江行云笑，"说来此事能成，多亏海匪，倘不是他们隔三岔五地过来，百姓们哪里肯搬？他们来得勤恳，未用官府之力，百姓们就都搬了。"

江行云笑眯眯的，这话真能叫靖江王郁闷一回的了。

靖江王笑："嗯，闽王不错，应势顺势，不过一年多的光景，便将闽地掌握其中了。"

江行云笑："闽王本就是来收拾烂摊子的，要这会儿还被人视为傀儡，我有什么面子来靖江与王爷相见呢？"

"行云你太过拘泥了，不说身份，单就你的人品本事，你什么时候来，我都视为上宾。"

江行云似笑非笑："上宾不敢当，只求王爷少替我们闽地操心几次就行了。"

靖江王见江行云旧话重提，不由得大笑，指着江行云道："你们小姑娘家，就是嘴上不饶人哪。"又道："行云你实在合本王的心，不如留在靖江如何？"

江行云想都未想，直接道："自来忠臣不事二主，我若留在靖江，也就不是王爷看重的人品了。"

靖江王道："本王正妃过身已久，本王以正妃之位相聘。"

甭看靖江王脸皮厚，到底是藩王之尊，他既说出口，便是算数的。江行云却是利落，笑睨靖江王一眼："我要有意嫁为人妇，也等不到这会儿。"

这倒也在靖江王的意料之内，靖江王不免惋惜道："你这样的人品，孤独一世，岂不可惜？"

"我这样的人品，要是慕富贵权势才可惜呢。"

靖江王颇为毒辣："世人谁不慕富贵权势，行云你不是外人，我也不说那些虚言哄你。不说别人，就是行云你，依你的出身，我信你不在意富贵，但倘非权势在手，不说富贵，怕是你自己都保不住。"

江行云道："权势在我手，不是因为我欣羡于它，而是我有本事，它应在我手罢了。"

靖江王又是一阵笑，同江行云道："倘我年轻时遇到你，再不会放过。"

到底是一地藩王，何况靖江王说愿意以正妃之位相聘，这话倒不辱没江行云。江行云道："君生我未生，我生君已老。天地憾事。"

两人一言一语地都说到天地憾事上去了，靖江王受此奉承，倒也受用。并不是说江行云的话哪里就格外动听，实际上，比这动听千百倍的话靖江王也时常听到。只是，说话的人不同，说这话的人是江行云，哪怕里头有说靖江王老的意思，靖江王听着也格外顺耳。

靖江王问："你来时，你们王妃可还有别的吩咐？"如今话都说开了，靖江王也就不绕什么弯子了。

江行云道："王妃说，想让我看看王爷家的港口。要是有空，再看看王爷家的兵马。"

靖江王听此话，实在开了眼界。他自诩脸皮不薄，但如今看来，已是长江后浪推前浪啊。靖江王问："你们王妃没让你再看看我的库房存银几何？"

江行云只当没听到靖江王的讽刺，只一笑道："等王爷什么时候去了闽地，我请王妃打开库房，让王爷看看闽地存银几何，如何？"

江行云一介女流都有这等魄力这般大方了，靖江王心如电转，想她一个小女子，便是去军中见识一二，也无妨，亦能叫人知道靖江之地的实力。靖江王便笑："既是莫如吩咐的你，我怎能不依？说来，这些年，已许久未见你们这等厉害的女子了。"

江行云倒不介意别人说她厉害，说这话的人多了，江行云从未往心里去，只是，靖江王跟着来了一句："非吉兆啊！"

真真叫江行云噎个半死，江行云问："怎么？王爷还精通什么天算神数，从我们身上看出不是吉兆来着？"

靖江王道："向来阴阳调和，如今似有阴盛阳衰之兆哪。"

江行云不以为然："真是大惊小怪，要是从来是女人掌权女人做皇帝，出来个男人掌权，人家不是一样觉着怪。天地间的道理，也不是一成不变的。"

靖江王不赞同此论，道："有天则有地，有阴则有阳，天地让男人为尊，必有天地的道理。远的不说，我母亲当年何等人物，要说这江山，皇兄自是有出力的，只是母亲大半生的心血也皆在里头，最后仍是皇兄为尊，这便是男尊女卑之别了。"

江行云道："世祖皇后的权柄不让先帝，这也是事实。"

靖江王道："女人都只看重实际吗？"

江行云并不直接回答，反道："昔年诸皇子入朝学习当差，兵、户、刑、工、礼，一人掌一部。这五部，户部管着银钱出入，最是要紧，兵部工部亦皆是肥水衙门，刑部谢尚书是三皇子的亲外公，说来礼部最是寡淡。我们王妃却说礼部好，万事离不开一个'礼'字。规矩礼数为天下第一要紧之事，闽王就是在礼部当差七年。"

"闽王也算有能为的皇子了，只可惜陛下给他的封地实在有些委屈闽王了。"

"当初分封皇子时，闽王已有心理准备。偏僻之地，倒也未尝就是坏事。那些人将殿下分封到偏僻之地，无非是新仇旧恨一并作祟罢了。只是想一想以后，如今殿下为陛下亲子，将来新君登基，有了自己的儿子，这些藩王叔伯更远了一层。新君想分封亲子时发现好地方叫自己的庶兄庶弟们占了，难道给儿子封些边边角角的地盘去？亲疏早定，倒是闽王，虽地处偏僻，正因偏僻，却也少人惦记。"江行云坦然道，"福祸相倚，自来如此。"

靖江王可不是容易说服的，老头一笑："你们王爷这般明白，如何会直言户部之事，岂不大大得罪了东宫？"

江行云反问："王爷为一方霸主，是希望有闽王这样脾性的儿子，还是凡事八面玲珑四方逢源的儿子呢？"

靖江王赞："行云你辩才一流。"

"这也不过是嘴把式。"江行云道，"王爷以为我为何为王妃效力，王妃能给我的，不见得比别人多。闽王于诸皇子中，也未有什么优势。许多人都喜欢说，等我大权在手，如何如何。这样的人，纵使一朝权柄在手，也不过是个权术高手罢了。许多人这一生，爱慕权力追逐权力得到权力，我却不想成为这样的人。我需要权力，是因为我要用它做一些分内之事，而不是要用它得到富贵荣华。我希望当我满头白发往生之前回忆我这一生，能说我为这个世间做了多少事，而不是我居什么样的地位积攒下多少金银财富。我是这样的人，所以，我必将效力于这样的人。"

靖江王笑叹："那你要好生看一看辅圣公主的结局。"

"辅圣公主的结局有什么不好吗？"江行云道，"当生则生，归死则死，轰轰烈烈，绝无苟且。"

“如果她泉下有知，知道儿女这般结局还能如行云你这般洒脱便可。”靖江王觉着，自己已经不是壮怀激烈的年岁，他当然理解江行云的志向，事实上，他迄今都喜欢有这样纯粹志向的人。想来，这也是他对江行云颇为宽容的原因。

但，如果你看到这样人的末路，你会有一种格外深切的悲哀。

江行云双手一摊，笑：“所以，您看，我孤身一人，了无牵挂。”

靖江王笑眯眯又笑眯眯，然后，说了一句惊天动地的话：“这是莫如至今未生子的原因吗？”

这老东西！

江行云听到此言第一反应就是这个：这老东西！什么话都说得出！

江行云面不改色，笑：“要是依王爷这样算，王妃生个五男三女才符合王妃的利益。”

靖江王道：“看过她母亲的结局，那孩子，怕是有心结。”

“魏国夫人姓方，王妃倘有亲生子女可是姓穆的，这如何一样？”江行云道，“皇室对子嗣有多么看重，这点儿王爷比我清楚。”

靖江王叹：“此事古难全。”

江行云一笑：“男人都这样想？”

“不是男人，是世道天理如此。”

“世道天理也有可能是错的。”

靖江王望天，与江行云道：“我真担心天给行云你吹个窟窿出来。”

江行云大笑。

靖江王其实也拿江行云没辙，这么好看的姑娘家，既有气派又有气场，说话还有意思，于是，身为一个男人，身为一地藩王，靖江王对江行云的观感不错。

两人打完机锋拆完台，还得有正事要做。江行云既然提出要看一看靖江王府的兵马，靖江王还真带她去瞧了回禁卫军的训练，靖江王还问：“行云看我之兵马如何？”

江行云道：“不若安夫人亲卫。”

“你不说我倒忘了，你与安夫人也相熟的。”靖江王并未受什么打击，他也不可能把真正的精锐拿出来给江行云看。而江行云此言，倒也在靖江王的预料之中。

倒是一旁一位少年道：“江姑娘的脾性倒是与安夫人相似。”

江行云问：“你也认得安夫人？”

少年立时叫江行云给问住了，江行云脚步未停，继续笑问：“你不认得安夫人，如何知道我与她相似？”

少年强词道：“虽未见过，听也听过的。”

“眼见的不一定为实，耳听的不一定为虚，谢公子赞我。”江行云不是个不给人留面子的性子，只是一笑，转头与靖江王说话去，留下小公子面红耳赤。

江行云悄与靖江王笑道：“这位公子比王爷差远了。”脸皮太薄啊。

靖江王笑：“阿圆是个实诚人，你莫笑他。”

江行云轻笑出声，少年都要翻白眼了。张长史听到江行云清清脆脆的笑声，左右扫一眼，靖江王府的属臣们还是板着一张脸的，于是，张长史也维持着自己端庄的表情。

相对于军中，江行云更想去参观一下靖江王的港口，好吧，靖江王还没傻，人家根本没提港口的事。江行云在靖江已停留了五日，既然靖江王没有请她参观港口的意思，她与张长史商量后，就同靖江王请辞了。

靖江王道：“吴地水域丰富，端午最是热闹，行云不妨多留几日，与本王一同赏龙舟。”

“此行臻至完美，多留无益。王爷何时有空，不妨也着使去我们闽地走走，闽地虽不比吴地繁华，也别有一番风土人情。”江行云不是拖泥带水的人，道：“明日我便动身回闽地。”

靖江王道：“今晚本王设家宴，行云和张长史都过来，还有些土物，一并带给闽王他们夫妻吧。”

总的来说，这是一次在友好氛围中进行的见面与交流。双方都表达了各自的友好与强硬，然后，对彼此的了解，也只有彼此才清楚了。

第二日，张长史正式辞别靖江王，与江行云一道返回闽地。

一路上，张长史还有些担心，怕靖江王暗地里出招啥的。江行云倒是大摇大摆的，完全看不出任何担忧之处。直待出了靖江地界，张长史方道：“靖江王还算有信义。”

“有什么信义，老狐狸一条。”江行云抬眼看张长史，“在靖江地界，咱们碰破块油皮都得是他的责任。他还没准备与我们翻脸，怎么会贸然对咱们下手。”

张长史道：“话虽如此，到底小心无大过。”

江行云点点头：“可惜未能去吴地港口一观。”

张长史笑：“靖江王再想展现实力，也不能让咱们去看他的港口，毕竟这事朝廷也只作不知。请咱们去看了，朝廷怕是装也装不下去了。”

“要我说，何必要装？装得久了，反更难处置。”

张长史低声道：“吴地不可小觑。”

江行云这里正在与张长史说话，就见有斥候来禀报：“前面十里青松坳正在激战！”

张长史脸色大变，连忙问：“是什么人？”

斥候道：“瞧着是朝廷的人马，约有百十辆运送东西的马车，似是遇到山匪。”

江行云问：“有多少人？”

“朝廷人马三千左右，山匪一千余人，颇为悍勇！”

"留下五百人保护张大人。"江行云对张长史道,"大人缓行,我过去瞧瞧。"

张长史想说,江姑娘你留下,转念一想,江行云是武功高手,他一介文弱老书生,只来得及说一句:"江姑娘你小心啊。"就见江行云脚尖云履一踏车辕,将身一纵,轻巧地跃了出去,接着翻身骑上一匹枣红大马,带人远去。

要说朝廷这些兵马,不是江行云看不上,禁军还是不错的,但眼下这些人明显不成啊!

江行云虚眼瞧了一回,便心中有数了,因为背靠马车、眼瞅被人砍半死的家伙,江行云认识。江行云接过亲卫递上的强弓,一箭射穿大皇子身前悍匪的咽喉。接着,第二箭第三箭,江行云连发七箭,大皇子前一刻还觉着自己要去见祖宗,后一刻就将心放到了肚子里,祖宗还是保佑他的。

江行云头一遭指挥战役,先令人弓箭支援,接着一拔马刀,带头杀将出去。大皇子一手持长刀拄地,一手强扶着车厢,勉强才没倒下。他也见到了江行云,他以前还对江行云有过些许想法,当然,这个想法没成。而且后来受到诸如五皇子颇为庆幸的评价,那评价,五皇子虽未在他跟前说,大皇子也是知道的。五皇子说的是:"大哥真是好胆量,敢去动江姑娘。"当时,大皇子听到这话,委实不悦了一段时间。

江行云怎么就动不得了?大皇子当时是这般想的。

但此时,大皇子见到江行云杀人如砍瓜切菜的风采,他心下战栗的同时,不得不承认,他五弟说的是对的。

江行云一路杀气腾腾地砍到大皇子面前,自马上将身一俯,五指扣住大皇子肩头,大皇子只觉着自己身子一轻,就落到了江行云的马上,江行云驰马折返,不过顷刻。

江行云先救出大皇子,直待将士把余下匪类击退,方命人收拾战场,打扫残局,自己先带大皇子回到驻地。

张长史也是认得大皇子的,见大皇子浑身是血,顿时吓个好歹,连忙去叫了大夫过来。是的,江行云和张长史出使,也是带了大夫在身边的。

好在随行带了伤药,张长史在车里看着,大皇子伤得不重,但也不轻,好在都是皮外伤。大夫给大皇子包扎过,那边的战场已清扫完毕,带着押运的车马一并赶路。

大皇子收拾妥当了,江行云才上车,一面用帕子擦着手上沾染的鲜血,一面问:"大殿下怎么遇到的山匪?"

大皇子先道:"多亏江姑娘仗义相救,本王谢过了。"说到山匪,大皇子道:"幸而遇到你们,我们是早上刚到,就遇到了埋伏,幸而将士忠心,悍不畏死。"

听到"悍不畏死"四字,江行云唇角直抽,道:"也是殿下福泽深厚,有惊无险。殿下的伤并不重,好生将养几日就能好。殿下这是来送军备吗?"

"是啊,本王想着,也许久未见五弟了,索性接了这差使,倒是未料闽地这般不太平。"

如今想想，大皇子亦是心有余悸。

“殿下真是实在，在闽地的山匪可不一定就是闽地的山匪。”江行云道，“去岁殿下巡抚闽地全境，就已命人各地剿匪，如今闽地哪里来这样千把人的匪帮？而且，看刚才那伙匪徒，不论弓箭、刀枪、马匹无不是上等之物，可不是寻常山匪配得起的。殿下这里人数较他们多出一倍有余，哪怕被打个冷不防，也不至于被围困于此。”

“江姑娘的意思是……”

“我没什么意思。”

大皇子政治智慧还是够用的，知道无凭无据的不能指证别人。这些事，大皇子暂且压下，同江行云道：“其余受伤的将士，还得请刚才的大夫帮他们看一看伤。”

“殿下放心，我带的人每人都有金疮药在身上，他们用不着的，已给了受伤的将士，暂且支应一时是无妨的，待到了驿馆，再行安置。”江行云将擦过手的帕子随手塞回袖子里。

大皇子对江行云既是别扭又颇有些感激，见江行云衣襟上还有几处沾血的污渍，一时也不好提，大皇子只得道：“有劳江姑娘了。”

大皇子又是不解：“江姑娘如何发现我们的？”

江行云给大皇子做了一些军事常识的普及：“军中斥候必要先去探路，察看路两旁有无埋伏，有无危险，地势如何，地形如何，如此，大队人马才可安心赶路。”

大皇子无言以对，江行云已没什么话好说，一掀车帘，下得车去。

江行云回程的路上顺便救了大皇子的事，五皇子真不知要怎么感谢她了。

五皇子听到他大哥受伤的消息，当下就坐立不宁了，立刻率亲卫迎出百里，直待看到他大哥，五皇子的眼泪才掉了下来。此处江行云真有些怀疑五皇子眼泪的真假，相较之下，大皇子的眼泪还是比较真实的。倒不是两人感情多么深厚，主要是大皇子险死还生，搁谁谁不激动啊。尤其见他五弟激动得流下泪来，大皇子想到自己先时的凶险，忍不住酸楚起来，眼眶一红，紧紧地反握住他五弟温暖的手掌，兄弟情深，道：“我并无大碍，五弟你莫太过担心。”

真的，先时大皇子恨五皇子恨得牙痒，这会儿见了，竟头一遭没想到五皇子去岁告状坑他的事了。

五皇子也是庆幸啊，他大哥还活着，真好！感谢苍天在上，感谢列祖列宗，感谢江姑娘！五皇子握着他大哥的手，抹一把泪方道：“如何能不担心？我听到大哥遇险的消息，一刻都坐不住，赶紧来了。大哥都伤哪儿了？”尽管江行云怀疑五皇子有作态的可能，其实人家五皇子担心也是真担心哪，大皇子伤在闽地倒好担待，倘大皇子在闽地丢了性命……五皇子尽管与大皇子颇有些嫌隙，但兄弟多年，五皇子也不会盼着大皇子丢了性命。此时见了大皇子，激动也是真激动，只是稍微加了些表演的成分罢了。

大皇子道："都是皮外伤，幸而遇着江姑娘张长史一行，不然，哎……"

"这是大哥的命中福泽深厚，咱们家的老祖宗在天上看着呢，再怎么也会庇佑着咱们。"五皇子召来随行的大夫，细问大皇子的伤势，得知真的不过皮外伤后，五皇子方放了心，遂说起大皇子此行来："弟弟早就叫媳妇收拾好了房舍等着大哥呢，我实未想到这次是大哥亲自来，大哥一路上累了吧。我们闽地，青山不缺，绿水也有，就是贫寒了些。"

大皇子心说，哪里是贫寒了些啊，简直是贫寒死了。大皇子感叹："亏得五弟你生性放达，这地方，哎，五弟你出门也得小心些哪。"这种出门遇强盗的地方，哎哟，他五弟还真是个糙人，也住得下去。当然，激动过后，大皇子回忆起先时的新仇旧恨，觉着这地方真挺配他五弟住的。

五皇子不晓得他大哥所想，只管尽地主之谊，道："大哥是头一遭来，其实多来来就好了，弟弟去岁巡视，已剿过一遍匪了。这回大哥遇到的，不一定是闽地的匪类，没听说闽地还有这么大帮的山匪呢。我已着人去查了，想来不日就该有消息。"

大皇子问："有没有俘获活口？"

"敢对大哥出手，这样的人，哪里肯留下活口，嘴里都藏着毒呢，眼见跑不了，立刻服毒自尽。所以我才说不是寻常匪类，不然，寻常土匪见势头不好，大多是投降的。"

"这可就不好查了。"

五皇子面色沉毅，道："大哥莫担心，线索多得很，身上穿的衣裳，什么地方的料子，吃的什么东西，人死了，尸体还在。再有，这么些人过来，总不能不留下些蛛丝马迹的。"

大皇子咬牙："待有了准信儿，五弟你定要知会哥哥一声！"

"大哥放心！"五皇子冷声道，"在我的地盘，敢伏击我的兄长，定要他付出代价！"

因着大皇子受伤，到了藩王府，五皇子暂未举办宴会，而是先让大皇子安心养伤。大皇子心系差使，命手下与五皇子交接，将运送的装备交给五皇子。

五皇子令李九江去安排此事，自己亲命人召了程太医来，重给大皇子把过脉，看过伤，再三确认大皇子无甚大碍，五皇子方彻底松了口气，道："大哥好生将养几日，待大哥痊愈，咱们兄弟好生喝几盅。"

大皇子道："五弟只管去忙，把这批军备平安送来，我也算不负此行。"

五皇子道："倘知此行这般凶险，再不能叫大哥亲来的。"

大皇子心说，要知道你这穷乡僻壤的这般凶险，再要刷好感，我也不来呢。来都来了，险也险了，大皇子一派大公无私的模样，道："纵有些风险，此事终要有人来做的。我遇上，倒比别人遇上的好。"

兄弟多年，谁还不知道谁，五皇子给他大哥酸掉一嘴的牙，道："大哥这样说，弟弟更不放心了。我宁可别人遇上，也不想大哥你遇上。"

有时候，还真是实话比虚话动听。起码大皇子听他五弟这话，就觉着，五弟这话还是不错的。虽然时不时地抽风挖坑，叫人恨得牙根痒，可有时吧，说的话还挺中听。

五皇子又打听："以往运送军备倒还好，大哥与弟弟细说说，这回到底是怎么回事？"

大皇子说的就是突然遇上了埋伏，余者再无他话。

五皇子是想听他大哥细说的，结果，他大哥完全没有与他细说的意思啊。其实这也很好理解，五皇子因与大皇子素有些嫌隙，当时大皇子遇险把五皇子吓一跳，啥都不顾地出城百里把他大哥平安迎到闽安城，如今都平安了，各自心里便有了屏障。五皇子见大皇子不肯详言，索性也不再追问，只让大皇子好生养伤。

他不怕大皇子不说，死了这些人，大皇子不说，也有别人说。

这一问下来，五皇子倒觉着他大哥想得多了，虽有大皇子疏失之因，却也不是主要原因，也没什么不能说的。

其实，运送军备都有规矩，以往兵部也时常给闽地运军备，从来没出过事。大皇子会出事，有其大意之故。像江行云说的，但凡行军，前后皆要有斥候，前面的斥候就是沿路探察情况的。大皇子亲自押送军备，南安侯是个稳妥人，安排的也是老手。皆因大皇子做主做惯了的，如今这一路上，更是事事听他分派。离开帝都时不过三月初，大皇子也挺谨慎，只是一路上受地方官的逢迎，大皇子自己也想着趁机结交地方官，于是，颇耽搁了些时候。当年五皇子就藩，一家老小带着家当属官，寒冬腊月动身，也不过是走了二十几日便自帝都到了闽地。大皇子这一走，将将走了两个月，故而一进闽地，有些急着赶路。大皇子没想着结交闽地的地方官，他心里清楚，这些都是看他五弟脸色吃饭的，结交也没用。因在路上耽搁久了，且天气渐热，大皇子便有些心急，不过，随行的将领真的挺尽职。前一晚休息时，就特意错开了青松坳。待第二日天刚亮，大皇子就要底下将士整军赶路。那位李将军道："臣已派出斥候探路，待斥候回来，再走不迟。"

大皇子不听，道："先走也无妨，听说五弟这地界挺太平的。"

于是，斥候刚走，大皇子一行人也就拔营出发了。

然后，就遇上匪徒了，如今李将军也战死了。

其实这事正经算起来，大皇子有过错，但过错也不大，无他，那一千左右的悍匪，绝对是劲卒中的劲卒。大皇子带的三千押送军备的将士，虽然在江行云看来战力有些渣，却也是帝都城的常驻兵马，瞧着渣是因为对手太强。大皇子三千人不是敌手，江行云当时留下五百人，带了两千五百人去增援，这才救下大皇子。彼时，江行云的人兵强马壮，而那些悍匪则是力战多时，如此却也跑了几十号人。

这样的人马，便是大皇子没在青松坳失手，迎头对击，大皇子的人怕也不是对手。当然，如果有所准备，大皇子想必不会被杀得这么惨也是真的，当然，也不会死这些人。

当时江行云直言此事，说的就是大皇子的疏失。江行云将门出身，对行军之事向来慎重，尤其将士们要真是遇到劲敌那是没法子，死且死了，可由于主帅无能，造成惨败。故而江行云十分不快，当时没给大皇子留半分面子。

事已至此，五皇子道："就是李将军可惜了。"

谢莫如道："他这死了，也算是为救大皇子而死。殿下在奏章中多为李将军说些好话，向陛下多要些抚恤吧。"人都死了，也只能如此。

五皇子道："我想着，与大哥一并联名上书才好。"

"这是应当的，此事毕竟关系大皇子。这次战亡将士的名单也一并递上去的好，委实未料及此事，不然宁可派人去接大皇子他们了。"谢莫如也颇觉晦气，大皇子来闽地遇到这样的事，幸而有惊无险。

五皇子亦道："万幸，遇着江姑娘他们。"

"是啊。"夫妻俩心有戚戚。

说一回大皇子，江行云和张长史出使靖江王府亦是大事，五皇子道："我听张长史说，江姑娘与靖江王相谈甚欢。"因着大皇子的事，五皇子到这会儿才有空问起江行云一行在靖江王府的收获。

谢莫如将江行云在靖江王府的事同五皇子大致说了说，五皇子听了道："早知她是个有能为的，不想还有这般机变。若是能把靖江王稳住，永定侯与扶风他们正好抓紧时间练兵。"

"是啊。"谢莫如道，"想练就一支劲卒，再怎么以战代练，也是要时间的。"

对于江行云同张长使去靖江王府的事，大皇子养好伤之后才同他五弟打听。大皇子道："张长史是你府里老人了，自来稳妥。江姑娘一介女流，怎么五弟还派江姑娘去了？"

五皇子道："我想着，张长史是文官，去了靖江只能与官员打交道。江姑娘毕竟是女眷，可代王妃向女眷致意。"

大皇子主动提及江行云，也是有话要说的。抿一抿唇，沉一沉心，大皇子方道："我此次，全赖江姑娘相救。以往的事，是我唐突她了。"

"都过去了，大哥只管放心，江姑娘不是个小气的。"他大哥说了江行云的好话，五皇子便顺势与他大哥商量起联名上表的事情来。五皇子道："这事得告知父皇，咱们兄弟一道上表，好让父皇安心。"

大皇子问："伏击我的人，查出是什么来历了吗？"

五皇子道："逃脱的几十号人经江南道一路西去，现在还没确切消息。"

大皇子悄与五皇子道："不是靖江的人？"

五皇子也不瞒大皇子："虽然弟弟我也有此怀疑，但现下委实没有确切证据。"说到这个，五皇子道："希望能抓到活口。"

"那些人，不是寻常士卒。"大皇子哪怕一路上颇有些疏失，那是他没领兵经验，又有些刚愎自用所致。但其实，身为皇长子，大皇子世面见得不少，道，"我与他们交手，似是比禁卫军都略强些。"

"江姑娘也说是一等一的劲卒。"

兄弟俩说了一回行刺的事，又商量着联名上书的事，别叫皇爹担心。两人一道写的奏章，五皇子并未提大皇子的疏失，只是着重写了李将军等人悍不畏死，保护大皇子之事。大皇子自然也知李将军忠贞，跟着赞美了几句，又写了几句给父皇宽心的话，以免父皇担心。当然，也没忘了写江行云相救之事。

不光大皇子觉着江行云救命之恩，之前做的那些事有些对不住人家，就是五皇子也觉着，江姑娘不愧是他媳妇的好闺密啊，厉害又能干。关键是，他大哥先前大大地得罪了人家江行云，江行云还肯救他大哥，而且是没有半点犹豫地去救，这就很难得了。

不论江行云是出于什么理由救大皇子，五皇子都觉着，应该好生谢一谢江行云。

奏章发出去后，五皇子正式举行宴会欢迎他大哥，其间永定侯、唐总督、苏巡抚、周按察使等人都到了，宴会规格无疑是最高等的。大皇子深为受用，再加上先时遇险，虽说是五皇子地盘上，到底也是五皇子府的人救了他。如今看五皇子殷勤，大皇子先时因五皇子上折而致他在兵部折戟的郁闷，也稍稍消散了些。

大郎还带着弟弟妹妹们过来看望大伯，表达了对大伯的关怀。

大皇子想着，小家伙们还挺知道礼数的。

待宴会后，五皇子又带着自家大哥参观了藩王府的官学，还有州府的府学，拜过孔圣人，游览了闽地风光。两人一道去沿海军营时，还遇着小规模海匪扰边，大皇子心有余悸，叹道："我回去同父皇说，五弟你们回帝都吧，这儿也忒不安全。"

五皇子笑："如今形势好多了，不要说弟弟要在闽地一辈子的。就是大哥的晋地，以后也得防备西蛮人呢，说来比弟弟这里更要紧。"

"是啊。"嘴里说着是，其实要不是五皇子这般说，大皇子根本想不到自己藩地的事。

五皇子悄与大皇子道："咱们到底是藩王，早晚要就藩的，早些就藩也好。"

大皇子怎么会愿意就藩，他只道："这个理我也晓得，只是去岁四弟想就藩，父皇也没准呢。父皇的心思，要不是闽地不太平，没个主事的人，也不会舍得五弟你过来的。父皇是想着咱们一家子团团圆圆地过日子。"大皇子对自己老爹的心思还是揣摩得很清楚的。

五皇子见状也就不再说这个话题了。

大皇子最不爱听人提什么就藩的事，结果，五皇子识趣打住后，大皇子私下同自己老丈人永定侯说话时，永定侯偏来了一句："西宁关更是要冲之地，殿下毕竟受封晋王，如闽王这般早些打理藩地，也是为陛下分忧了。”

大皇子真是怀疑老丈人是不是给他那奸狡的五弟收买了。

其实永定侯真是好心，在他看来，如闽地这样的贫瘠之地，五皇子能一心一意地打理，做个实权藩王，也是极好的。想着大皇子在帝都不大顺遂，永定侯才多了这一嘴。

大皇子没能理解老丈人的苦心，大皇子拿搪塞五皇子的话搪塞老丈人：“怕是父皇不允呢。”

老丈人毕竟不是亲爹，永定侯也不是个不会看眉眼高低的。觑着大皇子的脸色，永定侯不再多言，转而打听起自己闺女外孙来。

五皇子在自己的地盘大大款待了大皇子一回，接下来，大皇子也有自己的交际，主要是跟永定侯崔家子弟们联系一下感情啥的。

由于大皇子做得真是旁若无人，崔家子弟委实心中有苦说不出，想着这位大皇子可真是，一点儿不知道体谅人，他们眼下可是在五皇子手下当差。幸而五皇子不是个小气的，不然遇着小心眼，瞧见大皇子这样大大咧咧拉拢妻族人，不知要怎么给他们小鞋穿呢。

倒不是大皇子拉拢妻族有什么不对，崔家与大皇子是姻亲的关系，的确比五皇子要亲近的，只是，你得看地盘啊！这是五皇子的地盘啊！

崔家人给大皇子拉拢得眼泪都要飙出来了。

好在永定侯是个圆滑的，崔家子弟来了闽地，五皇子都给安排了实在差使，他们不好耽搁，于是，永定侯让自家子弟只管当差，他陪着皇子女婿。

结果，不陪不知道，一陪才发现，哎哟，三观真是不合啊！

永定侯是个稳妥人，要说以前还有些野心，这点儿野心也随着前岁一败烟消云散了。更兼永定侯跟着五皇子当差这一年多，觉着五皇子论稳重论实干，当真是比自己女婿大皇子强些的。永定侯就觉着，五皇子这样的人都与皇位无缘，早早就藩，大皇子这里，也早日收心的好。先前永定侯劝大皇子早日就藩，绝对是一番好意。不为别个，五皇子这特意来闽地收拾烂摊子的，想彻底将闽地收入掌中，也不是一朝一夕能办成的。五皇子就藩都一年半了，又是操练新军，又是互调将领，方真正掌握了闽地军政。

大皇子受封晋王，如永定侯所言，晋地较之闽地更为要紧，而且，晋地西宁关驻军比闽地多一倍不止，晋地的官员，不见得就比闽地好收服。大皇子这会儿不就藩组织班底，难道待新帝登基，还会叫你做实权藩王吗？

永定侯真是一番好心，大皇子是他亲女婿，他不为大皇子，也得为闺女着想呢。

原本，永定侯计划着，大皇子早日就藩，他能在闽地翻了身，以后翁婿二人，一个在帝都一个在晋地，也好过日子的。

永定侯计划得挺好，结果，大皇子根本不听他的劝导。

永定侯也是无奈了。

永定侯无奈吧，他自己与大皇子关系密切，翁婿一体，他陪着大皇子倒罢了，族中小辈子弟得先解救出来啊。于是，永定侯就成了大皇子的陪客。

五皇子都与妻子说："以往在帝都倒不觉着他们翁婿来往密切，这到了外头，就是不一样。"

谢莫如摇一摇团扇："这也不是以前，大皇子刚遇险，永定侯是老丈人担心女婿。再者，大皇子那性子，他前天不是还宴请崔家族人了吗？不是我说，这也忒没眼色。"

"大哥就是直率了些。"尽管五皇子也觉着他大哥有些没眼色，他是不好意思直说，可他大哥当他死人一般，在他地盘上吆五喝六，拉帮结派，五皇子少年没根基时就知道用冷面装威严的人，也不是面团啊！只是，媳妇这么说，五皇子还是要替大哥辩一句的。

谢莫如道："永定侯也不容易，遇着这么没眼色的姑爷，他不陪着，难不成让崔家族中子弟都耽误了差使来陪大皇子？"

"随他们去吧。"五皇子听了，心里也就不计较这个了，不过，到底想着，还是得多提拔些自己人才好。他对崔家人不薄，可看这样子，再怎么不薄也抵不过人家是姻亲呢。五皇子道："这几天我正想着，该怎么谢一谢江姑娘。大哥得救，多亏了她。要她是个男儿，父皇能赏官赐官，如今我折子递上去，约莫也就是一些珠宝古董、绸缎摆设之类的赏赐了。你看看，江姑娘喜欢什么，咱们也给她预备一些。"五皇子这人吧，别人对他一有点儿好处，他都记在心里的。何况江行云的确是免了闽地一场大难，五皇子觉着，自己得有所表示。

谢莫如想了想："要说东西，宋家两代人驻守西宁关，家资自不消说，她也不是缺东西的。"

五皇子难就难在此处，要是缺钱的人，赏钱就是了；要是缺权的人，赏官就是了。偏生，江行云既不缺钱，又做不得官。

"倒有一事。"谢莫如端起凉茶喝一口，道，"这一年，大战小战不断，沿海的百姓迁得也差不多了，咱们的兵士死伤的也不少。王爷不是常说及此事吗？我又想着，不知这些战亡将士家里是什么情形，父母兄弟可尚在，儿女可有人照顾。倘是父母兄弟健全，他们子女有所养的也还罢了。倘是有无所养的子女，就是战亡将士的遗孤了，王爷既是一地藩王，就要担起照顾他们的责任来。"

"若是遗孤，也发了抚恤到各村，由里正安排抚养的事。"

"前儿我与行云想着，里正安排抚养也是妥当的，可眼下咱们不是缺人吗？"谢莫如道，"不只缺武将，王爷也缺少一支忠贞的心腹士卒。我听行云说，安夫人手下的亲卫皆是从族中少年里自小选出来加以训练的，这样训练出来的亲卫，忠心不贰，战力一流，如此才成就了安夫人的威名。王爷是藩王，不好大张旗鼓地做这事，毕竟陛下赐了王爷亲卫军。只是，好的卫士谁还嫌多不成？眼下就是机会了，沿海多少孩子因战争成为了孤儿，还有战亡将士留下的遗孤，我并不是要训练他们让他们去送死。我想着，择出众优秀者，授以武功学识，总比他们由里正安排着懵懂地长大强些。倘真是有本领的孩子，在王爷这里，总有出头的机会，将来若能成就一番事业，也算不负他们先辈流的鲜血了。”

想想自己实心以待却是左右摇摆的崔家，当然，这不能怪崔家，崔家毕竟是大皇子的岳家，偏颇大皇子也是人之常情。但对比一下总是一心一意为自己着想的妻子，五皇子又被感动了一鼻子。五皇子道：“这主意很好，只是这关江姑娘什么事吗？”

“得有人管这事哪。”谢莫如道，“我寻思了一圈，也没有寻到谁还有空管这事。不如就把这事交给行云。”

“江姑娘会练兵吗？”

“没吃过猪肉，也见过猪走，总比大皇子强些。”

嗯，这是经过事实论证的。

江行云又是将门出身，何况是他媳妇提议的，这事要不是他媳妇说，他根本想不起来。五皇子向来用人不疑，道：“成！”又道：“在外就说抚养战争遗孤。”

“原也是这个意思。”谢莫如叹道，“若是大户富户的孩子，没有几家能沦落至此的。这些孩子们，多是家境贫苦的。殿下只管放心，我会让行云好生照看他们，跟着咱们，以后总有他们的一条出路。”谢莫如并不是要这些孩子以后做炮灰，炮灰的话，她不会费这样的心力。实在是，他们夫妻的班底太有限了。如大皇子、太子，哪怕三皇子和四皇子，妻族都很得力。到五皇子这里，谢莫如自己娘家还是墙头草，现下当不得大用，五皇子母族没人，苏妃在宫里也不是宠妃，五皇子先时在帝都，养养人望还罢了，班底配得七零八落，真正的嫡系少之又少。谢莫如一直盼着五皇子赶紧分封，也是想着，在藩地好行事，给五皇子真正调理出一批可用的人来。

夫妻俩大致商量了一回，这些孩子弄来，得有地方放啊。

这倒是简单，五皇子有几处不错的庄子别院，暂收拾出一处宽敞的，也就够用了。

还有其他人手安排，这事，得安排妥当人。

夫妻俩一说就说到了天黑。

孩子们放学，五皇子问了问学到的功课，一家子用过晚饭，就让孩子们各去歇了。

第二日，谢莫如同江行云提起此事，江行云果然挺有兴致，道：“这事倒是可行，就是一样，得做得机密。”继而，江行云就考虑到了此事的难处：“战争遗孤人数至少得上百或是几百人，孩子多了，想保密就不易。”

谢莫如道：“不要说几百人，一千人里，能择出一人也可。该机密的机密，不该机密的，示之以众也没什么不好。”

江行云立刻明白：“这是要择优训练。”

“孩子跟孩子也不同，有根骨好的，适合习武的就让他去习武；有些好念书的，就让他去念书；脑筋灵活的，经商也无妨。只要某方面资质够好就行，其余寻常的，寻常视之即可。”

江行云思量片刻：“此事，我担副职比较合适。”

江行云显然深知为人臣属的规矩，谢莫如道：“放心。”

江行云道：“你不要去做正职，最好让王爷做正职。”这是有风险的事，五皇子树敌不少，倘被有心人做文章，难免麻烦。谢莫如的身份，更要慎重。五皇子毕竟是穆元帝亲子，安全性大些。而且，此事若成，这样训练出来的人手，五皇子不亲自掌控，怕将来也不放心。

谢莫如点点头：“我去同王爷说。”

五皇子有些意外，江行云只做副手的事。不过，他想着，江行云虽手段强悍，其实也不乏谨慎。五皇子当即道：“既然江姑娘只肯做副手，这事你打头也好。”他媳妇与江行云原就是闺密。

谢莫如道：“这样关爱将士与百姓的名声，我要来有什么用呢？王爷当仁不让。”

五皇子看着妻子：“我也想让你有个好名声。”

“都说出嫁从夫，殿下好，就是我好。”谢莫如给他理理衣襟，“别与我客套，咱们得一条心地使劲。我有施粥舍药的事，前些天我们还给府学捐建了藏书馆，这些小事我做做倒罢了。这次的事，必要殿下打头。殿下在奏章里也要同陛下说一声，让陛下知道殿下对子民的关爱之心。”

捏着妻子的手，五皇子再说不出推却的话，低低地应了一声。

妻族，母族，不得力，不要紧。

今日不必依靠于他们，来日，也必将不会受制于他们。

于是，在大皇子还在拉着老丈人联系感情的时候，五皇子已经开始打造并建设自己最忠贞的嫡系人马了。

第五十章 拢臣心

大皇子在快要将老丈人折磨疯癫之前，总算准备回帝都了。

五皇子依依不舍："大哥难得来一回，自弟弟就藩这两年，还是头一遭见着兄弟，大哥多住些日子，我这闽地风景，大哥所看不过十之一二。"

大皇子心说，你这穷乡僻壤的，穷山穷水穷百姓，有啥可看的。大皇子嘴上却道："我也想多留些日子，只是，眼瞅着就是父皇万寿，我总要回去为父皇祝寿。再者，前番咱们的奏章递上，父皇定为你我担忧，我早日回帝都也好让父皇安心。五弟你给父皇的万寿礼预备好没有？倘预备妥当了，我正好一并给你带去。"

万寿礼啥的，五皇子自不会忘记，道："都妥当了，我让张长史与大哥一路，就用我府上的亲卫，同路去帝都，路上也好有个照应。"

想到自己遇刺一事，人手也折损得七七八八，大皇子面上不禁有些灰灰的，还是得承五皇子的情，道："有劳五弟安排了。"

"咱们兄弟，不说这个。"仿佛不知道给大皇子面子上添了把灰，五皇子转眼又是一副哥俩好的模样了。

大皇子心说，他这五弟果然越发奸狡了。

大皇子要走，五皇子真是双手双脚赞同啊。不说他与大皇子早便不睦，就是再睦的关系，给大皇子这十几天大摇大摆地折腾下来，也睦不到哪儿去了。

如今大皇子终于要走了，五皇子回长春宫后眉飞色舞地同媳妇道："给大哥预备些土仪，大哥要回帝都啦！"

对于五皇子恨不能载歌载舞的神色，谢莫如唇角抽了两抽，应了声"是"，接着就听五皇子叽里呱啦地说起让张长史一道去帝都送万寿礼，顺便派亲卫军保护他大哥的事。五皇子道："就盼大哥平平安安地回帝都去，以后可别派他来了。别的人出了岔子无妨，大哥真有什么事，咱们这小地方可担待不起。”大皇子遇刺之事，真真吓出人一身凉汗。

谢莫如道：“大皇子受此惊吓，回到帝都陛下难免要抚慰他一二的。兵部之事已是去岁的事了，大皇子只要借机重得陛下欢心，如何还会再来咱们这里。”

五皇子道：“虽然我也挺想父皇母妃，不过，咱们在这儿过日子比在帝都清净。等咱们这里太平了，接母妃过来，也就团聚了。”五皇子虽然对他皇爹的感情也挺深，但他皇爹位高权重，大家都是捧着的。五皇子最不放心的就是自己母妃，在宫里做个小小妃子，哪里有到封地做太妃的好？地方虽小，乐得自在，又守着儿孙，再惬意不过了。

谢莫如摇一摇团扇，道：“如今这个情势，就是陛下怕也不放心让母妃过来。”

“不要说父皇，就是我也没底气开这个口。”五皇子拈颗杨梅搁嘴里，酸且甜。

谢莫如道：“想要接母妃过来，非得局势稳定不可。”

“咱们慢慢来吧，这也急不得。”比起刚就藩时的战战兢兢，如今五皇子多了几分泰然。哪怕他没法与靖江相抗，但他守得住自己的地盘，靖江王也过不来。

夫妻俩说一时话，总的来说，因大皇子要走，五皇子还是心情很不错的。谢莫如准备了丰厚的土仪，五皇子看过后也一并命人装车给他大哥捎上。及至大皇子临走前，五皇子带着妻儿臣属送出十里，还拉着大皇子的手掉了好几滴泪，那叫一个难舍难分哪，不知道的还以为这两人真就情比金坚哩。

大皇子看着他五弟眼里欲放还收的小泪花，使劲咬牙也酝酿不出半滴眼泪来，把大皇子郁闷得，暗骂，这死老五，越发会装模作样啦！

大皇子郁闷地给了他五弟一个拥抱，表达他的不舍。

兄弟俩絮叨半日诉离情，这时候，永定侯就出来相劝道：“时辰差不多了，再不启程，今日大殿下怕要宿在野外。两位殿下兄弟情深，待得来日，亦有相见之机。”

唐总督也过来道：“是啊，大殿下若有闲暇，只管过来我们闽地，王爷日夜思盼殿下。”

周按察使等人也上前说话，两兄弟又依依不舍了一番，做足姿态，如此大皇子方登车离去。五皇子叮嘱了张长史一番，又想着领兵的将领也是经验极老到的，五皇子此方挥别他大哥。

大皇子一走，永定侯先松口气。

五皇子回府与谢莫如道：“你注意到没，永定侯跟老了十岁似的。”

大热的天，一大早出去送大皇子，回来谢莫如吩咐侍女找出家常衣裳换了，一面道：“这也不甚稀奇，永定侯与大皇子虽是翁婿，性子却大有不同。大皇子的脾气，恨不能他振臂一呼，大家立刻就匍匐其脚下。永定侯是个谨慎人，两人南辕北辙的脾性，哪怕永定侯奉承着大皇子，心下不一定就合得来。偏生这些天不得不在一处，永定侯不糟心才怪呢。”

五皇子笑，原本因永定侯与大皇子亲近太过的郁闷不由得消散大半。五皇子道：“各人有各人的难处哪。”

“可不是嘛。”

夫妻二人正说着话，江行云求见，五皇子连忙绑好腰间丝绦，谢莫如命人请江行云进来。江行云与谢莫如交换个眼色，谢莫如便知机地打发侍女下去了，室内未留他人。江行云自袖中取出一封信奉上，信上还沾染着几滴血迹，江行云道：“段四海的信。”

五皇子的心怦地一跳，谢莫如接了信递给五皇子，五皇子先问：“见着段四海了？”

江行云点头，五皇子撕开漆封，看了一回就给了妻子。五皇子纳闷得很：“怎么段四海说什么海上保护费的事，咱们这儿又没码头。”

江行云道：“段四海一直跟靖江那边的商贸收保护费，若没个由头，不好与段四海谈。我便授意他们说，咱们这里也要建码头，做海上生意，他们这才有由头想法子去见段四海。”

五皇子这才明白了，问：“有白浪的消息吗？”相对于段四海，五皇子更关心令永定侯一败涂地的白浪。

江行云摇头：“此次能见到段四海，也费了不少力气。白浪较之段四海更加神秘，短时间内还没白浪的消息。”

五皇子道：“这已是难得了。”对比一下他爹给他的谍报系统的效率，江行云简直就是臣属中的楷模。

见这夫妇二人没别的吩咐，江行云放下书信就告退了。

五皇子还同妻子感叹一句：“要是他们都如江姑娘这般能干，还有什么可愁的呢？”

“莫说这话。王爷想想，王爷的人，如今哪个不尽心尽力？”谢莫如不说靖江那失效的谍报系统，只说眼前，道，“海港码头之事，你得拿个主意哪。”

江行云一向有机变，这回显然机变得有些超前，五皇子刚能守稳自己地盘，根本没想过建海港之事呢。但，江行云以此名义同段四海拉上关系，总得给江行云将此事圆回来。五皇子右手食指轻叩两下，眼睛扫过信皮上的血迹，道：“江姑娘都说了，这事便得是真的。”这信，五皇子不问是怎么送回来的，也能猜到其间过程必是不易。

五皇子道：“靖江的海贸一直秘而不宣，可想来朝廷也是心里有数的。我去奏章问一问父皇的意思，先把声势搞起来。”

“也好。”

当然，还得防备靖江王搞偷袭。五皇子饶是向来乐观，也不禁道：“跟这老家伙做邻居，真是没一刻松心。”

“靖江有海贸不为奇，反正朝廷是管不到靖江的。咱们这里可不容易，这事啊，难处在后头。不说别人，靖江王也不会叫殿下如意的。”

“不急不急，先振声势。”藩王做了一段时间，五皇子处理这些事务格外游刃有余了。

总之不能让段四海觉着，他这里在说空话。先稳住段四海，才好寻白浪踪迹。

因大皇子来送军备这一出跌宕起伏，今年端午过得乱七八糟，如今大皇子走了，节也过去了。五皇子想想这个端午道："都没好好吃几个粽子。"这话是真心话，那几天正赶上他大哥养伤，哪里有吃粽子的心情，藩王府的端午宴都未举行。如今大哥走了，五皇子又带着一家老小吃了回粽子，算是补过节日了。

其实，不只是五皇子这里端午节没过好，帝都端午倒是按正常流程庆祝了，但端午一过，穆元帝就收到两个儿子的联名奏章，其间看到大儿子遇刺的事，穆元帝担心得差点儿将吃进肚子的粽子再吐出来。好在奏章上说大儿子并无大碍，但看着那一连串的战亡名单，穆元帝也得说，他大儿子真是有些福运才捡回了一条命。不然……

不然后头的事，穆元帝都不愿意想。

好在，大皇子被江行云救了。

这事穆元帝不愿意声张，主要是怕老娘和赵贵妃担忧，但事关战亡将士的抚恤工作，不声张也不成。果然，胡太后和赵贵妃吓得半死，就是大皇子妃也私下哭了好几遭，担心得去庙里好几趟，给大皇子烧平安香。大皇子妃与大皇子感情并不如何深厚，主要是，大皇子妃怕大皇子有个好歹，自己就成寡妇了。原本南安侯该担些干系，大皇子运送物资的事，是南安侯一手安排的。但由于五皇子在奏章中大为表彰将士悍不畏死的英勇，以及匪徒的悍勇，于是，穆元帝也就没说南安侯什么，给了战亡将士厚厚的抚恤作罢。

穆元帝担足了心，大皇了一回帝都，父了间以往那些嫌隙尽去，那亲热劲儿，就差抱头痛哭一场了。赵贵妃更不必言，儿子就是她的命根子。哪怕胡太后都抹了两把泪道："这样叫人担心，以后可不准出远门了，吓得人慌。"

大皇子道："不过是遇着一二流寇，不碍事的。祖母看孙儿，可不跟走时一样。"

胡太后硬是说："哪里一样，瘦啦！"这老太太虽然一惯偏心太子，但其他孙子也是孙子啊，大皇子遇险，胡太后也是极担心的。

太子叹道："幸亏五弟援手及时，不然真出事，可如何是好呢。"他大哥实在命硬啊！

胡太后道："老五住的地方，这样不太平吗？"

穆元帝道："母后只管放心，匪徒已然全歼。"

胡太后点点头，道："要不，还是给老五换个安稳地界。他那地界，叫人担心。"

穆元帝笑："封地岂是能常更换的？既已封闽地，老五就是闽王了。他这一两年治理，闽地也还有些起色。"起码沿海没叫人攻入城内，起码伏击大皇子的匪徒基本上都死光了。当然，大皇子遇险的内情，穆元帝也知道一些。只是，大儿子受此惊吓，他也担心得很，便不好因这些事再加以责怪了。

倒是朝中一直要求追查此事，毕竟，皇子遇伏，可不是小事！

谢尚书道："五皇子已着人追查！"

赵国公道："地方上的捕快，到底不比刑部捕头精干。皇子遇伏，朝野震惊，必要尽快查明逆贼来历才好。"

赵国公说得有理有据，皇子被人伏击，朝廷必然得亲派人手调查啊。

于是，五皇子刚送走大皇子，又迎来以太丈人为首的刑部钦差。

同时，五皇子要求在闽地建港口开海贸的折子也到了帝都。此折一到，朝中又是一阵轩然大波。

五皇子要求建港口的事，不只搅得朝中风云激荡，闽地诸官员闻听此事，反应也各有不同。因着此事，柳扶风特意从沿海驻地回了趟闽安城。

这不只是建海港啊，这关系到沿海布防啊。

柳扶风一到藩王府就直接求见五皇子，五皇子在含凉殿召见柳扶风。柳扶风面色有些疲倦，但精神还好，较之先前的瘦削，如今添了几分精悍的味道。

"这会儿正热的时候，扶风坐。"五皇子待臣下素来和气，因柳扶风身子不好，五皇子命内侍撤去殿中消暑用的冰盘。

柳扶风笑："在沿海这几年，臣的身子倒是健壮了不少，只是有些苦夏。"

"嗯，看来程大夫医道不错。"

"程大夫很好。"这么些将领，唯独他被特赐了大夫，这一年多的光阴，五皇子但有养身滋补之物，没少赏赐于他。若说先前柳扶风投靠五皇子还有些撞大运的意思，如今已将五皇子真正视为主君，不然不能这样急着回来打听海港之事。

主臣二人先叙过沿海之事，柳扶风方提及建港一事。五皇子倚着凉榻，道："这事啊，靖江建得，闽地自然也建得，就是老唐他们说我提得太匆忙了，怕是时机未到，此事难成。扶风你说呢？"

"臣以为，非但闽地要建海港，如苏地、鲁地，沿海适宜之地也要建海港才好。"柳扶风道，"靖江富庶，一则盐铁之利，二则丝茶之利，三则就是海贸之利。靖江海贸秘而不宣，但其实大家只是闭口不提罢了，如今不能再让靖江独占海贸之利了。只开闽地港口，手笔太小，见效也慢。"

五皇子道："你还嫌手笔小呢，就咱们这一地之事，怕也不易。"

柳扶风知道一些朝中事，皱眉道："殿下说的是，哪怕朝中有银子，怕那些大人也会说让咱们先练海军，靖平海域后再说建港之事了。"

"何况，咱们更管不到苏地、鲁地。"我封地就在闽地啊！

柳扶风亲自来，就是想给五皇子使把劲，叫五皇子定要促成建港口一事呢。结果……

五皇子一地藩王，被赋予闽地军政，也是在闽地不宁的情形下，若闽地太平，大臣们就该想着限制藩王权柄了。柳扶风道:“得想个法子才是。”

这个法子,柳扶风近来一直忙着练兵布防,一时真没想出来。

不过,他目的明确,他觉着自己的眼光是正确的。五皇子这里也为难,柳扶风就去找李九江商量了。李九江摆上甜瓜待客,道:“鲁地你是甭想,鲁地毗邻帝都,在海匪未靖前,再不可能建海港的。”

“我是说,与其让靖江白占海贸这块肥肉,不如朝廷先分靖江之利。”柳扶风道,“你没听说吗,江姑娘说王爷藩王府的花园同靖江王府的花园比起来,就是个菜园子。”这话叫他们做臣属的听了,真是没面子啊!

“菜园子就菜园子吧。”李九江顺势将话题转到靖江一事上,“其实大家都清楚,想收服靖江王,仅靠咱们闽地是不成的,要整个江南道有人统筹,此事方好办。”

柳扶风倒没想过能靖平靖江王府,李九江这样一说,柳扶风第一反应是:“倘有人收服靖江王,真乃不世之功。”

“这功,不好立。”柳扶风只是条件反射出此评语。李九江显然深思熟虑,道:“江南道何等地方,陛下等闲也不会交给一人统筹。”

“一人?”柳扶风不会自我感觉良好地认为自己是那“一人”。他道:“倘有此人,非咱们王爷莫属。”

李九江望向柳扶风,那张精致恬淡的脸上露出一抹另有深意的笑来。

柳扶风顿时心惊。

他原本投靠五皇子,就是想弄个差使,出人头地。五皇子对臣属一向厚重,你有功勋,他绝不会少了你的。所以,柳扶风今日之地位,是他先前都未敢想过的。

当然,五皇子这般为人,柳扶风也想着,这辈子必要忠心于五皇子的。但,再多的,他就没想过了!

他并非愚钝之人,他只是没想过。

在柳扶风的心里,能在闽地立些战功,报答五皇子知遇之恩,助五皇子靖平闽地,便是他臣属之责了。再多……如李九江说的,助五皇子靖平靖江王府,立此不世之功。

五皇子倘有此不世之功,闽地不足以赏!倘有此功,那么,在朝中,又有哪位皇子之功勋能与五皇子相比拟呢?

没有的。

届时,怕是东宫都要在五皇子的光辉之下黯然失色。

柳扶风望向李九江云淡风轻的面庞,这是李九江的意思,还是五皇子的意思,或者是谢王妃的意思?

不。

柳扶风在心底深处悄悄地说，或者，这也是我的意思。

我就是这样期盼的，我期盼我的主君走得更高，走得更远。我从心底认为，我的主君配得上更好的位子。

李九江端起一盏苦茶，慢呷一口，道："扶风，你掌军一载有余，闽地还从来没有过一场大胜吧？"

柳扶风长眸微眯，盯向李九江。李九江继续云淡风轻道："现在，时机到了。"

柳扶风过来闽安城，主要就是表达下自己的立场，他身为五皇子的心腹，又是掌兵重臣，必然有其立场所在。柳扶风并非唐总督那等对待事情往往含而不露最后才表明态度的老狐狸，他年轻，决断力一流，而且，当断则断。所以，柳扶风既然心意已定，海港之事自有李九江等人筹划，但他身为掌军重臣，来到闽安城后，再有人来打听他的心意，柳扶风就直说了，他希望建海港。

柳扶风而今地位，非但是他在藩王府的地位，依他的官位，他平国公世子嫡长子的出身，在帝都也能排得上一号了。这话自柳扶风嘴里说出来，是有分量的。

五皇子所受阻力，柳扶风也看得出来，不要说唐总督、苏巡抚等人各有各的难处与计较，去帝都未归的张长史不算，薛长史都未置可否。这未置可否已能看出，薛长史其实是不支持此事的。薛长史更倾向于，安安稳稳过日子。

柳扶风这样大刀金马摆出支持五皇子修建海港的阵仗，薛长史还特意请柳扶风吃酒，想劝一劝这年轻人。薛长史道："我也不是不支持此事，只是头一样难处，没钱。第二样，就是有钱，万一海匪作祟，建了岂不白建？"

薛长史担心的，跟唐总督和苏巡抚担心的差不离。苏巡抚特意将闽地收支给五皇子看，意思很明确，闽地再经不得加税了，每年收入就这些，这还得是老天爷赏饭吃才有这些收入。万一什么时候，闹个饥啊灾啊的，连这些收入都没有。苏巡抚受其父苏相教导，善待百姓，五皇子要想刮地皮，他第一个不干。

唐总督的顾虑就更多了，唐总督先从事实的难处入手："朝廷不能同意的，先时那一场大败，咱们元气未复不说，这建海港，没有几百万两银子下不来，有这银子，朝廷宁可用在王爷练兵上。"

五皇子叹："说来说去就是没钱哪。"

唐总督补一句："有钱也不会支持咱们闽地建海港的。"

五皇子闷着不说话，唐总督悄声劝说："按理这话不该老臣说的，如今老臣多句嘴，去岁王爷把户部的事捅出来，今儿王爷这事，户部就得给王爷使绊子。"

五皇子道："户部因去岁之事，已是换去了许多人……"说着，他也说不下去了。五皇子并不是自欺欺人的人，太子掌户部多年，对户部的渗透肯定比他想的还深，要是太子给使绊子，大皇子与他也有嫌隙，定不会放过落井下石的机会。五皇子在朝中没人，就是有人，也比不过太子和大皇子联手，这事从朝廷上看，的确不大容易通过。

户部之路不通，五皇子也没想着建海港之事这么容易被朝廷批复，五皇子道："等等看吧，天无绝人之路，总有法子的。"

唐总督看五皇子这不撞南墙不回头的脾气，也没法子再劝了。

唐总督这里劝不下五皇子，偏又来了闻风而至的柳扶风。柳扶风真不愧是五皇子带来闽地的人哪，三品昭勇将军的官位了，还这样没定性。

是的，在唐总督眼里，柳扶风这种一来就嚷嚷着支持五皇子建海港的，实在是愣头青得可以。哎，柳扶风可算是天生的将领，但政治上，委实太不成熟了。

唐总督准备劝一劝柳扶风。柳扶风不愧是五皇子心腹，两人真是一条心，也是同一个看法。柳扶风道："没银子去找银子就是了。"

唐总督一噎，不耻下问，同柳扶风打听："扶风你这是有主意了？"

柳扶风将头一摇："没有。"除非去抢，但闽地的富户其实也有限，再者，不到万不得已，柳扶风干不出强抢的事。

唐总督给他气死，柳扶风继而道："但我想着，要一门心思做什么事，总能做成的。"

愣头青啊，愣头青。

也就愣头青会相信什么"有心人天不负"的歪理邪说，如唐总督只会信"谋事在人，成事在天"。守着这么一群愣头青，唐总督简直头疼欲裂。

相对于唐总督，苏巡抚就一门心思管着闽地政事，建不建港的，这位大人提出难处后就不打算管了，反正五皇子想加税没门。只要不刮地皮，苏巡抚就没啥意见。苏巡抚的话是："王爷此心此意，臣亦深为敬佩，只是咱们闽地财政难以支撑。闽地的百姓，这些年因练兵抗匪，税赋已是极重，再不能轻加一星半厘的。依臣所见，倘朝廷能拨些银子下来，这事就好办了。"

甭看苏巡抚说得大义凛然，其实就是想让五皇子在穆元帝那里撞个南墙，撞个满头包，五皇子也就不折腾了。

事情的发展，也与唐总督、苏巡抚所料无差。

谢尚书带着刑部的捕头过来查大皇子遇刺案时，穆元帝的手书也到了。五皇子先安置了太丈人，再看自家皇爹的手书。基本上就是这么回事，穆元帝让户部预算了回建海港的银钱，这数字一算出来，穆元帝就直接把账给五皇子看了。意思就是，朝中暂时没这些钱，建海港的事缓一缓无妨。

也就是否决了五皇子上书的意思。

不过，穆元帝想着五儿子实在是个用心办事的好儿子，赏赐了五皇子不少东西。

五皇子看过手书，再将手书给媳妇看了。谢莫如瞧过后并没说什么，道："朝廷不愿意出银子，那就想个不使朝廷银子的法子。"

五皇子道："自从我说要建海港，苏巡抚见着我就说日子艰难。他把明年的预算都算出来了，是甭想从他那儿弄出银子来。要是加税，百姓就太苦了。"

谢莫如道："士农工商，最有钱的不是士族，而是商贾。"

"找商贾出钱？"

谢莫如知道朝廷难给这银子，只得将主意打到商贾头上。谢莫如道："得想个让他们心甘情愿双手把银子捧出来的法子。"依谢莫如的脾气，让她找商贾借钱是不可能的。

"可是有什么好法子？"

"我跟商贾又不熟。"谢莫如道，"再者，咱们又不知道建海港的流程，先把这些弄清楚。至于商贾，把建海港的消息漏出去，还怕他们不上门吗？王爷莫急，等等看。"

五皇子立刻醒悟："先放出饵？"

谢莫如一副庄严面孔，颔首："然也。"

五皇子看他媳妇一本正经的模样就想笑，没忍住笑出声来。谢莫如瞥他，笑个什么呢笑个没完？谢莫如道："稳重些。"

五皇子笑："我笑你呢，算计人也这样神圣庄严。"

"很好笑？"谢莫如问，她怎么一点儿不觉着好笑。

"不好笑，一点儿不好笑。"五皇子憋着满肚子笑，道，"我去瞧瞧太丈人，晚上设家宴，请太丈人、阿芝夫妻和二小姨子一道来长春宫吃饭吧。"然后，就憋着一肚子笑去了。

谢莫如深觉五皇子定性还是差一些，无缘无故就笑得跟个二傻子似的。

紫藤自外进来，绣鞋踩在青石铺就的地砖上，没有发出半点声音。紫藤低声禀道："娘娘，二姑娘那里已经安排妥当了。"

谢莫如对于谢尚书一道把谢莫忧带来的事没什么看法，估计过些天谢莫忧就得去戚三郎那里了。既然谢莫忧来了，无非就是多安排一处房子安置。

谢尚书却因谢莫如的安排有些思量。谢尚书与其属下随从都住进了藩王府，谢莫忧也单独安排了院子，但只是一处二进小院，不远也不近，很符合谢莫忧的身份——臣属女眷，而不是藩王妃妹妹。

谢尚书担心谢莫如知道谢莫忧做的那些不妥事，哎，谢尚书知道这事也生气，但谢莫忧肯认错，亲孙女，谢尚书总希望能再给谢莫忧一次机会。

谢芝同祖父说了在藩王府当差的事，又道："今年又是秋闱之年，大姐姐说让我好好准备，今年就在闽地秋闱。"

谢尚书一时没想到这个，有些诧异："在闽地秋闱？"

“是啊，在这儿当差，可以把户籍做个迁移，在闽地秋闱。”谢芝道，“大姐姐说，让阿云和阿远哥也跟着下场试试。”

谢远这一地县令，完全是关系户啊。

户籍迁移另改地方科举的手段，谢尚书自然是清楚的，只是，因谢芝在闽地当差，他未想此事。此时听谢芝说了，谢尚书对谢莫如有些拿不准的老心多了几分欣慰，道：“倒也没有在职官员不能科举的规定。”且闽地秋闱的竞争力相对帝都要小得多，谢尚书越想越觉着合适，道：“你大姐姐心里想着你们的前程呢，好好温书，也要注意身子。不论做什么，有个好身板都事半功倍。”

谢芝笑应了声“是”。做谢莫如的弟弟，哪怕是庶弟，也很容易同嫡姐建立起感情，什么事都给你想着，这样的姐姐，哪怕不是一母所出，也不会远了。

说一回秋闱之事，谢尚书提起家事，问：“上次戚家带了那位姨奶奶过来，你大姐姐没说什么？”

说到一母同胞的姐姐，谢芝脸上也没了笑意，轻声道：“大姐姐什么都没说，过节赏赐，也有那姨奶奶一份。我想着，大姐姐不说也好，如今二姐姐来了，要依孙儿的意思，还是让二姐姐在闽安多住几日，也好生同大姐姐说说话。咱们都是姓谢的，比起他人总该更亲近。”在谢芝心里，比起没怎么来往的外家，肯定是谢莫如更亲近的。尤其他二姐就因着同宁家女眷在一起出的这事，谢芝心内对宁家颇有些不满。要真拿着他二姐当亲的，怎会让他二姐犯此不妥之错！

谢尚书感叹：“你二姐有你一半的明白，也不叫人这样操心了。”谢莫忧办的这事，谢家知道后深觉没脸，但也不能放着谢莫忧不管，只望她学个乖吧。

谢芝对他二姐也是与祖父一样的期望，安生过日子就好。谢芝又问起家里父亲之事，去岁朝堂震荡，兵部户部都遭清洗，父亲在工部为官，不知有无相干。

说到长子的差使，谢尚书真是得念佛，道：“工部一直安稳，倒是户部两位侍郎被革，陛下看你爹稳妥，又是曾在户部任事的，将他平调到户部任侍郎。”

户部向来是东宫地盘，遭清洗皆因闽地而起，如今自己父亲被调到户部任侍郎，谢芝不由得有些忧心。可转念一想，祖父为东宫少傅，家族在帝都也是有些脸面的人家，何况父亲为官多年，一向谨慎。如此，谢芝将心放下，转而同祖父打听起来：“王爷要建海港，户部预算要七百多万两银子，如何要这么多？”

哪怕谢芝不说建海港之事，谢尚书也打算问一问呢。听谢芝这样说，谢尚书道：“每年往闽地拨多少钱的军备粮草，哪里还有钱给你们建海港？不要说七百万两，就是七十万两银子，也宁可先叫你们靖匪呢。大皇子都能遇着悍匪，闽地不太平，朝廷很难应下建海港之事。”

祖孙俩互相交流了不少信息，另一边谢莫忧也在与谢芝之妻吴氏说话。

谢莫忧有些疲倦与憔悴，吴氏只管拣着有趣的话题与谢莫忧说。谢莫忧的日子不大好过，自婆家到娘家，受了不少教导。

傍晚正式赴宴前，少不得重新梳妆，掩去眼角眉梢的不如意。谢莫如带着孩子们与谢莫忧、吴氏同座，五皇子与谢尚书、谢芝另外备了席面共饮。宴会有些乏善可陈，谢莫如保持着王妃的雍容、长姐的亲切还有嫡母的温和。倒是男席上，很有几道谢尚书和谢芝喜欢吃的菜，五皇子指着一道梅子鸭，对谢尚书道："王妃说您在家就爱这口，阿芝偏爱鱼虾，尝尝我这里厨子的手艺。"

谢尚书一脸笑呵呵的温煦样："我这些孙子孙女们，王妃最贴心。"谢尚书又给一道梅子鸭安了心，谢莫如为人行事，真是叫人挑不出半分不是。

待得有空闲，谢尚书还是同谢莫如见了一面，先说了些家事，谢兰今年冬成亲，腊月的吉日。谢莫如笑："一转眼，弟弟们都大了。"又问是哪家的姑娘，得知是北昌侯于家千金后，谢莫如问："是嫡女还是庶女？"

谢尚书道："北昌侯夫人只有一子，这位是庶出，你祖母瞧过，也是极知礼的孩子。"

谢莫如便没再多问。

叙完家事，谢尚书方说到建海港之事，谢尚书道："一时再难成的。"

谢莫如笑，不以为意："功夫不负有心人，总有做成的一日。"

谢尚书还是想劝谢莫如缓一缓："我看陛下的意思，还要王爷先靖平闽地。"

谢莫如笑而不语。

谢尚书沉默半晌，问："为什么非要建海港？只为分薄靖江海贸之利？你素来不将银钱小事放在眼中的。"绝不是为了海贸之利，这个孙女从来不是个短浅的人。

"为什么？"重复了一遍祖父的问题，谢莫如的声音不高不低，"就藩前我曾与祖父说过，给我五年的时间我就可遏制靖江王，七八年内，我必能靖平吴地。"

谢莫如望向谢尚书，淡淡道："事实会证明一切。"

谢莫如脸庞淡然，双目坚定，谢尚书第一次觉着，谢莫如是认真的。她是认真要达成此目标，谢莫如有目标不可怕，可怕的是，她靖平吴地的目的是什么？

她要辅佐闽王建此不世之功，是要做什么？

茶色纱袖下的手指无意识地捻了捻腰间羊脂玉佩的穗子，谢尚书望入谢莫如那双淡定无波的眼睛，似是看到将来命中注定的风起云涌。

谢尚书即便关心闽地的事，也还有自己的差使要做。

他是五皇子的太丈人，虽然有些墙头草的属性，一向与五皇子关系也不错。五皇子自然命手下人配合刑部的调查。

谢莫如这里也要见一见谢莫忧，谢莫忧很有些愧色，私下还与谢莫如认了不是，毕竟她办的那事于礼法不合。谢莫如是嫡姐，她是庶妹，谢莫忧再怎么亲近生母家族，在礼法上，她认的得是嫡母家族。

谢莫如其实没太在意这事，当初在谢家时，谢莫如都不大在意谢莫忧，何况如今？谢莫如道："凡事你自己想想清楚吧。你也成家了，要认哪个，与我关系不大。宁家那里，与你原是血亲，只是你行事，多想想夫族、母族。你觉着宁祭酒做了东宫詹事，以后必是发达的。那当初何不走一走宁祭酒的关系，让你相公留在帝都？也省得你这大老远地过来。"

"大姐姐，我实不是有心的。再者，宁家，我并不是想着宁家在发达有什么盘算……大姐姐，我知道错了。"谢莫忧说着眼圈一红，低下头哽咽起来。

这话，谢莫如是不信的。要说东宫站队什么的，估计谢莫忧开始也想不出来，但宁家人难道不会有意无意地暗示她？谢莫忧不傻不笨，便是最初没这个想头，给宁家人这么暗示几遭，也得有了这想头。只是，这与谢莫如不相关，戚家很明显是站在闽地这边的，至于谢莫忧，就是想站队，也没这本事，既不能影响娘家也不能影响婆家。当然，戚家得考虑谢莫忧的立场，所以才会同意谢尚书把她送到闽地来吧，省得她在帝都犯下更大的错处。

谢莫如不爱看人哭天抹泪的样子，索性道："这么大老远地过来，你也累了，回去歇着吧。"

要说谢莫忧笨吧，那也有些冤枉她，起码，她就知道自己这都来闽地了，要不能跟谢莫如搞好关系，以后她在闽地的日子是不会好过的。谢莫如端茶送客，谢莫忧也不走，还哭将起来，与谢莫如说了实话："开始同宁家，就是寻常往来。是燕姑姑一直同我说，东宫詹事是如何好如何好的官，东宫近臣之类的话，我初时也听不大懂。后来祭酒把家里的孙女送到东宫为妃，燕姑姑总是与我说这说那，我也怕得罪了宁家，以后给家里招来不是。所以，晋宁侯丧仪上她们那样说，我就没说话。"

谢莫如听这话都笑了，问她："你是什么人，她是什么人，你怕她做甚！你娘家是尚书府，夫家是国公府，嫁的还是嫡出子弟，你有什么好怕的？"

谢莫忧抬起哭得湿漉漉的眼睛："我这不是怕以后祭酒发达了，想着我拂过燕姑姑的面子，寻我的不是嘛。"

"论血亲，那是你亲外祖家，你还担心这个？"谢莫如深觉不可思议，点破谢莫忧的心思，"你呀，你是恨不能八面讨好。"一句话说得谢莫忧涨红了脸。

谢莫如道："自从你成亲，与宁家近了，去我那里的时候便少。你也知道我与宁家不睦，同承恩公府更是只有嫌隙的，你也不愿意来闽地，不然哪里会年初生病呢？你自己想清楚要过什么样的日子吧，别觉着你在晋宁侯府是得罪了我，你也得罪不着我，这件事，我不会计较。但你最好有个明白心，这世上，不是没有八面讨好的人，祖父就有这种本领，但我不是这样的人，你也没祖父这样的本事。你想想明白吧。"

这些日子以来，谢莫忧显然是想得很明白了，她道："出嫁从夫，我总是与相公一条心的。"

谢莫如让人备了清水，谢莫忧去洗了回脸，重匀了脂粉，谢莫如才令她去了。

谢莫忧总算有了些底气。

她这些日子，真是婆家娘家各种不好过，也受足了祖母的教导。谢莫忧虽然有些私心，到底是按大户人家少奶奶的规格教导出来的，婆家给丈夫弄了个姨奶奶，谢莫忧就啥宁家的也不想了。如今她也明白了，婆家这是要跟着闽王一系的，她同大姐姐搞好关系，婆家就能高兴。她总不能因着一个宁家就与婆家反目，夫妻生隙，这点儿抉择力，谢莫忧还是有的。

谢莫忧想到谢莫如说她的话，仍是禁不住脸上火辣辣的。她的确是存了借宁家亲近东宫之心，毕竟谢莫如纵使是藩王妃也是要就藩的，又不能在帝都一辈子。可谁晓得婆家另有主意。谢莫忧毕竟也是书香门第出身，就像她说的，出嫁从夫，她总要跟丈夫一道的。如今，她来都来了，厚着脸皮道歉赔不是，也不算啥。

谢莫忧回了自己的小院，用过午饭略歇了歇，下午又去找弟妹吴氏沟通感情，打听一下闽地的官宦女眷平日都有什么活动，她以后也要进入闽地女眷圈子的。

吴氏心说，以往看二姑姐就不像个糊涂人，如今看也不糊涂啊，怎么就办出那等糊涂事呢。心里这样想着，吴氏同谢莫忧说了说她在闽地的事，唇角噙着一抹笑："寻常事务也不是很多，除了大爷这里的交际，就是跟着大姐姐做些善事。近来，咱们闽地战事不断，多少孤儿无家可归，王爷心有不忍，令人收拾了别院，准备教养这些孤儿呢。这样的事，咱们就是做女眷的也该出一分力的。"

谢莫忧问："这是要捐银米吗？"

吴氏笑："怎么着都行，咱们闽地这里有大姐姐牵头组织的夫人会，有时，一人之力到底微薄，大家凑在一起就能做些大事。前头府学的藏书楼，就是咱们一道捐建的，外头铭石以记，上头还都有咱们的名字呢。"说到这个，吴氏觉着颇为荣耀。她们这样的身份，不会再将银钱小事放在眼里，名声上却是极看重的。吴氏道："眼瞅着就是稻米成熟的季节了，我们商量了，买些去岁的陈米，给孩子们吃喝。"

谢莫忧忙道："也算我一份才好。"

都是一家人，谢莫忧又是嫡亲的二姑姐，想到丈夫对这个姐姐的担心，吴氏再怎么觉着谢莫忧犯糊涂，能援手还是要援手的。吴氏笑问："二姐姐是要捐银子，还是要捐大米？"

谢莫忧刚来，她也不晓得要去哪儿买米，便道："还是银子吧，不知要捐多少好？"

吴氏笑："这个不拘多少，我的话，一季捐一百两。唐总督夫人，一季二百两。"

谢莫忧想了想，道："我就同弟妹一样吧。"谢莫忧也明白，她再怎么也不好越过总督夫人的，何况闽地也颇有高官。

“成，那明儿咱们跟大姐姐说一声。”吴氏笑，“大姐姐常说呢，她在这里也想念娘家人，二姐姐来了，咱们就越发热闹了。”

谢莫忧笑：“是啊。”

那边谢莫忧同吴氏说着话，这边谢莫如正在召见苏巡抚。苏巡抚是给谢莫如送地契来的，说来委实惭愧，沿海那些百姓，原本因前岁战事迁至内陆，有一些不愿意离了故乡的，待战事结束便重回了沿海。只是这一两年，战事不断，最苦的就是沿海百姓了，这时候，朝廷又组织内迁，大部分就愿意了。可这内迁，得有银子哪，除了给开荒安家的地方，也得有安置的银两。苏巡抚这里委实紧巴，拿不出这笔钱。谢莫如见五皇子犯难，就说了，她可以把内迁百姓的宅子买下来，一村迁就买一村的宅子，一镇迁就买一镇的宅子，按市价，绝不令百姓吃亏。

饶是苏巡抚，也得说谢王妃是个大好人哪。

随着沿海百姓迁居内陆，苏巡抚就得把土地所有的事料理清楚，过来把地契给谢王妃。如今，是最后一批百姓迁居了。

苏巡抚握着这地契，心中就有些不是滋味。当时是觉着谢王妃行善事，如今这建海港的消息一出来，苏巡抚主持政务多年，焉能不知道，这海港一建，周遭地皮能翻出百倍去。

现在这些地皮在谁手里，没人比苏巡抚更清楚了。事是他一手办的，这些地皮都是他送到谢王妃手里的。一想到此事，苏巡抚心里这个滋味啊，都说不上来。

苏巡抚心里虽不是滋味，他也不是仇富的人，而且一笔归一笔，人家谢王妃也是市价收购，当时没人愿意出这笔钱哪。衙门里也没这笔钱，谢王妃当时是解了他的难处啊。

苏巡抚先恭维了谢王妃几句：“娘娘的善心，百姓们都知晓的。如今这么些土地，不知娘娘要如何处置？要有用得到微臣的地方，娘娘只管吩咐。”

谢莫如道：“还真有事想劳烦苏巡抚。王爷想修海港，户部就给做了预算，说是要七百万两银子。我倒不是说户部算得不准，但他们这算的，有些空中楼阁了。我想，苏巡抚不如叫手下人给出个预算，就从咱们闽地就地取材，看看大约要多少银钱。”

苏巡抚心下微动，就问了：“娘娘，是早就有修海港的念头了吗？”要不怎么大手笔购进百姓的土地屋舍呢？

谢莫如微微一笑：“苏大人是想问我，是不是在收购百姓房宅时，就预备着做地皮买卖了，是吧？”

“岂敢岂敢。”苏巡抚微微欠身，如果谢王妃真要赚这一大笔，他也没法子，只是想给谢王妃一些意见罢了。

谢莫如道：“我给苏大人一句准话，买百姓宅子的这些钱，也用了几十万两。将来这些地皮出手，我只要本钱，余下的银子，依旧取之于民，用之于民，如何？”

苏巡抚大喜，立刻起身：“娘娘真是大仁大义啊！”一揖下去把事坐实，完全不给谢莫如反悔的机会。

谢莫如忍不住轻笑，道：“为着苏巡抚这句‘大仁大义’，我也不好再说别的了。”

苏巡抚端正的脸上难得露出笑意：“娘娘说笑了，微臣着实佩服娘娘的心智人品。海港的事只管放心，微臣这就令他们做出一份细致预算。”说到海港，苏巡抚道：“要是能解决银钱之事，朝廷那里，通过的可能性还是很大的。”

谢莫如道：“我以为苏大人不同意建海港呢。”

苏巡抚正色道：“臣焉能不愿意？臣虽未去过靖江的港口，但自书中记载，大凤王朝时，泉州港何等繁华，当年靖江之地与泉州比起来就是乡下地方。经前朝几百年闭塞，闽地多山陵，农事艰难，商贾不兴，如此日渐萧条，成为如今的贫瘠之地。若能兴建港口，闽地振兴，指日可待。只是，一则海上匪类作祟，二则银钱不济。臣实无高招可破此局，故而不好多说。若娘娘有法子破此困局，娘娘有何事，尽管吩咐微臣。”

谢莫如眼中闪过一抹笑意，世间无人不可动，只要用对法子就好。谢莫如也感叹苏巡抚的一片仁心，当真是为国为民的好官。谢莫如道：“事得慢慢来，眼下正是夏收，苏大人也是忙的。先把海港的预算算出来就好，咱们闽地建港口，既是初建，也不必规模太大。待得海港繁华，再扩建是一样的。至于其他，质量上保证，花头少一些没什么，就像建这藩王府，要按那雕梁画栋的建法，得多少银子，如今不一样能住人吗？行云去了靖江，说咱们藩王府的花园同靖江王府的花园比起来，不过一菜园子。我却觉着，王爷为一地藩王，朴素些总比奢靡要好。菜园子就菜园子吧，东西建结实，能用就成。”

苏巡抚这样的人，听谢莫如这话听得正是通心顺肺啊。关键，谢莫如非但说话合苏巡抚一惯的行事作风，人家说得出就做得到。只看谢莫如随五皇子就藩后，组织着官宦士绅家眷们做的，都是善事。而且，人家收购这些地皮，还允诺了，将来也只是收回成本，利润还是要取之于民用之于民的。

哎哟，简直是大好人哪。

一时，五皇子自外头进来，换了衣裳同妻子道：“刚见着苏巡抚了，平常一脸苦大仇深的样子，突然跟我笑眯眯的。今儿苏巡抚是怎么了，有什么大喜事不成？”

“苏巡抚刚才来给我送地契了。”

“这事他能高兴成那样？”五皇子接了侍女捧上的凉茶，喝了半盏撂下，摇头道，“不能，建海港周围地皮定会大涨，这银子赚了也是你的私房啊，苏巡抚怎会那般高兴？”

谢莫如笑：“什么私房不私房的，当时只是看你们愁得慌，再说，也不只是我的私房，我还用了些内库的银子，赚了也是咱们的。其实咱们又不缺钱使，与民争利就叫人笑话了。

我同苏巡抚说了，待这批地皮出手，除去成本，利润依旧拿出来用在百姓身上。苏巡抚那人你还不知道，最是一片公心，约莫是见我没有从上头赚钱的意思，为此高兴吧。”

五皇子就一句话：“以后家里的银钱你说了算。”又问：“地皮这就要出手吗？”

“再放一放。”谢莫如道，“这会儿闽地要建海港的消息，估计那些大商贾都知晓了。但朝廷没同意的事，他们估计也知道了。要让他们主动上门，就得靠这批地皮。”

五皇子也明白了。是啊，他媳妇手里握着大批沿海的地皮，若建海港事为假，闽王妃怎会大肆购进沿海地皮？

那些商贾的鼻子最是灵敏，怎会嗅不到其间蹊跷？

有利可图，就不怕商贾不来！

五皇子问：“难得见苏巡抚露回笑脸，你没托苏巡抚再办些事？”这是苏相的亲儿子，五皇子都想搞好关系。但苏巡抚这人吧，就是个闷头做事的，五皇子对百姓也挺体恤，但两人的交情就限于藩王和地方官的关系。就是五皇子，也难得见苏巡抚展颜哪。夫妻这些年，五皇子也了解他媳妇，故而有此一问。

“我托苏巡抚帮着重新预算建海港的费用来着。”

五皇子顿时喜色难抑，大喜之下一把抓住谢莫如的手按在自己心口，问：“媳妇，有啥感觉不？”

“嗯，在怦怦怦地跳。”

五皇子极其感性道：“这不是心在怦怦怦地跳，这是喜悦的声音哪。”

谢莫如莞尔。

五皇子高兴得中午多吃了一碗饭。为啥五皇子做事都想要团结地方官员哪？这些地方大员没一个简单的啊，唐总督和苏巡抚这种，更是简在帝心之臣。如苏巡抚，他爹就是内阁之首，只要苏巡抚对海港之事多多了解投入，还怕将来苏巡抚不为此事说话吗？

既然他媳妇拉拢了苏巡抚，五皇子寻思着，自己也得寻个由头，把唐总督拉拢过来才好。

五皇子也是比较有心眼的人，他虽然想就建海港一事把唐总督拉到自己阵营来，但也知此事急不得。五皇子先命李九江去查海港周遭的地皮，除了他媳妇买，还有谁买了。

李九江向来效率一流，第二日就整理好拿给五皇子看了。

五皇子一瞧，别说，跟风的人真不少。除了谢莫如这下手早的，其他几家都是闽地大家大族，余家、齐家、魏家、徐家啥的，没少趁机买地皮。除了当地家族，还有消息灵通的各官员家眷，除了苏巡抚这样的，唐总督的侄子也买了好大一块。

五皇子突然就不担心建海港的事了，他便不想建，这些人也会推着他建的。

五皇子细看，别说，这里头江行云也占地不少啊。哎哟，还有军方，柳扶风也买了一块地，李九江也升级为地主了。

五皇子瞧李九江一眼，李九江笑：“如今闽地的地皮可是火爆，微臣就凑了回热闹。”

五皇子瞧着，心里就有数了。其实，不见得是柳扶风几人真就稀罕这么块地皮，哪怕他们真相中了，也不是这样的买法，派底下人出面，既不显眼，还能闷声发大财。这么直接出面买地皮，本身就是一种暗示。五皇子笑：“买得好，买得好。”属下也都是聪明人，知道给他壮声势。

将这份名单收在袖中，五皇子心里也有了主意，同李九江商量：“海港这事，还是得先把咱们闽地上上下下的官员团结起来才成。上次我上表章，户部也不知如何预算的，竟给咱们预算出七百万两银子，一下子把朝廷给吓着了。王妃已让苏巡抚重作预算了，你同老唐多商量商量建海港后驻军的事。凡事早做准备，没不好。”

李九江应了，五皇子又道：“听说老唐还有个老儿子。”老儿子，对小儿子的称呼。

李九江心里就有数了，五皇子这是打算曲线救国，先把唐总督的儿子拉过来。李九江道：“小唐今年十八，正准备着考秀才呢。张长史时不时要去帝都，臣这里事务忙碌，正想禀明王爷，请王爷给臣找两个得用的人呢。”

五皇子还是问：“小唐能不能任事？”倘是个废物，唐家也不是只有这一个子弟。

“臣见过几面，瞧着是个清明的。王爷只管让他过来，臣自有事务安排。”

五皇子拍拍李九江的肩头，主臣二人相视一笑，说不出的默契。

五皇子又与李九江商量了回军中的事，方令李九江下去了。

五皇子叫上谢莫如，两人换了常服，带着侍卫们去闽安城逛了逛。五皇子还带着妻子去闽安城最有名的饭庄吃了餐便饭。闽安城虽说是州府，委实算不上特别繁华，尤其守着吴地，更显着既穷又瘪。不过，五皇子住了一年多，也觉着习惯了。闽安城到底是州府，总督、巡抚、按察使啥的，衙门都在这儿，故而有名的饭庄子也有几家。

正是鱼虾丰盈时，五皇子带谢莫如来的是清波楼，此楼临水，景致不错，据五皇子说饭菜味道也不差。只是，以往进来就有包厢的饭庄，今日还略等了片刻，店家方恭恭敬敬地请五皇子一行进去了。五皇子天生庄严，道：“你这里生意不错啊。”

店家并不认得五皇子，但也知道是了不得的大人物，连忙战战兢兢道：“托咱们王爷的福，咱们闽地要建海港了。哎哟喂，来来往往的，不知多少大商贾过来呀。不瞒老爷，咱们这小店，自早到晚，就没空闲过。”店家笑眯眯的，又问点什么菜。

五皇子道：“你看着安排吧。”

五皇子坐的是临街的位子，望着闽安城的街道，的确是比先前热闹不少。一时，菜品齐备，五皇子就与妻子用午饭了。

两人用了一餐饭，五皇子道：“吃惯了咱们府里的厨子，偶尔出来吃一顿也不错。”

谢莫如深以为然。

两人除了吃了顿饭，就在闽安城逛了大半日。谢莫如给孩子们买了些便宜的小玩意，什么风车、竹蜻蜓、柳条编的小花篮之类，及至天晚，夫妻二人就回府了。

五皇子其实早憋了一肚子感慨，回府就同谢莫如嘀咕上了："不知不觉闽安城就不一样了，人来人往，车水马龙的。要不是今儿突然想起出去瞧瞧，还没留意呢。"

谢莫如笑："是啊。一个地方好不好，其实很容易看出来，看人气就知道了。"

五皇子低声道："我觉着，咱们闽地要兴旺了。"

"我也这样觉着。"谢莫如自然也愿意看到闽地兴旺。

这对夫妻已是信心满满。

也不知是五皇子的确主政有方，还是怎的。反正，这人要是顺了，无事不顺。就是苏巡抚算着今年收的夏税也是满面笑容，年景不错，税收也格外顺利。

江行云这里更是成日间高朋满座，八百年前是一家的宋太太过来给江行云送了些海鲜。宋太太笑："将军命人快马送来的，一路用冰镇着，你这里每日有宴，正用得上。"

江行云叹："多谢嫂子想着我。也不知他们哪里来的消息，都来我这里打听。我能说什么呢？朝中大事我也是不懂的。"

"妹妹总比我们有见识，有时没个主意，我也愿意听妹妹指点我呢。"宋太太奉承江行云一句，道，"现在都说咱们这里要建海港，外头传得有鼻子有眼的，就不知真假了。"

"这个啊，这个我还真有消息。"江行云拈了粒鲜荔枝，宋太太不知不觉已坐直了身子，就听江行云说下言呢。江行云吃了颗荔枝，方道："王爷原本是有这个意思，奏章也递上去了，朝廷没批。我想着，这事该是不成的。"

"不成啊……"宋太太越发挠心挠肺了，悄声道，"妹妹，我可是听说王妃在沿海买了大批地皮呢。"她知道信儿就晚了，自家派人去买地皮，一则价钱翻倍不止，二则上等地皮早名地有主了。无奈只得选了次一等地皮，这还是下手快的呢。有些比宋太太还慢一等的，过去只有吃灰的份，还地皮？

江行云笑："这我就不晓得了。"

宋太太再三央求："妹妹要有什么信儿，可得跟我说一声啊。"

江行云犹豫一二，方道："只听说王爷又命苏巡抚重新做港口的预算，这事嫂子万不能说出去。"

宋太太精神一振，连声作保："妹妹只管放心，你还不知道嫂子吗，再没有比我这嘴更紧的了。"再三保证，绝不会出去乱说，又道："这么说，王爷还是要建港的？"地皮不会打水漂了啊！

"这就不知道了。"江行云深得太极精髓，但宋太太不知是不是心理作用，怎么看怎么觉着江行云这笑别有深意！

宋太太自以为得了消息，心满意足地又奉承起江行云来。

她恨不能每天过来同江行云亲近，江行云这里却是忙碌得很，一时便有人求见。宋太太识趣告辞，江行云起身相送。

第二位访客就是晋商代表徐少东了，较之去岁冬末，徐少东有些黑瘦。江行云笑："这么大热的天，什么要紧事劳少东你亲至。"

徐少东笑："现在不怕热，只怕我晚来一步。"

江行云但笑不语，命侍女上了凉茶，道："你尝尝，这是闽地的凉茶。"

徐少东呷一口，倒也不急着说生意，先说茶："里头似加了金银花。"

"是啊，最消暑去湿，暑天喝最好不过。"

"要说吃茶，还是南面花样多，咱们晋地吃的茶也多是从南面运送过去的。"徐少东吃了大半盏，笑赞："这茶暑天吃果然舒坦。"

徐少东道："江姑娘你是个爽快人，有话我就直说了。"

江行云道："少东请直言。"说来她还欠徐少东一个人情，徐少东毕竟帮她打听过段四海的事。

徐少东斟酌道："我在晋地，也听说闽王爷要建海港之事，只是不知消息是否可靠？"

江行云对徐少东并未绕弯子："可靠。"

两字一落，徐少东便知他那人情，人家江行云还了。

徐少东一颗心也搁肚里去了，道："我听闻，闽王的折子被朝廷驳了回来。"

江行云笑："你要问的应该是这海港建不建得成，而不是王爷的折子有没有被驳回来吧？"

"江姑娘说得对。"徐少东笑，"不知有没有我们晋商能为王爷效力的地方？"

"这我就不晓得了。"江行云道，"你们晋商自来财大气粗，西宁榷场的生意还不够你们做的？"

"你也知道我们的生意，无非是由南往北，再由北往南罢了。要是闽地开港口，北货南运，我们晋商便宜得很。"徐少东道。

江行云一叹："想来，吴地的北货，也是你家的大头。"

徐少东脸色微变，很快恢复过来，笑："江姑娘，商贾不就是如此吗？非但晋商如此，徽商以及帝都的商贾，哪个又少往吴地走动了？不说我们这些外来商户，就是你们闽地商家，难道还少与吴地来往了？商贾做的是生意，江姑娘你但有差遣，我可曾说过二话？"

"既无二话，还真有事委于少东你。"

徐少东笑："你尽管说。"

“过些日子，我要去与段四海会面，希望少东你同往，给我们做个见证。”

徐少东也算见过不少世面的人，听此话，也是目瞪口呆，好半天才反应过来：“江，江姑娘，你，你要去与段四海相见？”说话都结巴了，可见徐少东对此事的震惊。

“对。少东可愿与我同往？”

徐少东想说不愿意，可人家一个女人都有此胆量，就为脸面也不能摇头啊。徐少东感叹：“江姑娘不愧将门出身，徐某佩服，佩服！”徐少东连说两声“佩服”，一拱手道：“江姑娘相邀，徐某怎能回绝，愿与江姑娘同往！”

只要徐少东点头，江行云根本不用要求他保密，徐少东自然会保密的。

徐少东应下此事，觉着与江行云关系近了不少，也就多打听了一些：“江姑娘去与段四海相见，可是为着海贸的事？”

“是啊。”江行云一哂，“闽地海军有限，但如今等闲海匪也休想上岸。海上若有段四海护航，并非坏事。靖江出得起保护费，难道闽地出不起？只是，我不喜藏头露尾那一套，段四海在海上这些年，也算一方霸主了。何不订立契约，做个长长久久的生意？此次，是请你们一道过去，做个见证。以后你们的货在海上出事，就是段四海的首尾了。”

徐少东真是服了这个女人，千万叮嘱：“江姑娘，此事必要保密才好。”

江行云似笑非笑地瞥徐少东一眼：“放心，你们既与我做个见证，就是一条藤上的蚂蚱，谁要是活腻了，只管往外说去。”

徐少东尴尬笑笑，终于无话可说。

江行云与段四海会面之事，谢莫如自然也与五皇子说了，五皇子皱眉思量片刻：“你是说，用此稳住段四海？”结契约可不是小事。

谢莫如道：“非是稳住段四海，还要借段四海查出白浪到底是何方神圣！也是要牵制几家大商贾，不然，以后让人知道行云与海匪结契，难免生事。这几家大商贾，与朝中联系紧密。倘此间事发，他们先得担心自己小命不保！”

五皇子也是个有决断的人，踱了几遭，道：“你跟江姑娘说，让她安心，这事我是知道的。以后就是说出来，自有我担当。”

五皇子道：“一会儿我命人将我的印取来。”

谢莫如在五皇子耳边低语几句，五皇子问：“这样也行。”

“这也是以防万一，殿下让妥当人去办。”

“放心。”

“此事暂不要与陛下说。”

“我晓得。”

第五十一章 段四海

江行云与段四海这么快就结盟，完全在徐少东的意料之外。但因着情势，徐少东还是应下江行云的邀约，倒不是因江行云的身份，而是徐少东十分想在闽地分一杯羹。

想分一杯羹，就得付出代价。

徐少东将要付出的代价，让他第一次对自己的决定有些犹疑，这样势必就与江行云绑在同一根绳上了。不是晋商，而是他，他自己。

徐少东静默半日，终是决定，既已应了江行云，没有反悔的理，既如此，倒不如搏上一搏。

徐少东第二次拜访江行云，问的并不是什么时候去见海匪的事，而是建海港的事。商贾嘛，千里奔波只为财，徐少东自然关心海港建设。

而且，徐少东消息灵通，非比寻常，起码他就知晓朝廷将闽王的折子打回来的原因是海港预算太高。徐少东族里就是开钱庄的，身家不俗，故而向江行云打听一二。

江行云道："预算也要脚踏实地，闽地有山有石有树木，就地取材，当能缩减成本。"

徐少东来闽地来得晚，并不因他消息不灵通，而是相较于别的听到个信儿就兴兴头头来的人，他是做过一番调查的。徐少东道："便是再能缩减成本，一个海港，起码也要百万两纹银的。不瞒江姑娘，闽地的事，小可也略知一二。每年闽地养兵练兵，朝廷便要拨下不少银两，何况如今海港之事，朝中争议极大，就是重新预算，朝廷怕也难以允准。"

江行云一挑长眉，望向徐少东，问："少东你是专程来打击我的？"

"岂敢岂敢。"徐少东笑着摆摆手，"咱们相识不止一日，我乃商贾，我们商贾，做每笔买卖时其实不能预测盈亏，但总要竭尽全力赌一赌的。"

"少东不怕赌输了？"

“怎能不怕?”徐少东道,“正是怕输,才要尽全力。”

江行云感叹:“少东好气魄。”

“以往我也觉着自己魄力不错,如今方知,远不及江姑娘。”徐少东恳切道。

“咱们就不要互相吹捧了。”江行云听过的赞美多了去,她一向比较喜欢听些实在东西,道,“少东你继续说。”

徐少东继续说的话不大动听,但绝对是实话:“我是觉着,哪怕预算能削减一半,朝廷也不会同意闽地建海港。”徐少东也不卖关子,道:“要想朝廷同意建海港,只有一个法子,闽地自己筹集这笔建海港的银钱!”

要不说徐少东是有备而来呢。江行云认真听了,道:“闽地要能筹集这笔巨款,哪里还用朝廷每年拨银子练兵呢?”

“是啊。”徐少东将话一转,道:“闽地当地筹集不到,集外地商贾之力,却非难事。”

江行云笑:“倘有少东你们徐家这样的大商贾,就更非难事了。”

徐少东一笑:“徐家自是愿意为闽地出力,就是不知王爷看不看得上我们徐家?”

“这话说到哪儿去了,我来来往往的,都是用你们徐家银庄开的银票。”江行云敛了笑,道,“说句实话,银钱上的事我从未担心过。哪怕按户部预算七百万两,许多人便吓死了,其实海港又不是要一日建成,如闽地,就是想进行海贸,这也是要时间的,先建个小港口也无妨。而且,七百万两又不是一年就要拿出来的,头一年有七十万两就够了。这七十万两,不必闽地出,难道人人都可做海贸的?这么多商家,从中择三四家也就差不离了,难不成什么小猫小狗的都要掺一脚?不成,我们只要大商家。”

徐少东问:“那这几家如何选,想来江姑娘你心中有数了。”

江行云唇角噙了一抹笑,道:“就像茶啊盐的,得有票才能做生意。我寻思着,闽地海贸也一样,我们可以发海票,价高者得。”

徐少东拱手,笑道:“江姑娘,我真服了。”

“这也是没法子。”江行云道,“你们徐家财力雄厚,这些小事,只是顺便与少东你说一说罢了。我与少东商量的另有要事。”

“江姑娘请讲。”如果这都不算要事,那江行云说的要事……

江行云笑:“是这样,海贸的事,你知道的比我清楚。以后海贸进行,短不了银钱出入,而且,定是大笔银钱出入。也不能总是各抬各的银箱子过来算账,要是用银票结算,比银箱子可方便得多。这闽地银庄也有几家,听说你们是各做各的生意,若你们各家银票能够通兑,岂不更方便?”

徐少东听到“用银票结算”的话,已是激动得脸上一片潮红,放在膝上的双手微微一颤。直待江行云说完,徐少东方道:“这里头有个缘故,倒并不是说同行是冤家。只是,如我们晋商、徽州的徽商、吴地的吴商,所开的银号,都是比较有把握的。客人在我们银号里存了银子，我们一定兑得出来。像有些小商家，也去开银号，怎么说呢，良莠不齐啊。良莠不齐倒也不是大事，但还有一样，各银号开的银票不一样，认各家银票，自有秘法，这是各家不传之秘，也是各家的根本。所以，银号之间的银票不能通兑。”

“你们有你们的顾虑。”江行云道，“再有就是，这银票是你们各家发行的，就怕不是所有人都肯守银号一行的规矩。”

“是啊。”徐少东道。

“我这里有一事要托于你与徽商银号的黄少掌柜。”江行云道，“待海贸的事定下来，闽地会就海票一事招商，我想着，来的人定不会少。来竞价的商贾，实力如何，我怕没时间一一核对，所以，这事要托给你们两家。他们有无竞价资格，你们帮我审核，如何？”

徐少东大喜过望，起身抱拳：“我得多谢江姑娘给我这机会。”

“你先别高兴得太早，我话还没说完。”江行云笑，伸手示意徐少东坐下。徐少东想着自己较江行云年长五六岁，却不及人家一个姑娘老练，不由得脸上一热。其实，徐少东委实是个稳当人，不然家里不能这么放心他来闽地负责这一摊事务。主要是，江行云的提议太诱人了。他们帮着审核，这就预示着大笔的生意啊！徐少东笑：“江姑娘只管吩咐。”

“到时我会给你们一个标准，过了这个标准的，再让他参加海票竞价。但有一样，你们既然审核过，我就认为他们有财力拿出银子来。竞价结束，三天就得把银子交上来。若有远道商贾，未带足现银，你们银号同他们商量，是借是贷还是怎么样，我不管，反正三天我得见着银子。”

徐少东起身一揖：“我得再谢江姑娘你一遭，将这天大好处让给我等银号。”

江行云摆摆手：“礼尚往来，少东你多有助我之处，但有这等事情，我自然会记着你。何况，你要在闽地赌上一赌，再怎么，我也不好让少东你赌输的。”

江行云说着一笑，徐少东也笑了。

江行云提前知会徐少东，就是让银号预备好银子。

徐少东也就闽地海港建设提了不少意见，江行云也知徐少东的好意，皆用心听了。

及至告辞，徐少东轻与江行云道：“其实，江姑娘既有此高招，何必还要重新做海港预算？户部，毕竟是东宫的地盘，先时的预算是户部出的，闽地重做预算，再递到帝都，岂不是打户部的脸？怕是，东宫的面子也不大好看的。”

江行云不以为意地笑笑：“少东你如今主持徐家在吴闽的生意，你家里不少族人定觉着吴闽是少东你的地盘。其实，徐家的还是徐家的。一家一国，皆同此理。”

徐少东给江行云说得，笑：“小小徐家，不值一提。圣人说治大国如烹小鲜，比拟虽恰当，但如何相同？小鲜烹不好，不过扔了重烹，国家不同哪。”

“不同吗？”江行云似笑非笑，“前朝没烹好，故而让咱们太祖皇帝坐了江山。如此看来，也没什么不同。”

徐少东不敢与江行云进行此危险话题，急急告辞。

第二日，江行云设宴招待徐黄二位银号少东家。

中元节前，江行云带着徐黄二人去海上见段四海。

徐少东与黄少掌柜认识，但不大熟。徐少东自觉自家同江行云交情不浅，却未料到徽商黄家也与江行云有这般交情。

徐黄二人各带两位护卫，倒是江行云身边只一位青衫中年男子相伴。

黄少掌柜单名一个悦字，同过来接他们的海盗头领相谈甚欢。黄悦指着海盗头领姜福田介绍给江行云和徐少东认识。姜福田望着江行云脸上半张油彩面具，道："哎哟，姑娘怎么同我们大哥一样，喜欢戴面具？"

江行云道："我倒不喜欢戴这东西，只是听闻段头领素来不以真面目示人，我要不戴一个，岂不吃亏！"

姜福田哈哈大笑，拍着大腿道："怪道你们闽地派你来，我还说呢，妇人能谈啥事啊！原来姑娘这般好口才！"

江行云一手搭在太师椅的扶手上，一言不发地望着姜福田，徐黄二人皆不敢说话。姜福田自己笑了一阵，没人应声，给江行云一双黑黢黢的眼珠子盯得有些笑不下去了，面上不觉尴尬，勉强笑两声："哈哈哈，我老姜是个粗人，说话实诚，姑娘你可别恼啊！"

江行云望姜福田一时，道："你是军中出来的吧？"

此话一出，徐黄皆色变，姜福田嘿嘿笑两声："姑娘抬举我老姜了！"

江行云的眼睛落在姜福田一双手上："虽然你在海上也有些年头，但我知道，你是军中出来的。你不是寻常的兵士，你在军中的时间超过十年。"

姜福田戒备地望向江行云，江行云冷冷道："我家父祖两代皆是军中大将，你这样的兵士，我见得多。老实给我坐着，不必试探我，我不是来跟你谈的，也不要给我机会让我伤着你。不然，我问候问候令尊令堂，怕你脸上挂不住！"

"出去！"江行云一声断喝，黄悦连忙将姜福田拉走了。

姜福田一路到了外头才同黄悦道："我的妈呀，呛死老子了，怎么来的是这么个泼辣货！"

黄悦说他："你可知足吧，我的姜老兄。"将姜福田拉远，同姜福田讲理去了。黄悦道："姜兄你真行，跟人家姑娘拌嘴，拌赢了你可老有面子了。"

做生意的人，口才都好。姜福田给黄悦揶揄得脸上挂不住，道："我这就随口说两句，这丫头忒不给老子面子。"

"靖江王也得给江姑娘面子，你可比靖江王更有面子？"黄悦问。

姜福田一噎，黄悦笑："大事要紧大事要紧。"

姜福田再三道："太泼辣了！"

江行云十分不好惹。

这是姜福田对江行云的第一印象。

若单是泼辣，世上泼辣女人多了去，姜福田多是给这种女人两巴掌，遇到江行云，他没敢给江行云两巴掌，还被骂出正厅。姜福田甭看生得一副老实巴交的模样，单听此人说话，也知不是那老实样人。何况，太老实的人也不会被段四海派出来。姜福田认为江行云不好惹，是因为江行云一眼就看透他的一些来历。

姜福田心想，这年头，女人都这般难相与不成？

真是阴盛阳衰的年代啊！

及至自家首领的驻地，姜福田也没再去正厅与江行云说话，被女人呵斥一遭就够了，他可不想有第二遭。

黄悦请江行云、徐少东下船，江行云出舱室就望见一片壮阔的海港。若不是眼见不少兵士面貌与中土人略有不同，江行云或者得误会姜福田等人是带她来了靖江港。

姜福田先带一行人去了港口附近的驿馆，江行云细心留意车外风景，便是花草树木，也多有稀奇未见之物。姜福田吩咐驿馆大人好生招待，与江行云道："姑娘稍歇，我这就去禀与我们大人知道。"

江行云矜持地一颔首，将手一挥，意思是，你可以走了。姜福田心里那叫个憋气啊，老子又不是你家的狗，还招之即来，挥之即去了。

姜福田憋了一肚子气，出了驿馆，翻身上马，去回禀江行云一行到达驿馆的事。

姜福田难免对老大补充一句："这娘们儿，厉害得很，大人您可小心哪。"

"小心？"段四海戴着半张玄色面具，自然看不清他的神色，不过，他的语气很明显表示了疑问。

"是啊，一眼就看出我在军中待过十年以上。"

段四海不以为奇："江行云原是姓宋的，父祖两代一直驻守西宁关，她能看出来，也不算稀奇。"

"大人要哪天见他们？"

"不急。"

段四海不急，于是，姜福田一去就没了消息，倒是驿馆里样样安排周全，江行云倒也没说什么。当天傍晚就让驿馆的小头目李四为向导，带着徐少东、黄悦二人出了驿馆。江行云的原话是："难得有到海外的机会，咱们好生逛逛，也不枉这一番机缘。"

江行云是女人，女人都有购物癖，何况她是个不差钱的女人，且此次是公款出行。

江行云当天下午就买了一车东西回驿馆。

及至用过晚饭，听李四说，晚上还有夜市，江行云又带徐黄二人逛到夜市散场，此方回了驿馆。江行云仍是精神奕奕，徐黄二人强撑着回了房间，觉着自己腿都要断了。不料，第二日早饭后，江行云又继续带着李四和徐黄二人逛街。江行云一连逛了五日，知道此处叫四海岛，李四是被段四海收编的海匪，用李四的话说："以前我跟的是许大头领，后来，许大头领给大人打败了，人也死了，我们就被大人给收编了。如今有了落脚的地方，寻了驿馆的差使，倒不必再出海了。我们有今日，都是大人的恩典。"满脸皆是感激。

江行云也知道海匪中多是沿海出身，自从段四海占了这处海岛，就给海岛的原住民普及了汉语，把岛上原本的王室砍个精光后，给了原住民不少优惠政策，也肯提拔原住民在麾下为官，于是，段四海成了新的王。

李四虽只是驿馆的小头目，却颇为能言善道，尤其说到段四海驰骋海域十几载未逢敌手的英勇不凡，那叫一个眉飞色舞，仿佛他亲眼所见一般。江行云倒喜欢听他说话逗趣，还赏了他不少东西，李四服侍更是周到。如此，转眼就过了七八日，江行云对于在四海岛上逛街的事依旧兴致勃勃，徐黄二人也习惯了陪江行云逛街的事。只是，一直见不到段四海，徐少东有些坐不住了，黄悦也寻思着，要不要去找姜福田打听一二。

江行云毫不在意，笑："不必去打听，我倒喜欢这里，咱们没事多看看，没有不好。明儿个去码头瞧瞧，咱们闽地也要建海港的，正好取取经。多难得的机会。"

段四海不相见，江行云半点儿不急，只是，段四海的手下有些撑不住了，与段四海道："大人您还是尽快同他们谈吧，这位江姑娘天天出去逛，闲来还同驿馆的李四问东问西。李四那蠢货，祖上三代都要给她套出来了。"

段四海道："怪道圣人都说，唯女子与小人难养也。"只得第二日去见江行云了。

姜福田亲去驿馆同江行云商量第二日谈判之事，江行云十分爽快："客随主便，请段大人定就是。"

姜福田道："那明日辰初，我来接江姑娘。"

姜福田知江行云是个难说话的，故而第二日早早到了驿馆。姜福田到时，江行云便已起身用过早饭，正在梳妆打扮，说要见段四海，必然要郑重，方不失礼。

对于江行云的郑重，姜福田还是很满意的。

只是，原定在辰初出门，江行云直待辰末才算妆扮好，待江行云自房间出来，姜福田脑门上的汗都出来了，急得。江行云头戴金冠，腰勒玉带，脚踩金丝履，身着紫袍，唯面上半张油彩面具遮住大半个脸庞，但露在面具下那洁白精致的下巴以及红润的薄唇，延绵下去的修长的颈项，更加让人不由得猜度面具下是一张何等美貌的面孔。

姜福田依旧负责带路一事，见着江行云连忙道："我的江姑娘，你可快些吧，咱们商量的辰中开始谈呢。"

江行云道:"天怪热的啊,瞧姜大人这一脑门子汗,快擦擦,不然如此去见你们大人,岂不失仪?"

姜福田心道,这娘们儿不是在讽刺老子吧?他还琢磨呢,江行云已径自登车了。

直待巳中,江行云一行方到段四海的王宫。

的确是王宫。不同于中土的土木建筑,此地的行宫是石头所建,虽不及中土建筑精致,倒也别有一番壮阔。其实,这也不是段四海的产业,应是原本岛上王族所住宫室。段四海把王族杀光,这王宫也就成了他的。

不得不说,姜福田这辈子见过的女人,还没有比江行云更有气派的。江行云走在白石铺就的甬道上,那种仪态,让宫中侍从都看得有些眼直。哪怕姜福田都不禁想,虽然让这女人讽刺过好几遭,其实,也不是不能忍受。

穿过重重石门,江行云突然向一处白色宫殿望去。那里有一处石窗,石窗上有爬藤的艳色蔷薇花垂落,江行云止住脚步,她看到一张戴着玄色面具的脸。

江行云忽然停了脚,身旁之人都停下了,不由得顺着江行云所看之处望去。江行云问姜福田:"那就是段四海?"

姜福田笑:"姑娘好眼力,我们大人这是盼姑娘盼得望眼欲穿了。"

江行云面色不变,随姜福田到了那处白石砌的宫殿。男子临窗负手而站,看得出,这男子身量魁伟,一身玄色长袍更衬得蜂腰猿臂,因他也戴了面具,故而看不出什么表情,但周身那种淡淡的久居上位的气息中,似乎还有些杀伐之气。

男子望向江行云。

江行云对姜福田一扬下巴,姜福田气得,我老姜不是你的奴才好不好!他真不明白,难道他长得像软柿子,怎么这姓江的使唤他使唤得这般顺手!但也得尽通报之责,姜福田行一礼,正色道:"大人,江姑娘到了。"

江行云道:"久慕段大人之名,今日为示郑重,焚香沐浴方得出门,让段大人久等了。"

段四海道:"无妨,女人家总要梳妆打扮的时间。"

段四海将手一挥,姜福田请徐黄二人一并退下。徐黄看向江行云,江行云点头,他二人方与姜福田去了。江行云身边的中年护卫却是留了下来,段四海道:"季先生不妨也去歇一歇,依江姑娘的武功,我要伤她也不易。何况,倘我有伤人之心,不会等到现在还不动手。"

江行云知段四海定也打听过自己,便道:"师父放心,无碍的。"中年护卫此方下去。

段四海感叹:"当年令祖救季断魂一命,自此季氏效忠宋氏。当今天下,如季氏这样的忠贞之人少之又少了。"

江行云未料到段四海一语便道破季师傅的来历，眼中闪过一抹深意，道："段大人身边未尝没有季师傅这样的忠贞之士，不然何以有今日？"

段四海只笑未答。

江行云试探未成，也是一笑，不再进行此话题："段大人不请我坐吗？"两人一直站着说话。

二人分主宾而坐。

段四海并不是话多的人，倒了盏茶给江行云，江行云道谢接了，慢呷一口。茶是好茶，不过，泡得久了，有些冷了。

段四海不说话，江行云也只管喝茶，同样不说话。

江行云耐性一流，这一点，段四海深知。

最终，还是段四海先道："其实，我对与闽地的合作无甚兴致。"

江行云道："那段大人如何对与吴地的合作这般有兴致呢？"

"我知道，闽地与我合作，不过是为了稳住我，进而可以全力对付靖江王罢了。"段四海道，"我比较喜欢如今的局势。"

江行云笑："难道段大人没听过，势若失道，则势不可久。靖江与朝廷对峙，段大人你在海上，如此三地分立，自然对段大人有好处。我这几日在段大人的岛上看了，百姓安居，商贾兴旺，段大人让这里的原住民学习汉文汉学，这是段大人目光长远。段大人觉着，要驯服一地百姓为你所用，要多长时间？你杀尽此地王室官员，你底下的人只会比你杀的更多。靖江王在吴地坐大，朝中不是刚刚知道，但为何今日才要限制靖江王权？说白了，就是国朝新立，太祖时，杀了多少前朝皇族官员，想要百姓安定，想要百姓习惯新朝的统治，这是需要时间的。所以，当年哪怕靖江日益坐大，朝中也睁只眼闭只眼。而段大人你这里的地盘，恕我直言，未必有我看到的这般安稳。段大人若想坐稳此地，同样是需要时间的。你的海军中，有多少是你的嫡系，有多少是你收拢的战败海匪，又有多少是原住民？段大人，你手下人太过繁杂，所以，短时间内，想必你没有反攻中土的念头。"

"段大人既没有攻打中土的意思，何必管朝廷与靖江之事呢？"江行云一双桃花眼望入段四海深色眼眸中，"我稳不稳你有何差别，你难道会与我们闽地开战？"

段四海挑眉，当然，他戴着面具，故而，江行云没看到他挑眉的动作，但是，江行云也注意到他眼神微动。段四海道："江姑娘过虑了，我不会与你们为敌。"接着，补了一句："同样，我也不会与靖江为敌。"

江行云已满意此回答，道："中立不得不失，乃中庸精髓。我只知段大人武功了得，段大人同样眼光了得。段大人真人杰也。"

段四海笑："江姑娘才是人杰。"

“人杰与人杰才能说到一处。”江行云并不谦逊，哈哈一笑。

她当然也不在意什么海贸生意，待平了靖江，这些生意要多少有多少。段四海能保持中立，这已是她此行最大收获。

江行云心下喜悦，冷不防段四海又一句：“保持中立可以，我有条件。”

江行云正色：“段大人请说。”

“我要你们谢王妃欠我一个人情。你们可以放心，此事无关天地良心，但以后，我会有用到这人情的时候。”

江行云道：“倘是段大人有何难事，说与我，纵使我不能为段大人解忧，也许能帮上忙。”

段四海未言。

倘是别个事，江行云都有法子，但此事，江行云道：“我要代王妃应下，想必段大人也是不能轻信的。但王妃远在闽地，段大人有暇，我倒可安排段大人与王妃相见。”

段四海唇角微绽，他一字一句：“我不去，让你们谢王妃过来相见！”

江行云眉心慢慢拧起。

段四海笃定地开出条件。

江行云寸步不让：“绝不可能！王妃何等身份，岂能来此地涉险！”

段四海哈哈一笑，双臂张开，言语间霸气十足：“谢王妃都敢嫁到皇室谋求帝位，她还怕我一个小小海岛不成！”

江行云起身：“道不同，不相为谋。”

段四海道：“江姑娘，你不是谢王妃，如何知晓谢王妃不肯过来呢？”

江行云冷笑：“我不是谢王妃，但段大人有在海外占岛为王的本领，如何就不敢去闽地与王妃相见呢？”

段四海轻描淡写：“将来有我求江姑娘一日，我必上岸亲见。”

江行云口舌亦是锋利：“那我就在岸上等着段大人了！”

江行云要走，段四海亦未相留。

江行云回了驿馆，就准备回闽地了。

徐少东和黄悦二人随江行云来这海岛，自然也是关心海港之事的。江行云突然要回去，二人与江行云不是头一日打交道，彼此间自有交情，徐少东就问了缘故。黄悦亦道：“先时看段大人，是诚心要与咱们谈的。”

江行云道：“那老东西觉着我没有与他谈的资格。”

徐少东黄悦二人先被江行云对段四海的称呼给震住了，接着，二人对段四海的条件也表示了诧异。这，先前都说好的是江姑娘过来谈海贸的事，怎么说反悔就反悔啊！

徐少东看向黄悦，黄悦同海匪关系亲近，说不得这谈判一事就是黄悦安排的。黄悦道："这同先时说的可不一样，江姑娘放心，我定要去问个分明的。"

江行云未直接说段四海是要同谢莫如谈，倒不是不信任徐黄二人，只是，江行云也是有考量的。段四海当头便说让谢莫如欠他一人情，按理，如果段四海想要什么人情，也该找闽王要，怎么会直接说王妃呢？江行云都怀疑段四海是有什么缘故，因事涉谢莫如，江行云不好与徐黄二人直说。

黄悦这就要去找段四海的人评理问个究竟，江行云却是叫住了他："不必去，你去同李四说，明日备好船，我们回闽地了。"

江行云脸上并未有什么怒色，只是交代二人道："你们也收拾东西，明儿就走。"

江行云虽然在段四海面前寸步不让，倒不是这事真不能商量，更多的是一种交际的手段。谢莫如何等身份，如果段四海说一声，我要你们王妃亲自过来谈，然后她便屁颠屁颠地回去同谢莫如商量让谢莫如过来，那就不是她江行云了。

这事江行云不打算低头。她在段四海这里看了几日，对这岛上的情形大约也心里有数，段四海再有本事，也就是在海上纵横。段四海真不识抬举，江行云保准有法子查出他在东穆有什么渊源，到时再论输赢。

江行云这里准备打包走人，倒是第二日一大早，自段四海那里来了一位姓宁的男子。该男子也就三十许的模样，面色古铜，蓄了短须，穿着长衫，却是从里到外透出一股子斯文儒雅来。

姜福田跟着一道来的，介绍说是宁大人。

黄悦也认识这位宁大人，宁大人与黄悦打了招呼，见到徐少东，笑道："少东，我们有些时日没见过了。"

虽然徐少东在江行云面前一直说自己对靖江都不大熟的，更不必提海匪了。但，若是不熟，哪里能做得偌大生意？早在船上时，徐少东见着黄悦与姜福田勾肩搭背在江行云面前毫不掩饰时，就有些后悔自己在江行云面前装得太白莲花了，不然，给江行云引荐海匪的事也轮不到黄悦出头啊。徐少东笑："可不是，我还以为宁大人不在岛上。"

"我是刚回来，听说江姑娘来了，特此过来请见。"

宁大人说得委婉，但明白人一听就知道这是来说和的啊。

看来段四海这边的谈判诚意还是很大的，徐黄二人皆心下有谱了。便是黄悦其实也明白，昨日江行云不让他出去打听消息，怕就是要看一看段四海这边的诚意。

宁大人又问："江姑娘可在？"

黄悦笑："江姑娘在房里，只是昨日回来，气不大顺呢。"

宁大人一笑："江姑娘果然性如烈火，要是方便，我想见一见江姑娘。"

黄悦想了想，道："我帮你去问问。不过，话我可搁前头，江姑娘这就要回去了，宁大人你可千万客气些。"

宁大人颔首，唇边带着抹浅浅笑意："阿悦你放心，我要为了得罪江姑娘，何苦来这一趟。"黄悦这才过去问江行云的意思。

江行云正用早饭，稍待片刻，才有时间见这位宁大人。

宁大人依旧温文，拱手一礼："在下宁致远，久闻江大人之名，今日特来拜见。"

"非淡泊无以明志，非宁静无以致远。宁大人这名字好，请坐。"江行云请宁大人坐了，一副公事公办的面孔，"我今日要回闽地，怕不能多聊，宁大人有话还请直言。"

宁致远笑："是这样，为闽地海贸护航的事，我家大人交予我来负责。此事尚未商谈，江姑娘何必急着走呢？"

江行云冷笑："段四海的口气大过天去，我看，怕是说不到一处去的！"

"还没谈，如何就知道谈不到一处呢？"甭管江行云什么脸色，宁致远仍是一副斯文样，说话不疾不徐，态度间带了一些亲切，"何况，哪怕略有分歧，亦可暂放一旁，求同存异嘛。江姑娘想想，是不是这个理？"

江行云叹："可惜你们岛上的事怕是不由你做主。"

"岛上的事自然是我家大人做主。不过，我今日过来也是奉我家大人之命，江姑娘看，我家大人还是极有诚意的，不是吗？"宁致远不会矫情地说自己只代表自己过来，他得给江行云一个台阶。

"我过来，一样有诚意。但你家大人是如何安排的？我在这里足等了七天他才肯见我，恕我直言，我看不到你家大人的诚意。"江行云要的不是宁致远的台阶，她道，"让段四海亲自过来！"

宁致远没说话，他觉着，江行云的架子拿得有些大了。

江行云冷冷一笑："怎么，你觉着我不够资格让他过来相见吗？那你就去告诉他，他心里那件事，不要以为我不知道！"

宁致远瞳孔微缩，却也在瞬间恢复正常，面色依旧未变，语气中颇是无奈："江姑娘委实误会我家大人了。既然江姑娘这样说，我也只得为姑娘带个话。"

江行云未曾漏看宁致远眼中的那抹震惊，心中更是笃定，淡淡道："有劳宁大人。"

宁致远亲去与段四海商议，段四海听过后只道："阿远，你上了江行云的当。"

宁致远自然明白段四海之意，道："江姑娘自然有试探之意，只是我觉着，咱们双方并非敌对，何必要将关系闹得太僵呢？我听说，江姑娘在谢王妃那里很能说得上话。"

"我昨日在江行云面前多说了一句话，这女人委实机敏，定是察觉了什么，今日方会出言试探。”段四海道，“我虽想借谢王妃之力，但谢王妃为人，端的是冷情冷心，倘她真辅佐闽王平了靖江王，将来怕一样会同我们翻脸。”

“大哥手下十万海军，朝廷想建一支能与我们抗衡的海军，二十年内怕是不可能的。二十年后如何，谁能说得好？再者，翻不翻脸之事，弱肉强食，天经地义。倘真弱到不堪一击，不败于谢王妃，也会败于他人之手。又有何可惧的呢？我宁可死于强者之手，也不愿碌碌一世。”倘不亲见亲闻，断然想不到这样豪迈的话是自宁致远这般斯文人的嘴里说出来的。

段四海一笑，伸手拍拍宁致远肩头：“海上风云变幻，想碌碌也难哪。”他们兄弟要是碌碌之人，如何能有今日？

宁致远笑：“大哥事事明白，那就省得小弟再费唇舌，同小弟过去吧。”

段四海没说话，宁致远笑问：“不会是大哥觉着去了没面子吧？”

“我男子汉大丈夫的，岂会与女人家一般计较？”段四海是绝不会承认这个的。主要是，他未料到江行云一介女流，竟是说翻脸就翻脸。而且，江行云的强硬，也出乎段四海的意料。江行云这般脾性，段四海也得改变策略了。

宁致远笑：“大哥去吧，江姑娘那样美貌的女子，不要说人家占住了理，就是没理非要搅三分，凭她的姿容，她点名叫哪个男人去，是个男人都会去。”

段四海私下话很是不少，道：“怎么，江姑娘见你没戴面具？”

宁致远知道江行云见自家老大也是戴了面具的，不禁忍笑：“话说我活了这么大，还头遭见江姑娘这样的美人。”

“罢了罢了，唯女子与小人难养也。”段四海倒是不介意过去见一见江行云，毕竟宁致远这样劝他，只是，段四海道，“今日只谈海贸，不谈他事。”他可以给江行云一个台阶，但，有些事，段四海是不准备让步的。

“是。”宁致远应了一声。

徐少东和黄悦真是服了江行云，二人绝未料到，段四海竟真的亲自来了。

段四海同江行云未再进行昨日话题，段四海道：“江姑娘难得来一回，前些天困于庶务，未得闲亲自招待江姑娘。今日若江姑娘有暇，不如去看一看我的海军如何？”

段四海亲自来了，江行云得此台阶也就下了，客气道：“久慕段大人麾下海军之英武，若能得一见，江某也算不虚此行了。只可惜江某原定于今日回闽地，怕是不巧了。”

“来都来了，也不差这一日半日。我亲自相邀，便是靖江王也会给段某个面子的。”

江行云道：“如此，江某却之不恭。”

段四海不是靖江王，还不大愿意让江行云看自家军队啥的。段四海完全不怕江行云看，但也只是请江行云观看，余者徐少东和黄悦就留下来同宁大人商谈海贸条款了。在去看海军的路上，段四海见江行云目不斜视，道："江姑娘来我岛上这些日子，也把我岛上看得差不离了吧？"他虽晾了江行云几日，但江行云也没少在他岛上打探消息。

"哪里哪里，我千里迢迢过来相见，段大人你要抻着我，我见不到段大人你，除了去街上还能去哪儿呢？段大人连海军都不吝于由我参观，难道还怕我多在你这岛上转转？"江行云笑笑，明眸轻瞟，"要是段大人你觉着吃了亏，哪日去闽地，我做主，段大人你爱怎么看就怎么看。我在你这儿看七天，你到闽地去看半个月，绝不叫你吃亏，如何？"

段四海听这话，不由得笑道："江姑娘的气还未出完？"

江行云悠悠然地靠在敞车的靠背上，似笑非笑："在段大人面前我还敢生气，哎哟，那我可忒有面子了。"

段四海哈哈一笑，道："江姑娘知道为何昨日我对江姑娘这般不客气，而今日任凭江姑娘阴阳怪气吗？"

江行云淡淡："若是不中听的话，不妨不说。"

段四海仿佛未听到江行云所言，望向江行云脸上的油彩面具，意味深长："那是因为听我那兄弟说，江姑娘是难得一见的美貌女子。"

江行云险些给这话气死，她当然美貌，她也不是头一天知道自己美貌，但，她自认为自己才智更胜美貌，她不喜欢用美貌来达成目的。段四海这样说，让江行云有些被看轻的感觉。江行云尽管气个半死，她城府在这里，面上未显出怒色，反是一笑："那真是多谢宁大人的赞美了。我要知道段大人以貌取人，早就取下面具了。"

这样说着，江行云却没有半分要拿下面具的意思。

段四海瞥江行云一眼，江行云正捕捉到他这眼神，唇角挑起来，轻声道："不过，段大人虽贵为一岛之主，奈何我不喜欢老头子呢。"

"老头子？"段四海觉着自己幻听了，他，他是老头子？

两人就这么一路拌着嘴到了海军驻地，段四海颇具风度，先行下车。江行云待段四海下了车，方向下先伸出了一只手。段四海唇角直抽，他真后悔评价江行云的容貌。江行云伸出的这只手完美得没有半点儿瑕疵，段四海身后的侍从不敢去扶啊，主要是段四海不用太监，所以，他身边都是侍卫。

江行云瞥向段四海，段四海只得抽着唇角，风度翩翩地扶住江行云这只手。江行云唇角微绽，精致的唇边蕴着一抹浅笑，优雅轻盈地下得车去，矜持地说一句："有劳段大人了。"

她虽不喜欢别人评价她的美貌，但美貌这样的利器，当用则用。

在江行云看来，段四海颇是狂妄的人了。

在见到段四海的海军后，江行云得出结论，此人虽狂妄，还是有狂妄资本的。

海军正在进行日常训练，段四海带江行云四下瞧瞧。江行云祖上就是带兵打仗起家，她知道军中是怎么一回事。江行云道："要是当初永定侯能与段大人这般练兵，怕也不会败得那般惨哪。"

段四海道："永定侯之败，不在于兵不好，在于将无能。"

江行云并不介意段四海此语，在江行云看来，永定侯政客的身份更胜于将军。江行云问："段大人与白浪比，如何？"

段四海哈哈一笑："待我们比过，定知会江姑娘结果。"

江行云唇角含笑，继续道："白浪此人，颇为神秘。永定侯带兵无能些，当时也败得惨，不过，他也查出了，击败他的那支海军，的确是来自吴地。但是，我查遍吴地，也没有找到一位符合白浪身份本事的人。段大人在海上多年，看来是认识白浪的。"

段四海望江行云一眼，却是不打算回答的，道："此事要江姑娘另开价才行。"

江行云笑："段大人要价几何？"

"江姑娘想出什么价？"

江行云还没想过就此事出何价钱，她继续说自己的推断："我先断定白浪不是吴地之人，更不可能是朝廷之人，所以，他必定是海上讨生活的。在海上，用的却是吴地海军，兵将不熟，却能大败永定侯，这人的确是比永定侯要强的。按理，如白浪这样的本领，不该默默无闻的，但他在海上十几年，真正扬名却是在前年与闽地一战。我以为，凭白浪，起码也要与段大人你在海上平分天下才应该。"江行云盯住段四海的眼睛。

段四海只一笑："江姑娘，你有你的判断，就不要来试探我了。"

江行云语气里满是无辜："段大人误会了，何来试探一说？我一介女流，又有什么见识呢，不过是随口说一说罢了。段大人你要觉着能入耳，就随便听几句；倘觉着不能入耳，只当没听到就是了。"

段四海心说，你在老子身边嘀咕个没完，老子又不是聋子，能当听不到吗！

江行云继续看段四海的海军训练，寻常女人大多不喜欢看这些枯燥训练的，江行云却是瞧得津津有味，与段四海一看就是半日。及至中午用饭，满满一席海鲜，江行云问："段大人还吃得惯海味吗？"

"有什么吃不惯的。江姑娘自西宁到帝都，如今又至闽地，可习惯闽地吃食？"

"其实在帝都还好，气候与西宁相似，闽地我是真不习惯，夏天热得要命，一年四季雨水不停，潮得很。"江行云夹起一块雪白的虾肉，话音一转，说了一句，"王妃倒是喜欢闽地。"

"闽地虽是我老家，不过，气候不好，地方也穷。"江行云叹，"王妃做事呢，做好了，那些人就说是王妃分内应当的；做不好，那简直是罪不可恕。段大人想王妃欠你个人情，如果是当下，王妃所能做的，非常有限。就是闽王，闽地的事尚好，其他地方根本插不上手。”

或许是用餐的环境轻松，江行云端起杯中果酒，啜了一口，慢悠悠地说了这番话。

段四海道：“多谢江姑娘提醒，我敬江姑娘一杯。”

江行云并不在意此事段四海不愿与自己多说，让段四海用中立态度换取的人情，当然不会是小事，起码对段四海而言，不是小事。

江行云只是点出现下谢莫如的难处，让段四海量力而为罢了。

世上的事，没有不能谈判的。哪怕昨日陡然翻脸的两人，上午还互相讽刺呢，中午就一团和气地坐在同一张桌子上有说有笑了。

江行云也并不多说谢莫如的事，略点一二则罢，接着就说起海岛的气候饮食来。

江行云也算去过不少地方，说到各地风景，信手拈来。江行云说得兴致盎然，段四海偶有评价，颇得要点。两人用过午餐就畅谈起来，江行云说着说着就说到武事上来了。这也难免，她将门出身，对这个熟嘛。江行云道：“朝廷也算太平，兵家却大不如前了。世人皆知我出身将门，提及我宋家来，也多有赞语。但说来，家祖父当年随太祖皇帝征战，终未能封爵。可见，当初祖父在军中也只算中等将领。听家父说，祖父当年说过，要论领兵，宁平英卫四国公方是大家，接下来就是永安永定永毅永贞四侯府，余者再数，就是北昌侯府了。如今，老一辈人故去，宁平英卫四国公府仅存平国公、卫国公两家，永安侯尚公主后再未亲掌战事，永定永毅永贞北昌四府都转了文事。要说新晋兵家，当属南安侯了。”

段四海道：“南安侯成名已久，自不消说。你们提携的那位柳扶风，颇有兵家风范。”

“柳将军出身平国公柳府，外家是宁国公王家，正经嫡子嫡孙，约莫是血统中便有兵家风范吧。”江行云笑，“何况，锥处囊中，其末立见。柳将军自有才干，说不上提携不提携。不然，闽王想提携的人多了，多有是想提都提不起来啊。”

段四海道：“听说当年宁国公府倒台，多赖英国公与辅国公主的手段，这位柳将军，倒是投奔了闽王？”

“这不相干，世上多少祖辈被砍了脑袋，子辈孙辈继续为朝廷效力的。恩仇什么的，端看值与不值罢了。”江行云不怕段四海话少，哪怕话少，段四海既能与她探讨这些朝中政事，那么，段四海的出身阶层，江行云大致也能猜到一些了。

江行云不露声色，笑道：“难道还个个如宁荣大长公主一般，也不知当年受了多少辅圣公主的憋屈气，如今辅圣公主无后，只有我们王妃勉强算是辅圣公主的后人。宁荣大长公主见了我们王妃就阴阳怪气，也是够了。做人做到宁荣大长公主这份上……”江行云摇头，“怪道世祖皇后二子二女，独她混得最差。”

江行云说话素不客气，此时在段四海的地盘，品评朝中人物堪称毒辣了。段四海听得也是一笑，道：“混得好不好，不看自身，有南安侯这个儿子，宁荣大长公主起码是能善终的。”

“是啊。”江行云心有感慨。非但宁荣大长公主如此，就是宫里胡太后，这位老太太的糊涂之名响彻权贵圈，此老太太平生最大的才能就是给太祖皇帝生下了唯一的儿子，于是，富贵一世。

江行云叹：“辅圣公主就是没个好儿子啊。”

段四海却是微微一笑，不置可否。

江行云最看不得段四海这装模作样，道：“有话就说。”

段四海道：“辅圣公主失败，不在于有没有儿子。谢王妃也没儿子，我看她位子也挺稳的。”

“怎么，你盼着我们王妃倒霉呢？”

“哪里，我就盼着你们王妃千秋万代了。”

段四海甭看话少，正因心里明白，方才话少。不然，江行云这历数帝都豪门的举动，怕是存心试探。倘是换了别个人，段四海不一定这般小心，但江行云机敏太过，给这女人抓住一点儿破绽，以后怕是不得安宁了。

江行云见段四海是半分口风不露，谨慎至此，她也没什么好法子，想着这老东西果然难以对付。缓和了一下双方关系，至傍晚便回驿馆了。

倒是徐少东、黄悦与宁致远等人谈海贸合约谈得很顺利，晚上同江行云说了谈判进程。江行云算了算时间，道：“看来再有两日就能谈妥了。”

黄悦笑：“此事谈成，江姑娘当居首功。”若不是江行云勇于翻脸，怕是段四海这边也没这般顺利。

“是啊，当年靖江与段大人谈海贸之事，可没咱们这般顺利。”徐少东也是颇知内情的人哪。

“行了，咱们就甭互相吹捧了。”江行云笑，“待得谈妥，大家都有功劳。”

徐黄二人很是恭维了江行云一番，这二人都是商贾，奉承人的水准当真是一流中的一流。能这般拍江行云的马屁，倒不是他们从中所得就比在靖江的生意更多，只是，此事由他们亲自来谈，哪怕现在都不会往外说，但一个男人有此经历，成就感绝非金银可衡量。何况，后头还有用他们之处。

二人很是尽职尽责地将今日谈妥的条例给江行云一面看一面解说了一番，然后，连续谈了四日，才算是将各种细则具体谈妥。到签契约时，就是江行云来签了。

江行云与段四海互签了契约，宴会过后，江行云就提出要回闽地的事。这回，段四海未挽留，而是道：“我有一封信，还请江姑娘转交给谢王妃。”

江行云极好说话：“定帮段大人转呈。”这就对了，此事段四海可以找谢莫如商量，但段四海不能当着江行云的面直接要求谢莫如来岛上。不过是帮段四海递封信，此事，还有得谈。

第二日，江行云便带着签订好的合约回了闽地。此时，江行云还不知，闽地建海港之事，再次在朝中引起争论不休。

江行云的船只刚进闽地海域，柳扶风手下的副将就迎了上来。能被柳扶风派来等候江行云一行的，自然是柳扶风的心腹。

这位副将姓曹，身高九尺，虎背熊腰，瞧着像四十许人，其实人家挺年轻，刚二十出头，因作战勇猛，颇得柳扶风器重。曹副将抱拳一礼，道："将军在等着江大人了。"其他人喜欢称江行云为江姑娘，倒是柳扶风，一向是以"江大人"称之，故而，他手下人皆称江行云一声"江大人"的。

"有劳。"江行云便带着徐黄二人随曹副将去了柳扶风的军帐。

徐黄二人自有安置，曹副将引江行云至柳扶风的军帐，自己只在外守着，江行云亦是一人进帐与柳扶风相见。柳扶风的军帐颇为简洁，无非床榻桌椅书本纸墨而已。柳扶风正自案后起身，一手拄了拐杖，请江行云去厅里坐，笑道："王妃命人来问过两遭了，江姑娘此行，可还顺利？"一面说着，自白瓷茶壶里倒出两盏凉茶，递了一盏给江行云。

江行云接过，呷一口道："算是顺利。"

"大事未能谈妥。"江行云从未将海贸利润放在眼里，她原是想借此海贸来往令段四海保持中立，不料段四海精明过人，将中立单独拿出当条件来谈。此事，还有得磨。

柳扶风倒不意外，道："若只一次便能将大事谈妥，段四海焉能在海上称王称霸这些年。"

柳扶风此言很对江行云心坎，何况此行并非没有收获，江行云道："我这就回闽安城。"

"马早已备好，我就不留江大人了。"

江行云起身告辞，问柳扶风："朝廷将海港之事批下来了吗？"

柳扶风起身相送："哪里有这般快？"

江行云心中有数，告辞而去。

江行云一行都是年轻人，一路快马，在夕阳将落时回到了闽安城。徐黄二人亦随江行云去了闽王府，李九江出面招待二人，江行云去与谢莫如回禀此次出海之事。

谢莫如原想自己去见江行云，倒不是防备五皇子什么的，只是谢莫如致力于把五皇子打造成一位光明正大的藩王，所以，这些事五皇子当不知道的好。五皇子却是坚持要一并召见江行云，他道："媳妇属官都知道这事，就我不知道，哪怕事发了，这样跟人说，人也不能信哪。"

谢莫如笑："有时哪怕不可思议，但说出来的话，还是有人信的。"

"那也不能叫你们帮我背这黑锅，知道就是知道，有什么事，自当我先顶上。"五皇子不是那种出了事叫别人顶缸的性子，人一心为他，他也不负人。尽管五皇子心里也有个小九九，而且是，他跟他媳妇彼此心知肚明，只是谁都没说的小九九。但，不管是怎样的小九九，五皇子都认为，先做人，后做事。人活一辈子，要活得有滋味，就得有真心真意，不然，纵使日后发达了，天天防备这个算计那个的，又有什么乐趣呢？反正，哪怕事不成，最坏的结果，无非也就是一地藩王，就是现在了。

而他，不能在事未成时，就把媳妇把属下把这些忠心为他做事的人当缸来顶。

五皇子这样坚持，谢莫如笑："现在也别急了，行云这都回来了。料想她赶得急，怕饭都没吃，先让他们用饭吧。"

"这话是。"五皇子命侍女张罗了几样小菜给江行云送去，又往前头赏了一桌上等席面。

江行云见下人先送上饭菜，倒不觉什么，谢莫如一向周全妥帖。倒是前头的徐少东黄悦二人都有些受宠若惊了，他们家族都颇有势力，而且，亲戚族人不乏有在朝为高官者，但他们本身只是商贾，平日里不要说在王府吃饭了，就是见王爷一面也是卑躬屈膝、恭恭敬敬的。当然，这倒不算啥，王爷本身高高在上，他们商贾之流，再有钱，也是商贾，在王爷面前自然不敢放肆。

只是，事就怕比啊。

他们这千里迢迢出海犯险，虽说是他们自愿的，事成之后也有他们各家好处，原想着，能见王爷一面，给王爷请个安也就知足了。不想，王爷先赏了席面，还叫人传话说："辛苦你们了，料想尚未用晚膳，先行用饭，再说话不迟。"

哎哟喂，感动死个人！

徐少东感慨道："久闻王爷贤能仁义之名，我等先时只能仰望王爷恩德，今日得沐王爷恩典，是我等的福分哪。"

黄悦亦道："能为王爷差遣，原是我等分内之事，王爷如此体恤关怀，我等感激涕零。"

尽管一席酒不足以收买这两位大商贾的少东家，但五皇子的举动，无疑让二人都觉着有些感动。他们愿意为闽地之事效力，是出自多种考量，但其间也是真的付出不少精力。如今，五皇子知他们的辛苦，二人皆觉着，这趟没有白忙，起码与五皇子这样的藩王打交道，他们是十分乐意的。

其实，这也就是人心。

如孟子所言：君以国士待我，我当以国士报之！君以路人待我，我以路人报之！君以草芥待我，我当以仇寇报之！

真乃千古实话。

商贾虽地位低下，一样是有尊严的人。就像于徐黄二人一般，哪怕五皇子高高在上的真金白银赏下来，倒不如恰当之时赐一席酒来得暖人心。

何况，如徐黄二人这般商贾，缺的已不是金银了。

就是李九江，也觉着自家主上这事办得不赖。哪怕五皇子不赏席面，李九江也不能叫二人饿着的，毕竟两人辛苦这些天，随江行云去海上，也是担着偌大风险的。但这席面，倘是李九江吩咐人置办，委实不比五皇子亲自赏下的暖人心。

李九江见二人颇有感触，并未多言，温声道："咱们先用饭吧，一会儿王爷定要召见二位，今儿就不好吃酒了。"

二人皆道："酒何时都能吃得，只是再不敢在王爷面前失礼的。"

李九江陪二人用饭。

另一边，江行云也很快用了些饭菜，就去与谢莫如和五皇子说到这次谈判之事了。林林总总，无一不差的都说与了谢莫如和五皇子知道。谢莫如是惯常的不动声色，倒是五皇子一向是有啥说啥的人，听到段四海将江行云几人晾了七天未见时，不由得愤愤："他好大的排场！"

谢莫如道："要不是有这七日，行云怕也没机会在他们那岛上好生看一看。"

五皇子转怒为喜："这倒是，主要是江姑娘人机灵啊。"就得要这样的机灵人去谈判，任何机会都不轻放，且当强则强，亦不致失了颜面。

五皇子道："这么说，段四海是准备把这处岛屿当个长期的所在了。"让当地人学汉文之事，一看就是长期打算哪。

江行云点头："应该是这样的，若不是有长期打算，当不会在当地人身上下此功夫。"

五皇子与谢莫如道："段四海此人，其志不好啊。"

谢莫如也认同五皇子的判断，道："那岛也不是咱们的地盘，本是海外岛屿，他爱占就占去吧。"问江行云："你觉着段四海其人如何？"

江行云道："定是受过豪门教导，颇具眼界。他对帝都豪门了如指掌，尤其先时一些旧事，极为清楚。而且，他练兵的手法，一看就是出自大家，绝不是土路子。"

谢莫如与五皇子对视一眼，不禁微微色变。这要是个土鳖一时得势，倒好忽悠。江行云对段四海评价这样高，五皇子自妻子的眼中看出一些怀疑，他心下明白妻子的意思，道："要是寻常百姓，查个来历不容易。要是豪门，帝都是有数的。"

谢莫如道："还懂练兵。"

五皇子道："会不会是英国公府旧部？"也就是屋里没外人，五皇子才说这话。

谢莫如拧眉，幽沉的眼睛看向江行云，如果是英国公旧部……江行云道："他有封信让我带给王妃。”说着把信取了出来。

江行云递信亦是递了个好时机，正好五皇子亦在，最是正大光明。不然，这样的信，她要是单独给了谢莫如，哪怕没什么私密事，让五皇子知道也不好。

谢莫如接信还命人取竹刀割信皮呢，五皇子直接撕开外皮，道：“不必那样麻烦。”取出里头的信笺，自己先看。他性子可没妻子那般沉得住气。

映入五皇子眼帘的先是一篇铁划银钩的字迹，五皇子一目十行地看了，怒道：“此贼忒是无礼！”竟敢叫他媳妇去谈判！

谢莫如自五皇子手中取过信，道：“不知是不是段四海亲书，这字倒是不错，颇有杀伐之气啊！”待谢莫如看过后，倒不似五皇子这般气愤，劝他道：“这有什么好气的，只不过是想我亲自与他谈一谈罢了。”

五皇子怒道：“你我何等身份，岂能去那贼窝！”

“他叫我去，我就去啊？世上没这个理。”谢莫如道，“他漫天要价，我们也能就地还钱。”

“断不能去的。”哪怕他媳妇能干，五皇子也不能叫谢莫如涉险。

谢莫如眼神温和，五皇子愤怒稍平，就听谢莫如同江行云道：“行云你替我修书一封，告知段四海，我一介女流，胆子小，事务忙，不好去他那岛上。倒是听闻段四海胆量气概，常人不能及，请他来岸上细谈。他的安危，只管放心，两国相交，不斩来使。让他放心前来，倘不能放心，遣使而来亦可。再告诉他，当日你们受他殷切相待，他的使者，王爷定同等视之。”

“对，就这样写。不是说他如何了得吗，看他敢不敢来吧！”反正，哪怕直接翻脸，五皇子是断不能让他媳妇去的。

江行云应下，将事情交代清楚，她这些天奔波劳累，便告辞回府了。

待江行云走后，五皇子犹道：“这姓段的混帐东西，哪天落我手里，我定剥他的皮。”恨一回段四海，五皇子道：“看来，约莫不是英国公府旧部。”要是英国公府旧部，同他们老穆家是血海深仇，但同他媳妇，应该有些香火情啊。

谢莫如笑：“香火情值什么？英国公府倒台还在陛下亲政之前，那时辅圣公主权柄还在，要是辅圣公主不愿意看英国公府倒台，英国公府怕一时倒不了。就算有英国公的后人旧部侥幸还在，他们还能对我有香火情？你想多了。”

“可我总觉着，这姓段的非要同你谈什么事，肯定是同你有些关系的。”

“这倒是。”谢莫如眼神微沉，望向五皇子，“只是段四海如今已有根基，怕是难叫他为你我所用了。”

“这等不驯之人，便是没有根基，也不容易收服。”

“是啊。”谢莫如笑，“王爷该见见徐少东和黄悦。”

五皇子道：“这倒是，他们也算是有胆量的人了。”命人召徐少东、黄悦过来相见。

此时，天时已晚，五皇子略作安慰表扬之词，也就让他们退下了。就这样，二人都觉着，闽王实在是平易近人哪。

虽然对五皇子观感很是不错，徐黄二人想到先前与李九江闲话时说的事，心下却是隐隐不安的。

三人闲话，也不可能去说国之机密，无非是围绕着海港的事说一说罢了。二人都把海贸条款谈妥了，之后就盼着建海港了。从这方面来说，二人皆是闽州港的拥护者。

李九江说的消息不是好消息，因为五皇子第二次的预算奏章又被朝廷驳回了。

如果是这个消息，二人不会觉得不安，让他们不安的是李九江接下来的话。李九江道：“户部等闲就拿银钱预算说话，当初他们预算七百万两时说朝廷没钱，如今由苏巡抚亲自带人做的预算，减至三百二十万两，足足减了一半，他们还说没钱。殿下已准备上第三道表章，这银子，咱们闽地自筹。你们放心，闽州港，是一定会建的。”

这二人自然相信闽州港会建设成功，他们一直相信这一点。

要是寻常关心闽州港建设的商家，知道建闽州港的准信儿，自然也就心安了。偏生这二人不是寻常商家，徐家这晋商帮就不必说了。他们分布极广，势力极大，三品以上大员就有两人，底下小芝麻官们也不少，更有行商子弟，如徐少东这样给官场上做财力支撑的，当真是各司其职，不可小觑。来自徽州的黄悦更不必说，是江行云挑出来与晋商帮抗衡的。徐家银号开得大，黄家的也不小啊，而且，在与段四海谈判之事上，黄悦一直是走在徐少东前面的，就可知黄家手段了。

这二人未入官场，却也是内定的家族商号接班人。行商到了徐黄二家的地步，那所涉及的就不只是商事了。二人对朝政也是有所了解的，当听到李九江抱怨户部为难闽州港之事时，二人就心有所思了。户部这一次又一次地为难闽地，是不是同闽地的关系……

而户部，众所周知，那是太子的地盘啊！

二人消息灵通，远胜常人，说来，便是寻常官员，也多有不及他们的。别个不说，当初五皇子刚就藩闽地，不满户部对闽地的克扣，将事情直接捅给了穆元帝。虽然为了东宫的颜面，穆元帝没有直接发落东宫，但户部官员也换了不少的。如今，户部又在闽州港的事情上百般为难，偏生五皇子没有退让。

这是，要杠上吗？

第五十二章 建海港

其实徐少东和黄悦哪怕百般猜度，这事他们还插不上手，也就只能猜度一下了。

二人不约而同地在心里叹了口气：只盼着闽地局势安稳，让他们平平安安地把生意做下去吧。

这局势，局外人瞧着发悬，局内人倒还安好。

起码，谢莫如还有心情带着祖父谢尚书去看一看五皇子安置的遗孤们。谢尚书接手大皇子遇刺之事，调查进程如何，谢莫如不晓得，但看谢尚书脸上未见愁容，想来还不错。谢莫如与谢尚书道："闽地多战事，遭殃的还是百姓。有些侥幸家族尚在的孩了，还有家族抚养。有些亲人族人全无的，委实可怜，就收拢到了这里来。"

谢尚书看这房舍并不华丽，也还齐整，道："王爷有仁德之心。"这是战事后的遗孤，倘五皇子真就华轩丽舍地给他们住，谢尚书该怀疑五皇子做秀了。如今看屋舍寻常，谢尚书反是舒坦。不管怎么说，五皇子在诸皇子里是最务实的一位了。

谢莫如道："有朝一日天下太平，宁可不必有此善举。"

说到天下太平，谢尚书拂开湖岸垂下的柳枝，道："我听说，朝廷又驳了王爷建海港的折子。"

谢莫如唇边逸出一丝笑意，谢尚书自然不是无的放矢。谢莫如倒不介意谢尚书提此事，她道："这样的大事，要是上一次折子朝廷便允准了，才是稀奇。虽然又驳了回来，朝廷也知道，建海港其实只需三百多万两银子就够了。而且，这笔银子不必一次性拿出来，第一年有五十万两就可。何况，待海港建成，收益远超三百万两。"

这样的话，或者可以打动别的官员，但谢尚书多少年的老狐狸了，他未接谢莫如这话，而是道："当初陛下令永定侯在闽地练兵，闽地在官员配置上很是不错。如唐总督、苏巡抚皆是能臣，朝廷的难处，想来他们都与王爷说过了吧。"

“是啊。”谢莫如道，“朝廷有朝廷的难处，王爷也是知道的。只是，凡事都可商议。朝廷每年对闽地的军备支出已是一笔不小的数目，若每年再加上几十万两，朝廷若为难，闽地可自筹款项。祖父以为如何呢？”

饶是谢尚书听了此话也颇是诧异，老辣的眼睛在谢莫如脸上逡巡片刻，道：“既然闽地有自筹款项的能力，为何不自筹兵饷？”接着谢尚书补了一句：“朝中定有人会这样说的。”

“若有人这般说，此人当斩。”谢莫如道，“藩王里只有一人是自筹兵饷的，此人离闽地还不远，就在靖江称王。有人这样说王爷，是何居心！”

许多时候，政治的较量，也是词锋的较量。谢莫如在这方面向来出众，倒是谢尚书险些给谢莫如噎死。谢莫如道：“若朝中有人挑拨陛下与王爷的父子关系，还请祖父秉持公心，莫要坐视。”

谢尚书算是明白谢莫如为啥请他来别院看五皇子的慈善了，谢尚书叹口气：“我自不会看奸狡小人离间天家父子的。”再怎么说，谢莫如也是谢家人，正经嫡出的孙女，又在王妃的位子上。谢莫如若啥都不说，谢尚书装聋作哑倒罢了；谢莫如明明白白地说出来，谢尚书自不能推却。谢尚书向来心眼通透，道：“看来王爷第三次上书不远了。”

“是啊。”谢莫如一点儿不意外谢尚书能猜出来，如实说了，“闽地什么样，祖父来这些日子，心里也有数。要真是个富裕地方，也不必朝廷每年出这许多银子了。一个地方穷，不只是百姓穷，从上到下，都穷。王爷想开建海港，不为别个，也是想着能增加闽地收入，若闽地能稍稍富裕些，也能减轻朝廷的负担不是。”

谢尚书见谢莫如不讳言此事，也就问了：“别个都好说，帝都里总有我在。建海港的银子，你们能自筹。可是有一样，海匪之患不除，这海上贸易如何能长久呢？你这里建了海港，海匪隔三岔五地来骚扰，这生意就没得做。”

谢莫如早有说辞，道：“祖父有所不知，海上这些海匪，有两伙最为有名。一伙就是前年大败永定侯的白浪，另一伙带头的叫段四海。现下想靖平海域不容易，但拉拢一伙海匪是不难的。”

谢尚书积年老臣，做了多年的刑部尚书，对于拉拢个把犯罪人员的事半点不陌生。谢尚书不疑有他，沉吟半晌，问：“此事已办妥了？”

谢莫如微不可察地点点头：“差不离了。”她得给五皇子找个拉拢段四海的好理由，故此不得不借用下白浪的名头了。虽然白浪是圆是扁的，谢莫如都不清楚。但白浪能大败永定侯，怕是在朝臣心里，白浪比段四海还要厉害三分的。正是因此，谢尚书方对谢莫如的话没有半分怀疑。

“这事办得好。”谢尚书道，“但绝不要声张，也别叫王爷具折以奏，我回帝都悄与陛下说一声就是了。”不为别个，皇子藩王拉拢海匪的事，不好拿到明面上去说的。就是穆元帝，即使知道默许，也要当不知道的。更何况，这是个机密事，倘真弄得人尽皆知，就给人以攻讦五皇子的把柄。谢尚书在朝中这些年，自知其中干系要害，故而有此叮嘱。

谢尚书低声道："若能用计平复海患，也是大功了。"

谢莫如道："海匪们也不是易与之辈，先拉拢住一个，余者要慢慢来。"

"是这个理。"谢尚书对政事也有自己的看法，道，"此次上表，最好一举成功，别再拖了。哎，户部脸面已是很难看了。"

谢莫如道："我只希望这些人能以公心论公道，私心私念少一些才好。"

祖孙二人中午就在别院用的饭，及至下午回城，谢莫如将托谢尚书的事与五皇子说了，五皇子很是感动："老尚书有心了。"他人虽不在帝都，帝都的消息也知道一些，户部这三番两次地与他作对，谢尚书还能替他进言，殊为不易。毕竟，谁愿意得罪东宫呢？

谢莫如道："反正祖父来都来了，顺道帮咱们办点事也是应当。"

五皇子笑："哪里有这么多的应当，老尚书是要担风险的。"

"亲戚不就是担风险时用的吗，要不，怎么是亲戚呢？"谢莫如自认为对娘家也不错，该提携的都提携了，该提点的也会提点。

五皇子也不再多说，不然，倒显着生分。的确，他这岳家平日里鲜少支持他的政治举动，但关键时刻，还真是没二话。

五皇子同妻子道："戚将军来接小姨子了。"

戚三郎如今正五品实职，大小也算个将军的。谢莫如道："明儿个休沐，他过来也好，正好让二妹妹随他过去，也有个照顾的人。"

刚给谢尚书感动了一把，五皇子遂道："给小姨子备些东西，她一个女子，千里迢迢地过来，也不容易。人谁没错时呢，能改就好。"他做姐夫的，不好去说小姨子的不是。何况，世上女人多了，五皇子见识过自己亲祖母胡太后的奇葩，对谢莫忧这种糊涂人倒不以为奇。毕竟，不是所有女人都像他媳妇这般明理能干的。岳家为他出力，戚三郎当差也谨慎，看着这二人的面子，五皇子也不会叫谢莫忧难堪的。

谢莫如应了一声。

他们夫妻对亲戚向来厚道，五皇子还见了见戚三郎，谢莫如也问了谢莫忧，是要继续住在闽安城，还是去驻地与戚三郎夫妻团聚。谢莫忧道："我自当过去服侍相公的。"

对此回答，谢莫如还算满意，道："闽地如何，这些天你心下也有数了。妹夫也是娇生惯养长大的，为前程事业拼搏至此，夫贵妻荣，亘古如此。闽安比不得帝都，待你去了驻营处，那里环境更不比闽安的，你有个心理准备。既来了要留下，就别挑环境了，再辛苦，妹夫也在这里快两年了。你好生服侍他，闲了也有同僚们的太太奶奶来往。他们有的不比你我出身，但要来往，便不要小瞧人，也不要被人算计了。若有难事，只管捎信过来。"

谢莫忧道："大姐姐的话，我记得了，大姐姐放心，我如今已是明白了。其实我早该来的，先时耳根子软，我主意也不定。我与相公做了夫妻，就是一辈子的事，我也不能看着相公一人在军中没个照应。"谢莫忧其实受宁姨娘的影响，当真是将丈夫看得比命还重要。哪怕先前谢莫忧被宁家忽悠，其实担心的也是丈夫的前程。如今丈夫纳了姨娘，谢莫忧如何还能在帝都坐得住，她早想过来的，再不能叫个姨娘笼络了丈夫去呀！

谢莫忧这点儿小心思，给谢莫如看得一清二楚，谢莫如暗叹，人身份不同，行事看法亦是不同。当年，谢莫忧是恨不能宁姨娘一朝扶正，如今自己做了主母，又是何等忌讳妾室。谢莫如道："好生照顾好妹夫。"

谢莫忧连忙应了。

一时，戚三郎在外头请见，谢莫如笑，对紫藤道："请妹夫进来。"口气颇为亲切。

谢莫忧眉眼间也带了笑，她与谢莫如远远近近亲亲疏疏这些年，其实没什么大的嫌隙。关键，谢莫忧虽然小心眼颇多，但谢莫如向来只将眼光放在大事上，她不大计较。如果谢莫忧识趣，谢莫如也不介意提点她一二。毕竟，戚家虽上了五皇子的船，谢莫忧地位稳固，于谢莫如也不是坏事。

戚三郎行礼相见，谢莫如笑："不必多礼。"命内侍赐座，笑："我算着这些天你也要过来了。"

戚三郎笑："军中的差使不好耽搁，原本我一人，就随便置了个三进宅院，如今娘子过来，我命人重置了宅院，就等到了休沐日。"说着望向谢莫忧，眼中很是欢喜。

谢莫忧小两年未见丈夫，此时见丈夫黑瘦许多，与丈夫四目相对时，也不禁喉间发哽，眼圈泛红，拭泪道："咱们夫妻，也没有多少人，三进的宅子也够了。你在军中这样操劳，这些琐事，等我办也是一样的。"

戚三郎一笑，没说话。

谢莫如眼神温和，颇为亲昵道："你待妹夫的心，与妹夫待你的心，是一样的。"说得谢莫忧红了半张脸，心下颇感激谢莫如，哪怕是装的，叫丈夫看到她们姐妹融洽，也是好的。

戚三郎见姐妹二人颇为亲密，悬着的心总算放了下来，看来大姨姐谢王妃没计较妻子的失礼。想到妻子办的那些事，戚三郎也是无奈，如今妻子这么大老远地过来，他也不能冷脸以待。好在大姨姐心胸宽阔，王爷待他也好，岳家亦是明理的人家。这回妻子在身边，他也得多指导一二，免得妻子再头昏脑涨办出不妥的事来。只要还有法子，元配夫妻，给他生了儿子，以往夫妻感情也不差，戚三郎想着，总要好生待谢莫忧的。

谢莫如问了些军中事，又让戚三郎带着谢莫忧去见谢尚书，中午设了家宴，热热闹闹地吃了回酒。第二日戚三郎夫妻辞了五皇子夫妇、谢尚书、谢芝等人，便往沿海驻地去了。

戚三郎夫妻走后，谢尚书的差使也办得差不离了。五皇子都与谢莫如道："老尚书到底老辣，非闽安城衙门可比。"

谢莫如备了些礼物，请谢尚书一并带了回去："都是闽地土物，不值什么，祖父带回去，给家里人尝个鲜吧。"

谢尚书笑："在帝都，这都是难得的东西，就是想买也没处买去呢。"

除了她备的东西，谢莫如还有交代，道："祖父一路过来，待回帝都的路上，想是能见到二房叔祖的，这里还有阿云给二房叔祖的信和东西。祖父一并帮他带去。"

"阿云也长进不少。"这次来，谢尚书见了见族中晚辈，就是做县令的谢远，也过来了。谢尚书越发觉着，把族中子弟送到闽地的确是不错的选择。

"且看他们秋闱如何吧。"言语之中，谢莫如亦对族人期望甚深。当然，谢尚书相信谢莫如表现出的这种期望有些作态的嫌疑，但谢莫如也是实打实地在栽培他们了。如此，谢尚书已是知足。路是自己走的，谢莫如把机会给了族人，倘他们终是无所作为，谢尚书也只会怪子弟无能，怪不到别人头上。

祖孙二人说了些话，辞过谢莫如，谢尚书又去辞五皇子。

五皇子谢莫如这对夫妻的套路很像，先是叙过感情，再说正事。谢尚书私与五皇子道："待半月后，殿下再上表海港之事。"

五皇子知道太丈人这是要先去帮他疏通关系，道："我远在藩地，有劳老大人替我向父皇禀明此间之事了。"

"殿下何须如此客套？"谢尚书摆摆手，"要是在民间，咱们是至亲。"

五皇子也是多年当差历练之人，在闽地更是大有长进，真切道："原就是至亲。"

谢尚书听此话倒也舒坦，笑："殿下说的是，老臣拘泥了。"

谢莫如太会做人，哪怕少时与家族关系冷淡，但谢莫如在嫁给五皇子后却是不紧不慢不声不响地抓住了家族这根线。在谢尚书面前，连谢莫忧的事也不计较，对族中子弟亦各有安排。凭哪一点，谢尚书也得办好谢莫如交代的事哪。

谢尚书就这么带着对大皇子遇刺的结案报告以及谢莫如的交代，回了帝都城。与此同时，段四海的使者也来到了闽安城。

宁致远是以商人身份到达闽安城的，江行云设宴以待，黄悦陪着宁致远在闽安城好生逛了逛。宁致远道："闽地的精气神不一样了呀。"

黄悦笑："王爷颇有利民之策，说句实在话，闽地虽穷困些，官员较其他地方却格外清廉，在这里做生意，较别的地方舒坦。"

"倒没听说闽王减税赋。"宁致远虽在海上，也是消息灵通之人哪。

"税还是一样，但只要没有苛捐杂税的，宁可明明白白地缴些税钱做生意。"黄悦道，"官府这里清楚，咱们小老百姓的生意就好做。"

宁致远笑："黄掌柜还算小老百姓？"

“我家也算有些名声，可说句老实话，要周遭人都穷得饭都吃不饱，咱们跟谁做生意去。”黄悦笑。

宁致远道：“闽王志向不小。”

这话，黄悦不好答了。

黄悦负责陪着宁致远吃喝玩乐，除了黄悦准备的美人宁致远未曾动过，余者宁致远是来者不拒。江行云听闻此事后特意同谢莫如八卦了一回：“我亲自挑的绝顶美人，这姓宁的碰都不碰，莫不是个断袖。”关键是江行云对自己的眼光一向颇具信心。

谢莫如听这话道：“你怎么不猜他不能人道呢？”

“要是这样，下头一准儿报上来了。”合着江行云不是没此怀疑过，只是早将此答案排除在外了。

谢莫如对江行云挑人的眼光也比较信服，至于给宁致远准备女色的事，谢莫如不觉着如何，要宁致远真能沉溺其间，倒好对付了。谢莫如道：“可见这不是个寻常的海匪。明天让他过来，我见一见他。”

宁致远不是头一遭来闽地，闽地如今的气象的确不同了。

不过，谢莫如提早见他，倒是出乎宁致远意料。宁致远打死也想不到是他未近女色的原因，他还以为闽地要晾足他七日才肯相见。当天晚上，宁致远就换了七套衣裳，才确定明早穿一袭天蓝长袍，显得文气。宁致远这般郑重，一则是谢莫如身份在这里；二则谢莫如名声在外，非但全帝都最有名，如今已远播海外，连宁致远这海匪出身的，也颇有耳闻；三则嘛，宁致远未与谢莫如打过交道，但江行云他见过的呀，这般难缠的女人，还只是谢莫如的手下，谢莫如的本事，可想而知。故此，宁致远格外慎重，也就是情理之中了。

确定衣饰后，晚上宁致远还泡了澡，第二日早早起身，用过早饭，黄悦就来了。

江行云带他们过去，在路上，江行云特地道：“王妃性子极好，关爱孤寡，为人和善，只要见过王妃的，明白人没有不说她好的。”

宁致远心道，他为了成为明白人，也不能说谢王妃的不是啊。

宁致远面上一派诚挚：“我等孤悬海外，也听闻过王妃的仁德。”

江行云微微一笑，不再多言。

宁致远听闻过闽王府建得颇为破落，然而未至王府，已远远可见青砖飞檐，气派非常，与传闻完全不符。待经过侍卫的安全检查，进入藩王府，宁致远都得道一声：“好气派！”

黄悦与他共乘，闻言笑道：“是啊，虽与现今人们常建的描金绘栋大不同，这飞檐斗拱也极为壮阔的。”

“飞檐反宇，高堂广厦，比那些繁复绮丽的雕梁画栋更见雄伟。”宁致远再道，“这王府建得好。由屋及人，可见闽王与王妃皆是心怀宽阔之人。”

黄悦赞：“致远你好眼力。”其实他根本未见过谢莫如，他虽消息灵通，知谢莫如非易与之辈，但谢莫如在闽地做的事，他也是极为敬佩的。黄悦甚至认为，一个藩王妃，只有像谢莫如这般才算是最合格的。

谢莫如在长春宫召见宁致远。

长春宫，谢莫如的正宫，不是别的什么偏殿宫室。

宁致远望一眼宫门上黑底金字的大匾，郑重地理一理衣衫，一时待回禀的内侍出来，方随内侍进去拜见谢王妃。

宁致远一揖为礼，谢莫如道："不必多礼，赐座。"并未介意宁致远只是揖礼，江行云去段四海那里也是一样的礼节。

谢莫如道："行云说起过你，果然斯文俊秀，雅致非常。"

宁致远连忙道："王妃客气了，宁某一介俗人，哪里敢当王妃这般赞赏？王妃才是贤德淑良，人所不及。"

谢莫如一笑："你们段大人还好吗？"

这熟稔的口气，仿佛在说什么亲戚熟人一般，宁致远心下发悬，想着莫不是谢莫如查出他家老大的底细了？当然，宁致远不是沉不住气的人，他即使有所怀疑，也不会露出蛛丝马迹，道："我家大人很好，听闻王妃有所召唤，派小臣过来给王妃请安。"

"那就好。"侍女捧上茶来，谢莫如笑，"你尝尝，这是闽地的茶，没什么名气，我吃着倒觉味儿好。"

宁致远呷一口，道："茶的好坏，其实与名气无关，有没有名气，好茶都是好茶。"

"是啊，我亦觉着，一个人，不必看他的身份立场，只看他所作所为，就能知这人品行是否值得敬重。"谢莫如道，"行云回来后，与我说了她在你们岛上的所见所闻。我知段大人有大志向，并非匪类。"

饶是宁致远一向沉稳，也给谢莫如这话夸得有些坐不住，忙道："王妃过誉了。"

"何来过誉，你们段大人，心怀仁慈，他将来，必有一番事业的。"谢莫如道，"想你也明白，闽地与段大人之间，其实没什么了不得的仇冤。"

宁致远道："我对王妃的人品，亦是敬重。但除了海贸之事，其他的，小臣实在做不得主。"如果现在谢莫如要谈中立的事，宁致远不能接这话。

谢莫如伸手向下一压，笑："放心，我岂会让你为难。"

"中立不中立的，其实我不太担心，没有与你们来往时，的确是担心的，如今我已心中有数。"谢莫如声音不疾不徐，不缓不慢，带着淡淡的温和，没有半分盛气凌人，却带着无处不在的自信，她道，"我略说一说如今海上的局势吧，对不对的，致远你听一听。"

宁致远道："王妃请讲。"

"段大人既提出中立的事，就说明，他并非隶属于哪个势力，他完全能做得了自己的主。他的军队，是他自己的，并不受任何势力的驱使。听闻段大人亦有自己稳固的地盘，我甚是欢喜。致远，你们纵横在海上的人，眼界比我远，你们也知道，海外有更广阔的世界。”谢莫如道，“你们当初能从东穆出去，肯自立一番事业，又岂是任人驱使的人？你们与朝廷，与靖江王府，是平等建交的关系。对朝廷与靖江王府的矛盾，你们也清楚，如果你们不想保持中立，要下注的话，一定要慎重。这关系到你们日后的发展。我知海外还有许多国家，但据我所知，那些国家的发展，不论是农事、工事、商事、兵事，皆不及中土。你们要保持的是与中土建交，现在如此，将来亦如此。”

“当然，或者你们志在中土。恕我直言，如果是现在的局势，这非常难。一个王朝有一个王朝的气数，东穆王朝，气数正盛，并非败亡之势。”谢莫如道，“我知你们各有各的苦衷，这世上，谁没苦衷呢？只是，如今一方为霸，手下这许多人，不好不慎行了。”

谢莫如这般推心置腹的一席话，倒叫宁致远有些无话可说了。宁致远道：“多谢王妃关怀，王妃的意思，我定转达给我们大人知道。”宁致远当然为谢莫如对如今局势的分析感到心惊，他甚至怀疑谢莫如是不是有什么内线消息，但人家这样坦荡地说出来，他不能不识好歹。

谢莫如笑：“我在你们那里并无内线，致远你是个通透人，当初行云过去时，你们段大人凭她在岛上走动，我大约就猜出来了。”

宁致远给谢莫如说中心思，倒也稳得住，笑道：“王妃亦是坦荡之人。”

“无事不可对人言。”谢莫如道，“行云拿回来的海贸条件，我看过了。有一件事，我并非不满，但是想给你们一个建议。”

宁致远自然恭听，谢莫如道：“保护费的事，我并无意见，据说你们与靖江王也是这样合作的。上面的条约规定，要平安通过这片海域，你们收取每船货物一成的价格为保护费。这倒是没什么，倘不是同你们在谈这契约，我不会多说。只是我想着，你们志向不同。你们这样收取保护费的行为，其实很像民间的镖局，也似朝廷每个州府县城对于进城货物收取的进城费，反正只是个名头，不必太介意。只是，你们想过没有，你们只收取保护费，但如果贸易船只仍在你们的海域出事了，你们要不要负责呢？”

宁致远皱眉：“我们要负责？”

“对。如果有商家把货物运进闽安城，他交了入城费，他的货在闽安城出事，衙门就有责任追查，给商家一个明白。”谢莫如道，“如果你们要走得更远，不被人视为匪类，就要建立起规矩。这规矩，不能只是盘剥，更要担起责任。你们既然视这片海域为你们的地盘，别人经过你们的地盘，交了费用，出了事，你们当然有责任追查。这样，他们交了钱，真正买了平安，也并不是不愿意。我这样说，当然有为闽地商贾考虑的原因，但我也是真心希望，你们能坐稳现在的位置。”

宁致远正色道：“此事要我回去商议了。”

“这是自然。”

谢莫如十分平和，中午留宁致远用饭。

谢莫如平常多是吃闽地当地的菜蔬鱼虾，今日特意令人备的帝都菜品。饶是以宁致远的城府见着这些菜品都有些怅然，谢莫如道：“抛去一些不愉之事，家乡还是家乡。”

“王妃也有不愉之事？”

“很多。”

宁致远不知是感怀自身，还是感怀谢莫如，顿时心生酸楚，默默地用过一餐饭，就起身告辞了。

谢莫如未再多留，道：“与你们段大人说，如果有能帮忙的地方，他随时可以说。我现在的情况，可能力量有限，但也会尽力。”

若别人说这话，宁致远绝不会信的，但这话自谢莫如嘴里说出来，宁致远就知道，这是谢莫如的承诺。宁致远道：“我代我们大人谢过王妃了。”

谢莫如颔首。

宁致远告辞。

宁致远走后，谢莫如与五皇子谈及宁致远，道：“从帝都找，应该能找出他们的身份。”

五皇子十分怀疑这些人与英国公府有关，谢莫如道：“不管是什么身份，殿下都小心些，算一算他们出现在海上的时间，他们祖上应该都是给陛下干掉的。”

五皇子顿时给他媳妇揶揄个半死，谢莫如唇角噙着一丝笑：“殿下的仇家比我多得多，远的不说，就是靖江王，陛下与他就有夺位之仇，殿下身为陛下的儿子，也得小心哪。”

五皇子立刻道：“皇位本就是父皇的。”

“殿下这样想，靖江王可不这样想。”谢莫如道，“一会儿咱们挨个数一数帝都的仇人，其实就是数出来，怕也没什么用。”

仇人多到要挨个数的地步，五皇子决心要多训练些忠心的亲卫来保护老婆孩子！

段四海是啥身份，也不是眼下的要紧事。夫妻俩闲话一时，五皇子难免问起宁致远过来都说了些什么，谢莫如如实说了。五皇子感慨：“媳妇，你实在是太会说话了。”

谢莫如道：“一时半会儿的，得先稳住他们，毕竟，他们是外患。眼下，内忧才最要紧。”

“是啊。”五皇子手里没海军，拿段四海等人也没法子，能稳住这些海匪是最好的，五皇子道，“这样久而久之，就怕他们坐大。”

“他们坐大，朝廷也不是死的，待平了靖江王，自可再练海军。待海军练好，总有平复海域之日。”谢莫如道，“只是，事要一件一件地来，半点急不得。”

想到朝廷，五皇子道：“不知老尚书到哪儿了。”眼下父皇在位，他要建个海港都不易，待以后太子登基，凭他与东宫的嫌隙，怕是没什么分量的藩王呢。

“建海港，我也不独是为了闽地，往大里说，闽地是我的封地，更是朝廷的地方。闽地富裕了，以后也能多为朝廷缴纳赋税。”五皇子道。东宫几番为难于他，如今不得不借助谢尚书之力。虽然谢尚书不是外人，可太子毕竟是他兄长，原应是最亲近的关系，现下倒闹得仇人一般。五皇子颇为郁闷，同时也觉着太子的心胸也太狭隘了些。

谢莫如宽慰他道：“这毕竟不是小事，一投入就是大笔银两，哪怕咱们自筹银子，朝廷也要多考虑一二呢。慎重一些，不是坏事。咱们先把开工前的事预备起来，待朝廷准了，立刻就能开工，也耽误不了工期的。”

“这也是。”五皇子低声道，“老唐没少劝我，咱们这样屡次三番地上折子，且干系户部，总是有些扫太子颜面的。要是有两全的法子，我也不愿意叫户部没脸。”

“户部是户部，东宫是东宫。六部衙门，皆要效忠皇室，东宫这样分出亲疏也不好。何况，就事论事，东宫要是只将眼光放在户部上，也太短浅了一些。将来天下都是东宫的，闽地好了，于东宫也不是坏事。东宫一向明白，断不会这般的。倒是许多小人，精于挑拨，无事也生非的，恨不能天下大乱，方能显出他们的本领。”谢莫如柔声道，“就是唐总督，也想多了。王爷与太子是兄弟，就似大郎二郎这般。你看大郎二郎，有时也拌嘴，生气时都气哼哼的，待一时就又好了。就似先时兵部的事，王爷不是说陛下狠狠地训斥了大皇子吗？要是叫那些小人见了肯定要说，大皇子失爱于陛下，可殿下想想，前番大皇子过来运送军备遇险，陛下立刻遣使来问，多么心疼大皇子。这就是父子之情。儿子有了错处，做父亲的训斥一二，寻常百姓人家不都是这样，搁到皇家，就因那些不了解皇家的人想的多了，就成了了不得的事。王爷与太子这里，也多是误会。太子是君，咱们是臣，如今奉命镇守一方，也是为陛下与太子效力。俗话说得好，打虎亲兄弟，上阵父子兵。王爷一向心宽，莫要多想，此次上奏章，我看王爷不如写封信给东宫，兄弟之间，原就该多亲近的。”

五皇子一向信服妻子，再加上妻子拿儿子们来打比方，五皇子想一想：“也是，大郎他们拌嘴，我也从不放在心上的。”

“是啊，要不说‘不养儿不知父母恩’呢。咱们有了孩子，也就更能明白做父母的心思了，不是吗？”

“你说得对。”五皇子深深地望了妻子一眼，他明白妻子的意思。除了君臣，他与太子还是兄弟，父皇是不愿意看到他们兄弟间生出嫌隙的。虽然户部屡屡给他下绊子，早闹得五皇子暗火中烧，但他也不能与太子翻脸，不然，父皇得是什么心情呢？

见五皇子听得进劝告，谢莫如也就放心了。穆元帝对大皇子都这般紧张，何况太子呢？毕竟是一国储君，在穆元帝心里，东宫的分量肯定比五皇子重要得多。既如此，便不能翻脸，非但不能翻脸，还要保持融洽的兄弟关系，起码，五皇子得表现出这种姿态来。

爱他所爱，恶他所恶。五皇子最重要的事情，不在军，也不在政，这些事，都可有臣下去做。五皇子最重要的是，他的身份，皇子！

不是寻常的皇子，而是，贤德有为、孝悌忠信的皇子。

谢莫如致力于打造丈夫的好名声，五皇子也听得进妻子的规劝，肉麻兮兮地专门给太子写了一封信，准备在往帝都递折子时，一并递去。

五皇子的太丈人谢尚书也没闲着，沿路拜访了自己的二弟后，车马不停地回了帝都。回帝都后，过家门而不入，先进宫禀事，勤恳敬业，简直是朝臣中的模范哪。

穆元帝道："谢卿黑瘦了，坐。"令内侍退下了。

"老臣倒觉着精神还好，就是南面天比咱们帝都热一些。"谢尚书谢过坐，先禀正事。他老人家多年的刑部尚书不是白当的，道："臣过去的时候，五皇子已派人在追查那伙刺客，臣到后，就是臣接手此事。顺藤摸瓜地，倒是摸出来了。的确是靖江那里的人，臣抓了一人，秘审后都招了，他们是靖江王的死士营。这死士营约有五千人，此次派出一千，原是想活捉大皇子的，不想遇着江姑娘一行，倒险些被全歼。"

穆元帝脸色微沉，道："死士营有这么多人？"

"多是在吴地牢里挑出来的精壮汉子，这些人，俱心狠手辣，刻意训练后，堪比精兵。"谢尚书道，"老臣策反了两人，让他们留下信物，其他还有五人，老臣做主，放了回去。"

穆元帝道："靖江不平，朕寝食难安。"

谢尚书立刻表忠心，道："老臣不谙兵事，陛下有用到老臣之地，老臣万死不辞。"

穆元帝面色缓了缓，道："这次过去，小五那里如何？"

"闽地比帝都是没的比，不过，百姓安宁，民风淳朴，官员清廉，百业渐兴，依老臣看，已有兴盛之象。"谢尚书道，"这些听来只是泛泛之言，却也是老臣的眼见。那儿的百姓们不大富裕，但自己养些鸡鸭种些桑麻，日子都还过得去。闽王颇有仁心，老臣还去看了闽王收养战事遗孤的庄园。闽地时有战事，这些孩子们还小，不能自立，闽王不忍心他们流落在外，就收养了他们。或是教以技艺，或是授以武事，日后总能有安身立命的本事，不至于一辈子荒废。闽王这般仁义，何愁闽地治理不好呢？"

穆元帝也道："小五一向心善。"感慨一回五儿子，穆元帝又问："闽地军备如何？"

谢尚书道："沿海固若金汤。"

穆元帝点头，道："可惜闽地没有海军。"没有海军，便只能防守。

听此言，谢尚书面露犹豫之色，穆元帝道："有话就说。"

谢尚书便低声将闽地与海匪段四海联系的事说了，谢尚书道："老臣琢磨着，白浪那一伙子海匪是无法无天之徒，段四海这一伙人，若能拉拢，暂且拉拢也无妨。这事，五皇子不好具折以奏，就吩咐老臣替他面禀陛下。"

穆元帝自然明白谢尚书的意思，垂眸沉吟片刻，道："匪类善变，朕就担心小五这孩子实诚，别叫这些匪类给利用了。”

谢尚书道：“五皇子就藩未满两年，就将闽地治理得滴水不漏，可见是有才干的。何况，即便要拉拢他们，也要划分海域的，如果海匪们敢临近闽地，也是照杀不误。”

“朕知道了。”穆元帝想着，还是要在给五儿子的密信中提醒五儿子小心些才是。

既说到海匪，谢尚书就顺势提了闽地建海港之事，连带闽地想自筹款项的事也说了。穆元帝道：“他这是铁了心要建海港，只是，这银子他要如何自筹？”

谢莫如和五皇子既要托谢尚书，也是将事情细与谢尚书说过的，谢尚书便将“海票”的事说了：“建港必有海贸，哪个商家想进行海上贸易，就得先买海票。”

朝中有茶票、盐票，穆元帝乍一听“海票”都乐了，笑道：“难为他们怎么想得出来，这个小五，以往看他只会闷头当差，不想还有这个机灵。”又道：“既要海贸，海上这些海匪……哦，想必他是想与那姓段的海匪联手以保船只海上平安了。”

谢尚书应一声“是”，将话一转：“老臣这话不地道，但依老臣想，闽地这边拉拢住姓段的，若是船只在海上出了事，不愁没理由挑拨得姓段的和那白浪打上一场。”

穆元帝笑：“你这老东西！”

谢尚书也是一笑，知道海港之事，穆元帝这是允了七八分，心下大定，又接着拍了回穆元帝的马屁。穆元帝中午赐饭，谢尚书用过午饭，下午方回家去。

谢尚书出马，待得五皇子第三封奏章过来时，穆元帝命内阁再议闽地建海港之事，内阁见人家闽地都自己筹银建港，这还有什么好说的呢。内阁已是不反对了，倒还真有个户部不知死活的员外郎出来叫嚣，说的话还是谢尚书预料当中的：“闽地既有银子建海港，何不自筹军备？”

谢尚书立刻用谢莫如的回答回击这作死货：“此言当斩！朝中唯有靖江一地自筹军备，汝此言居心何在！”

那员外郎当即面如土色。

南安侯不着痕迹地看了赵国公一眼，这位国公爷当初一力谏言谢尚书去闽地查明大皇子遇刺之事，如今看来，倒是成全了五皇子。真是偷鸡不成反蚀把米，谢尚书回朝被赐午膳的事，南安侯可是知道的。只是，五皇子一门心思地要建海港，难道就不惧海上的海匪吗？还是说……如果五皇子连海匪都能搞定，当真是不能让人小觑。

承恩公出列道：“五皇子才智双全，既能自筹建港银钱，老臣只担心海上不大平安，海匪未靖，这港建了，怕也不能安宁。”

南安侯真是给自己大哥闹得，想安立一旁都不能了，南安侯道：“臣以为此港可建。”

承恩公给弟弟这后腿扯得哟。他袭爵未久，最盼着有所建树的时候，谁知被弟弟打了耳光，气得话都说不出了。穆元帝好笑，道：“你们兄弟俩，意见还不一样啊。”

南安侯道："家兄有了年岁，故而胆子小，啥事都瞻前顾后，前怕狼后怕虎的。要依臣说，先干了再说。这就好比家门口有一恶徒，难道就不出门了？笑话！臣当年参军，也不懂打仗，打着打着，也就懂了。闽王未就藩前，也未理过军事，如今昭勇将军就是闽王慧眼识英一手提拔出来的，可见，闽王有识人之明。识人识势，这港可建。就是有匪患，打着打着，也就平了。"

穆元帝颇觉欣慰，舅家没几个明白人，倒是这位表弟，人是极明白的。

南安侯突然放言支持闽地建港，同时快准狠地捅了他哥承恩公一刀，让承恩公在朝中脸面荡然无存。太子很是多瞥了南安侯几眼，就是大皇子也觉着，老四岳父这是咋啦，被老五收买了不成？

早朝散后，南安侯与诸人一并自昭德殿鱼贯而出，早间的阳光洒得一天一地，给南安侯的侧脸镀上一层微光。南安侯在白玉阶上微微驻足，抬头向南望了一眼。

承恩公没直接回家，他跟着弟弟南安侯去了南安侯府。自从御命袭爵，他取代老爹成了承恩公，一向谨谨慎慎，战战兢兢。承恩公实在不明白，弟弟这是脑袋抽了哪根筋，在朝上要捅他一刀。

南安侯一直回了自己府上，也啥话没说。承恩公憋不住，道："三郎，你给我说说，今儿是怎么回事？"

南安侯这才想起他哥问的是什么事，南安侯道："大哥吃饭没？"

"我吃饭？吃什么饭？气都气饱了。"承恩公年长南安侯颇多，兄弟俩之间横亘着无数代沟，很多时候，承恩公都不晓得这个弟弟脑袋里在想什么。

南安侯也觉着自己不能理解大哥，他问："大哥生什么气？"

"你还问我生什么气?!"承恩公更是怒不可遏，质问，"在朝上，你为何要替那闽王说话？"

"我说的是公道话，没有替不替谁的事。"南安侯道，"倒是大哥，难不成你说的那些话，是因为闽王与你有过节？我倒不知大哥何时与闽王有过节的。"

承恩公脸沉若水，道："闽王妃一向与咱们府上不睦，五妹也因闽王妃过得凄苦，你虽分出来过了，到底也是姓胡的，如何能不辨善恶！"

对于兄长这话，南安侯不知要说什么好了，最终道："这些事，与闽王有什么关系吗？"

承恩公给南安侯问傻了，闽王妃是闽王的媳妇啊！

南安侯道："世祖皇后一直不大看得上胡家，年轻时，我颇为不忿，近来年长，却觉着，世祖皇后有世祖皇后的道理。"

承恩公给这话激得脸上涨红，恨不能滴出血来，就听南安侯继续道："如今胡家为陛下外家，端的体面非常。除此之外，胡家还对朝廷有什么贡献吗？安邦定国，胡家干了哪一样？哦，我是在南安关打过一些仗，陛下封侯赐爵，已是厚待。除此之外呢？胡家还做过什么吗？或者，胡家就打算一代一代地永远做朝廷的外家，吃女人裙带关系这碗饭？”

“大哥是陛下表兄，闽王是陛下爱子，疏不间亲的话我就不说了。”南安侯道，“哪天大哥是秉持公心论政，我再回答大哥的问题吧。”

承恩公气得眼前一黑，道：“你眼里是没我这个大哥了！”

南安侯道：“我只是不能赞同大哥的理论罢了，因闽王妃得罪过胡家，连闽王都要去为难一二，我不知这是哪门子道理。我穿此官袍，在朝站班，是因为要理国事论国政，而不是成天算计那点儿鸡毛蒜皮的恩恩怨怨。我不过在朝上说句公道话，大哥有何可恼的？”

承恩公含着一口老血出了南安侯府。南安侯眼神微眯，并未相送。

四皇子对他岳父是极为敬佩的，觉着岳父在朝中说了公道话，特意给南安侯送了好酒。南安侯道：“大丈夫，最当直抒胸臆，当言则言，有何可惧？”

四皇子觉着岳父好像是在点他，思量一回，莫不是岳父觉着他没给五弟说话，有些不仗义？四皇子这样想着，不禁反省，他自来是小心翼翼的性子。如今五皇子这事，四皇子不是不想帮忙，但朝中那个形势……

好在四皇子也是个机灵的，给岳父一点，他便趁机问起闽地建海港的优劣来。

要是别的皇子做南安侯的女婿，南安侯保管不说这些话的，但四皇子不同。四皇子对他闺女是真不错，府中除了他闺女，姬妾全无，不要说是皇子女婿，便是寻常女婿，做到这步，做岳父的也是能帮则帮的。

四皇子诚心请教，南安侯直接一句话：“靖江早便建有港口码头，靖江建得，闽地如何建不得？”

四皇子思索片刻，道：“不瞒岳父，靖江这事，不独我知道，怕朝中排得上号的大员们都有数。还有人说，靖江与海匪相勾结，我只担心五弟那里不太平。”

南安侯唇角浮起一抹浅笑：“真是痴话，靖江能搞定海匪，闽王如何就搞不定呢？”

四皇子顿觉心下透亮，对岳父佩服至极，只是，四皇子又道：“五弟既能收服海匪，乃大功一件，如何不禀明朝廷？”

“不一定是收服。”

四皇子顿时呆住了，他也当差这些年，如果不是收服……四皇子连忙闭嘴，道：“五弟可真是铁了心要建海港啊。”

南安侯眼神微沉，不，这海港……

闽地建港之事已是板上钉钉，太子和大皇子都改了口，改为双手双脚赞同此事。倒是太子特意在穆元帝面前说了句：“还是要提醒五弟一声，格外小心才好。”

穆元帝笑：“这话是。”又道：“小五还单给你写了信？”

太子忙道："五弟现在一条心地要建海港，写信央请我为他说话呢。"

穆元帝笑："他倒是挺会找人。"

"儿子是做哥哥的，弟弟有事，自然要跟哥哥说的。"太子见父亲心情不错，就笑着说了句亲热的。这话哄得穆元帝一笑："这话是。"

大皇子给他爹他弟的事闹得胃里哇哇地冒酸水：切，他才是长兄好不好！这死老五，就会拍太子马屁！也不见太子是如何指使人为难你这事的！大皇子心下痛骂五皇子，嘴里还要说："五弟可真是的，怎么只给二弟写信，不给我这做大哥的写？"

四皇子立刻圆场："看大哥，还吃醋了不成？不醋不醋啊。"逗得穆元帝险些笑呛了，指着四皇子道："你也促狭起来了。"

太子亦是一笑。

大皇子心道，死老四，跟傻老五穿一条裤子的，一样不是好东西！

五皇子是盼星星盼月亮，终于盼来了帝都的好消息。允许闽地建海港的圣旨一到，闽地上下一派欢腾，连一向有些不赞同的唐总督都一面恭喜五皇子，一面道："王爷见识，远胜老臣。"私下叮嘱小儿子，好生跟着李九江干。儿子多了，各有各的前程，他这小儿子，因是老来子，一向娇惯，念书不怎么成，好在他们这样的人家，儿子处事还差不离，五皇子点名要的，他也就叫儿子去藩王府当差了。

小唐听他爹这话，不禁道："我老早就劝您老跟着王爷走，您老非一根筋，看吧，王爷这港定要建的。"

老唐不是不后悔没早些支持五皇子，偏生小儿子来揭老子的疮疤，把老唐气得，将脸一板："滚！什么时候轮到你来训老子了！就是欠捶，三天不打上房揭瓦！"

小唐气呼呼地："随便您吧，不识好人心。"

老唐真就火了，上辈子不修，有儿子骂他是狗，抄起个啥就要开揍。小唐一溜烟跑没影了，到藩王府找师父李九江谈心："师父，我觉着，我爹一点儿不理解我。"师父啥的，是小唐自己认的，他觉着李九江比教过他的先生们都有本事，就认了李九江做师父。

李九江道："你爹为你愁得胡子都白了，还不理解你，捶你一顿，你就理解你爹了。"

小唐道："一点儿不听人劝，我略说几句实在话，就吹胡子瞪眼。"

李九江问："你说啥了？"

"我说他老人家不识好人心。"

李九江心说，生儿子有啥用啊！

李九江抽他后脑一记："你不是信誓旦旦地要秋闱，今天的功课做了没？拿过来！"

"我那就随口一说。"小唐去拿功课，又与李九江道："师父，我觉着，你也不理解我了。"

李九江叹："其实这也不怪你，这是一种病啊。"

小唐忙问："师父，什么病？"

"皮痒的病。"

总之，海港修建的事确定下来，接着，李九江就带着小唐同张长史筹备起海票竞价的事来。甭看小唐有时脑子像少根筋似的，当初李九江要他过来也有李九江的考量，这小子念书一般，做事还靠谱，除了五皇子家的几位郎，小唐在闽地衙内里也数得着的。

唐总督一直为这个小儿子发愁，可人家小唐，但凡李九江交代点事，一向是一丝不苟地完成。就是把事做完后，那种昂头翘尾的模样有些不雅。当然，也可以理解为小唐超凡的成就感作祟。

其实还有一样，小唐心大，人也活泼，不是那种战战兢兢的性子，在五皇子面前也很大方，半点儿不拘谨。五皇子挺喜欢他，小唐就负责给五皇子解释竞价会场的安排："凡进门的，先交一万两银子押金。押金以后是可退的，除押金外，咱们会场的座椅也是要收银子的。座次不同，价位也不同，不然那些商家总是叽歪，什么你的位子偏啦，他的位子正啦，比女人还啰唆。我就想的这法子，谁想要好座次，出高价。有这些座椅的钱，会场布置还有富余。"小唐道，"这会场一共花了三千两银子，剩下了七万多两，待竞价结束，我再汇总给王爷个具体数。"

五皇子笑眯眯道："果然是虎父无犬子啊。"

小唐立刻一脸喜色，唐总督唇角抽抽地说："王爷您可别夸他，他禁不得夸。"

"本王说的是实在话。"五皇子笑，"跟我说说，来的都有哪些商家？"

小唐如数家珍，一共三十六家商贾，竟个个都记得，还能说说这些商家的趣事，五皇子就真心觉着小唐不赖了。

五皇子看小唐比看老唐都顺眼，道："不错不错，小唐是个用心办事的。"

小唐悄悄朝他爹眨眼，看儿子这蠢样，老唐恨不能自戳双目：我怎么生出这么个傻儿子哟！

五皇子对小唐道："这会场留着，海票竞价后，还有建海港的事要用。"

"成。"小唐道，"我先张榜出去，得叫他们做木材、石材的商家准备好。"

五皇子身边，除了老成如唐总督这样的老狐狸，闷头做事的苏巡抚，再有就是李九江柳扶风这样智计过人的。小唐这般活泼可爱的，还是头一遭见，五皇子着实喜欢，摸摸他的头："走，跟我一道用饭去。"

"谢王爷恩典。我听小五说，王爷府上的饭菜好吃得很。"他侄孙小五郎是五皇子家四郎的玩伴。

五皇子哈哈笑："那你多吃点儿。"

"我听王爷的。"

唐总督跟在五皇子身旁，还得装作面无表情地接受诸同僚的目视。大家的想法都是一致的：哎哟喂，唐总督，你儿子跟你可不大一样啊。

待海票的竞价会结束，江行云先行去王府回禀竞价结果，李九江带着小唐招呼着忙了这些天的大小官员去酒楼吃酒。

五皇子和谢莫如听到竞价的结果都露出笑意，五皇子道："江姑娘也辛苦了，坐，吃水果。"

五皇子对江行云一向很客气，如今这般喜形于色，倒是少见。江行云笑："谢殿下。"

接着，江行云大致说出竞价的事："咱们准备的时间长，竞价也就半日。倒是不竞价不知道，这些商贾可真肥。"

谢莫如笑："可见海贸利润，不同寻常。"五皇子深以为然。

大家说会儿话，谢莫如就让江行云回去休息了。这些天江行云也忙得够呛，很该好生歇一歇。

江行云还能歇几天，徐黄两家可是忙得不可开交。商贾的审核是他们做的，担保也是他们担保，现在这些竞价成功的商贾，有些银钱不凑手的，这两家还有放贷业务，故而一时忙得脚不沾地。

其实，开银号的也不只徐黄两家，但在诸多银号中，江行云独选中这两家，这两家也未辜负江行云的眼光，三天之内，银钱皆入库。

张长史亲自去银库那里监督，直待银箱全都抬了进去，张长史笑眯眯地过去同苏巡抚交割清楚。建海港属于政务，这些修海港的银子，当然得给苏巡抚过目。

苏巡抚亦是高兴，道："有劳长史了。"

"岂敢，我分内之事。"张长史笑，"能在闽地建一座港口，我这一辈子，也算没白活。"

"张长史正当壮年，真正营建港口，还得请长史与我一并监督。这工程上的事，最不能轻忽。"闽王这么痛快地将第一年的建设用银给巡抚衙门送了来，苏巡抚不是不开眼的人，建海港不是小事，自然要同藩王府商量的。张长史又是跟闽王最早的长史，于藩王府中向来有地位，苏巡抚也喜欢张长史这老实人，觉着要做事就得张长史这样的。

张长史同苏巡抚打交道的时间长了，倒也不客气，两人坐下就说起建海港的事来。百姓出工一天多少钱，每天干多长时间，每餐供给多少，这些都得考虑。

闽地一派欣欣向荣，段四海的使者宁致远第二次来到闽安城。

宁致远此次来，先是对闽州港的修建表示了祝贺，二则宁致远再次给谢莫如带了封段四海的信。谢莫如看过这封信后，笑道："多谢你们段大人的关心。"

"我家大人说的事……"宁致远对谢莫如挺有好感，主要是谢莫如人品行事，世所罕见。而且，说的话皆是光明正大之言，极容易令人心生好感。

谢莫如沉默片刻，方缓缓开口，道："致远，你应该知道，我在帝都，常因出身受到诘难。"

宁致远立刻道："如果王妃担心保密措施，请王妃放心，我一定全权安排妥当。"

"不是这个。"谢莫如摆一摆手，"我少时出门，便不断有人在我面前提及方家或辅圣旧事，但其实，我小时候，从未听母族的人说起过他们。我十岁的时候，才听二叔说起，方知晓我的外家是谁。"

"那些在我面前提及方家旧事的人，或者以为我会对此念念不忘，但其实并不是如此。他们过世时，我还没出生，我听到的，都是从别人嘴里说出来的，我对他们，其实没有特别深刻的感情。所以，我实在不明白，那些人为什么喜欢用自己的揣测来推断我。这样的人，我与他们说，他们也不会明白。"谢莫如道，"致远你不同，我知致远你当初定也有一段苦衷，但如果你心心念念计较于这段苦衷，想是不会有今日的宁致远。"

"王妃的意思是？"

"那些旧事，我从未放在心上。我曾对陛下说过，不论方家事还是辅圣功过，无非是权柄争夺，何尝又能分出对错？这话，我既然敢对陛下说，也不介意对你说。你告诉你们段大人吧，我很高兴看到你们有今日，你们不容易，我也不容易。我们的路不同，你们自当为自己考虑；而我，也有我的立场所在。我不会偷偷摸摸地去见任何人，如果他希望与我见面，他可以过来，或者，以后光明正大相见。"谢莫如道，"我回一封信，你带给你们大人吧。"

宁致远也没法子。

谢莫如写了回信，宁致远便回去了。

五皇子实在烦死这帮子海匪了，每次过来都要见他媳妇是怎么回事啊！偏生现在还不能与海匪翻脸，宁致远一走，五皇子就溜溜达达地过来了。

谢莫如将段四海的信交给五皇子，五皇子一见这信，也顾不得烦海匪，实在是这信上的内容。段四海提醒谢莫如，你这海港一建，必与靖江有一战。

段四海这信，除了相邀谢莫如见面，就是让谢莫如小心靖江战事的。

"海匪这是给咱们通风报信吗？"五皇子实不能信段四海有这般好心。

谢莫如笑："防人之心不可有，建海港本就要小心些的。王爷别忘了，永定侯也是在练兵两年左右，海军将成时遭逢大败。要我说，靖江王倒似有个毛病，他比较喜欢在别人快要成功时给人以致命打击。"

"兴许是当初父皇降生给带来的心病。"太祖皇帝当年没儿子，靖江王虽是同母异父，好歹也是弟弟，当初真是当储君教导的。谁知一朝穆元帝降生，靖江王多年努力立刻化为泡影。五皇子道："段海匪这信，也不是没道理。"接着他将话一转："不过，再有道理你也不能去海上与他见面。我宁可自己去，也不能叫你去冒这个险。”自己堂堂大男人，怎能叫妻子单独去海上见海匪，甭说段四海信中无恶意，谁会傻到把恶意写到信里啊！

“我已回绝了他。回了他一封信，王爷看看，心里有个数。”谢莫如将信默一遍，给五皇子过目。

谢莫如写得明白，一则是回绝段四海相邀之意，王妃之身，不易轻动。对这一点，五皇子觉着自己与妻子深有默契，他妻子不是凡人，五皇子也不是介意女人做事的人，但，他不能让妻子冒这样的风险。

五皇子继续看，下面就是谢莫如对战事的回复，谢莫如写的是：段君悬于海外，先行观战，最为可靠。倘闽地侥幸胜靖江，段君可一举拿下靖江海军，自此，海上再无段君敌手。倘闽地大败，段君远志，非吾可测，君以己身为重则可。成败凭天，不涉私怨，切切。

谢莫如的意思归结于一句话就是：段四海你看着办吧。

五皇子问：“段四海会保持中立吗？”

谢莫如道：“这得看咱们是胜是败了。”

五皇子立刻坐不住，去找属官们商量闽地布防的事了。

宁致远在闽地歇一日，第二天才回到岛上。段四海看到宁致远带回的这信，只是微微一笑，宁致远一观后亦道：“谢王妃的心思，当真神鬼莫测。我还以为，她得劝大哥中立呢。”

段四海将信折好，重放回信封，道：“中立不是凭人劝的。鹬蚌相争，渔翁得利。闽地与靖江这场较量，不论谁赢谁输，我必然要从咱们的利益考量。”

宁致远道：“大哥以为，这场纷争，谁胜谁负？”

“你肯定以为我盼着闽地胜。”段四海却是道，“其实，我倒是盼着靖江胜的。”宁致远要开口，段四海摆一摆手道：“刚出来那几年，我无时不想着回去报仇。现在，不是没了血性，而是，去陆上烧杀抢掠，那不是报仇。除非是去昭德殿砍下那贱人的脑袋，不然，劫杀百姓算是什么本事呢？靖江王所谋，无非是皇位罢了，倘靖江成功，穆家就算完了。”

宁致远叹：“靖江形势复杂，便是我们有心联手，只怕靖江诚意有限。”

“有一样，谢王妃没说错，我们有了根基有了势力，自然不会任人驱使。”段四海道。

“大哥认为，闽地胜算更大？”宁致远道，“我看谢王妃这封信，更像一出空城计，看似坦荡，让人误以为她有万全之策，反是束住手脚。”

宁致远这样说，自有其理由，他道：“闽地自永定侯一败，新军全部葬送。如今补充的兵源，都是新征的。我算着，闽地全部驻军在十万到十二万之间，再多是不可能的。这点儿兵力，想对抗靖江，还稍嫌不足啊！”

“你不要小看柳扶风，这不是个简单的人。许多人说柳扶风是受闽王提携方有今日，这话何其可笑，闽王自己难道懂兵？闽王顶多是给了柳扶风机会。柳扶风是真正的将才，李宇也不错。要是在别处，李宇早能出头的，他偏遇到了柳扶风，有柳扶风光芒在前，李宇就显得黯淡了些。你算一算，闽地这几年的战事，虽都是小战，胜场最多的是柳扶风，其次就是李宇了。永定侯将事平庸，也四平八稳，起码不拖后腿。”段四海淡淡点评道，“战事上，以少胜多并不罕见，一败倾城也寻常。端看他们各自运道如何吧。”不论闽地、靖江运道如何，段四海是决心要捡个大漏了。

段四海正与宁致远说两地形势，便有侍卫通报：三公子来访。

段四海与宁致远对视一眼，宁致远明白大哥的意思，道：“我先去见见三公子。”

段四海颔首。

穆三过来，一则谈谈出货的事，二则就是想问问闽地建海港的事，段四海这里是怎么打算的。

既然靖江王府要出货，宁致远自然安排船带着现银过去接收。至于闽地建港的事，宁致远道：“只要闽地不建海军，建港是他们自己的事吧。”

穆三笑：“建港之后，自然也要与海上做生意的。”

“做生意是好事，我们要不是指着有海上的生意，早去讨饭了。”穆三意有所指，宁致远只管打太极。同谢王妃来往过后，宁致远无疑更喜欢谢王妃的行事风格。每一桩事，谢王妃说得都明白，我认为该怎么做要怎么做，对我的好处，对你们的好处，清清楚楚，没有半点儿含糊，更不是这种似是而非。其实，宁致远忽视的一点是，他内心深处有这种感觉，人家谢王妃的身份都同我坦诚交谈，你一个藩王的公子倒要拐八道弯。

好在，宁致远城府不缺，尽管对穆三要拐八道弯说话的方式有些不喜了，依旧不露声色地与之周旋。只是，你要绕八道弯，我就绕十六道弯给你看。于是，宁致远只管装傻。

穆三哪里知道宁致远对他的说话方式不爽，天地良心，贵族说话不都这样吗，有哪个像谢王妃啊！穆三不晓得宁致远的审美转变，他还继续道：“做海贸，而无海军，我尚未见过此先例啊。”

“慢慢看吧，建海港不是一天两天的事，海军更远得很，永定侯倒是训练过海军。”其结果，宁致远不提，穆三也知道。

穆三脸上露出一丝笑意：“我新得知此消息，怕致远你不知道，正好过来，顺道跟你说一声，你既心里有数，我便放心了。”

宁致远笑：“三公子只管放心。”心下却是狐疑，难道穆三真不知晓他们与闽地接触的事？江行云来访之事，他们做得极度保密，但自己去闽地……靖江王一直致力于周遭地区的势力渗透，难道，如今闽王已将闽地治理得密不透风了不成？

话到此处，宁致远都叫穆三“放心”了，这个话题也就是到此为止的意思。穆三却不大满意，他是想挑起段四海一方对闽地的敌意的，但看宁致远不温不火的样子，想一想宁致远的性子，大都这般，叫人看不出喜怒的。穆三也便微微一笑，止住话题。

穆三这里过来试探挑拨倒没啥，毕竟能挑起段四海与闽地的矛盾，靖江那里能省老大麻烦。只是宁致远难免不爽，这不是拿他当傻瓜吗？与段四海道："失之光明。"

"穆三用的手段，的确失之光明，却是容易叫人明白。谢王妃的手段，看着光明坦荡，才令人难以招架。"段四海道，"当初江行云一行过来，他们要求我们派船接送，你以为此举如何？"

宁致远道："在海上，我们接送，自然能保证他们的安全。"

"很对。为了保证他们的安全，此事必要做得机密，所以，靖江那边无从得知江行云来我们这里的消息。你去闽地，闽地同样视为机密，所以平安往返。这是正常负责任的秘密来往，靖江一直不知。但今日之后，如果靖江闻知此事，定要怀疑我们与闽地两方私下勾结，进而对我们生起防范之心。"段四海淡淡道，"如今的局势，闽地海港一旦建成，必然会大肆抢夺靖江的生意。靖江忌惮闽地，都过来挑拨我们了。这时候，靖江再知道我们与闽地已有商贸协议，那么，对我们的防备只会更甚。最直接的，在靖江的怀疑下，我们与靖江再不会结盟。看到没？这就是谢王妃的阳谋。"

宁致远道："我们本就是做海上生意的，原也不是靖江王的附属，与闽地有协议，也是我们自己的事。"

"如果你如实与穆三说了我们同闽地协议的事，靖江王或者不会多想。"

宁致远当下道："咱们自家的事，没有同他靖江报备的理。"

段四海唇角一翘："所以你看，靖江王必要多想的。"

宁致远倒吸冷气："难不成是谢王妃盘算好的？"

"李家一向只与张家做生意，突然一天，李家又去做了孙家的生意，张家会怎么想？"段四海道，"不必急，谢王妃行在先，靖江王也不是好缠的。"

宁致远寻思着道："大哥既知谢王妃的目的，为何还要……"

"就像你说的，我们并不是靖江王的附庸。何况，谢王妃的提议于我们并无坏事。"

"大哥更看好谢王妃吧？"

"谢王妃与靖江王没什么不同，他们都是以皇位为目标。"只是……倒不是段四海与谢莫如有什么私交，实际上，他与靖江王交情更甚。但，靖江王势力虽大，年岁上有些够呛。

宁致远道："我听说，当初朝廷立太子，就是闽王首提首倡。"

"这有什么稀奇？太子又不是皇帝，就是皇帝，能立也能废呢。"

宁致远突然贼兮兮地说了句八卦："谢王妃至今无子。"

"太祖皇帝坐了江山多少年，也是寸草不生。对于真正的强人，有没有子嗣，并不会太影响这人的前景。女人亦是如此。"

第五十三章 首交锋

海上颇有风起云涌之势，建海港的事已开始进行，今科又是秋闱之年，故而，闽地大小官员委实忙得脚不沾地。对了，还有谢王妃生辰。

谢王妃八月初一的生辰，今年趁着建海港的喜庆，是要大办的。

而且，穆元帝颇有些论功行赏的意思，藩王妃生辰，按制朝廷都有赏赐，今年给谢莫如的是双份。谢莫如命杜鹃姑姑代自己写了份谢恩折子，五皇子自己也给皇爹写了个汇报海港建设的折子，一并递到帝都。

外地的寿礼都到得早，其实主要是谢家送的寿礼，大约今年不比往日，帝都的几位皇子妃也备了些东西打发人送了来，太子妃更不是吝啬之人。谢莫如看中的自然不是这些寿礼，她与五皇子道："自从咱们来了闽地，也就四弟妹年年打发人送东西来。可见，王爷今日声势非同往昔。"

五皇子如何能不知这个，笑："过日子嘛，糊涂着些好。"别人都看他好，他却一日都松不下心，五皇子亦是认为，他与靖江必有生死一战。

生死一战还未到来，倒是靖江王派了三子过来给谢莫如庆贺生辰。穆三风度翩翩，礼数周全，言语诚挚："父王时常提及娘娘，我们这些儿女，都在父王身边，只有娘娘，以往离得远不得亲见，如今离得近了，仍是诸多不便。今日是娘娘生辰，父皇特令我过来祝贺。愿娘娘平安如意。"

谢莫如脸上带着微微笑意，和悦道："有劳靖江王想着，我也时常惦记他老人家，想着咱们皇家长辈，我都见过，唯靖江王不得亲见，未尝不是憾事。若有机会，必当一偿夙愿，亲去与他老人家相见。"

穆三满面喜色："我们靖江上下无时无刻不盼望娘娘降临。"

五皇子听这话道："怎么，只欢迎王妃，不欢迎本王啊？"

穆三笑："王爷肯去，靖江求之不得。王爷什么时候过去？我好提前预备着。"

听这话就叫五皇子不痛快，他堂堂藩王，同靖江王一个级别的，又不是你家隔壁王小二。你以为串门子呢，什么时候过去？这事能跟你说！五皇子自有城府，笑道："待本王定下来，自会有谕函降下，三郎莫急啊。"又哈哈一笑："都说三郎是难得的稳重人，怎么也这般毛躁了啊？"

穆三给五皇子一句"三郎"气个好歹，想着我爹是你爹的叔叔，我跟你爹一辈，怎么也当客气些。结果，五皇子非但没有半点儿客气，还借机教训他两句。穆三忍怒笑道："这不是给王爷要驾临我们靖江的消息喜得不知所以了嘛。"

五皇子继续笑呵呵道："我这里什么时候过去都便宜，倒是靖江王，这把年岁了，有空多出来走走才好。"

穆三鼻子险些没气歪，这是啥意思，诅咒他爹吗？其实要谢莫如说，这种事，完全没必要生气，要是诅咒有用，穆元帝早给靖江王扎小人扎无数次了。穆三皮笑肉不笑地答了一句："有劳闽王惦记了。"

"应当的，咱们皇家，靖江王的年岁辈分，除了皇祖母，就是他了。"五皇子又问，"你大哥还好？"这问的是靖江王世子。此话一问，可见五皇子颇知如何给穆三添堵。

穆三笑："谢王爷惦记，大哥很好。"

"那就好。"五皇子微微颔首，面露欣慰，"做兄弟的，就得互相帮衬。三郎说，是不是？"

穆三倒有一项本领，越是恼怒，越发笑得仿佛一朵花。穆三笑："王爷说的是，听说王爷与太子就是极融洽的，要不，户部的纰漏，王爷怎么能直言不讳呢？"

五皇子笑："三郎好灵通的消息。我虽就藩在外，也时常与太子有书信来往。若非有父皇与太子的指导，海港建设也不能这般顺利呢。"

谢莫如望着五皇子与穆三唇枪舌剑，都有些傻眼，心说，这男人要计较起来，当真比女人还啰唆聒噪！眼尾一扫见门外有个探头探脑的家伙，谢莫如眼神向来不差，尤其这人她认得，便问："小唐，有什么事？"

小唐过来，自是有事的，他在外头等着通传，也听到一两句。见谢莫如唤他，小唐挺胸凸肚地进来，先行过礼，方道："臣刚刚在布置娘娘的寿礼厅，陛下与东宫所赐寿礼一屋摆不下，臣想请示娘娘，要不要分屋摆放。"

"也好。"

小唐得了答案还不走，他放声感慨道："都说妻以夫贵，我们王爷就藩在外，陛下与太子殿下时时牵挂，刻刻关心，所以，王妃寿辰，就赐了这许多东西。王妃吩咐小臣摆出来，让闽地官员同沐陛下与太子恩典。这样的父子手足血脉深情，小臣都感动得不得了啊！"他还给五皇子帮腔来着。只是，小唐同学那一咏三叹的调子，直麻得殿内诸人的鸡皮疙瘩起了一身又一身，在这秋风乍起的季节，简直要冻死人了！

穆三更是来火，瞄小唐一眼，心说：这死太监是谁啊！

穆三一向有风度，尽管已是火冒三丈，还是翩翩然道：“我与你们王爷说话，这位公公插话不大好吧？”他与五皇子如何唇枪舌剑，穆三虽生气，却也不会真觉着如何，一则两地本就有些摩擦，二则闽王的身份并不辱没他。但小唐不一样了，穆三看他小小年纪，相貌清秀，面白无须，穿身绿服，同宫里太监挺像的。如果让一个太监要了他的强，可就是奇耻大辱了。

小唐乍一听没大明白，待他消化了“公公”二字，顿时火冒六丈。他堂堂总督之子，现任衙内，竟然有人敢骂他太监！小唐怒腾腾质问：“你个死娘娘腔，你说啥！”说着小唐双手一叉腰，双腿往前一蹦，使劲将胯挺了出去。

嗬，个死太监！你挺啥啊挺！穆三一向认为自己风度出众，从未有人骂他娘娘腔，如今被“太监”骂了，穆三抬脚就要踹。五皇子大怒：“都住手！”打架就太不像话了，关键，小唐生得单薄，看着不像能打过穆三啊！要是穆三把他的属臣打了，就是打他的脸！谁晓得小唐颇为灵活，穆三一伸腿，小唐身子一矮就扑了过去，只是转瞬间，小唐的帽子飞了，头发被穆三揪住。当然，穆三也不好过，他脸色煞白，人都结巴了：“你，你，你，你给我放开！”

小唐再捏一把穆三的命根子，问：“你说谁是太监！”

谢莫如平生未见过这样的事，故此，回神回得晚些，却也不能看穆三在王府受伤，再说，这样打斗也不像话，道：“都放开，好好说话。”

小唐可不撒手，他很朴实地道：“我放开，他就下黑脚！”

穆三脸色半白半红，人都要气晕，却不敢往死里揪小唐的头发。实际上，穆三恨不能揪死小唐，只无奈命根子在小唐手里，他只得怒道：“你赶紧给老子放开！”

“看，还骂我！”小唐一副小人得志的嘴脸，“你的修养呢？你的风度呢？你的矜持呢？你的胸襟呢？哼哼哼！”

穆三咬牙切齿，于心中问候了小唐祖宗十八代！

五皇子心说：小唐干得好！

谢莫如看着撕扯的两人，再看看暗爽的五皇子，内心深处决定不作评价！

谢莫如给五皇子个眼色，五皇子看小唐狠狠地羞辱了一回穆三，内心深处颇觉解气，方唤了侍卫进来分开两人。就这样，小唐也是先待穆三松开他头发，他才松开穆三那啥！

穆三已是怒不可遏，要不是侍卫拦着，非再找小唐拼命不可。五皇子先道：“三郎，小唐你不认得，他是我府中七品属官，唐总督家的老幺，可不是……那啥。”

穆三也知自己先时认岔了，但他，他那啥，被小唐给下黑手揪了半日，而且，这小子……穆三森森道：“看他这衣裳……”

“我衣裳怎么啦？七品的衣裳就是绿的，你眼睛怎么长的？内侍的衣裳是天青色，跟我这能一样吗?"小唐拍拍灰,整整发,重新捡起帽子戴好,也十分生气。这年头,男人开骂,最恶毒的就是诸葛亮骂司马懿像女人。如今穆三竟说他像阉人,比被骂像女人还恶毒千倍啊,小唐如何忍得。也就是穆三在长春宫,小唐手下留情,随便捏两下作罢,要不,小唐非给他捏爆,让他尝尝太监的滋味。

穆三一时语塞,小唐瞪他道:"就是动手,也是你先要踹我的!你谁啊!你是几品官啊!我从七品,你有官职吗?你就敢踹我!你爹怎么教你的!你爹派你来,就是叫你来打我们王爷的臣子吗?你可真会欺负人!你肯定知道我爹是总督吧,你这就是故意羞辱我,羞辱我爹,羞辱我们家王爷,羞辱我们家王爷他爹,皇帝陛下,东穆朝廷!你也不是来给我们家王妃祝寿的,你这分明是来添堵的!"

这一套话下来,谢莫如对小唐倒有些刮目相看,相对于先前干架时的泼态,这些话虽粗,但其实有些水平。

穆三就是天神的风度,这会儿也维持不住了,指责小唐:"分明是你先对我不敬!"

"笑话!谁对谁不敬!我好端端地说话,你就骂我是太监!我又不是哑巴,能不还嘴?!你爹虽是藩王,我爹也是朝廷的忠臣,我也是朝廷的忠臣,有你这样侮辱忠臣的吗?"

穆三终于眼前一黑,给小唐生生气晕过去!

小唐脸上露出胜利的笑容,五皇子心说,小唐这表情也忒实在了,道:"快去请太医。"

小唐道:"王爷,不用请太医。"他过去骑在穆三身上,狠狠往穆三人中一掐,穆三不醒就要给他坐死了。小唐还不忘落井下石,道:"肯定是装晕的!"

穆三死的心都有了,更想弄死小唐,大怒:"赶紧从我身上滚起来!"

五皇子忍着暗爽,对小唐道:"你下去忙吧。"

小唐响亮应一声,觉着自己替五皇子出了恶气,高高兴兴地走了。

小唐一走,穆三也爬起来了,五皇子叹:"三郎啊,哎,算了,这事我就不说了。你先去歇一歇吧,我打发太医过去。"

穆三灰头土脸地走了,五皇子还与谢莫如道:"三郎的身子不大好啊。"

谢莫如哭笑不得:"这个小唐,倒吓我一跳。"

五皇子倒不担心,笑道:"九江带他这么久,他学会九江三成本事,也不会吃亏的。"

小唐就这么成为了闽王府的一朵奇葩,倒是老唐听闻此事,赶紧给儿子加了队保镖,生怕穆三打击报复他儿子,又说儿子行事要稳重。小唐气呼呼道:"爹你是没见那穆三,一句是一句地顶王爷,我正好要去禀事,听个正着。这也忒眼里没人,这还是王爷地盘呢,岂能让他撒野!"

老唐问:"王妃的寿辰准备得如何了?"

"差不离啦。"小唐对自己操持的事向来信心满满,他从来亲力亲为,没有半点儿马虎的。

老唐见着儿子就头疼，挥挥手："好生当差，去吧。"

小唐就精神饱满地去啦！

谢莫如的寿辰自然热闹，闽安城有头有脸的夫人太太，能来的都来了，就是没资格来的，礼也来了。另外如谢莫忧这样在外地的，也坐车过来为长姐祝寿，谢芝之妻吴氏更是帮着里里外外地张罗待客。大家先欣赏过朝廷赐给谢莫如的寿礼，再一道吃酒说笑。

谢莫如一向内敛，并不是爱显摆的性子，这样显摆寿礼，主要是展示一下五皇子在朝的稳固地位，以加强闽地上下团结。

谢莫如连续两天接见各位来祝寿的夫人太太，五皇子那里自然也是酒宴不断，好在两人都习惯了这样的场合。倒是小唐，头一遭筹备王妃寿宴，颇为活泼尽心。他本就是藩王府的属官，地头也熟，还帮着迎接客人来着，见着他爹，也装模作样一脸欢欣地迎上去："哎哟，唐总督，您老来啦！"把一道来的苏巡抚也给闪了一下。

小唐一揖为礼，笑："苏叔好，给苏叔请安了。"

苏巡抚瘦削的脸上露出一抹笑，与唐总督道："小唐越发历练了。"

唐总督满是无奈地与苏巡抚道："真叫人愁得慌。"训小唐一句："端正些。"

苏巡抚倒是笑赞一句："小唐不错。"

苏巡抚请唐总督先行，唐总督一把拉住苏巡抚的手腕，笑："咱俩在闽地这些年，你还是这样拘泥。"两人一并前行。总督管军事，巡抚理政务，两人一向分工明确，合作良好，故而，相处得颇为融洽。

这次谢王妃生辰，朝廷重赏，唐总督和苏巡抚都很高兴。

朝廷对闽地重视，建海港的事就能顺遂。

不过，苏巡抚高兴没几天，就发生了一件让他不大高兴的事。谢王妃寿辰一过，转眼就是秋闱的日子，谢氏三个在职的家族子弟都去参加秋闱了，小唐也去了。不同于谢芝等人，小唐是偷偷摸摸去的，他其实秀才还没考出来，因着要考举人，小唐自己悄悄拿私房银子捐了个监生。而且，他想得深远，想着没考上就当没这事，也不在老爹面前丢面子；要考上了，也好生炫耀一番。他都安排好了，跟家里说在王府当值，没空回家，还求了五皇子帮他圆谎。五皇子忍笑应了他。

小唐拎着考箱，与谢芝等人同行，他同谢芝相熟，谢云、谢远也不是难相处的人。小唐早打过招呼，有人替自己排了最前头的四个位子。小唐穿了十六层单衣，在中秋将近的凌晨这样冷风嗖嗖的天气里半点儿感觉不到冷，对三人介绍："咱们早些进去，住天字考号。"

谢云也是个活泼人，他比小唐还小俩月，头一遭秋闱，问："小唐哥，考号还不一样啊？"

"当然不一样啦，天字考号是最好的，也最吉利。越到后面，考号越差。闽地穷，贡院也破破烂烂的，不过，今年秋闱前检查了一回，有些实在不行的，都修好了。要是以往，有的桌子都用不得，考生还有在榻板上做文章的。还有些考号不严实的，晚上睡觉四面漏风。漏风还是好的，还有屋顶漏雨的，碰到天气不好，简直要命啊。”小唐如数家珍，“放心吧，今年修贡院时我过来瞧过，天字号最舒坦最好。”

谢云问：“原来修贡院的事是小唐哥你做的呀。”

“没，我就管着监工。”小唐倒不是个爱吹牛的，当初监工时他是想着，看看这些书呆子的考场啥样，一看险些没乐死他，简直太惨了！后来小唐有了志向要考举人，还挺后悔没叫人把贡院修得豪华些，不过，考号的情况他是极清楚的，所以早早着人排了最前头的位子，就是为了占个好考号。

小唐几人去考功名了，谢莫如这里遭遇了苏巡抚来提意见，谢莫如道：“这有什么不妥吗？”

“倒没有规定在职官员不能考功名，只是，怕有人多话，说王妃为娘家兄弟徇私。”苏巡抚向来说实话，只是，实话大多数时是不大中听的。

“哦，徇私啊……”谢莫如浑然没当回事，道，“我修条路建个楼的，还有人说我假模假样呢。要是管这些碎嘴子，什么都不用做了。”

五皇子一家子就藩小两年了，苏巡抚觉着，谢王妃委实是个贤良人，他道：“那些小人言语，娘娘不必放在心上。只是，外戚素来不是小事，娘娘行事，还需慎重。”他主要是来谈外戚之事的，要不，小唐也去考了，苏巡抚就没提。

“苏巡抚放心，我心里有数。”谢莫如道，“苏巡抚也清楚，我是书香官宦人家出身，我的娘家，不是那些不知所谓的人家。”“不知所谓”四字，苏巡抚默默听了，就听谢莫如继续道：“要是想给他们谋前程，让他们在帝都岂不更好？文官讲究非进士不入翰林，非翰林不入内阁。在帝都打磨资历，天子近前，不比在这千里之外的闽地好？或者有人说，在这里有我照应，直接就是实职。真是笑话，闽地的五品官，怕是比不得帝都的七品。就是苏巡抚，你也是正三品，拿到帝都，能换个从三品的侍郎之位吗？”

“娘娘，官职是要事，不好这样说的。”

“这是事实。”谢莫如道，“我不明白什么外戚不外戚的，苏巡抚你也是首辅之子，你中进士的时候，苏相就在内阁了。当时可有人因此中伤苏相？我的心，与苏相的心，是一样的。有机会，我不会让我的亲人错过，但如果他们才不堪用，我也不会去提携他们。”

谢莫如都这样说了，苏巡抚道：“娘娘事事清明，老臣佩服。”

“哪里哪里，还需苏巡抚你监督勉励。”

谢莫如这么笑悠悠地说话，苏巡抚也不知谢莫如是不是在讽刺他，只好不言。谢莫如感慨道：“要是不语，他肯定说，客气客气。”

苏巡抚立刻头大：“三弟性子跳脱。”

“前些天，我得了两块不错的料子，想来想去，也就不语穿着合适，你着人给不语送去吧。”谢莫如说着，紫藤捧出个小樟木箱交给苏巡抚。苏巡抚多端正的人哪，他倒是知道自家三弟同谢王妃私交不错，别个不说，每年谢王妃生辰，三弟在南安州都会打发人过来送寿礼，今年也着人过来了。但谢王妃你赏他些什么不好，怎么赏衣料子啊？当然，宫里女人赏东西，多会有些衣料之类，但苏巡抚这个端正的人看来，就是有些怪。

不过，谢王妃要给，他也不能不收。他不收，谢王妃得说一句，又不是给你的。

苏巡抚只得代他三弟谢过，抱着樟木箱子满腹心事地走了。他总觉着谢王妃这是曲线行贿，怎么办！还有三弟啊，你每次给我写信，信上一口一个“莫如妹妹”是怎么回事啊！

苏巡抚真是愁死了！

苏巡抚愁苦地去了，穆三也过来辞行，谢莫如笑：“如今气候正好，我倒愿意你多留几日，只是，近中秋了，怕你也急着回去。我给老王爷备了些中秋礼，你一并带去吧。”

“多谢娘娘。”穆三对闽地没有半点好感，能让他升起敬重之心的，也就是谢莫如了。主要是，穆三觉着，谢莫如是个正常人。在闽地这样野蛮的地方，有谢莫如这样雍容优雅的人，绝对是一个奇迹啊。

连带五皇子，在穆三眼里，也不是个有心胸的。更甭提五皇子手下的狗腿子小唐之类，由臣及主，有这种狗腿子，五皇子能好到哪儿去。倒是谢莫如，气质风度一等一，让人一见便不禁心生好感。他爹也很有拉拢谢莫如的意思，故而，他对谢莫如也很是客气。

谢莫如道：“我给老王爷写了封信，一定要亲自交给老王爷。”

穆三郑重应下。

穆三又去辞了五皇子，五皇子跟他没话说，无非是几句客套腔，穆三也客套了几句。穆三临走时，低声吩咐了身边侍卫几句，那侍卫出去一时，回来后脸色颇为难看：“那小子不在，听说去秋闱了。”

穆三咬牙，他这辈子也没吃过这种亏啊。关键是，穆三这辈子怕是头一遭遇到小唐这种既奸且猾不按常理出牌的人，再智谋千万，也是秀才遇到兵。穆三咬牙之后又磨牙：“算那王八羔子好运！”贡院里考间上千，重兵把守，就是能进去，怕也找不到仇人小唐，穆三只得暂且咽下这口恶气！

于是，在考间奋笔疾书的小唐，浑不知自己阴错阳差地躲过一劫。

穆三一走，唐总督其实也松了口气。虽然儿子不大争气，也是亲儿子啊，万一穆三起黑心害了儿子，唐总督还不得心疼死啊。

待秋闱结束，看小唐装作没事人一样回家，唐总督也当没事人一样，还道：“脸色不大新鲜哪。”

小唐道:“王爷可器重我了,我当差用心,累的呀。”

唐总督真是受不了他儿子这天大口气,才一身绿皮呢,给人误以为是太监,看你这样,王爷器重你哪儿啊！要不是儿子现在知道上进去考了举人,唐总督还得要训他一顿。看这刚从考场出来的蔫萝卜样,唐总督道:“累就先去歇歇吧。”

小唐神秘兮兮地跟他爹道:“过几天,咱家就有大好事啦!”

唐总督险些没给儿子这话噎着,这也忒自信了吧!

小唐非但在家自信,他去藩王府当差也自信得很,见着他师父李九江,还说:“师父你就等着听好消息吧。”

李九江道:“哦,这么有把握?”

“你是不知道我文章做得多好,唉,可惜现在官场的规矩,我爹正好在这儿当官,我怕是做不得解元的。”小唐深觉遗憾。

李九江道:“我就等着听你第二名的好消息啦。”

“一准的。”小唐觉着自己文章有一无二。

连五皇子问他考得如何时,他都是这样说的。五皇子笑得肚子疼,与谢莫如说时,谢莫如道:“小唐很自信哪。”

五皇子笑:“他做什么都自信得不得了。”

发榜那天,小唐还在外订了酒席,就准备庆贺啦！由于他家就是总督府,他又在藩王府当差,这两个地方,消息都灵通。所以,小唐是不必去贡院外头抢看榜单的。他在藩王府与谢芝等人等榜单,谢云年纪小,就有些沉不住气,道:“也不知中没中。”

小唐十拿九稳的模样,道:“放心吧。”

谢莫忧与吴氏在里间说话,都好奇了,悄声问吴氏:“这位小唐大人文采很好啊?”谢莫如生辰后,谢莫忧没急着回去,就是等着弟弟秋闱结果呢。

吴氏小声笑道:“小唐大人是唐总督的老来子,年岁小些,性子也活泼。”

谢莫忧一听就明白了,不禁抿嘴一笑。

大家都坐在谢芝这里吃茶说话,一直到谢芝小厮跑进来,满面喜色:“大爷,榜单出来了！大爷是第十二名!”

小唐急道:“快把榜单交出来!”

小厮忙将榜单递上,小唐一把抢过,谢云凑过去同看,谢远在那边已恭喜起谢芝来,笑道:“阿芝可得请吃酒啊。”

谢芝笑:“阿远哥你又这样,难不成就不急?”

“急也没用啊。”谢远刚说完,谢芝小厮喘过了气,道:“远少爷是七十一名,云少爷二百九十名,小唐大人二百五十名。”

小唐这会儿也找到自己名次了,大怒:“不是第二就算了,怎么是个二百五啊!”诸人哄堂大笑，连谢莫忧、吴氏都笑得不得了。

小唐这事，让藩王府笑足三天。

唐总督倒是命妻子备了厚礼，特意亲谢了李九江一回。他这儿子，以前哪里敢巴望着能中举人，如今这才跟着李九江多长时间，非但有了志向，也有了学问。虽然考了个二百五的名次，那也是正经举人啊！妥妥的，正经自己考出来的举人啊！

李九江简直就是他家的恩人哪！

再丰厚的礼物，唐总督都觉着难以表述自己对李九江的感谢。毕竟，坐到总督之位，权势都有了，其他四个儿子因是年轻时生的，唐总督彼时还是严父，所以，儿子们即使算不上太出众，但起码四平八稳，不是败家货。就是这个小儿子是老来子，唐总督的长孙都比小唐大两岁，自己老婆疼这小儿子疼得跟眼珠子似的，老唐自己也偏疼一些，结果呢，文不成武不就，人也没心眼，把老唐愁得呀，觉着小儿子这辈子就是先啃爹后啃兄的料了。不料，峰回路转，运道来了，挡都挡不住啊，他儿子竟叫李九江给调理出来了。

唐总督恨不能给李九江立个长生牌位，日日供奉。

唐总督拉着李九江的手，都不知要说什么好了，再三道："九江啊，小唐我就交给你了。从今天起，他就是你的亲弟弟。"唐家与永安侯李家那是好几百年的交情，到如今，唐总督与永安侯是一辈，所以算下来，李九江与小唐是一辈。小唐却又自己认了李九江做师父，这辈分闹得真是不好算啊。唐总督并不是非要压李九江一辈，只是，他与永安侯关系不错，总不能回帝都见了永安侯，管永安侯叫叔啊。

李九江笑："小唐天资通透，我也不过稍加点拨，总算没辜负世伯的期望。"甭看李九江在帝都同亲爹永安侯话都没说过几句，父子之间真是形同陌路，但出门在外，李九江从不吝于打一打永安侯府的招牌的。而且，他与几个嫡出的弟弟关系都不差。这声"世伯"，叫得何等亲切自然。

"没辜负没辜负。"唐总督人逢喜事精神爽，感慨道，"先时，我真是想都不敢想他能有今日。可见那小子是傻人有傻福，遇着九江你。"

"这也是我与小唐的缘分。"

唐总督喝回茶，跟李九江打听："九江，你看那小子啥时能中进士？"如今小唐中了举人，唐总督觉着儿子是有些运道的，儿子秋闱的文章他也看了，不算一流，也是二等了。所以，唐总督对儿子的期望又高了些。

李九江想了想，道："春闱的话，不敢说大话，总得三到五年的时间。"这次小唐中秋闱，一则是运道好，二则因闽地考生水准一般。要不怎么谢莫如全都招呼娘家兄弟来考啊，在闽地，秋闱更容易中。

李九江说话的姿态很是谦逊，但所说的内容让唐总督愣了一愣，继而大喜。唐总督道："还得九江继续指点你小弟啊！"这小弟不是指的永安侯四子李穹，而是指的小唐。

李九江笑："不消世伯吩咐，只要小唐有上进的心，我自当尽力。"

"有！有！那傻小子先前把牛吹大了，这会儿深觉丢脸，我已与他说了，丢的脸只得从春闱找回来了。"唐总督哈哈大笑，儿子有出息，这比自己升官都要爽，

李九江也是一乐，别人上考场都是紧张什么的，倒是小唐，从来自信过头。

唐总督现在看李九江就是在看亲人的目光，亲切得不得了。一则，两家老祖宗就有交情，到现在仍关系不错；二则，李九江的确是把小唐给点拨出来了；三则，也是唐总督对闽王的看好，以及对李九江的看好了。

此次秋闱，唐总督家有些惊喜，大丰收却当属谢王妃了。

谢王妃对谢芝等人的成绩很满意，还设了家宴，叫他们一并过来吃饭。谢莫忧和吴氏也是满面喜色，谢莫忧笑："这闽地菩萨也是极灵的。"先前她与吴氏去庙里拜菩萨给几人烧香，如今都中了，算是皆大欢喜。

吴氏笑："是啊。"

谢云听这话很是不满，道："叫二姐姐和大嫂子一说，都不干我们的事，你们拜拜菩萨，我们就中啦。"

"当然，你们也得把书念好，不然我们就是把闽地的菩萨全都拜一遍，怕你们也中不了！"谢莫忧道，"运气就是加持一下。阿云，你可得再加把劲儿，这回就你考得最差，比小唐还差。"

吴氏笑："云弟比小唐大人还略小些呢。"

谢芝也道："我像阿云这么大时，秀才还没中。"

谢远虽名次不比谢芝，人也是喜悦，道："举人都一样，不似进士，一榜二榜在天上。"三榜同进士却多是惹人笑的。若恶毒的对联"如夫人，同进士"，就可见同进士的地位了。

谢云道："我能在榜上就很不容易了，这一年读书读得我头发不知掉多少根。"他人年岁小，笑道："大姐姐，我给家里写了好几封信，到时大姐姐往帝都捎东西，帮我把信捎去。"觉着自己能中举人，哪怕名次不咋的，也是有面子的事呢。

谢莫如笑："成。"又道："你们文章也不要全都搁下，总有考进士的一日。"

三人齐声应了。

用过家宴，谢远是一地父母官，谢云是军职，便都辞了谢莫如，各归各位各当差。谢莫忧也同谢云一道回了军中，戚三郎其实也得了今科的秋闱榜单，今儿休沐，他正在家，见着妻子回来很是欢喜，又要留谢云用饭。谢云道："姐夫，我可不敢耽搁了，我那儿离姐夫这儿还得骑半日马。"

戚三郎笑："就吃饭，不吃酒，耽搁不了你时间。你不累，亲兵也累了。"

谢云这才留下，戚三郎先命人带了谢云的随从下去用饭，再正式恭喜了谢云一回。谢云笑：“这也是运道，闽地文章简单，才侥幸中了，名次就很靠后。”

“名次靠后也比我强，我连秀才都不是。”戚三郎笑呵呵地拉着谢云去吃饭了。席间，戚三郎并未让人备酒，就是让谢云好生吃了饭，底下马也给伺候着吃了草料，又给他水囊里换了新水，并未如何耽搁，谢云告辞而去。

夫妻俩这才有工夫说说话，戚三郎笑：“可是累了？”

谢莫忧笑：“倒还好，就是坐车久了，腰有些酸，躺一躺就好，三爷在家可好？”

“我在家能有什么事，就是惦记你。”戚三郎很会说些甜言蜜语，女人嘛，也喜欢听这个。尤其妻子这大老远地过去给谢王妃祝寿，又等着娘家兄弟的秋闱成绩，的确是劳累了。要说这劳累，还真不是人人都能劳累得上的，要不是两家是姻亲，谢莫忧是谢莫如的妹妹，谢莫如的寿辰，凭戚三郎的品级，容他送份寿礼就是天大的脸面了。所以，为啥谢莫忧来了闽地戚三郎高兴啊？夫妻夫妻，不只是出于对妻子的挂念，戚三郎做官，本身就需要人打理内闱之事。而这人，不能是姨奶奶，就戚家的姨奶奶，逢年过节军中赏赐，谢莫如也赏她些布匹衣料的，却是从未见过她。再者，就是平日里正常交际，别人家都是正头太太出面，你家也不能派姨奶奶啊。甭以为谢莫忧这交差不要紧，实际上，要紧得很。

夫妻俩说些闽安城的趣事，主要是谢莫忧说，戚三郎时不时插两句，彼此非常欢乐。

谢莫忧说到娘家兄弟中举的事，感慨道：“大姐姐他们就藩那年正是秋闱之年，阿芝本想下场，遇着大姐姐随王爷就藩，他一并跟着过来，就误了一科。阿芝在这上头有些坎坷，如今总算顺溜了。”

戚三郎笑：“误一科也不是坏事，芝弟正经有本事的人，这不说中也中了。现在先当差积累下经验，以后再去春闱是一样的。”

“大姐姐也这样说，让他们别把书本撂下，以后叫他们去春闱呢。”

哎哟，这位大姨姐果然是有长远见识的人呢。戚三郎正色道：“王妃说的是。”谢王妃并不吝于提携娘家兄弟，可得把自己媳妇脑袋里的亲疏观念扭转过来，“到底是姐弟，王妃心里也记挂着芝弟的前程呢。”

谢莫忧感慨：“是啊。”就是以前在家里，谢莫如也从来没有对谢芝几人不好过。这么想着，谢莫忧道：“大姐姐一向看事长远。只是，以后阿芝春闱，怕要回帝都的吧。”

戚三郎笑：“你还怕王妃不让芝弟回帝都啊。”

“我怎么会这么想！”谢莫忧嗔一嗔，方道，“阿芝是长子，家里对他期望就高些。我祖父、父亲，都是进士、翰林，这么一步步走过来的。”

“你这想得也忒远了，如岳父、老尚书这样的升迁自是有的，但如苏相，当初也是外放多年，后来得以重任，如今是内阁首辅，也是人人敬仰啊。”戚三郎知道妻子也就这些见识了，倒是有耐心教她。他这样一说，谢莫忧道：“还有这事？”

“可不是嘛!”戚三郎耐心地给妻子开拓政治眼界,心说,可醒醒吧,这会儿着什么急考进士入翰林?要是闽王能荡平靖江,这样的功劳,东宫也得逊色三分。兵无常势,水无常形,谁晓得以后如何呢?家里早早将宝押在闽王身上,戚三郎自是盼着闽王一飞冲天的。所以,戚三郎觉着小舅子跟在闽王身边比闷头考进士强百倍啊,本就是嫡姐庶弟,不趁这会儿培养下感情,以后还怕没前程呢。其实只要闽王发达,谢王妃长寿,谢家定有一场滔天富贵,小舅子的前程总不会错的。且看谢王妃的安排,只要小舅子有些能为,是不会让小舅子处于闲职的。

戚三郎也得说谢王妃这片心思委实难得,又觉着,谢王妃到底出身不同,端的有见识。像现下胡家,这是最大的外戚了,显贵是有的,平日里在帝都城也横着走,只是,正经有底蕴的人家,哪个又真正瞧得上他家呢?独南安侯是个有本事的人,还分府分了出去。

眼下就是重阳,谢莫如喜食螃蟹,已摆过好几次螃蟹宴。

江行云时常到王府来,说到螃蟹,江行云道:“这事也怪,海蟹论个头比湖蟹大得多,味儿却不及湖蟹。”

谢莫如笑:“海蟹用来煮粥,味道也不错。”

大家说一时螃蟹,江行云道:“穆三先时闹个没脸,我还担心靖江王要发飙来着。靖江那里,倒没什么动静。”

谢莫如笑:“穆三走时,我写了封信托他带给了靖江王。”

江行云静听,谢莫如道:“我问靖江王,知不知道海匪白浪的消息,担心闽地建港,海匪扰边。”

“虽然靖江多疑,但也不至于因这一封信就犹豫不决吧。”

“靖江王自不会因此信犹豫不决,我也只是试探一二。”谢莫如道,“看来,靖江王那里还没完全准备好。”

江行云想了想,道:“过了重阳就入冬了,就是在西宁,冬天也少有战事。你这样试探了靖江王,同样靖江王也知闽地准备充分,时时防备了。一得一失,不为上策。”也就江行云敢明目张胆说这些话了。

“靖江王知闽地准备充分,他自然会准备得更充分。”

江行云心下一动,那么,这一战,必是败则大败,胜则大胜!

这个年过得很平稳,依旧如往年那般准备着各项过年事宜,该往帝都送年礼的送年礼,该准备祭祀的准备祭祀,该人情往来的人情往来。

到腊月中,谢莫如就给孩子们放了假,各小伴读也都能回家休息了。

当然,如果细心的人就能发现,此次年尾祭祀,五皇子用的时间格外长些。五皇子主要是多跟天地祈祷了一会儿，让天地保佑他明年顺顺利利的，如果跟靖江干仗，一定要把靖江干掉才好。由于五皇子内心深处有些啰唆，跟天地祈祷的时间便有些长。当然，这得是细心的人才能察觉的细节。

及至年下藩王府宴会，不必细心的人，只要是长眼的就都能察觉了，如永定侯、柳扶风这样的军中大将，都没回来。这气氛便有些紧张了，尤其文官们，想事想得也多，不敢直接同五皇子打听的，遇着唐总督，总要拐弯抹角地问上一问。

这事上，唐总督与五皇子早有默契，他道："这不是咱们海港明年就能建好了吗？大家也知道，海上那些个无法无天的匪徒总没个消停，大过年的，侯爷和柳将军就怕出点什么事，扰了这过年的喜庆。"

周按察使问："沿海局势危险若此了吗？"

唐总督毫不含糊："总有一战的。"

连江行云这里也不断有人打听消息，江行云就一句话："我还在这里。"

当然，这句话，可以打发掉一些人，但有些难缠的，譬如徐少东、黄悦这种，与江行云关系也好的，江行云就得再多说一句话："知道早上靖江王吃的什么吗？"

徐黄二人皆有些傻眼，然后，江行云道："今早一共八菜二汤四样点心，大约靖江王胃口不差，多吃了半碗牛乳羹。"

徐黄二人就不是傻眼了，直接眼珠子都要从眼眶里掉出来了。江行云道："好了，去吧。"

二人惊得，直到回家才能消化了江行云话中的意思。

他们的家自然不在一处，但二人所想却是出奇一致。先时他们只以为江行云就是出面替谢王妃料理下不方便料理的事，如今才知道，自己误会深矣，他们从未想到，江行云负责的竟是闽地的谍报系统。而且，江行云连靖江王的早饭是啥都知道，神通广大至此，让二人久不能回神。甚至，黄悦突然想，他每天穿啥颜色的大裤头，不知江姑娘知不知道？

这事他当然只是在肚子里想想，但只此一想，也够他冒一身冷汗的。不过，黄悦很快明白，自己是想多了，他不过一介商贾，完全没有重要到让江行云费神去查他的地步。

不过，黄悦依旧是更添了几分小心，决定要好生维持与江行云的友谊。

黄悦、徐少东二人非常心有灵犀，他们转头就帮着安抚了闽地的商贾。用他们的话说："王爷、王妃、小王爷们都在，还有这些大人，咱们怕啥！"这话实在得很。当官为王的都安稳呢，你们着什么急啊！

有钱有势的人都稳住了，至于平民百姓，消息不灵通，根本不知晓此事，便一直安稳过日子。

战事从二月开始，未让闽地久等。

不同于前番的数次小战，自二月开战，整场战事绵延至三月，沿海防线一收再收，永定侯的儿子都战死了一个，其他战亡将领更不必提。待三月中，斥候递上一封白色战报，五皇子一见，面色当下就有些不好。唐总督连忙接过，双手奉上，五皇子一阅之后，当即落下泪来，哽咽道："苍天不公，断我臂膀啊！"

唐总督、苏巡抚等人齐齐面色大变，唐总督是第二个看战报的人，见竟是永定侯战亡，当下将战报转交苏巡抚，心下已有决断，急声道："臣请王爷立刻移驾回帝都。"战事危急若此，永定侯都战亡了，前线看来真不乐观，他们这些人战死还能忠烈一把，倘闽王战死，他们是想忠烈都难了。

五皇子死活不同意，道："本王的将军臣民都在此，本王哪儿都不去！"

苏巡抚道："王爷暂到延平巡视，也好主持大局。"

五皇子是坚决不走的，那架势，就是败了，他也要与闽地共存亡。臣下相劝三日，战报上传来的消息十分不好了，唐总督和苏巡抚又托张长史、李九江等相劝，五皇子才同意暂去延平。而且，百姓也要转移。五皇子十分心善，坚决不自己先走，他要带着百姓们一并走，还有他收养的战事遗孤们，得一并带走。

好在闽地官员一向有效率，而且，跑路保命啥的，更是十分积极。

五皇子离开闽安城的时候，很是痛哭了一回，一哭自己辜负了父亲的期望，二哭对不起祖宗丢了藩地，三哭让百姓跟着受苦了。在五皇子的带领下，不少官员都落下泪来。原以为跟着五皇子能得些体面，此次战败，唉，前程全无啊。

当然，前程相对于性命，那还是性命要紧。

于是，好不容易待五皇子哭完，大家还得劝五皇子，留得青山在，不怕没柴烧，殿下，咱们还是先避一避吧。

五皇子就一路哭一路带着百姓们逃命，这要是光五皇子及官员们还好，因为大家都是有马有车的，跑起来快些，再加上上万百姓就不好说了。五皇子好人真是好人，哪怕现在被海匪撵到跑路，大家也承认，这是个仁慈的藩王。可现在仁慈不抵用啊，跑到第六天，五皇子就接到闽安城被攻破的消息，自是又一场痛哭。

唐总督和苏巡抚皆劝五皇子带亲卫先行，让百姓随后缓行。五皇子指天誓地不肯撇下百姓，他们头发都急白了，这会儿也顾不得太多男女大防，两人请江行云去劝一劝王妃。五皇子有些心软的毛病，谢王妃是没这毛病的。江行云去了一趟，回来时脸色非常难看，火大道："哭哭哭，哭有个鸟用，哭出个刘备来，咱们这里也没诸葛亮！"

唐总督劝道："江姑娘还是要慎言。"

江行云冷声："不知哪会儿就要去见阎王了，慎个头！"

唐总督顿时噎个半死。

不知是江行云乌鸦嘴太灵，还是怎么着。追兵来得很快，这回不管五皇子再说什么，江行云一鞭子抽在马背上，马便发足狂奔，五皇子险撞到车厢上，谢莫如扶了他一把。五皇子忧心忡忡，浓眉深锁，谢莫如倒还是老一副淡定样。五皇子轻声问她："你就不担心？"

"正是担心，才得装得镇定。"谢莫如是属于死也得死个体面的类型。

五皇子立刻就不说话了，他也不能失了风范哪。

五皇子和谢莫如倒还稳得住，后头一些武官还好，无非是战死，文官们有骨气的也在怀里揣把匕首啥的，准备事有不协，就为朝廷尽忠。宁可壮烈，也坚决不做俘虏。

整个战局的转折发生在五皇子出逃后的第十天，当五皇子一行经过青松坳时，两侧山丘涌出无数持刀带枪的山匪样装束的军队，就是唐总督，心下亦是一沉。这青松坳，就是当初大皇子遇险的地方了。随行文学政更大吼一声："宁死不降！"一把匕首便抹了脖子。

事后，文学政也得了个忠烈的名儿。但，这忠烈名儿是五皇子强烈要求他皇爹给的，因为，文学政实在死得太冤了。很多当事人在往后教育儿孙的课堂上都加了一句，有时看似绝路，不一定是绝路，得擦亮眼睛看得仔细些。

真的，像文学政，就是没看清楚，别看头上扎着绿叶子装饰帽子穿得像山匪，人家真不是山匪。安夫人戴着装饰有翎羽的金冠排众而出时，江行云大喜："夫人果然信人！"

安夫人过去见过五皇子，五皇子亦是欢喜无限："有劳夫人了。"

安夫人道："殿下与诸位大人暂且回避，追兵在十里外，约莫半个时辰就到。此间事，只管交与我。"

唐总督等尚不明白是何来龙去脉，但此时也知道自己是平安了，纷纷面露喜色。五皇子至此方松了口气，带着官员们车马急行，至延平州府安顿。

到延平州时已是入夜，出来迎接五皇子一行的人，就险些没把唐总督惊到地上去。唐总督都忍不住道："侯爷，你，你……"是永定侯没死，还是他唐总督不小心走到地府见着故人了啊？

永定侯道："此事容后再与唐大人细谈。"请五皇子入城休息。

唐总督等身体已是倦得不得了，精神上却是一种诡异的健旺状态，都等着问一问五皇子这是怎么回事。五皇子在州府前衙接见诸臣，叹："我们闽地，论底蕴，还是薄的。本王自从就藩，未曾有一日安枕。何况自去岁海港修建，本王料想，定有生死一战。本王就藩的时间短，闽地又有人给'海匪'通风报信，此战，关乎我闽地安危成败，故而，未与诸位爱卿提及，是本王的不是啊。"说着，还起身一揖。

诸人哪里敢受，皆道："王爷英明，臣等不及。"他们不怕被瞒着，只要能胜就好。

五皇子道："唐总督与永定侯交接延平州布防，永定侯待天明后过去支援安夫人，政事就托给苏巡抚，你们看着安排。这时候，大家都各自体谅些，能帮忙的都去帮忙。"

三人皆郑重领命。

一场战事的成功无非取决于三方面，前人已做出总结：天时、地利、人和。

事后五皇子回想总结，认为自己在其中两方面做得不错。地利，这是他的藩地，地形他的人最为熟悉。人和上，将士们忠心，五皇子也配合，这一路哭下来的哭功也不是凡人能做到的啊。再有，逃跑的速度也保持在一定的水准，不能太快，“海匪”们找不着王驾，他们就该回了。也没能太慢，提前叫“海匪”们撵上，五皇子就得殉国了。

再者，五皇子引来的强劲外援，安夫人。

五皇子与安夫人碰头后便如吃了定心丸，在帝都的穆元帝却是好些天没睡好了，自从传来永定侯阵亡的消息，穆元帝就派了援军过去。亲家永定侯战死当然很可惜，穆元帝最担心的却是五儿子啊！

只是帝都离闽地千里之遥，援军一时半会儿地也到不了啊。

大皇子刚陪媳妇哭完老丈人，就琢磨着，是不是要再备份奠仪，估计要不了多久就要哭他五弟了。唉，他五弟虽然既奸且猾讨人厌，这么年纪轻轻的，也可惜了。

闽地战事危急，穆元帝命人不准告诉胡太后，只是又如何瞒得住，永定侯家都设灵堂了。胡太后知晓后，一不留神就在苏妃跟前念叨了一回，她老人家也担心孙子重孙子啊。胡太后还埋怨儿子：“还有大郎他们几个，也不知怎么样了。以后都安安稳稳地待在帝都，哪儿都不许去，可是心疼死我了。”自己先哭一趟。她老人家，不仅孙子重孙子在闽地，外孙李宇也在闽地啊，还是妥妥的前线，如今亦是生死不知。

倒是文康长公主明理，劝解母亲道：“闽王镇守藩地，原是他藩王分内之责。母后只管宽心，我看闽王是个有福的。我已去庙里算过了，是上上大吉的卦相。”

“真的？是在哪个庙里算的？”

文康长公主先把胡太后糊弄了过去，苏妃却是担心得病倒了。这个时候，谁都不敢委屈苏妃，穆元帝更是直接把给自己看病的御医派了去，又好生宽慰了苏妃几遭，道：“援军一到，闽地就平安了。”

穆元帝拿援军安慰苏妃，谢贵妃也要拿援军安慰亲娘谢太太。谢太太记挂谢莫如，还有孙子谢芝等人，都在闽地啊！

其实，援军到的时候，五皇子已带着大部队重回了闽安城。藩王府给“海匪”一把火烧个精光，五皇子气道：“委实可恨！”都是银钱盖的啊。

唐总督笑：“旧的不去，新的不来。殿下放心，不过半年，藩王府便可重建。”大事已定，他此番战功不显，但本身在他的位子，功劳多多少少也得有一份。

五皇子叹：“有劳老唐你了。”

谢莫如带着安夫人到花园旧址里，指着花园里一处假山下的几个形状奇异灰扑扑的基石道：“夫人搬两个。”

安夫人过去围着石头看了几圈，道："就是石头嘛。"给石头做甚？她的南安州有的是石头，还有石山呢。

江行云抽出腰间长软剑，剑光一闪，削下岩石一角，石皮之下，露出一片灿金之色。安夫人是个实诚人，见着金子便笑了，拱手道："王妃如此厚礼，我就不客气了。"她帮着打仗，当然是要收费的。

谢莫如笑："原就是为夫人准备的。"

安夫人笑："以后王妃但有差遣，只管知会我。"她就喜欢谢王妃这样的爽快人。

"这是自然。"

五皇子都不禁面露惊容，问妻子："这是哪儿来的金子？"

谢莫如轻描淡写道："殿下内库的金子，不好携带，就放园子里了。"

五皇子大喜："安抚百姓的银子有了。"又道："王妃就是我的贤内助啊！"

苏巡抚也跟着说："王妃贤明。"金银当然很俗，但有金银在，闽地便能迅速恢复元气。尤其苏巡抚已打定主意要五皇子从内库出点儿血了，所以先拍了记谢王妃的马屁。

所以，当穆元帝派出的由永安侯带着的援兵到达闽地时，闽地军民已经进入了轰轰烈烈的重建收割期。是的，打完仗就是夏收了，还活着的百姓们都重返家园，收割田地。永安侯是带着兵带着粮来的，粮食五皇子就收下了，军队永安侯留下了两万人算是给五皇子补充兵源。永安侯也见到了正在养伤的次子，还好五官齐全，四肢健在，尽管李宇伤势不轻，好在没有性命之危。

李九江是文官，一直跟着五皇子跑路来着，更是安全得不得了。李宇的军功自不必提，谁也委屈不到他。李九江也是功劳极大，因为这诱敌深入的主意，就是李九江和柳扶风二人商量出来的。执行的时候，柳扶风在前线与"海匪"死磕，且战且败且退，一步步诱敌深入，直至完全离开沿海，将战局延至内陆。李九江在五皇子身边，配合柳扶风的战事，安排五皇子的节节避退，同时也要保护好五皇子这个"肥饵"。

永安侯听五皇子说完后，也是道："殿下是兵行险招啊。"

五皇子道："这也是没法子，若不能重创'海匪'，怕是闽地仍不得安宁。"

永安侯正色赞道："殿下才智胆略，令人敬佩！"

五皇子连忙摆手道："姑丈过奖了，法子也不是我想出来的，是九江和扶风一并商量的，再者，打仗的都是前线战士。"

"殿下过谦了，'海匪'那边难道就少了有才智之人，何以败于殿下？究其缘由，殿下善听善察，远胜于他。此战，殿下胜乃情理之中。殿下有此才略，有此胆量，当胜！"

五皇子被赞得怪不好意思的，谦虚两句继续道："哎，此次闽地大胜，战亡将领也有十几位，兵士更有一万五千余人死在沙场。我每想到，心下很不是滋味。"五皇子说着不禁黯然，"再加上遇难的百姓……"

“其实，战争从来不是为了战争，战争的目的是和平。待天下靖平，百姓安居，今日流血，也算没有白白辜负。”永安侯道，“殿下既怜惜这些战亡将士，在抚恤上优厚些也就是了。就是百姓，殿下不如上奏陛下，免一些赋税，以令百姓休养生息。”

五皇子道：“待战亡名单具体整理出来，我就上表。姑丈多待几日，替我给父皇递上去吧。”

永安侯自然一口应下。

闽地这种惊天大逆转，非但是败与胜的逆转，还有永定侯这死与生的逆转。

穆元帝接到五皇子的喜报时，太子就在身边。穆元帝拿眼扫过战报第一行就面露大喜，击案笑道：“这个小五，这个小五，朕不知要说什么好了！”

太子见父亲是喜色，笑道：“五弟那里有好消息，父皇也说与儿子知道，好让儿子同喜。”

穆元帝将喜报递给太子，太子一看，也是欢喜。他虽然与五皇子有些嫌隙，也是盼着闽地平安的。太子先恭喜了他皇爹，闽地大胜，歼敌八万余人，这是天大喜事，又道：“还是先着人去跟皇祖母说一声，她老人家一直惦记着五弟。”

“这话是。”穆元帝命人去后宫给胡太后报喜，又召来内阁一并商议。穆元帝笑与内阁诸人道：“都看看吧，原来前些天是唬咱们的。”

穆元帝这么急着召内阁陛见，大家以为闽地又出啥事，或者五皇子遇难了呢。不想是此峰回路转的大喜事，苏相道：“自来，君不密则失臣，臣不密则失身，机事不密则害成。军机不比他事，闽王行此险锋，乃局势所需。臣恭贺陛下，闽王果然是力挽狂澜之人。”

谢尚书一颗老心也着了地，袖中的双手都激动得微微颤抖，跟着道：“闽王未负陛下期望。”

接着就是内阁诸人对闽王的一通夸，太子亦道：“父王可得重赏五弟。”

穆元帝一阵畅快大笑：“赏！重赏！”

得此消息，大皇子目瞪口呆，心说，白哭老丈人了呀！

大皇子虽然白哭了一场老丈人，也是宁可白哭一场啊！老丈人多重要啊，不论职位还是人脉还是与父皇的君臣感情，都不是大舅子能比的啊！

尤其，闽地大胜，老丈人诈死有功啊！

大皇子还非常体贴地劝了回妻子，道：“这个老五也是，把战报写得跟真的一样，闹得大家一场伤心，岳母也病了。家里有好药材，收拾些给岳母拿去补一补身子。”

亲爹死而复生，大皇子妃是喜极而泣，拭了拭眼角泪痕道：“总算父亲平安就好。我再去瞧瞧母亲，也宽一宽她老人家的心。”

永定侯府一闻信儿就赶紧把灵堂拆了，永定侯夫人的病也好了。见闺女女婿过来，永定侯夫人笑："不必记挂我，我就是担心你父亲。如今知道你父亲安然无恙，我放了心，病自然就好了。"说着又忧心忡忡道："只是不知你兄弟们如何。"老头子平安了，好几个儿子还在战场呢，除了儿子，近近远远的族侄儿们也有好几个。

大皇子妃劝道："母亲只管宽心，闽地既是大胜，伤亡便不会太多。朝廷若有消息，殿下定能早早知晓的。"

大皇子亦道："上封奏章递得急，应是五弟怕父皇在帝都记挂，先着人把大胜的消息递了来。战事结束，便是论功行赏，这折子会慢一些，毕竟闽地那里也要统筹计算的。岳母放心吧，您老保重身子，不然，岳父回来，见您憔悴，心里怕是不大好过。就是舅兄几个的消息，我也会留意的。"

永定侯夫人连声应了，又谢过大皇子，觉着近些年大皇子成熟稳重不少。

此时帝都上下一派欢腾，胡太后还蒙着呢，与赵谢二位贵妃道："前儿不是还说败了吗，怎么又胜了啊？到底是胜是败啊？"

赵谢二人虽不了解到底怎么回事，但既是穆元帝特意命人过来说的，都道："前儿是小败，这回是大胜，直接把海匪都打没了，以后就太平了，娘娘只管安心。闽王、闽王妃、皇孙们都平安，赶明儿就能来给娘娘请安啦。"

两人皆嘴巧，听得胡太后露出喜色，胡太后又问："阿宇可好？"孙子重孙子都平安，外孙子呢？尤其闺女就在旁边，都惦记着呢。

胡太后好糊弄，文康长公主可不好糊弄，李宇如何，这两人不知道啊，也没敢随便说，毕竟战场上刀枪无眼。还是文康长公主自己道："母后放心吧，驸马这会儿估计也到闽地了。我就说我前儿去庙里卜的卦再不会错的，果然是上上大吉吧。"

胡太后乐呵道："是啊是啊，以后再遇着这没主意的事，咱们就去卜一卜。"

文康长公主道："苏妃想必也记挂着呢，母后打发人去同苏妃说一声，也叫她放心。"

胡太后笑："这话是。"打发身边嬷嬷去了。

谢贵妃笑："闽地大胜，闽王平安，苏妃听此喜讯，放了心，这病也就容易好了。"

赵贵妃亦笑："是啊，闽王就藩这些年，娘娘与陛下无一刻不挂念，眼下就是藩王三年一次回帝都请安陛见的时候了，娘娘可得重赏闽王才是。"

胡太后眼睛都要笑没了，连声道："赏，赏。"

谢贵妃虽然与谢莫如关系一般，但这种国之大事，谢贵妃也不会希望闽地战败，何况，谢家一堆家族子弟都在闽地呢。赵贵妃对五皇子夫妇是没半分好感的，奈何儿子岳家兴衰皆系于闽地，故而，亦是盼着闽地好的。其他人更不必说，除了宁荣大长公主，谁不盼着朝廷平安呢？

故而，一时间，慈恩宫笑声不断。

就是公侯之府，亦是无数的念佛声响起。

如戚国公、平国公这样都是嫡系子弟在五皇子麾下，而且就在前线的，自战事起就不知去庙里佛堂烧了多少灶香。先时听闻连永定侯都战死了，两家人心惊胆战地做了好几回平安道场，如今又闻闽地大胜，永定侯也活了，两家人就是天天盼着自家子弟平安归来。

只要活着，只要平安，封赏就少不了。哪怕没封赏，可也别烈士了啊。

虽然当初去闽地都是押一场富贵，可到性命关头，两家反倒把富贵看淡了许多。连一向以偏心眼著称的平国公都与自己一休一迎的正妻王氏夫人道："待扶风回来，就让老大袭爵吧。"平国公一直不满意嫡长子平庸，嫡长孙柳扶风又不良于行，故而于爵位上多有踟蹰。如今随着柳扶风战功显赫，平国公也下了让爵的决心。

王氏淡淡道："听国公的。"

望着白发满头的正妻，平国公有些愣神，怎么好像只是一刹那，我们就老迈至此了呢？这些年的恩恩怨怨，仿佛都随着青丝变白发最终只剩一丝怅然。

平国公想说什么，终是没说，叹口气，抬脚去了。

王氏冷声一哂。

戚国公夫人在家问了丈夫一千两百遭："不知什么时候有三郎的消息，你说，三郎不会有事吧？"

戚国公自己都担心得要命，哪里经得起老妻日日逼问，头发是一把一把地掉，眼瞅就要成秃子了，还得安慰老妻："现在是大好消息，你就甭天天叨叨了，能照顾肯定会照顾三郎。王妃的堂弟也在军中呢。"

戚国公夫人直叹气，揉着心口："我这心，没一刻能放下的。"

戚国公建议老妻："那你就去拜拜菩萨。"

戚国公夫人叫着丈夫："咱俩一道拜，心虔。"

戚国公只得跟老妻去求神拜佛。

至于谢家，门槛更是险些被人踏平。

谢家其实哪里就比别人家多啥小道消息呢？但，大家就是爱到他家来，坐坐也好。其实，谢太太也担心得不得了呢，谢家在闽地的人口也不少啊！

如今听说胜了，谢太太总算能拿出些话来安慰大家。既是胜仗，死的人肯定不多，且安心且安心。

第五十四章 回帝都

此刻，阖帝都都在盼着五皇子第二封细致的战事奏章到来。

五皇子自己也忙得恨不能生出三头六臂，此次闽地大胜，那是指对“海匪”大部队的歼灭，还有小股流窜的匪类需要追击。五皇子也十分鼓励乡民剿匪，特别是小股的、落单的匪徒，论人头算银子。除了追剿“海匪”，还有战后千头万绪的事要处理，连永安侯都被抓了壮丁，去前线帮着重新布置沿海防线。

再有，更重要的事就是战事总结，战亡将军的抚恤，还活着的有军功的将士名单，各人什么军功，都要罗列清楚。还有在战争中牺牲的官员，怎么着也得得个烈士的名分吧。这些名单就有一尺厚了，且这些名单关系到以后的朝廷封赏，自然更得慎重。

谢莫如就负责安抚战亡官员的家人，这方面，她有不错的臂膀，唐夫人帮着安抚武官家属，苏夫人负责文官家眷。若是有女性长辈在的，则安排可靠住处；若只剩下孩子的，就送到谢莫如这里，谢莫如来安排。

江行云这里让徐黄二人去安抚城中商贾，徐少东心有余悸，道：“真是险中又险。”他跟着大部队逃命时还以为闽地真的完了呢。

江行云道：“此次大胜，闽地总有数年安稳。”

黄悦同江行云道：“吴地底蕴，可不止这些。”

“溃逃的海匪侥幸有登船的，据说都被段四海收入囊中。”江行云一笑，“吴地，是不会看到任何一艘船回去的。”

闻此消息，徐黄二人不由得暗暗心惊。

江行云道：“对了，我们这里也留下了十几艘大船，你们认不认得懂船舶建造的人？”

二人皆道：“倒是有懂的。”

“有多少？”

两人商量后道:“老师傅不多,只有两三人。”

“让老师傅们准备一下,一会儿我着人送他们去军前,柳将军有事。”

此时说柳将军,除了全军统帅柳大将军,还能有谁?虽然这样的老师傅对于哪个商家都是极为珍贵的存在,二人还是立刻应了。他们以后想进行海贸,少不了与军方打交道。

总之,闽地大胜,徐黄二人更是增强了跟着江行云干的信心。

但,此战,也不是没有遗憾。

江行云就与谢莫如道:“我以为段四海怎么着也得跟着靖江王的人一并登岸捡个漏呢。”

“是啊,他们要跟着一并登岸,此次也能一举削减段四海的实力。”谢莫如笑,“十事九难全。倒是段四海打得一手好劫,收拢了不少靖江王的残兵。”

江行云道:“这个段四海,以后定是劲敌。”当初这诱敌之计,针对的不只是靖江王,还有段四海。谁晓得靖江王的人上了当,倒是段四海这家伙,非但没上当,还跟着捡了不少东西。除了收拢靖江王的残兵,还有靖江王留在沿海的大船,段四海也偷了不少回去,要不是柳扶风率人回去得快,得给偷没了。

谢莫如笑:“天大地大,各有各的地盘。好在他一时还威胁不到我们。”

江行云深以为然。

两人正说着话,五皇子过来了,江行云起身道:“我先回了。”

谢莫如有些诧异江行云这就要走,还是点点头,道:“哦,那你就去吧。”

自从见五皇子哭那一路,江行云见五皇子就有些不自在。江行云这辈子,啥人都见过,平生唯独见不得一种人:哭包。虽然知道五皇子是装出来的,但那一路,硬生生把江行云给哭伤了,自此见不得五皇子。

五皇子见江行云告辞,还道:“此次议功,断不会委屈到江姑娘。”

“有劳王爷。”行一礼,江行云就走了。

五皇子还道:“江姑娘怎么怪怪的?”

谢莫如起身迎一迎五皇子,笑:“大约是见你不大好意思。”

“这是为啥?”五皇子哈哈笑,“就是先时在路上,那也是商量好的。”

五皇子并不介意路上江行云出言不逊,若非如此,戏怎能做得逼真?实际上,五皇子不知道当时江行云看他哭一路是真正火大。当然,这也能从侧面说明五皇子演技委实不错。五皇子从来不肯委屈身边人的,江行云既与国有功,五皇子道:“我想禀明父皇,给江姑娘授官。”

“这也好。”谢莫如道,“凡与国有功,必要有其封赏,才算公道。”

“还有件事要同你商量。”五皇子有些吞吞吐吐,不好开口。谢莫如最见不得他这样,嗔道："有话就说，看这磨叽样。"

"是这样，现下不是银钱紧张吗？我想着，咱们的王府暂缓一缓。待安稳下来，再重建王府。"家里亏得他媳妇会藏钱，损失不大，按理该先建王府的，可苏巡抚见天地哭穷，五皇子一心软，这银钱就给苏巡抚哭去不少，有些不凑手。不光银钱，现下百姓正重整家园，怕是抽丁也不好抽。

"眼下正是收成的季节，建王府倒不急。要我说，建不建都无妨，殿下难道忘了？我们就藩三年，该回帝都陛见请安的。"谢莫如笑。

"这回闽地安稳了，陛见后，我想带母妃过来，好一家子团聚。"

谢莫如屈指轻敲膝盖，思量道："咱们这一去，短时间内，怕是难回闽地。"

"这是为何？"五皇子道，"我也舍不得父皇，可闽地只是刚一场大胜，靖江底蕴何其深厚，以后怕还有仗要打。"

"陛下平生大患，就是靖江了。"谢莫如道，"如今殿下胜了，陛下下一步所想，必是荡平靖江之事。"

五皇子心下微动，他也认同妻子的看法，道："此事我也想过，咱们闽地，正挨着靖江王封地，父皇若有此志，正是用咱们的时候。"

看五皇子这满腔的雄心壮志，谢莫如缓缓道："整个吴中，其实都是靖江王的地盘，闽地可偶有一胜，但要荡平靖江，一个闽地是不够的。当时太祖皇帝给靖江王定下靖江封地，其实有其用意所在。靖江虽富有盐铁，但战略上不算突出，它北接鲁地，西临安徽、江西，南接闽地，而吴地，在四者包围之中。如果想真正收回靖江之地，必要鲁地、安徽、江西、闽地四下联手，将靖江困于其中，方能慢慢削减靖江实力。"

"我也这样想。"五皇子深觉遇到知音，越发有了谈兴，道，"咱们这里，一时半会儿总会消停。但这只算局部小胜，真正想大败靖江王，限制其王权，必得四地联手，合围靖江才行。我正想着回帝都同父皇说这事呢。"

"殿下这样想是对的，只是此事有一样天大的难处。"

"难处多了去，我们与靖江此战，备战足有三年。想真正收回靖江之地，何止再一个三年？还有军备支出，也是大数目啊。"五皇子感慨。

谢莫如笑："能用银钱解决的，就不算难事。"

"那还有什么难的？只要勤于练兵，把兵练熟，给我六年，我有信心收服靖江。"先前五皇子也没想过能大败靖江王，如今胜了，五皇子信心大增。

"殿下论身份只是闽地藩王，可殿下提出的意见是四地联合围困靖江。殿下的权限在闽地，难不成殿下能管了鲁地、安徽、江西的事？"谢莫如这一问，真把五皇子问住了。五皇子道："我并不是要揽权，可是依我所想，要成合围之势，必要四地联手。而且，这打仗不比别个，必要有一人掌全局，总不能鲁地设一位将军，安徽设一位将军，江西设一位将军，闽地由我做主，那我得问问，到底听谁的？若没个做主的人，这事难成。”

“这就是合围的难处所在。”

五皇子道：“这也只是暂时打仗时这样，待靖江平了，咱们就不管别处的事了，还是回咱的封地去，还不成？”

“殿下愿意，我也愿意，这不只是出自私利。从大处想，皇子中只有殿下有与靖江王交手的经验，而且，殿下打了胜仗。只是，殿下再多想一步，此次闽地大胜，朝廷封赏必极为丰厚。殿下身边的属官朝臣，必皆有所赏。而靖平靖江之事，较之此战，重要百倍，所以，一旦收服靖江，将来的军功封赏必非今日所比。正因如此，会有许多人不愿意看到殿下主持此事。不然，将来以何酬殿下之功？”

其实，五皇子现在不能说没野心，他与太子不睦时，尤其太子给他下绊子时，五皇子恼怒时心中也升起过对太子的不满。不过，五皇子道：“这仗都没打呢，难道就有人这般忌讳我？”五皇子虽然有些小小野心，他依然认为，先把靖江打下来，再说别的呀。

五皇子道：“难道我只管闽地的事都不成？谁愿意做这四地的统筹大将军谁做好了，闽地毕竟是我的封地。”封地的事，总不能不让他管吧！

“殿下当然能管闽地的事，但殿下是皇子是藩王，若四地设统筹大将军的话，朝中哪一位臣子的官爵能在殿下之上呢？他既官爵不比殿下，如何能越殿下而行权？若不能一揽四地之权，又如何能统筹围攻靖江之事？”

五皇子咬咬牙道：“若是为朝廷大事，我让些步也是可以的。”如果朝廷正式对靖江出兵，五皇子怎么也都想参加的，他总不能在帝都闲着。

“要怎么让？倘军事认知上有所冲突，谁愿意让？让一次可以，谁愿意让两次，让三次？难道殿下藩王之尊，要受别人管制吩咐？”

五皇子立刻闭嘴不言了，他平日间没什么架子，也平易近人，但闽地的事都是他说了算的。他要做什么，也必能做成。要叫他听别人的吩咐，除非发号施令的是他爹。

“朝中没人比我更有经验。就是臣子中，难道还有比扶风懂用兵的？”五皇子道，“除了我，你说说，还有谁比我更合适？”五皇子自己都想不出。

“臣子中没有，皇子中有。”

“谁？”不可能啊，他哥他弟都没出过帝都。

“东宫。”

五皇子大惊，险些没从榻上跳起来，失声道：“绝不可能！东宫为一国储君，怎么可能亲掌兵事！朝中又不是没可用之人。”

谢莫如笃定：“殿下不信，只管走着看。有一事，我希望殿下听我的。”

“殿下，什么是政治？”

五皇子一时不能言。

谢莫如自问自答："政治就是交易与妥协。"

要是谢莫如早八年说这话，彼时年轻的五皇子定是要驳一驳的，但在朝中当差数年，就藩三载的成熟藩王，对此回答，竟一时驳不出。他为了收拢唐总督，都要把小唐搁到藩王府为官，苏巡抚不可谓不忠心，他仍是择苏巡抚一子为儿子伴读……如果说得难听些，这里面有交易也有妥协。

五皇子长叹："交易与妥协的前提应该是把朝廷建设好，而不是人人私心私利，只为争权夺利。"

谢莫如一手放在五皇子肩上："殿下说得对。"

"对有什么用？"五皇子一脸郁闷，"你说的虽不好听，对的时候却比我多。"

五皇子道："依你说，难道东宫真会……"

"殿下，你怎么看东宫？"谢莫如淡淡道，"东宫包括太子，也包括所有依附于太子利益的官员。其实，太子现在不一定会有主掌江南战局的意思，但太子系的官员会让太子动此念想。"

"太子也不是木石泥偶。"怎么说也是一道长大的兄弟，五皇子对太子还是了解的。

谢莫如道："如果是我，我会对太子说：太子亲征，一则不令闽王功高震主；二则太子为陛下分忧，乃人子孝义所在；三则太子有了军功，储位安定，国家安定。"

五皇子听这话就生气："这叫什么话！刘邦都说，吾治国不如萧何，出谋划策不如张良，带兵打仗不如韩信。东宫又不是要做将军的，不至于此吧。"

"必至于此。"谢莫如道，"殿下不要以为这是关系太子一人之事。殿下想想，多少人因殿下此战升官晋爵，跟随殿下的人有了封赏，有了官职，有了地位？有殿下行事在前，那么，其他人，会不会也想由此博取富贵？当然，富贵一说难免显得俗气，文雅一点儿的说法是，生前身后名。何况，自公义来论，靖江也到了不收拾不行的地步。"

五皇子皱眉思量："要说东宫想从中得利，我能理解，但再怎么说，东宫亲自督战，也太冒险了。"

"东宫不督战，督战之事必落殿下身上。"

五皇子一噎，他与东宫的关系，委实不比从前了。如果由他督战，必是他的人得利最多。哪怕五皇子有意照顾太子一系人马，可从战略上，五皇子肯定是要重用自己人的，除了私心，还有，自己人他用惯了，用得放心。的确，太子不会看他坐大。哪怕太子允许，太子一系的人也不能让他挡了他们博富贵的机会。

五皇子道："如果东宫督战，我在闽地做个副手也使得。"

谢莫如正色道："这就是我要殿下应允我的事，如果此次回帝都，东宫有督战之意，殿下绝对不要再涉靖江战局。"

五皇子心下很有几分郁闷，倒不是妻子的话扫了他刚刚大胜的兴致，只是，五皇子自己也想过今年回帝都陛见的事。他在闽地，自然也考虑过收服靖江王的整个战局。在五皇子心里，此事舍他其谁啊。

结果，妻子给他提了个醒。五皇子一想到这事可能不归他干，就郁闷哪。

好在如今事忙，五皇子也没多少郁闷时间。他想了想，与苏巡抚商量着怎么把折子写得更哀婉动人，好给闽地百姓多争取几年免税的事。藩王府也不建了，五皇子与苏巡抚道："银子用在刀刃上，又不是没住的地方。"

"王爷贤明。"苏巡抚也不会让一地藩王受委屈，道，"待朝廷犒赏到了，先给殿下建府邸。"

"这个也不急。"五皇子私下叫了唐总督和苏巡抚二人说了以后的安排，道："藩王三年一次陛见，父皇想来也想知道现在闽地的情势，估计会提前召我回帝都。"

唐总督在五皇子手下干的这小三年，虽然两人的理念偶有冲突，但在感情上是很不错的。唐总督道："如今形势大好，这里没外人，我说句实在话，正当趁此良机进一步遏制靖江权势。"

都是高官，唐总督想过以后的局势发展，苏巡抚自然也想过，道："遏制靖江非闽地一地之事。"

"是啊。我只是闽地藩王，靖江之事，非闽地一地之事。咱们这里自己会在心里琢磨，朝廷那边估计也在筹备此事，以后怎么样，我也说不大好。"五皇子道。

苏巡抚就事论事："朝中若论对靖江的经验，无人能与王爷相比。"一则是闽王有才干，知人善用；二则闽王是真正与靖江王打过交道的。苏巡抚想着，即便朝廷对靖江展开全面攻势，也应该有闽王一席之地。

五皇子谦虚道："朝中能人多矣，我这也是摸着石头侥幸过了河，但其实经验有限。"

唐总督在朝多年，能做到总督之位，揣摩人心的本领是一等一的。唐总督道："要依王爷看，要进一步遏制靖江王权，怕是要多地联手的？"唐总督自己也想过此事。

"必然如此。"五皇子道，"此战，也只是开端。你们心里有个数，咱们闽地，不比鲁地、安徽从来富庶，也不比江西自来太平。闽地这些年，战事不断，百姓们过得艰难。如今这场战事，咱们胜了，百姓要恢复元气，也得几年。你们都是好官，咱们定下的规矩，还是要坚持施行，海港那里的事，多留心。无农不稳，无商不富。"

唐总督听着都觉得不大好了，这味儿不大对啊。唐总督道："王爷回帝都陛见，有个三两月也就回来了。我跟苏巡抚估量着，打仗耽误了不少工期，不过，七月底八月初的，海港也就差不离了，到时正赶上王爷回来。"

五皇子笑："成，那待我回来，咱们一道去港口瞧瞧。"

唐总督和苏巡抚这才稍稍放心，觉着，大约是五皇子要回帝都陛见，有些不放心什么的。

五皇子与他皇爹感情深厚，猜他皇爹的心思一猜一个准，果然没几日就接到圣旨，令五皇子将闽地事宜安排好后就回帝都。

永安侯笑："殿下正好与我一道。"

五皇子笑："那敢情好。"又道："让宇表兄一道回去吧，姑妈肯定也记挂着宇表兄呢。"

"他如今在王爷手下，还得王爷亲自下令才好。"永安侯对皇子们一向和气，当然，对五皇子是格外和气。儿子在五皇子麾下锻炼出来了，永安侯自然得知五皇子的情。

五皇子笑："姑丈也太客气了。"

"不是客气，军中有军中的规矩，尤其咱们不是外人，更要注意。"永安侯道。

永安侯这般说，五皇子也就没再说什么。两人说一回军中事，永安侯有些不好意思地悄与五皇子打听："阿宇在闽地可有亲近的女子？"

五皇子平日里也是个八卦的，他还真留心过，听永安侯问，也很为这位姑丈着急。五皇子愁道："也不知怎的，阿宇和九江都是人中龙凤，平日里身边连个侍妾都没有。他们身边只有俩丫鬟，做些细致活计。"说到这兄弟俩身边的丫鬟，五皇子道："我特意叫王妃挑的好的，模样身段都是一等人，好几年了，他俩碰都没碰过。"

永安侯简直愁死了。

事后，五皇子同谢莫如道："你说姑丈这等人家，表兄弟们也算出众，怎么就一半打光棍呢？"五皇子万分感慨，"这也怪，只听说外头穷苦百姓娶不上媳妇，这侯府公子也打光棍的，我看，整个帝都就他一家。"

谢莫如道："这怎么说得好，人各有志吧。"

五皇子是个热心肠的人，尤其与姑丈关系不错，李九江李宇兄弟又是他的心腹重臣，五皇子便生了个心思："你说，我给做个媒如何？"

"什么媒？"

"你觉着江姑娘如何？"

"挺好，但是行云又不喜欢他们兄弟。"

"你怎么知道不喜欢，你问过？"五皇子道，"不是我说大话，阿宇和九江也算一等一的人才啦，配江姑娘，也不算配不上。"

"不是配得上配不上的事。"谢莫如放下手中的凉茶，道，"行云对他们没那个意思。"

"真的？你问过了？"五皇子不死心地又问了一句。其实叫他说，江行云的确出众，但年岁有些大了。当然，李宇和李九江年岁都不小了，不过，男人只要有本事，黄花大闺女也是一抓一大把。女人就不一样了，年岁大，亲事就难。五皇子是觉着江行云委实是个有本事的人，才抓紧时间给江行云介绍自己麾下的黄金单身汉。不想，人家还不乐意。

“问过了。”谢莫如道，“我也早与她说过，不管她相中谁，只管与我说。”

五皇子颇为失望：“我觉着，阿宇和九江都不错。”

“这事得看缘分。像王爷说的，他们都好，只是缘分未到，不然以他们的出身，早该成家了。”谢莫如略宽慰五皇子几句。五皇子忽然神道起来，道：“你说，是不是姑丈家风水不好，犯光棍啊？”

谢莫如向来严肃的人也没忍住一笑，嗔道：“别胡说，永安侯不知如何苦恼，要不也不能问到王爷这里来。王爷你还说这话。”

五皇子笑：“我也只是一说。姑丈这样的人家，自是不愁儿子娶不上媳妇的，要我说，阿宇和九江眼光太高是真的。”

“王爷与他们相熟，不如问问他们喜欢什么样的，你知道个大概，与永安侯说一说，也叫永安侯心里有个数。”

五皇子深觉有理，道：“以往天天操心军务政事，倒没问过他们，你这么一说，是得问问。”五皇子是个热心肠，又道：“江姑娘喜欢什么样的，你知道不？我也给她留心。”

谢莫如还真知道，她道：“行云喜欢貌美的。”

五皇子道：“九江相貌还不成？不是我说，较之苏不语也半点儿不差的。”而且，五皇子认为李九江比苏不语更稳重可靠，苏不语这人，虽然同他媳妇熟，但每次写信必然一口一个“莫如妹妹”，叫五皇子很是不爽。当然，这次借兵安夫人，苏不语没少出力。但如果，苏不语信上能客气些，称一声王妃就更好了。

谢莫如摇头：“不成。”

“我的天哪，九江这样的相貌再不成，估计江姑娘一辈子得单着了。”五皇子这话一出，又挨了妻子一瞪。五皇子还道：“看吧，说实话就是这样不讨喜。”怪道江行云宁肯出家做道姑也不愿意做他大哥的侧妃呢，凭江行云的审美，连李九江这样的美貌都看不中，就更看不中他大哥了。五皇子觉着，以江行云的眼界，真是难了。

夫妻俩说回八卦，谢莫如同五皇子商量：“有件事，得王爷拿主意。孩子们跟咱们一道回帝都，大郎几个的伴读可怎么办呢？”

五皇子一想也是，道：“我问一问他们吧，大郎他们这一回去就是去宫里念书了，毕竟在一起一年多了。要是他们乐意，就叫他们跟着大郎几个，吃住都在一起，也没什么。要是想接孩子在身边也无妨，回帝都另给大郎他们寻伴读就是。”

“成。”谢莫如也是这个意思，虽然现在儿子身边的伴读出身不算太高，毕竟也相处过这些日子的。他们要回帝都，总要问一声。

五皇子接着道：“你倒给我提了醒，还有小唐他们，且得问问他们的打算。”

小唐是愿意跟着五皇子的，他觉着自己在五皇子这里备受重用，找到了人生价值。而且，他还计划着去帝都考春闱，好找回上遭秋闱失的面子。

其实是五皇子想得多了，在五皇子行情看涨的时候，大家怎会不乐意跟着五皇子呢？就是大郎几个的伴读，那些官员也没意见，就是有人担心：“臣等身份低微，就怕小子们不堪服侍小殿下。”

“这是哪里话，要是孩子不好，也不能叫王妃选中，王妃的眼光，比我还好。就是问问你们，这要与我们一道回帝都，你们舍不舍得叫孩子们同去？去了就住在王府，与大郎他们一起到宫里念书。”

不要说官职不如唐总督的，就是唐总督也挺愿意叫重孙同大郎几个去宫里接受皇家教育。大家觉着，闽王实在有良心，发达了回帝都也不忘咱们家的孩子。不然，就是闽王放孩子们各回各家，大家其实也说不上啥。王爷既要带孩子们同去，他们自然是愿意的。这年代家里孩子多，何况又是为了孩子的前程，没人不愿意。

五皇子见大家都乐意，就让他们各家先把孩子接回去亲香几日，免得家中妇人难舍。当然，这些人也得再教导孩子们，跟着小殿下到宫里念书更得懂规矩啥的。苏巡抚更拜托五皇子，把他儿子带去给他爹瞧瞧。五皇子笑：“这自是应当的。”

就是永安侯也觉着五皇子这一手不错，在任何时候，不忘旧人都是难得的品质。何况，这些人半点儿不旧，都是闽地得力之人。哪怕五皇子本身人脉平平，能这样一点一滴慢慢积累，以后也不容小觑的。

五皇子离开闽地时，唐总督带着官员送出三十里地，那叫一个依依不舍哟。直待五皇子说：“再送天就黑了，你们就得歇城外了。”说得诸人都笑了。

唐总督道：“殿下保重。臣等在闽地等殿下回来。”

该说的话早就说过了，五皇子想想，没什么可再叮嘱的，道：“你们也各自保重。”不令人再送，命王驾前行。

五皇子此次大胜还都，沿路官员自是百般奉承。五皇子如来时一般，都是晚上接见诸官员，并未耽搁行程，大半月也就回了帝都。

五皇子此次回都，是带着胜利的喜庆回来的，因五儿子给长脸，穆元帝也要给五儿子做面子，命大皇子率诸皇子与百官出迎，当然，太子不在其间。五皇子可是没料到他皇爹弄出这么大的阵仗，他倒不是没见过此阵仗，实际上，比这更大的阵仗，五皇子也是见过的。只是平生第一遭在兄弟间做了主角，闻此信儿五皇子都犯了啰唆症，同他媳妇道：“这如何当得？这如何当得？”第一次被这样隆重迎接，有些手足无措。

谢莫如拍他脊背一把：“稳当些，给孩子们做个榜样。”

五皇子问他媳妇：“我这一身还成吧？”

“挺好的。”

五皇子到底也是经过大阵仗的，定一定神，车驾到了朱雀门，先下车，带着儿子们过去与兄弟们寒暄：“这么大热的天，如何敢劳兄弟们与诸位大人在此迎我？我在车上听到这事，都不知如何是好了。”又跟兄弟们打招呼问好。

大郎也很有长兄风范地带着弟弟们给叔伯问好，大皇子赞一回侄子们，笑：“父皇、皇祖母都盼着你呢。”

外头天热，略寒暄几句，五皇子问候了各位大人，就各上各车，一道去了宫里。

三皇子没忘悄与五皇子说了句：“苏妃娘娘很好。”

五皇子感激地望了他三哥一眼，三皇子拍拍五弟的手臂，虽然马上就能见到了，想来五弟心里也记挂着苏妃呢。倒是大皇子见他五弟三弟叽咕起来，心说，好话不背人，背人没好话，哼！多少话以后不能说，非这会儿说！

觉着弟弟们越来越讨厌的大皇子带头骑马回宫。不想五皇子把儿子们送回车上，自己也弄了匹马跟兄弟们凑在一处骑马说话，叙些离别之情。

及至到了宫里，穆元帝早就等着呢，一听皇子们回来了，立刻命人传召。

五皇子一见他爹，激动得两眼直冒小泪花，当然，他也很高兴，于是，形成了一个古怪的表情，明明是笑的，眼里却泛出泪来。五皇子先给他皇爹行大礼，穆元帝看他五儿子动情至此，自己的一颗慈父老心也是既欣慰又酸楚，勉强维持着声音中的威严，道：“不必多礼，坐吧。”这么老远地回来，多叫人心疼啊。

五皇子道：“儿子一去三年，不能在父皇面前尽孝，如今回来，必要多磕几个头的。”说着，扎扎实实地行过礼。把他皇爹闹得，更感动了。

穆元帝眼中也泛起泪意，强压了下去，道：“好好。”儿子就是孝顺啊。

五皇子这一手闹得，大皇子心说，老五越发奸猾了。太子也觉得，五弟手段见长啊。

五皇子真是冤死了，人家完全是真情流露好不好。五皇子甭看平日里爱装个威严冷面，其实是个重感情的人。三年不见他亲爹，这乍一见，能不动情吗？

五皇子同他皇爹他兄弟在昭德殿亲热地聊天，谢莫如在后宫也受到相当隆重的接待。后宫有头有脸的都在，连带在帝都的公主、长公主、大长公主也都来了。谢莫如带着儿子们行过礼，胡太后就叫了重孙在跟前说话，她与谢莫如无话可说。大郎很注意带着弟弟们，还把六弟介绍给曾祖母，道：“曾祖母您以前没见过六郎吧？”

胡太后见着重孙子就高兴，因是头一回见六郎，手下撸了串十八子的手珠给了六郎，摸摸六郎的头，又摸摸六郎的小脸，絮叨：“你们去闽地时，六郎还小。我说不叫你们跟去闽地，非要带你们去，这兵荒马乱的，真叫人担心。”

这不会说话的，除了胡太后也没谁了。

大郎很是自豪道：“曾祖母您别怕，海匪都叫我父王打跑啦。”

胡太后大笑:"是啊,那曾祖母就不怕了。"

"哎,本来我说我去打,父王还不乐意。"三郎自小话多,自从开蒙念书后,三郎的话就更多了,他跟着道,"我跟父王说了,别全打没了,留着几个,等我长大了去打!"

胡太后给几个郎就哄乐了,谢莫如带着昕姐儿同苏妃说话。谢莫如道:"母妃瘦了不少,可是身子不大妥当?"

苏妃笑:"没事,是有些苦夏。"拉了昕姐儿揽在怀里,问谢莫如路上可还好。

谢莫如笑:"路上很顺利,就是天气太热,都是一早一晚的赶路,不然还能再早几天回来。"

"这么大热天的赶路,早一日晚一日的,都无妨。"苏妃眼里满是温柔笑意,整个人都透着舒缓平和,让侍女拿了果子汁给昕姐儿喝。

谢贵妃笑同苏妃道:"你话说得轻松,还不是成天盼着孩子们回来。孩子们也是惦记你,归心似箭呢。"

赵贵妃接着道:"先时传回战报说战事不好,都替你们担心。"

谢莫如道:"这一战,虽是大胜,也委实有些麻烦。闽地颇多细作,故而军中事不敢传第三人,就是那战报,倘不那样发回来,怕不能引海匪入瓮。"

文康长公主道:"战事这般凶险?"

长泰公主都好奇,问:"弟妹,海匪长什么样,你见过不?"

谢莫如笑:"海匪与海匪也不一样,听说早些年海匪犯边还是上岸抢些锅碗瓢盆,这样的海匪,一听就是穷的。如今海匪已成势力,他们军备精良,兵甲不逊朝廷的装备,也懂战术战略,他们所乘的大船,材料工艺都是一流水准。"

永福公主道:"这么说,海匪比朝廷的官兵还厉害?"

"我要这样说,公主可能以为我是夸大,此次战事,非同公主所想那样简单。"

长泰公主连忙打岔,问起李宇来:"我们在家都惦记宇弟呢。"

说到李宇,谢莫如笑:"宇表兄真是侯门虎将,此次大小战事二十余场,无一败绩。"

胡太后虽不爱理谢莫如,也悄悄竖着耳朵听谢莫如说话呢,此刻听到外孙的英勇,忙道:"我就说阿宇是个好的,没人比得上。"

文康长公主既欣慰又自豪,笑道:"总算没给母后丢脸。"

谢莫如也不理胡太后,同文康长公主还是能说上几句的,何况李宇是真正有本事。谢莫如道:"哪怕老侯爷复生,怕也不及宇表兄悍勇,真正青出于蓝。"

胡太后感慨:"这是像先帝啊。"先帝当然很有战功,整个老穆家的江山都是先帝打下来的。只是,胡太后你这话说得,你说太子像先帝这是一种赞美,哪怕外孙子不是外人,也不好说外孙子像皇帝的。胡太后一犯蠢,谢莫如直接不说话了,文康长公主是习惯了她娘的不着调,忙道:"看母后说的,这如何比得?那孩子,不过有些傻力气,运道好些。要说这次在战事上，我听说平国公府的柳将军是首功。”

胡太后大不乐意：“还有比阿宇更好的？”她是下决心给外孙抢个首功的。

柳妃此时道：“扶风那孩子，断比不上李将军的。”

文康长公主漫不经心地瞥柳妃一眼，柳妃立刻闭嘴。

谢莫如道：“柳娘娘太谦了，柳将军的确是首功。”

胡太后原本只是一般不乐意，见谢莫如这般说，已是极不乐意，拉着一张老脸道：“妇道人家，老老实实把孩子们带好，比什么都强。”

谢莫如没理这话，文康长公主对柳妃道：“母后的话还是在理的，柳妃你仔细听着才好。”

柳妃的脸涨个通红，胡太后安慰柳妃道：“好孩子，我不是在说你。”

文康长公主颔首，对大郎几个道：“你们曾祖母说你们不好呢。”

大郎几人立刻深受打击，尤其三郎不停地问：“曾祖母，刚才您不是还说我们好吗？我们不好吗？曾祖母不喜欢我们吗？”

“哪里，我哪里说你们不好了。哎哟，曾祖母最喜欢三郎你啦。”胡太后又叫人拿果子来给孩子们吃，还不忘抱怨文康长公主一句：“你这丫头，可不许再说这话，孩子们年岁小，你说句玩笑话孩子们都当真。”

文康长公主笑应一声，大家见文康长公主给谢莫如出头，安分不少。

因为要给五孙子和重孙子面子，胡太后强忍着与谢莫如一道用过午宴，不过，用过午膳，就打发谢莫如去苏妃那里了，她简直是看够了谢莫如那张脸。当然，谢莫如也不过是因着礼节在慈恩宫坐一坐，她乐得去淑仁宫同苏妃说话。

胡太后这里的人也散了，文康长公主留下与她娘谈一谈对谢莫如的态度问题。说到这个，胡太后也是一肚子火，道：“你看她那样，分明没把我放在眼里。”

“哪里没将母后放在眼里了？”文康长公主道，“只当看老五的面子，老五这刚回来，母后就给老五媳妇脸色看，这不是叫老五没脸吗！”

胡太后憋气：“我这也就是看老五面子了。”不然，她才不会在慈恩宫设宴。

胡太后心里还记挂着事呢，同闺女道：“你放心，阿宇的军功，怎么着也不能叫那姓柳的小子盖过去。”

看她娘还念叨这事，文康长公主真是愁死了，只得同她娘掰扯，没有抢别人军功的道理。更何况他们皇家，更要为臣民表率云云。胡太后最听她闺女的话，叹道：“这明理的人，啥时候都明理。”觉着她闺女忒懂事，她打算给外孙抢些军功，她闺女都不要。

文康长公主叹气，她娘对谢莫如的成见真是深到了骨子里去。胡太后其实是有自己道理的，她同闺女道：“你看她说到战事头头是道，在老五身边不定把手伸得多长呢。老五这孩子实诚，不懂防备，要别的孙媳妇哀家就不说了，她可得叫老五多个心眼，祖上就爱抓尖揽权的。”

文康长公主道：“老话说得好，出嫁从夫，都是咱家的人了，还怕孙媳妇能干不成？”

“别人能干是好，她还是不要太能干。”

这话，原是胡太后私下与文康长公主说的，大约是阔别三年后与谢莫如的第一次见面太憋闷，胡太后还把这话散播了出去。

五皇子听到后气个半死，同他皇爹抗议：“皇祖母这是做什么哟？我媳妇能干还有不是了。皇祖母带头这样说，叫人怎么想呢？我媳妇多不容易啊，帮我打理内闱教养孩子不说，在闽地，我媳妇可是有大功的。父皇，您当初是偏心我，才给我跟媳妇赐的婚，可不能叫皇祖母说这话了啊。”

穆元帝对他老娘这政治智慧也是无语了，道：“你皇祖母有口无心的。”

五皇子催他爹：“您可得跟皇祖母说一说这事。”

“行了，男子汉大丈夫，没的这般絮叨。”穆元帝给儿子催得心烦，道，“过来看看内阁拟的封赏单子。”战后议封从来是大事，何况此次是实实在在的大胜，着实让穆元帝脸上有光。

五皇子接过封赏单子一看，心下亦是欢喜，无他，这封赏着实不薄。其实这也很好理解，军功从来最重，自来封侯赐爵多是武将。像此次朝廷封赏，首功柳扶风直接封了乡侯的爵位，乡侯之爵，也可传三代。如柳扶风本身也是平国公府的嫡子嫡孙，他日后是要承袭国公爵的，这乡侯爵位便可传给嫡次子。军功第二的李宇，也得了个伯爵。其他将职的封赏，多是官职土地金银之类的赏赐，爵位是没有的。如永定侯，其实战功也不少，不过估计穆元帝生气他前番战败葬送五万海军，此次算是将功赎罪，故而金银极丰，官职只升了一级，但前番事也算揭了过去。再有就是五皇子府里的属官，属官按理最高就是五品长史，但如李九江等也是有功之臣。尤其李九江，五皇子都同他爹说了，整个军策军略都是李九江与柳扶风拟定的。柳扶风好赏，李九江这个身份，穆元帝实在有些不喜，直接就同五皇子道：“他是文臣，又是你府上的属官，破格升两级，提到三品。土地钱帛多与他一些，以后好过日子。”见五儿子不大乐意，穆元帝说一句：“别叫你姑妈面子上不好看。”其他属官也都给提了品级，只是不比李九江品级高。另外，如唐总督和苏巡抚这些地方官亦各有嘉奖，如同前番永定侯战败，闽地官员也跟着吃挂落一样，此次既大胜，人人都有好处。江行云也得了从三品将军衔，不过，她手下没兵，每年俸禄不少。

总的来说，朝廷封赏极厚。除了李九江的封赏有些简薄外，其他都没什么问题。

父子俩说完封赏的事，五皇子又磨着他皇爹，两人一道去找胡太后说了回对谢莫如的偏见问题。

谢莫如对此并未觉着如何,她道:“太后这里,也只是个开始。太后一向有话说在外,其实,如太后这样想的,不知多少。怕终我一生,都要受此怀疑与防备。”

胡太后有话往外传,谢莫如此番也未保密,命人将这话传了出去。

谢莫如一回帝都,帝都立刻风云激荡。

不知多少人就胡太后与谢莫如的对话做出无数的推论与分析,当然,这些人推论与分析的结果是什么,就是各方私事了。

倒是胡太后还对谢莫如的话做出回答,譬如回一句“老老实实在家带孩子,谁稀罕怀疑你”或者“你要心里没鬼,别人会怀疑你”啥的,既威风又霸气。当然,这是胡太后自己的感觉。胡太后挺想就谢莫如的回答做出还击的,奈何她皇帝儿子总找她谈心,胡太后看在儿子、孙子、重孙子的面上,只得暂忍下这口恶气。胡太后私下与闺女文康长公主抱怨:“自从辅圣死后,哀家还没这样憋气过。辅圣是哀家的小姑子,与咱们皇家有功,哀家忍她倒罢了。”胡太后是不会承认当初见辅圣公主如老鼠见了猫一般的,“忍过了辅圣,魏国夫人多少年不进宫来给哀家请安,她的供俸赏赐,哀家每年也是拿上上等的给她,没少过她半分。到现在,哀家这把年纪,还要忍辅圣的外孙女,这可什么时候是个头啊!”胡太后说着话,觉着自己这辈子就叫辅圣公主给克了,深觉不服。

文康长公主道:“母后您可真是想不开,这都是不相干的事。魏国夫人就是愿意一天三进宫,您愿意见她吗?就是闽王妃也一样,起码她帮老五把内闱打理得妥妥当当,孩子们教养得也不错,您不是特稀罕大郎他们吗?”

“那是!”胡太后理所应当道,“哀家的重孙,哀家能不稀罕?”

“不看僧面看佛面,又不是要每天见面,彼此和气些,也就算了。过日子,可不就得糊涂着过嘛。”在谢莫如的问题上,文康长公主没劝过她娘一千遭,也劝了九百九十遭了。

“只要她不到哀家面前来讨嫌,哀家才懒得理她。”胡太后又道一句,“早知她这样,当初真不该叫小五娶她!”

文康长公主眉心紧蹙,眼神带着压迫,低喝:“母后!这话岂能轻言!”

“就跟你一说。”胡太后只是随口一句话,并未当真。文康长公主却是要愁死了,别人都是柿子挑软的捏,她娘不知怎的,就杠上了谢莫如这硬茬子!老话都说,宁欺年老,莫欺年少。谢莫如不是简单人物,自从她嫁了五皇子,一向在皇室不显山不露水的五皇子,就逐渐出类拔萃起来。谢莫如这样的野心家,等闲岂是好得罪的!

文康长公主再三要求她娘不准再说此话,直待胡太后连声应下,文康长公主方忧心忡忡地出了宫。文康长公主对谢莫如没什么恶感,更何况她家一条腿已站在闽王船上了,文康长公主担心的还是自己老娘,长期下去,如何是好?

谢莫如并未将胡太后放在心上，因是刚回帝都，她与五皇子连续几日进宫。五皇子去昭德殿议事，谢莫如则带着孩子们与伴读去苏妃那里，因为小伴读们都是头一遭进宫，算是让他们先熟悉熟悉。

苏妃性子温柔，预备了许多好吃的点心果子给孩子们吃，让侍女瞧孩子们玩耍。谢莫如与苏妃说些闽地或帝都的事情，轻轻快快地便能消磨了一日去。五皇子时而过来淑仁宫用午膳，时而是与穆元帝一道过来。穆元帝瞧着皇孙们，道："再休息几日，就叫大郎他们去念书吧。"五皇子自是应下。

见大郎二郎三郎都带着自己以前的伴读，四郎五郎也到了启蒙的年岁，穆元帝就给四郎五郎每人指了两个伴读，皆是当朝显赫人家子弟。

四郎因为自己也要上学了，还很有责任感地叮嘱一下妹妹要好生照顾最小的弟弟六郎。昕姐儿正大为不爽，问母妃道："母妃，我同四哥五哥一个年纪，怎么四哥五哥能与大哥他们一道念书，我就不行啊？"

谢莫如摸摸昕姐儿头上的小辫子，笑道："你们年岁大了，男孩子女孩子要分开来念书，所以不在一处。"

昕姐儿仍有些不高兴，但因母妃解释得很合理，还是应了，又说："我想跟哥哥们一道念书，不行吗？"她不想留在家里看弟弟。

谢莫如揽她在怀里耐心问："跟姐妹们在一起不好吗？"

昕姐儿道："咱家就我一个女孩子，我跟谁一起哪？六郎又很小，玩不到一块儿。"

六郎一向是个话不多的孩子，但叫姐姐这样嫌弃，六郎很郁闷地表示："我也不喜欢跟女孩子玩。"

昕姐儿白六郎一眼，六郎装看不到，哼哼两声，以示小小男子汉的不屑，逗得苏妃直笑。

谢莫如就问穆元帝了："陛下，我们王府的女孩子们不能进宫念书吗？姐妹兄弟们在一起，才显得亲热不是？"

穆元帝一直就只顾着安排孙子们了，根本没想过孙女们的教育问题，真叫谢莫如给问住了。穆元帝本身是很注重皇室团结的，虽然觉着谢莫如跟他这做公公的这么直接提意见不大好，但他对于有用的建议还是会认真考虑的，道："先时她们姐妹小，又不想让她们受念书的辛苦，便未想这个。既如此，议一议再说吧。"

谢莫如拍拍昕姐儿的脊背，昕姐儿立刻眉开眼笑，脆生生道："谢谢皇祖父。"

穆元帝喜欢孩子，笑道："真乖。"皇家女孩子的确是少，穆元帝自己只有五位公主，皇子却有九位，看五儿子家，六个皇孙一个皇孙女。再一算，其他几个儿子府里也是男多女少，女孩子最少的是四皇子府，四皇子与四皇子妃在今年开春生下第四个儿子，还没见过闺女的影呢。啥都是物以稀为贵，穆元帝瞧昕姐儿落落大方，在他面前并不羞怯，也很喜欢，命人拿了两匣红宝石、两斛珍珠、八匹宫纱给她。昕姐儿高高兴兴地谢了恩，道："皇祖父，等上学的日子定了，您着人去我家说一声，我立马就来上学。"

穆元帝笑："成。"

六郎见哥哥姐姐们都要上学了，自己也想去，可是瞧瞧哥哥再瞧瞧姐姐，他扭头对谢莫如道："母妃，我在家陪您。"那端正的小模样，又是逗得人一乐。

五皇子眉开眼笑地望向妻子，谢莫如回之浅浅一笑。

穆元帝心想，你们感情真好啊。

其实，王府的女孩子们去宫里念书的事也简单。四公主五公主年岁大些，辈分也高，不过都是女孩子，在一处找几个有学问的女官来教导就可以，孙女们虽比不得公主，以后也都是有封号的。

穆元帝将这事交给谢赵二位贵妃商议，俩贵妃都是有孙女的，都说："这主意好，叫孩子们进宫来，宫里也热闹。"后来听说这事是谢莫如向穆元帝建议的，赵贵妃与谢贵妃道："闽王妃真是事事周到，刚回帝都就能想到这事，咱们在宫里，怎么就没想到呢?"

"是啊，要不说当局者迷呢。那孩子，一样是妥当的，且又是个直脾气，想到什么就直接说了，也正是给咱们提了个醒。"谢贵妃笑眯眯的。她自不会说半句谢莫如的不是，就是赵贵妃这阴阳怪气的话，谢贵妃也只当清风拂面，正经与赵贵妃商量："公主们是有伴读的，孩子们进宫念书，要不要也配一二伴读呢?"

赵贵妃也是理宫务的老手了，道："她们不敢比公主的例，但也不能委屈了孩子们。"

"姐姐说的是。"谢贵妃捧了赵贵妃一句，她一样有孙女，自不能叫孙女太寒酸了，公主们四个伴读，郡主配俩总是可以的。

赵谢二位贵妃商量好，得了穆元帝的首肯，因是皇孙女进宫念书的事，事情不大，直接给各王府下道谕也就是了。

此事是谢莫如起的头，其实挺合乎太子妃与诸皇子妃的心思，哪怕与谢莫如不大熟的六皇子妃也觉着这事谢莫如办得挺好。

大家既知道，谢莫如设家宴请诸妯娌姑嫂的时候，大家便与她说声谢。谢莫如笑："那天也是赶个巧，在母妃那里说起孩子们念书的事来，碰巧陛下也在，我们昕姐儿也大了，我就与陛下提了提。陛下何其圣明，这样的事，一听便允了。"谢莫如语气之亲昵，仿佛她与穆元帝关系多么熟悉又多么融洽。

大皇子妃笑："还是五弟妹，我就没想起来。"

"是陛下圣明，疼惜孙女们。"谢莫如今日只要说起穆元帝就是满口好话。

三皇子妃道："大嫂家的晨姐儿年岁最长，到时可得劳烦晨姐儿照看着妹妹们些。"

“这是自然的，她是做大姐姐的，自当照顾妹妹们。”大皇子妃笑着问，“对了，给孩子们的伴读，你们选出来了吗？”

三皇子妃笑：“我心里也正琢磨着，想着女孩子家，别的都在其次，稳重为上。”

大皇子妃深以为然。

谢莫如亦道：“三嫂这话是。”

四皇子妃听着这家有闺女那家也有闺女的，再一想自家四个小子，真是馋也馋死了。长泰公主笑：“四弟妹口水都要流出来了。”

四皇子妃笑：“你少打趣我，我就不信你不眼馋。”长泰公主也是没闺女的，这永安侯家的风水不知怎么回事，堂堂侯府，四个儿子，硬是一半打光棍。倒是不打光棍的一半，李宣李穹兄弟，自打成亲就开始生儿子，不见闺女的面。别人家都重男轻女，就永安侯府，要听谁家说生了闺女，就羡慕人家羡慕得不得了。

长泰公主笑：“我怎么不眼馋？外甥女们的入学礼，我可都备好了。”

三皇子妃抿嘴一乐，道：“其实都这样，有了闺女就盼儿子，有了儿子则盼闺女。”

谢莫如笑：“这话是。开始没大郎的时候，苏氏有了身子，我也是盼着能一举得男的。后来接连都是儿子，把我盼闺女盼得，这有了昕姐儿，方觉着圆满。”

全帝都能这般亲切自然地说起庶子女的，也就是谢莫如了。六皇子妃不着痕迹地打量了谢莫如一眼，这个五嫂，一向只闻其名未见其人，今朝初见，颇是与众不同。

因谢莫如是刚回帝都，大家能聊的话题不少，说说笑笑，午后方散。四皇子妃因离得近，且他们两府一向更亲近些，故而多留片刻。谢莫如回来的日子短，道：“六弟妹真是个沉稳人。”妯娌间，谢莫如不大相熟的就是这位六皇子妃铁氏了。

“她正好是你们就藩那年同六皇子成的亲，六弟妹人是极好的……”四皇子妃叹口气，她与谢莫如向来交好，有事也并不瞒着谢莫如，道，“按理这话不该我说，六弟府上的那位李侧妃已有二子一女，要说咱们做正妻的，自不会与个侧室争风吃醋，六弟妹也不是那样的人。只是六弟糊涂，你是不晓得，今年出了个大笑话。自来年初二都是皇子陪皇子妃回娘家吃年酒，今年不知是怎么回事，六弟一天走了两家，头晌从铁御史家出来，就去了李侧妃娘家。那李侧妃，我也见过，模样有几分水秀，倒也不是绝色。真不晓得何样本领，叫六弟做出这等没规矩的事来。”

谢莫如道：“这是六皇子不知礼，从未听说过侧妃回娘家的理。”

“可不是吗？你不晓得，还有可笑的事呢。”四皇子妃道，“出了这事，宫里也很不痛快，给六皇子指了两位侧妃，都是极鲜妍的模样。其中一位侧妃有了身孕，那李侧妃又有了新鲜花样，竟撺掇着六皇子要将他家大郎抱给六弟妹抚养，何等狼子野心！六弟妹嫁进来三年不到，难不成以后就没有自己亲子了？便是没有，自庶子中择贤孝的照看些倒罢了。如今堂堂皇子妃，倒要受她一个侧室摆布！”

谢莫如算是开了眼界，道："这帝都也算出了能人。看六弟妹也不像个无能的，就任李氏这般上蹿下跳？"

四皇子妃叹："六弟妹就是圣人也忍不了这个，他们府上为这个很是闹了一场。只看如今六皇子府跟漏风堂似的，就知道六皇子府是个什么光景了。"

谢莫如道："以往看不出六皇子竟是这等糊涂人。"竟真有人觉着正妻是摆设来着。还是，六皇子认为，正妻就得理所当然地为他费心费力地打理内闱？真是笑话！

四皇子妃感慨："只可怜六弟妹，原也是闺中一等闺秀，遇着这么个人，纵使亲王妃之尊，又有何趣？"

谢莫如听了回六皇子府的荒唐事，及至天晚，四皇子妃也就告辞回家了。

谢莫如亲自相送。

倒是大皇子妃回家，说起在五皇子府吃酒闲话的事，大皇子道："你说这事也怪。"

"什么事？"

大皇子坐下吃了半盏凉茶方道："皇祖母是一千个看不上五弟妹，父皇一向孝顺，偏是瞧着五弟妹好。五弟妹动动嘴，宫里规矩也能改一改，父皇也由她。"大皇子在对待谢莫如的态度上，完全就是胡太后的亲孙子啊。

大皇子妃崔氏其实也不大喜欢谢莫如，谢莫如太抢风头，她一回来，就把其他妯娌比得跟瞎子一般，要不这让皇孙女进宫念书的事怎么就她看到了呢？不过，大皇子妃还是得说句公道话，道："五弟妹是好意，丫头们进宫念书难道不好？"

"事是好事，只是她这一回来就这事那事的，未免事多！"

"别说这些个闲事了。"大皇子妃问，"殿下不是说闽地封赏要下来了，下来了吗？"说来崔氏子弟在战事中亦有牺牲者，崔氏有个兄弟也死在战事中。幸而是位庶出兄弟，崔氏乃嫡女，虽是伤心，亦是有限，倒是更关心封赏的事。

说到封赏之事，大皇子更来气，道："你是没见老五那死皮赖脸给自己人要封赏的劲儿，柳扶风，一个瘸子，硬给老五捧成首功，封了乡侯。这倒罢了，好歹这姓柳的的确在军中待过。还有更可笑的，那个李九江，就是永安姑丈的庶长子，父皇破例提个三品散佚大臣，老五还死活不乐意，最终弄了个二品。为个官，皇子脸面也不要了！"

崔氏急死了，她又不是要打听五皇子，道："父亲呢？"

大皇子无精打采："岳父论军功排在第五位，品阶升了一级，赏良田千顷，金银各五千两。"

崔氏难免失望，嘴上也不能说出来，笑道："父亲有了年岁，此次回帝都，正好歇一歇。"先时那一场大败，老父得以保全，崔氏也知足了。

大皇子只是说父皇心太偏，别个亦不好多说。

谢莫如闻知封赏事，也有些诧异，道："我以为九江最多得个三品。"不想竟是最终破格提到正二品。

五皇子道："原本定的是正三品，我当时没敢与父皇争论此事。后来怎么想怎么觉着对不住九江，此战，九江功绩不小，我就又去磨了磨父皇。虽未赐爵，官职上也得体面些才好。"

谢莫如笑："殿下尽力就是，事也不在一时，何况九江自己怕也有心理准备。"

"他倒是有心理准备，来前还与我说不必为他争功。到底，我心里得过得去，也不能叫他太过委屈。"

谢莫如笑，知道争就好。

封赏过后，帝都一派喜气洋洋。

当然，也有不少人家开始着手办丧事了。战争必有牺牲，只要在战亡名单上的，不论哪家，谢莫如都打发人送了奠仪。然后开始准备家宴。

他们回帝都有些日子了，一直忙于去宫里尽孝，家宴尚未开一场，倒是谢太太等人早来过了。谢莫如既回来了，也当开一场小宴，请娘家人过来吃酒说话。

吴氏此前有孕，如今身子已有些笨重，谢兰之妻于氏扶着谢太太，身后嬷嬷抱着个周岁大小的娃娃，这是谢兰的长女。然后就是二房苏氏、谢静，还有苏氏次子谢衡，以及余瑶与嫂子梁氏了。

谢莫如请大家坐了，道："早想设宴请大家过来，一回来，这府里也忙乱，就耽搁到了这会儿。"

谢太太笑："娘娘平安，我们就放心了。咱们又不是外人，什么早一日晚一日的，什么时候都便宜。"孙子谢芝也升了官，关键是平平安安地回来了，谢太太正是人逢喜事精神爽。

苏氏也是这般说，道："先时听战事凶险，我跟大伯母有空就去西山寺烧香，西山寺的香火果然灵验。"此次谢云自然也有升迁。

大家说一回话，谢莫如就让谢衡去前头玩了。谢莫如道："王爷这些天没有一日闲的，原想着他休沐会有空，陛下又召王爷进宫。阿衡去前头吧，大郎几个也在，你们当能说到一处去。"又问吴氏身子可好。

吴氏很自然地将手放在小腹上，自从有了身子，她就常有这个动作，笑："劳大姐姐惦记，都好。"

说到吴氏这一胎，谢莫如道："原我想着弟妹也是娇生惯养长大的，当初咱们离开闽安城，我是真不放心你的身子。"

吴氏笑："本来也是怕的，后来我想，跟着大姐姐，相公也在，反正生死都在一处，也就不怕了。”

谢静道：“大嫂子这胎，不管是小侄子还是小侄女，都是有福的。”

苏氏亦笑：“这话是。”

谢莫如又问了谢兰之妻于氏几句，命人准备了见面礼，给于氏一套金镶玉的首饰，比起当初给吴氏的略逊一筹。这也很好理解，吴氏毕竟是长嫂。不过给于氏长女大姐儿的东西绝对贵重，既有给小孩子的金项圈手脚镯，还有料子玩具，另外一对羊脂玉璧，饶是出身侯府的于氏也觉着这东西难得，深觉贵重。谢太太笑：“替咱们大丫头收着吧，娘娘一向喜欢女孩子。”

谢莫如道：“是啊，别人都是盼儿子，咱家不一样，咱家女孩子少，二弟妹好福气。”

于氏头胎生女，原本有些觉着对不住婆家，后来见婆家都拿着姑娘当宝贝，这才放下心来。如今见谢莫如也这样喜欢闺女，于氏笑：“借娘娘吉言，以后就盼着她平安懂事。”

谢莫如让嬷嬷把孩子抱过来，自己接了在怀里细看，还逗了逗，难得孩子不淘气，谢莫如一逗，便咧嘴笑了。谢莫如笑问：“这孩子真好，可取名了？”

“还没，在家就叫大姐儿，权做小名。”于氏也有几分伶俐，忙道，“我时常听祖母说，娘娘博古通今，最有学问不过，不如娘娘给她取个大名。”

谢莫如想了想，道：“如今天下时有战事，《左传》中说，居安思危，思则有备，有备无患。这孩子，不如就叫思安吧。”

于氏替女儿谢过谢莫如赐名，接了女儿过来，问：“娘娘，咱们此次大胜，以后还会有战事吗？”

谢莫如笑：“居安思危，任何时候都不会错的。”

于氏似懂非懂，并没有多问。谢莫如同余瑶和梁氏说了些闽地余家的事，告诉她们余家大体也都是平安的。余瑶双手合十：“就盼着闽地再无战事，太太平平。”

谢太太深以为然：“是啊，没什么比天下太平更重要的。”

大家说一回话，中午用过酒宴，及至下午，谢太太便起身，带着一大家子告辞了。谢太太挺高兴，孙子孙女都平安，孙子还升了官，家里欣欣向荣，兴旺之兆，还有什么不满足的呢？

只是，谢太太刚一回家，三房长媳李氏就过来哭诉。谢莫如连余瑶这样姑太太家的闺女都请了，就是没请三房的人过去，三房能不堵心吗。

谢太太也没法子，如果做主的人是谢太太，她怎么也会给三房面子。谢莫如不一样，谢莫如连胡太后的面子都不给，谢家三房的分量显然还没重到让谢莫如格外给他们面子的地步。

三房其实早就在谢太太和谢尚书这里解释过无数次，诉说各种误会，三老太太也自陈过自己老糊涂，以前得罪过谢莫如云云。谢太太和谢尚书也都在谢莫如面前为三房说过好话，奈何谢莫如根本没理会三房的意思。

谢莫如的脾气，谢太太委婉劝过一回后，谢莫如没反应，谢太太也就不愿就三房的事去烦扰谢莫如了。而如今随着闽王大胜还都，谢莫如分量愈重，虽然与胡太后的关系依旧不佳，但显然穆元帝对谢莫如并无不满。

谢莫如步步走高，而谢太太也深知，谢莫如对母族的感情其实没有在外面表现出来的那般亲厚，不过，谢莫如依旧愿意提携族中兄弟。谢莫如已经表现出大度，谢太太就更不愿为着三房与谢莫如生隙。再者，谢太太也很为当初谢燕挑拨谢莫忧的事情恼怒。这事要是别人做的，谢太太还不至于如此恼怒。唯独谢燕，谢太太自认为从来没有薄待过她，却不知她怎生出这等歹毒之心来。因有谢燕做下的事，谢太太方是真正冷了三房。

如今李氏过来，谢太太面上也和气。李氏这回来，倒没哭哭啼啼，也未说以往旧事，只是单纯过来坐坐。李氏难掩眉间厌恶，道："我们姑太太又回来了，我也实在没地方去，头晌回我娘家待了半日，正巧遇着大嫂子回来，就过来坐坐。"

谢太太早烦了谢燕，道："阿燕倒是空闲。"

李氏同谢燕是姑嫂，就谢燕这种小姑子，李氏原也是哄着她罢了，但自从谢燕坑了谢莫忧一回，李氏也是气狠了，早与谢燕翻了脸。谢燕只要一回娘家，李氏就出门逛去，端的是眼不见心不烦。李氏道："也不知她怎的这般空闲，做了人家媳妇的人，还成天往娘家跑，不把娘家搅个七零八落，她是不会痛快的。我如今也想开了，得乐一日且是一日。"

谢太太做长嫂的，倒不好一道数落谢燕的不是，道："随她去吧，阿燕自来有大主意的。"

李氏冷哂，在谢太太这里坐到天色将晚方回家。李氏避出去一日，以为谢燕早滚回婆家了，不想谢燕还在，李氏索性连三老太太的屋都没去，直接回自己院里歇了。谢弩回屋还有些不痛快，道："妹妹难得回来一遭，你做长嫂的，总该露个面的。"

李氏冷声道："也没人请她回来！以后不必在我面前提她，叫我露面，我露面做什么？等着她什么时候好笑里藏刀坑我一头？"

谢弩叹道："阿燕也知道错了，你总提这个做甚？"

"是啊，捅你一刀，不痛不痒地说声知道错了，事便结了。"李氏冷声讥笑，"合着别人都是傻子不成！我劝老爷别忒一厢情愿，大嫂子先时如何待她，大爷比我清楚，她能对莫忧下手，以后照样能对你我下手！这样的人，我就是躲着都怕不知什么时候着了道，难道还去亲近不成！"

谢弩也不是个不晓是非的，道："那你说，要怎么着？"

李氏冷冷道："我不晓得要怎么着，老爷是一家之主，你要容这等败家丧门的东西出入，我无非是只当没这个人罢了。"

谢弩一噎，他的确不能将妹妹赶出家门，那就是叫妹妹去死了。但想想妹妹做下的事，谢弩也不好责怪妻子，这事不知寒了多少人的心，就是谢弩自己也不是不怪谢燕糊涂。可事已至此，又有什么法子呢？

李氏见丈夫不语，唯有冷笑。

其实谢燕那边也不大好过，她就俩嫂子，长嫂李氏现在是懒得见她，二嫂于氏又是个尖酸的，待她亦不比从前。偏生谢燕也是个不知好歹的性子，听说李氏回家，还与三老太太道："我还当我一回家，大嫂子再不回来呢。"

三老太太还没说话，于氏就笑了："看姑太太说的，自来都是嫁出去的闺女泼出去的水，可没说过娶进来的媳妇泼出去的水呢，媳妇都是出嫁从夫的。似我跟大嫂子，既入了谢家门，就是谢家的人了。大嫂子更是嫡子媳，这家里，没谁不能回来的份，也没有大嫂子不能回来的份。姑太太素来明理，我说的是不是这个理？"

谢燕气煞。

三老太太皱眉："都少说几句吧。"一摆手，打发于氏下去，也不必她服侍了。

三老太太因着闺女也受了不少埋怨，因着理亏，对着儿媳妇也底气不大足了。于氏刚要起身告退，就听谢燕道："娘，您不知道，我们家娘娘有喜了。"

三老太太一喜："哎哟，宁娘娘有喜啦！"这说的是在东宫做侧妃的宁氏。

谢燕有意无意地瞥了于氏一眼，眼中闪过得意："是啊！我们太太今儿个进宫去了呢。"

"哎哟，那得恭喜姑太太了。只是，不晓得这位宁娘娘是哪位？姑太太不如给我说说，也叫我开开眼。我这一辈子，又是妇道人家，也无甚见识。只晓得咱们谢家宫里有贵妃娘娘，皇子府有闽王妃，驸马与公主在西宁当差，就是不知这位宁娘娘是哪个牌位上的贵人呢？"于氏把谢燕气得脸色铁青，浑身乱颤，方笑盈盈一甩帕子，自去了。

于氏也是一肚子的火。宁娘娘！呸！什么有见识的东西！想着谢燕也是大家出身，谢氏家族显赫皇亲一大把，都给她得罪了个光，如今张嘴闭嘴"宁娘娘"，什么阿物儿！

第五十五章 江南事

谢家内部分争，谢莫如是不知道的，不过，即使知道，估计她也没心思理会。她如今在府里也不得闲，许多跟着五皇子就藩的人，如柳扶风、戚三郎等，因着已是实权将领，今次并未一道回帝都。谢莫如便设宴宴请他们的家人，就是几桌女眷小宴，也没什么显赫排场，只是大家在一起说说话罢了。

柳扶风家里祖母王氏、妻子小王氏都来了，戚国公府是戚夫人过来的，还带着谢莫忧的两个儿子。谢莫忧这次没随谢莫如回帝都，留在闽地服侍丈夫了。戚夫人多精到的人哪，尽管给儿子娶了个不大精到的儿媳，也不能叫耽误了孙子。

谢莫如见了见两位外甥，此次四郎五郎念书，伴读之一就是戚氏子弟，只是，不是戚三郎的儿子，而是戚三郎之兄戚世子家的嫡长孙，戚夫人的重孙。谢莫如也不薄了两位外甥，见他们知道礼数，行止都是大家子弟的模样，随口问两句书，都能答上来。谢莫如笑赞几句，命人赏了东西，让他们去前头玩了。

谢莫如笑："妹夫刚到闽地时，我还担心他受不得军中苦，他却是个让人刮目相看的。如今见着外甥们，果然是你家教子有方，孩子们都这样懂事。"

"在娘娘面前，哪里敢当得这样的夸赞。要说吃苦，娘娘方是金尊玉贵之人，娘娘能到的地方，三郎一个大小伙子，更没有不能到的。再者，我家本就是武将出身，保家安国原是本分，能为朝廷效力，也是这小子的福分了。"戚夫人满面是笑，三儿子如今已是从三品实职，当初让儿子随闽王去就藩，果然是一步好棋。儿子有出息，戚夫人却不是个妄自尊大的，将话一转："我那小子，不过是有膀子傻力气。要说人才出众，当数柳侯爷哪。"

王氏已是满头白发，精神头却是极佳，摆摆手笑道："都是王爷英明。要说念书，扶风是自小念到大，打仗的事，他也就看过几本兵书，哪里真就打过仗。当初听说他去了军中，我也是吓一跳，生怕有不妥当，误了王爷的差使，却不知他在这上头还真有几分天分。"

戚夫人笑："这就是王爷的眼力了。"

王氏深以为然。

小王氏脸上的笑也没断过，她少时母亲就过世了，如果不是没有亲娘，当初怕也不会嫁给腿有残疾的丈夫。出嫁后，到了婆家，太公公是个宠妾灭妻的，自己婆婆姓虞，太公公宠妾的娘家人。这些年怎么一步步熬过来的，小王氏自己都不晓得。如今她膝下两子，丈夫封侯，这样的光景，以往真是想都不敢想，现下却成了真。

大家说说笑笑，过了一日。

自从五皇子回帝都，穆元帝很显然想乘胜追击，故而，五皇子无一日不进宫商议军务。谢莫如时不时在家宴会，倒也出了一件趣事。

这事并不是发生在五皇子府，而是在府外，人还是叫小唐抓住的。小唐道："我观察大半个月了，自从咱们回了帝都，这小子就天天在咱们府外街角转悠，我叫人过去，他撒腿就跑，定是细作无疑。"

小唐抓了个细作，谢莫如道："那就送刑部去吧，审一审，看是谁派来的。"

小唐别看来帝都日子短，也知道自家王妃的祖父就是刑部一把手啊。他亲自将人送去了刑部，还狐假虎威地见着了谢尚书，道："哎哟喂，老尚书，这帝都的细作，比闽地还多哪。随手就抓了一个，您细审审，看是谁派来的。"

那细作还不招，硬说自己是卖杂货的。小唐道："骗鬼去吧！你当爷傻呢。"唰唰两下扒了人家衣裳，又啪啪拍两下，道："你这细皮嫩肉的，能是货郎？"

那细作显然脑子不大够用，哭丧着脸道："俺以前是富户，没钱才做的货郎……"挨小唐两脚，不敢言语了。小唐把炸弹交给谢尚书，就趾高气扬地回王府了。

谢尚书还是头一遭见着能当场扒人衣裳的人物，顿时觉着，闽地人果然骨格清奇啊！而且，闽王用人的风格大有转变啊！

小唐立一小功。

为啥说是小功，主要是长眼的不只他一个，只是小唐存不住事，把事道破罢了。恰好谢莫如也不喜欢总有人在自家外头探头探脑，把人交到刑部，也是震慑。

不过，小功也是功嘛。

五皇子听闻此事，还表扬了小唐一回，想着赏小唐些什么。小唐道："王爷不要赏我金银，我还有钱用呢。"他来前早问老爹要足了盘缠，他娘还给了他不少私房。

五皇子笑："看来你是想好要什么了。"

"想好啦！"小唐眼睛亮晶晶的，道，"原本我跟着师父，这来了帝都，就是少个人教我考进士了。王爷，我听说您跟那位，嗯，叫什么，啊，江北岭江老先生挺熟，是吧？"

"你想拜江先生为师？"五皇子道，"江先生是九江的师父，你要再去拜师，就差了辈分。”

“哎哟！原来江老先生是我师公啊！”小唐对人情往来并不陌生，立刻就打算买些东西去给师公请安，顺便打听下考进士的诀窍。

小唐欢快地去打听考试诀窍了，五皇子想，怪道说，能者劳，智者累，愚孝无知享富贵呢。小唐是个有福之人哪。

五皇子都羡慕起小唐来了，可见甭看五皇子天天进宫，深得帝心的样子，他的事，并不大顺利。

五皇子与妻子道：“我同父皇提了四地联手以困靖江的事，父皇也觉着这主意可行。”谢莫如点点头，等着听下半句，果然，五皇子悄声道：“父皇是有意设江南行营大总督。”

谢莫如道：“陛下不属意殿下吗？”

五皇子道：“父皇没有露出不属意我的意思，内阁意思不明。”

“苏相怎么说？”

“苏相说江南一地，若要设江南大总督，必要德高望重、最擅军务的人来主持。”五皇子道，“其他人也说江南事要慎重。只有礼部徐相，说我主持过兵事，而且，熟悉闽地。”

“王爷怎么说？”

“我自当说，若朝廷需要，只有肝脑涂地的。”

谢莫如道：“有永定侯的前车之鉴，朝中武将出身而无战绩的亲贵，不大可能去主持江南之事。”

五皇子提醒道：“你别忘了，也有扶风的例子在前。”

“谁能保证选出来的人是第二个柳扶风？掌管江南四省之地，可不能靠撞大运。”谢莫如道，“何况，若想选出第二个柳扶风，何不直接用柳扶风呢？”

五皇子立刻道：“要是朝廷肯用扶风，我力保他。”五皇子不是非要自己去争这个大总督之位，但他希望坐此位之人，起码不能是个无能之辈。

“殿下不如举荐两人。扶风德望不足，安闽地还是能够的，先将扶风定在闽地。”谢莫如道，“朝中擅兵事，且德高望重的，就在眼前，殿下怎么能视而不见呢？”

“你是说南安侯？”

“对。”

南安侯这个人选，便是五皇子也挑不出任何问题。五皇子又有些不解了，凑到妻子耳畔：“你先前不是说那啥……”往东边指了指，“会争这个位子吗？”当时他媳妇可是说得有鼻子有眼，信誓旦旦的。

“殿下知道为什么徐相在内阁排行第五，而苏相是首辅吗？”谢莫如道，“徐相话说在先，他的话只是投石问路用的。苏相说在后，那是要一言定江山用的。事同此理，南安侯的确是合适人选，但殿下说在先，南安侯纵有豪情壮志，怕此事难成。”

“你是说会有人断了南安侯的路?”五皇子这就理解不了了，道，“南安侯可是姓胡的，哪怕与承恩公府素来有些政见上的不合，同东宫也不是太亲近，但倘南安侯此事能成，对东宫也有莫大好处。”

“殿下觉着南安侯是东宫的人?”

五皇子想了想，还是摇头了：“南安侯不同于承恩公府，他的为人不像。何况，要说论关系，南安侯同四弟更亲近。”

“殿下这话说到点子上了，就凭这一点，东宫也不会让南安侯如愿的。”

听到这里，五皇子就是个笨蛋也明白谢莫如的意思了，正当借此机离间东宫与南安侯的关系。再者，五皇子还想着：“父皇一向看重南安侯，再如何，江南一事也必有南安侯一席之地的。”

五皇子琢磨半晌，道：“这荐人，又不是在朝中，若大庭广众下说，倒似哗众取宠。我还是私下与父皇说吧。”

“殿下说的是。”谢莫如正色道，“殿下既要荐人，便要诚心诚意地举荐。”

“放心，我晓得。”

五皇子继续公干，由于他是得胜还都，故而，他的话相当有分量。就是穆元帝，若不是愿意听一听五儿子对江南的看法，也不会日日召他进宫。

御前听用的好处是，在穆元帝跟前，有啥就能说啥。要说朝臣顾虑多些，五皇子是没这顾虑的，他与亲爹的感情一向不差，五皇子虽有自己的私心，但心里还是把老穆家的江山看得很重的。五皇子心里透亮，要是江山都没了，还争个鸟啊争！

也正是因这个缘故，五皇子举荐起南安侯来，绝对是跟他爹掏心掏肺。他先自陈自己的不足：“儿子上次是赶鸭子上架，这头一回打仗，也多有运气的原因。论兵事，不能同南安侯比。再者说，南安侯阅历见识，也是一等一的。扶风与他比，只是初出茅庐罢了。扶风的长处在于，他对闽地熟，但要说全盘考量，非得南安侯这样的才干方成。”

穆元帝道：“徐尚书倒是更属意你。”

“说句老实话，昨儿徐尚书那样说，当着诸位大人的面，我要谦虚说自己才干不足，倒显着没士气。再说，我也想干。我要不想干，早就跟父皇举荐南安侯了。可我寻思了这些日子，我说是就藩，也只有短短三年的时间，经营的地方，不过闽地偏僻之地。我虽想为朝廷出力，更怕误了父皇的事，毕竟关乎江山社稷。朝廷中既有才干远胜于我的，儿子虽有私心，也当以江山为重。”五皇子现在很懂说话的艺术了，成天喊口号，忠于人民忠于朝廷没用，这些话，说的人太多了。五皇子说话，就说实话，有私心就直说。谁没私心啊，他这么一坦诚，穆元帝反不会放在心上，倒觉他实诚。而且，五皇子这样说，明明白白就是告诉他皇爹，他是不打算竞争江南大总督的位子了。能把这样巨大的利益都放下，穆元帝是相信五儿子实心举荐南安侯的。更关键的是，南安侯同五儿子关系很一般哪。

故此，即使穆元帝也对五儿子另眼相待了。

“南安侯，嗯。”穆元帝沉吟片刻，没说好也没说不好，道，“你如今倒学会看人了啊。”

看他爹语气中透着随意，就知他爹心情不错，五皇子笑：“其实以前在帝都，不大懂这个，那会儿就觉着，反正有事找父皇商量就是。到了闽地才学会的，刚开始征兵，兵其实好募，将领没有啊。当时还不大敢用太多闽地人为将，怕是被收买的细作，那会儿愁得我哟！实在没现成的人用，就得从带去的人里选，会武功的，考一考，择优当职。等低品阶的将领选出来，没个揽全局的。那会儿其实我寻思过好些原有的将领，我就想着，只要有才干，破格也提拔他。找来找去，都不大合适。我也不大懂打仗的事，这么着，才叫扶风去试一试。扶风自己心里也没底，他跟着我原是想做文职的，都是摸石头过河。”

穆元帝爱听这个，笑：“可见你这法子是对的。”

五皇子也说：“以前许多没细想过的事，在闽地突然就明白了。像人手不足时，我就命人出题考试招人，这法子，就是跟春闱学的。虽不敢跟春闱比，起码能试出些水平来。”

穆元帝道：“既要学会用人，也要懂如何用人，更要有威慑力，不能叫人哄骗了去。”

五皇子深以为然，因殿内没别人，五皇子说话也直接，道：“父皇也知道，我初就藩时，闽地查出不少事情来。那时真是焦头烂额，开始我以为治一地，是治理一地百姓。后来我巡视闽地时，才觉着，百姓其实最好满足，有吃有喝，当官的公道些，他们便满足了。真正难治理的，反是士绅。百姓们一粥一饭便无怨言，士绅们不一样。略软和一些，就当你好性子；略刚硬些，就说你刻薄；略松泛些，他们便无法无天，什么事都做得出来。可治理百姓，还是得用他们。如今，便是他们替咱们治理百姓，咱们治理他们了。”

“这是明白话，可见的确是长进不小。”穆元帝呵呵一笑，“你要知道，为上者，不一定如何惊才绝艳，有一件事做好便好。”

五皇子慧至心灵，顿时了悟，道：“吏治。”

穆元帝笑而不语。

五皇子这才明白为什么六部中五部都分派皇子过去当差，唯吏部，他爹是提都不提，他爹肯定是把吏部当成自己的地盘了。

五皇子是个会聊天的人，尤其是跟他皇爹在一起，他比较敢说话。偶尔，穆元帝看他摸不着门的时候，就会点拨他一二。五皇子也挺享受这样跟他爹说话的，这世上，小事能分派给手下人去做，真正能请教的人实在不多，除了他爹，就是他媳妇了。

父子俩说得乐呵，太子就过来了。

太子笑：“五弟比我还早。”

五皇子给他二哥见礼，笑:“早朝后我没回去，在父皇这里蹭了顿早饭。”五皇子向来是有什么想法就赶紧过来跟他爹说的。

太子笑:“越活越像个孩子了。”

五皇子笑嘻嘻道:“我好几年没回来，这次回来，可不得好生孝顺孝顺父皇。”

穆元帝笑:“你孝顺朕就是每天到朕这里来蹭饭?”

五皇子厚着脸皮:“这算是其中的一种。”

穆元帝笑，对两个儿子道:“都坐吧。”

二人坐下，父子三人略闲话几句，说的仍是老话题，设立江南大总督之事。太子道:“鲁、徽、赣、闽四地，都是战略要冲之地。要总领四地之人，必得德高望重才行。”

这都是老生常谈，但太子这话让人挑不出半点毛病。五皇子想了想，他已经荐了南安侯和柳扶风了，不好再荐别人。五皇子道:“大事上自有父皇和太子安排，我就是想着，除了大总督一职，还必然得有分别稳定四地兵事的将军，这些人选，也是极重要的。而且，除了军略，政务上也得安排个一流好手，这四地调度，可不是小事。”五皇子说得委婉，意思是，靖江王不是死的啊。别看上次大胜靖江，那并不是朝廷的兵力就优于靖江王的兵力，五皇子这一胜，除了用计得法外，他还请了强有力的外援——安夫人。若江南大总督一设，就是正式与靖江决裂。朝廷想四地联手，瓮中捉鳖，靖江王能甘心做被捉的鳖吗？朝廷就是天罗地网，靖江王也要往外冲一冲的，若这网一破，还联个屁的手哟。

这么一想，五皇子当初就藩的旧事就想起来了，道:“哎，国家承平日久，闽地的事我是清楚的。鲁、徽、赣三地的兵，到底有多少人，抛去老弱病残，能上阵的有多少，要不要重新训练，这些都得有心理准备才好。”

太子道:“这些事，自有新任总督料理。”

五皇子点点头:“太子说的是。除了兵务，还有政务。一动兵，跟着就是粮草兵器，花销甚大。还得让个干练的留意四地赋税，不能抽税过重，总得给百姓留些过日子的底子。”

太子虽与五皇子的关系不若从前，也不是自欺欺人的，知道五皇子说的是正理。太子道:“这非小事，不说别的，就是把这四地的事理顺，也不是一朝一夕的。”

穆元帝问:“老五，依你说，要真正节制靖江，要多久时日?”

五皇子早就想过此事，他道:“鲁、徽、赣三地我不熟，闽地是理顺了的，唐总督和苏巡抚都是干才，扶风也能守住闽地。若是将四地军政打理娴熟，军民可用，起码三年，真正节制靖江的话，最少也要三到五年吧。”

太子道:“要这么久?”

五皇子正色:“我是以自己来推断的，不瞒太子，我就藩闽地之初，军政不熟，很是抓瞎。而且，军务说来简单，都是耗时间的事。别的不说，兵不成，这仗就打不赢。若要练一支得用军队，新兵的话起码三年时间。若是老兵练成精兵，也得两年。除了兵务，当地豪强士绅、富贾大户，这些人也不是好相与的。我说三到五年，还是往少里说。”当然，五皇子也没把话说死，他道：“不过，这是按部就班的说法。若有非凡之人，行事不同俗流，也不一定就要这么久。”

太子听到最后一句，面色很明显好转，在他看来，四地围困靖江，哪怕进展慢些，撑死三年也足够了。老五毕竟阅历浅些，在穷乡僻壤的闽地待了几年，就觉着处处都如闽地了。

不过，太子也道：“五弟在闽地这几年，果然大长进了。”以往五皇子也就是会修修宫殿，搞些礼法上的事，这去闽地三年，军务政务都能说一说了。

五皇子笑：“弟弟就藩这几年，着实长了不少见识。就是离父皇母妃和兄弟们远了些，不然我们闽地也是山明水秀的地方，很有几处好风景，没事还能去吹吹海风，呜呜的。”五皇子毫不掩饰自己对藩地的感情，都说闽地穷，其实待惯了也挺好的。而且，看一穷地慢慢建设起来，那成就感也不是一星半点儿。

看五皇子说得起劲，太子笑：“真那么好？”

五皇子道：“除了帝都，就是闽地啦。”

太子与穆元帝听这话都乐，太子道：“你也就在这两地待过。”

五皇子可不认同这话，道：“那不是，弟弟一去一来的路程，经过不少地方呢。除了帝都，就是闽地最好了。”

五皇子还问：“父皇，要不要我早些回闽地坐镇？”

太子不禁有些紧张，就听他爹笑道：“好容易回来了，多住些日子，不在这一时。”

太子此方暗暗松了口气，他已与宁祭酒商量过，五皇子不宜再参加对靖江王的节制事务。哪怕闽地是五皇子的封地，凭五皇子的身份，哪怕设江南大总督，怕也难以调动五皇子的。倒不若留五皇子在帝都，闽地方好调度些。

太子见他爹这样说，亦笑道：“是啊，你这刚回来，就又要走。别人不说，苏妃娘娘怕就舍不得。平日里兄弟们都在，就少你一个。你这回来了，咱们正当多聚一聚。”

五皇子笑应一声，道：“我这不是想着，打虎亲兄弟，上阵父子兵嘛。”

太子笑：“还没到这一步。倘用你时，自也不会与你客气。”

五皇子办妥了妻子交代的事，中午在他皇爹这里用的午饭，下午看过他娘，傍晚就回家去了。悄与妻子说了今日的事，五皇子道：“太子果然不想咱们再回闽地。”

谢莫如叹：“一国储君，心也太窄了。你也不过是在闽地打过一场胜仗罢了。”要说军功，仗其实不是五皇子指挥的。太子却疑心五皇子至此，哪怕在意料之中，谢莫如也觉着太子太不能容人。

五皇子没再多提这事，笑着转个话题：“对了，咱们闺女要入学念书了，东西预备好没？”

“东西好预备，笔墨纸砚都现成。她们去宫里念书，也得有两个伴读才好。我正要与你商量，看怎么给昕姐儿选伴读呢。”谢莫如递一盏茶给丈夫。

五皇子呷口茶，随口道：“岳家族中有没有合适人选？”妻子娘家嫡系没有合适女孩，昕姐儿现在顶多算个预备郡主，既选伴读，就是旁系有合适的也使得。

“三房倒是有几个年岁合适的，但我不喜三房为人。也不一定要从我娘家选，只要孩子好就成。”谢莫如道，“我倒是有两个人选，不知合不合适。”

“说说看。”

“阿芝媳妇陪我在闽地不少时间，吴国公府家教，阖帝都都有名，我想，从她家选一个女孩子。还有四嫂家里有个小妹妹，年岁与昕姐儿相仿，彼此也见过的。你觉着如何？”

五皇子自然乐意，不只是两家都是帝都显赫门第，主要是两家风评也不错。妻子一向眼光好，闺女有这样人家的女孩子在一块玩乐念书，的确远胜谢氏旁系之女。五皇子道：“挺好。太子也有庶女要一道念书的，就是不知太子妃要不要也选娘家女孩。”

“这不相干，咱们选吴氏女，也是提高吴氏门风，太子妃还会不乐意不成？”

五皇子道：“成，你看着办吧。”南安侯之女毕竟是姓胡的，想来慈恩宫会喜欢。妻子这两人选得，可谓用心良苦了。

谢莫如给闺女选了两个好伴读，她先同四皇子妃说的。四皇子妃与谢莫如向来交好，何况这又不是坏事，四皇子妃直接就替娘家应了，还送了昕姐儿一套入学的文具。

四皇子妃是个喜欢女孩的，笑道：“明儿我就回去与父亲说一声，也叫家里教一教二妹规矩，别到宫里倒出岔子。”

谢莫如笑：“四嫂多虑了，咱们家的孩子，又不是那没见过世面的。再者，俩孩子早就认得的，在一起念书玩耍，免得寂寞。四嫂帮我问问南安侯，要你家里乐意，赶明儿我下帖子，请南安侯夫人带着然姐儿过来喝茶。”

四皇子妃团扇摇两摇，杏眼睨着谢莫如一笑道：“你呀，自来这般周全。”

既是妹妹要做昕姐儿伴读，四皇子妃就问了：“郡主都两位伴读，另一位是……”

谢莫如笑：“我对帝都的女孩当真不大熟，也就认得然姐儿。我娘家也没太合适的丫头，就想着先时我娘家弟妹与我说起过她娘家的女孩们，想着倒是不错。”

四皇子妃真是服了谢莫如，这藩王府给家里女孩选伴读，多是从娘家或是夫家母族选起。但谢莫如就能另辟蹊径，而且选的这两家，不要说给昕姐儿做伴读，就是给太子的闺女做伴读也足够了。四皇子妃道：“吴国公府的家教是再出众不过的。”

谢莫如笑：“我也是这样说。”

隔日，谢莫如命人请了吴氏过府说话。

吴氏大着肚子来了，一听是这事，还有几分诧异。好在，吴氏反应极快，先应下来，笑道："家里侄女能入大姐姐的眼，是她们的福分。"就是不知道谢莫如看中的是哪个侄女啊。而且，她大侄女的主她怕是不好做，因为大侄女的娘是永福公主啊。

谢莫如仿佛知道吴氏的为难，笑道："公主之女，身份尊贵，不敢唐突。就是给昕姐儿寻个年岁相仿的小姑娘，一道去宫里念念书。弟妹也知道我的性子，孩子沉稳就好。"

吴氏笑："我二哥家有两个嫡女，嫡长女叫璃姐儿，八岁，嫡次女就小些，只有四岁，怕是有些小了。"

谢莫如微笑："弟妹与国公夫人商量后给我个准信儿就成。"

吴氏见谢莫如对她娘家二哥家的嫡长女未置可否，以为谢莫如不大满意，就去同她娘商议去了。

吴国公夫人先问："闽王妃不是自你婆家选伴读吗？"这事稀罕，他家同闽王府走动得并不亲近，当然，两家关系也不远。毕竟，吴谢两家联姻，正经姻亲的。

吴氏道："我婆家哪里有合适的女孩子？就一个思安，还没满周岁。"

吴国公夫人一想，这也有理，谢王妃素来高傲，怕不愿意自旁系给郡主选伴读。只是，吴国公夫人又问了："谢王妃如何就想到咱家了？"

吴氏道："在闽地时，闲了也说说家常，怕是王妃就记住了。别看昕姐儿是侧妃庶出，自小就养在王妃膝下，王妃很是疼她，自然要为她筹算。两位伴读，一位是从咱们府上选，另一位是南安侯府的嫡次女，四皇子妃的亲妹妹。这说是做伴读，其实就是个玩伴，也不真就当奴婢的，在宫里念书，也能长些见识。璃姐儿一向稳重，我看她倒合适。"

吴国公夫人一听谢莫如选的两位伴读出身，不由得一叹："闽王妃果然见识不俗。"

"娘，到底成不成，您倒给我句准话。"

吴国公夫人自是乐意，却有些为难，道："太子妃昨儿打发人来说，要璃姐儿去宫里给大郡主做伴读。"这大郡主说的是太子的庶长女，非太子妃所生，但即便是庶女，以后前程也不止是一个郡主的。

吴氏心里悬乎了一下，道："我以为太子妃会选珍姐儿。"珍姐儿是永福公主的长女。

吴国公夫人道："珍姐儿毕竟是公主所出，公主已求了恩典让珍姐儿一道进宫念书了。"瞧着小女儿，吴国公夫人又有些犯难，问："闽王妃就瞧中璃姐儿了？"家里孙女招人待见，这是好事，但太子妃点名要璃姐儿，闽王妃这里也不是善茬啊。闺女又是嫁到谢家，吴国公夫人既怕得罪了谢莫如，又担心此事不成，闺女在婆家难做。

吴氏此时就明白当初谢莫如未一口应下璃姐儿的意思了，怕是谢莫如早想到此节。吴氏与母亲如实说了，道："我一时没想到这个，倒是我们家娘娘想到了。"

吴国公夫人念佛："你三哥家的环丫头，今年七岁，也是我瞧着长大的。"

这也没法子，想来谢莫如亦有心理准备，不会与太子妃相争。吴氏道："行，我回头同王妃说一声。”

吴国公夫人道：“闽王妃贤明，你也要与王妃好生解释一二，莫叫王妃误会。”闽王得胜还都，身份不比从前，妻以夫贵，闽王妃的分量自然也不同以往。更何况闽王还没贵时，闽王妃就是帝都一霸王，倒不是没人敢得罪闽王妃，只是得罪她的人都没啥好下场罢了。

吴氏痛快应了她娘，这些事她娘不说她也晓得，再不会让谢莫如误会娘家的。

待晚上丈夫回家，吴国公夫人还特意与丈夫说了一回这事。吴国公没问谢王妃怎么给闺女选伴读选到了自家头上，他问了另一句：“谢王妃还选了哪家的闺秀？”

“南安侯府。”

吴国公颔首：“好眼光。”又问：“太子妃那里呢？”

“太子妃还选了承恩公府的长孙女。”

吴国公没说什么。

老夫老妻大半辈子，吴国公夫人知道丈夫这是不大满意，道：“太子妃那里怕是不好不给承恩公府这个脸面，毕竟关系着慈恩宫呢。”

其实给郡主选伴读本是小事，太子妃既有决断，吴国公便不想多言。老妻一句话，偏勾起他的话来，吴国公将手中茶盏往梨花几上一撂，道：“南安侯难道不姓胡？”

承恩公那等徒有其表的人家，哪里有南安侯这实权的兵部尚书实惠？何况，除开兵部尚书的身份，南安侯自己也有本事，怎么都比承恩公府重要百倍。放着南安侯不拉拢，管什么承恩公府的脸面！

吴国公夫人劝道：“国公爷也知道，南安侯与东宫一向不大亲密。”

吴国公长叹：“咱家与闽王府又亲近到哪儿去？我的夫人，亲疏还不是走动出来的。倘东宫开口，南安侯府难道还能拒绝？”

东宫自恃身份，太要脸面。看人家闽王夫妻，闽王府与南安侯府更是没什么来往的，闽王就能私下举荐南安侯；闽王妃把慈恩宫和承恩公府的脸都抽肿了，转头就能要南安侯的闺女给郡主做伴读。

吴国公这样的老政客，自然更欣赏闽王谢莫如这对老辣的夫妻。吴国公道：“你抽空多教一教环姐儿，也准备一下，我看这几日闽王妃就要下帖子邀你过去说话，带着环姐儿一道去。”

吴国公自是明白闽王府有拉拢亲近之意，就吴国公本身，他也不介意这样的亲近，故此要老妻郑重以待。

谢莫如的请帖来得很快，她只请了吴国公夫人与南安侯夫人，两位夫人也都带着女孩们来了。谢莫如亲见了两个女孩，很是夸了几句，每人赏了小首饰小文具，就让她们玩去了。

谢莫如这里宴宾客，五皇子在宫里也不得闲。继五皇子私下举荐南安侯后，内阁拿出了适宜人选的名单，南安侯在其中，还有一人亦在其中：吴国公。

五皇子就明白，东宫定是属意吴国公的。

不过，这并不以为奇，名单里也有大皇子的亲外公赵国公，还有永安侯，再者，五皇子的名字亦在名单之列。

大皇子见此名单后，与赵霖道："老五好险恶的用心，给闺女寻伴读这么点子事，就要借机拉拢吴国公与南安侯。要说老五对江南大总督一位不曾觊觎，我是不信的。"

赵霖道："闽王已举荐了南安侯。"

大皇子长叹："这就是老五的奸诈之处了，他出言举荐南安侯，若此事成了，自然是给南安侯一个天大人情，就算此事不成，南安侯也得记他的好。再者说了，南安侯做不得大总督之位，难道还做不得将军？届时老五这小崽子狼子野心地坐上大总督之位，让南安侯给他为将，南安侯还不得剖心剖肝！"

赵霖也得承认大皇子这话说尽了五皇子的盘算，五皇子举荐南安侯，的确是一步妙棋啊。赵霖道："吴国公府可不是好拉拢的，吴国公府是太子的岳家，难不成，一个孙女给闽王郡主做伴读，就能拉拢了吴国公府？"

"那倒不能，东宫属意吴国公任大总督一职。"大皇子虽也不喜欢吴国公，不过，他此时与他的太子皇弟一般想法，道，"不能再叫老五掺和到江南的事中去，不然，老五就坐大了。"

赵霖道："殿下有没有想过大总督之位？"

大皇子又是一叹："这帝都，谁人没想过？只是说句老实话，我在江南没有老五的优势，若老五都去不得，我如何能去？"

"殿下可以去。"

赵霖平平淡淡的一句话仿佛平地惊雷一般将大皇子自榻上炸了起来，大皇子眼睛都瞪圆了，眼神中竟有几分凌厉，直直地盯在悠然从容的赵霖身上："当真？"

赵霖道："主意是有，不过是个馊主意。"

大皇子嘿嘿一乐，道："馊主意也说来听听。"

"殿下也说，五皇子去不得，殿下便没理由去。只要五皇子去得，殿下为何去不得？"

大皇子不解："江南大总督只有一个位子，如何放得下两人？"

赵霖微笑："又不是让五皇子去做大总督，五皇子的封地在闽地，若江南有兵事，五皇子理当就藩。"

大皇子仍不解："五弟就藩，难道我就能去江南了？"他封地在晋中啊！与江南八竿子打不着。

赵霖笑："五皇子因何而建功？还不是在闽地打了胜仗嘛。殿下别忘了，三皇子封齐王，四皇子封楚王，两人封地，都与靖江王的藩地相邻。既要动江南，这里头就有三皇子与四皇子的封地，殿下何不建言令三皇子、四皇子、五皇子就藩，如此，联手同困靖江。有三位皇子各治藩地，再设江南大总督之职，也未为不可。”

大皇子就知道这主意馊在哪儿了，道：“若令他们各自就藩，再怎样的大总督，怕也指挥不动藩王的。”

“君臣有别，自是如此。”赵霖笑，“朝臣不行，是因为名分尊卑悬殊。若朝臣不堪大总督之位，就要寻身份上能压制住藩王的人来坐这大总督之位了。”

大皇子激动得身子一哆嗦：“时雨是说，我吗？”

“殿下为皇长子，诸藩王兄长，自然是最佳人选。”赵霖缓缓微笑，“何况，有闽王建功在前，三皇子和四皇子难道不愿效仿闽王建功立业？只要殿下将此主意一说，两位殿下定也是愿意的。就是闽王，定也是想在平定靖江一事上继续有所建树的。”

大皇子坐也坐不住了，在屋里狠狠地转了两圈，方道：“就是不知父皇心意！”

赵霖笑：“殿下只管放心，坐这大总督之位的，定是一位皇子！”

大皇子以为赵霖在御前当差有什么内幕消息，再细打听吧，赵霖偏生不肯细说，大皇子只得作罢，与赵霖商量着此事如何来办最为妥当。

赵霖耐心地同大皇子讲了些注意的细节，至晚便告辞了。大皇子其实有些不自信，他觉着自己在这事上没什么优势，但能争，还是想争一争的。就是争不来，也要搅乱一池春水。起码老三老四若能立功，也是削弱老五这一枝独秀！不然，死老五看着忒不顺眼！出头的椽子，招人烦！

大皇子决定去碰大运，赵霖却是信心十足。

不论是东宫举荐的吴国公，还是五皇子举荐的南安侯，都不会坐上这大总督之位的。

东宫不缺谋士，五皇子也不少幕僚，南安侯和吴国公都是不错人选，但是，陛下怎么可能让一个臣子去掌半壁江山？

对于经历过先英国公权倾朝野的穆元帝来说，这绝无可能。

江南一事，牵动多少人心。

如谢尚书这素来淡定的人，都有些不淡定地同长孙打听起闽王府近期动向来。谢芝升了职，依旧在闽王府为官，对闽王府的事自然是知道一些的。但谢芝职位所限，何况如今闽王得用的谋士如李九江、柳扶风都未回帝都，闽王便有大事，也不会同谢芝商量的。实际上，闽王也没同张薛二位长史商量过，闽王只同谢莫如商议局势。

故而，饶是谢尚书想打听些蛛丝马迹，奈何谢芝实在不知。

大事当前，谢尚书只得亲自去闽王府走了一趟。

要说以前谢尚书还是个骑墙派，在闽王大胜之后，谢尚书已经由骑墙观望发展到准备下手买入了。在这个千载良机面前，谢尚书自然得表示出一些自己对闽王的倾向来。

不只是买入后等升值的事，倘闽王能在江南一事上掺一脚，那么，跟着闽王的人便有再立功的机会。而跟随闽王的好处，闽地大胜后的封赏就足以说明一切了。

五皇子是个重情义的人，看太岳丈这样老天拔地地过来，心里很有些感动。

谢尚书有了年岁，现在干点儿什么机要大事，都会把长子带在身边，尤其是同五皇子培养感情啥的，更是落不了长子。谢尚书身在内阁，消息自然灵通，先与五皇子说内阁举荐名单的来历，道："南安侯武略出众，吴氏家族是江南大族，永安侯是长公主驸马，李家其实对西北更熟悉一些。赵国公家族原也是江南世族出身，吴赵两家被赐公爵，便是在当年太祖皇帝平定江南王一事上立有汗马功劳。"

五皇子道："南安侯乃有名宿将，永安姑丈年轻时也在西北主持过兵事，另外吴赵二位国公，多从政务。"

五皇子这话并未有多少私心，他就事论事，说的是实话，总督本就是武职，任此职之人，必得懂军略才行。

谢尚书温声道："殿下，江南一事，吴赵二府必会参与其间的。"

这些年，五皇子的养气功夫愈见深厚，他听这话心下一悬，面上却很绷得住，道："他们两府祖籍江南，定会担心族人，且二位国公本就是朝中栋梁，朝廷用人之际，二位国公自然是责无旁贷的。"大总督之位只有一个，总不能两个人坐上去。

"殿下说的是。"谢尚书笑，心下也得佩服五皇子这几年的成长，起码很沉得住气了，道，"殿下举荐南安侯是好意，但恕臣直言，南安侯怕是登不上大总督之位。"

这事五皇子不稀奇，他媳妇早与他说过了。五皇子举荐南安侯，更多是希望南安侯能成为总领江南的大将军，统筹军务。当然，这样的预计，五皇子是将自己放在了大总督之位。如果是他做大总督，定不会放着南安侯不用的。

不过，谢尚书也这样说，总是有缘故的吧。五皇子便露出个不解之色来，道："不瞒老尚书，在军略一道上，朝中还有谁能胜过南安侯吗?"

"并非南安侯不能胜任，殿下，执掌江南事的，不会是朝臣，只会是一位皇子。"倘赵时雨听到此言，当引谢尚书为知己了。

就是五皇子对此早有心理准备，也不禁问："老尚书此话怎讲?"此时朝中还在对大员的举荐中，并未有人提及皇子执掌江南之事，连同徐尚书的试探，父皇未置可否，就没人再举荐皇子了。太岳丈是从哪里知道这消息的呢?

谢尚书一叹："当年先英国公亦是江南旧族出身，战功赫赫，以致后来权倾朝野，前车之鉴犹在眼前……"

五皇子道："现下形势与当年大不相同啊。"朝中怕不会有第二个英国公，再者，若有人如英国公般战功，给人家赐爵也是应当的。

谢尚书不好再多说，轻声道："对不对的，这个节骨眼上，殿下宁神定性。殿下本就是皇子中唯一有战功之人，若是机会来了，殿下当仁不让。"

五皇子道："皇子中，我非嫡非长，虽有战功，也只是胜了一次而已。"

谢尚书道："当初，永定侯也只是败了一次。"

五皇子十分想争一争，但想到妻子的推断，又觉着自己怕是争不过东宫。五皇子欲言又止，谢尚书道："殿下有话不妨直言。"

五皇子还是很信任岳家的，他道："依老尚书所言，有没有可能，东宫亲掌江南事？"

谢尚书条件反射道："东宫乃国之储君，君子坐不垂堂，满朝文武尚在，如何能让东宫涉险？"说过后，谢尚书的眼神又有几分幽沉，正色道："如果东宫有此意，臣会为殿下尽力周旋。"谢尚书这是要将宝全力押在五皇子身上了。

五皇子道："让王妃过来，咱们一道商议商议。"

五皇子直接命人请谢莫如过来参谋，让谢氏父子也算开了眼界，看来谢莫如对五皇子的影响力比他们想象的还要大。

谢莫如一进书房，谢尚书与谢松皆起身。谢莫如十分和气，笑："祖父、父亲不必多礼，坐。"

五皇子挽住妻子的手，谢莫如便与五皇子一道坐在榻上。五皇子将谢尚书说的事大致说了，谢莫如道："如果东宫有意，凭东宫的实力，一句君子坐不垂堂，怕是难以服众。"

谢尚书道："史书上记载，汉初黥布谋反，汉人祖欲令太子代自己征黥布，吕后极力为太子婉拒。自来，太子将兵，有功则位不益太子；无功还，则从此受祸矣。东宫谋士颇多，又有苏相为太傅，当不会鼓动太子亲掌兵事的。"在谢尚书看来，太子出门打仗，实在不是高明的主意。

"苏相虽任太子太傅，但苏相为人，一向谨言慎行。何况苏相是首辅，凭他的身份，东宫对他敬重有余，怕是难以引为心腹。"谢莫如道，"若江南战事起，江南帮需要最大限度保存他们的实力。再者，朝中多少人指望着凭此战加官进爵。倘陛下无意朝臣掌江南，能与殿下一争的，唯有东宫。殿下便是有心示好江南帮，这短短时日，也有限得很。此战，关系他们家族气数，他们不放心殿下，定会推东宫上位。"

这不是简单的大总督之争，更关乎江南系势力的根基存亡。

谢尚书道："当初先晋王就是战亡在西北战场，有先晋王之例，陛下定舍不得东宫犯险。"

谢莫如道："殿下也是陛下爱子，当初永定侯一败涂地，闽地不稳，殿下照样要就藩稳定闽地局势。现下江南之事，较之当初闽地总安稳许多。还是说，东宫才干不比殿下？"

谢尚书一时词穷，五皇子不欲谢尚书面上难堪，与妻子道："我不过藩王，身份上自不能与东宫比。”

谢松突然问谢莫如：“那依王妃的意思，就是坐视吗？”

“不。”谢莫如道，“看紧了吴国公府与赵国公府，倘两家不曾联手，这大总督之位，殿下还有一争的可能。倘两家联手，就不必争了。”

五皇子就说：“这不大可能，大哥一向不服东宫。”当然，东宫对大皇子也没好感，这哥俩自小到大地较劲。

谢莫如意味深长：“这不急，江南事不会耽搁太久，眼下就能见分晓。”

赵国公府与吴国公府的关系未见分晓，倒是大皇子建言三皇子和四皇子就藩，各去治理藩地，引得朝中又是一番议论。

三皇子和四皇子挺乐意去，主要是有五皇子做榜样，他们自认为不会比弟弟差。只是，皇子们倘去就藩，江南的事就更复杂了，就是设了大总督一位，能指挥得动藩王？

太子的大局观不错，同他皇爹道：“弟弟们有为父皇分忧的心，是弟弟们的孝心。只是，江南设大总督，原是为了整个江南军略的需要，弟弟们就藩，难道让弟弟们听从臣子之令？这样，我先舍不得。”

穆元帝笑：“有这个心就好。”

太子就知道他爹是不会同意此事的，暗骂，死老大除了添乱还会什么！

大皇子刷了回存在感，太子也为大总督一职迟迟未能花落岳家而有些心焦。大皇子见赵霖的主意被驳了，很有些失望。赵霖笑：“自来兵马未动，粮草先行。殿下在兵部做老了的，何不向陛下求来打理粮草兵器之事，难道这将来不算功绩？”

虽是退而求其次，想到其他几位皇子尚未下手，大皇子就准备着去占这个尖。大皇子问赵霖：“时雨你说，大总督一职，到底是谁？”

赵霖道：“是东宫。”

“东宫！”大皇子既震惊，又不能置信，“让东宫去，还不如我去！”

赵霖双手按住大皇子的双肩，带着一股安抚的意味，沉声道：“这是国公爷与吴国公的条件，殿下掌粮草，国公爷支持东宫掌江南兵事！”

可是……大皇子道：“为什么是东宫？战事毕竟凶险，怎么能让东宫去涉险？”虽然大皇子挺盼着东宫出个意外，但东宫亲临战事，大皇子还是不能理解。

赵霖道：“内阁呈上的大总督候选名单，陛下似有意闽王。闽王在闽地经营不值一提，但如果让闽王拿下江南大总督之位，他的权力就太大了。一旦闽王成势……殿下难道忘了当初闽王妃是如何将梅花从赵国公府挖回万梅宫的吗？”江南系官员并不信任闽王，闽王妃的出身为人起了很大的作用。

大皇子忽然无言以对。

五皇子再一次见识到了朝廷的行事风格，五皇子倒不是认为他大哥不适合掌管粮草，毕竟他大哥在兵部待了这些年，只要用心，管一管粮草也能管得来。

但是，也不是说世间就他大哥适合这份工作了吧。

但，听那些朝臣一说，什么“大皇子在兵部经验丰富”，什么“大皇子行事稳妥”，什么“帝之长子，才干出众”，反正一堆话夸得他大哥天上有人间无的，听得五皇子直冒酸水。他倒不是嫉妒，这样的话五皇子早听过，当年永定侯一败倾城，朝廷要他去闽地救火，那是把他夸成救世主的。

只是，那会儿他是被这些臣子们推去填坑，一不留神就得把自个儿掉坑里去。如今他大哥这个，可是一等一的肥差啊！

五皇子心里酸酸的，觉着这些朝秦暮楚的东西都是没贞操的王八蛋。

五皇子也不能说大皇子不合适，他只道：“粮草非同小事，大哥统筹，底下可得安排好妥当人手。”

大皇子心道，老子在兵部十来年，还用你个小崽子多嘴。面上仍笑道：“五弟只管放心，哥哥也在兵部这些年了。”

五皇子笑笑，不着痕迹地瞥了满面含笑的太子一眼，也就不说话了。

五皇子知道他皇爹是个什么意思，他皇爹其实很想锻炼一下他们，生怕他们变纨绔，以后撑不起藩地事务。他皇爹有意，太子都没出言反对，五皇子自然不会反着来，他刚说的那话，就够招大皇子烦的了。

五皇子一肚子左思右想地回了家，回家就同谢莫如说：“太子竟没说一个‘不’字。”

谢莫如道：“殿下坐观其变吧。”

五皇子就算在宫里时没瞧出来，一路上也明白过来了，太子对大皇子掌粮草一事表示支持，约莫是赵国公府与吴国公府的交易了。五皇子感叹：“要是东宫亲掌江南，此事足以载入史册啊。”他母家没人，妻族也没有吴赵二国公府显赫，亲信们都在闽地，五皇子面对如此局势，也唯有一声感叹了。

他已无能为力。

谢莫如凝眉思量，并未再说什么。

哪怕是东宫系要令东宫亲掌江南，这话也不能直白着说。虽说江山迟早是东宫的，现下还是陛下的。东宫掌江南，这话说出来不大好听，东宫系的政治智慧在此处完美地展现出来，改头换面来了个，东宫代陛下巡幸江南。

饶是野心勃勃如谢莫如，此际也得为东宫系表现出来的政治智慧叫一声好。

至于谁人任大总督一职，东宫的眼光倒与五皇子一致，东宫举荐的人，亦是，南安侯！

东宫系强悍的手段与实力尽展无遗，五皇子的小心肝都跟着颤了颤，想着幸亏自己坐观其变，没多嘴，没伸手。

五皇子都在东宫面前偃旗息鼓了，三皇子和四皇子更从来都不是硬碰硬的人。至于大皇子，东宫将粮草的差使相让，大皇子现下也说不出别个话来。

一看东宫这配置，五皇子觉着自己跟媳妇也甭想别的了，洗洗早点儿睡吧。

五皇子中肯道："东宫睿智啊。"当初户部那一起子乌七八糟的事，五皇子觉着太子有些糊涂。可如今看来，人家大事明白着呢。这样的配置，想败都难哪。

谢莫如笑笑："当初咱们就藩闽地，殿下想过有朝一日能大胜靖江王吗？"

"那倒没有。"彼时初初就藩，立足未稳，五皇子怕被人架空，急着收买人心，抓军政大权，只求靖江王别到闽地寻晦气就念佛了，哪里敢想有朝一日能大败靖江王呢？

"立在此时此地，我们也只能看着晚上的星空预测下明天是阴是晴，但其实明天什么样，得到了明天才知道。今天想的，永远是猜测。"谢莫如道，"殿下回来这些日子，还没去见过北岭先生吧？虽前头遣小唐去了，小唐的性子，比明天的天气还难预料，我前儿还听他说北岭先生学问不咋的呢。"

五皇子一听这话，不由道："他这是要把牛吹上天哪。北岭先生学问都不好，谁学问好啊？"

谢莫如笑："那小子是给江北岭忽悠了，他倒是脸大，带了些礼物过去，自称是江北岭的徒孙。江北岭考较他一二，硬是没敢做小唐的师祖，把他忽悠到沈翰林开的进士堂去了。"

"还有这事，我竟不知。"五皇子听这事也不由得乐了，笑道，"进士堂是什么地方啊？"

"我也没去过，听说是翰林院沈翰林开的学堂，给举人们讲课，指点文章，怎样考进士的地方。小唐说这位沈翰林是很有学问的，教人学问比江北岭都叫人明白。"

五皇子来了兴致："那咱们可得去瞧瞧。"反正江南事他也插不上手了，"回来这些日子，光顾着忙活了，你也没个闲的时候，正好，待休沐那日，咱们带着孩子们一道去。咱们走的时候，闻道堂刚建起来，如今闻道堂可是大有名声的。"

"问问四皇子他们要不要去，我想再去看看当年我跟四嫂盖的宅子。"

"成。"五皇子一口应下。

五皇子种种行为，太子殿下也得感叹："五弟是个有机变的人哪。"当初一回帝都，事没定下来的时候，眼瞅着有利可图，五皇子是全月无歇，见天地往宫里跑。这一看没戏了，五皇子立刻就闲云野鹤地找江北岭讨论学问去了。

去的还不只五皇子一个，连四皇子也跟着凑热闹。

哎，弟弟们没一个省事的。当然，更不省事的是大哥！想到粮草的肥差落到大皇子手里，太子殿下也是颇为心痛的。

宁祭酒听太子如此感慨，笑道："五殿下一向深藏不露。"

只要五皇子知难而退，太子也就不再多说什么了。

宁祭酒一笑，亦不再多言。

四皇子和五皇子两家欢欢喜喜地去了郊外，一路上，谢莫如时常掀开窗子向外看。以往少人行的路上，现今时常车来人往，有了人气，便得兴旺。

谢莫如笑："记得咱们头一回来，那会儿真是荒郊野外。"

五皇子也是笑："是啊，当时建好了宅子，都没人来住。"

六郎和昕姐儿年少，跟在父母的车驾里，也跟着伸长脖子往外看。昕姐儿一会儿道："那是拉木头的车！""那车上好多桃子！"一会儿又道："母亲，远处那是稻田吧？哎哟，那是棉花呀！好大一片！"

谢莫如笑："昕姐儿比我强，我小时候不认得棉花，过生日时，二叔送我一瓶，我还说呢，这是什么花啊，不用浇水，插瓶都不凋的。"

五皇子哈哈大笑，昕姐儿也跟着乐，连不知道听不听得懂的六郎也咯咯笑了几声。

沿路先到的官员廉租房社区，更是热闹，不过因此处住的都是小官员，都是自矜身份的，连带社区也很有些斯文气。就是推车提篮过来做生意的小贩，也都打理得干干净净。

在此地下了车，谢莫如的记性很不错，同四皇子妃说起以前的规划，什么地方是市场，什么地方是店铺，还有学堂医馆……都带着孩子们去瞧了瞧。

家里要啥有啥，乍一出来见有叫"店铺"的东西，孩子们顿觉大开眼界。针线铺、帽子铺、绸缎庄、胭脂铺、银楼、文具铺什么的，倘不是时间短，孩子们真想一家家地看过去。

孩子们在一处也是各种童言稚语，如大郎几个是跟父母去过闽地的，面对四皇子家的堂兄堂弟们，突然发现，自己好有见识哟。

好在，大郎稳重，二郎是个慢性子，这俩都话少。偏生有个三郎是个话篓子，而且，三郎见堂兄堂弟们一露新奇稀罕之意，便会道："这个呀，我们闽地多得很。"然后便各种吹嘘自己在闽地是如何逛街的，非但逛过街，他还在街上的饭庄里吃过饭。三郎说到兴头上，还大方道："什么时候你们去闽地，我请你们吃海鲜！大海，你们见过不？没见过？哎呀，太可惜啦！我跟你们说说大海啥样吧，不然以后怕你们见了认不出来！"接着，他又给人介绍起了大海！话多得哟，四皇子和四皇子妃都忍笑忍得肚子痛。

昕姐儿受不了她三哥的聒噪，道："我耳朵给你吵得嗡嗡的，都不叫人好好看。"

三郎道："这不是阿兄他们没见过海嘛，我给阿兄阿弟说一说。"

六郎默不作声地举了个水囊给他三哥，三郎一见，正是口渴，接了来喝水，也就不说了，还摸摸小六郎的头，夸他懂事。

长辈们都觉好笑。

及至去了闻道堂，三郎这话篓子见是念书的地方也收了声。北岭先生起身相迎，五皇子笑："三载未见，先生一如往昔。"

北岭先生一向是茅坑里石头的脾气，估计五皇子他爹亲来，老家伙也不见得给个笑脸，见着五皇子倒是高兴，笑道："殿下更见雍容了。"

大家皆同北岭先生打了招呼，孩子们行过礼，坐下听着长辈们说话问候。

说起闻道堂，五皇子道："我们来时去闻道堂看了看，里面学子众多，不好打扰，就直接过来了。"

书童捧上茶来，北岭先生道："是朝廷恩典，有些穷困学子可在此地容身。大家在一起，说一说学问，三人行，必有我师嘛。"

来北岭先生这里，也就是说一说学问了。

不过，能同北岭先生说一说学问，大家也是十分愿意的。

及至辞了北岭先生，五皇子特意去那个进士堂看了看，因是休沐的日子，小唐也来上课了。五皇子一到进士堂，哗，比闻道堂的人只多不少啊。

五皇子以为是哪位翰林组织的免费讲堂呢，一打听，人家不免费，也不公益，人家收束脩，而且，贵得要命，每十天上一次课，一次课就是五两银子。

五皇子可是知道民生多艰的，这年头，一两银子就能买五六石大米，这五六石米，够十来口壮丁一月的口粮了。这进士堂，五两银子只得听一个时辰，这是什么黑心讲堂啊！

做惯了公益的五皇子憋一肚子火回去了，回头问小唐，小唐道："哎呀，五两贵？我还是托着师祖的面子才进去的呢。殿下有所不知，今年正是春闱之年，在进士堂听过课的举子有一百六十人，这一百六十人，足有四十人中了进士！现在进士堂的名额可是火爆得很，有的宁可加钱，就为了去进士堂听课，沈翰林就定了五两银子，还不加价呢。"

这么一说，这姓沈的还是个好人呢。

五皇子问："这位沈翰林好大的本事，叫什么名字？"

小唐本就是个好打听的，道："叫沈素，蜀中人，现任翰林修撰。"

五皇子忽然想到沈翰林是哪位了，哦，这位沈素沈翰林应该是给大皇子府的皇孙做过启蒙先生的，怪道能开这黑心讲堂，他大哥定是靠山。

五皇子与妻子也说了回这进士堂的来历，谢莫如笑道："原来是这位沈翰林哪，他向来眼光不错。当初四皇子建好南郊的宅子，沈翰林与郝翰林退了内城的宅子，带头搬了过去。嗯，沈翰林不错，生财也生得文雅。"

五皇子低声道："心忒黑。"

谢莫如笑着递给五皇子一盏凉茶，道："这话太偏了。要是有人保证能中进士，不要说一堂课五两，就是五十两，五百两，也能叫人打破头呢。五两银子，有些贵，也不算离了格。这位沈翰林，出身寻常小户人家，家里上有双亲，下有妻儿，都指望他来养，翰林无甚油水，想些法子赚银钱养家糊口，光明正大。"

五皇子也不是见不得人发财的，就是闻道堂那里都是朝廷恩典的地方，倒不想给这姓沈的开了这么个贵族课堂，心下有些不对劲罢了。媳妇这样说，五皇子也便不再纠结这事，反道："你怎么对这位沈翰林这样清楚？"

"上次郝翰林不是来过咱们府外头东扒西看吗？我命人一道查了查，他们的确身家清白。郝翰林家里是做生意的，倒是不愁生活。这位沈翰林家里是种田的，老家勉强有几十亩地，父亲是一位老秀才，家境艰难。要我说，宁祭酒这祭酒的官，该让给沈翰林，每科春闱，国子监也中不了四十人。"谢莫如一笑就带过去了。

五皇子也笑了："这倒是。"

五皇子对宁祭酒没啥好感，觉着这老东西尽出坏水，殊不知宁祭酒也遇到了难题。

尽管东宫想多提携自己人，但东宫也明白，打仗不是闹着玩的。都把太子代上巡幸江南的事给搞定了，此战必得大胜方好。没有悍将，倘真有个意外，甭说江南系官员，就是太子也捞不着好。所以，哪怕南安侯同东宫一向不大相近，东宫系也是捏着鼻子荐了南安侯。

南安侯倒不排斥掌江南军务，但南安侯为人，一向有一说一，有二说二。东宫系举荐他，不过，东宫系却难以掌控他。

就像太子问南安侯，平复靖江要多久，南安侯给出答案："最少三到五年。"

这个答案太子就不大满意，无他，太子代上巡幸江南，也不能一巡就三年五载啊。太子是希望，利利索索地去，利利索索地回。这三到五年，是当初他那五弟给的答案啊，南安侯你是老于军略的人，怎么着也比五皇子要强吧。

太子笑道："表叔何等人物，不必谦虚太过。"

南安侯素来不苟言笑，太子殿下如此温文，他仍是一张铁面，幸而铁面上的五官生得颇为不错，所以，即使是冷面，也不难看。南安侯正色道："并非臣谦虚，靖江王于江南经营日久，想荡平靖江，顺利的话三到五年，若不顺利，怕要更久。"

太子的脸色就有些不大好看了。

这就是党外人的坏处了，根本不理解你举荐他的苦心，不理解你的需要，只管自顾自，完全不是合作的态度啊。

太子忽然觉着，自己一片苦心，却是遇到了瞎子。

第五十六章 沈翰林

太子殿下一个千伶百俐的大媚眼，算是抛给了瞎子。

南安侯认真地给太子分析了一回江南局势后，就告退出了东宫。

太子真的叫南安侯给堵得不行。

其实，江南啥样，纵使南安侯不说，太子跟着穆元帝在朝理政这些年，也知道一些。当然，太子对江南的见地，可能没有南安侯这样的宿将深刻，但大局上的眼光还是有的。

收靖江王之权，这样的千古功勋，太子为何独独举荐南安侯，将此旷世功绩送予南安侯？归根到底，东宫也知道，南安侯有这样的本事。东宫是想借助南安侯在军略上独到的天才，能在最短的时间内立此奇功，同时给巡幸江南的太子加分。当然，江南系官员也要在此战中最大限度地保持家族元气，让家族在此战中得到最大利益。

军政军政，军与政从来都是一体。东宫系的利益与此战成败息息相关，把统率之位举荐给南安侯，东宫自然有东宫的要求。

东宫的要求是，尽快打赢这一仗。

你要是磨蹭三到五年，那为啥还非要用你南安侯啊！五皇子这样就藩三年的生手，都说三到五年内便能荡平靖江。南安侯你领兵多少年？

要不是东宫知晓南安侯软硬不吃的脾气，且谢莫如与承恩公府素来水火不容，太子非得怀疑南安侯被五皇子收买了不可。

太子对南安侯的回答不大满意，却也无法。

毕竟，大总督一事，是东宫举荐的南安侯，而不是南安侯求着东宫举荐的。

南安侯虽与承恩公是同胞兄弟，但，南安侯的性子显然与承恩公不同。承恩公事事以太子为先，南安侯对于东宫则有些不远不近。故而，南安侯给出三到五年的时间，太子也不能说，你抓紧点儿时间，一年半载地便把江南平定成不成？

太子不能同南安侯说，却是可以同岳父吴国公说的。

吴国公闻知此事后道："南安侯一向谨慎，他说要三到五年，是老成持重。一则，江南如何，得南安侯亲自去了方知晓。二则，闽王说了三到五年之事，南安侯到底也要顾及些闽王的颜面。三则，这是最长的时间了，倘能提前解决靖江之事，岂不正是殿下之功吗？"

此一席话便能知晓穆元帝在为太子选岳家时是何等用心了，这位国公大人的手段，亦由此可窥一斑。

吴国公安抚了太子的心情，看太子颜色转好，就说起来："南安侯军略出众，家教亦好。前儿我见了他家三子，不过六七岁的年纪，就极懂礼数了。"

太子并不笨，他先时只是对南安侯的回答不满意罢了，如今经岳父一解说，那点儿小小不悦也就烟消云散了。太子虽是高高在上，但笼络个把人的手段也是有的。一听岳父这话，太子立刻道："三郎也到了念书的岁数，该选伴读了。"

吴国公笑："殿下恩重，天下皆知。"东宫对南安侯有举荐之恩，再对南安侯施恩，如此恩深，南安侯若再有二话，便是陛下也会不满吧。

此时此刻，最重要的就是将南安侯牢牢地绑在东宫系的战车上，余者，皆可退让！

太子与吴国公在东宫商议事情，隔日，南安侯被宣至昭德殿陛见。

穆元帝没有太子这种急功近利一般对时间的要求，道："靖江在江南经营日久，朕登基时，内忧外患不断，一直没空料理，就坐大了他。你与朕实说，此去江南，有几分把握？"

南安侯先后被五皇子与太子举荐平定江南，自然也细细地琢磨过此事，道："靖江势力已成，早晚必有一战。要说十成十，臣不敢说此大话，五成把握总有的。只是，臣以往都是在南安州，江南地广人密，士族豪门颇多，臣这一去，暂时不能开战，怕得先料理江南军务。总得兵将可用，方得用兵。"

穆元帝微颔首，见他面上却是欲言又止，穆元帝对这位小表弟向来信赖有加，便道："在朕面前，还有什么不能说的？"

南安侯此方道："陛下委臣以重任，按理臣不该说此话，不过，臣以为，朝中还有比臣更合适的人选。"

穆元帝有些讶异，这位小表弟可不是会推诿的人，何况南安侯确有才干，穆元帝不由得问："你说的是哪个？"

"闽王殿下。"南安侯道。

穆元帝听这话不禁笑了："你俩倒有趣，他举荐你，你举荐他。"穆元帝看五儿子素来顺眼，再加上南安侯也是他倚重的臣子兼表弟，故而，南安侯举荐五皇子，穆元帝并未多想。

南安侯正色道："臣长于军略，于政务上却是有限。江南之难，其实最难的不在于靖江王多年经营，而是江南这些弯弯绕绕的士族豪门富户大贾。闽王殿下身份高贵，主持过闽地事宜，虽闽王谦逊，常说上番大胜为侥幸，臣在军中多年，倘小胜说一声侥幸倒是可能，一场大胜，绝非侥幸。陛下，靖江能掌江浙二地，闽地既与靖江相临，靖江怎会不向闽地渗透？闽王在闽地经营三年便可令靖江一场大败，以闽王之才，当能掌江南事。届时，臣辅以军略，江南之事，必可事半功倍。”

穆元帝听得认真，想了想，依旧道：“闽王只是闽地藩王，若四省之事均由他来操持，他还年轻，这副担子太重，怕他是力不从心。”

南安侯便知道穆元帝仍是倾向东宫了，其实南安侯倒也理解皇帝表哥。身为一代帝王，穆元帝有自己的考量。江南之事，较之闽地复杂千倍，别人都当大总督之位何等显耀，南安侯却觉着此位当真是一盆火炭。南安侯举荐五皇子不为别个，从五皇子就藩闽地就能看出来，这位皇子殿下不惧得罪人，对臣下也有担当，手段刚柔并济，倘有五皇子打头，梳理江南应更容易些。不过，穆元帝道：“朕为你配一个善理政务之人如何？”

南安侯便将闽王之事暂且搁下，道：“不知是哪位大人？”

“吴国公，如何？”

南安侯道：“吴国公居于臣下？”

穆元帝笑：“这有何妨？吴国公娴于庶务，你长于军略，你二人主持江南，珠联璧合。”

吴国公都去给他当巡抚了，南安侯这个总督还能说什么呢，只得谢恩之后再谢恩了。南安侯还同穆元帝说了要去闽王府请教一回闽地军略之事，穆元帝对五儿子十分自信，笑：“你有什么要问的，只管去，小五在这上头还是有些见识的。”

南安侯任江南大总督一事定下来，朝中并未有多少反对的声音。南安侯因军功封侯，实实在在的战功摆着，总督本就为武职，更兼南安侯出身承恩公府，正经穆元帝舅家表弟，故此，南安侯坐这个大总督之位，实至名归。

倒是吴国公任巡抚一事，有些人觉着依吴国公之位高爵显，屈居南安侯之下，未免大材小用了。不过，人家吴国公没意见，东宫没意见，最重要的是龙椅上的那一位没意见，余人有眼力的，自然也不好有什么意见了。

大总督之事尘埃落定，五皇子也感慨再三，东宫系能举荐南安侯执掌江南，当真是一张好牌。更可见，东宫也是以国事为重的。

五皇子觉着，自己还是多想想以后怎样建设封地的事吧。

南安侯就在这时候上门拜访，五皇子与南安侯不大熟，不过，现下南安侯的闺女给他闺女做伴读，再加上本就是亲戚，且两人都是明白人，倒也能说到一处去。

五皇子请南安侯去书房坐了，因涉军务，侍女上过茶点后，五皇子便令屋内侍人退下，他与南安侯私下说话。

南安侯打听闽地之事，五皇子也就与他细说了：“至今闽地的细作也不知有没有清理干净。闽地有一点好处在于地方穷，富贾豪门也没几家。以往闽地最有名的家族是前英国公方家与宋家，方家早就灭族，宋家一直在西宁，现下只有江姑娘在了。如今闽地并没有称得上显赫的人家，有些年头的家族就是余、齐两家，不过这两家族中并无高官。剩下不大安分的，在闽地时，我都处置了。再者，闽地的港口约莫要竣工，扶风掌兵时间尚短，不过，要说镇守闽地，还是可以的。闽地只要太平，不愁百姓过不好日子。”

听话听音，南安侯听出五皇子的意思是不希望有人去动闽地的。南安侯却是道：“殿下眼光好，闽地将才颇多。依臣看，柳将军便是其中佼佼。”

五皇子也没急，笑道：“扶风才干自然是有的，只是，闽地与江南大势不同，当初我亲至闽地，以皇子藩王的身份，力排众议，扶风方得以掌闽地驻军。按理，将军嘛，会打仗就够了。但江南各种关系错综复杂，扶风以何服众？仅凭在闽地的战功，怕是不足。”

南安侯笑了一下，道：“并非柳将军战功不足，怕是殿下觉着臣难以掌控江南局势，反会误了柳将军。”

“侯爷误会了。一力降十会，侯爷江南兵权在手，便没有不能掌控的局势。侯爷也知道，靖江与南安州，相隔的就是一个闽地。何况，海上也无甚太平，闽地自来多匪患，没有扶风坐镇闽地，闽地怕是难以消停。”五皇子担心的不是南安侯掌握不了江南局势，而是江南这一锅粥委实不好煮，南安侯要掌江南，必得一番血流成河。平国公府柳家的嫡庶之争，五皇子也知道一些，柳扶风这嫡子嫡孙年少时摔坏了腿，同他跑去闽地挣前程，可想而知柳家这庶系多强势，而柳扶风庶出二叔一向与东宫交好。江南之地，东宫系势力庞大，且这几年东宫与他关系平淡，五皇子怎会放心让自己的心腹爱将去江南。五皇子与南安侯道：“我与侯爷推荐一位将才如何？”

南安侯眉心微动：“李宇李伯爷？”

“正是。”五皇子是个坦率人，他直接道，“宇表兄乃难得的悍将，依宇表兄的出身，江南何人能敌？不过，他还在家里养伤，最好侯爷亲去一趟。”柳扶风有人敢招惹，李宇是断然无人敢惹的。哪怕东宫，也得给文康长公主三分面子。

南安侯道：“殿下的眼光再不会错，臣明日就去。”

虽知南安侯是军中老手，五皇子仍是忍不住道：“江南的事，宁缓勿急。”

南安侯真的笑了，他真不知道五皇子是这样的实诚人。多少人都是眼望他得胜归来，唯有五皇子劝他莫急。南安侯也多了几分郑重，道：“臣明白。既是殿下说柳将军能守住闽地，那闽地的军备，臣就不动了。不过，有一事，殿下给臣一个准话。”

“何事？你只管说。”

南安侯声音放低，淡淡的，却险些吓着五皇子，因为南安侯道：“海匪段四海那里的事。他会不会与靖江相勾结？”

其实，五皇子可以说“不知道”，但如果这样回答，两人也就没必要继续谈了。

只是，五皇子与段四海之间的联系，天知地知，他们夫妻知，余者也就谢尚书与穆元帝知道了。皇子同海匪来往，这事也就他爹默许，是万不能拿到台面上来说的。五皇子定一定神，他换了个角度来说段四海一事。五皇子道："当初我依计避退延平州，一路上走走停停，是计诱靖江入瓮。彼时，我以为段四海也会上岸趁火打劫，就想着，倘能如此，正可将靖江的人与海匪一勺烩了。结果，段四海劫的是败退的靖江残兵，并未上岸。段四海此人，谨慎异常。他会不会同靖江勾结，谁都没法断定。"

南安侯道："段四海的底细……"

"他对帝都豪门旧事，了如指掌。"五皇子并未相瞒。

南安侯道："届时还请殿下帮忙，既想收靖江之权，必得成四合之网，别的地方臣不担心，唯海上，我朝海军防线太过薄弱。"

其实哪里还有海军呢？南安侯这般说，不过是为了朝廷颜面。

五皇子也是盼着朝廷能收服靖江的，他想着，段四海这事既然南安侯都知道了，便送南安侯一人情，与南安侯说了说闽地与段四海之间联系的事。南安侯道："如此，届时要请江姑娘帮忙。"南安侯并不会摒弃闽地，然后自己去与段四海联系，谁也不能永掌江南权柄，闽地肯尽心配合，南安侯也不会大动闽地。

五皇子一口应下："成，我让王妃写封信给江姑娘。"

南安侯没想到原来这事还是谢王妃在管，不过，倒也不算意外，谢王妃素来是个借势高手。南安侯同五皇子说起江南局势，倒也有些惺惺相惜之意，尤其五皇子能顶着风险将李宇推荐给自己。五皇子诚心相帮，纵南安侯一向冷峻，对五皇子也多了几分不错的观感。

及至南安侯告辞，五皇子道："侯爷还要多加小心一人——白浪。"白浪曾大败永定侯，五皇子就藩三年未曾与其交战，但白浪乃劲敌，这是一定的。

南安侯有些诧异，他望向五皇子道："殿下难道不知？"

"什么？"

南安侯负手，目光有些说不出的悠远，口气却是淡然，他道："当年先英国公的府里便有一头白狼，为先英国公爱物，白浪此名，若所料未差，定是化名无疑。"

南安侯来访这事，谢莫如也是知道的，五皇子还是同妻子说了一声。谢莫如听了道："南安侯掌江南，倒比旁人好些。"

"是啊。"五皇子又说了举荐李宇之事，"我看南安侯的意思，似是想动一动扶风。扶风一动，闽地军中没个主事的人不成。倒是宇表兄，也是难得将才。"

谢莫如微微一笑："扶风是殿下心腹，南安侯自然知道殿下不会轻允。他这样说，想是为了同殿下谈一谈条件，让闽地配合他吧。"

“只要南安侯能顺顺利利地平复靖江，让闽地配合南安侯的战略也是应当的。”五皇子道，“只盼着少打几年仗，太太平平的才好。”

谢莫如笑：“殿下仁心。”

五皇子又道：“不知太子何时巡幸江南。”

“这事且不急，既是巡幸，便没有常驻江南的理。要赶不上战事，太子不是白巡幸了？眼下怕是先要南安侯赶赴江南，时间差不多了，太子再去。”

五皇子端着茶盏的手一顿：“这也在理。”不过，五皇子有些忍不住，轻与妻子道：“咱们是皇家，太子更是储君，不大好与臣下争功吧？其实只要南安侯安安稳稳地平定靖江，太子便是大功一件，何苦要去……”何苦要去争臣下之功呢？五皇子很是想不通这一点。

凭太子的举荐之恩，只要南安侯大胜，自此不是太子党也胜似太子党了。

臣下能干，做主君的准备好赏赐就是，何苦去分臣下功勋？尤其是战功，生死之地挣出的功绩给主君分去，底下赏赐薄了，日后还有谁肯出力效死呢？

谢莫如淡淡道：“殿下别忘了，南安侯并非东宫的人。哪怕南安侯平定江南，难道就会转投东宫？殿下太小看南安侯了。”

五皇子听这话却是不恼，反是觉着南安侯有风骨，道：“倘换个人，就不一定了。”

谢莫如道：“倘非如此，怕是陛下也不会放心南安侯主持江南大局。”连带吴国公也要给南安侯做副手，可见穆元帝对这位表弟的信任了。

把南安侯讨论了一番，五皇子方同妻子说了南安侯对白浪此人的猜测。谢莫如一听，脸色便沉了下来，这样的事，竟没人提过！

谢莫如冷笑：“这些人也可笑，不过一反贼旧事，方家早便得诛，真不知又有何可讳莫如深的！我看白浪也不必打仗了，哪天他来帝都走一圈，一报姓名怕得吓死一批！”

五皇子劝妻子：“兴许是别人以为咱们知道，才没好多说的。”

谢莫如更是来火，一拍桌子：“我跟谁去知道！还是有谁跟我说过！”

五皇子算是撞枪口了。

五皇子劝了半日，才把妻子劝好。第二天，五皇子还进宫跟他皇爹絮叨了一回，他拿出说私房话架势，暗示他皇爹屏退内侍才说的。五皇子神秘兮兮道：“昨儿南安侯同儿子说，以前方家养过一头白狼，说白浪可能是化名。父皇您知道不？”

这话真把穆元帝问得脸上灰灰的，他老人家当然知道，只是，他不晓得五儿子不知道啊。穆元帝“唔”了一声，道：“就这点事？”

五皇子立刻瞧出他皇爹是知晓了，顿时大为郁闷，抱怨道：“父皇知道怎么也不与儿子说一声？昨儿南安侯一说，儿子觉着自己跟傻瓜一样。”

穆元帝才觉奇怪，道：“你一直不晓得？”

“没人同儿子讲，儿子当然不晓得。王妃也不晓得，我们在闽地查白浪查了好几年，怪道啥都查不出来。"五皇子道,"都是父皇您不提醒我,叫我出个大丑。"

五皇子这般抱怨天抱怨地的,穆元帝只觉好笑,道:"谁敢说朕的儿子出丑?你这孩子,朕以为你知道呢。"

五皇子怨念深重:"儿子根本不知道。"

穆元帝笑:"行了,昨儿南安侯都跟你说什么了?"

五皇子大致说了说,听到五儿子向南安侯推荐了李宇,穆元帝很是满意:"阿宇这孩子倒有几分将才。"

"是。当初宇表兄去闽地,我还担心他受不了辛苦,又怕他战前受伤。宇表兄有今日,全是真刀真枪打出来的,多少贵胄子弟也没有这样的血性。"

五皇子对李宇也颇为欣赏,又关心起李宇的亲事来,道:"都忘跟父皇说了,我看姑丈急得很,在闽地时还与我打听来着。宇表兄打仗是一把好手,年岁比我还大,该是考虑成亲的事了。"

"别说你姑丈,朕都替他着急。"穆元帝说到外甥的亲事也愁,想给外甥说门亲事吧,外甥没那意思,也不能瞧着外甥打光棍啊。又不是外甥不出众,实际上,李宇算是穆元帝最出众的外甥了。穆元帝遂对五儿子道:"你跟阿宇年岁差不多,有空多去瞧瞧他,也问问他,有没有什么喜欢的人。延绵子嗣也是孝义之一,就当为父母尽孝,也该早些娶妻。"

五皇子也想去瞧瞧李宇,便应下此事来。

其实,五皇子甭怪太子嫌他,但凡太子想拉拢的人,总是叫五皇子抢了先,这叫谁谁心里能痛快啊。

南安侯任江南大总督一事定了,余下便是手下资源的各种配置。争大总督没争成功的,就要争大总督麾下的位子了。南安侯的手不比东宫慢,东宫系给南安侯安排的副手是吴家人,南安侯自己找了李宇,而且这里头还有五皇子举荐的事。不要说吴家人,就是吴家的族长吴国公也不愿意与永安侯府对上。

太子倒不介意李宇上位,正好借机拉拢永安侯府,只是,怎么哪里都有五皇子的事啊!江南的事与你有啥关系啊,你就去举荐李宇,你还知道自己啥身份啥地位不?

太子委实火大。

五皇子这里却是在同李宇说话,李宇回帝都一直在养伤,打仗时用力过猛,伤得不轻,好在李宇年轻,且好大夫好药材地养着,如今身上的伤也好得七七八八。李宇正想打听一下江南战事,听五皇子说了想让他去江南的事,李宇并无二话,他道:"我小时候,最敬仰的就是南安表舅了,真没想到有一天能在表舅麾下当差打仗。"

五皇子笑:"表兄你素来骁勇,刀枪无眼,也得留意自身安危才是。"

李宇在闽地这几年，同五皇子也是相熟的，他道："战场之上，最忌贪生怕死，气势上一弱，必输无疑。打仗不怕死，怕死不打仗。我要怕死，就不会从军了。"

五皇子知李宇说的在理，只是，他们是亲戚，关系当然不比常人，又是他向南安侯荐的李宇，五皇子自然是盼着李宇平安的。又说些战场上的话，就听李宇道："可惜柳将军不好挪动，不然表舅就是如虎添翼了。"

"扶风守住闽地，便是大功一件。"

"这倒也是。"

二人说一时江南战局，五皇子方提到娶妻生子的事，李宇一副没啥兴致的模样。五皇子道："姑妈姑丈这把年岁，只当是安慰长辈，把亲事定下来也好。何况，你常年打仗不在家，留下妻子在父母膝前尽孝，也是好的。"

李宇道："这娶媳妇，也得有顺眼的才成吧？"

"帝都多淑女，表兄你就一个都看不上？"这话可不能随便说，哪怕李宇出身尊贵，这话也忒得罪人了。

李宇已是而立这年，这个年岁，也没什么不好说的，道："还没太顺眼的。"

"那你喜欢什么样的？"

"顺眼的。"

"你这样可不行啊，没个标准，可不得打光棍吗！"五皇子苦口婆心地劝李宇，"这成亲吧，刚开始顶多见上一两面，只要彼此不讨厌就行了。日子是慢慢过出来的滋味，情分也是处出来的。"

李宇难得八卦，跟五皇子打听："殿下同王妃成亲前，有啥感觉？"

"感觉？就是要好好待王妃呗，王妃是正妻，得敬重王妃。"五皇子笑，"这些话是我母妃叮嘱我的，其实我开始还有些担心，怕王妃太厉害，不好相处来着。待时间长了就知道王妃好处了，现在帝都上下，谁不说本王有福，娶得好媳妇呢？"

李宇心道，怕就殿下自己这样以为啦。自从五皇子娶了谢莫如，帝都里就流传着五皇子惧内的传说。当然，这事也就是嘴碎之人闲叨叨罢了。就是李宇看来，谢莫如这位王妃做得也相当不错，哪怕谢莫如的血统一直被人诟病，但她智慧高啊。就像五皇子说的，自从五皇子娶妻，五皇子就开始在朝中崭露头角，直至成为今日唯一有战功的藩王皇子。

对比一回五皇子，李宇对亲事也就有些模糊的影子了，他道："其实，只要人稳重端庄，别太笨，我也没什么意见。"

五皇子眼睛都亮了，不想李宇竟真给出了娶妻标准，五皇子立刻道："表兄只管放心，定是一等一的好姑娘！"

五皇子回头就把李宇的娶妻标准同他皇爹说了，穆元帝一听也挺高兴，觉着外甥懂事，就凭"稳重端庄"这四字，就知道外甥是个明白的。男人娶妻，妻者齐也，要举案齐眉的妻子，日后上承宗嗣，下抚儿女，自然得稳重端庄才好。

至于"不太笨"的话，谁会给李宇这堂堂伯爵说个笨蛋做妻子呢？

李宇都有爵位了，要不是已经把长泰公主嫁给了李宣，穆元帝还真想再跟妹妹做回亲家。好在外甥有了娶妻标准，这亲事也就不愁了。

因着五皇子把李宇劝得有了娶妻的念头，李宣亲谢了五皇子一回。文康长公主没少在慈恩宫说五皇子的好话，就是对谢莫如也面色和缓，欢喜不少。

五皇子这事办得，胡太后都破格赏了苏妃不少东西，夸苏妃教子有方。

你说把大皇子给醋得，没少酸巴五皇子，私下常道："老五这一回帝都倒闲得很，都去做媒了。"

太子也很是瞧五皇子这上蹿下跳的有些不顺眼，五皇子把李宇的亲事解决一半，他再如何拉拢，怕也难及李宇同五皇子的交情了。

太子与大皇子这里且不说，五皇子跟他皇爹举报过两位兄长，故此，两人早对五皇子有些不大满意了。倒是宫里柳妃，趁着八皇子过生辰穆元帝留宿的时机，捧上一盅八宝茶，陪着穆元帝说话。瞧着陛下面色不错，柳妃方寻个时机开口："听说南安侯爷要去江南当差，说来妾身娘家侄儿也在南边，要是有用得着他的地方，陛下只管差遣他。"

穆元帝本就不是枕头风类型的皇帝，再者说，柳妃在宫里不算受宠，穆元帝完全是瞧她生了皇子，为了儿子面上好看，方晋她以妃位。就是枕头风，柳妃这吹起来，也没啥效果。穆元帝脸色微淡，话也淡了，道："你只管好生服侍太后，这些事不必你操心。"

柳妃登时不敢多言。

就在这一片闹哄哄的局势里，南安侯奉御命接掌江南大总督之位，前去江南赴任，与南安侯同去的还有太子岳父吴国公大人。至于李宇，南安侯钦点副手，本该同去的，却被文康长公主扣下来相亲，把李宇急得，同他娘道："娘您看着好就行了。"

文康长公主此方放儿子去了江南，至于亲事，自有她来料理。

文康长公主要给光棍多年的二儿子找媳妇，那也不是随便找的。文康长公主虽然以前有些不讲理的名声，但由于近些年谢莫如曾直面胡太后，名声大震，人就怕比较，这一对比，闹得文康长公主的名声竟好了不少。更兼李宇自己挣出的爵位，出身更是一等一，以前是文康长公主拿这个儿子没法，如今李宇亲自应承要成亲，一时间风头大盛，成为婚姻市场有一无二的热门人选。

李宇随南安侯去了江南，心仪姑娘的人选，文康长公主叫永安侯去同五皇子打听。文康长公主道："阿宇身边，什么样的女孩子没有，也没见他有动心的。这次必是老五同他说了些什么，令他开了心窍，你去问问，我也好给他寻一门可心的亲事。"这种一把年纪还打光棍的儿子，文康长公主生怕给儿子寻个不合眼的，倘过不到一处去，反耽搁了两人。

永安侯也有些好奇，不过，他是长辈，他去同五皇子打听，怕五皇子不好说，于是，派长子出马。李宣本就与五皇子夫妇相熟，更兼年纪差不多，一向能说得上话。李宣带着妻子长泰公主和小儿子李韶一道去的，李韶年岁同六郎相仿，还未到念书的年岁，所以长泰公主但凡出门，多是带着小儿子。只管让纪先生看着孩子们玩去，大人们在一处说话。

李宣说明来意，五皇子倒没想到李宣是来打听这个的，五皇子很是坦诚，道："我就同宇表兄说了成婚的好处。"

长泰公主笑："这话驸马同小叔可不知说过多少回了。"

"不能干说，得有事实证明。我就把我跟王妃的事同宇表兄说了说，宇表兄就知道成亲的好处了。"五皇子觉着自己在说服人上头还是有一手的，"我跟王妃成亲前也不大熟，成亲后相处久了，情分就深了。"

谢莫如倒不觉着五皇子在说服人上有一手，她认为五皇子凭这么几句话就说服了李宇才不可思议，问五皇子："就说了这个？"

五皇子很是理解李宇，道："宇表兄不成亲，主要是要求高，没遇着投眼缘的，又不愿意娶个不大了解的姑娘。一来二去，便有些耽搁。可这情分深浅，都是相处出来的。"

反正，五皇子谜一样地说服了李宇。

李宣长泰公主夫妻在闽王府用了午膳便告辞了，李宣回去给他娘交差。文康长公主听了都觉着稀奇，要说她给儿子们寻的正室，哪个不是人家闺秀，端庄知礼的。二儿子在亲事上点了头，可说真的，也没提出什么逆天的要求，就两点：端庄稳重，不太笨。

以往她给儿子相看的姑娘，哪个不端庄不稳重不聪明呢？

文康长公主想了想，突然有种不可思议的直觉，莫非儿子喜欢的是谢莫如这一款的？

只是，这一款可不大好寻。

谢莫如相貌只算中上，相貌中上的闺秀，文康长公主认识一大把，但智慧能与谢莫如媲美的，哪怕以文康长公主的自信，也不会认为自己比谢莫如更具优势。

怪道二儿子不成亲呢，要求忒高。

不太笨。谢莫如可不止不太笨，与谢莫如比不太笨的女人，文康长公主认识的，都作了古。一位是文康长公主的姑妈，另一位就是文康长公主的祖母了。

这么一想，文康长公主觉着，想给二儿子寻个可心的委实不容易了。

文康长公主正为二儿子的亲事犯难呢，偏生老娘还来凑热闹，硬要给外孙子做媒。鉴于胡太后的眼光，做的那个媒，文康长公主没翻脸就是看在这是她亲娘的面子上。她娘给介绍的那位姑娘，倒是亲上做亲的关系，可就因是亲上做亲，文康长公主对这姑娘颇是知道一些，就那姑娘的智慧……要不是文康长公主知道她老娘做事一向没主意，真得认为她娘是同她有仇呢，简直没见过这么会坑外孙子的外祖母！

穆元帝笑哄他妹："还是你同永安拿主意，你相中哪家闺秀，只管与朕说，朕下旨赐婚。"

文康长公主道："母后总是好心办坏事。"

穆元帝道："她也是为阿宇着急，别人像阿宇这个年岁，儿子都老大了。他这媳妇还没娶上，你也抓紧点给阿宇相看。以往你最急，这好不容易他愿意成亲了，你这里怎么又不急了？"妹妹这才仨儿子，就成天操不完的心。穆元帝近来老来得子，算一算，已有十个儿子五个闺女，觉着倒比妹妹轻松一些。

文康长公主道："又不能逮一闺女就娶家里做媳妇，总得有合适的才行。"她儿子这不是要求高嘛！

穆元帝却认真觉着，李宇不婚，妹妹的挑剔也是主要原因。

文康长公主这里心急火燎地给二儿子张罗亲事，谢莫如的生辰近了。

五皇子本就是挟战功回帝都，虽然没能争到江南的差使，也是帝都热门人物。五皇子又从来不肯委屈妻子的，好不容易回一趟帝都，妻子的生辰并不是要大办特办逾了规矩，但也得有藩王妃应有的排场。

谢莫如对于宴会向来驾轻就熟，在帝都无非是更热闹一些。而且，虽然慈恩宫的赏赐一向中规中矩，但也没少过她什么，穆元帝则素来给谢莫如面子，皇子妃过生辰的赏赐，谢莫如这里时常超标。说句实在话，这超标的待遇，便是太子妃生辰时也没有的。

当然，太子妃生辰的赏赐肯定比谢莫如这藩王妃所得的多，但也就是太子妃的标准了，穆元帝从未格外加赏过。所以，帝都这些眼明心明的人难免就觉着，谢王妃是颇得穆元帝青眼的儿媳妇。这其实也不足为奇，谢莫如同穆元帝本就有血缘关系，穆元帝格外另眼相待些，也是人之常情。

怕是只有谢莫如才心知，她与穆元帝并无私交，血缘关系对于这二人也没什么特别的作用。穆元帝向来赏功赏能，额外恩赏，那定是穆元帝对于她藩王妃身份上所作所为表示的赏赐。

譬如，这次谢莫如就提早同五皇子商量了，生辰收的礼全都折现，送到闽地用于抚养战争遗孤，还有一部分捐给当初谢莫如在闽地组织的夫人们的慈善会，虽一时回不到藩地，该做的事，谢莫如一样没落下。

谢莫如的生辰宴依旧热闹，除了各家送的寿礼，还有一事令五皇子和谢莫如欢喜，闽地港口终于竣工，这就要着手开始进行海上贸易了。

闽地过来帝都送寿礼的不是别人，正是李九江。五皇子见着李九江也高兴，他一时半会儿地回不了藩地，正惦记闽地局势。李九江来得正是时候，反正李九江是来贺寿的，而且，他早便与谢莫如相识，三人坐在秋风正爽的敞厅说话，颇觉自在。

李九江说了些闽地的事情，唐总督和苏巡抚都是做事做老了的人，五皇子虽然回了帝都，闽地的事还是照着以前定下的轨迹运行。李九江道："可惜王爷不在藩地，不然港口竣工，有王爷出面，当更盛大。"

五皇子也深觉可惜，却又无法，他皇爹叫他留在帝都，他只得在帝都待着，与李九江道："这一两年，我怕是暂且要待在帝都了，闽地的事，你与扶风多留意。"

李九江对闽地的事心下有数，事事清楚，细细禀明了五皇子后，转而又说起江南之事来，道："臣过来帝都之前，南安侯已接掌四省之地，唐总督交割清楚，就要来帝都述职。"

唐总督这总督眼瞅就做不成了，来帝都述职，也是找门路来的，朝廷高官很多，大员的位子却是有限。五皇子问："老唐有什么打算没？"

"原本唐总督是想来了帝都亲自同殿下说的，不过，臣先到一步，就托臣先禀明殿下。南安侯的意思，是想唐总督转任江南的兵备转运使。"

"虽品阶不比一地总督，也是实职。"五皇子中肯地评价了回兵备转运使一职，道，"且江南重地，正是用人之际，老唐是个踏实人，他做过总督，在军务上自是熟的，南安侯慧眼识人。"五皇子在闽地三载，对唐总督的观感不错。

李九江虚握拳掩唇轻咳一声，倒有些不好意思继续说了。李九江一向温雅，难得会有不好意思的时候，五皇子笑："九江有事难启齿？"

李九江道："南安侯想让臣到他麾下任职，帮着料理粮草。"

五皇子看向妻子，道："南安侯好快的手。"

谢莫如笑："南安侯要掌江南，总得用熟手，他自闽地选人，自然也会从别的地方再选。不过，唐总督与九江都过去，看来，苏巡抚是要留在闽地了。"

"苏巡抚改任闽地安抚使，其实领的还是以往巡抚的事务。"

南安侯对闽地的变动与安排，五皇子夫妇还是非常满意的。不过，江南之地，到底不是太平地方，五皇子同李九江道："江南的粮草事务，在帝都由大皇兄负责。南安侯初至江南，必先理江南内政，江南事务冗杂，且任大巡抚一职的是吴国公，吴国公是太子岳父，深得父皇心意。南安侯想用你打理粮草，你就只管打理粮草，余下莫多言。"

李九江正色应下。

叙过公务，五皇子转而说些家常，他道："九江你难得回帝都，也去见见姑丈，他心里很是惦记你。"

李九江倒没什么特别表情，玉青色的外袍衬着他不动声色的温润脸庞，他道："明日还要去拜见师父，怕是不得闲。"

五皇子刚把李宇这不婚主义者劝得要大婚了，正是劝人上瘾的时候，劝李九江道："天地君亲师，亲排师前，北岭先生一向宽厚，你先回家，北岭先生也不会怪你。何况，你回帝都总要多住几日，后儿再去拜见北岭先生也是一样的。”

李九江不好驳五皇子，只得道：“知道了。”

结果，李九江办的事，真是叫五皇子无语。

李九江的确是回家了，他一大早上掐着时辰去的永安侯府。

啥时辰去的？早朝的时候。

李九江过去侯府，他因战功得了个二品职，虽然做的是五皇子府属官的差使，却也是拿着二品俸禄的。侯府的管事不敢怠慢，恭恭敬敬地请他进去吃茶，倒是李九江听说永安侯上朝去了，茶也没吃，只略坐了片刻就起身走了。

五皇子同谢莫如道：“你说九江，温雅如鹤的人，也能办出这样不靠谱的事来。”

谢莫如道：“家家有本难念的经。像陛下这样的慈父，能有几人？”穆元帝别的不说，在父亲这个角色上还是十分尽职的。所以，五皇子对于父子关系一向看重，五皇子是替李九江惋惜：“姑丈性子也不错的，九江是聪明人，缓和一二，并非难事。”

“缓和什么？当初九江名不显时，谁来同他缓和？现下他功成名就熬出头，倒想缓和了？天底下没这样便宜的好事，有些事，错过就是错过。”谢莫如初有些激昂，后又缓和，最终转为淡淡，“事如此，人亦如此。”

五皇子少时只是不大受重视，穆元帝却从未忽视过他，应有的教育、地位，五皇子一样不缺。及至成年，随着五皇子崭露头角与谢莫如刻意的劝导，五皇子与穆元帝的关系逐渐亲密。五皇子自己也很享受这样的父子关系，他一向以己度人，才劝李九江去永安侯府的。

谢莫如对此却有不同看法，她当初劝五皇子亲近君父，那是因为五皇子他爹是皇帝。有个做皇帝的爹，不要说只是不够重视五皇子，就是从未重视过，为了以后的生活，也得同穆元帝搞好关系。永安侯当然也是朝中显贵，但永安侯还不够身份让李九江去和缓。

世上的事，从来不是一是一二是二的，清官更是难断家务事。但，如果有了不必违忤尊严的权力，何必再去对不想低头的人低头？

再者，谢莫如有此言辞，未尝不是有感而发。

五皇子虽然劝人劝上瘾，却也不笨，立刻想到妻子同岳家的关系。岳家与他倒是不错，当然，妻子对岳家也不错，该提携的提携，该照顾的照顾。想来，这也并不代表亲近吧。

五皇子拍拍妻子的手，没再说什么。

李九江自永安侯府出来后便去了北岭先生那里，李九江算是江北岭的记名弟子，这些年相处下来，二人还真有了些师生情分。

江北岭笑:“我还以为短时间你回不了帝都。”

“闽地港口建成,又赶上王妃生辰,这次回来,一则是向王爷禀明港口之事,二则可代闽地诸官为王妃贺寿,也算一举两得。”李九江提起红泥小火炉上的铜壶,烫杯之后,倒了两盏茶,双手捧予江北岭一盏,问:“先生这几年在帝都还好吗?”

江北岭较之三年前并没有太大的变化,只是年岁有了,两道眉尾垂下,更添了些岁月的宽厚与豁达,他笑:“我是做学问的人,能在此安安生生地做学问,求仁得仁,自然是好的。”

“当年先生为王爷所荐的几位先生,于闽地传道授业,开启民智,颇受闽地百姓爱敬。王爷时时说起,治国治民,最需这般才德兼备的大儒。”江北岭能有今日今时之地位,哪怕一把年岁了,亦是明敏过人。听李九江这话,江北岭以为李九江是想让他再荐些人的,李九江却是未提,而是笑道:“王爷当年建港口之时就说了,待闽地财力宽裕,便会出资令各县兴建县学。说来惭愧,闽地穷困之地,就是州学也是王爷就藩后多加恩赏方有所改善,各县学荒废已久,许多百姓纵有求学之心,也只能去私塾念书。”

江北岭能成就偌大名声,与他多年来在北岭一带几十年讲学授课相关。想一想孔圣人如何成为圣人的吧,不就是做老师做的吗!

江北岭这样的国朝大儒,对国朝教育自然深有感触,道:“自前朝末年,天下动荡,以致人心丧乱,刀戈四起,人们哪里还有向学之心?东穆立国起,也是内忧外患,近十几年方得太平。今上建筑书楼,便是有收拢天下学子之心。闽王有兴学之意,乃闽地百姓福音哪。刀戈只是一时权宜,想长治久安,还是要文武并治。”

这等老生常谈,不同的人却是有不同感悟。李九江认真听了,说起自己将转任南安侯麾下粮草官一职。江北岭自己是做学问的,并不反对弟子们建功立业。江北岭道:“你正当盛年,有此历练不为坏事。江南亦有几个你的师兄弟,只是,一入官场,各有各的政见,届时见了你自行拿主意吧,老朽就不掺和你们官场之事了。”

这是江北岭的原则,来求学的,就只说学问,至于其他,他素来不闻不问,亦不会给任何意见。

李九江笑应一声“是”,江北岭说到小唐,道:“你眼光不错,收了个好弟子。”

“小唐是个实心人。”小唐也没正式拜师,不过他一口一个师父的,李九江初时没应过,时间久了,也就应了。

江北岭道:“能成就一番事业的,往往是实心人。”

小唐倒不知道自己还得了江北岭一赞,他本身对江北岭很有礼貌,虽然听不懂江北岭讲的学问。江北岭也没强求他听自己讲学问,反是将他推荐到沈素沈翰林的进士堂去学写科举文章。这一点,小唐是很感谢江北岭的。而且,他人虽然不大聪明,到底出身官宦之家，很有几分眼力，逢年过节不必说，就是小唐十天一去进士堂补习时，都会带些家常东西给江北岭。

其实，想给江北岭送礼的能从帝都城排到靖江王府，脸皮厚的也有很多，如小唐这般能入江北岭眼的则寥寥无几。

小唐自己倒没觉着啥，他就是想着师父不在帝都，师公一把年岁的，他当然得多照顾着些。至于能从江北岭这里得到啥好处，小唐倒没多想，关键是，这小子忒自信。他觉着自己老爹有本事，自己又跟着闽王混，以后怎么也不能差了，何必去盘算这么一把年岁的师公呢。至于有没有人想借助小唐来接近江北岭，自然也是有的，只是小唐虽笨了些，却有个优点，就是把话说前头。任何想借他跟江北岭套近乎的，他都以一句"师公喜欢清净"给打发掉了。

至于有没有人记恨他，小唐就不知道了，有人记恨他也不怕，他觉着自己靠山硬，而且，小唐自己交际广啊。他爹不在帝都，他在帝都就常跟他爹的旧交走动，譬如永安侯府，小唐那股子天真活泼，文康长公主都挺喜欢他。

这次李九江回帝都，小唐主动请缨帮着师父收拾好宅子，又安排了接风酒，第一场请的是李家人。小唐知道师父不愿意见永安侯，虽然永安侯对小唐不赖，小唐对永安侯的观感亦不错，但在他师父的问题上，小唐还是觉着永安侯有些偏心眼。他干脆请了李宣李穹兄弟过来他师父的宅子里吃酒，李九江与永安侯是相看两相厌，但与几个嫡出弟弟关系都不错。所以，李九江回帝都不见永安侯，还是愿意见一见弟弟们的。

再加上小唐活跃气氛，兄弟三人倒也和乐。

只是有一样，小唐称李九江为"师父"，到了李宣李穹这里，则是"阿宣哥，阿穹哥"这样的称呼，闹得李穹都有些受不了，道："小唐，你这是怎么算的辈分哪？"就这脑瓜子还能考出举人来，闽地的举人看来是真的好考啊。

小唐一面帮着执壶，一面机灵道："当然是各论各的，你可别想占我便宜！"

李穹捏杯坏笑："你又不是大美人，我用得着占你便宜。"

小唐翻翻白眼："就是有大美人，怕你也不敢去占便宜。"

李穹是李家兄弟中最风流的一个了。李宣娶的是公主，在这上头得克制；李宇是不婚主义者，很有些不近女色的意思；到李穹这里，本就是幺子，父母原也多偏疼一些，李穹本人不算贪欢之徒，可爱美之心，人皆有之，他正年轻，出身亦好，其实不必李穹主动做什么，倒贴的女子不知有多少。李穹一听还真来了兴致，道："说来寻常美貌多的是，绝色佳人则难寻哪。小唐你光棍光着，莫不是真见着什么绝色人物了？"

小唐一副笃定模样，道："说绝色都是侮辱人家。"

李穹更好奇了，问："是哪位仙子？"

"说了阿穹哥你也高攀不上。"

李穹倒不是无法无天的性子，也没较口头高下，只问："你只与我说说，叫我也长些见识。"

"行云姐，你攀得上？"小唐道。

李穹险让酒给呛着，连连摆手："那是不能，那是不能。"江行云何等名声啊，据说杀人如砍瓜切菜，现下人家都领着三品将军的俸禄，不要说他，大皇子先前想打江行云的主意都闹个灰头土脸。李穹素有自知之明，人也有分寸，便是口头上也不肯得罪江行云的，正色道："小唐你不地道，江姑娘非凡人也，如何能唐突！"

小唐笑："那是，以前我是想把我师父介绍给行云姐的，谁晓得，她没看上我师父。"

小唐突然爆料，这回把李九江给呛着了。李九江斥道："如何敢胡言乱语！快闭嘴！"还有，你什么时候认江行云做姐了啊，你可真会套近乎！

小唐不觉着自己是胡言乱语，他又是个实诚人，见李九江不信，他就有些急，遂拿出证据道："师父，是真的，行云姐嫌你生得不好看。"

听这话，李宣李穹不禁双双望向李九江。李九江还不好看？说句实在话，李家嫡庶四兄弟，李宣三人相貌亦是中上，但要论出众，还就得数李九江了。李九江非但相貌佳，气度亦好，这样的人物，江行云还嫌不好看。哎哟，可算是找着江行云找不着婆家的原因了。

听小唐这话，李宣都起了八卦之心，道："阖帝都城，我还没见过比大哥更出众的人物。小唐，难不成闽地有此人才？"

"没，要是有，行云姐不早嫁了吗？"小唐说着，又很为他家行云姐的终身大事发愁。

李穹亦是感叹："江姑娘的眼睛，这是长到了天上啊。"料想江姑娘的姻缘怕是比他三哥还得艰难数倍呢。

第一场接风酒就在四个男人的八卦中结束，第二场接风酒就是请藩王府的属官们了。

张长史见小唐里里外外地照应，笑着打趣李九江："徒弟比儿子还贴心哪。"

小唐嘴快道："我师父哪来的儿子，他连媳妇都没有哪。"

前番刚被李宣李穹八卦了一回，今儿小唐又提这事，李九江多么云淡风轻的一人也忍不住，斥道："闭嘴！"

张长史等人已是大笑起来，纷纷道："唉，九江，小唐也是一片孝心嘛。"

小唐拱手，团团一揖，笑道："诸位大人可别笑了，光棍都要面子，把我师父笑火了，可没我的好果子吃。"

此话更是逗得张长史等人喷饭不止。

李九江心说，有个徒弟就够糟心的了，万一倒霉生个这样的儿子，那才是夭寿哪。李九江胡思乱想一番，瞥小唐几眼，小唐嘿嘿一乐，给师父执壶斟酒。

总之，家有小唐欢乐多。

李九江两场接风酒吃下来，李宣已在寻思着，大哥年岁比阿宇还年长几岁，也是光棍着呢，要不要请母亲给大哥也相看一位闺秀。就是张长史等人也觉着，李九江有才有貌的，这把年岁，亲事可该开始张罗了。甚至张长史都想，要不要把自家闺女给李九江说说。

虽然年岁差得有点大，但李九江也是初婚，虽是庶出，李九江自己却是有本事的，也得五皇子看中。而且，两人同僚这几年，李九江生活习惯也不错，自身条件绝对是上上等。张长史颇为心动，就是不知李九江的亲事是他自己做主，还是永安侯府做主了。

李九江没想到小唐这多嘴的一张罗，自己今年便犯了桃花。

小唐的确是个喜欢张罗的人，除了给他师父张罗接风洗尘酒，还把自己不错的朋友介绍给他师父认识。小唐新结交的朋友就是开办进士堂补习班的沈素沈翰林了，小唐十分推崇沈翰林讲的文章，私下同他师父道："比师公讲的还叫人明白呢。"

沈翰林开办的进士堂，李九江也有所耳闻，关键是如沈翰林这般补习效率的可是凤毛麟角。今科春闱，就是国子监里中的进士数目，也不如沈翰林的补习班多呢。

就因沈翰林这本事，小唐方将他引荐给自己师父认识。其实小唐是想引荐沈翰林给五皇子，却听说沈翰林与大皇子府颇近，小唐生于官宦之家，这些弯弯绕绕的不大懂，但忌讳还是知道的。沈翰林不是有啥根基的人，两人既交好，他就不能坑了沈翰林。

沈翰林是个简单的人，此人农家出身，生得颇为俊秀，二榜翰林，以往给大皇子家的皇孙做过蒙师，后来皇孙去宫里念书，沈翰林就出来自己办了补习班。现下看来，沈翰林很有办补习班的天分。

除此之外，沈翰林就是热衷于置产过日子了。当然，他定期给闻道堂捐钱，也很支持闻道堂传道授业解惑的事业，与江北岭一系关系不错，不然当初江北岭也不能安排小唐去进士堂补习。虽然沈翰林的补习班价钱之高，一直为人所诟病。可能在江北岭这里挂上名号，就说明沈翰林的本事了。

总的来说，沈翰林就是这么个人，没啥背景，才学也不是一等一，擅长开补习班，赚些银钱，却也不会刻意往上钻营。就是背靠大皇子府，沈翰林也不是大皇子系的核心人物，据说连外围也算不上。以前大皇子还笼络过他一二，后来见他一门心思赚钱，不大上进，也就淡了。

对了，沈翰林还擅长卖书，他亲自编撰的春闱补习手册，被考生奉为宝典。据说沈翰林每年卖书所得，比开补习班还赚。

因沈翰林在补习班上大赚特赚，在朝中还挨过参，不过听说沈翰林是蜀中薛帝师高徒，此事最终不了了之。薛帝师自回蜀中，这些年再未至帝都一步，帝都中却依然有他的传说，就知此人何等人物了。

不过，在李九江看来，这种传说实在是……只要稍对薛帝师有些了解的人就能知道，不同于北岭先生弟子遍天下，薛帝师一生就一个弟子——今上。

自回蜀中老家后，有人上门请教学问，薛帝师也会指点一二，但薛帝师再未收过弟子也是真的。

让李九江说，沈翰林与薛帝师是同乡，这是一定的，都是蜀人嘛。但要说两人是不是认识，李九江都拿不准，毕竟，人家沈翰林可没承认过与薛帝师相交莫逆啥的。

不过，能在帝都过得滋滋润润，以沈翰林的出身来说，这也不是寻常人能做到的。

小唐的眼光不错。

既是小唐引荐二人认识，原是该小唐安排地方做东，沈翰林却是道："老家捎来些土物，小唐你定没吃过的，来我家吧，请你和李大人尝尝我们蜀地风味。"

小唐不知人家沈翰林这是为了显着亲热，才请他们师徒到家里吃饭的，他还颇有不服，道："啥蜀地风味我没吃过，我们唐家在蜀地也有族人呢。"

沈翰林道："小唐你老家不是在直隶吗？怎么，蜀中还有你们的族人？倒没听你说过。"

小唐嘿嘿一乐，颇为自豪："天下人都知道的啊，我们祖上唐神仙就是在蜀中成的仙，听说现在芙蓉城还有神仙宫呢，神仙宫里供奉的就是我们家的老祖宗。"说到这个，小唐就牛气哄哄得不行。别的什么世家豪门介绍出身，无非是祖上出个公啊侯的，再显赫，也就是出个皇帝，哪个能比得上他们老唐家，出的是神仙，这就跟凡夫俗子不是一境界！

沈翰林唇角抽了抽，道："嗯，我秋闱时还去神仙宫烧过香呢。"瞧小唐这脑袋，委实想象不出这是神仙后人哪。

"要不阿素哥你怎么一路畅通考进帝都来的，都是我们唐神仙保佑你呢！都说神仙宫的香火灵得不得了，是不是？"小唐根本没去过蜀中，对于他的神仙祖宗，他也不甚了了，但这半点儿都不妨碍他吹嘘一番自己祖宗。小唐无限畅想了一番自己的神仙祖宗，最后道："什么时候去蜀中，我也得拜一拜祖宗去。"

他说了一通祖宗，同沈翰林定下一道吃酒的事，隔日就同师父李九江去了沈家拜访。礼物也是小唐备的，因沈翰林上有二老下有三小，小唐没弄什么贵重物，跟谢王妃要了些上等点心，包好带了去。再备些笔墨，是给孩子们的。沈翰林家没闺女，一水的儿子，所以也不必备给女孩子的东西了。

沈翰林以前住的是朝廷给困难官员的廉租房，现下沈翰林兼职事业小成，不好占着朝廷的廉租房，便买了宅子搬出去，住到了自己的进士堂附近。

沈父沈母都是极淳朴的老人家，小唐以前就见过的，打过招呼后，介绍了自己师父给老人家认识。沈父沈母年岁不轻，李九江并未自恃身份，拱手一揖问好。沈父笑："李大人莫要这般多礼，早听小唐说李大人是神仙一样的人物，果然没有半点夸大。”

沈母忙吩咐丫鬟上茶点，又请李九江坐下说话，客气且热情，请李九江吃蜀地的茶。沈翰林则叫了儿子们过来见过李九江，孩子们很懂礼数，小唐拿出糕点给他们吃，还道：“这是王爷小厨房里制的糕点，味儿比外头买的好。”

沈母顿时不安，道：“王爷赏的东西，能吃吗？要不要先供供祖宗？”

“能吃能吃。”小唐道，“因外头不得见，我就带了些来。我们王爷可是个大好人，知道家里有老人孩子，还叫厨下做得酥软些。”

沈翰林笑：“你以后随便外头买两包就行了，可别这样。外头现在都叫我铜钱翰林，若贪吃的名声出去，说不得要给我改名叫点心翰林了。”

小唐直乐，道：“随他们说去，这些人就是闲得扯淡，有了这扯淡工夫，做点儿啥不好。他们若有阿素哥你一半的本事，就不会说你闲话了，他们都是嫉妒你。不为人妒是庸才，这说明阿素哥你有本事。”

沈父道：“还是该像李大人这般，为国为民做些事才好。”显然，小唐早在沈父这里吹嘘过他师父了，所以，沈父提及李九江时，那浓浓的赞赏口吻哟，简直溢于言表了。

李九江面容温和，诚恳道：“沈大人著书育人，也是不朽功德。何况，沈大人定期捐助贫寒学子，有仁义之心，令人感佩。”捐银子的人不少，给闻道堂捐银子的更多，但要知道，沈翰林不是富裕出身，见到沈翰林这一家子，李九江就知道沈翰林为啥这么拼命赚钱了。一家老少都要他来养，人也不只是活着就够的，三个儿子，以后成亲，没有家业如何成？何况，就是这个家境条件，沈翰林都会定期捐款，可见其为人，绝非外面所传那般。

沈父笑：“这些不过小事。”嘴里谦虚着，也能看出很为儿子骄傲来着。

李九江笑：“莫因善小而不为。可见世叔教子有方。”

沈父就更高兴了。这倒不是沈父肤浅爱听好话来着，当然，谁不爱听好话呢，皇帝也爱听。主要是，自来了帝都，实不若在老家自在，沈父能说到一处的人就少了，难得有李九江这等人品，还愿意耐心地听他说话，于是，老人家自然开怀。

沈太太亲自去厨下瞧着丫鬟料理饭菜，一时，席面备好，沈素请李九江与小唐师徒过去用饭。

蜀菜最大的特色就是辣，又麻又辣。

李九江自幼在老家长大，他老家也吃得辣，唯小唐，自称蜀中有族人的，辣得嘴唇红且肿，又一个劲儿地叫过瘾，夸沈素家的菜好。沈素笑：“觉着好吃，只管常来。”

小唐道：“嫂子真是好手艺。”

沈素笑：“倒还凑合。”

“这道豆腐鲜、辣、麻、嫩，四样俱全，实在不凡。”李九江赞许道，“在外头也吃过不少麻辣豆腐，都不比阿素你家烧得好。”因相熟起来，大家便互称名字了。

“九江你是行家，这豆腐其实烧法不稀奇，几样配料都是容易得的，只是一样，豆腐烧好装盘时，那盘子要事先加热，如此，这道麻辣豆腐方不失真味。”沈素说出其中诀窍。

“原来如此。”李九江道，“嫂夫人蕙质兰心。”

沈素笑笑：“九江你过奖了。”

小唐认识沈素的时间长些，他文章学得不咋的，乱七八糟的可是知道不少，道：“师父，这你就是夸错人啦，嫂子的手艺，还是阿素哥教的呢，源头在阿素哥这儿。”

李九江大为惊叹：“不知阿素你还善烹调。”

沈素道：“我还不是家里烧菜最好的，我家外甥女烧菜才是有天分。”

小唐跟着点头：“阿玄跟我说过，说何家姑娘生下来就懂烧菜，烧的菜那叫一个香啊，全县都有名的烧菜小能手。”阿玄说的是沈玄，沈素沈翰林的儿子，跟小唐特谈得来。

沈素心说他儿子这张嘴可真不牢靠，笑道：“倒也不是生下来就会烧菜，大概是从我这儿遗传的，外甥女嘛，多像舅舅的。”

小唐一面听一面点头：“我也像我舅舅，尤其是我小舅，我娘说我跟我小舅一个模子刻出来的。”

小唐叽里呱啦地说起自家事来，主要是夸他天才小舅的事。说来小唐的小舅以前也是一名人，无他，忒会败家。小唐的外公曾位居相辅，老头一辈子攒下不少家产，待老头死前分家，也没委屈小儿子，结果，该小舅一年就把家业败个精光，回老家种田了。

小唐觉着自家小舅是个天才，他道：“我小舅跟那个潘安一样，长得差不多，喜好也差不多。我小舅也可爱打铁了，他还送我好几把宝刀呢，都是自己打的。”

李九江道：“不是说许公子回乡了吗？”

“是啊，我小舅不喜欢帝都嘈杂，不过，他也没回乡。想要出好刀，得有好的矿石，他老家那里不产铁矿，我小舅到处游历找矿来着。赶明儿给师父你看看我的宝刀，保管你大开眼界。”小唐又开始自豪了。

李九江含笑：“那是得开开眼界。”

沈素也是个博古通今的，道：“我曾在一本古书上看到说当年大凤王朝时，一位姓许的铸剑师曾为凤武皇帝铸过一刀一剑，剑名天祈，刀作惊鸿……”

不待沈素说完，小唐便忍不住道：“那就是我小舅他家祖上，他们就是铸剑起家的。”说来，也是很有历史的家族啊，小唐越发觉着自己的败家小舅有许氏祖宗之风采了。

有历史的家族就是这样，等闲回忆个家族史都能说上三天三夜。

小唐倒没说三天三夜，主要是天色将晚时，李九江就带他告辞了，他们得进城去，怕晚了会闭城门。沈素起身相送至门外，李九江请他留步，方带着小唐去了。

因已近中秋，傍晚天凉，李九江出行多是坐车。小唐便与师父同车，还问他师父："阿素哥人不错吧？"

李九江推开他被辣得红嘟嘟的嘴，道："没人劝酒，你也能吃这许多酒。"浑身酒气，李九江恨不能把小唐扔到车外去。

小唐道："我这不是劝你跟阿素哥嘛，劝了你又劝他，劝了他又劝你，劝着劝着，我就喝多了。"

李九江靠着靠背思量事情，小唐因吃多了酒，打个哈欠，头一歪就打着小鼾睡了过去。小唐自己都不记得怎么回的闽王府，但据说，是他师父抱他下的车。把小唐给惊得，暗想，平日里瞧着师父手无缚鸡之力的一书生，不想力气还挺大。

小唐想去寻他师父，李九江这会儿正在五皇子府与谢莫如说话，李九江道："那位沈素沈翰林，家里有一道麻辣豆腐，做法与娘娘这里小厨房的味道十分相似。"

这里要说一下，谢王妃的小厨房与五皇子的小厨房不是一码事，谢莫如嫁给五皇子时，是带着杜鹃院使惯了的厨子一道嫁过来的。所以，她与五皇子的小厨房其实是分别设立的。谢莫如自己本身不喜欢麻辣的菜色，她偏爱清淡，倒是李九江自幼在江西长大，那地方的人也吃辣吃得多。谢莫如待人一向周全，李九江自从任职五皇子府后，谢莫如命人预备菜色，会注意各人口味。

这倒也不是重点，谢莫如道："那位沈翰林出身蜀中寒门……"想到先时她派人去蜀中查凌霄底细，人却被穆元帝给扣下的事，难不成蜀中还真有什么不能查的东西……

"蜀中的事，你心中有个数就好。余者，反正已是这些年过去了，有没有此事，都无关大局。"

"这事就这样吧，你也不要再查了。"谢莫如不是特别关心蜀中有什么，谢家是她的母族都要对她待价而沽，何况是其他人。

如今，她需要的，自会用双手去取。而蜀中的一切，对她已经没有意义了。

她的母亲，已经不在了。

第五十七章 掴皇子

谢莫如对蜀中的兴趣不是很大，相较之下，她对薛帝师的兴趣更大一些。

只是薛帝师太过有名气，他的事基本上大家都知道，年轻时就是个天才人物，文韬武略，医卜星象，样样精通。这样的人，又不在帝都，也只能远观了。

谢莫如琢磨着，命人取出一对平安符，对李九江道："这是我与王爷去西山寺，王爷请来的，你一个，给扶风一个。"

饶是以李九江的淡定，也不禁动容，道："殿下如此厚爱，臣，臣何以为报！"

"平平安安的就行了。"谢莫如道，"东宫必要在江南事务上插一手，南安侯军略虽好……不管什么时候，先保重自己再说。"

李九江道："东宫选南安侯为江南大总督，其实是一步妙棋。"

谢莫如神色一如既往，只是道："这步棋只是开始，还没走完。"

李九江郑重收了平安符，道："回来这几日，也为娘娘贺了寿辰，我想着，后日就回闽地。"

"你手头上的事要怎么办？"

"殿下的意思是暂且交接给江姑娘。"

谢莫如道："也行。"

没有根基就是这样，人手总是不足。

倒不是说找不着愿意为五皇子做事的人，事实上，愿意在五皇子这里混口饭吃的人比比皆是，但，那些混日子的五皇子也不乐意收啊。五皇子要求一向高，不是薛长史这等兢兢业业的，就得是李九江和柳扶风这等才干出众的，便是如谢芝和小唐这等关系户，也得知道做事的道理。这三类之外，五皇子都不大瞧得上眼。

人手不足，便是一人身兼多职，以至于五皇子手下的人，都是多面手。像李九江吧，开始管着军粮军饷，后来还兼任军师，待五皇子还都，他连一些藩地的杂务也包了。

要不说南安侯手快呢，他选李九江选得是真正好。

李九江回帝都一趟，五皇子也不叫他白回，五皇子在宫里还给李九江刷存在感呢，在他皇爹面前，对李九江的才干大夸特夸。穆元帝对李九江却是不怎么买账，道："照你这么说，他才干是不错，就不知品性如何？"

五皇子道："自然也是好的。"

"朕看也好，不然回帝都也不能三过家门而不入。就这份因公忘私的精神，也不是寻常人能有的。"穆元帝淡淡点评一句。

五皇子一见他爹不大痛快，立刻不敢多话了，上前端起案上的茶奉给他皇爹。穆元帝看五儿子那眼巴巴的模样，道："你就是太心实，看谁都好。这个李九江，才干有，德行上却要斟酌。当初朕给他个三品你还不乐意，非要给他求个二品职。原以为他能知你的恩典懂事些，如今看来，不过尔尔。"接过茶呷一口。

五皇子道："这也不是家家都跟咱家似的，我每想到我与父皇的父子情分，觉着与父亲生疏乃天下至憾之事，就想着给他们和缓一二，和和气气的才好呢不是。"

穆元帝觉着五儿子心肠太软，道："你姑丈又不是没儿子。"

"人年轻时，谁还没个糊涂的时候？和尚们还说'放下屠刀，立地成佛'呢，九江与儿子，自然不比宣表兄他们亲近。只是，既相识一场，他做事还是成的，我就想着，能点拨他的地方还是要点拨一二。他能不能明白，儿子尽了力，没亏待过他，便觉着心安。"五皇子这一席话说出来，穆元帝也就不再提李九江了。

穆元帝递给五皇子一本奏章，道："看看，这是南安侯着人送来的。"这倒不是穆元帝格外看重五儿子，主要是五皇子有治理闽地的经验，穆元帝才给他看的。

五皇子翻开细瞧，南安侯说的是江南各地驻防兵的情形。一目十行阅过，五皇子道："南安侯真干才也。"江南的形势不大好，五皇子赞南安侯是因为南安侯做的数据统计，各地到底有多少可用之兵，军备如何，将领如何，南安侯都是用数据说话，而不是文臣惯用的什么"十之一二、十之三四"之类的话。南安侯精确到各地军种、在役兵士的具体数目，还有，各年龄段的军士各有多少人，样样记录明晰。

五皇子合上奏章，道："国家承平日久，军备有些松懈也正常，南安侯长于军略，只要有人，现练兵也来得及。倒是靖江王，竟是一点动静都无，委实可疑。"

穆元帝背靠软榻，屈指轻敲两下几案，道："当年你就藩时，他不也老实得很吗？倘不是今年你料在先处，怕就要步永定侯后尘了。"

五皇子道："可是，南安侯与儿子当年完全不同。当年，靖江一场大胜，自然是不将儿子放在眼里。今南安侯何等名望，一旦令南安侯梳理军力，完成江南合围，靖江再无胜算。

倘儿子是他，定要在南安侯完成合围前突围而出，打朝廷个措手不及。”

穆元帝眼中露出一抹笑意：“这就是南安为什么要李九江到麾下的原因了。”

“九江虽有谋略，具体却从没打过仗。”

“怎么连这个都想不透了？你别忘了，靖江王刚从你这里吃了个大亏，那诱敌千里的主意，不就是李九江出的吗？靖江要知道南安调李九江在帐下听用，焉能不心生防备？”穆元帝道，“靖江一向疑心极重，爱用些鬼祟手段。朕这朝中事，瞒不过他。他既消息灵通，正可借此叫他多知道些消息。江南要打仗，你以为只有南安需要调动江南兵力？靖江那里，一样得商讨得备战。刚刚大败，他自然更得慎重。今年约莫能过个太平年。”

五皇子突然心下一动，提醒他爹道：“此一战，必是生死之战。要依儿子看，靖江那里有南安侯盯着，一时半会儿地闹不起来。就是怕靖江不顾体统，与外敌勾结。”

“西蛮？南越？”穆元帝有些慎重了。

“这俩都不是好鸟。”因着谢柏在西宁，五皇子对西蛮的事挺熟，他道，“自和柔公主下嫁西蛮王，西宁关倒是太平，可儿子听说西蛮王这些年没少吞并周遭部落，势力日渐扩大。南越更不必说，有事没事地就爱占便宜。上次儿子是悄悄请安夫人为援，南越不得风声，不然怕要趁火打劫的。反正，有备无患吧。靖江生死关头，怕是不会考虑大局，引狼入室的事，咱们可得防着。”

“这话在理。”穆元帝对五儿子很满意，“果然周全了。”

五皇子笑：“都是父皇一步步指点儿子，要不儿子哪里有今日。”这个主要是他媳妇以前猜想过靖江王的造反方式，从而启发了五皇子，五皇子既想到，还不赶紧同他爹说呢。关系到老穆家的江山社稷，可不得凡事多思多虑嘛！

五皇子无时无刻不在担心他家江山，就怕出点啥事，一家子就完啦。

穆元帝对五儿子还是很满意的，道：“你肯用心，这就很好。”

“儿子资质寻常，就得多用心。”五皇子半点儿不骄傲，谦虚里都带着三分实诚。这也是为什么五皇子干了不少实事，攒了不少口碑，而太子和大皇子也没有太忌惮他的原因。五皇子常这么说自己，资质一般啦，人比较笨啦，这样的话。兴许是他说得多了，大家对他的印象就是，虽然天资平平，贵在做事用心，但偶尔还是有些莽撞的。

五皇子做得最莽撞的事，就是在就藩后告太子与大皇子的黑状。

因他这般，穆元帝倒还多指点照顾他一些。

父子俩说一回靖江王的反心，五皇子就说起闽地港口来，他进宫还有件事，道：“原本儿臣还想港口建成后亲去瞧瞧，这一时不好过去，儿臣想着，请父皇御笔赐几个字给我那港口，也是儿子的体面。”

穆元帝笑：“你倒是想出这巧宗来。”他赐下御笔亲书，闽地官员自然要好生经营港口的。

五皇子笑:"这不是借父皇您的龙威来压一压下面嘛,也是给百姓们吃颗定心丸,闽地头一遭建港,百姓们心里也没底哪。"

"海贸自来利润丰厚,要是闽地港口能运作好,不失为一利民之政。"

五皇子低声道:"我就盼着在这上头发大财呢。"

穆元帝失笑:"你这小子……"

五皇子催着他爹给赐了字,用了印,回府立叫人刻了匾,令李九江回闽地时带了回去。李九江见这匾亦是惊喜,笑道:"殿下请来陛下御笔,闽州港如虎添翼。"

五皇子道:"我不能回了,你跟苏巡抚说,以后闽地的事就托付给他了。港口的事,让江姑娘多留意。"

李九江辞了五皇子夫妇,再辞过江北岭与几个弟弟,就回了闽地。将手头上的事交接给江行云后,便去了南安侯麾下赴任。

南安侯掌江南是东宫系推动所致,自然是要钱给钱要粮给粮。有东宫与穆元帝的支持,南安侯于江南进展颇为顺利。转眼便是年下,如穆元帝所料,这个年,过得依旧太平。不过,敏感如五皇子谢莫如夫妇这般,自然嗅到了一些不同寻常。

南安侯转任江南大总督后,空出的兵部尚书一职,穆元帝点了永安侯担任。

年关之后,转眼五月,万寿节刚过,朝中便又有了太子代天南巡的风声。谢莫如闻知此事时,正在教六郎下棋,摩挲着一粒沁凉的玉石棋子,东宫这般心急,果然将一步好棋走臭了。

其实东宫代天巡幸江南的事,与五皇子不相干,他却为这个同妻子絮叨许久。

五皇子回府时就不大痛快,好在谢莫如有规矩,痛不痛快的,别带到饭桌上来。带着孩子们用过晚饭,略问了几句孩子们的文章,五皇子就打发孩子们各自休息去了。五皇子此方同妻子说到太子巡幸江南的事,道:"太子实在太心急了。"

谢莫如去了发饰,一头长发拢在前胸,执一把楠木梳子,不疾不徐地梳理着。谢莫如道:"殿下不如好生同陛下说一说,现下江南不太平,太子千金之躯,不好涉险。"

"太子去江南做什么,大家心知肚明,我这么说,倒像阻太子功绩似的。"要不顾忌这个,五皇子早说了。五皇子接过妻子手里的梳子,替她梳头。

谢莫如道:"殿下要将太子与江南分开来看,太子是太子,江南是江南。大家说太子巡幸,你就只说巡幸。至于江南战事,殿下不妨私下同太子与陛下讲一讲,靖江王多年经营,南安侯不过刚去江南大半年,并未到开战时机。直言就好。"

"你说靖江王会不会提前宣战?"人家靖江也不是死的啊,五皇子觉着,靖江王这么些天没动静,定是在憋大招。

“宣不宣战，不过作态，读书人才讲究这个，打仗嘛，只要胜就好。”谢莫如道，“靖江还未有动静，一旦有，必是大动静。其实，我不看好太子南下，也不全是出自私心。东宫出于政治考量，会令南安侯提前出兵。如果为胜而勉强一战，倘时机不到，哪怕最终能胜，其损耗也极其巨大。殿下别忘了，靖江虽是敌手，可江浙二地，一样是朝廷的地方。战事一起，多少百姓流离失所，多少良田荒芜，多少青壮战死，陛下亲政以来与民休养的元气，或因此战悉数葬送。倘不明白这个道理，只想着自战事中得到多少好处，何等误国误民。”

五皇子听得更是坐不住了，道：“明儿个我就进宫同父皇说去。”

“殿下说战事就说战事，别的话莫提，不然，倒像是冲着东宫去的。”谢莫如叮嘱。

“我晓得。”五皇子感叹，“我每想到这等事，就战战兢兢，心里很是放不下。可再一想，朝廷事多了去，非江南一处，也不知父皇这些年怎么过来的。”

谢莫如笑：“倘殿下在臣子面前可会表露这般担忧？”

“自然不会。”五皇子生来便是皇子，很有些装模作样的本事。

“一个道理。”穆元帝亲政多年，怎会叫臣子看出自己的心事呢？

五皇子道：“我还能同你说，父皇却是没个能说话的人。”后位空悬多年，他皇爹没有再立后的意思，至于嫔妃，哪怕五皇子自己的生母苏妃也是性子贤良之人，不过，他娘也不是能商量国家大事的。至于他祖母胡太后，那更是不必提，除了承恩公府，太后还知道什么？

谢莫如闻此言一笑，道：“你我夫妻，有事自然应共同担当。”

五皇子深以为然。

五皇子接下来的行为，给太子与大皇子添了不知多少堵。五皇子先是去劝他太子二哥，可不能去江南啊，听说不大太平，出事可怎么着，千金之子，坐不垂堂……这些话，五皇子一唠叨能唠叨半日。然后，他又跑去同他皇爹说江南战事要慎重，自祖父立国，百姓方得安稳几年，战事一启，百姓遭殃，国力消退。还有什么，打仗的事就交给南安侯，叫南安侯看着办就成，当然，能不打就不打，倘能和平解决，是最好的局面云云。

五皇子自己是一片丹心照汗青，殊不知都成了帝都城的笑话。四皇子素与五皇子交好，不忍看他五弟出丑，私下同五皇子道：“你这是怎么了？太子南巡是去岁就定下的章程，这会儿你说这话，岂不是明摆着同太子对着来吗？”

四皇子为他五弟着急的时候，殊不知他五弟也为他四哥担心呢。五皇子道：“四哥，你就不担心南安侯？”

四皇子道：“岳父去江南这些日子，整肃军队，备战山匪，无有不利。”倘岳父没带兵经验，四皇子是要担心的，不过，他岳父是举朝皆知的名将，因战功封侯，非永定侯能比。说心里话，四皇子还真的不怎么担心，他觉着自己岳父下江南，胜算颇多。

五皇子想，怕是朝中大多数人皆如四哥这般吧。五皇子正色道：“南安侯自有带兵打仗的本领,有南安侯在,江南我是不担心的。这领兵打仗,咱们都不比南安侯精通,既如此,就让南安侯自己做主江南的事便好,不是吗?"

听此言,四皇子觉着他五弟比自己都对岳父的事上心。四皇子何尝不知此理,只是……他道:"东宫早便安排好了,五弟你一片好心,只怕与东宫心意不和。"

"江南战事非同小可。"五皇子压低了声音,在四皇子耳边道,"靖江那一位当初也是被先帝视为储君养了那些年,我是亲见过靖江战力的。我去闽地三年,说句真心话,我手下的兵还真比不得靖江那里的战力。江南事,让南安侯看着办就好,打仗得看时机,时机不到,这仗就打不好。要是靖江着实不堪一击,父皇岂容他坐大到今日?"

四皇子原本挺放心岳父的,给五皇子这一分析,也不由得将心提了起来。

五皇子终于找着了志同道合的同盟军,四皇子担心岳父,生怕太子过去江南给他岳父添麻烦,便同五皇子见天地唱衰太子巡幸江南之事,连带着江南军略,四皇子也与五皇子一个立场了。你说把太子气得,在御前便皮笑肉不笑地来了一句:"五弟军略自是出众,去岁大胜,孤也是看到的。不过,朝中人才辈出,南安侯更是宿将。怎么,在五弟看来,莫不是认为南安侯不如五弟?"

五皇子连忙道:"这岂敢?我根本不懂军略,就是去岁闽地打仗,也是听扶风九江他们的谋略,其实没出什么力,更不敢与南安侯比。在军略上,弟弟是外行,正因是外行,才不敢妄自指挥内行。军中的事,交给将军们就好。要不,朝廷封这许多将军做什么呢?"见太子面色不大好,五皇子稍退一二,道,"这也是臣弟的一些小见识罢了。"

太子脸上的假笑都挂不住了,淡淡道:"五弟的见识可不小,要早知你有如此见识,当初就让你去江南了。"

五皇子听太子讽刺他,心下亦是不快。五皇子自认为都是为了朝廷着想,江南是什么地方,那地方能败吗?一旦出事,便是半壁江山沦丧,将来怎么见列祖列宗?难道他拦着太子是不想太子去江南建功吗?只要南安侯胜了,太子便是举荐大功。可太子非要过去瞎指挥,这是小事吗?要是把江山指挥垮了,别忘了干系着一大家子的性命呢!

甭看平日里五皇子对太子是各种敬重礼让,到底现下太子还未登基,亲爹还在就要受这鸟气,以后要如何过日子?

五皇子压着火气道:"便是臣弟去江南,也会将军略交给南安侯做主,而非不懂装懂,更不会将自己置于险地。"

太子登时给气个好歹,怒喝:"你放肆!"

五皇子冷脸不语,却是将下巴微抬,明显不服。

穆元帝"啪"地一掌拍在案间,太子立刻转了颜色,躬身道:"父皇息怒,五弟近来怕是担心江南担心得狠了,他也是心系朝廷。儿臣做兄长的,与弟弟拌几句嘴,也是就事论事。

就是在朝中，同一事，朝臣们也常有分歧。”

五皇子平日里也挺会说些暖心话，这会儿见着太子一副好兄长模样，不由得心下发堵，顿时什么都说不出来。穆元帝见他臭脸的模样，道：“有话就不会好好说？知道的说你担心太子安危，担心江南局势，不知道的还以为你对东宫不敬！东宫是君，你是臣！东宫是兄，你是弟！这点道理，还要朕教你吗？”

四皇子推推五皇子，五皇子过去给太子行一礼赔罪。太子双手扶住五皇子的胳膊，笑得和煦，道：“这是做甚？五弟，咱们至亲兄弟，孤知道你是担心二哥。你只管放心，江南之事，关乎国运，正因如此，二哥才要去江南看一看，让天下百姓安心。”

五皇子抿紧唇角，什么都没说，只是道：“我累了，先告退。”

穆元帝又要拍桌子，太子先一步道：“那五弟就去歇一歇吧。”待五皇子走了，太子方劝他爹道：“五弟还年轻，一时性子上来罢了，待回家冷静一二，明儿就明白了，必来与父皇请罪。”

穆元帝道：“平时看他懂事，说犯性子就犯性子。”

太子笑：“年轻人，哪个没性子，五弟这已是好的了。”

四皇子顺着太子的话替五皇子说好话，道：“是啊，父皇，五弟就是爱较真，心是不差的。”

三皇子笑：“五弟一向性子直率，且又在君父面前，一时心急，方失了礼数。”

连太子都不会说五皇子的不是，大皇子虽想添油加醋，到底忍了，也顺着弟弟们的话，劝了父亲几句。穆元帝倒也罢了。

倒是谢莫如，未料到五皇子去了一趟宫里，就把穆元帝和太子给双双得罪了。五皇子回府时仍是气愤难平，道：“太子只当我有私心，我劝他不去江南还不是为他着想！万一去了有个好歹，要怎么着？”

一听这话，谢莫如不问缘由也能猜出是个什么因果了。谢莫如递了盏凉茶给五皇子，道：“昔年刘太公被项羽所擒，项羽要烹太公，刘邦答，分吾一杯羹。”

五皇子茶端在半空，望着他媳妇，一时噎住了。

谢莫如道：“最坏不过如此。”她有些不能理解五皇子的想法，“殿下生什么气？你劝也劝了，说也说了，已尽本分。”

五皇子长声一叹：“太子有个好歹，朝廷丢不起这个人哪。”

“太子既去，朝廷怎能不做好护卫？再者，南安侯与吴国公都在江南，他们宁可自己有个好歹，也不能叫太子出事。”谢莫如道，“殿下杞人忧天了。”

五皇子道：“我也希望自己是杞人忧天。”

谢莫如问：“陛下说什么了？”

“父皇训了我一通。”五皇子面上还有些不大好意思。

“太子是君，殿下是臣；太子是兄，殿下是弟。陛下自然会斥责殿下。”

五皇子见鬼一般望向谢莫如，谢莫如问：“陛下是如何斥责殿下的？”

五皇子握着茶盏的手抖了一抖，道：“就，就是你这样说的。”

“陛下真是慈父心肠。”谢莫如感叹一句，“殿下想想，陛下可是糊涂人？殿下想到的，陛下自然也能想到。陛下对皇子们一向看重，殿下所忧虑之事，陛下肯定虑在前头了。”

“让堂堂储君下江南，这难道不是昏招？”

“正因太子想去，陛下才会让他去的。”谢莫如道，“以后，这江山到底是太子的。对靖江的处置，从一开始，陛下采纳的就是东宫系的建议。或者，陛下是想锻炼太子也说不定。”

“父皇怎么会同意……”

“吴国公和赵国公都出身江南，倘不给江南系官员建功的机会，他们怎肯在靖平靖江王的事情上出力？不然，为何任吴国公为南安侯副手？南安侯能这么快掌控江南，与吴国公的配合有很大关系。”谢莫如道，“陛下让太子去江南，就是让太子到江南看一看。”

“看江南系？”

“对。用时当用，防时当防。官场中讲究同科同僚同乡同年，但朝廷自来忌讳结党。江南与他处不同，陛下不笼络着他们，他们就会被靖江王笼络去。太子妃焉何会出自吴家？殿下只管宽心，陛下心里明镜一般，太子不会在江南出事的。”谢莫如道，“有南安侯在，江南也不会出事。”

五皇子这会儿早把太子之事抛至脑后了，认真请教他妻子：“那我这天天去朝中劝太子劝父皇，岂不是办了件大大的蠢事？你以前可不是这样说的。”

“陛下对江南的安排，不是突发奇想，他寻思这事不知多少年了。”谢莫如道，“不过，就是当年诸葛亮北伐，想必也没想到败在马谡身上吧。人皆有私心，私心会令人犯下大错。”

谢莫如言之凿凿不看好江南形势，不想第二日就被打了脸。南安侯着人送来八百里加急战报，江南匪患，斩首万余。

五皇子琢磨道：“这不像在做戏。”不过，当初他为了诱敌深入，也战死不少将士。

谢莫如道：“再等等看。”

等了半个月，江南连传三封捷报，共计斩首五万。这种数目，就绝对不是做戏了。便是五皇子都不禁拊掌：“以往听闻南安侯的名声，多是在听人说，现下眼见，方知他何等人物。”五皇子在闽地三年，一场战事，也不过与南安侯在江南大半年经营相仿。

谢莫如轻按五皇子的手：“再等等。”

然后，这一等，就等到太子代君行赏江南。

事到如此，五皇子系已是无话可说。

五皇子说江南危险啥的，在南安侯的战绩前已是不值一提。太子更是说："当年太祖皇帝转战天下，也没见太祖皇帝怕过。若是怕，便没有今日我们东穆江山。"

五皇子自然不会再多嘴，该说的话，他已是说了，该做的事也做了。人事已尽，接下来就各安天命吧。

穆元帝给江南的赏赐十分丰厚，东宫亲去行赏，这规格更是前所未有。

幸而去岁自有太子巡江南的风声时，六皇子就悄悄地令礼部准备着了，再加上六皇子一向与太子走得近，这会儿准备起太子仪仗，更是尽心。

当然，这些都与五皇子无关。

现在，许多朝臣见着五皇子都是躲着走的，浑不似五皇子初回帝都时的热络。因为只要耳不聋的人都听说了，五皇子唱衰太子江南行，算是把太子彻底得罪了。虽然太子待五皇子仍如往昔，但，这除了说明太子殿下心胸宽广如同大海之外，就更显得五皇子不懂事了。这等人，不能交。

于是，五皇子就清净了。

正赶上他生辰就在太子出行那几日，谢莫如与五皇子商量着过生辰时，五皇子没大精神道："不必办了，没的晦气。"

谢莫如好笑："自己个儿生辰，有什么晦气的，怕门前冷落鞍马稀啊？"

五皇子叫妻子给说中心事，也不隐瞒，道："这会儿都忙着太子南下之事，估计就是办了，也没多少人来。"

"殿下这些年，哪怕偶有坎坷，最终也都是顺顺利利的。你哪，还不着紧趁着这回看一看何为人心，以后这样的机会可不多。"谢莫如道，"再说，就算没人来，还不许咱们自家人吃酒了？不说别人，太子定会来的。"

五皇子感叹："别的且不说，这面子上的功夫，我便远不如太子。"

"太子做这些年的储君，要是这点本事都没有，才叫奇怪。他已是占了上风，殿下是东宫的兄弟，陛下尚在，东宫自然会宽宏。"谢莫如笑，"别说这个了，有件事要同殿下说，长公主终于把儿媳妇选定了。"

五皇子立刻问："是哪家的闺秀？"这可不容易，早在李宇松口要娶亲时，五皇子以为文康长公主得十万火急地给李宇定下亲事，不想这一拖就是一年的时间，才算择定人选，可见长公主对此事之慎重。

"铁御史家的二姑娘，六皇子妃嫡亲的妹妹。"

五皇子颔首："铁御史为人方正，常听你说六弟妹贤良，他家的姑娘，再不能错的。"

谢莫如也是见过铁家二姑娘的，亦道："长公主的眼光一向不错。"

谢莫如这里就开始筹备五皇子的生辰宴，按藩王身份，规格不能超了，但也不能低了，好在谢莫如是做熟了的。五皇子府帖子一发，四皇子与四皇子妃道："这些死势利眼，五弟不过是就事论事劝了太子几句，这些小人就开始谣言诟谇，委实令人恼怒。给五弟的生辰礼，略加厚一二，到了正日子，咱们全家去。"

四皇子妃道："殿下何必与些小人恼怒？"

"你哪里知道！去岁五弟过寿辰，提前半月他那府里就开始热闹，今儿这眼瞅着就是正日子了，也没多少人去。"因两家是邻居，四皇子对此事极清楚，道，"这人心哪，也忒势利。"

"那都是些没见识的，五殿下藩王之尊，就是上谏太子，也是为了太子安危着想。"四皇子妃虽说亲爹现在风头正盛，对于太子去江南的事到底不大欢喜，道，"殿下，这给江南行赏一定得太子去吗？我也觉着太子身份太过贵重，让皇子去不行吗？"四皇子妃这样说，一则挺担心太子有个好歹，她爹跟着吃挂落；二则觉着纵使要令皇子去江南行赏，四皇子去也是恰当的。

四皇子悄声道："我倒想去，只是哪里争得过东宫？"

四皇子妃亦知此事不能更改，只得叹口气："就盼着东宫平平安安的才好。"

三皇子府收到帖子，三皇子妃褚氏同三皇子说了一声，礼单都备出来了，道："五皇子的寿礼，我一早就预备下了，殿下看看可还妥当？"

三皇子瞧着，与往年不相上下，点点头，没说什么。

大皇子倒是想趁机看五皇子府的笑话，给大皇子妃劝住了。大皇子妃崔氏道："殿下与五皇子是至亲兄弟，这事叫陛下知晓，可不大好。"

唯六皇子，知道他五哥要大摆寿宴，同正妃铁氏道："你同李氏商量着，随便预备些什么就行了。五哥也是，朝廷上上下下忙太子南巡的事还忙不过来呢，他倒好，不说帮忙，还有心思大摆宴席。"

铁氏根本不接"李氏"的话，递出一封礼单，淡淡道："殿下看这礼单可还妥当？"她虽与六皇子不睦，皇子妃的责任也是尽到了。

六皇子对铁氏拟的礼单却是不大满意，挑挑拣拣，与铁氏道："过些日子就是母妃寿辰，这赤金的寿星、翡翠嵌宝的蟠桃、八仙庆寿的玉雕，给母妃留着吧。"

铁氏见六皇子把几样大件都留下了，礼单里剩的都是些小件，实在看不过眼，道："母妃的寿礼我也预备下了，减了这三样，也太简薄了。"

"简薄什么？以后你没主意的事，先与李氏商量，先前她就管着我的事，知道轻重。"六皇子面露不悦，交代清楚，遂起身道，"行了，你歇着吧。"

铁氏起身相送，六皇子摆摆手，去了侧妃李氏的院里。

太子倒没听说五皇子府要大摆宴席的做生辰宴，不过，太子知道五皇子生辰的日子，早提前同太子妃说了："东宫赏赐，略厚些无妨，断不能薄了。"

吴氏笑："我也正在想这个呢，前儿皇祖母给了我几匹翠毛锦，现在裁衣裳最好，添在咱们给五皇子府的赏赐里，算是我给五弟妹的。五皇子的性子，也就五弟妹能劝得好。"

太子正是春风得意，一笑道："这话是。我估计在他们府里，五弟妹一旦发作，老五也得退避三舍。"

吴氏嗔道："殿下这话在我这儿说说倒罢了，你可别往外说去。"

太子笑："我还能如老大一般不成。"昔日大皇子说谢莫如闲话，叫谢莫如当面给个没脸。谢莫如早便有厉害名声，倒是大皇子，那脸丢得哟。至今太子想起来都觉着可乐。

"对了，你与永福皇姐说一声，这次老五过寿，可不许叫她生事。"

"我晓得。"

夫妻俩说回私房话，也就罢了。

五皇子的寿宴，皇子间就六皇子一个缺心眼的。余者亲戚里倒还好，尤其谢家，谢尚书还特意找五皇子说话，给五皇子宽心来着。

除了谢家三老太太幸灾乐祸了一回，谢家都是为五皇子担心的。余者亲朋，如戚家、柳家，还有谢静、余瑶两家，皆同旧例。

再有帝都的公主府，宁荣大长公主这些年收敛了很多。文康长公主还不至于小鼻子小眼地跟侄子过不去，何况李宣和李宇都与五皇子府交好。另外长泰公主是李宣之妻，三公主一向安静，宜安公主与谢柏的礼早提前命人送回来了。唯永福公主与谢莫如不睦，还早得了太子妃的叮嘱，故此，公主府也都一如往昔。

另外就是靖江郡主了，这位郡主自从成亲后就专司相夫教子，对政事一概不理不问，事事以夫家为先。所以，郡主这里，亦是安生。

待得五皇子寿辰日，辈分高的大长公主、长公主们派晚辈过去吃杯酒就是，公主郡主辈的，过去热闹一日，也是给五皇子贺寿的意思了。

所以，五皇子的寿宴，虽不若去岁热闹，但重量级的人物也都来了。便是穆元帝与胡太后，给五皇子的生辰赏赐也都是按份例来的，没有少掉半分。

六皇子吃着酒就觉着，生辰礼这事，自己办得似乎不太地道。虽然有些忧心，不过，这事办都办了，六皇子也没什么法子补救，待吃过酒，便与诸皇子一并告辞了。

六皇子生辰礼的事，五皇子是在生辰宴结束后才知晓的。过生辰也是体力活，五皇子每天应酬，就是对生辰礼的统计，也是寿礼后进行的。

谢莫如见着六皇子送的生辰礼就笑了，与五皇子道："六殿下真不像是陛下教导出来的儿子。"

五皇子气得都不知说什么好了，亏得他当初就藩前与六皇子交接礼部差使时还特意叮嘱礼部徐尚书多多配合六皇子，他这六弟可真是……

五皇子忍气问："秦尚书的礼呢？"礼部徐尚书去岁底病逝，穆元帝便点了前翰林掌院秦掌院为礼部尚书。前礼部尚书徐尚书一直与五皇子关系不差，今五皇子特意问一句秦尚书，也是想看看礼部的态度是不是与他那不开眼的六弟一般了。

"秦尚书多老到的人，能在这上头出错？"谢莫如将记录礼单的册子递给五皇子看，"除了见殿下得罪东宫不上门的，就六皇子这里减了三成，其他人都与往年相仿。"

"还真是叫你说中了，别人我多少料到了，独老六，以前倒看不出他是这等人来。"五皇子合上册子，感慨，"世态炎凉，不过如此。亲弟弟都这般，也不怪那些人不登我的门了。"

"世上什么人没有。"谢莫如笑笑，"再说，六殿下这般，也不是没有缘由的。殿下别忘了，六殿下生母柳妃娘娘出身平国公庶女，他家嫡庶争得厉害。前番听闻平国公已有意让爵，如今可不又没了动静吗？扶风是嫡系，又为殿下爱将。柳妃与嫡系侄子的关系怎能好呢？六殿下是柳妃亲子，心下怕是因此事对殿下不满呢。殿下看开些吧。"

"我要不看开非得憋死不可。"五皇子到底这个年岁，理政多年，也曾独当一面，对平国公府这些狗屁倒灶的事听听则罢，到底被六皇子寒了心。柳家于六皇子不过外家，就是柳扶风说来也是六皇子的表兄了，而他却是六皇子同父异母的兄长，难道因着些母族是非，就这般待他这位五哥吗？说这话无趣，五皇子道："明儿我进宫谢恩。"

谢莫如道："六皇子这事，咱们知道就罢了，殿下吩咐下头一声，别叫往外说去。"

"这我晓得。"

一时天晚，谢莫如唤侍女进来服侍，夫妻二人洗漱更衣后便作安歇不提。

五皇子特意命下头人噤言，他府里向来规矩严明，府中人本就不是多嘴的，如今自然更无人敢外传。

隔日，五皇子进宫谢恩。

穆元帝道："起来吧，朕还以为你不往朕这儿来了呢。"指指椅子，令五皇子坐下说话。

五皇子道："先前想不通，不好过来，怕过来叫父皇生气。"

"那你现在是想通了？"

"还没。"五皇子老老实实地说，"儿子反正是好心，太子也不生儿子的气了，儿子就来了。"

穆元帝又好气又好笑："那你来做什么？"

五皇子一副理所当然的模样，道："父皇母妃都在宫里，这是儿子的家，没听说过不叫回家的吧。儿子想来就来。"

立志做绝世好爹的人都听不得这话，这不，穆元帝一听就乐了，先时对五皇子的那点儿不满意顿时烟消云散，笑道："说你执拗，还真没说错。朕也不开导你了，慢慢看吧，南安侯总算不负朕所望。”

今五皇子既来，便做好了“即便强忍着也不能给他皇爹添堵”的打算，不好听的话，他大不了不说就是。但跟父亲的关系，一定得缓和一二。何况，对南安侯，父子俩的看法还颇为一致。说到南安侯，五皇子的兴致就来了，搓搓手道：“南安侯之名，果然名不虚传！父皇，这三场战事到底怎么打的，真是馋死儿子了。”

穆元帝给他看南安侯递上的折子，三封折子，五皇子琢磨了小半个时辰，对南安侯十分佩服，道：“到底是宿将，有南安侯在，江南靖平，指日可待。”

穆元帝笑：“当初你与朕举荐南安侯，朕记着呢。”

五皇子认真道：“还是父皇明断，不然，哪怕南安侯有惊世之才，也无处施展去。千里马与伯乐，缺一不可。”

穆元帝心说，这不都明白吗。

于是，太子南巡前，有幸见到他五弟与他父皇重归于好，暗叹老五果然有手段哪。

六皇子的日子则不大好过，也不知是不是哪里风水不对，两天被父皇骂了三遭。六皇子现在简直是顶着满头包当差，每天觉都睡不好了。这煎熬的日子可怎么过，六皇子索性去东宫那里打听消息。哪怕五皇子没将六皇子给他生辰礼减例的事外传，太子也知道了。看着这蠢弟弟，太子语重心长道：“你哪，好生当差。差使上的事，倘我不去江南，倒可亲自指点于你，眼下我怕是不得空。礼部的事，老五最熟，你同他取取经，当有所改观。”

六皇子也不是傻子，他完全伶俐过了头，不然也干不出那势利事。六皇子原就心里存了事，听太子让他请教五皇子的事，不禁又想多了，琢磨着是不是五哥嫌我生辰礼送得轻了，在父皇面前打小报告下绊子啥的。

至于五皇子打小报告的事，这也是有例可查的。当年五皇子刚到闽地，就告过户部与兵部的状，闹得太子与大皇子都吃了挂落。今番生辰礼他怠慢了五皇子，要是五皇子不得宠则罢了，说闲话估计也没人信，可五皇子转眼又得帝宠……

六皇子一琢磨，心下便给五皇子记了一笔。当然，为解眼前困局，他还得多去五皇子府上走几遭。果然，他去五皇子府上多了，父皇看他眼神也和善不少，骂也挨得少了。

由此，六皇子更确定是五皇子告了他的黑状。

误会，就是这样产生的。

六皇子给五皇子生辰礼减例的事，当真不是五皇子府上传出去的。主要是，这事说出去，虽有六皇子眼皮子浅的不是，于五皇子又有什么脸面？就是于皇家，亦是没脸。

但，这事是怎么传出去的呢？说来还是六皇子府自己传出去的。六皇子行事一向随心所欲，偏爱侧妃。铁王妃不是不想管家，但一个侧室受宠，这家就不好管。时间久了，铁王妃也寒了心，索性随六皇子去了。

于是，六皇子府就这么着，成了个筛子。

他家有啥事，不必打听人们都晓得。就六皇子办的这势利眼的事，帝都城早传遍了，不过没人敢同六皇子说罢了。

帝都城传遍的事，穆元帝焉能不知？不要说穆元帝做父亲的人，哪怕是旁人家发生这样的事，也是叫人笑话的！何况皇家！

穆元帝既知，焉能不发作六皇子？连带六皇子生母柳妃，也给穆元帝发作了一回。

柳妃叫了六皇子进宫来训了一番，骂他："自来送礼，只有多没有少的，你是发了什么昏，做出这样没脸的事情来？"

六皇子默默地挨了一通骂，柳妃又把儿媳铁氏召进宫来。这备礼的事素来是内宅功课，因儿子与铁氏不大和睦，柳妃便未在儿子面前说儿媳的不是，先骂了儿子，再召儿媳进宫问个清楚。铁氏一听婆婆召她进宫就知所为何事，直接将她先时拟的礼单带去了宫里。

柳妃见着铁氏最初拟的礼单，叹道："老六素来没个轻重，你当多劝着他。"

铁氏一五一十道："我说殿下减了那几样有些简薄，殿下让我没主意的事，就去与李侧妃商量，我实在不知如何是好。"

柳妃一听"李侧妃"三字面色就不大好了，这李氏还是先前她给儿子的大宫人，就是后来李氏得宠，柳妃还赏过她东西。世间就是有这一种母亲，不盼着儿子与媳妇和睦，就爱在儿子身边安排个侧室啥的。柳妃不承认她是这样的人，事实上早在六皇子偏宠李氏逾越铁氏时，柳氏就有些不满李氏了。今李氏这般没规矩，坏了六皇子的名声，柳妃心下已是大怒。不过她在宫内多年，且这把年纪，自然是绷得住的，便说铁氏："你是一府主母，难不成就坐视这贱人目无规矩?!"

铁氏微微欠身，只不言语。

柳妃头疼："行了，你的委屈我知道了，去吧。"

铁氏回家就开始准备妯娌公主间的聚会。这聚会，原是谢莫如发起的，后来谢莫如随五皇子就藩，皇子妃与公主们每月轮流做东的规矩，依旧保留了下来。铁氏嫁给六皇子后，自然也加入其间，这个月，就轮到铁氏做东。

铁氏差人将帖子送到各皇子府，再命心腹嬷嬷去娘家请娘家两个妹妹过来。二妹给文康长公主相中，亲事自然是好的。

铁氏就想借自己现在的位子，到底也让妹妹们多开开眼界，见些世面才好。

谢莫如自然也收到了铁氏的帖子，她正与五皇子说呢："太子离都，殿下们定要亲送，孩子们去不去？"

"一入冬，天气转凉，孩子们还小，大约是不去的。便是去，也就是太孙露露面。"太孙说的是太子家的嫡长子。

谢莫如也就放心了。

铁氏送的帖子，谢莫如见聚会的时间敲定在太子南巡之后，就命紫藤去回了六皇子府送帖子来的嬷嬷："叫她们同六弟妹说，我定会去的。"

五皇子还取了帖子瞧一眼，撇撇嘴道："可惜了六弟妹。你说，六弟妹也是个贤良人，怎么就不劝劝老六？"

谢莫如道："说得简单，明白糊涂，那岂是人能劝的？自来陛下为殿下们延师讲学，哪样不是一等一的？那么些名师大儒也没能教六殿下个明白，指望着六弟妹去劝她？他难道是个能听劝的？家里有六弟妹，倒拿个宫人出身的侧室当宝贝，六弟妹能忍他已是好涵养，要换了我，两巴掌抽死他！"

五皇子听这话不禁默然。

谢莫如道："你不晓得，当初六弟妹给咱家备了礼，六皇子减了一对赤金的寿星、一对翡翠嵌宝的蟠桃、一尊八仙庆寿的玉雕，要不他家的礼怎么七零八落的？六弟妹但说一句简薄，略劝一劝，六皇子还说六弟妹不知轻重，让六弟妹有事与李侧妃商议。"

"竟有这等事？"五皇子大惊，又问，"这个你怎么知道？"

"这就是宠妾灭妻的下场，六皇子府上妻妾不明，他一味偏宠那侧室。那位李侧妃原是柳妃娘娘给六皇子的大宫人，以往六皇子未大婚时就掌着六皇子身边的事，但有个小事小情的，因她服侍六皇子，也能插上嘴。如今眼看六皇子宠她，这等没见识的女人，如何知道什么礼数？竟想要与六弟妹分庭抗礼，真是笑话！偏生六皇子糊涂，很肯听她的，只觉着这李氏样样是好的。六皇子抬举李氏，李氏可不就同六弟妹对着干？再加上她生有长子长女，再遇上些势利下人，一府哪得二主？内宅之事更是如此。别人府里何等法度森严，就他们府上，内里就乱起来，鸡毛蒜皮的事都能嚷嚷得阖帝都皆知。何况是这等事，没一个知道噤声存脸面的，都成了帝都城的笑话！亏得六皇子还在礼部当差！自身不正，还有脸管礼部！"谢莫如将六皇子妃的帖子放好，"要是看着六皇子，我都不稀罕登他家的门。可六弟妹又实在叫人怜惜，怎好不给她面子。"

五皇子听得一身冷汗，自己先心里检讨一番，想着自己绝对没有宠妾灭妻过，方道："六弟以前看不出来这样，真不晓得李氏是何等样的狐狸精。"

"自己不明理，倒怪在狐狸精身上。"谢莫如轻哼，"六皇子这些天总来咱们府上，殿下知不知道谁给他出的主意？"

五皇子还真不若谢莫如消息灵通，谢莫如道："就是太子殿下指点的六皇子。六皇子同李氏抱怨，李氏身边人口风不紧，反当什么好事传了出来。"

五皇子面无表情。喜欢上这么个女人，这叫啥眼光啊？将妻妾混作一谈，宠出这么个不识好歹的货色来，六皇子府上，不乱才怪。

有六皇子府的教训，五皇子觉着，以后得把这经验传给儿子们，同时也得时时检讨自己，万不能轻慢妻子啊。

谢莫如看五皇子一脸郑重，双眸含笑："殿下放心吧，你不与六皇子一般。"

"这叫哪里话，我岂是那等人！"给妻子道破心思，五皇子颇有些小尴尬。

太子南巡那日，太子先于慈恩宫辞过太后，又去昭德殿辞过穆元帝。穆元帝训话之后，大皇子带着诸皇子连带太孙一并相送出城，太子方带着浩浩荡荡的仪仗卫队，一路南下，直奔战事前线而去。

转天，谢莫如过去六皇子府参加六皇子妃铁氏的茶宴。

除了太子妃，余者妯娌公主们都来了。

太子妃不来也是有缘由的，初时妯娌公主们聚会，太子妃都到的，后来，到底住宫里，出门不大便宜，太子妃渐渐事多，也就不来了。不过，太子妃也会时常于东宫设小宴，请妯娌公主们过去说话。

铁氏带着娘家两位妹妹相迎，铁二姑娘已是要定亲的人了，大家都笑："以后少不得常见的。"

铁家姑娘都落落大方，铁二姑娘抿嘴一笑，并不羞怯。

铁氏笑："二妹现在也少出门，我说，正好就咱们自家人，便一道接她们过来逛逛。"

谢莫如的眼睛落在铁二姑娘身边的三姑娘身上，那位姑娘一身藕荷衣裙，裁剪得度，通身雅致，生得也是柳眉杏目，很有些水秀。谢莫如笑："二姑娘以往就见过，倒是三姑娘不常见。"

铁氏见谢莫如说笑一如往昔，便放下心来，知道谢莫如没将六皇子办的那缺心眼的事算在她头上。铁氏笑："她以往年岁小，就是出门，怕也没那么巧就见着。"将三妹介绍给诸妯娌公主认识。

谢莫如见铁三姑娘行止优雅，虽稍有些端着，想是年岁小且见的都是皇子妃公主的缘故，便顺嘴赞道："六弟妹家的姐妹都是好的，我就喜欢这样端庄稳重的女孩子。"褪下个手串给了铁三姑娘。

余者皇子妃公主的皆有表礼。

谢莫如见她帕子上绣着两朵菊花，绣工在闺秀里也算出众了，还问："这是三姑娘自己绣的吗？"

铁三姑娘看一眼姐姐，方恭敬答道："在家闲时绣的。"

"绣得真好。"谢莫如接来细看，针脚细密，配色也不错，可见是用了心的，与妯娌们一道赏鉴，大家自然都说好。的确是不错，大家闺秀，针线懂得一二也就罢了，除非真是爱好这个，不然没人专门做女红，毕竟各家皆有绣娘丫鬟。做到铁三姑娘这个程度，就很能拿得出手了。

三皇子妃道："像是苏绣那一派的针法。"

铁三姑娘道："娘娘好眼力，家里女师父，教的正是苏绣。"

四皇子妃笑："我最佩服三嫂这点，但凡绣品，一望既知。"

"我也就是嘴上把式，自己动手做就不成了，三姑娘这绣活，是下过功夫的。"三皇子妃又问铁三姑娘在家有何消遣。

铁三姑娘道："上午跟着母亲学管家，下午母亲随我做些什么，或是看书或是做些女红。"大家闺秀的日子也就是如此了。

长泰公主格外照顾铁二姑娘些，毕竟以后是妯娌。铁二姑娘也不是难相处的性子，文康长公主寻遍帝都定下的铁二姑娘，就可知这位姑娘的素质了。

大家正在说话，铁氏的侍女进来禀报，说柳妃娘娘派了大姑姑过来。

铁氏心下猜到了一些，道："还不快请。"

这位宫里的大姑姑过来，倒也没别个事，见着铁氏也极为恭敬，只说是柳妃娘娘传李侧妃进宫说话。铁氏笑吩咐侍女："你去与李氏说一声，让她快些收拾，随孙姑姑过去，不要令母妃久等。"就请孙姑姑下去吃茶了。

铁氏这里继续茶会，及至李氏与孙姑姑同去，铁氏除了叫外头安排车马，根本没再提李氏半个字。

说是小宴，大家也都在六皇子府用了午膳，正要告辞的时候，六皇子带着个梨花带雨的妇人怒气冲冲地进来了，当头对着铁王妃便是一句："好个歹毒妇人，告状告到母妃跟前去！阿罗有个好歹，我与你没完！"

大家都惊呆了！

哪怕皇室中人见惯世面，也没见过六皇子这等奇葩哪。铁氏更是气得脸色煞白，浑身发抖，急怒之下，竟是一个字都说不出来！铁二姑娘给侍女使个眼色，侍女忙过去扶了铁氏一把。铁氏也气狠了，一撑侍女的手便站了起来，怒道："好端端的，殿下这话从何而来！阿罗是谁，我竟不知！"

"你敢说你不知！倘不是你多嘴，母妃怎会要阿罗去庙里！"

"这话真是叫人不知何意，咱们府里人多了，母妃看中谁是谁的福气。殿下出此言，将母妃置于何地？还是说，这位阿罗姑娘不愿意去？"铁氏能做皇子妃，也不是没性子的。六皇子这般不给她颜面，她再忍，就要忍成包子了！

阿罗侧妃已满面泪痕扑将上前，娉娉婷婷地跪在地上，嘤嘤泣道："奴婢愿意去，求娘娘不要恼怒，奴婢愿意去，求娘娘不要因奴婢与殿下争执。"

铁氏冷笑："看李侧妃多明白，不是我说，殿下当好生与李侧妃学一学。陛下都以孝治天下，母妃看中她，是她的福气！殿下这做亲儿子的，怎么倒不如我们妇道人家明白！"

六皇子论口才不敌六皇子妃，顿时给噎得说不出话。动口动不过，就要动手了，六皇子几步上前，长泰公主登时大喝："六弟，你这是做什么！"

本就是个糊涂人，气头上就更不知好歹了，六皇子过去，当头就给了六皇子妃一记耳光，所有人都呆住了。六皇子妃失此颜面，要存尊严，唯有一死，六皇子还知道不能叫六皇子妃寻了死，一手抓住六皇子妃的手腕。谢莫如这辈子也算开了眼界，她也不说话，因是列案而食，直接绕过食案上前，二话不说，一手揪住六皇子的金冠，将人向后用力一扯。六皇子吃痛不过，立刻松开六皇子妃后退两步，谢莫如反手就给了六皇子两巴掌，冷声道："你再打六弟妹一下试试！"

谢莫如可不是寻常弱质闺秀啊，她平生喜好是骑马射箭，且自小就坚持早起散步健身，后来还跟江行云学过几招小擒拿，也懂一些健体功夫。她这两巴掌下去，直抽得六皇子的脸肿成猪头，六皇子妃立刻也不死了。六皇子气得眼都红了，劈手去抓谢莫如的肩，谢莫如抓住六皇子头发的手一松，右肩下沉，身子一矮，脚踏八卦，双手扣住六皇子腰间玉带，一个巧劲便将人摔了出去。

这一系列事件，均发生在电光石火之间，待那位阿罗侧妃尖叫时，六皇子已被谢莫如摔地上去了。谢莫如指挥："把这个目无尊长、不知礼法的东西给我抓起来！"

一屋子侍女嬷嬷扑上前去，哪怕猛虎也架不住群狼啊，何况六皇子跟猛虎不搭边，正给摔得七荤八素时，便给一帮子女人捆压了起来。那阿罗侧妃也知事情闹大了，满面惨白地扑到六皇子妃面前砰砰叩头："娘娘，千错万错都是奴婢的错！求娘娘放了殿下吧！"

在座谁不知六皇子府的事情，倘不是这等不知所畏的贱婢，今日如何能闹出这等事来。长泰公主堂堂嫡出公主，望着阿罗侧妃眼里都能冒出火星来，怒道："掌嘴！"立刻有两个嬷嬷上前，一个堵嘴，一个抽嘴巴，三两下便将阿罗侧妃与六皇子凑成一对猪头。

六皇子见爱妾被打，状若疯狗，不要命地挣扎起来，嘴里更是不干不净，紫藤直接拿帕子也把六皇子的嘴给堵上了。一时间，厅内只余掌掴之声。

这件事，直接轰动了整个帝都城。

第五十八章 硝烟起

六皇子挨揍的时候，五皇子正在宫里与他父皇说话。太子一去江南，户部的事没人理，穆元帝索性让五皇子暂代一段时间。

五皇子新接手户部，有些不熟的地方，难免来跟他皇爹请教。穆元帝最喜欢儿子来请教问题，不过，他不直说，喜欢拐弯抹角地点拨。这就要看悟性了，总悟不来不成，显着笨；一听既悟其实也不好，叫穆元帝没成就感。幸而五皇子在聪明与笨之间，穆元帝点他五回，他总能悟个两三回，余者不能悟的，穆元帝再点一回，五皇子也能明白。如此，穆元帝点拨得兴致盎然，五皇子也觉着能在他皇爹这里学到不少东西，父子俩各得其乐。

五皇子这天天往宫里跑，大皇子都纳闷：死老五成天在父皇跟前晃悠个甚！太子刚走，你就敢摸太子碗里的肉，等太子回来，还不得跟老五玩了命。

大皇子就等着看笑话了，当然，看笑话的同时，大皇子也经常进宫，一则趁太子不在刷好感度；二则也是想着瞧瞧五皇子这总进宫来，到底有什么事情。

于是，五皇子和大皇子皆在御前的时候，公主与皇子妃们就来了。郑内侍回禀时都擦把冷汗，提醒一声道："看公主与王妃们的形容，似是不大好。"

穆元帝也纳闷呢，女人们有什么事情去慈恩宫就是，哪怕老娘有些糊涂，还有赵谢二位贵妃呢。不过，这闺女媳妇们都来了，穆元帝也不能不见，好在还有儿子们在跟前，做公公的见一见儿媳妇也无妨。穆元帝就宣了诸人进来，赐座上茶，方和颜悦色地问："今儿倒齐全，来朕这里，可是有事?"哪儿齐全啊，六皇子妃就没来。

谢莫如当头一句，便是石破天惊："同陛下说一声，我把六皇子给打了。"

穆元帝少年登基为帝多年，一时竟觉着自己幻听了。穆元帝沉默着，实际上是还没把这消息消化掉。长泰公主见父皇不语，以为父皇不悦，起身道："父皇不晓得，今天六弟疯了一般。我们正在用午膳，六弟带着李侧妃进去指着六弟妹鼻子便骂，骂不过瘾，竟出手打了六弟妹。五弟妹去拦他，他还要对五弟妹动手，五弟妹这才打了他。”

大皇子惊呆了，这，这是怎么回事？

五皇子因妻子一向厉害，故而心理素质很是不错，他想着，前几天媳妇才说要抽六弟，今儿就把人给抽了，原来她是说真的啊。五皇子连忙上前挽起妻子的手瞧了瞧，见手上没伤，还装模作样地问：“可有伤着？六弟毕竟是男人，你也太不小心了。”

谢莫如淡淡道：“自来没听说皇室有打妻子的传统，今日六皇子对六弟妹动手，前事不忘，后事之师，他日难保我们也没个好结果。”

大皇子妃是诸妯娌之长，大家既一起来了，这事不能叫谢莫如全担了。她跟着起身说明原委，道：“原是柳妃娘娘唤了六皇子府的李侧妃，让李侧妃去庙里为柳妃娘娘祈福。李侧妃也是上了玉牒的侧室，给正经婆婆祈福，难道不是恩典？亏得她满腹怨气，挑唆着六殿下去同六弟妹动手，看六弟妹的模样，委实伤透了心，令人心酸。”崔氏一向厚道，此次对六皇子委实不满，却不好在御前说小叔子的不是，便将六皇子的心肝拉下水。主要是，崔氏也在妾室身上吃过亏，她虽厌这些嫡庶不分的男人，对狐狸精也素来没有好感的。

大皇子倒不似五皇子那般关心妻子，不过，崔氏是他正妃，他儿女之母。大皇子回了神，连忙问崔氏：“老六没打你吧？”同时也不着痕迹地插了六皇子一刀。

三皇子妃道：“六殿下倒是没打咱们，就是说咱们是一屋子贱人。六殿下眼里，哪里还有我们做嫂子的？唯李氏才是他的命罢了。”

四皇子妃道：“六殿下以前也不这样，待咱们做嫂子的也客气，实不知今儿这是怎么了！”

永福公主干脆道：“他府上的事，谁不晓得，为着个着三不着两的侧室，一向不把六弟妹放眼里，今儿个还敢动手。也就六弟妹好性子忍他，要我，早把那贱人一顿板子敲死了。”修身养性这些年，其实永福公主的脾气依旧不咋的。

四皇子妃素来安静好性子的人，因此事也温温柔柔道：“实在不像话。咱们家，素与人为善，且天家当为天下表率，就是平民百姓家，也没听说过打媳妇的。倘是因着什么事，明明白白地讲理不好？偏是因着个不识好歹的侧室，这岂不是宠妾灭妻吗？”

女人们都同仇敌忾了，穆元帝不用查也知道这事定是真的，好悬没给六皇子气得一口气没上来。

穆元帝眼前一黑，五皇子眼疾手快地扶住他爹，还得为死老六说好话，劝道：“六弟这也是一时糊涂，给狐狸精勾了去。谁还没个年少轻狂的时候，父皇莫恼，我与大哥过去劝一劝六弟，他也就明白了。”

穆元帝大怒：“这混账东西岂是人能劝的！”

穆元帝这一怒，公主皇子妃们也不敢再说话了。穆元帝看谢莫如一眼，再看一眼长泰公主，还是得先安抚女人们，缓一口气道："这事朕知道了，你们先回去。"

谢莫如没动，反说道："陛下命人去瞧一瞧六弟妹才好。"

穆元帝这辈子最不想打交道的人就是谢莫如了，偏生谢莫如话多事多。穆元帝道："长泰去同你姑妈说一声，你与你姑妈过去一趟，与你六弟妹说，朕知道她受了委屈。"

长泰公主正色领命。

永福公主微微抿下唇，她才是诸公主之长，奈何父皇偏爱长泰，什么事都叫长泰打头，她颇难心服。当然，永福公主直接把长泰公主为元嫡公主的事给习惯性地忽略不计了。

穆元帝又派了御医与长泰公主一道去。皇室竟出了皇子殴打皇子妃的丑闻，这事传出去，真是丢尽了皇家颜面。看这架势，若不能好生安抚六皇子妃，其他皇子妃也得寒心，不利于皇家团结啊。

穆元帝这样说了，谢莫如敛衽一礼，便与其他公主皇子妃的下去了。

出了这等事，待女人们一走，穆元帝方大骂起六皇子来，直接命人将六皇子圈去宗人府思过。大皇子和五皇子苦劝："说起来，六弟也是年轻受了妖女迷惑，且是六弟与六弟妹小夫妻的事。便是父皇恼了六弟，或打或骂，教导六弟明白，以后小夫妻和乐地过日子，岂不好？"男人犯错，肯定是女人不好，这是男人的惯性思维。何况如今犯错的人是皇子，此时也只得将事往李氏身上推了。便是不往李氏身上推，此事既出，李氏断然活不成的。

两人又说："谁年轻还不犯错呢？六弟有错，改了就好。他今日的确不该动手，不如让他给六弟妹赔个不是，以后小夫妻还是要白头偕老的。倘圈禁了六弟，别人不说，叫六弟妹如何过得去呢？"

其实，两人真不愿给六皇子求情。在大皇子看来，六皇子就是太子的狗腿子；在五皇子这里，六皇子是与他媳妇动手的不懂事的弟弟，先前还势利眼地给他送了一份特添堵的寿礼。两人都想给六皇子些教训，但此事到底不干国政，真正说来，六皇子算是帷薄不修，除此外，还真没什么大罪过。何况，在父皇面前，如何能不为六皇子求情呢？于是，两人忍着心中不满，一个劲地为六皇子说好话。

穆元帝原是气狠了，才说出将六皇子圈禁的话，如今给俩儿子一劝，穆元帝恨恨道："朕真是上辈子不修，惹下这等孽障。"头一遭尝到了儿子多的坏处，得多缺脑子的人才会在嫂子姐妹们面前打媳妇呢？

即便不关到宗人府坐牢，穆元帝也不打算轻松放过六皇子，实在是太丢脸了。穆元帝对大皇子和五皇子道："你们去六皇子府，问问他知错没有。"

六皇子自然是不知错的。

谢莫如把他打了，长泰公主把他的心肝打了，又想到先时五皇子告他黑状的事。故此，六皇子见了五皇子如见仇人，双目赤红，睚眦欲裂，恶狠狠道："五哥娶的好妻，竟然对我动手！我好歹也是一地藩王，与五哥同品同爵，她谢氏，凭什么敢对我不敬！”

乍一见六皇子，大皇子与五皇子都吓一跳。六皇子相貌是不差的，如今猛见一鼻青脸肿的猪头，倘不是在六皇子府，还真不敢认。

看这德行，还是打得少了，五皇子道：“六弟与我的确同爵，可六弟别忘了，国法之外还有家法，你叫我一声五哥，我的妻子就是你的五嫂。我与六弟不同，我待我的妻子珍而惜之，敬而重之。所以，只要六弟还叫我五哥，六弟如何待我的，就要如何待我的妻子。”五皇子都不想与六皇子废话，淡淡道，“父皇让我与大哥来问六弟，可知错了？”

六皇子只觉心里憋着天大委屈，只管梗着脖子，额角青筋毕露，哑着嗓子，挺着一张猪头脸嘶喊：“我与阿罗说好要一生一世的，何错之有！”六皇子自己都猪头了，还担心李侧妃呢，“大哥与父皇说，阿罗在我在，阿罗不在，我便随她而去！”

五皇子与大皇子好悬没给六皇子这话恶心死，两人不约而同地想，你明明宠妾灭妻，到头来还成真爱了？有种你现在就死一个，才叫本事！自己个儿不死，只拿生死威胁父母，什么东西！

五皇子与大皇子均觉着无法与六皇子沟通，两人出了关着六皇子的厢房，知道文康长公主已经来了，命人去通传一声。文康长公主没见他们，只令人传出话来，让他们好生劝一劝穆元帝，莫为这起子不懂事的伤心。

大皇子与五皇子就准备回宫了，大皇子犯难：“这可怎么同父皇说呢？”不实说吧，欺君；实说吧，又怕父亲真气坏了身子。

五皇子道：“这如何瞒得住？于内侍也同咱们一起的。”

大皇子长叹：“六弟当真是失心疯了不成？”又道：“那侧室叫阿罗啊？”当初被妻子杖毙的妾室也叫阿罗来着。

五皇子一想到这等贱人就来火，没好气道：“一听就是个贱人名字。”

大皇子好悬没给五皇子噎死，不过是稍稍怀念了回庶长子的生母，看到六皇子这般，他还是愿意做个正常人的。当然，他对庶长子生母也没有六皇子这种要生要死的劲头。

大皇子和五皇子一回去，把事情遮遮掩掩地大致说了。穆元帝气极反笑：“好！好！”连说两声好，就打发他们下去了。

两人走时颇为不放心，生怕父亲气狠了，穆元帝冷笑：“朕还能叫这等混账给气着？”

两人只得退下。

两人也着急回家打听内情，其实内情大皇子妃说得已是够清楚了。大皇子回家又问了一遍，大皇子妃崔氏道：“再没见过六殿下这等糊涂人，六弟妹这日子，唉。”这种日子，不要说皇子妃，就是做皇后也没滋味哪。

大皇子问：“如何就打起来了？”

"就是那贱婢挑唆的，八成是不愿意去庙里，就挑唆着六殿下寻六弟妹的不是。六殿下一向糊涂，这不就疯了吗！"崔氏很是为六皇子妃不平。

大皇子好奇的不是这个，他道："六弟那脸肿得厉害，真是叫老五家的给打的？"六皇子简直是两颊紫涨，唇角流血，五官都变形了。老六虽糊涂些，好歹是个男人，就是动手，有打媳妇的气派，怎么就栽谢莫如手里了呢？今儿老六要是连谢莫如一块儿揍，那可就有笑话看了。偏生是老六被谢莫如揍，这不，脸都给揍没了。

说到这个，大皇子妃也心有唏嘘："真不知道五弟妹还会武功，当时长泰都拦不住六殿下，眼瞅着六殿下就又要把六弟妹给打了。我们都在，如何能坐视？五弟妹当真厉害，过去抓住六殿下就是俩嘴巴，六殿下刚要还手，就被五弟妹摔地上去了！五弟妹身边的丫鬟婆子都厉害，一堆人扑过去就把六殿下给绑了。"

大皇子就纳闷了："谢家不是文官吗？"

大皇子纳闷的事，三皇子妃也纳闷着呢，同丈夫打听："外家一向是走科举文官路线，五弟妹这一出手，直接把六皇子打趴下了，五弟妹这是跟谁学的武功啊？"

三皇子正震惊于女人们的威武事迹，闻听妻子发问，道："这谁晓得？听母妃说，二舅舅少时倒学过几日武功，后来嫌太苦，就没学。"

三皇子妃再三道："五弟妹武功很是不错。"

倒是三皇子问三皇子妃："一道去找父皇告状的事，也是谢表妹的主意吧？"

三皇子妃不以为此事不对，她道："此事虽是六弟妹的家事，可我们都在呢，怎能坐视不理？再者说了，五弟妹说的也有理，倘我们都站干岸儿，放任此事，日后你们做皇子的还不都不把我们皇子妃放眼里了。"即便不是利益的事，三皇子妃一样是女人，见着男人打女人的事如何能不恼？没见永福公主这素来与谢莫如不对付的都站谢莫如一边了吗？

听妻子这话，三皇子哭笑不得，皇家有一个老六就够丢脸的，轻挽住妻子的手道："这是哪里的话？我有没有将你放眼里，别人不知道，你还不知道？"

三皇子妃笑瞋丈夫一眼。

四皇子听说此事后，只有一个感想，可得跟老五说一说，万不能得罪五弟妹啊。老六武功虽不济，自小也学过三招五式的，就这么叫五弟妹给抽打了一通。老五天天守着五弟妹，哎哟喂，五弟这胆量，绝对一流啊。

这是比较知道内情的，就事论事地讨论。

如有些隔天或是隔几天听闻风声的，也不知怎么，事情就发展成："听说闽王妃三拳两脚就将六皇子踢个半死！现下就剩半条命，拿百年老参吊着哪！"

再有人说："不是，是六皇子先动的手，结果叫闽王妃揍了。"

还有的说："不对，听说闽王妃一怒之下，拆了半个六皇子府，六皇子去拦，叫闽王妃连房子带六皇子一并给拆了！"

反正闽王妃就成了具有绝世武功的神人来着。

面对外头不断的流言，谢尚书都庆幸家里适龄的女孩都嫁了，不然婆家都不好说呢。

连胡太后都不甘寂寞地跟着掺一脚，特意叫了谢莫如进宫说呢：“你做嫂子的，不好与小叔子动手。没这个规矩！”

要不说六皇子绝对是胡太后的亲孙子呢。此事，谢莫如早与诸皇子妃公主统一了看法，她似笑非笑：“是，各处规矩不一样，遇着您这样偏心眼的祖母，做孙媳妇的自然没这个规矩了，偏生六殿下遇到的是我。男子汉大丈夫，有本事当去建功立业；便是没有建功立业的本事，安心过日子也罢。偏生日子也不会过，就会在家打女人！叫我见着男人打女人，不论是谁，都没好！这还得六殿下有运道，遇着的是我，我看着太后娘娘的面子，总要留着情面。要是遇着安夫人，皮都得给他剥了！”

说来胡太后也不知什么毛病，宫里宫外多少人要巴结奉承她，满嘴好话说不尽地讨好她，偏生她老人家不爱理那些人。谢莫如从没给过她好声气，她偏生就爱寻谢莫如的晦气。谢莫如向来说得出话，甭管胡太后说她啥，她都能把胡太后噎个半死。胡太后脸面叫谢莫如剥光，也就消停了。

胡太后与闺女文康长公主抱怨：“越发不像话了，竟说我偏心眼，你说说，这是能跟哀家说的话不？”简直无法无天！

文康长公主就事论事道：“老六打媳妇的事，原就是老六的不对，母后就是心里偏着孙子，面上也别太显出来。这么些皇子妃见天地进宫孝顺您老人家，您还说老六有理不成？”

“我没说老六对，老六办的事，我也恼怒得很，咱们皇家，何尝不疼媳妇了？”胡太后气道，“我是说老五家做嫂子的，怎好同小叔子动手？难道，这还有理了？”

“那不是为了救老六媳妇嘛！”文康长公主道，“难不成看着老六媳妇挨打？”

“也不用看，拦下老六不就成了？”

长泰公主是文康长公主的侄女兼儿媳妇，文康长公主对内情知之甚清，道：“您以为长泰没拦？哪里拦得住！”文康长公主又劝她娘：“您也是，总寻老五媳妇的不是做甚？”

胡太后理由充分得很：“她把老六打了个好歹，老六纵有不是，也是皇子，我还不能问一问了？”

文康长公主道：“是啊，最好叫老六把嫂子给打了，那才是体面，想必母后您也就不多问了。”

这话正中胡太后心内所想，不过，纵使胡太后一向昏头昏脑，也知这话是不能说的，道：“我可没这么说。”

“这还用您老人家说出来吗？您就是这么个意思，大家都看出来了。”文康长公主道，“您哪，就差帮着小叔子打嫂子了。我就奇了怪了，难道就老六是您孙子，老五就不是了？

您平时不挺待见老五的吗?”

胡太后给闺女问得一时面上挂不住,遂恼羞成怒:“你这丫头,到底站哪边的?”

文康长公主叹:“甭管我站哪边,母后您别管这事,您就是管,也该多抚慰老六媳妇,别的事叫皇兄处置。顶多是给老六求求情,您这没来由地发作老五媳妇,那不是说老五媳妇替老六媳妇出头出错了?”真是糊涂。

胡太后挨了闺女一通抱怨,此方偃旗息鼓,最后到底嘟囔一句:“她是忒不像话,对哀家亦不大敬重。”

“您总不占理,还偏爱寻衅她。要搁我,我不喜欢谁,大不了不理。您不一样,越不喜欢的越是要找她说话,自己反是不悦,您这是图的什么啊?”

胡太后理直气壮:“我就看不惯她那眼里没人的样! 她以为这皇家还是辅圣当权不成?”明明现在都是哀家说了算,偏生这姓谢的还成天横行霸道,还没人敢惹! 这还有没有天理了! 一想到这个,胡太后便一万个不服。

她做太后图个啥,不就是图个痛快吗!

结果,就有人叫她不得痛快。

文康长公主听到她娘的理论简直无语了,沉默片刻道:“现下不过是皇兄暂留老五在帝都,待江南平定,她就会随老五就藩,以后还能见几回? 再者说了,辅圣姑妈难道就没一点好处? 人都去了,谢莫如既不姓穆也不姓方,您这是做什么哪?”

明白人与糊涂人的差别是什么? 无非是一个肯讲理,一个不肯讲理罢了。胡太后闻此言,转头就哭起来,一面用帕子拭泪抹眼睛,一面道:“哀家知道,你与你皇兄终究是辅圣养大的,你自来就亲近她,我也晓得。”

文康长公主头疼:“这是哪辈子陈芝麻烂谷子的事,祖母过世后,我们与母后也是常见的,无非是各有宫室,未住在一处罢了。”

胡太后突然又不哭了,她神一样的逻辑突然发散起来,与文康长公主道:“以前人们都说她似辅圣,后来,她进了咱们皇家的门,我一瞧就吓个半死,她哪里似辅圣,更似你皇祖母呢。以前还只是相貌像,如今你看看,这脾气这性子,这爱抽人耳光的霸道样,一模一样哩。”辅圣公主是个斯文人,婆婆世祖皇后那才是个母老虎,据说先帝都挨过她的耳光。当然,世祖皇后是先帝亲娘,打也就打了。好在这种暴力因子没有传给先帝兄妹,可到了谢莫如这里,这种一言不合就能抽小叔子的行为,胡太后怎么想都觉着像她婆婆。

文康长公主对她娘这话倒是认同的,道:“我对皇祖母印象不深,不过,莫如不似辅圣姑妈倒是真的。”自相貌到性格,都不一样。辅圣姑妈是个沉静的人,从没有出手打过谁,一般情况,都是直接叫人去死。像这种直接上手打架的事,辅圣姑妈完全做不出来。

胡太后再次发散思维:“你说,会不会是你皇祖母转世了呀?”

胡太后与闺女神道了半日,文康长公主觉着再跟她娘说话,她这日子都不能过了。

文康长公主自慈恩宫出来，就遇着两眼红肿的六皇子生母柳妃。柳妃欲言又止，文康长公主却只是略颔首便径自去了。见这女人，文康长公主亦是不满，平日里瞧着跟个八哥似的爱在太后跟前伺候，偏生不知好生教一教儿子，这会儿出事才来哭又有什么用！就那贱人李氏，还是柳妃赐下的人，婆婆给的，六皇子妃焉能不让这李氏三分。

说句刻薄话，六皇子有今日，完全是给亲娘坑的！

文康长公主回了长公主府，永安侯已经在了。文康长公主由宫人服侍着换下大衣裳，道："你回来得倒早。"

"衙门事务不忙，便先回来了。"永安侯道，"今儿个平国公寻我，想请你为六皇子说话来着。"

文康长公主正心烦这事，闻言皱眉道："早知今日，何必当初？我从母后宫里出来正见着柳妃，有今儿求人的，不说把儿子教好。平国公还好意思托你，他家根子上就是个乱营，柳妃这些小鼻子小眼睛的见识，说不得就是从娘家带来的。自己个儿出身不正，也就爱往儿子身边塞人，猪油蒙了心的！谁家不是盼着儿子媳妇小两口和睦才好，就她，给儿子弄个宫人侍婢做了宠妾，如今祸从此来，当是她求仁得仁，求果得果！"

文康长公主很因此事火大，一则的确是丢尽了皇家的脸，二则她家就要与铁家定亲事了，偏生出了这档子事叫铁家没脸。

永安侯道："这事虽不甚体面，正经说来，却不是什么大事，交到三司都不好判罪。陛下有没有说要如何处置六皇子？"打老婆，这事伤脸，却真算不得罪过。

一提这个，文康长公主旋身与丈夫同坐软榻上，接了侍女捧来的香茶，抿一口道："你说也稀奇，原我想着，那贱人定是活不得了，皇兄偏生没动静，也不知皇兄在想什么。"要搁文康长公主，早一杯毒酒将李氏鸩杀了，她皇兄也不是心慈手软的人哪。

永安侯忍着恶心道："听闻六皇子说了，那侧妃出事他便不活了，想来陛下当是怕打老鼠伤了玉瓶吧。"

"拿这话威胁谁呢？皇兄又不止老六一个儿子。"文康长公主道，"从老大到老五，就没这样的。"

永安侯觉着，自己跟穆元帝一比，起码在儿子上，算是人生赢家了。

既然陛下尚未有处置的意思，明儿他也就能同平国公交差了。

其实，不论皇室，还是帝都豪门，六皇子此事闹出来，大家都在猜度穆元帝对六皇子的处置。如柳妃与娘家平国公府，觉着此事尚有可回旋之处。还有一批人，觉着穆元帝尚未处置，定是要发大招的。

三皇子就私下同三皇子妃说了："父皇对皇子公主一向严格，昔年永福皇姐做错事，父皇令永福皇姐在道观修身养性一年有余。"

三皇子妃道："陛下有所处置就好，不然对六弟妹也太不公道了。"

四皇子妃则与谢莫如闲话时说起这个，四皇子妃亦忧心此事，道："说来六殿下总是陛下亲子，陛下但有偏颇，六弟妹也没法子的。只是，六弟妹以后就越发艰难了。"

谢莫如笃定道："叫六弟妹只管放心，陛下素来英明，倘当时处置了，这事便也揭过去了。如今迟迟未有旨意，可见陛下气得狠了，六皇子得不了好。"

四皇子妃道："哎，我看六弟妹什么心都没了。"

谢莫如道："遇着个浑人，难不成自己日子也不过了？要我说，越是遇着浑的，越得把日子过好，这才叫本事。因着个浑人，反把自己一辈子虚度，倒抬举了这浑人！"

四皇子妃转天拿这话去安慰了六皇子妃一回，六皇子妃打叠起些许精神，叹道："待得陛下开释了殿下，我只愿寻一清净之地，成全了殿下与李氏才好。"在府里做这憋气王妃，真是不如自己去过清净日子。

四皇子妃道："弟妹只管好生养着，路还长呢。"

铁夫人也跟着劝闺女："是啊，四皇子妃说的是，这才到哪儿呢，人这一辈子，哪里就全都顺顺当当的。"自从闺女出事，这位夫人就过来了，自己暗地里没少流眼泪，却还得想方设法地劝闺女。原想着闺女嫁了皇子是个有福的，不想遇着个六皇子，受此委屈。铁夫人一想起闺女受的委屈，心都要碎了。

四皇子妃没有多坐，略说一说话，便起身告辞了。

铁夫人送到院门处，四皇子妃不令她再送，自己走了。

铁夫人回头同女儿道："闽王妃素有厉害名声，其为人还是极有见识的。这一辈子，都是自己的，怎么活怎么过，全在自己。我也知道这事伤脸，哎，你自小也读过史书，唾面自干、胯下之辱的典故，不说你也知道。你这个，还不至于此。不说别人，闽王妃经过的伤脸之事就数不过来，经了事，以后的日子是笑着过，还是哭着过，全凭自己。"

的确，多少人相劝宽慰，过日子的人终是自己。

铁夫人这里在与女儿说体己话，柳妃跟前的大姑姑孙姑姑又过来探望铁氏。孙姑姑照例带了许多养身子的药材补品，给铁氏与铁夫人见过礼后，温声道："娘娘在宫里很是惦记王妃，王妃可是好些了？"

铁氏道："有劳母妃挂念，仍是觉着身上没力气。"

孙姑姑有些为难，还是道："娘娘听李太医说王妃无大碍了，还想请王妃进宫说话呢。"

铁氏的脸直接冷了，淡淡道："请姑姑替我同母妃请罪，我实起不得身。这李太医，既不得用，明儿我另请一个吧。"却是一点面子与余地都没留。

孙姑姑开天辟地头一遭吃了铁氏的冷脸，连忙笑道："这也是奴婢多嘴，王妃只管好生休养，娘娘在宫里记挂王妃呢。"

见铁氏不语，孙姑姑道："娘娘吩咐，奴婢还要去看望六殿下。"

铁氏吩咐身边侍女带了孙姑姑过去。

待孙姑姑看过六皇子，过来辞铁氏时，铁氏没再见她，只令侍女相送。

铁氏出身名门，父为高官，这点骨气还是有的，自始至终，根本没为六皇子求半句情。

待朝中弹劾六皇子帷薄不修的奏章上来，穆元帝直接道："六皇子糊涂，身体也不好，礼部差使交给七皇子暂理，即日起，六皇子移到皇庄休养。"哦，同去的还有李侧妃。

穆元帝根本没杀她，就把她与六皇子蒙着眼睛下放到了一个叫不出名字的穷山沟，当然，衣裳从里到外换了粗布，一丝贵重物都不许带。那地方，山是青山，水是绿水，出入皆靠攀崖涉水，整个村没一个识字的。没别的优点，就是穷。六皇子说自己是皇子，别人都当他脑子有病。想回帝都，你知道这是哪儿吗？就靠两条腿，能走出山崖就算六皇子有本事。至于吃啥喝啥，路上盘缠饮食，平白谁给你吃的？既非老弱病残，也没钱去买，没三天，六皇子便死了回帝都的心。

一个馒头憋死英雄汉，六皇子为了不饿死自己和真爱，去替地主家做长工了。因为没有种田技术，只能做最低端的苦力。六皇子倒是识字，只是咱们这里都是种田的，用不着秀才啊。至于李氏，在山沟里倒是水灵灵的一朵小白花。山里人家多数是淳朴的，只是亦有些娶不上媳妇的老光棍，李氏不敢离六皇子半步。不过，六皇子都沦落做长工了，他武力值且低，哪里能护得了李氏？好在那地主不错，给李氏安排了个灶头活计，于是，没三天，李氏就成了烧火丫头。

如此过了半年，六皇子见着粗手粗脚、面黄腰粗的李氏，都有些想不起自己与李氏的爱情了。在偶有一次见到李氏背着他偷偷咬鸡骨头，发出滋滋滋的响声时，六皇子已觉着自己为这个女人发昏，委实不值。待春去夏来，李氏已经习惯叉着桶粗的腰与来厨下的小子们耍黄腔了，六皇子终于大梦初醒，痛哭失声。

而帝都，此时刚刚接到太子奏章。太子为襄助江南战事，过年都没回帝都。此次奏章内容，亦是满朝皆惊，因为这一封是太子弹劾南安侯避战畏战的奏章。

如此，靖江未平，太子与南安侯之间已是硝烟四起，一触即发。

所有事情的发生都不是没有缘由的，而且，也不是突然间发生，便至如斯境地。

就譬如太子亲自动手参劾南安侯一事，早便有征兆。

早在年前，太子命人递到帝都的奏章便说战机已至，可捷取靖江。

不过，穆元帝问南安侯时，南安侯奏章中则言，江南的进攻还需再等一等。于是，这一等，就又等了小半年，可不就把太子等急了吗。

太子的心思，其实明眼人都猜到了。去岁到江南行赏，倘赏赐结束太子直接回帝都也就没什么事了，结果，太子没回来，他留在江南襄助战事。这一襄助，江南没什么起色，或者没什么大的战绩，太子怕是不好回帝都的。

如此，太子急着南安侯出战打一场大大的胜仗。南安侯为江南大总督，军队在他的手里，他有自己的考量。何况，南安侯打仗多年，靠的是真刀真枪，动辄上万人的生死问题，南安侯怎能不慎重！他是不会为了东宫的利益而去打这场仗的！

起初大家念在各自身份，还都委婉些，待时日一久，南安侯根本没有配合东宫系的意思，太子也按捺不住来了火。太子本就是天之骄子，何尝被人这般冷待过？其实在太子这封奏章送来前，吴国公早与南安侯交锋多次。太子虽然一直是站在吴国公这边的，但如此直接在朝中对南安侯发难，也是头一遭。

谢莫如屈指敲敲膝盖，眸中快速地闪过一抹亮光，璀璨至极，道："太子急了。"

五皇子亦做此想，他是做过实权藩王的人，其实底下人意见相悖是很常见的事，为上者，听取双方意见做出判断既可。似太子这般直喇喇地同南安侯翻脸，不是为上者的气度。毕竟两人只是对江南的看法不同，南安侯是国之栋梁，有事也该好生商量，实在商量不成，由父皇决断即可。一国储君，不好这样直接与国之栋梁在朝中打擂台的。当然，由此可见太子对南安侯之不满也是真的。

五皇子道："我早说不能叫太子去，太子去还不如四哥去。我当初那样说，太子只当我有私心，看吧，这一去果然出事。"

谢莫如摇着团扇给五皇子扇风，说他："你在家抱怨有什么用？倒是与陛下说去。"

"我早说了。"五皇子道，"现在说，也只是老生常谈。怕有人会当我是出自私怨，不能取信于父皇。"

"那该说的也要说。"谢莫如与五皇子在此事的立场上自始至终都是一致的，打仗不听将军的，难道去听太子的？太子又没打过仗。

五皇子忧心忡忡："我看这回南安侯危险了。"东宫拿出脸面与南安侯死磕，他爹如果支持南安侯，那么，东宫威信将一败涂地。就算他爹支持南安侯，南安侯与太子结下仇怨，以后的日子怕也不大好过。倘他爹偏信太子，江南何去何从，就格外令人忧心了。

不过，五皇子对他爹一向有信心，道："父皇便是支持太子，也会保全南安侯的。"

谢莫如摇头："殿下只看到明面上的表章，只凭这一封奏章，陛下怎会换下江南统帅？太子此章，只是个开始。殿下别忘了，宁荣大长公主与靖江王是同胞兄妹，算来靖江王是南安侯的嫡亲舅舅。去岁南安侯何等骁勇，今年一场战事皆无。怕就怕有人参南安侯碍于私心，不肯出兵啊。"

五皇子一听这话就来气，却也没跳脚，忍气想一时，两道浓眉皱起："说南安侯不肯出兵还是客气的，倘有恶毒的，诬告南安侯勾结靖江王，图谋江山都有可能。"

五皇子顿时坐不住了，道："你先用饭，我得去跟四哥说一声。"

谢莫如拉住他："急什么？哪里就差这一顿饭的工夫！你这里老实吃饭，也别耽搁了四皇子的晚饭。吃过饭，什么事不能商量？"

五皇子道："火烧眉毛，哪里能等？"

"有的是工夫，刚开始哪怕有人这样说，陛下定也会斥责，起码得等内阁的动静，此事才见分晓，哪里就是一朝一夕的。你听我的，老实吃饭，孩子们这就要过来了。"

五皇子只得坐下等吃晚饭，与谢莫如道："你说南安侯会怎生应对？"

谢莫如道："倘我是南安侯，立刻请旨回帝都。江山又不是姓胡的，操这心做甚？你们老穆家爱怎么着怎么着呗。太祖立国，把前朝皇室杀得差不离，但前朝大臣们呢？北岭先生算是有骨气的，无非是一臣不侍二主，还有如晋宁侯之类的，转投新朝，照样显贵。"

五皇子听得心肝直颤，低声道："以后可不许说这话，什么叫'你们老穆家'，是'咱们老穆家'。再说，江山是咱们老祖宗打下来的，这怎么能不操心呢？"五皇子说的都是实心话，五皇子与谢莫如其实算是表姑舅亲，委实亲缘不远。

谢莫如摇摇团扇："我也就这么一说，要搁我，我就这般，以退为进。"

五皇子正想再跟妻子商量些事，大郎几个连带着小伴读们都过来了，手里一人拿着几张墨纸。谢莫如笑问："课业写完了？"

大郎点头："母亲，我们都写好啦。"

五皇子接过儿女们的功课挨个检查，孩子们的进度不同，功课也都不太一样。谢莫如连带上伴读们的功课也一并查了。

待夫妻二人将孩子们的功课查完，也就到了吃晚饭的时辰。谢莫如问孩子们中午在宫里吃的什么，大郎道："有鱼，有虾，还有羊肉、青菜、小萝卜。一样八宝肉圆汤、一样甜汤，还有两样点心，玫瑰粉果和奶糕。饭是御田精米饭，饭后水果是樱桃和枇杷。"

二郎慢吞吞地补充道："我觉着羊肉有点硬。"

三郎嘴快："二哥你换牙呢，吃啥都不得劲儿，那羊肉我吃着还好。"

四郎想了想，补充说："今儿给六郎送吃的的小内侍换了个人，不大认得，大哥没叫六郎吃他那一份，叫六郎跟我们一起吃的。"

五郎也在一旁跟着点头。

谢莫如道："管着给皇孙们送膳食的是御膳房的安公公，他有没有说什么？"

大郎年纪最长，也十来岁了，逻辑清楚，一五一十道："都是安公公的徒弟冯进忠冯太监带着小内侍们送膳食的，冯太监说，给六弟送膳食的小亭子吃坏了肚子，就换了这个小竹子。我想着，便是小亭子偶不能用，也该冯太监亲自送来，上次给太孙堂兄送饭的小珠子不适，就是冯太监亲自送的。这个小竹子，从来没见过。我就没让六弟吃那一份。"

虽然知道太孙身份不同，但一样皇孙两样待遇，尤其被区别待遇的是自己儿子时，五皇子心里委实不大舒坦，还是先与孩子们道："大郎做得对，以后也要这样，你们都要记得，面生人给的东西不要吃。"

孩子们拉长嗓音应了。

谢莫如命紫藤传饭，一家子坐下用饭，小伴读们另坐一桌，用过饭后，就是孩子们自己玩的时间了。谢莫如随孩子们玩去，并不拘束他们。五皇子漱过口，喝了半盏温水，道："我去四哥那里说会儿话。"

谢莫如起身给他理理衣领："你也劝着四殿下些，莫要让他着急，这原也不是一时的事。"

五皇子应了，抬脚去了四皇子府上，两家本就是邻居，当真是车都不用，只当饭后散步了。谢莫如则去园子里漫步消食。

四皇子和五皇子原就相近，五皇子过去时，四皇子家也是刚用过晚膳。兄弟俩去书房说话，侍女上了茶，四皇子便令她们退下了。说到此事，四皇子怎能不担心岳父？四皇子亲娘出身低，且死得早，外家也没啥能人，还指望他这亲外甥呢。在朝中，四皇子多有倚重岳家之处，再加上他与四皇子妃感情好，与岳家自然亲近。太子参劾他岳父的事，四皇子还没跟媳妇说呢，就是怕媳妇听了着急，与五皇子就没有什么不能说的。四皇子道："不是我说话不好听，太子再英明，在打仗上到底是生手，就是吴国公，我也不信能比我岳父更熟谙兵事。我也料到太子下江南必要抢功的，可这拿江山社稷开玩笑，也太托大。就是太祖皇帝，口含天宪，也没有说哪儿胜哪儿就胜的理。太子说江南可一战，倘真能战，难道岳父看不出来？"四皇子给东宫的奏章气狠了，他平日里可没有半点对不住东宫的地方，竟然这样坑他岳父！东宫眼里何尝有过他这个四弟！

"这些话，咱们今儿个都同父皇说了。哎，我先前不想太子去江南，太子只当我有私心。我经过战事，要打赢一场仗，除了精心挑选时机，更是不知多少将士的血肉堆出来的。太子想要大功，必要有大战，一场大战，百业凋敝。"五皇子感慨一番，方说起正事，将自己与妻子的猜测与四皇子说了，"四哥你心里有个底，要我说，太子都撕破脸了，必是要将侯爷弄回来的。与其让那些小人使出下作手段，不如咱们明儿先面谏父皇，与父皇陈情此间厉害，万不能让侯爷受此冤枉方好。"

四皇子捏着茶盏的手都微微发颤，脸上已气得发青，半晌方长吁一口气，将茶盏撂在海棠几上，咬牙道："真是欺人太甚！"

"四哥勿恼，你气坏了身子，倒称了别人的意。越是有小人，咱们越得保重些方好。"五皇子还得劝他四哥宽心。

四皇子目光幽暗，说话的口气也格外阴郁，道："何必惹这般晦气，倒不若请旨让岳父还都，太子愿意折腾，就让他折腾去好了。"

五皇子早与妻子讨论过此事，听四皇子此言，道：“这不失为一计量，只是怕没这般容易。父皇素来圣明，岂是这样容易为小人所左右的，现在定不会召回南安侯。”

“那就召回太子。”四皇子说了自己都不能信的话，继而缓缓摇头，“父皇对太子向来看重，不可能这样扫东宫颜面。”

四皇子都想不出他岳父的出路了，道：“难道就让江南这般僵着？”

五皇子一时也想不出。

此刻帝都中倒是有一人想出了，赵霖赵时雨对着正因太子与南安侯掐架而兴高采烈的大皇子道：“殿下的机会来了。”

“这怎么说？”大皇子道，“我看他们且得掐会儿呢，吴家在江南颇有势力，南安侯却也不是吃素的，不然太子也不会挽袖子亲自下场掐了。”

“这岂不正是南安侯与太子两败俱伤的机会吗？”赵霖肃容道。

见赵霖一脸严肃，大皇子也郑重起来，对此却有不同看法，道：“总有一输一赢，何来两败俱伤？”

“太子既然出手，南安侯早晚要回帝都的。殿下先做好准备，粮草必要多囤积一些，以备后用。”

大皇子与赵霖多年关系，熟得不行，仍是不解，道：“倘南安侯回来，江南不就彻底成了太子地盘了？倘太子收复靖江，东宫之位便固若金汤，再动难矣。”

“太子又不懂打仗，靖江王经营江南几十年，岂是这么容易就低头的。”

“可，万一呢？”

赵霖文雅的面上泛起一丝冷冽之气，他温言细语的话却带着淡淡的令人心悸的寒意，令大皇子都不禁微微打了个寒噤。赵霖望向大皇子，轻声道：“绝不会有此万一，绝不会有太子收复靖江的机会。”

大皇子再细打听，赵霖与他低语几句，大皇子不禁色变，同时心下决定，明儿个一定要去问一问紫姑！

接下来朝廷就是一锅粥，果然有人开始对南安侯与靖江王的关系大说特说。

谢莫如在准备给铁氏的生辰礼，铁氏生辰在六月底，虽六殿下还在皇庄“养病”，铁氏也没有不过生辰的意思。

铁氏是想开了，六皇子被安排“养病”后，她并没有回娘家。她既然是皇子妃的身份，便依旧住在皇子府，而且，府里没有了六皇子这个祸头子，铁氏正式当家做主，整个府邸短时间就给铁氏收拾得有模有样、井井有条。连永福公主都说：“我看六弟妹一人倒也能把日子过好。”以往六皇子府那漏风筛子一般的格局，永福公主看不上六皇子宠妾灭妻的同时，心下难免觉着铁氏无能了些。如今一看，人家挺有手段的。

柳妃或许是因铁氏打发她的人不满，或者是因铁氏未给六皇子求情不满，还叫了铁氏去宫里说话，说了啥大家不知道，但从此柳妃再不召铁氏进宫。

柳妃不召，铁氏也能进宫，婆婆不待见，她就去太婆婆胡太后跟前露个脸。基本上，胡太后除了看不上谢莫如，对其他几个孙媳妇都挺好的。

再者，铁氏还去平国公府与平国公夫人王氏走动。铁氏与王氏道："什么私心私怨的，我是不懂，我们铁家庭训，凡事依礼法，想是不会错的。"

铁氏是皇子妃，她主动来往，王氏多明白的人，虽知铁氏与六皇子不和，但与铁氏处好关系，又有什么坏处呢？除了皇子妃的身份，铁氏家族也是帝都名门。这一来二去的，铁氏与平国公府的嫡系关系改善许多。至于侧室一系，铁氏就懒得理了，世上没有两面讨好的事。再加上与柳氏翻脸的事，铁氏堂堂皇子妃，何须再看平国公侧室的脸色。

真是笑话！

如今日子平顺，眼瞅着到了二十二岁生辰，铁氏自己个儿也是要庆生的。

不过，因府里没男人，铁氏请的便都是女眷，娘家、婆家、平国公府的亲戚都请了，再有就是本家姐妹，还有闺中时不错的朋友，大家在一处乐一乐。

谢莫如一样样看过给铁氏备的生辰礼，四皇子妃胡氏就带着小儿子来了。胡氏坐下，也没吃茶的心思，揉着心口道："再不找个人说说，我就要憋死了。"

先时四皇子怕媳妇着急，故而没把岳父的事同媳妇说，现在朝中吵成这样，四皇子妃又不是聋子，早知道了。四皇子妃这叫一个气啊，还得回家安慰母亲，好在她们家女人都不是软弱型的，她娘还撑得住。但这事多窝火啊，亲爹千里迢迢地下江南去给朝廷流血流汗，到头来诸多小人诬陷她爹与靖江勾结，简直费力不讨好。胡氏忍着憋闷道："不行就叫我爹回来，我听说，吴国公也是个有能为的，再加上太子殿下一向英明，既有分歧，哪怕都是能人，在一处也乱，倒不如让我爹回帝都，江南有太子殿下和吴国公，也稳得住。"

谢莫如笑："我也这样想。"她现下有些明白当初东宫系为何力荐南安侯了。怕当初东宫系就是打的能收服南安侯则平添一员大将，不能收服亦有法子将他撵回帝都的主意。至于南安侯在江南对军队的整饬，只要他一回帝都，这些自然悉数便宜了东宫系。

四皇子妃知道谢莫如是个有见识的，她今日过来，就是来问主意的，道："五弟妹，你脑子比我灵，有什么好主意没？我是真想叫我爹回来了。"

谢莫如道："这也容易，宁荣大长公主是侯爷的母亲，我听说，寿安老夫人近来身体不大好。倘由她们二位出面，面陈陛下，召回侯爷并非难事。"

四皇子妃面生愁绪，道："这法子，我也想过了，只是自来，忠孝难以两全，有这句话，就能堵住我了。"

谢莫如道："可以说，南安侯毕竟与靖江王为嫡亲甥舅，律法上说，亲亲相隐，南安侯纵是全无私心，可如今朝廷上多有人质疑南安侯与靖江关系。人与人其实差别不大，帝都都这样了，可见江南得是什么情形。陛下自然是信得过南安侯的，但倘因南安侯一人而致江南军心浮动，想来此亦非南安侯所愿。天大地大，天下太平最大。吴国公素有才略，太子历来英明，莫因一人而致江南分歧，不若就令南安侯回帝都吧。”

听此一席话，四皇子妃心悦诚服，道：“五弟妹你就是比我灵光，这些话，我就没想到。我不多待了，这就去承恩公府见祖母。”说完就要让侍女抱儿子同去。

四皇子妃向来温温柔柔不疾不徐的模样，此次这般着急，可见四皇子妃是真心想父亲回来的。谢莫如笑：“四嫂这会儿过去，正赶上午饭，倒不若在我这里用过午饭再去不迟。”

四皇子妃便重又坐了下来，叹口气与谢莫如道：“不瞒弟妹，我实在是为父亲的事焦心。父亲现在真是被人架在火上烤了，就是能让父亲回帝都，以后我们家也难了。”这说的也不只是南安侯府，亦包括四皇子府。就看太子直接能上表参她爹，就知道四皇子在太子眼里是什么地位。如今这般，日后太子登基为帝，怕更不会将丈夫放在眼里。

“那些男人们，动不动就说什么‘百年大计’‘江山万年’的，我是不懂。我就觉着，不要说百年，谁能说得准明天什么样呢？”谢莫如道，“不必担心以后，把眼下过好就行了。”

这是四皇子妃这辈子听到的，最没人情味的安慰了。

不过，四皇子妃想着，她家与太子经此事算是彻底生了嫌隙。正好，五皇子府同东宫的关系也不咋的，她夫家婆家同五皇子家本就亲近，她与谢莫如在妯娌中关系最好，看来以后要越发亲近才是。

四皇子妃在谢莫如这里用了午膳，想了想，当天下午未去宁荣大长公主府。晚上与丈夫商量后，第二日，四皇子妃命人挑了些庄子上送来的时鲜水果，方去的宁荣大长公主府。

这些年，宁荣大长公主有了年岁，亦不若当年那般活跃在帝都的社交界了，便是胡太后那里，大长公主也不过一月去上两三次罢了。大多时候，她比较喜欢在自己的公主府休养。正好，丈夫老承恩公已被陛下让爵给长子，夫妻俩在一处，倒也融洽。

见四皇子妃带了小儿子来，宁荣大长公主亦是欢喜的，抱了孩子在怀里逗了一回，听四皇子妃道：“庄子上送了些清晨才摘的果子，今年雨水少些，果子格外甜，我挑了些上好的，带过来孝敬祖母。”

宁荣大长公主鬓角已生银丝，眼睛望过来时，眼尾的皱纹用脂粉已是遮掩不去，带着明显的苍老，人却较先时和颜悦色百倍。当然，宁荣大长公主对孙辈向来和气也是真的，她叹口气：“你呀，同老三一样，有事不直说，非爱来这拐弯抹角的一套。”

四皇子妃给祖母说得脸上一红，也就趁势把事说了：“什么都逃不过祖母您的眼睛，这些天朝中颇是不太平，我委实担心得不得了。”

宁荣大长公主自果碟里拿了个桃子给孙子玩，道：“我尴尬了一辈子，不想到我儿子这里，还要继续尴尬着。放心吧，我会让你父亲回来的。”三儿子一向与她不大亲近，但，母子一体，倘南安侯有事，难道承恩公一系有好？这事，宁荣大长公主是不想管也得管。

四皇子妃准备的那些话，一句都没用上，看祖母言语间似是有些心灰意冷，倒是打叠起精神在宁荣大长公主这里奉承了半日。

待四皇子妃傍晚告辞，老承恩公还与妻子道：“真叫三郎回来啊？”

“不回来做什么？”宁荣大长公主恼怒反问，“三郎还能在江南待下去吗？”太子这事，亦令宁荣大长公主十分不悦。承恩公府素来是东宫系，太子既不看佛面亦不看僧面，已令承恩公府与南安侯府大为没脸。再者，宁荣大长公主本也不愿儿子过去与哥哥开战。正有此良机，倒不若将人召回。

老承恩公还絮叨呢：“三郎也是，天生的一股子犟脾气，走前我便叮嘱过他，好生当差，好生听太子的吩咐。”

宁荣大长公主的脸已是完全沉了下来，鼻翼侧两条深深的法令纹垂落，拉展出她此刻心绪。她道：“你是不是老糊涂了，还是真把自己当成太子的亲外公了！我劝国公爷还是警醒着些，太子殿下的外公不是你！你算起来不过是舅公罢了！别成天说三郎不是，人家要将你放在眼里，三郎就是有再多不是，也不至于直接拿到朝中来说。哈，现在还有后手，你就等着瞧吧，现在说三郎与靖江有勾结，赶明儿就能说三郎是反贼。正好，你是反贼爹，我是反贼娘。”宁荣大长公主激怒之下也是想说什么就说什么了，“这也对，不牵扯出我来，怕是有人心有不甘！咱们一家子倒了，承恩公一爵正好让贤，去岁太子走时带了长房阿延去了吧？阿延多好，太子殿下正经表弟，血缘近，年岁也小，给点儿好处还不得掏心掏肺地回报，比三郎这不听吩咐的犟种强得多，是不是？人家手段已经使出来了，你还在这里说儿子的不是，你可真是忠心哪！只是，你这忠心，人家领情吗？”

宁荣大长公主冷冷的注视竟有种慑人的寒意，承恩公别开眼睛，到底多年驸马做软了性子，缓声道：“回就回吧，你也甭这样。”

“甭哪样？刀都架在脖子上了，亏得你还坐得住！”宁荣大长公主冷哼，“立刻想法子叫三郎回来！以后你就是想尽忠，也擦亮眼睛挑一挑人选！陛下还在位呢，就去捧东宫的臭脚，偏生人家又不稀罕。他既不稀罕，咱们也不至于犯贱地上赶着！叫东宫与吴国公在江南折腾吧，我倒要看看，是先帝教导过的储君优秀，还是今上教出来的储君有手段！”

宁荣大长公主虽然不算什么权术高手，但自小生于皇家，风风雨雨不知见了多少，让儿子回帝都的事还是能办到的。

宁荣大长公主并没有再抬出寿安老夫人这尊牌坊，她自己进的宫，也不是找胡太后说的话，而是直接去昭德殿求见的穆元帝。穆元帝不大愿意见宁荣大长公主，他做皇帝这些年，自始至终就觉着，他与宁荣大长公主不是一路人，两人能说什么呢？

宁荣大长公主的来意，穆元帝大约也能猜得到，想着宁荣大长公主或是来为南安侯哭诉辩白的。穆元帝对内侍道："同大长公主说，先请她去母后那里说话，一会儿朕就过去。"

内侍郑佳出去得快，回来得也很快，道："大长公主说，倘陛下没空，她就在外头等一等。"

穆元帝虽不喜宁荣大长公主，不过，还真不能叫人家在外等着，便道："请大长公主进来吧。"

穆元帝对宁荣大长公主依旧客气，这把年岁了，辈分且长，穆元帝不待宁荣大长公主行礼便命内侍搀住了，搁下手中御笔，笑得亲热："姑妈坐。"待宫人奉了茶，穆元帝方道："姑妈过来，可是有事要与朕说？"

宁荣大长公主对穆元帝其实也没啥好感，但没办法，大家面上还得一副亲亲热热的姑侄相。宁荣大长公主此次却是出乎穆元帝的意料，既未哭诉亦未辩白，她挺直了脊背，直接道："我来，是想请陛下召南安回朝的。"

穆元帝道："怕是姑妈听到了些不好听的话，让姑妈不悦。"

宁荣大长公主摆摆手："我说了一辈子言不由衷的话，这把年岁了，今天就说几句心里话吧。"以前，穆元帝委实有些看不上宁荣大长公主，但这句话，倒让穆元帝对她多了些另眼相待。就听宁荣大长公主继续道："陛下待外家，向来照顾。这些年，承恩公府权势不缺。我算是看着陛下长大的，我知道，陛下的性子，喜欢的是有本事的人。承恩公府这些儿孙，最令陛下青眼相加的就是南安了。陛下待他，封官赐爵，便是有意令胡氏出一皇子妃，也是选自南安一脉。这等厚待，哪怕靖江想笼络南安，也就是如此了。我性子功利，心下这样想，也就这样说了。别说什么许以王侯之位，靖江自己儿子十几个，南安论理不过是外甥，他能给南安封王？这等话，我都不信。想来，陛下不信南安，也不会令他主持江南。但历来，众口铄金，积毁销骨。陛下信南安，我信南安，都没用。江山是陛下的，朝廷却是百官的，陛下要做明君，就挡不住朝臣议论。帝都这里还好，离江南远，陛下自能掌控朝廷舆论，但江南呢？靖江可不会放过这等机会，南安与吴国公失和已成事实，靖江只要今儿给南安送件衣裳，明儿给南安送封书信，江南上层自生龃龉。"

"原本，只要太子在，当能稳住江南局势，可太子千不该万不该，他拉了偏架。"宁荣大长公主叹道，"今东宫上书说南安有私心，延误战机，倘说这话的人是吴国公，我自不会过来面谏陛下。既是太子如此说，我在家等了几日，朝中形势对南安亦是不利。我虽不喜他，到底是他的母亲，只得过来求一求陛下，让南安回朝吧。"

穆元帝沉声道："用人不疑，疑人不用。朕既将江南托于南安，自然信他。其他的事，朕自然会料理，姑妈不必担心。"

这一句话，是打发不了宁荣大长公主的。她道："我们兄弟姐妹四人，论资质，我是最差的。好在，活得久了，也知道一些事。当年，皇姐之所以选靖江为二哥的封地，原是因英国公府祖籍闽地，正与靖江封地相邻，如此可震慑靖江。但英国公一脉族诛之后，靖江于江南再无掣肘。江南，原也不是靖江的江南。那里最初是江南王的地盘，吴国公、赵国公皆是江南显赫豪门，便是随便一省之地，督抚不和都是大事。”

“陛下素来贤明，容我多嘴几句，倘有需要老身的地方，陛下只管开口。”宁荣大长公主自嘲道，“现在有人说南安，以后怕也少不得有人要说我的。”

穆元帝立刻道：“倘有这等小人，朕定不相容！姑妈放心，您只管好生过日子，谁要让您不痛快，只管与朕说。”

“多谢陛下。”宁荣大长公主欠欠身，道，“也叨扰了陛下这许多时候，陛下国务繁忙，老身再去慈恩宫瞧瞧太后，也就回府了。”说着起身告退。

穆元帝命人送宁荣大长公主去慈恩宫，还道：“母后时常念起姑妈，姑妈闲了，只管进宫来，还是你们有年岁的人能说到一处去。”

宁荣大长公主笑笑，客气一二，便由小内侍扶着去慈恩宫了。

胡太后还是老样子，向来偏心娘家，当然，对东宫也素来偏爱，故此，东宫与南安侯失和之事，大家便默契地没与她说。反正，她知道也没啥用，无非就是跟着裹乱罢了。

胡太后现在絮叨的是六皇子，见了宁荣大长公主也高兴，笑道：“正说起你呢，现在也不爱到哀家这儿来了。”

宁荣大长公主笑道：“如今天热，懒怠出门。娘娘近来可好？”说来宁荣大长公主生来尊贵好命，不过，她此生唯一认为比她命还好的就是胡太后了。这位老太太数十年如一日地糊涂，偏生人家有运道，一辈子生个儿子，就什么都有了。

姑嫂俩说些亲热话，胡太后就说起六皇子：“这都多少时候了，说是老六不舒坦放去了皇庄养病，唉，什么病要去皇庄养啊？帝都里多少太医没有？再说，就是老六不舒坦，也该叫他媳妇跟去服侍，皇帝倒好，反叫那小妖精同老六一道去了。”柳妃正在胡太后跟前，听到胡太后说起她儿子，柳妃正想着怎么着向胡太后求个情面，好生同陛下说说，赶紧把儿子放回来啥的。结果，柳妃这话尚未开口，就听得胡太后点了“小妖精”的名儿，然后顺便抱怨她一嘴子：“你也是，宫里多少出挑的宫人没有，就是叫她们服侍老六，也得挑懂事的，怎么就专挑狐狸精给老六？亏得你还是亲娘。”把柳妃说得一口气横在胸口，上不去，下不来，只得默默地自己吞咽苦水罢了。

宁荣大长公主接了话茬道：“这狐狸精也不是能看出来的，柳妃怕也是受了狐狸精的蒙骗，没留心罢了。”这话听着是替柳妃说情，却也坐实了柳妃昏聩的事实。

果然，胡太后接着就道：“柳妃哪，是个爱说道的，瞧着精明，其实糊涂。”

柳妃真是死的心都有了。

宁荣大长公主既然来了，胡太后便要留她用饭的。午膳时，穆元帝还特意命人送了几个菜过来，待得午后，宁荣大长公主方出宫回府。

宁荣大长公主回府未久，程离过去求见。多年过去，程离也由当年的年轻秀士变成了今日的儒雅中年。程离观宁荣大长公主的面色道："殿下只管放心，陛下早晚都会准的。"

宁荣大长公主斜歪着身子，倚在凉榻上，道："先时南安去江南时，我还说呢，他家里老大也当差了，老二也到了要当差的年岁，怎么不带着孩子们一道历练一二。如今看来，当初他不带孩子们，也是有考量的。"父母妻儿皆留帝都，尚有这许多流言，要当初把儿子们带去江南，今日局势怕是更为凶险。

程离道："侯爷料事于先，怕是早有回朝的准备。"

宁荣大长公主长声一叹："只可惜三郎在江南这一年的经营，皆俱便宜了东宫。"

程离冷笑："我这几十年，倒是头一遭开了眼，见识了与臣子争功的储君。"

宁荣大长公主道："我就奇怪，吴国公哪里来的这天大把握，就认定东宫必胜了？"

"江南系最初以先宁国公为首，后来宁国公被先英国公干掉，他们便唯英国公马首是瞻，直到英国公府倒台，吴国公赵国公这些人才起来的。吴赵二府爵位是要递减袭爵的，他们两府在英国公府灭族后不降反升，当年英国公府倒台之事，怕是参与不少。"程离淡淡道，"原本，以吴国公的眼光，不该做出怂恿东宫巡抚江南之事的。可近些年，五皇子风头太盛，那谢王妃，早便是有名的厉害人，五皇子很肯听她的。甭看吴国公府与谢家联姻，谢莫如也选了吴氏女给府中郡主做伴读，可说到底，谢家难道能做得了谢王妃的主？倘真叫五皇子上位，难保日后谢王妃不会翻旧账。"

"东宫得势，老大爵位难保。"宁荣大长公主感慨，"哪天老五上位，咱们怕也不好过。"

"现下朝中得势的，哪个没有参与过英国公旧案与陛下亲政之事？谢王妃总不至于把满朝人都挨个报复，就是谢家，怕也不干净。殿下与谢王妃关系平平，只是，从现在开始，殿下万不能再去得罪谢王妃。"

宁荣大长公主苦笑："我如何还敢得罪她，怕丢脸没丢够吗？"她其实不大喜欢三儿子南安侯，南安侯对她这做亲妈的亦不甚亲近，可世间事就是如此，再不亲近，南安侯有难，她也得去解。将来，这么些儿子，她能倚重的，怕仍是这个不大讨喜的三儿子了。

宁荣大长公主望向窗外一枝盛开的蔷薇，觉着，盼了一辈子盼着兄长能有所成就，而今江南战事一触即发，怎么心头倒隐隐觉着沉重呢？

我这一生，丈夫、儿女、孙辈、重孙辈……到底，就是如此了吧。

第五十九章 赴战场

甭看宁荣大长公主本身身份有些尴尬，但她这一进宫，外头那些唱衰南安侯的声音便少了好些。这位大长公主，虽不若她兄姐更有名望，而且，本身宁荣大长公主也并不姓穆，但身为世祖皇后唯一在世的女儿，她的分量并不轻。

在这风口浪尖的时刻，宁荣大长公主进宫与今上密谈之事落在有心人眼里，便有各式各样的解读。五皇子知道一些内情，回家道："不是说大长公主与寿安老夫人同去吗，怎么就大长公主一人独进宫了？"

谢莫如笑道："大长公主有大长公主自己的主意，倘是自慈恩宫入手，自然是要与寿安老夫人同去的，但此次大长公主是在昭德殿见的陛下，还要寿安老夫人去做什么？那位老夫人，比太后娘娘强不到哪儿去。"

五皇子道："说来太子此举算是把承恩公府一并得罪透了。"

"承恩公不过是外戚赐爵，胡家第一位承恩侯并非大长公主驸马。"谢莫如捏粒葡萄剥了皮，道，"那位最先革爵的承恩侯，才是太子殿下嫡亲的外祖父。太子的外祖母姓朱，说来与我祖母是一母同胞的姐妹。"

这就是豪门联姻的各种好处，随便一拉扯就都沾亲带故的。五皇子是知道朱家人的，他道："朱雁颇为能干。"五皇子就藩闽地时，朱雁就是闽安州知府，对朱雁，五皇子还是有些了解的。

谢莫如道："现在朱家，朱雁是个尖儿。"

夫妻俩说了回朱雁，不想第二天谢太太就上门了，与谢莫如说的，正是朱雁的事。谢太太道："阿雁也是四十几岁的人了，这么不婚不嗣的，以往年轻，只当他年少轻狂，现今这个年岁，家里是再不能随他这样过下去了。前儿听我那嫂子说，我娘家姐姐问起阿雁的亲事。"最后一句方是重点。

谢莫如道："是太子的外祖母朱夫人吧？"

"是啊。"谢太太面有难色，"她也怪不容易的。"

谢太太特意将此事来与谢莫如说一声，就是想听听谢莫如的意见。谢莫如也晓得谢太太的心思，朱雁在闽地为官，在天然的政治立场上必然偏颇五皇子。朱家虽着急朱雁的亲事，可也得顾及朱雁的政治前程，不能落下两面三刀的名声。

"人事有代谢，往来成古今。"谢莫如问，"朱夫人给雁表兄说的，不知是哪家闺秀？"

谢太太道："就是她家孙女，年方十七，也是个温柔娴静的孩子。"

"太子是想复胡家长房之爵的。"谢莫如此言一出，谢太太不禁面色微变："这，这……"

"祖母听我说，这要取决于太子能不能平定江南。"谢莫如道，"太子已与南安侯撕破脸，宁荣大长公主可不是白活的。不要看陛下待大长公主似乎不大亲近，但不论江南胜败，大长公主的地位不会变。她一介女流，又是这种辈分，等闲就是做个牌坊，皇家也会好生供着她。哪怕太子胜了，南安侯式微，可南安侯已独立开府，与承恩公府不相干。凭大长公主的地位，不是特别过不去的事，陛下但活一日，承恩公府易爵的可能性不大。太子亲近自己外家，这是人之常情，但朱夫人想成为寿安老夫人，得等到太子登基才行。"

"当然，这都是我的揣测。"谢莫如笑笑，颇不以为然，"至于外头那些诬蔑南安侯的小人，那些话，听都不必听。南安侯去江南时，妻子儿女父母兄弟皆在帝都，还要怎样才算忠心！哪怕南安侯回朝，也不是因其有不臣之心，不过是争不过东宫罢了。"

谢太太算是有些政治认知的女人了，当然，她的政治常识多来自丈夫谢尚书的教导。不过，近来朝中颇乱，谢尚书也没心思与谢太太讲这些事，谢太太听谢莫如的分析，也就有了判断。她倒不是判断朝廷局势，她判断的是谢莫如。

谢莫如一向清明，当初五皇子就藩，谢家都不看好五皇子，觉着五皇子一去就回不来了。偏生五皇子三年便挟胜回朝，从此行情一路看涨。每想到在此事上的失误，谢家都得感激谢莫如当时带走谢芝、谢云、谢远了，三人现在都挺出息。所以，现在有什么难决断的事，谢家是很愿意听一听谢莫如的意见的。

谢太太见谢莫如对帝都情势了如指掌，便道："我那老哥哥也是看着我那大姐提了提，到底没说定。阿雁这孩子，脾气还有些古怪，到底还是要细斟酌才好。"上次没押谢莫如，这次，说什么也要押谢莫如的。

谢莫如笑："婚姻乃人生大事，雁表兄又是家中嫡长孙，自然要更为慎重。"

谢太太心里就更有底了。

朱家这亲事到底没成。甭说谢莫如手伸得太长啥的，也就是谢太太亲自上门，不然，谢莫如哪里愿意管这闲事。朱雁虽有些才干，却并非五皇子心腹之臣，就是朱家，一无高官二无显爵，与谢莫如更没什么不得了的情分。谢莫如还真是看在谢太太的面子上，指点了谢太太几句罢了。

第二天就是六皇子妃铁氏生辰的正日子，这一日，请的都是公主皇子妃们，谢莫如约了四皇子妃一道同去。四皇子妃见谢莫如一袭浅紫烟霞轻纱长裙，配着发间的紫晶首饰，笑道："这许多人穿紫，都不如你穿着好看。"

谢莫如笑："我这一把年岁，还有四嫂夸好看，看来是当真好看。"逗得四皇子妃一乐。四皇子妃笑："真个贫嘴。"四皇子妃其实论年纪还小谢莫如一岁。

二人一并到了六皇子府，六皇子妃到二门相迎，自从六皇子一事后，皇子妃间的感情很是不错。六皇子妃铁氏笑："原不想办的，后来都劝我，一年也就这一回。我想着，我们爷在外头，我这里也就不大办，略摆几席酒，咱们聚一起说说话。"瞧铁氏提及六皇子多么亲切，能有这样的口吻也说明铁氏是完完全全想开了，她是真的不在意六皇子了。

四皇子妃笑："是啊，这大宴小宴的，大家可不就是寻这么个名头在一处说说话嘛。"

谢莫如道："成日在家也是无事。要不是孩子们天天上学，我倒愿意去山上住几日。"

铁氏笑："这眼看就是立秋，立秋后也便凉快了。"

"哪年不热这几日，都不能叫过了夏天。"四皇子妃由丫鬟们打着扇，不疾不徐道。

不一时，大皇子妃和三皇子妃来了，都笑："你们俩来得早。"说的是谢莫如与四皇子妃。

四皇子妃今日心情不错，玩笑道："我们做弟妹的，哪里敢晚于嫂子们？"

大皇子妃颇有些惊诧，想着四皇子妃因着其父南安侯之事，近些天来颇有些不痛快，今儿个这般神清气爽，难不成是南安侯一事有了结果？总不会南安侯与东宫系相争一事，是南安侯胜了吧？

这么想着，大皇子妃崔氏只是笑："你就打趣我跟三弟妹吧，你们怕是还不知道呢，今儿宫里诞下两位小殿下。"

谢莫如笑与铁氏道："六弟妹这生辰日子有福气。"

四皇子妃亦道："我说呢，定是宫里报喜的内侍先去的大嫂三嫂府上，要不往日咱们过来的时间都差不离。"

三皇子妃笑："这事说来真是巧，一位十一殿下，一位十二殿下，真真是双喜临门。"

谢莫如心里琢磨着，先时怀有身孕的是一位王美人、一位李贵人，品阶都不高，不过听说是东宫所献美人，没想到这么巧生在这时候，看来，南安侯回帝都怕是已成定局。穆元帝并不昏庸，只是，疏不间亲，人难免偏心哪。

皇室添丁，就成了六皇子妃生辰宴的好话题。

倒是柳妃对于六皇子妃办生辰宴颇为不悦，六皇子是以"养病"的名义迁去的皇庄，何况，六皇子不在家，六皇子妃一介女眷，也不知办哪门子的生辰宴。这等没心肝的东西，难怪儿子先时百般不喜，也不是没有缘由的！

不过，柳妃再如何郁闷，也是施展不开的。自从六皇子宠妾灭妻的事一出，穆元帝知道那李氏是柳妃给六皇子的，就再没去过柳妃宫里。便是胡太后这等糊涂人，都说柳妃糊涂。至于娘家，亲弟弟随太子去了江南，亲娘一介侧室，进不得宫来，嫡母倒是能来，只是柳妃再不信嫡母能帮她的。

原想就铁氏办生辰宴一事在太后面前下下话，不想偏赶上王美人和李贵人产子，这样天大喜事，柳妃还如何能说些扫兴话。倒是胡太后知道今日是铁氏生辰，还说呢："当初给老六娶媳妇，高僧一看就说老六媳妇的八字好。看吧，果然是好的，今儿就是再好不过的日子。"

于是，柳妃除了附和着说儿媳有福，别的话，竟是一字不敢提了。

谢贵妃轻轻勾起唇角，这柳妃一向是小聪明尽有，大智慧全无，不然，也不会凭国公府出身，直待生出儿子方熬至妃位了。

谢莫如以为南安侯就要回朝了，却不想，事情并非谢莫如所想那般。

五皇子当天也知道了他多了俩弟弟的事，还叫妻子预备着洗三礼满月礼啥的，谢莫如笑："这个我早备下了。"

五皇子也知道这些事不必他操半点儿心的，想到一事，道："不知怎的，永安姑丈和永定侯、戚国公都找我说南安侯的事，看他们的样子，是不想南安侯回帝都的。"

"殿下怎么说的？"

"能怎么说呢？我也是不愿意南安侯回朝的，只是，我如何做得了朝廷的主，只得实话实说罢了。"五皇子奇怪的另有他事，"戚国公还好说，这些年他不大如意，在父皇面前不大能说得上话。永安姑丈与永定侯都是父皇近臣，如何来找我说这事？崔家几个子弟，都在闽地，扶风怎么都会照看些。就是宇表兄，便是太子也不会轻慢他的。"甭看太子敢与南安侯翻脸，亦不将宁荣大长公主放在眼里，但太子绝不敢与文康长公主生隙的。

"殿下真是当局者迷，他们都是有子嗣在江南的，找殿下商量，无非是你们几位立场一致罢了。"谢莫如道，"你们都不想南安侯回朝！"

什么是朋党？拥有同样的立场，做出同样的选择，便是朋党了。

朝中情势胶着，五皇子得到一个消息，大皇子正在大范围囤积粮草。

兵部向来是大皇子的地盘，五皇子能得到这等消息，消息来源不言而喻。五皇子只与妻子说了，谢莫如心知此事定是永安侯漏给五皇子知道的。谢莫如对于大皇子此举倒颇为赞赏，道："大皇子身边也不乏明白人哪。"战时，粮草是永远不嫌多的。

五皇子道："还有件事，大哥近来又去拜那坑神了。"

"什么坑神？"

"就是管着茅坑的那神仙，叫啥紫，啊，紫姑的！"五皇子道，"大哥一向笃信坑神。"

谢莫如虽然一向于神佛上不大信，但对大皇子的心思倒是能猜到几分，她道："帝都这般乱，大皇子不可能不想浑水摸鱼的。"

五皇子道："甭管谁回朝谁留江南，这事不好再拖了。"他准备再进宫同他父皇说一说。

五皇子一向关心国家大事，哪怕碰一鼻子灰，他想说的不让他说，那得憋死。五皇子就进宫找他皇爹叨叨去了，道："当初儿臣就藩，特意请父皇赐予军政之权。说句老实话，当初倘儿臣去了闽地，叫儿子只做泥塑木偶，不理军政，儿子心里也是不得劲的。太子素来英明，吴国公也是有见识之人，南安侯为宿将，三人皆身份高贵，太子既有意指点江南兵事，倘与南安侯意见相左，两人怕是都不痛快。这般胶着，反给小人可乘之机。"

"依你说怎么办？"穆元帝也颇为烦恼，尤其太子亲自上本与南安翻脸，这种事在穆元帝看来，实在太过唐突。

五皇子道："快刀斩乱麻。不令太子回朝，便调回南安侯。"

"南安一旦回朝，前线无大将，战事要怎么办？"

"儿子也是与父皇一个心，所以先前是想请父皇召太子回朝的。但太子威信不容置喙，委屈了谁，都不好委屈太子的。"五皇子叹道，"儿子资质有限，想了许久，也想不出两全其美的法子。南安侯在江南整饬一年有余，就是现调了谁去接手，且得熟悉一段日子的军务。何况，军政一体，总督巡抚必要配合，这仗才能打。江南现下是督抚不和，太子对南安侯颇有微词，要儿臣看，长痛不如短痛，父皇总需取舍。"

穆元帝云淡风轻道："你去江南如何？"

五皇了面露惊容，却很快沉下心来，想了想，认真道："要是最初，父皇着儿臣过去，儿臣倒还有几分把握。现下过去，儿臣对江南一无所知，也不过是做个摆设。父皇也知道，当初儿臣举荐过南安侯，倘儿臣去，必要换下吴国公。儿臣不是说吴国公不好，但，若不换吴国公，便要找一位能与吴国公合得来且能打仗的将军。不然，这仗没法打。"

穆元帝道："看来你是倾向取舍之道。"

五皇子老老实实地说："儿臣要再想出好法子，再来跟父皇讲。"

哎，五儿子是真担心江南局势，好歹还有个主意，比那些没主意的强得多，穆元帝也未多加苛责。

不得不说，穆元帝现在还有着能调和太子与南安侯的信心。

五皇子垂头丧气地回府，穆元帝的小知音谢莫如就说了："陛下或许觉着，江南未曾败坏至此，太子与南安侯之间的矛盾尚能化解。"

是的，穆元帝是打着化解二人矛盾的主意的，只是一时未想好人选。原本穆元帝是想着让哪个儿子过去劝一劝，可想遍几个儿子，大儿子生性唐突鲁莽；四儿子是南安侯的女婿，立场偏颇；五儿子是举荐南安侯的，又一向主张召太子还朝；三儿子倒是中立，可三儿子那温文的性子，穆元帝又不放心；至于六儿子，还在山沟里做长工呢，穆元帝根本没考虑过他。儿子不行，穆元帝便在大臣里选了。

还真给穆元帝选出个极恰当的人选：永安侯。

永安侯，诸皇子的姑丈，论辈分，还是南安侯的表姐夫。且永安侯两子皆在南安帐下听用，太子对这位姑丈也很尊重。穆元帝就琢磨着，自己写封手谕，命永安侯南下，调解一二。这是穆元帝不愿失去阵前大将南安侯，更不愿令太子威望受损，所想出来的唯一的万全之策。

穆元帝殷切地对自己的妹夫交代一番，把永安侯给难得哟。他倒不是怕辛苦，就怕自己没本事劝动太子与南安侯让步啊！

文康长公主知道她哥给她家驸马派的差使也颇为郁闷。这叫啥差使啊？太子与南安侯都是硬茬子，就她家驸马，素来不与人红脸争执的，能做得了这俩硬茬子的和事佬？

文康长公主当下就要进宫找她哥评理，永安侯却是拉住了她，道："正好，我也不放心阿宇，顺带瞧瞧他去。"

说到二儿子，文康长公主颇为后悔，要早知江南这一团乱麻，当初说什么也不能叫儿子去。文康长公主道："可得叫阿宇留心些，战场上刀枪无眼的。"其实，长公主很想让二儿子回帝都，偏生正打仗的时候，再说不出这种话的，只得多派几个家将，让儿子小心了。

"我晓得。"

穆元帝此举，出乎多少人意料。

五皇子都担心："不知姑丈能不能劝得住。"

谢莫如闭口不言，五皇子偏生喜欢听妻子的意见，问她："你说这法子成不成？"

"我说的话，怕是不大中听。"

"无妨，屋里又没别人。"他们是喜欢说私房话的一对夫妻，基本上说朝中事时，房间不留人，就是为了畅所欲言。

五皇子竖起耳朵等着听他媳妇的点评呢，谢莫如便说了。她说起古来："据说当年前朝明月公主过世后，先帝意欲起兵。原本都商量好了要竖反旗，结果头一天晚上，先帝十分犹豫，拿不定主意了。程太后知晓此事，啪啪给了先帝俩耳光，先帝当即不再犹豫，打出旗号，正式造反，之后数年兵戈，立国东穆。"

五皇子因一向孝顺他爹，一时没明白他妻子的意思，问："你是说，靖江要起兵？"

真是笨！谢莫如屈指敲他脑门，道："陛下无福啊，要是像先帝一样有程太后这样的母亲，两巴掌下去，陛下就不会做将相和的梦了。"

五皇子对于他妻子的刻薄也没法子，不过，五皇子也觉着，他爹这法子大概不会管用的。五皇子道："在外可别说这话，父皇也是想大家都好的。"

“自先帝起，老穆家的人便都有些优柔寡断的毛病，骨子里带出来的，实难医治。”

五皇子连忙道：“要哪天我也这样，你就敲我一下。”

谢莫如再敲他一回，笑问：“这样？”

五皇子攥住她手：“再敲就出包了。”

“胡说，我又没用力。”

五皇子突然喷笑，笑一阵方道：“上回你把六弟摔到地上去，我的妈呀，大哥好几天看我的眼色都诡异极了，我猜他是庆幸先时没太得罪你，不然给你揍了，脸也丢大了。”

“六皇子那就是个**㞞**包，看他走路，脚底虚浮，就知没什么功夫。大皇子甭看脑子不大灵光，功夫不错，我只会不多的几个招式，不过，大皇子肯定不是行云的对手。”谢莫如道。

五皇子又道：“还有件事，我也是刚知道，大哥给他家侧妃的岳父活动去了蜀中做巡抚。”

“哪位侧妃？”

“就是李侧妃。”五皇子想起来了，“就是余家那位姑娘的婆家。”

“阿瑶的夫家。”谢莫如道，“咱们去闽地前，李大人是洛阳知府，如今升至蜀中巡抚，可见大皇子颇用心哪。”

谢莫如继续道：“去蜀中，无非就是意在薛帝师罢了。”

“我也这样想，可薛帝师早便归隐青城山了，当年父皇立储，想请薛帝师来朝，薛帝师都说身子不佳婉拒了。李巡抚怕也没这么大的本事，笼络住薛帝师吧？”

“现下这些官员，相比薛帝师当年搅动风云，不过后生晚辈。谈什么笼络，能给薛帝师留下个好印象，也就值了。”

五皇子深以为然，道：“你说，李巡抚这人如何？”

“眼光不行。”谢莫如道，“物以类聚，人以群分。人呢，才干是一方面，眼光绝不能差了。他既投靠大皇子，怎么倒去六皇子封地为官？六皇子好在糊涂，倘是个精明人，什么都不干，同陛下说一声，自己暂不就藩，着属官去打理封地，李巡抚便落不得好。大皇子的手，伸得太长，不懂规矩，犯了忌讳。”

五皇子叹口气，也没瞒妻子，道：“余姑娘经常过来，先时我倒想着李大人不错，可惜我在吏部没门路，他又投靠了大哥，也就算了。”

“什么门路不门路的，做官也不能全指望着门路，真要说到门路上，做官做人都落了下乘。”谢莫如摇头，道，“这些闲事，不归咱们管。倒是永安侯怕是这两天就要动身的，殿下还是过去说说话，当初可是殿下把李宇荐给南安侯的。”

五皇子道：“天有些晚了，明儿我再去吧。”

谢莫如真有些受不了老穆家人的磨叽，屈指敲他：“快去！”

五皇子还啰嗦着：“我脑门没给你敲红吧？”这要顶着个红脑门去，可有些没面子啊。

谢莫如撵了他去。

五皇子道："孩子们回来，就你给他们检查课业吧。"

"别在公主府吃饭，长公主定有话要同永安侯说的。"

"知道啦知道啦。"五皇子摆摆手，起身去了。

五皇子倒是很真诚地同永安侯交谈了一番，亦未留在长公主府用饭，毕竟明日永安侯就要启程了。结果，永安侯没走成，因为第二天上午便传来了江南大败的战报！

朝中召回南安侯的声音更响，唯苏相道："胜败乃兵家常事，岂能因战败便召回大将？江南不宁，储君乃国之根本，臣请陛下召太子还朝！"

太子与南安侯相争，一直上蹿下跳叫嚣的大都是朝中中低品的官员，至于朝中大员如六部九卿或者内阁相辅，其实还未发言。

这些大人倒不是不想表明自身态度，有时，无言也是一种态度。

在此大败当前，苏相突然出声，请穆元帝召太子还朝。而且，给出的理由光明正大，储君不能待在不安全的地方。

此话音刚落，穆元帝尚未说话，苏相接着道："太子千金之躯，回程必要千万小心。吴国公为当朝老臣，忠贞不贰，臣请陛下命吴国公护送太子还朝！"

五皇子直到天色将晚方回府，彼时，晚饭时辰已过。谢莫如见他回来，一面吩咐梧桐去传饭，一面令紫藤服侍着五皇子洗漱了头脸，换下玄色的皇子服饰，只着一件家常宝蓝纱衣。五皇子坐在凉榻上接了薄荷蜜水吃了几口，缓缓地舒了一口气。

待传来饭菜，五皇子就命侍女们都退下了。

五皇子没啥吃饭的心，筷子都未动一根，他有事同妻子说："江南大败，苏相请父皇召太子与吴国公还朝。"

谢莫如叹道："这个时候，苏相还肯说这番话，可见老成持国，名不虚传哪。依苏相的分量，陛下想必会慎重考虑的。"

"你不晓得，今早连带战报一并送来的，还有南安侯自陈才干不足，请求回朝的奏章，与太子弹劾南安侯勾结匪类，致使江南大败的奏章。"五皇子眉心微蹙，带着明显的倦意，道，"两道表章我都看了，南安侯写得颇为恳切，说难掌江南大局，要回帝都与父皇请罪。太子则说拿到了南安侯与靖江王勾结的证据，为求稳妥，请父皇另着将领接管江南军务。"

谢莫如心下一动，似乎有什么事自心头滑过，偏只是一瞬，再去追溯，已无影踪。谢莫如未去想这一时悸动，急着问："陛下怎么说？"

五皇子叹道："太子都明说有南安侯与靖江王勾结的证据，倘这话是别人说的，倒不必在意，只当谣言中伤南安侯。可说这话的是太子，不论如何，南安侯都要回来了。何况南安侯自己也请求回朝，只是南安侯还朝，谁能接掌江南军务？"

谢莫如冷笑:“现成的大能人吴国公,除了吴国公,我看也没人有这个本事!”

“父皇有意永安姑丈接掌江南军务,永安姑丈没敢接。”

“永安侯又不傻,在帝都太太平平地过日子有什么不好,难不成去江南做太子的傀儡?有了战功都是别人的,但有不是必要他来顶缸。”谢莫如讥诮道。

五皇子亦是无言。

谢莫如看他没用饭的心,盛了碗百菌汤给他,五皇子接了,道:“你说这事可怎么办呢?”

“苏相没替南安侯辩一辩吗?”

“苏相当真耿直,说南安侯出身承恩公府,父母妻儿皆在帝都,绝不会有反意,太子怕是误中离间之计,且储君不好久留于外,请太子回朝。”五皇子搅一搅碗里清香扑鼻的汤品,继续道,“赵国公则道,当年世祖皇后的娘家程家,一样是先帝外家,先帝何等恩重,照样谋朝篡位。前英国公方家,先帝元后娘家,既是国柱亦为外戚,陛下待方家又何尝不是恩深似海,结果,两朝帝君恩宠,犹挡不住谋逆野心。倘南安侯清白,回朝自辩,父皇也冤枉不了他;倘南安侯果然不忠,此际再召回太子,江南怕是无人能约束南安。”

谢莫如对赵国公一向没什么好感,道:“不知吴国公给了这老狗多少好处,令他如此攀咬。”

五皇子“扑哧”一乐,道:“翰林侍讲赵霖赵大人当时就说,这要是个贼,看谁都是贼。骂得赵国公面红耳赤,当即翻脸,直说赵侍讲污蔑他。赵侍讲就说,赵国公先时就偷过辅圣公主万梅宫的梅树,这事朝中尽人皆知,可不就是个贼吗。”

谢莫如皱眉:“我以前听人说,这赵侍讲似是赵国公的远房族人。”

“我看不像,这要真是同族,赵侍讲岂能这般骂赵国公?真是把赵国公骂得一佛出世,二佛升天。”五皇子颇觉解气,道,“以前看这位赵侍讲状元出身,很有几分傲气,不想骂人这般厉害。”

谢莫如道:“那一届三甲,榜眼徐宁入了东宫,探花还在翰林院修书,赵侍讲虽说也在翰林院,却在帝王身侧,可见是颇得陛下心意之人。”

“你说这是不是父皇的意思?”

“起码赵侍讲这样说,当不会引得陛下不悦。”谢莫如感慨,“吴国公的手段,一环扣一环,毒辣至此,太子焉能驾驭得了?江南此战,倘朝廷胜了,吴国公必定坐大;倘朝廷败了,就是诛其全族,也难以抵挡江山倾颓之势。”

五皇子将调羹一放,道:“我料着,还不至于此。我想明日私下面谏父皇,江南虽在吴国公掌中,但当时南安侯去江南时,我曾说了,最好不要动闽地。扶风与我书信往来,咱们闽地倒还安稳,一直防守靖江。不如让闽地与南安州连成一个后防南线,只要扶风与安夫人守得住,靖江总要忌惮三分。如此,朝廷可一心围剿靖江。而南线,可守可防,必要时还能支援朝廷，岂不好？”

闽地是五皇子的封地，五皇子自然会格外关心。

谢莫如道：“殿下不要私下面谏，挑一个苏相也在的场合说这事。”

“苏相能替我说话？”太子都没这么大面子。

谢莫如道：“苏相不会偏颇殿下，但苏相为人，一向就事论事，只要殿下的主意于国有利，他必然会促成此事。”

“成！明儿我就寻个恰当时机。”

谢莫如看饭菜都要冷了，笑道：“明天怕也轻松不了，殿下先吃点儿，干什么都得有体力啊。”

五皇子笑：“你劝人一向怪怪的。”

“本来就是，要为这么点儿事就吃不下喝不下的，哪怕有神仙手段，一旦饿坏了身子，什么壮志啊理想啊，也就甭想了。人嘛，只要身体好，活得长，路便长。”谢莫如感慨，“就像靖江王，倘先帝能多活十年，怕也不会留下如此后患。而靖江王，先时受辅圣公主压制，何尝会想到能有今日经营？偏生，辅圣公主过世，陛下亲政，一时没空料理他，人家就一路健健康康地活到现在，也经营出一方势力。你说靖江王有才干吧，我想他也比不得先帝与辅圣公主，偏生人家寿数长啊，大家都往生了，他还活着呢。所以我说，什么惊才绝艳啊经天纬地啊，都抵不过命长。”

她一面说，一面给五皇子布菜，五皇子还真就吃了不少，立志定要长命百岁，看一看江南走向到底如何。

待五皇子用过晚饭，谢莫如才继续问：“出了这等事，承恩公怎么样？”

“承恩公痛哭流涕，直说太子冤枉南安侯。胡家本就是外戚之家，哪怕宁荣大长公主与靖江王是兄妹，但女子出嫁从夫，大长公主难道不考虑其夫其子其孙的性命与将来吗？”五皇子说着，亦道，“我也不大喜欢大长公主，以往惯会挑唆的，可你说，就是大长公主真的偏心靖江王，退一万步讲，哪怕靖江成势，大长公主无非也还是大长公主，但胡家，可就不是承恩公府了呢。”

谢莫如道：“太子这招太狠了，走着瞧吧，这回承恩公府非捅到太后跟前不可。”

五皇子道：“四哥也极为不痛快，我回来得还早，四哥自宫里出来就去了大长公主那里。”

谢莫如想了想，道：“看来太子和吴国公对江南的取胜非常有信心哪。”

另一边。

赵国公气咻咻地去了大皇子府，与大皇子抱怨赵霖：“这个赵时雨，简直无法无天！要不是怕御前失仪，老夫定要叫他好看！”

大皇子并未说赵霖不是，他道："外公你也是，怎么倒替太子说话了？"

赵国公瞧着大皇子就心焦，语重心长道："我的殿下，现在不替太子说话，难道待太子得胜归来再向东宫示好？殊不知，雪中送炭远胜锦上添花啊！"

大皇子也有自己的主意，道："我就不信，太子还能比南安侯会打仗！南安侯都败了，太子以后能有好？要我说，还是赶紧叫太子回来，甭在江南待着添乱了。不是我这个做大哥的说话难听，他要有个好啊歹的，这谁担待得起？何况，打仗可不是嘴上功夫，当初赵括倒是会论兵，结果怎么着？"大皇子挺盼着太子倒霉，可这会儿也觉出些味儿了，太子倒霉可以，别连累了江山啊。不然，叫靖江得了势，他们老穆家还能有好吗？

赵国公觉着自己为皇子外孙操碎了一颗心，叹道："太子未曾用过兵，先时闽王何时用过兵，不照样打胜仗吗？"

"老五是不懂打仗，可人家手底下有柳扶风，柳扶风多有本事的人。太子手底下有这样的人？"

"吴国公一样是武将出身，当年老英国公征西蛮，吴国公就在其麾下任职。"

大皇子立刻回过味儿了，摸摸下巴，道："原来这姓吴的是早打好主意摘果子了呀。早知道这样，还不如叫外公你去，你不也跟着老英国公打过仗吗？"

赵国公不好意思说，自己当年是混资历的。大皇子明显对吴国公持怀疑态度，道："英国公死多少年了，吴国公这些年也没说打过仗，他能行吗？"

"没有把握，怎会把南安侯撵回帝都？"赵国公道，"我与老吴认识了一辈子，就没见他做过没把握的事。"

大皇子再三道："这可真不地道！"

"地道不地道的，倘太子与吴国公能大败靖江王，这等功勋，东宫之位，该何其稳固！与东宫搞好关系，总不会有错。"赵国公将其间利害与皇子外孙细细分说了一回，又千万叮嘱大皇子莫要再信赵霖之言，这才告辞回府。

赵国公走了一会儿，赵霖方到的大皇子府。赵霖一到便说："那等蠢材，南安侯脑子抽了去谋反！他谋反能从靖江那里得到什么？"

大皇子对赵霖一向依赖，听赵霖骂他外祖父，唇角抽了抽，劝道："时雨，国公也有国公的道理。"把赵国公的"道理"与赵霖说了。

赵霖更是冷笑连连："当初永定侯去闽地，谁都以为永定侯必能建功立业，结果如何？我从未听说凭经验便能预测战事成败的。何况南安侯何等出身，太子昏头诬蔑南安侯谋反，赵国公竟然还替太子说话，日后叫娘娘如何在慈恩宫做人？先时说南安侯贻误战机，承恩公府忍了，现下又说南安侯谋反，谋反可是族诛之罪，承恩公府岂会坐视！必要去慈恩宫哭诉的！太子远在江南，太后没法子，娘娘可就在宫里，要看太后眼色过日子的。赵国公何其糊涂，焉能去附和南安侯之事！"

“那啥，程太后的母族，不也干过……”

“程家那会儿赶上天下刚刚平定，人心不稳，看先帝无子，就想自家孩子上，当真是发得好梦。程太后就不能容他们！”赵霖道，“胡家是生是死，无甚要紧，要紧的是慈恩宫！殿下，此次战事，南安侯是在江南待不下去了。倘吴国公败了，吴家就完了；便是吴国公胜了，殿下也不必担心。赵国公看的是将来太子登基，殿下如何自处之事。可要臣说，陛下春秋鼎盛，总还有二十年光阴，二十载后如何，谁又能料得到？慈恩宫向来偏心东宫，此次太子如此诬蔑南安侯，定会令慈恩宫寒心，殿下不趁此机会讨得慈恩宫青眼，还等什么呢？”

“这也是。”大皇子决定明儿就进宫去慈恩宫尽孝，就是父皇瞧着，也得说他懂事。

赵霖淡淡道：“殿下只管宽心，殿下现在是倚仗着君父过日子，离倚仗太子的时候还早得很。就是吴国公府，当初英国公府何尝不是功在社稷！老英国公之女，照样是先帝元后！如今，方家安在？”

洗脑过后，大皇子认为，赵霖比他外祖父可靠得多。

大皇子这里有了后续的行动计划，送走赵霖，挑了个心仪的妃妾，过去睡了。

五皇子府的作息时间也差不多，主要是在宫里养成的生物钟，这年头没啥夜生活，天黑即睡，天明即起。

五皇子这人有个好处，心宽，甭看有时愁得跟什么似的，其实很少失眠。谢莫如不同，谢莫如喜欢琢磨事，细细地琢磨，一遍又一遍地琢磨。这琢磨琢磨着，谢莫如总觉着自己是漏了什么信息，一直听到外面打更声起，电光石火般，谢莫如突然想到自己忽略的是什么了。她伸手便把五皇子拍醒了，五皇子迷迷糊糊地问：“要喝水吗？”他睡床外，妻子睡床里，谢莫如倒很少惊动他，不过有时五皇子醒了，就会帮着叫侍女进来服侍。

“不是喝水。今天漏了件大事！”谢莫如半支起身子，同五皇子道，“太子既说手中有南安侯勾结靖江的证据，殿下想想，太子会怎么办？”

“太子？”五皇子打个哈欠。太子咋啦？再打个哈欠。

“若你发现扶风是奸细，有确凿证据，你会怎么做？”

五皇子现在最听不得“奸细”之语，睡意顿时减了七分，道：“扶风一向忠贞。”

“我是打个比方。”

五皇子脑子还有些迷糊，运转就慢，不过，就算慢，慢慢想，也能想明白。想明白的那一刹那，五皇子直接从床上跳起来：“难道太子已经拿下南安侯了！太子奏章里没说啊！”

“没说，不代表没这样做。”谢莫如的眼睛在夜里亮得惊人，她道，“既已翻脸，必要做事做绝，重创承恩公一脉，重立胡氏长房！”

五皇子惊出一身冷汗：“南安侯怕是不会坐以待毙，这，这……”

"倘南安侯坐以待毙，那么，现下太子肯定什么'证据'都有了；倘南安侯逃离江南，谋逆一事便是坐实了！"谢莫如想了半夜，思绪清晰，逻辑缜密，"这还是没有考虑靖江王的前提，靖江王不是可以忽视的人，若我是靖江王，倘得知此事，必要南安侯死在江南，如此，江南失一大将，必叫太子百口莫辩！"

夏末的夜里，仍是有些热的，五皇子却没有半分热意。锦帐之内，一滴冷汗自五皇子额角悄然滑落，悄无声息地落在凉被之上，洇出个淡淡的水痕，很快消失无踪。

五皇子凌晨一更天就去敲四皇子的门了，他是掌过兵事的人，知道打仗的事，时机最重要，故而半刻都不敢耽搁，先把邻居四皇子敲了起来。

四皇子昨晚是生了一肚子气，晚饭都没吃就睡下了，半夜被丫鬟叫醒说五皇子来访。四皇子也知道这深夜过来，定有要事，半刻不敢耽搁，急急地穿了衣服就出去见他五弟。四皇子妃跟着命人送了两盏酽茶过去，五皇子长话短说，直接把四皇子的冷汗也说出满头满脸。四皇子一时六神无主，道："岳父毕竟是江南统帅，便是太子也不能轻动吧？"这话不过是自己安慰自己，四皇子自己都不能信，说得亦无甚底气。倘太子不想动南安侯，怎会诬蔑南安侯谋反？谋反可是族诛之罪，当然，胡家是外戚，胡太后在，总会留些情面的。譬如胡家长房因何丢的爵位，不就是谋反吗？那位承恩侯一样是穆元帝的嫡亲舅舅，照样砍脑袋夺爵！这还是看在是外戚的面子上了！

四皇子恨得牙根痒，太子是打定主意不叫他岳家好过了！

五皇子从不自欺欺人，也从不怀有侥幸之心，再者，南安侯不是他岳父，故而，五皇子少了分四皇子的担忧。五皇子道："太子倘无证据，自然不敢动南安侯，可太子奏章中说有'确凿证据'。四哥啊，正因南安侯是江南统帅，数十万精兵在手，太子如何在'有证据'的情形下还坐视他掌兵权？要依我说，太子定已动手。"五皇子胡乱地摆摆手，"太子动不动手的，要是咱自家事，怎么着都好办。我就担心，太子被靖江王钻了空子，万一害了南安侯，可要怎么着？"

四皇子现在担心的就不是岳父安危，而是岳父生死了。四皇子也等不得了，道："天一亮咱们立刻进宫。"

"甭等天亮了，这可耽搁不得，咱们现在就进宫跟父皇说去，不怕一万，就怕万一，靖江王可不是面团捏的呀。那老东西，奸着呢。"五皇子始终对靖江王保持高度的警惕，叹道，"四哥是不晓得，我那闽地当初清理出了多少细作。闽地贫瘠之地都如此，可想而知江南境况。咱们早些跟父皇讨个主意，也好早做防备。"

一想到岳父生死不明，四皇子惴惴然："还来得及吗？"将心比心，只要靖江王与他的谋士们不傻，都不会放过这个机会！退一万步说，哪怕他岳父未遭靖江王毒手，太子和吴国公这一对贱货，怕也要置他岳父于死地的！只是，靖江王是希望他岳父死在江南，而太子和吴国公是绝不敢在江南下手的！不行！得赶紧说服父皇把岳父弄回帝都来！四皇子现在就盼着靖江王昏头，或者念及甥舅之情，能放他岳父一马。

四皇子立刻换了皇子服饰，与五皇子同车赶去宫里。

皇城十二时辰有人值班，但一般内宫落了宫匙，便不能惊动穆元帝的。好在，苍天庇佑，今晚主持宫闱安全工作的是李宣，且是他亲自当值。寻常将领当值，也就是检查下侍卫，待夜沉，自己就找个屋眯着去了。李宣不一样，他格外认真负责，自己当值时都是熬通宵的。因他如此负责，穆元帝格外信赖这个外甥。李宣与五皇子更熟悉一些，五皇子心中之事自然不能大张旗鼓地吆喝出来，他悄与李宣耳语几句，李宣有些为难："这再有一个半时辰也就天亮了，不能再等等吗？"

五皇子没有半分犹豫，当即道："半刻都不能等！表兄一定要为我通传，不然误了大事，你我皆是国之罪人！"

五皇子天生一张端严脸，他这般疾言厉色地说出来，李宣想了想，也知道五皇子不是会将国之大事拿来说笑的人。关键还有一点，事关江南安危，李宣担心他弟呀！尤其他弟当初是被南安侯点名带去江南的，这眼瞅着南安侯要倒霉，他弟还不知咋样了。太子这辣手的，连南安侯都能往死里整，万一把他弟给壮烈了，李宣都不敢想。李宣道："二位殿下稍候，我这就进去通报！"

五皇子十分客气："有劳表兄了。"

四皇子的眼睛幽深地盯着内宫大门，不知在想什么。

李宣亲去通传，也是足足过了小半个时辰，内宫的门才开了，里头只叫了四皇子和五皇子两人进去。今晚，穆元帝是歇在了谢贵妃处，贴身大太监郑佳也是冒着性命危险叫醒了帝王。穆元帝披衣坐起来，道："深更半夜的，有什么事啊？"

郑佳恭谨地轻声答道："说是江南的事，十分要紧。四殿下和五殿下这么深更半夜地来了，奴才不敢耽搁。陛下，见还是不见？"

穆元帝道："去偏殿。"复对谢贵妃道："你再睡会儿。"

谢贵妃已是起身服侍穆元帝穿衣，打个哈欠笑道："臣妾一会儿就补眠。"并不多话，服侍穆元帝略洗漱后，穿好衣袍，就目送穆元帝去了偏殿，又吩咐宫人备上几盏蜜水送去。

穆元帝这一去偏殿，只过了一炷香的时间，谢贵妃就听到侍女回禀："陛下携两位殿下去了昭德殿，令人召苏相进宫！"

也就谢贵妃这等位分，又掌宫务多年，故而可以稍加打探一下。听侍女这般说，谢贵妃秀眉轻拧，心知必是有大事发生，可什么大事四皇子和五皇子知道，自己儿子不知道呢？暂时想不透，谢贵妃吩咐侍女道："好了，下去吧，这话不要再提。"

侍女恭恭敬敬地退下。

要说四皇子和五皇子对江南之事还属猜度，穆元帝和苏相与靖江王打了多少年的交道，自知靖江王的厉害！

穆元帝道："朕疏忽了。"这位皇帝有个好处，不是死要面子的类型，察觉自己疏漏，穆元帝也会坦然承认，绝没有错便一错到底的矫情。

苏相已是七十的人了，须发皆白，大半夜进宫，却不见一丝疲态，更难得的是，其大脑反应迅捷，政治手段老辣，远胜年轻人。五皇子觉着，依苏相的精神状态，起码能干到八十。苏相当即道："陛下，靖江王自就藩起，不来朝不请安，以其老病欺瞒陛下，是为大不敬欺君之罪。且其在封地屯养私兵，逾亲王制，野心勃勃，昭然若揭，请陛下立刻下旨申饬，令靖江王携诸子孙来朝请罪！"这也是朝廷与靖江王的搞笑之处，双方都没有撕破脸，打仗打这些年，都是用"剿匪"的名头。但，一旦要撕破脸，就涉及"大义"之争了，苏相是绝不会让靖江王抢了大义之名的！

"准了。"

苏相继续道："请陛下立刻召太子回朝，储君不能涉险，但有万一，国基动荡，臣等百死莫赎！"天地良心，苏相一直坚持召太子还朝，绝非出自私心。事实上，苏相十分不满吴国公所为。苏相又不是瞎子，这位老大人在辅圣公主时就混得开，辅圣公主过世后，他更受今上信任，可见真是流水的执政，铁打的苏相，可想而知这位老大人的道行了。吴国公那点儿心思，还不在苏相眼里，苏相一向认为，大道直行！身为储君，懂得驾驭臣子就够了，储君都去打仗，还要臣子做甚？更不必提结党之事。储君，正正经经的国家继承人，满朝文武都是你的臣子，江山都是你的，你结哪门子私啊！

苏相对于太子放着煌煌大道不走，偏去蝇营小道，还是有些失望的。尤其江南之行，其实，南安侯为帅，吴国公为辅的做法，苏相是赞成的，既相互合作，又相互制约，走得好，这是一步妙棋。偏生去了太子殿下拉偏架，毁了满盘棋！

苏相再次要求穆元帝召太子还朝，穆元帝这次很爽快地点了头。他也知道现下江南是真的不太平了，不管怎样，储君不能出事，不然，何其耻辱！

接着，苏相又道："臣请陛下令闽王殿下秘密前往藩地，将江南军政一并付与闽王殿下调度，以挡靖江南下。"

穆元帝道："靖江便是得了机会，也只会北上！"

"倘靖江北上，闽王可击其腹背，攻其老巢；倘靖江南下，闽王殿下可挡其锋芒。"

穆元帝虽格外重视太子一些，但手心手背都是肉，五儿子也很合他心意哪，尤其五儿子多么尽忠王事，有点儿啥想法，凌晨也要立刻过来与他说。穆元帝是担心江南乱局，五儿子有个好歹的……

苏相看穆元帝犹豫，再次道："陛下慈心厚爱，臣亦深知，还请陛下以国事为重！闽王殿下前番曾重创靖江，靖江必忌惮殿下。"苏相荐五皇子，并非他与五皇子有什么私交，也不是有什么私仇。虽然他孙子给五皇子家的儿子做伴读，但实际上，苏相与五皇子话都没多说过几句。何况，这时候下江南，真不是啥好差使。种种理由促成苏相力荐五皇子之事，但有一种不能说的理由，就是，吴国公位显爵高，必要一位比吴国公更贵重之人主持江南！苏相是绝对不会坐视朝廷再出一位“英国公”的！

苏相说到这份上了，五皇子不能不表态，他起身道：“父皇，儿子愿意去藩地，帮助朝廷稳定江南大局。就是那啥，太子还朝，江南的事，到底得有个人料理。”

穆元帝幽深的目光带着夜间特有的寒意，看向五皇子时多了一分温暖与欣慰。穆元帝道：“这个不必你担心，朕自有安排。”

穆元帝看向四皇子：“老五南下的事，不要再说与第二个人知晓！”

那般寻常浅淡的眼神，却似是多了几分说不清道不明的压力，竟让四皇子不禁拔直了脊背。四皇子起身正色道：“儿臣明白！”不过，四皇子还是有些担心岳父。

当天早朝，本来大家还打算讨论一下南安侯是真谋反还是假谋反的事，穆元帝根本没给他们废话的机会，直接道：“寿安老夫人近来身子不大妥当，太后与朕说了几遭，正好太子在江南日久，朕心甚念，让南安奉太子还朝，一举双得。”穆元帝令南安侯回朝，但并没有说南安侯谋反，而是以侍疾的名义。而且，是让南安侯奉太子还朝，很明显将太子的安保工作交给了南安侯，可见对南安侯依旧信任。四皇子的担忧却没有半点儿减少，父皇对岳父可见信任，只是，不知岳父如今是吉是凶了。

五皇子没早朝，他回府就同妻子说了要立刻去闽地的事。谢莫如命紫藤带了梧桐去给五皇子收拾东西，且不令走漏风声，只说在帝都住得闷，去万梅宫住上几日。谢莫如道：“殿下去主持闽地之事，那江南的事要如何？”

五皇子轻声道：“倘南安侯无恙，依旧是南安侯主持。倘南安侯已遭不测，父皇令我便宜行事，最好能接掌江南兵务。”“便宜行事”这四字，就很能说明他父皇的态度了。五皇子道：“我只怕来不及。”

“时机转瞬即逝，只怕江南已入靖江彀中。”谢莫如知穆元帝已对吴国公生疑，道，“这些都是小事，殿下首先是要保重自身，没什么比自身安危更重。倘还来得及，殿下不必避嫌，立刻提扶风为主将！”

“这是自然。”五皇子自己也不懂打仗，他必要倚重自己心腹之人的。

东西半日便收拾得了，谢莫如与五皇子带着孩子们一并去了万梅宫，五皇子先去郊外，再行秘密南下。

谢莫如这突然去了万梅宫，妯娌们都有些意外，主要是今日是十一皇子与十二皇子的洗三礼，正是皇室女人们都要参加的热闹场合，谢莫如竟未到，只是命内侍送了礼来。不过，大家都是消息灵通的，知道四皇子和五皇子凌晨一更天就敲宫门，把苏相都折腾到宫里去了。结果早朝那一道又一道圣旨，直震得满朝文武七荤八素，至今仍在脑袋发蒙，好些人这会儿还没回过神来呢。不过，似乎四皇子和五皇子也没得了好，没见四皇子妃的脸色也不大好吗？只是，四皇子妃一向守礼，心里再怎么不痛快，也总是要来的。谢莫如则是脾气比天大，她不高兴了，谁的面子都不给，这不，人也没来。

这事，别个皇子妃做不出来，谢莫如做起来完全没有任何心理压力。

胡太后不满地嘟囔谢莫如几句，就给谢贵妃轻轻巧巧地把话接过去了。谢贵妃唇角噙笑："大喜的日子，我们也沾娘娘的光，见见小皇子。听说粉团似的孩子呢，咱们皇家啊，人丁越发兴旺啦！"说得胡太后高兴起来。

十一皇子和十二皇子的母妃出身都不高，只是两位小皇子同一天降生，委实罕见，老穆家又是最盼着多子多孙的，故而，洗三礼办得颇为热闹。除了谢莫如，能来的都来了。

及至洗三礼结束，太子妃请几个妯娌去东宫坐一坐。自从太子南巡，太子妃的消息就有些闭塞，譬如去岁六皇子妃那事，她知道得就晚上许多。故而，太子妃很注意与妯娌们的沟通。太子妃相请，大家自然要应的，谁都知道现下太子风头正盛。唯四皇子妃微微欠身道："还请太子妃见谅，我有些累了，先回了。"倘太子与南安侯只是政见之争，四皇子妃不至于这般不给太子妃面子，实在是太子将事做得太绝。倘真坐实南安侯罪名，南安侯有死无生，四皇子妃哪里还会去东宫说话。

太子妃知道四皇子妃的心病，也没强留，只是笑："行，那四弟妹好生休息。"其他大皇子妃崔氏、二皇子妃褚氏、六皇子妃铁氏过去东宫说话。

太子妃这里的茶点自然是极好的，大家说一说今天的洗三礼，吃一回茶，太子妃笑："也没别的事，就是近来我得了几匹不错的料子，我想着，今儿你们必到的，咱们正好分一分，偏生五弟妹又没来。"

大皇子妃崔氏道："六弟妹生辰那日，五弟妹不就说闲了想去郊外住上几日，果然就去了。"

六皇子妃铁氏低头呷口茶，想着往日见大嫂与五嫂关系还算不错，怎么今儿个大嫂倒说这样的话，显着五嫂为着去郊外轻闲，连皇子洗三礼都没参加。这话要传出去，叫人怎么想五嫂呢？铁氏嫁进皇家这几年，对崔氏也有些了解，心说崔氏向来宽厚，今日这般，好生反常。铁氏与谢莫如关系一向不错，遂将话扯了回来，道："不是说五嫂身子不大舒坦吗？孩子们也都一道去了万梅宫，定是跟着侍疾去了。"

铁氏是个敏锐的人，发觉自己一提万梅宫，大嫂崔氏的脸色似乎更差了些，铁氏就有些明白了。外头都说赵国公偷过万梅宫的梅树，这事近期还被人旧事重提了，赵国公府毕竟是大皇子外家，赵国公没脸，大皇子府又有什么脸面？想是大皇子因此不悦，难怪大嫂子这样的性子都有些迁怒呢。铁氏继续低头吃茶，不说话了。

三皇子褚氏接过话道："太子妃有什么好东西给咱们？我现下可就心痒了。"

太子妃吴氏原是想打听一下，看这些妯娌们是否知道四皇子和五皇子深更半夜叩宫门的原因，不想妯娌们东拉西扯的，看样子也不像知道的。吴氏命宫人拿出衣料，大家便说起衣料来。

太子妃的品阶在这里，有些料子，皇子妃们没有，太子妃却是有的。太子妃素来大方，不论是淡淡的四皇子妃胡氏，还是未来宫里参加皇子洗三宴的谢莫如，人人有份。

慈恩宫胡太后正在跟闺女文康长公主说呢："你外祖母怎么没来？她也爱热闹的。"寿安老夫人与亲闺女胡太后一样，虽也富贵了几十年，仍有些爱往人群里显摆的毛病。寻常这种热闹日子，寿安老夫人又是个爱听奉承的，甭看现下眼花耳聋，也定要来的。

文康长公主怕老娘担心，没把太子与南安侯相争的事同老娘说，只道："外祖母八十好几的人了，这么大热的天，老人家懒得动弹也有的。"

"那大长公主也该到的。"胡太后说完，自己就觉着，宁荣大长公主怕也无甚心情，靖江王的事，胡太后也知道一些。胡太后又道："承恩公夫人怎么也没来？"娘家人一个没露面，胡太后自己说着就觉着不对了，与闺女道："你外祖家不是有什么事吧？"

"能有什么事啊，您就在这儿，谁敢对外祖家不好？"文康长公主道，"承恩公是个低调人，自他袭爵，从不肯出风头的。像这样的洗三礼，又不是满月酒，皇子满月酒必要请各亲贵诰命的，洗三一向都是皇家人参加，先时是母后您非要外祖家人来。如今外祖母有了年岁，老人家怕冷怕热的，宁荣姑妈也懒怠出门，承恩公夫人头上有婆婆和太婆婆要服侍，下头儿孙们也多，家里大事小情的也都要她来打理，哪里就得空闲。要我说，不来便不来吧。来了一个个见礼见过去，她也是敬陪末座。倒不如满月酒时，诰命们都在，人多热闹，她们过来，也不扎眼。"

胡太后一向好糊弄，想了想，道："这也有理。"

文康长公主只以为是因太子与南安侯的事，承恩公府正晦气着，方没来的，却不想，原来是寿安老夫人病了，而且，病得不轻。

没个三五天，人就不大好。

承恩公也不上朝不当差了，一心在家侍疾。穆元帝闻知此事，把自己用的窦太医派去了承恩公府。窦太医回宫禀道："老夫人忧思过甚，为焦虑之症。如今天气炎热，火气上升，且老人家上了年岁，这股炎毒一时存在心里，发散不出来，就此成了症候。"

穆元帝听了道："再去万梅宫给闽王瞧瞧，他似也不大舒坦。"

窦太医连忙领命。

窦太医身为穆元帝的专用太医，与诸皇子没啥交情。不过，当初谢莫如与五皇子在南郊建闻道堂时，为完善闻道堂整体规划，曾在旁建了医馆，当时医馆就是请的窦家人坐诊。闻道堂啥地方啊，谈笑皆鸿儒，往来无白丁。就这地方，现下多少人削尖了脑袋想去开个馆建个楼的，都没这路子。当然，窦家被叫去南郊坐馆时，闻道堂那会儿刚建起来，没有如今热闹，但正因如今的热闹，窦太医方知自家承了闽王多大一个人情。

今帝王有命，窦太医诚惶诚恐地去了。

万梅宫建在山上，自前朝传下来的行宫，景致自不消说。经曲径，过楼阁，涉流水，窦太医方随着引路的侍女到一处轩峻富丽之地，这便是万梅宫的主殿了。窦家世代行医，窦太医记得，自己少时曾随祖父来过万梅宫，彼时还非穆家当朝，而这万梅宫，尚是前朝明月公主的行宫。只看这行宫几番易主，就是一部兴衰史了。

窦太医如今也是白发苍苍的年岁，他带着自己的孙子来了，不过，小窦没能进去，在门口被侍女拦下了。窦太医不敢多问，接了孙子背着的药箱自己背着，跟着引路的侍女进了内殿。

一入殿，窦太医先闻到的是淡淡的木槿香，七月正是木槿花开的时节。窦太医低头盯着地砖，恭恭敬敬地行礼，听到一个不高不低有些疏淡的声音："窦太医不必多礼，殿下有些不舒坦，你开剂药吧。"

窦太医有些蒙，这，这得先看过，才能开方啊。不要说太医，就是民间走街串巷的行医，也必是摸过脉才能开方的。开方不是简单的事，大夫都要在方子上签自己的名字，倘出事，以后是要负连带责任的。窦太医心下已有几分不好，定一定心神，继续恭恭敬敬地问："娘娘，殿下是哪里不舒坦，可否让老臣先为殿下请脉？"

"前儿早上着了凉，偏生这几日天热，又给热着了。殿下的手腕也不大舒服，再开些药酒。"

窦太医仔细想了想自己可没有做过一星半点儿对不住闽王妃与闽王的事，他也知道皇家秘事颇多，既是陛下差他来的，闽王妃要他这样开方，他也只得这样开了。窦太医要了纸笔，思量片刻，开了一个不轻不重的温补方子，双手奉上。那侍女上前接了，谢莫如瞧过后道："三日后还要再劳窦太医走一遭。"

窦太医躬身道："是。"

谢莫如留窦太医喝了盅茶，就打发他去了。

这要换个人，还不知要怎样心惊胆战，同时脑中生出无数个有关闽王妃与闽王的阴谋诡计来。好在窦太医是太医院院使，太医院他最大，且家里祖祖辈辈地干这行，各方面的经验都有一些。

窦太医回宫复命，没有半分犹豫一五一十地将万梅宫的事禀报了穆元帝。穆元帝微微颔首，道："此事噤声。"

窦太医心知闽王之事必是机密，更不敢有二话，低头再应一声"是"，见穆元帝再无吩咐，便躬身退下了。

窦太医甭看品阶只是正五品，但他这位置是御前行走，重要性不亚于朝中重臣。窦太医去万梅宫的事，很快就给些眼明的人察觉了。今次五皇子凌晨叩宫门的事，该知道的也都知道了。联系到早朝上那好几道打得人措手不及的圣旨，还有四皇子淡淡的神色，大家的推断是，四皇子和五皇子肯定是说了些江南的事，不然陛下不至于就江南做出如此安排。至于俩皇子说了些什么，这还不简单，肯定与南安侯相关啊。没见因着南安侯的事，四皇子臭脸臭多少天了！不过，很明显的是，俩皇子似乎也未在御前得到什么好声气，因为，整个早朝四皇子的脸色都偏阴沉冷淡，至于五皇子，更是没去早朝，直接一家子去了万梅宫。所以，许多人认为五皇子肯定是在御前吃了瘪，面子上过不去，故而一气之下带着老婆孩子去了郊外休闲。

当然，也有人猜度，是不是真有什么事。

要不，怎么陛下将太子与南安侯一并召回帝都呢？

大家猜归猜，却没哪个敢去万梅宫一问究竟的。不过，谢家人除外。

谢尚书第一时间就嗅到了不一样的气息，闻知窦太医去了万梅宫，谢尚书立刻吩咐长孙谢芝："去给殿下请安，也去瞧瞧你大姐姐，这夏秋交接的时候，的确容易生病，让你大姐姐也要好生保重。"又对老妻道："家里滋补的药材，收拾出一些。"

谢太太应了，道："这些都是现成的，只是，我要不要也一道去看看王妃？"

谢尚书道："也好，你也去吧，宽一宽王妃的心。窦太医的医术是极好的，殿下正当年轻，好生保养几日，定能痊愈。"

因是去探病，谢芝同王府请了假，第二日就奉祖母去了山上。

这万梅宫，祖孙俩都来过，但每来一次就得感叹一回此处行宫之精美绝伦。谢莫如在偏殿见的祖母与庶弟，见礼后，入座奉茶。之后，谢太太方说起五皇子的病情："听说殿下身子不大爽利，我跟阿芝带了些药材过来，用得上用不上的，都是温补的。娘娘只管安心，窦太医是太医院首屈一指的好太医，殿下定能快快康复。"

"有劳祖母惦记。"谢莫如道，"殿下这些天忙于朝政，好几个月也没得好生歇一歇，现下是不得不歇了。我就说，朝廷的事哪里有忙得完的时候，到底身子是自己的，让他保重些，他不听，现在养着吧。"

谢莫如温文的声音却似带着些许淡淡的讥诮，谢太太琢磨着，莫不是五皇子真在陛下面前碰了钉子，没讨得好？不过，陛下这派窦太医亲至给五殿下诊视，五殿下又不似失宠的样子。谢太太心下琢磨着，忙劝谢莫如："殿下身子不适，正要休养，娘娘也得耐心些才好，病里人娇气。老话说得好，甜言与我三冬暖。娘娘明明是好心，一心一意担忧殿下身体，心里再急，话也得好好说。这夫妻啊，就得互相体谅，互相迁就，是不是？"

谢莫如道："不说这些扫兴的了，我一想起来就来火。"这话险没吓死谢太太，谢莫如一来火，做出的事没有一样不惊天动地。像前番抽六皇子俩耳光的事，谢家长房虽未有待嫁之女，但由此闹得谢家旁系之女的行情也由热转淡了。凡与谢氏女结亲，人家先得问问，闺女会武功不？

谢太太生怕谢莫如脾气上来，与五皇子个没脸，影响夫妻感情。她老人家刚想劝，谢莫如已道："永哥儿还好吗？"永哥儿是谢芝的嫡长子，取名谢永。

谢芝说到儿子满面笑意，道："就是淘气，早上三更就醒，醒了必要号得整个院子不安宁，换了好几个乳母都哄不下来，非得把人都闹起来，他才不号了。"

谢莫如笑："孩子都有脾性，这是想父母了，乳母再周全，也不一样的。"

谢芝道："也不知是什么脾气，有时非要我抱，我一抱立刻撒尿，尿我好几身。"

谢莫如听得轻笑出声，谢太太亦笑道："这是喜欢你，孩子的尿是药材，辟邪的。"

说一回病，再说一回孩子，祖孙俩见谢莫如气色心情都不错，就猜着五皇子大约不甚要紧，就听谢莫如问谢芝："朝中有什么动静没有？"

谢芝有些诧异，不过，很快恢复镇定，想了想，道："陛下申斥靖江王后，召东宫与南安侯回朝，令吴国公暂代大总督一职，大家都议论，这是朝廷要正式与靖江开战了。"

"没别的了？"谢莫如继续问。

谢太太见长孙眉心微拧，道："娘娘是说哪方面？"

谢莫如点谢芝一句："帝都军中。"

谢芝恍然大悟，道："听祖父说，陛下召拱卫帝都的四方大营统领陛见后，便令他们去了军中。再有兵马调度，具体我就不晓得了。大姐姐要是想知道，我回去打听一二。"

"这倒不必。"

谢莫如并未多说，因"五皇子"病着，亦未留祖母庶弟用饭，便令他们回去了。

谢芝回家将事同祖父讲了，谢尚书年老成精，一听就明白，谢莫如这是不看好江南战事啊。

谢尚书问："可见着殿下了？"

谢芝道："大姐姐说殿下在休息，未见着。就是瞧大姐姐的模样，似是不大痛快。"

痛不痛快的，谢莫如这脑袋始终清醒啊。谢尚书道："哎，你大姐姐，样样都好，就是一样，脾气太大。"这幸亏嫁的是皇家，要是寻常豪门，一家子还不都得看谢莫如的脸色过日子啊。不过，谢尚书又补充了一句，道："有本事的人，脾气都大。"

第六十章 靖江反

近来，穆元帝赞长子在兵部后勤上颇为用心，于是，大皇子这几日明显走路带风，颇有得意之色。更由于囤积粮草的主意是赵霖给他提的醒，大皇子对赵霖越发信重。

于是，大皇子有个难事，就找上赵霖了。

赵霖虽算不上日理万机的人，但身为御前行走的翰林，他时间也颇为宝贵的。而且，听到大皇子托他做的事，赵霖也不知说什么好了。

大皇子的难事是这样的，大皇子道："时雨你素有智谋，这事啊，哎……"兴许是自己说着都觉着有些为难，故而，大皇子很是忧郁地叹了口气，攒了攒脸皮方继续道："时雨你不晓得，国公没别个毛病，就是心软。当初万梅宫那梅树的事，说来真是冤枉了国公。那会儿时雨你还没来帝都呢，你是不知道啊，老五家的那位，那哪是女人哪！那会儿她才十五六吧，疯了一样各处乱咬。她一个大姑娘家，成天跑国公府说国公家的梅树是她的，她不要个脸面，国公还得要呢。再说，谁家禁得起她这么闹腾啊。别人家都得过日子呢，也没她这样闲得没事，天天找别人家要树的。那树啊，真不是万梅宫的树。国公又不是八辈子没见过梅树，谁还那么千里迢迢地去万梅宫挖棵树回来，这不是吃饱了撑的吗？当时啊，国公是受不了老五家的闹腾，顾及脸面，方把树给了她。结果，像时雨你这不知内情的，就误会了国公。国公现在也悔得不得了，总说当初不该心软，闹得诸多人误会国公。"

赵霖静静听了，道："殿下不要哄我，要不是有确凿证据，谢王妃怎么不去别家找树，专去赵国公府？倘赵国公的确没做过此事，当初不要说谢王妃上门去闹，她就是在赵家门前直接上吊，也不能把树给她。树给了她，这贼名就坐下了，现下怎么洗得清！去大理寺说当初谢王妃冤枉了赵国公？赵国公只要一提，五皇子便是为了脸面也不能坐视的。好在五皇子还肯讲理，那谢王妃，一言不合就动手的母老虎，她少时，赵国公尚且拿她无法，叫她把树挖走了。现下再想把她挖走的树挖回来，要是动起手来，赵国公可打得过她？"

不要说打得过打不过，打得过也不敢打啊，跟皇子妃动手，哪怕你占了天大的理，皇家也不能罢休啊！这个道理，大皇子还是知道的，讪讪道：“看时雨说的，国公怎会同她一个女流之辈动手。”

赵霖叹：“关键是，打也不一定打得过呀。谢王妃早有泼辣名声，五皇子拿她当个宝贝，从来都是他家王妃做啥对啥。太后都对她没法子，我劝殿下叫国公别碰这个钉子。这事总会慢慢过去，国公是朝中大臣，凡事往正路上想，别总琢磨这乱七八糟的，持身正了，自然人人敬重。要我说，国公也一把年纪了，倒不若令世子袭爵。殿下看承恩公，先时也是昏头昏脑，自从让了爵，承恩公府低调多了。”

赵霖接着道：“殿下也是，国公此事虽没脸，到底有殿下这位皇子外孙，宫里有贵妃娘娘，国公府总比别家底气足些。只要殿下好了，谁也轻看不了国公府。殿下想一想承恩公府，当初为此事，谢王妃与他家打了多少时间的官司，到底把树还了。赵国公府虽显贵，现下到底不及承恩公府。承恩公府都捏鼻子认了，要是有法子，太后就不能甘休哪。结果如何？倘别个事，臣还能帮殿下想想法子，此事嘛，恕臣无能为力了。”

大皇子长叹：“我也知此事难做，就是想着时雨你素有智谋，方问一问你。也是，老五家的那个，也不是个能讲理的。”

赵霖道：“此事暂不必提了，我还有件事要同殿下说。”

“时雨你只管说就是。”

“五皇子身子不适，陛下都派了窦太医过去诊视，殿下身为长兄，如何能不去探病呢？”

大皇子道：“我去了呀，我同老三老四都去了，老五家的说老五在养病，也没见着。”

赵霖心下一动，继续道：“哪怕没见着，殿下也该多命人送些东西去。您是长兄，得为其他皇子做个表率才好。”修长的手指捏起青花茶盏，赵霖不疾不徐地呷了口茶，压低声音道：“再说句不当说的话，陛下对太子在江南的事已生不满，殿下不趁现在展示出皇长子的风范，还在等什么呢？”

大皇子一听这话，如饮佳酿，顿时兴奋得脸都微红，笑道：“时雨你说的是，瞧我，天天也忙的不是地方。”只要他以后有出息，还怕外家的名声洗刷不清吗？

赵霖微微笑着：“兵部的事，殿下也要更加精心才好。”

“不消时雨你说，我也晓得的。”上遭被五皇子告黑状，大皇子在兵部栽好大一跟头，吃一回亏，大皇子就格外小心了。尤其现下兵部尚书是永安侯，甭看南安侯战功彪炳，但大皇子对永安侯绝对比对南安侯客气。无他，永安侯是他文康姑妈的驸马，帝都城内，谁敢得罪文康长公主啊！

而且，因赵霖先时提醒了他，且在这上头，大皇子刚尝到了甜头。更兼闻知自己皇爹对太子那搅屎棍已心生不满，大皇子岂能不喜，岂能不在兵部用心，好来衬托太子的无能！大皇子这样想着，遂道：“就是四弟，我也得多开解他方好。南安侯的忠心，帝都谁人不知呢？太子约莫是受了小人蒙骗，不然想一想，南安侯在我朝这般身份地位，有什么理由去谋反呢？哎，我实在也想不通这个。也不怪四弟这些天郁郁不乐，搁谁，谁痛快得了呢！”

赵霖见大皇子开了窍，继续微微笑着，道：“殿下说的是。”

大皇子准备在自己爹与兄弟面前刷好感时，才发现被人抢了先。

这死老三，你天天没事在父皇面前晃个头啊晃！还有，用得着你见天地去跟四弟叽叽咕咕吗？你咋手伸得这么长啊！你眼里还有大哥吗！

被人抢了先倒没啥，关键是，大皇子竟然发现，自己刷好感竟刷不过三皇子。主要是，大皇子自己兵部忙得天昏地暗，三皇子的差使在刑部，刑部尚书谢老头是三皇子的亲外公，关键，刑部不忙啊！所以，三皇子有大把时间来刷好感，你说把大皇子气得呀。

赵霖笑道：“要是现在让殿下与三皇子换一换兵部与刑部的差使，殿下乐不乐意？”

这哪儿能乐意？大皇子蹙起眉头，依旧不悦。

赵霖道：“内侍宫人天天在陛下身边端茶倒水，恭敬周全，可殿下看，陛下会重用他们吗？陛下会重用的只有一种人，就是能当差能做事能为君上分忧的人！我提醒殿下孝敬君父，友爱兄弟，并非让殿下与三皇子争宠，只是想令殿下多留意细处。殿下放心，您的心，陛下都看在眼里的。”

大皇子叹：“我这些弟弟，就没一个省心的。”一个个的，讨人厌得很。每当瞧着弟弟们烦心时，大皇子就恨不能他爹只生他一个。同时羡慕他爹的好命，身为独子，没有家业竞争对手，据说他爹出世时，先帝喜得三天没阖眼。

赵霖笑道：“殿下也是有儿子的人，以后小殿下们也一样会争着在殿下面前尽孝。”

大皇子终于不抱怨了。

三皇子从来都是个机灵人，自然不会放过君前尽孝的机会。他不只君前尽心，兄弟跟前也是尽显手足之情。要不，大皇子不能这样烦他。

三皇子光带着三皇子妃去万梅宫就去了好几回，把谢莫如烦得不轻，直接在外挂上了“谢绝探访”的牌子，可是叫大皇子瞧了回笑话。他觉着，谢莫如偶尔也不是没有可取之处。

谢贵妃与进宫请安的母亲道：“这话，我也只在母亲跟前说。母亲到底劝劝莫如，她的脾气，实在有些大了。老五这养病，兄弟们过去探望，还不是一家子骨肉的意思，她倒好，别人好意，她只嫌烦。叫人瞧着，像什么呢？以后哪里还敢再登她家门？就是对五皇子，也影响兄弟感情，是不是？”

叹口气，谢贵妃又道：“这宫里，她得罪的人委实不少，太后那里就不必说了，她哪次进宫不给太后添些晦气？就是赵贵妃，因她与赵国公府的梅树之争，哪次有人提及此事，赵贵妃有好脸色呢？就是我这个姑妈，大概也不在她眼里的。她进宫，向来只去淑仁宫，也没哪回说来我这麟趾宫坐坐。咱们谢家人，向来是与人为善，再没有如她这般不管不顾，只恨不能将人得罪个精光的。”

也不怪谢贵妃着恼，赵霖这御前行走的都能瞧出穆元帝对太子的江南之行不大满意，何况谢贵妃这位穆元帝的枕边人呢。

倘东宫稳若泰山，谢贵妃当然不会想其他的。以后她出宫随儿子去藩地做个太妃，也一样自在。但倘若有机会，她也会让儿子试着搏一搏。

结果，儿子就遇着谢莫如这么个大钉子。

你说把谢贵妃气得，按理娘家侄女做了皇子妃，应当与她这后宫宠妃的贵妃姑妈越发亲近才是。谢莫如倒是大相反，一直冷冷淡淡。

因谢莫如比谢莫忧有出息，谢贵妃对她也一向另眼相待。不想，人家谢莫如完全没将她放眼里啊，这可真是热脸贴了冷屁股，而且，一贴好些年！

哪怕谢贵妃自诩素有涵养，这也忍不住了。

谢太太能说什么呢，她只得劝闺女：“莫如的性子，一向有些直来直去，不大周全也是有的。五皇子一直病着，怕是她也焦心，可不就冒失了吗？娘娘不要多想，那孩子也有那孩子的好处，她也知道自己在宫里不得太后欢心，倘她进宫与娘娘亲密无间……哎，不是我说，苏妃娘娘得了太后娘娘多少迁怒呢。”

谢贵妃掌宫务多年，道：“母亲别哄我，真心假意，我还分得清。我不怕迁怒，叫她只管来我这坐坐就是。”

谢贵妃拨一拨小香炉的灰，轻轻巧巧道：“怕是母亲的话，她也不大听的吧？”

谢太太心里有些不是滋味，不过，到底是有重孙的人了，这些年，世事也看破了些。谢太太道：“娘娘，我总比你多活了这些年。我年轻时，其实是个好强的人，这些年，倒看破了些。老话说，吃亏是福。娘娘在宫里对莫如的照顾，她心里是明白的。娘娘这些善意，日后必有福报。何必纠结于这些小事？就是三皇子探病之事，说起来别人也会说是莫如的不对。娘娘不要只拘泥眼前，一笔写不出两个‘谢’字，小事，让它过去则罢。娘娘想想，在大事上，莫如可与你有什么冲突吗？”

谢贵妃叹：“母亲也说了，我们是亲姑侄。这十几年，我真是问心无愧，我一直盼着我们要比别个人更亲近些才显得好不是。可惜，这孩子却是个亲近不起来的。”

谢贵妃也是灰了心，道：“大概我与这孩子没缘法。”

“娘娘是个温柔细致的人，莫如凡事大开大阖惯了的，脾性不同也是有的。”到底是亲闺女，谢太太道，“我与娘娘，母女至亲，有话，我也便直说了。”

“母亲说就是。”

“娘娘，人都有立身之本。莫如这个孩子，我看她长大，她的确脾气大，但，不要因此就诟病她。谁都有缺点，娘娘要看的是，她的好处在哪。倘没半分好处，谁会对她的脾气一忍再忍？我此生，没见过比她更具眼光的孩子，包括我，都不及她。”谢太太认真道，“当初，三殿下议亲时，你父亲让我同娘娘说……”

谢贵妃脸色一滞，拦了母亲的话：“这些旧事，母亲提它做甚！”

“不是要提它，彼时娘娘或许认为是家里的私心，而且，莫如的母族，的确是留有许多问题，娶她是要冒大风险的。如今看来，这风险与收益其实是等值的。”谢太太道，“娘娘，我还是那句话，一笔写不出两个‘谢’字，我总是盼着你们都好的。”

谢贵妃苦笑：“母亲放心，我也只是与母亲抱怨抱怨，难不成还真就翻脸，叫人看咱们谢家的笑话？”

“宽厚，就是娘娘的福缘。”谢太太宽慰女儿许久，在宫中用过午膳，方告辞出宫。

待母亲走了，谢贵妃也自去内室休息。

燃一炉怀梦香，谢贵妃在入梦前不禁想到母亲的话。当初，家族的确建议三皇子娶谢莫如的，谢贵妃却觉着谢莫如母系颇多麻烦，由此为儿子娶了出身国公府的褚氏为正妃。如今，她是不是后悔了？

是不是在看着不起眼的五皇子一步步成长为实权藩王时，她就后悔了呢？

谢贵妃后不后悔怕是只有谢贵妃自己晓得，倒是三皇子在万梅宫碰个大钉子，万梅宫由此很是得了几日清净。

谢莫如带着孩子们在万梅宫住了大半个月，直到江南传来消息，靖江王以“东宫无故鸩杀南安侯”为由，言说储君无德，起兵造反，直奔帝都而来！

谢莫如当机立断，立刻带着孩子们回了内城王府。

阖朝人都为此消息震惊得说不出话来，就是因祖母病势好转而重回朝堂当差的承恩公，听得弟弟被太子鸩杀之事，当下悲痛过度，眼前一黑，便厥了过去。

满朝人都想不到啊，太子告南安侯谋反就谋反呗，可纵使南安侯天大罪过，未经三司审理，太子也不能直接将人鸩杀啊！

南安侯，堂堂朝廷册封的超品侯爵！还是皇亲呢，怎好不审便杀！

叫谁，谁也不能说太子这事办得对啊！

先时那些叫嚣着令南安侯回都受审的家伙们，现下集体失声了，谁都不敢再多话。

更不必说老承恩公与宁荣大长公主了，这对做父母的，更是痛彻心扉。倘不是直接病倒，两人说什么也得进宫找穆元帝评一评理才行。

好在，两人虽病倒，倒还支撑得住。支撑不住的是寿安老夫人，这位老太太在闻知孙子给太子鸩杀之事后，直接一口气没上来，就此去了。

寿安老夫人咽气，这可是大事。

这位老夫人是穆元帝嫡亲的外祖母，胡太后的亲娘，哪怕人品不咋的，身份在这儿，她这丧事，可不能简办啊！尤其在皇家对不住承恩公府的时候。

胡太后听说亲娘死了，这死因还与亲孙子有关，这么虐心的事叫胡太后赶上，把胡太后给伤得，恨不能自己也随老娘去了，倒不用留在世上受此心灵折磨。胡太后是见天地哭啊，与儿子哭完与闺女哭，与闺女哭完与妃嫔们哭，就是见着进宫请安的皇子妃们，也要哭一鼻子。哭的词都是一样的："太子可不应该啊，那是他表叔啊，他咋这样狠心哪！南安死得冤啊！"直哭得太子妃都想上吊去。

皇家心有愧疚，故而，寿安老夫人的丧仪颇为隆重，穆元帝与胡太后都亲临致哀。死后哀荣，不过于此。

谢莫如也去了，她一人去的，没带孩子们。至于五皇子，还在府里"养病"呢，自然是不能到场的。

谢莫如去承恩公府，倒不是为了祭奠寿安老夫人，这老婆子有什么好祭奠的呢？谢莫如是去找文康长公主的，文康长公主这些天都是在宫里陪侍胡太后，等闲见不着。谢莫如料得文康长公主必要去承恩公府的，就去承恩公府等她。

文康长公主忙得都憔悴了，要是别个人，她真不愿意见。不过，谢莫如说有事相商，文康长公主还是给了谢莫如一个面子。谢莫如邀文康长公主同乘，也没寒暄，直接道："现下因南安侯死讯，我看朝中人心颇为不安。人固有一死，倒是南安侯，死得颇不是时候。"

文康长公主听这话脸都黑了，什么叫死得不是时候，难不成死活还能挑时候？不待文康长公主翻脸，谢莫如继续道："明显靖江王散出这消息就是为了扰乱朝廷军心的，此事，是真是假都未确定。咱们朝廷倒是实在，南安侯尸身未见，太子仪驾未归，怎么就能将反贼的话当真了呢？"

文康长公主立刻没有翻脸的心了，她看向谢莫如恬淡的脸孔，道："你的意思是，这事是假的？"

谢莫如道："是真是假有什么要紧，只要现在不是真的，就足够了。"哪怕是真的，现下也不能认啊！朝廷此次反应失灵，实在是太子先时做下的事太不留余地，故此，人一听，就觉着，这事还真有可能是太子做的！

文康长公主十万火急地进宫同她哥说去了，穆元帝沉声道："这也有理！"

文康长公主素来不令人吃亏的，道："老五媳妇倒是个细心人。"

穆元帝没说话，他心烦的事多着呢。靖江一起兵，江南几封战报都不大好，更为关键的是，太子还在江南！

朝廷翻脸也挺快，而且，朝廷有专业人士。接着就有一匹自江南来的快马，送来南安侯的表章，上面南安侯自陈受反贼刺杀，身受重伤，一时动弹不得，皆因太子命人悉心照顾，方得平安。因获悉反贼以此诬陷太子，南安侯心下焦切，上此表章，以证太子清白。

好了，南安侯没死，大家终于放心了。

倒是宫里胡太后更伤心了，继续与儿子与闺女哭："你外祖母死得冤哪。"倘早知道南安侯没事，亲娘就不用死了啊！

还好，太子清白了，太子妃也暂把上吊的心收了。

朝廷的反应，非但表现在"南安侯的奏章"上，还表现在对靖江王的舆论攻击上。靖江王你啥出身啊，你根本不是世祖皇帝的儿子，你也不姓穆，先帝看在同母兄弟的分上，封你亲王，给你藩地，你就这样狼子野心的！

穆元帝手下的笔杆子部门翰林院这些天啥都没干，就天天骂靖江王了，骂得好的有赏。穆元帝也没忘了剥夺靖江王的亲王身份，当然，靖江王为谋反都准备几十年了，准备得更为充分。人家早说了，不再做东穆亲王，人家自有身份，把自己亲爹包装成前朝末年江南王后裔，自称江南王。

你说把穆元帝气得，怒骂："真是养不熟的野狗，先帝何等样待他，竟养出这等忘恩负义的畜生！"一面痛骂靖江王，一面还得加强帝都防御。

更让穆元帝怒发冲冠的是，靖江王非但给自己改了家门，给东宫寻了个鸩杀南安侯的错处，他也没忘了给穆元帝扣个帽子。靖江王给穆元帝找了个千年之后也洗刷不清的错处——鸩杀辅圣公主！

靖江王说得有理有据，辅圣公主过身之时，年不过四旬，一向身康体健，属于暴毙。而且，辅圣公主过世后，穆元帝曾派人清洗辅圣公主府。

辅圣公主过世的原因，哪怕史官记载是病逝，哪怕辅圣公主真就是病死的，不要说现在有靖江王光明正大提出疑义，哪怕千百年后，后人看到这段史实，也有无数人脑补出无数猜测。但，靖江王此时此刻说出来，无疑是击中了穆元帝的痛处。

穆元帝反应也不慢，以慈恩宫名义举行宴会，文康长公主亲自携谢莫如出席。胡太后是死憋着自己，才能对着谢莫如那张越发肖似婆婆复生的脸硬生生地憋出几丝笑意来。

胡太后一脸僵硬的亲切，硬着嗓子招呼谢莫如："我的儿，你可来了。快来，我叫人备了你爱吃的点心。"

能入慈恩宫正殿的，自然都是皇亲国戚、公府侯门、超品大员家的诰命们。大家谁不知道谁啊，故此，给胡太后这一嗓子闹得，都有些寒。

谢莫如与文康长公主过去，敛衽一礼，笑："您老可别这么装了，我怪不习惯的。"一句话说得胡太后都不知要摆什么面部表情了，她是得了儿子与闺女的双重叮嘱，断不能给谢莫如难看的。因此事上升到国家大事的层面，胡太后为给儿子分忧，哪怕死忍，也愿意忍的。结果，她老人家强忍郁闷给谢莫如好脸，偏生谢莫如不按理出牌。要不是这些人在，胡太后就得问闺女一句，当时咱可不是这样说的啊。姓谢的明显拆台，我可咋办哪？胡太后正胡思乱想，谢莫如根本没再理胡太后，自己顺势坐在文康长公主下首，笑与几位公主道："今天是有事要同大家说说，姐妹们让让我，我就坐这里了。"

谢莫如坐的原是长泰公主的位子，长泰公主何等人，何况她一向与五皇子府亲近，一笑道："咱们都是一样的，今儿你就替我服侍姑妈，我顺带偷个懒。说来，我还得谢你。"

谢莫如转而看向满室诰命，道："我这个人，有话喜欢说在前头，要是不把心里的话说出来，简直饭都吃不下。"接过宫人捧上的茶，谢莫如呷一口，颔首道："说来，我还是在太后娘娘这里头一遭吃茶，往日来，总要与娘娘拌几句嘴的。这倒没什么，人与人嘛，有些人，天生就性子相合；有些人，就是不投缘。我与太后娘娘，怕就属于后一种。我还听说，是我生得与世祖皇后有些像，太后娘娘见着我，仿佛见着婆婆复生，故此不大自在，不知是不是真的？"她还问胡太后了。

胡太后论智慧论机灵，那是差谢莫如三座山去，她哪会互动啊？支吾一时，胡太后只得说了实话："是有些像。"

大家都觉好笑，气氛也便好了些。

谢莫如笑："太后娘娘就是这样的实在人，她有什么说什么，喜怒都在脸上。不过，这些年，该给我的东西，该给我的赏赐，太后娘娘从没少过我一分半毫，陛下更常有厚赐。这当然不是我做皇子妃做得多么出众，嫂子弟妹们都在这儿，我也不好给自己脸上这般贴金。陛下厚待于我，所看的，无非是辅圣公主的面子罢了。

"说来，陛下待我实在厚重。我记得小时候去宜安公主府吃年酒，我与永福皇姐年岁都小，一时说不对付，还在宜安公主府里吵了一架。陛下知道我们拌了嘴，还命宫里于内侍送了我一只百灵鸟，后来我说，哎呀，其实我也喜欢鹦鹉，陛下却不肯送了。我那时小，还想着，什么时候再从陛下那里要只鹦鹉来，后来年纪渐长，就把这事忘了。

"彼时年纪小，未曾深思。现下我也为人父母了，经的事多了，我也有自己的孩子。要依我的性子，有人跟我闺女吵架，我不去拉个偏架帮着闺女吵几句就是好的，哪里还会给她鸟雀啊！后来才知晓，陛下待我好，也不是没有原因的，究根结底，还不是因我的外祖母吗？当年，外祖母待陛下好，陛下自然会将这份遗泽用在我这里。

"就像在座的各位，祖上与太祖皇帝开创江山的，现下也都是公府豪门，朝中大员。可想一想我们的祖上，有哪一家没有先人血染沙场、马革裹尸的？我们的先人有功于社稷，所以，我们现在得以共享江山，子孙富贵。这些，不是白白得来的，一样是先人遗泽。"

"当然，也得有良心的皇帝才能记得我们的先人曾为江山付出过什么，陛下是个有良心的人，先帝也是这样的人。"谢莫如就有这种天生的政治才能，她似闲谈般将往事娓娓道来，既不乏些琐碎小事，又能将话题引至国家大义上。甭看老穆家是土鳖皇帝第二代，在座的诰命们却多有世族出身。大家忍了这些年慈恩宫的不着调，哪怕文康长公主比慈恩宫强些，但文康长公主论起政治风度，较之谢莫如也多有不如。谢莫如只要不翻脸，这种政治风度，简直是教科书般的完美。她对于气氛的调节，对于话题的把握，绝对可以跻身于一流的政治好手之列。

谢莫如先说了穆元帝对她一直以来的照顾，接着又说到太祖皇帝与诸勋贵开国时的艰难，有了足够的铺垫，她方转入正题。谢莫如身子微微斜坐着，双手自然地叠放在膝上，眼神淡定地扫过这满室诰命，道："按理，先帝与辅圣公主是世祖皇帝的骨肉，靖江王不过是先帝同母异父的弟弟，就像靖江王说的，他是前朝江南王的后人。只是，靖江王或许不知道他的父亲是如何过身的。彼时，先帝尚未立国，但也已是一方诸侯。靖江王生父意图谋取先帝兵马，事败，江南王一系为给先帝一个交代，以其父之头颅，向先帝求和。

"当然，彼时，靖江王尚年幼，其生父所为，与他无干。咱们东穆国法，哪家满门抄斩的罪过，十岁以下的幼童还得赦其性命呢。但，先帝待他，可不只是赦其性命这么简单，先帝立国后多年无子，一度有以他为储之意。当初，其父谋事未成，靖江王因年幼受到惊吓，晚上不能安眠，先帝夜夜带他在身边，哄他入睡，后来更是亲授其文武功课，教他治国方略。就是世祖皇后的娘家程家都看不过，心有不服，想着反正先帝没儿子，靖江算什么，凭什么以他为储？靖江并不姓穆，他们程家也是先帝亲娘舅家，靖江难道就比程家人尊贵吗？为此，先帝勃然大怒，怒诛程氏一族。这些，都是为了给靖江王铺平以后的路。我时时在想，倘当年不是先帝暮年有子，想必，靖江王与先帝也就是一辈子兄慈弟恭的兄弟楷模了。但事情就是这般出人意料，先帝暮年有了陛下。"

"靖江王大概觉着，这江山就应该是他的。"谢莫如冷笑，"什么叫应该是他的？天底下，谁有东西不是传给自己儿子？有哪个放着儿子不传，传给同母弟弟的！难道就因为先帝把自己辛辛苦苦一辈子打下的江山传给了自己儿子，先时先帝待靖江为兄为父的恩义，便不为恩义了吗？"

"这可真是升米恩，斗米仇了。我实不知，对一个抚养他长大，给他封王赐藩地的兄长，就因为兄长把自己的产业传给了自己儿子，就让他恨得咬牙切齿、抓心挠肝、密谋造反这些年的人，知不知道什么是'恩义'二字！"谢莫如淡淡道，"他还有脸提我外祖母？当初外祖母辅佐陛下登基，怕是没少被他恨得牙根痒吧！"

"当初我与殿下在闽地，没少与靖江打交道，他是何等样人，我最清楚不过。前头刚与我攀亲带故，接着就弄一伙子人装海匪上岸烧杀抢掠。我最瞧不得这种藏头露尾的人了，幸而殿下有所防备，将士悍不畏死，扶风、九江、宇表兄他们都是新手，因肯用心，再有永定侯这位老将把关，倒也胜了。好了，江南的事，让男人们操心去吧，咱们这里，能帮忙的帮一些，帮不上忙的，也别添乱就是了。至于外头流言，靖江要是能说陛下一句好，他今日也就不造反了。"接着，谢莫如笑，"其实倒也得谢一谢靖江，国有危难，方见忠良。"对胡太后道："娘娘，开宴吧。"

"摆设。"胡太后一点头，道："开宴！"

此次慈恩宫设宴完全是被载入史册的一次宴会，连被派来帮忙的于汾于公公都得感叹，不怪谢王妃少时就能指挥着去谢家传旨的他险些跑断腿，人家这是自幼不凡哪。

忽然间，于公公很为当初能被谢王妃使唤得团团转而荣幸起来。他也有了些年纪，人老成精，何况他们这些内侍，原就是在宫里服侍人的，察言观色是看家本领。于公公当然也瞧出对于谢王妃如此大出风头地主持宴会，是有几人那满面笑容里带着些不自在的。譬如太子妃，再譬如永福公主，再譬如大皇子妃……

唉。

于公公心下叹口气，永福公主的素质他就不提了，人家主要是会投胎，天生贵女。但皇子妃们，个人素质还真的都是一等一，只是，人才不能跟天才比呀。

起码在于公公看来，太子妃和大皇子妃在各人的位子上也是周全妥帖的，对上恭敬对下也和气，十成十的模范皇子妃。像谢王妃吧，就属于异类。对上不恭敬，说翻脸就翻脸；对下也不和气，这一点，于公公深有体会。就是这样一位风评上颇具争议的皇子妃，在她想展示的时候，她的风度与智慧，简直令人高山仰止。

智慧是什么？

智慧就是，你说的话，所有人都信。

谢莫如无疑就有这样的本领。

谢莫如非但帮穆元帝洗清了靖江王泼过来的污水，顺势主持了一场宴会，大家一道吃着饭，还组织了一场夫人募捐。这些都是谢莫如在闽地做熟了的。

谢莫如道："我此生最看不起那些瞧不起女人的人了。咱们女人呢，天生力量柔弱，不比男人，故而，凡事就更需要团结。当初我随殿下去闽地，在座诸位怕大都听说过。闽地穷苦些，不过也有些富户，包括闽地的官员家眷，多有乐善好施的。只是，一人之力，到底有限，所舍所施，无非是米粮药材之类。我们就一道想的这个法子，不如商量出个章程来，大家谁愿意捐就捐一些，把平日里施出去的钱粮聚到一处，反能做些大事。似闽地，我们就捐银子修了州府的官学，捐建了官学藏书楼，还建了一座桥，给军中捐过粮草，冬天施粥，春天发放过平价种子。现下闽安州的官学和夫人桥边都建了碑亭，录有夫人会的介绍，也有捐资人的记录。"

能来慈恩宫的，就没有缺钱的，永定侯夫人先问："娘娘，我们妇道人家，还能勒石以记啊？"刚才谢王妃点她老头子的名，她深觉面上有光，这时候自然会帮衬一二。何况当初永定侯能立功，也多亏五皇子肯给机会，自此之后，永定侯府就对五皇子府颇有好感。

"这怎么不能？为善便需人知啊。要是男人们不同意给我们建碑亭，我是不会把银子捐出去的。"谢莫如眉毛微挑，脸上带出个似笑非笑的厉害样，"你们不晓得，当初我看闽安州的州学实在破败，连个藏书楼都没有，就提出要捐建藏书楼，顺带修一修州学，给学子们改善一下读书的环境。捐银子，闽安州的官员们倒是双手赞成，说我不少好话。我一提要建碑亭，勒石以记，他们就不乐意了。我还不强求了呢，难道还怕有银子花不出去！结果倒是那些官员，既想我们捐银子，又不想让我们留名，还拐弯抹角地求到殿下跟前。殿下那个软耳朵，还敢来劝我，与我说了不知多少做无名英雄的好处。我直接叫他闭嘴去。这些不懂咱们的人，只以为咱们是图个名，这样想就错了。为善要人知道，是要号召更多的人来为善。要让人记住，这世上，有这些人愿意捐出家财以资穷窘。而那些因别人资助而享受到便利的人，倘有一日，有了出息，有了前程，有了家财，也希望他能记起当日受享便利，也能有此善行方好。"

太子妃吴氏笑："这倒是个好事，不如就五弟妹打头，我手里也有些个零用。"

谢莫如笑："这事儿哪儿能我打头？我威望不足。"说着看向胡太后，谢莫如道："自然得请太后娘娘给咱们应个名儿，这样显得光辉。名字也不要叫什么夫人会，嗯，既在慈恩宫发起的，借太后娘娘宝地，不如就叫慈恩会。再请姑妈与太子妃挑几位德高望重的夫人做监察，立下章程。银子怎么用，用在哪里，可不能叫人给骗了。"

所以，宴会结束后，穆元帝就听说，女人们组织了一场不小的募捐。

不过，穆元帝并没有立刻收到这笔募捐款项，他妹妹同他说了数个想要被募捐的条件："这是我们妇人组织的，名字就叫慈恩会，银子也是我们女人捐募的。银子不能白收，得给我们立个碑，把我们捐钱人的名字都刻上。最好再发道诏书，这么主动捐银子，起码是值得嘉赞的吧？"

穆元帝又不傻，女人们不就图个名吗？再说，女人都捐银子了，男人更要脸啊！肯定也会捐银子的！

打仗，就是烧钱的事啊！东穆立国未久，说到财政上，还真的不大宽裕。

穆元帝都得心下感叹，谢莫如实在是上好帮手。文康长公主更是不掩对谢莫如的赞赏之情，呷口茶道："老五这媳妇娶得真正好，莫如虽说平日里性子不大和气，却是个识大体的。这样的场合，也就是她了，还能顺带帮朝廷筹些银钱。"甭看就仿佛一句话的事，可也得分叫谁来办。看太子妃说的那话，不是文康长公主挑剔，忒没水平。募捐的事虽是谢莫如提的，但你不能让谢莫如打头啊，这要是个没脑子的人说的话，文康长公主也不能挑这个不是，偏生太子妃一向只比人聪明伶俐百倍的，说这话就显得存心了。就像谢莫如自己说的，她威望不足，当场比她身份高的一堆，谢莫如打这个头当然不合适。

太子妃也是，你这不给谢莫如挖坑吗？能在慈恩宫的，除了老娘胡太后，就没一个傻的。太子妃这自作聪明的话，除了显出自己个儿那小心眼来，还有什么好处不成？再者，倘谢莫如傻一些，真跳了坑，募捐这事搞不成，朝廷也得不到好处啊！

这还太子妃呢，就这么点儿心胸，见不得别人出风头，也不知平日里的气度都跑哪儿去了！也就是这要紧时候，文康长公主方未发作。

就因这个，文康长公主在他哥面前没少说谢莫如好话，末了还是道一句："这人哪，平日里如何不要紧，就得要紧时候明白，才是真明白。有些个，是平日时瞧着明白，要紧时反倒糊涂，当不起大事。"

穆元帝听这话里有话的，便觉好笑："你可一向直言直语，今儿这是怎么了？"

文康长公主本来想着太子妃身份不同，含糊几句算了，经她哥一问，她一手压着腰间流苏，索性就直接说了："还不是太子妃！平日里满心满眼的机灵，这昏起头来，真叫人无话可说。"文康长公主其实眼光一流，就是因她这脾性，故而无法成为一流的政治人物。因为倘换了成熟的政治家，太子妃毕竟是储君之妻，便有不是，也当不会直言。

文康长公主惯常是有啥说啥的，当初看谢莫如不爽，也给过谢莫如难堪，当然，那是很久以前的事了。因谢莫如自身素质高，与李家三个儿子、长泰公主关系都不错，故而，谢莫如与文康长公主近年来关系也过得去。文康长公主看不惯太子妃的是："她将来可是要做一国之母的，怎么这般没有肚量！今次叫莫如主持宫宴，这不是关系朝局吗？莫如想给朝廷募些银两，还不是好意。太子在江南还不知怎么着呢，她先眼皮子浅，连弟妹出个风头，她都不痛快，我看她是白生了张聪明相。"

穆元帝不得不为太子妃打圆场："既是莫如首倡，当然得先让一让莫如，这也是应有之义。你想多了。"

"我想得多？"文康长公主对她哥翻个白眼，撇嘴道，"朝中大事你比我清楚，妇人的心思，我比你知道！行啦，我也只是闷得慌，又不能同别人说，皇兄你非要问，就同你说了。你别给我说出去啊！"文康长公主也不愿意得罪东宫。

穆元帝哭笑不得，道："太子妃毕竟在宫里，不大便宜，母后一向不理这些琐事，你们妇人之间的事，你与莫如商量着办就行。"

文康长公主点头应了。

知道太子妃难做了吧？

储君正妻，一举一动皆会被人放大数倍，细细回味，遍遍思量。吴国公夫人当时就觉不妥了，奈何她坐在诰命堆里，也没办法提醒高高在上的太子妃闺女啊。好在，这次大家的焦点都在谢王妃身上，宴会结束后，多少诰命都说呢："不愧系出名门，血统高贵。"这血统，当然是说的皇家血统。想一想，谢王妃不论从父系还是自母系看，真是祖上没一个昏聩的。尤其母系这边，挨个儿的在史书上翻，都是有名有姓的人哪。

再譬如平国公夫人王氏、戚国公夫人等在五皇子身上下注的人家，见谢王妃如此风采，更觉自家有眼光，彼此相视一笑，越发亲近了。

最喜悦的就是谢太太了，谢太太望着在上首谈笑自如的谢莫如，真叫一个欣慰与自豪啊！虽然谢莫如的本事不是她培养出来的，但都是姓谢的呀。

宫宴结束时，不知多少诰命夫人与谢太太打招呼，称赞谢家家教。好在谢太太心下得意，到底绷得住，十分谦虚，道："那孩子，一向是个实诚脾气，心里有什么就说什么。打小家里教的无非也就是忠君爱国罢了。"

吴国公夫人尤其道："那也得有这灵性，方有这般风采。"

花花轿子抬人，谢太太也是熟手，笑："亲家赞她太过了，都是太后娘娘、长公主殿下、太子妃、公主、皇子妃们肯照顾她。"

吴谢两家也是亲家，大家说说笑笑，便出宫去了。

总之，一场宫宴吃得诸人心中滋味各异。尤其宫中赵谢二位贵妃，二人也陪坐太后身侧的，结果，谢莫如啥事都未提她们一句。

文康长公主找谢莫如商量事情的时候，还提点过她，赵谢二位贵妃在宫中多年，让谢莫如照顾一下两人的面子。谢莫如就直接说了："哪怕轮流执掌凤印，也不是中宫皇后。姑妈，咱们这事，多少人用不过来，何须后宫妃嫔插手？"

文康长公主半晌无语，感慨道："终究有个比我还直的人了。"长江后浪推前浪啊！

"大道直行，何须拐弯抹角？"谢莫如道，"倘叫妃嫔插手，今儿个贵妃问得，明儿哪个得了三天宠爱，不知天高地厚的，难免也来问。先把规矩定下来，省得往后事多。"

一听"往后""规矩"什么的，文康长公主就知道谢莫如将此事想得长远。文康长公主索性也没提宫妃了，与谢莫如商量起这银子如何捐给朝廷，是直接捐钱，还是捐粮草。

谢莫如显然早考虑过这件事，道："女人带个头也好，就捐银两吧。不过，这银子捐出去，兵部打算怎么花，得给我们一份书面文书，细的花销用度，都要记录明白，不能叫他们耍花头。再附上一份违约赔偿书，叫大殿下过来同我签字盖章，谅他不敢敷衍我。"

文康长公主听得都笑了："他们现在哪个敢得罪你？"把皇子妃们叫来一同商量条款。其实女人干这些大都擅长，主要是女人心细，尤其，六皇子妃家里做御史，在条款的完善上，简直是天分惊人。大家商量妥当，再给太子妃看过。

太子妃刚得了亲娘的劝，吴国公夫人就说了："朝廷这局势，辅圣公主就这么一个后人了，可不得叫闽王妃出面表个态吗。"

因是母女私房话，殿中未留人，太子妃给亲娘说得脸上微红，手里绞着帕子道："我也不知怎的了，那天瞧着她在慈恩宫，倒比皇祖母更似慈恩宫的主人，心下就有几分不痛快。"太子妃自己也没在慈恩宫这般挥洒自如过啊。

吴国公夫人劝道："娘娘，这世上，能人多了。但，各人有各人的位置。闽王妃再能干，见到娘娘不也得行礼请安吗？还是那句话，娘娘只要不犯错，你的地位，无人能动摇。”

“母亲放心，我晓得。”太子妃其实事后也后悔了，想着当时不该说话那般冲动，倒显着她不大妥帖，反衬得谢莫如周全。

有些嫉妒，就是这样发生得没有缘由。好在，经亲娘劝过，太子妃也是个聪明克制的，很快恢复以往雍容。见着大家拟的章程，满嘴只是好话。

倒是大皇子一瞧这些条款，脑袋都大了，与崔氏道：“这女人的钱哪，就是不好花。”

崔氏道：“看殿下说的，难不成咱们捐了银子，还不能问一问了？世上有这好事？”

大皇子一想，这里头还有他媳妇的事，立刻明白抱怨错了人，也不吱声了。

募捐银子的用处，谢莫如不过是帮着立起规矩，就没再管了。再有朝中因着女人募捐的事，男人都要脸，自然不能叫女人夺了风头，由此，穆元帝收入颇丰。当然，这银子也没用到别处，均购入药粮兵甲，还有各类应急之物了。

谢莫如要忙的另有他事，她替在“养病”的五皇子又刷了回存在感。她把四皇子请到家里来，道：“军略上的事，我不懂，自有朝臣操持。但翰林院那一套骂战，也就是对一些念过书的人有用。之乎者也什么的，街上百姓谁听得懂呢？任何时候，都不应该忽视百姓。唐时太宗皇帝便说，水能载舟，亦能覆舟。这水，不是专门指的士族。士族有士族的力量，百姓有百姓的力量。”

四皇子是知道五皇子秘密南下的，听了谢莫如的话，思量道：“弟妹是说，让翰林把那些话写得通俗易懂些？”只是，这事关朝政，谢莫如毕竟是女眷，不好插手吧。

就听谢莫如道：“我与殿下就藩时，殿下就想过，倘靖江翻脸，如何从舆论上遏制靖江。所有士族的笔杆子们，写出的文章自然字字珠玑，锦绣天成。但阳春白雪的东西，再怎么通俗易懂，也不及下里巴人。当时殿下就想到过一个极好人选，苏不语。”

四皇子领悟得极快，道：“可是，现在让苏不语写话本子也来不及啊。”

“在闽地时，离南安州不远，殿下已托他写好了。当初，殿下也写过一些计划，不过都是些只言片语，未能成文。我想，有劳四哥帮他理出来递上去，当初在闽地没用上，倘现下能为陛下所用，也是我们殿下的心意。”

谢莫如亲自相托，四皇子自然应下。

靖江那边再厉害的舆论攻击，也比不得帝都方面直接刊印书籍的举动。而且，由于是苏不语的话本子，那销量高得，当天就步入畅销书之列。谢莫如没忘叫书铺子付版费，版费她都命人送到苏家去了，苏相命人一并捐给了朝廷。

而且，根本不必宣传，一听说是苏不语的话本子，戏园里、茶楼里、街边唱曲的、堂里说书的，连青楼里都要摘出几阙好词，谱上曲子唱一唱。关键，不只是帝都传唱，很快就随着流行文化的脚步，一路向西、向东、向南、向北流传而去。

然后，谢莫如也不忘叫人去太医院请窦太医，说五皇子为朝廷劳累着了，病又转急。

这回，穆元帝不光赏了“五皇子”不少药材，还尤其赏赐了谢莫如一回。当然，还没忘了叫人给谢莫如送了只鹦鹉。

谢莫如瞧着那毛羽绚烂的鸟就笑了，对于汾道：“不想今日给我送鸟雀的还是公公。替我跟陛下道声谢，这鸟我很喜欢。”

于汾恭恭敬敬道：“是。”

谢莫如命人打赏了于公公，命于公公去了。

五皇子出风头后这一病，谢莫如又没少收礼。就是四皇子这知道内情的，也要装不知情，收拾了份药材啥的，给五皇子府送去。

谢莫如挑了些上等滋补的补品，给苏妃送去。苏妃倒是知道五皇子去向的，不然，凭苏妃的性子，五皇子总这样病着，她定要担心出个好歹。当然，知道五皇子去了江南，苏妃也没少担心。只是，去江南的担心，苏妃到底是忍得住的，儿子既有这个机会，缘何不能争上一争！虽然有风险，但自来争那个位子，没有不冒风险的！

苏妃笑道：“以后不要再带这些来了，上次你送来的，还有许多呢。我这里什么都有，倒是你，近来府里宫里两头跑，多顾着自己些。”苏妃不理宫事，也知道谢莫如一直在忙。慈恩宫的宴会她没去，但也听说了，宫里有些小宫人小内侍私下都会说闽王妃好风采。闹得苏妃也跟着沾光，她近来待遇一直不错。

“都料理清楚了，现下无非就是府里的事。”谢莫如接了大宫人奉上的茶，道，“母妃也知道，我们府里向来清净，都是守规矩的人，一向事少的。殿下用了窦太医的药，也好转了，特意让我进宫同母妃说，不要挂念，等他大安，就进宫来给母妃请安。”

苏妃这把年纪，经的事多，也历练出来了，闻言叹道：“夏秋转凉，最易为时气所感。窦太医医术是极精湛的，听你这样说，我也放心了。”又问：“烧可退了？”

婆媳俩有鼻子有眼地说了回五皇子的“病情”，谢莫如未在淑仁宫用午膳，就告辞出宫去了。回到府里，换了家常衫子，用过饭，坐在榻上，一面吃茶，一面听紫藤禀事。紫藤道：“头晌苏侧妃娘娘的母亲过来了。”

谢莫如端茶的手微微一滞，道：“今儿既非初一也非十五，苏太太来做什么？”

“说是家里庄子上新得的鲜果，给苏侧妃送些来。”紫藤自小跟着谢莫如，深知谢莫如的脾性，道，“我命人同苏太太说了，府里有府里的规矩，您不在，下头人也不敢改规矩，请她正日子再来。”

谢莫如颔首，将茶盏放到海棠茶几上，道：“待苏太太来了，你叫人留心苏氏那边。”反常即为妖，这苏氏就不是个心静的，苏氏这等家教，可见苏家是何家风了。这般急吼吼地上门，定是有事！

苏太太果然十五就上门了，于氏和徐氏的母亲也都来了。五皇子府向来是这样的规矩，初一十五，侧妃娘家可来人探望。谢莫如并不是刻薄人，也不禁着侧妃娘家人上门，但要守她的规矩。三位太太与谢莫如见礼请安，略说几句话，谢莫如就让她们各去侧妃院里与自家闺女说话去了。

苏太太见着闺女就是眼泪汪汪，辛酸无数啊，想闺女为五皇子育下两子，这般功劳，她做亲娘的，想来瞧瞧闺女，就因日子不对，便被打发回去了。她倒是没什么，但可想而知闺女在皇子府何等艰难了。

苏氏一见亲娘这样，还以为家里出啥事了呢。苏太太到底是亲娘，并不说前番的事，只道："没事，见着娘娘，我心下高兴。"倒是苏太太身边的侍女伶牙俐齿道："哪里是没事，娘娘不晓得，前几天咱们庄子上的红果熟了，太太特意挑了最好的头茬给娘娘送过来，王府的管事说什么，不是探望的正日子，硬是没让咱们太太进门！"

苏太太忙斥："好个多嘴的贱婢！这里也有你说话的地方！"

那侍女连忙跪下叩头道："奴婢知错了，奴婢只是心疼太太，心疼娘娘。"

苏氏倒认得这侍女，叹道："小圆起来吧。"又与母亲道："娘不与我说，倘不是小圆说破，我竟也不知。"

苏太太拭泪道："原也是王府的规矩，我一时没想到，今儿带来也是一样的。娘娘在家就爱吃咱们庄子上的红果，今年做了蜜饯，一并给娘娘带了来。"

见母亲一把年纪强忍心酸的模样，苏氏眼圈也不禁红了，道："我在王府，也什么都有的。王妃就是规矩严些，待我们是极好的。说来这么大的府里，也不能没了规矩。"嘴里这样说，心下满是无奈。王妃一向肃穆，这样的事，她不提，王妃也不会提。但倘她提了，必得没脸。

苏氏伤心还不只母亲被拦门外，她虽说有两个儿子，且母亲也劝过她，有儿子，日后就有倚靠的。可她青春正盛，也就刚进门的时候有过几次承宠，近几年，五皇子就从未登过她的门。更叫苏氏摧心肝的是，有一回五皇子见了她，竟把她认成了于氏，可见五皇子是连她长啥样都记不得了。这事想想就是满满的虐心啊！

母女俩各自伤心，垂泪半晌，小圆也被带下去吃茶，母女二人方说起体己话。苏太太上遭不到探望的日子就上门，本就是有事的。憋到现下才说，实在把苏太太憋得够呛。苏太太茶也不吃，简直是迫不及待地悄与闺女道："我听说，五殿下不是真病？"

苏氏吓一跳，连忙用帕子掩了唇道："娘，这事可不能胡说！如今窦太医三日一复诊，我们殿下怎么可能是装病！"

"哪里是胡说，前儿我去承恩公府，寿安老夫人这样的丧仪，陛下、太后、皇子们都去了，就五皇子没去，大家都在说呢。"

"我们殿下一直病着，近来因着朝廷的事操心，病情又重了几分，哪里去得了？再说，生病的人，原就不好去丧家的。而且，王妃不是去了吗？长史官肯定也去了。"苏氏虽然有些郁闷自己全无宠爱，但也清楚，阖府都指望五皇子呢。故而，抛去那些是是非非，苏氏天然就会为五皇子说话。苏氏颇为不满，道："总不能我们殿下病成这样，还非要我们殿下拖着病体去承恩公府吊丧吧？我们殿下可是正经的皇子龙孙，贵重着呢！倘因着去承恩公府吊丧再加重病情，承恩公府担不担得起这个责任？"

"我这也是一说。"苏太太道，"要只是这话，我也就不来了。承恩公府再怎么也不敢抱怨五殿下的，不过是些别个人叽叽咕咕。可前番，你堂兄自南面回来，说是在南面见了一人，酷似五殿下。你与我说实话，这些天五殿下生病，你见没见过五殿下？"

苏氏还未在意她娘的话，道："天下相似的人多了。娘你又不是不知道，我们这些侧妃，每月初一十五去王妃院里请安，平日里都不必过去的。不要说殿下病着，就是殿下身子安好时，等闲我们也见不着的。殿下回府不在前头议事厅书房，就是在王妃院里。"

苏太太倒也知道这事，忍着不满道："平日里如何，当然要听王妃的。可殿下生病，你们做侧妃的，理当侍疾。"这个机会也不给侧妃，谢王妃也忒霸道了吧。

苏氏叹："我们哪里说得上话？"

苏太太低声道："你想个法子去瞧瞧，是不是五殿下真的去了南面。这可不是闹着玩的。你堂兄在南面做生意，都说那边不太平，连忙坐了车马回帝都来。谢王妃就是天大本领，这府里终究是指望着五殿下的。五殿下万不能出事啊，不为别个，你也得多为大郎想一想，是不是？"

苏氏蹙眉思量，道："那待我寻个时机，过去看看。"

苏太太人欣慰地望了女儿一眼，道："就是这样。得不得宠的，反正你是有儿子的。这府里，小事不必计较，可大事，你得心里有数才行。"

苏太太饭都未用，便出府回家去了。

于氏徐氏二人的母亲，都是在女儿院里用了午饭方去的。

紫藤当晚同谢莫如说了苏氏那边的事，谢莫如道："苏氏定要过来的，倘我不在家，你也不必很拦她。"又命人叫了杜鹃姑姑过来，谢莫如吩咐道："叫人盯紧了苏家，查一查苏氏那个堂兄是什么来历。"

谢莫如身为王妃，哪怕现在府里有五皇子在"养病"，她也不能成天在府里，事实上，需要王妃出面的场合颇多。

何况，就算没有这样的场合，谢莫如也会给苏氏创造机会，便约了六皇子妃去三清观拜三清祖师，给五皇子祈福。谢莫如一向与天祈寺的文休法师走得近，此次去拜三清，就说是想多拜拜神仙，算是病急乱投医了。

六皇子妃铁氏是道家信徒，她们都是皇子妃，既约好了，自然是提前命人去观里打了招呼。三清观上上下下都打扫干净，自掌教玄明真人，到最下面的小道童，都收拾得妥妥帖帖，在山门前相迎。谢莫如是做嫂子的，自然先开口："有劳道长了。"

玄明真人是位须发皆白的老道人，宣一声"无量天尊"，行止不卑不亢，配着银发如雪，两弯寿眉，山风拂过，宽袍广袖，衣袂翻飞，倒也颇有几分神仙风采。他道："娘娘玉驾亲临，可见是与我三清有这段缘法。娘娘请——"自己亲自相陪引路，说些观中风景建设。

谢莫如听得也很认真，与六皇子妃时不时低语几句，说到《道德经》《南华经》等老庄名篇，谢莫如也是信手拈来。玄明真人眼神都亮了三分，更加与谢莫如说起道法来。当然，玄明真人也很敏锐，发现谢王妃对于经文中的文化有些兴趣，对于神仙之流则是不信的。他也就不提神仙那一路的事了。

除了探讨道家学术，谢莫如还问了问这三清观的事，道："不知真人有弟子多少，观中道人几何？"

玄明真人道："老道亲传弟子十人，观中大小道人五百，帝都道观在录道人三千。"

谢莫如问："平日里除了研习道家经典，可还有别个事务？"

"一般入我观中，大都是自洒扫的小道童做起。其实道人也有分工，有负责洒扫的，有负责接引香客的，有负责整理道家经典的，还有负责采药制药的，再有适于习武的，我道门亦有武功传授，日后可负责道门安全。"玄明真人笑道，"现下，世人多有误会我道门是神仙丹药一流，不瞒二位娘娘，神仙都在堂上供着呢，小道略通些医道，成仙是不懂的。观中所制多是一些常见丹药，有些人来求，就散与些，能医病痛，亦是功德。"

谢莫如颔首："此方是长远之道。"

一时，到了主殿，玄明真人请两人上香，谢莫如默默祈祷了一番，将三支道香插入香炉。

待六皇子妃上过香，玄明真人继续陪着两人去了备好的香房，说些道家典故。谢莫如道："倘殿下此番平安，日后我定手书一份《道德经》供于三清像前。"

玄明真人再宣一声"无量天尊"，道："娘娘只管放心，观娘娘面相，福泽绵长，五殿下定能平安的。"玄明真人可不是随便说说的，当然，他干这行，也是做惯了奉承人的事。在六皇子妃少时，玄明见她便与铁家道："此女将来必为贵人。"把铁家唬得一愣一愣的，后来铁氏果然位居皇子妃之列，故而，铁家是极信玄明真人的。

铁氏是生得眉秀耳厚，丰颔重颐，已是一等一的好相貌。谢莫如则是额角峥嵘，鼻挺眉英，隐有杀伐之气，这等面相，玄明真人倒也不是没有见到过。只是，如何敢说？

玄明真人恭恭敬敬地服侍着罢了。

待中午，三清观奉上一席上等素斋，谢莫如与六皇子妃用过，捐了香火钱，便回城了。

待谢莫如回府，紫藤过来禀道："苏侧妃亲自熬了茯苓粥送来，奴婢要拦，没能拦住，只得守在殿下帐前，命梧桐她们送了苏侧妃回去休息。”

谢莫如道：“挑本《南华经》给她，叫她好生抄，也是为殿下祈福了。”

苏氏倒也不傻，紫藤刚送了《南华经》过去，她就过来请罪了。谢莫如正在赏一枝早开的桂花，晾着苏氏在地上跪了半个时辰，挥手打发了室内侍女，并不听苏氏哭诉，只淡淡道：“我不管你有什么心思，也不必在我面前喊冤叫屈，实与你说了吧，殿下的确不在帝都。你既来试探，我便告诉你。倘此事传扬出去，就是你说的。去吧。”

苏氏其实也猜度了些，但闻得此事为真，却也惊得浑身直颤，哆嗦半日，话都说不利落了，道：“娘娘，那，那，殿下……我，我，我听说，南面可不太平了……”

“既没这个胆子，你来打探什么？南面如何，不归你管，你只要管住你这张嘴就够了！”谢莫如对苏氏一向没什么耐心，脑子不够，偏生还自诩聪明绝世，阖府就她爱折腾！

苏氏被侍女扶着走了，要不是有侍女搀扶，苏氏根本就撑不住，非瘫地上不可。

关注苏氏动向的于氏、徐氏很快获悉了苏氏的下场，两人都在心里默默，殿下病这许多时日，她们其实也愿意尽心侍疾的。然而王妃没这个命令，慑于王妃威严，两人都没敢动。今儿苏氏强送了一碗粥去，便令王妃这般恼怒，不知王妃如何责罚苏氏，把人吓成这样。

见着苏氏的结果，于氏和徐氏越发低调安稳了。

苏氏其实都是给自己吓的，她本就不是啥有本事的人，心理承受力差，乍然得知这等秘事，又是真心担忧五皇子，一想到江南那战火烽烟之地，五皇子要有个好歹，万一回不来了，以后可算怎么着？

可转念一想，自己育有庶长子。这么一想，苏氏便想得偏了，心下禁不住又有些不敢诉之于外的想头。是的，她的儿子是长子……

这么一忧一喜的，忧思过甚，第二日就病倒了。

侍女报上来，谢莫如命人拿了王府的帖子去太医院宣太医。苏氏为侧妃，自然是请不来窦太医的，当然，太医院也不敢糊弄五皇子府，派了个不错的方太医。方太医开了方子后去谢莫如那里复命，谢莫如听说是“忧思过甚”，命紫藤拿银子赏了方太医，命方太医去了。谢莫如道：“去苏家叫苏太太来！”

苏家听说自家侧妃娘娘病了，苏太太半刻不敢耽搁，换了衣裳就来了。谢莫如淡淡道：“苏氏的心思太多了，你好生劝她一劝，叫她少些思量，方是你们苏家的福气。”

苏太太心惊肉跳！好在谢莫如没为难她，命她去瞧苏氏了。

母女俩说啥，谢莫如也不大关心，因为她听到了一个消息，六皇子回帝都了！

谢莫如一听得此事，脸色大变，立刻命人叫了小唐进来，吩咐道：“现在就备车马，去闻道堂把江北岭接进城来！”

小唐与师祖江北岭倒是熟，只是……小唐道：“娘娘，用什么理由呢？”

“自己想一个！一定要请他进城！”

小唐一听这话，就知道该怎么做了。他做纨绔时，也常这样吩咐手下狗腿子“不管怎么着，我一定要如何如何”，这就是说，随便他用什么法子了！

小唐去调派车马，然后又叫了一队侍卫与他去了。

小唐这边走了，谢莫如与张薛二位长史道：“把府中银粮全部核计清楚，账目与银粮，你们亲自核对！不要有半点差错！”

对府中侍卫长道：“除了侍卫，自今日起，我会抽调出一些男仆，你负责着人教他们些护卫的功夫。”

谢莫如一样一样分派下去，留到最后的是王府五千亲卫的将领李将军。谢莫如道：“亲卫自然是日日训练的，这个时候，更要抓紧。”

先把外头的事安排下去，谢莫如这才安排内闱之事，与梧桐道：“带着小丫鬟婆子们，把府里所有的院子都收拾出来。”又与紫藤道：“把别院的图纸给我拿来，安排些人，将别院一并收拾干净。”

紫藤道：“娘娘，按什么规格收拾？”

谢莫如笑：“打扫干净就行了，其他东西不必预备。”

二人便心下有数了。

谢莫如这里把府里的事安排下去，第二日，六皇子在六皇子妃的陪伴下过来给谢莫如赔礼道歉。谢莫如一见六皇子，还真就服了穆元帝的手段。这也就一年有余的日子，六皇子完全像变了个人，以往的六皇子，不说翩翩佳公子吧，也是玉面小生一枚。现下这个肤色黝黑，眼神沉默，面相瞧着像四十岁的男人，哪里还有半分当初那个为爱痴狂的情种皇子的影子呢？不知道的，得以为是田里干活的老农呢。

谢莫如不自觉地将眼睛往六皇子的手上一瞟，果然骨节粗大，不复当年的富贵精致。谢莫如就知道六皇子这一年多是如何“养病”的了。

穆元帝都把六皇子弄回帝都了，可见，战事是真的不好，再放着六皇子在外头，穆元帝已经不能放心他的安危了！

那么，江南战事，必是，大不利！

图书在版编目(CIP)数据

千山记. 肆 / 石头与水著. —杭州：浙江文艺出版社，2018.3

ISBN 978-7-5339-5028-6

Ⅰ. ①千… Ⅱ. ①石… Ⅲ. ①长篇小说—中国—当代 Ⅳ. ①I247.5

中国版本图书馆CIP数据核字(2017)第224979号

策划统筹 柳明晔
责任编辑 徐 莺 徐 旼
封面题字 天 勤
封面绘图 ENO
装帧设计 荆棘设计
责任印制 朱毅平

千山记 肆
石头与水 著

出版 浙江文艺出版社
网址 www.zjwycbs.cn
经销 浙江省新华书店集团有限公司
印刷 浙江万盛达实业有限公司
制版 浙江新华图文制作有限公司
开本 710毫米×1000毫米 1/16
字数 381千字
印张 19
插页 1
版次 2018年3月第1版 2018年3月第1次印刷
书号 ISBN 978-7-5339-5028-6
定价 39.80元

版权所有 违者必究

(如有印、装质量问题，请寄承印单位调换)